Игорь Бунич

«ЗОЛОТО ПАРТИИ»

«ОПЕРАЦИЯ «ГРОЗА». КРОВАВЫЕ ИГРЫ ДИКТАТОРОВ»

«ОПЕРАЦИЯ «ГРОЗА». ОШИБКА В ТРЕТЬЕМ ЗНАКЕ»

«МЕЧ ПРЕЗИДЕНТА»

ПЯТИСОТЛЕТНЯЯ ВОЙНА

ИГОРЬ БУНИЧ

ОПЕРАЦИЯ «ГРОЗА»

КРОВАВЫЕ ИГРЫ ДИКТАТОРОВ

Москва
«ЯУЗА»
ЭКСМО
2004

ББК 63.3(0)6
Б 91

Оформление художника *В. Щербакова*

Бунич И.

Б 91 Операция «Гроза». Кровавые игры диктаторов. — М.: Изд-во Яуза, 2004. — 480 с.

ISBN 5-8153-0267-8

Книга посвящена одному из страшных «эпизодов» Пятисотлетней войны — подготовке сталинским режимом глобальной военной операции с целью захвата Европы и последующей ее советизации. Много внимания автор уделил работе разведок по дезинформации гитлеровского и сталинского руководства в последние месяцы перед столкновением двух кровавых диктаторов. Книга развеивает мифы номенклатурных историков о миролюбивой политике Советского Союза и убедительно вскрывает причины поражений Красной Армии на начальном этапе самой страшной для нашей страны войны. Написанная, как и все произведения Игоря Бунича, в яркой, захватывающей манере, книга может быть рекомендована читателям, интересующимся историей нашей страны.

ББК 63.3(0)6

ISBN 5-8153-0267-8

Вступление

Идея мирового господства стара как мир. Желание добиться военной, политической и экономической гегемонии над миром возникало не в одной буйной голове в течение не столь уж долгой истории нашей цивилизации. Александр и Цезарь, калифы и Наполеон — вот далеко не полный перечень тех, кто пытался теоретически обосновать и практически осуществить манящую идею мирового господства.

Не будем тревожить их тени и переберемся сразу в XX век, когда мощные империи, которым, казалось бы, до достижения полной мировой гегемонии оставалось предпринять лишь крохотное усилие, лопнули и развалились от избытка имперских амбиций. Причем развалились так быстро, что никто, как говорится, и ахнуть не успел. Это было вдвойне обидно, ибо недавно, на заре XX века, прогнозисты даже в самых смелых своих политических фантазиях и помыслить не могли о подобном развитии событий. В самом деле, Россия, решительно поставленная на курс преобразований великим царем-перестройщиком Александром II, смело шла по новому курсу, восхищая мир своими семимильными шагами в науке, искусстве, литературе, но главное — неудержимым развитием экономики.

Такого уровня промышленного прироста еще не

знало человечество. Устойчиво стремился вверх курс конвертируемого золотого рубля, обгоняя доллар, тесня фунт и франк. Золоченые крылья императорского двуглавого орла распростерлись над шестой частью суши. Расцветала торговля. Росла и крепла парламентская демократия, рассыпая по стране немыслимые даже в Европе свободы. Ушли в прошлое кровавые цари-деспоты. Кроткий, добрый, застенчивый монарх, более занятый своей любимой семьей, чем делами управления, почти не вмешивался в правительственные мероприятия. Благодарное отечество, оставив ему титул самодержца, стало именоваться в международных справочниках «конституционной монархией при самодержавном монархе».

Казалось бы, чего еще не хватало огромной империи для полного счастья и вечного процветания? Все было в наличии, но нет! Имперская амбиция, романтизированная, сформированная и завещанная Петром Великим, заставляла, порой даже подспудно и бессознательно, хватать и присоединять к огромной империи все, что, выражаясь бытовым языком, «плохо лежит». Только неудача в Русско-японской войне (а реванш был уже назначен на 1923 год — ведь не для Финского залива строились линейные крейсера!) предотвратила присоединение к империи Маньчжурии и Кореи. Медленно, но с завидной постоянностью движутся на юг среднеазиатская и кавказская границы. Русский генеральный штаб и его разведка погрязли в интригах и запутались в «сетях шпионажа» на Балканах и Ближнем Востоке, разжигая восстания на просторах Оттоманской империи, науськивая сербов на австрийцев, болгар на сербов, греков на болгар, запутываясь в собственных комбинациях, разжигая тлеющие угли мирового конфликта. Во имя чего? Проливов? Галиции? Железной дороги Берлин—Багдад?

«Какая-нибудь проклятая глупость на Балканах станет причиной мировой войны!» — пророчествовал Бисмарк, и хотя его никто не услышал, созданная его гением Германская империя быстро заставила внимательно следить за любым словом, произнесенным в Берлине. Моло-

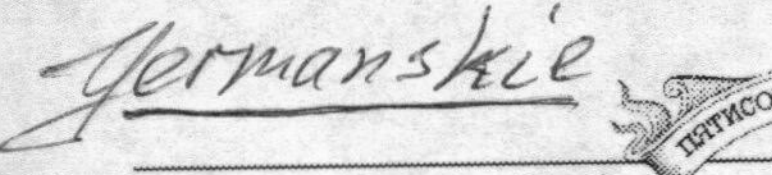

дая империя, возникшая путем объединения вокруг Пруссии множества независимых германских княжеств, въехала в XX век, по меткому выражению Вильгельма II, в «сияющей броне». В кратчайший срок промышленность Германии по производству конечного продукта стала первой в Европе. Резко повысился уровень жизни населения. Трудолюбие, организованность, дисциплина и порядок делали Германию образцом для подражания во всем мире. Золотая марка, о которой еще четверть века назад никто и не слышал, стремительно вышла на мировой валютный рынок, наступая вместе с рублем на пятки фунту и франку.

Немецкие ученые поражают мир открытиями в области фундаментальных наук, немецкие инженеры работают повсюду, от Кейптауна до Владивостока, вызывая восхищение своими знаниями и рациональностью мышления, немецкие сельскохозяйственные кооперативы показывают невиданную культуру земледелия от Волги до Техаса.

Кайзер Вильгельм на «ты» с русским императором и королем Англии. Но он ненавидит Англию и не любит славян. Его генералы бросают алчные взгляды в сторону недобитой в 1871 году Франции и на огромные пустующие пространства России. «Боже, покарай Англию!» — ежедневно во время или вместо молитвы повторяет Вильгельм. Книга адмирала Мэхэна обжигает его сердце: кто владеет океаном — тот владеет миром.

Огромный флот Великобритании, над территорией которой никогда не заходит солнце, несет флаг империи во все уголки мира. Этот флот не знает соперника уже более ста лет — со времен Трафальгарского боя. В свое время одно его появление в Черном море заставило адмирала Нахимова трусливо затопить прославленный российский флот.

И кайзер бросает вызов этому флоту и мировой гегемонии Англии — круглосуточно работают заводы Германии, выковывая за неполные семь лет флот и личный состав, способные сражаться с англичанами.

«Для меня, что англичанин, что жид — одно и то же», —

откровенничает Николай II в кругу своих приближенных, но имперские амбиции вяжут его в союз с ненавистной Англией и одуревшей от реваншистского угара Францией. Имперские амбиции сшибаются, потрясая мир невиданной доселе войной. Хотя никаких конкретных претензий друг к другу европейские страны, в сущности, не имеют, но сараевский выстрел порождает целую серию надменных безоговорочных ультиматумов и вместе с тем целую серию необратимых процессов, ведущих европейскую цивилизацию к катастрофе.

Первой развалилась Россия. Обидно развалилась — накануне тщательно спланированной, прекрасно подготовленной, скоординированной с союзниками военной кампании, которая по всем признакам должна была привести войну к победному завершению. Но не выдержала тысячелетняя империя военного напряжения и рухнула именно в тот момент, когда считала себя сильной как никогда.

Второй рухнула Германия. Вдвойне обидно, ибо немецкие войска стояли на Западе в ста милях от Парижа, а на Востоке — в ста милях от Петербурга, оккупируя огромные пространства Европейской России и добрую половину Франции. Но жесткая удавка английской блокады перехватила горло. Силы еще были, а дышать уже было нечем.

Затем началось домино. С треском и грохотом распалась древняя империя Габсбургов. За ней рухнула величественная Оттоманская империя — Блистательная Порта, — с трудом удержав в слабеющих руках драгоценные проливы. Веками Габсбурги и султаны разбирались друг с другом в бесчисленных войнах, а рухнули вместе, в кои веки оказавшись в военном союзе.

Зато уцелела Английская империя, и не только уцелела, но, на первый взгляд, стала еще более мощной, присовокупив к себе отобранные у немцев и турок обширные колониальные владения. Дикая зависть, быстро переросшая в страшную ненависть, подавила все прочие чувства к Англии со стороны пострадавших держав.

Оплеванная и униженная, лежала поверженная Германия, потерявшая не только Эльзас и Лотарингию, но и Рурскую область — публичная кастрация поверженного воина. У нее отобрали все колонии, и более того — чтобы совсем унизить, — мстительные англичане в качестве одного из условий капитуляции потребовали сдачи им в полном составе гордости Германии — ее флота открытого моря — флота, который если и не выиграл Ютландского боя с чудовищным Гранд-Флитом англичан, то, во всяком случае, дал британцам повод поразмыслить о своей непобедимости на море.

Вероятно, именно поэтому церемония сдачи немецкого флота была обставлена самым унизительным образом, результатом чего явилась трагедия Скапа-Флоу.

Фантастически длинные, уходящие за горизонт кильватерные колонны английских дредноутов, застилающий солнце дым из сотен труб, красные кресты св. Георга на тысячах мачт, бульдожьи челюсти надменных британских адмиралов под витым золотом козырьков фуражек с имперской короной на фоне сиротливо торчащих из свинцовых вод бухты Скапа труб и мачт затопленных немецких кораблей и немецких моряков, барахтающихся в ледяной воде под пулеметным огнем англичан...

Предметный урок — это ждет каждого, кто осмелится посягнуть на гегемонию великой островной Империи! Истерика унижения прокатывается по раздавленной Германии. В баварском госпитале в рыданиях бьется о железные прутья солдатской койки отравленный газами ефрейтор первой роты 16-го баварского пехотного полка Адольф Гитлер, дважды раненный в боях с англичанами на Ипре и Сомме, награжденный за мужество двумя Железными крестами*. Унижение родины словно клещами разрывало сердце двадцативосьмилетнего солдата, моти-

---

*Хотя окончательно так и не установлено, за что Гитлер получил свои награды, сам по себе случай награждения рядового кайзеровской армии за одну войну двумя Железными крестами II и I класса является уникальным и предполагает весьма значительный подвиг.

вируя почти все его поступки в будущем, возрождая в еще более острой форме имперские амбиции кайзеровский Германии. Но в неменьшей степени давил на его мышление и призрак Скапа-Флоу, напоминая, предостерегая, заглушая лютую ненависть к Англии, заставляя считаться с реалиями в водовороте маниакальных амбиций.

Война отбросила Германию на помойку истории. Некогда блестящая немецкая марка превратилась в пыль. Остановились заводы, миллионы безработных и нищих, страшная социальная напряженность, выплата военных репараций, голод, беспорядки, поляризация общества вокруг крайне радикальных партий, пустые прилавки магазинов — можно ли все это сравнить с процветающей всего четыре года назад страной? Что делать? Безработный ветеран войны уныло бродит по Мюнхену, примыкая то к одной, то к другой группе митингующих. Работы нет, да и работать нет никакого стимула, поэтому люди проводят все время на митингах, где новоявленные «народные вожди» предлагают свои рецепты по выводу Германии из глубочайшего политического и экономического кризиса.

Но что за вести приходят с востока — из России? Какая-то международная банда авантюристов захватила там власть и открыто провозглашает идею мирового господства, подаваемую под соусом «мировой пролетарской революции». Их агентура уже будоражит Германию. Нет, это не для него. Слишком много евреев. Омерзительно. Он ненавидит евреев почти так же, как и англичан, считая их ответственными за крушение Германии. Но... Как великолепна пришедшая из России идея создания партийного государства на базе идейной партии. Партии, скованной железной дисциплиной, конспиративной, как орден иезуитов, возглавляемой железным вождем, опирающимся на подчиненный ему беспощадный карательный аппарат. Как прекрасна идея объявления вне закона отдельных групп населения во имя консолидации вокруг партии и трепета остальных! Надо только этот «еврейский интернационализм» заменить «немецким национализмом» да кое-что подработать в деталях, не повторяя той кучи ошибок, которые уже совершены в России...

Россия... Она распадалась на глазах. Многомиллионная армия разбежалась по домам. Правоохранительные институты были уничтожены в течение нескольких дней. В хаосе стремительного водоворота всесокрушающей анархии исчез царский трон — как не было. Объявили о своей независимости Польша, Украина, Прибалтика, Финляндия, республики Закавказья, ханства и эмираты Средней Азии. С треском отвалилась от империи добрая половина Сибири. О своем нежелании иметь дело с Москвой объявили все казачьи территории от Дона до Уссури.

Однако группа фанатиков и авантюристов, захватившая власть в стране, не растерялась при виде страшного развала. Более того, с невероятной смелостью, граничащей, как казалось многим, с самоубийственным безрассудством, большевики объявили своей целью «мировую революцию», «создание мирового пролетарского правительства» с поголовным физическим уничтожением всех, «кто не с нами».

Россия была объявлена «депо мировой революции». Выдвинули лозунг уничтожения буржуазии как класса без каких-либо четких формулировок, кого считать буржуем, — да кого угодно! В стране была задействована система военного коммунизма, по сравнению с которой даже чистый социализм Платона мог показаться библейским Эдемом. Россия впадала в бешенство. Расстрелы на месте стали обычной юридической нормой. Попытки горстки военных бывшей императорской армии бороться с новым режимом привели к небывалой по ожесточению междоусобице, в результате чего вся страна погрузилась в кровавый океан небывалого террора. Людей расстреливали в подвалах бесчисленных «чрезвычаек», в оврагах, в чистом поле, топили в баржах, сбрасывали в шахты, жгли живьем в церквях и амбарах, вешали целыми деревнями.

Крикливая пропаганда давила на уши и мозги. Развертывалась система концлагерей. «Мировая революция!» — повторял в бесчисленных речах великий практик интернационал-социализма, фанатик своей идеи, безусловно веривший в выдвигаемые им лозунги и, как всякий обуреваемый фанатичной верой, заставляющий верить в них остальных.

Непроверенные, наспех проанализированные положения, изрекаемые им, тяжелыми аксиомами падали на мир, мгновенно приобретая неопровержимость физических законов: «Империализм — последняя загнивающая стадия капитализма», «Неизбежность войн в эпоху империализма», «Неизбежность мировой революции». Он запугивает своих сторонников: «Если в ближайшие 10—15 лет не произойдет мировой революции — мы погибнем!» Никаких суверенных государств более не существует, а существует «буржуазия, организовавшаяся в государства», а буржуазия, как известно, должна быть уничтожена! «Шире применяйте расстрелы, — учит он. — От приостановки террора погибли или выродились все великие революции прошлого».

Горят дворцы, взлетают на воздух древние храмы, разворовываются национальные ценности, втаптываются в грязь и кровь национальные святыни и традиции, с ужасом бежит из обезумевшей страны цвет нации, оставшиеся превращаются в заложников, каждую минуту ожидая пули палача.

В заложников превращается все население страны. В секретных директивах и инструкциях чуть ли не штампом становятся слова: «Полное, поголовное истребление...» Еще бушует пожар гражданской войны, а уже вспыхивает война с Польшей. «Настал момент, — ликует Ленин, — прощупать Европу штыком!» Польша — это только мост в Европу. Вперед — на помощь европейскому пролетариату! «Вы, — обращается Ленин к уходящим на польский фронт комсомольцам, — через 10—15 лет будете жить в коммунистическом обществе!»*

Притягательная идея мирового господства! Во все

* Интересно, что точно такое же обещание, данное в 1961 г. Н. С. Хрущевым, превратилось в историческую байку. А Ленина как-то никто и не пытался поймать на слове. Видимо, потому, что в отличие от простака Никиты Сергеевича Ленин всегда на каждую «тезу» держал наготове и «антитезу».

времена захваченный этой идеей вождь цементировал ею многомиллионные массы, те самые массы, из которых формируются армии вторжения. Веди нас, вождь! И вот уже горят польские деревни, качаются на суках ксендзы, пленные уланы и крестьяне (часто вниз головой), взрываются костелы, сокрушаются прикладами хрупкие статуи мадонн. Вперед, на помощь европейскому пролетариату, который, увы, в силу своей низкой классовой сознательности и не думает восставать, а с неменьшим, чем у буржуев, ужасом смотрит на вторжение орд с востока.

Сокрушительный разгром под Варшавой, почти совпавший по времени с громом двенадцатидюймовок Кронштадта, заставляет наконец очнуться от боевого угара. Кандидат в вожди мирового пролетариата впервые после 1917 года испуганно оглядывается по сторонам.

Цветущая всего семь лет назад Российская империя лежит в дымящихся кровавых руинах. Торговля и ремесла уничтожены. Уничтожена не только молодая русская промышленность, но и древний русский хлеб. Трехсоттысячная армия «воинов-интернационалистов», составленная из бывших немецких и австрийских военнопленных, латышей, китайцев и евреев паровым катком катится по стране, уничтожая «мелкобуржуазную стихию» — то бишь крестьян, не желающих снова превращаться в крепостных. Крестьяне отвечают массовыми восстаниями. Их глушат артиллерией, обливают ипритом, душат боевыми газами. Несколько лет уже никто не сеет и не пашет. Невиданный со времен Смутного времени голод поражает умирающую страну. Расцветает людоедство. Под торжественные звуки «Интернационала» «воины-интернационалисты» входят в уездные города, «заваленные трупами мятежников», о чем с гордостью сообщает «Правда».

Разрушены железные дороги, практически полностью уничтожен военный и торговый флот. Внешняя торговля, как и внутренняя, сведены к нулю. Русская печать и книгоиздательство, еще недавно поражавшие своим размахом, качеством и оперативностью весь мир, ликвидированы. Твердый русский рубль — гордость русских экономистов — просто испарился. Товарно-денежные отношения прекращены. Некогда величественная православная церковь, изнасилованная и оплеванная, молчит и даже не молится. Разбитая и распятая страна лежит в дерьме и крови. Она воскреснет, но это уже будет не Россия, а нечто страшное — оживший труп, монстр наподобие Франкенштейна.

Возможно, так оно и было задумано, однако великий вождь мирового пролетариата, несколько растерявшийся и разочарованный, поскольку ни одно из его безапелляционных пророчеств так и не сбылось, выбывает из игры, пораженный инсультом. А вскоре и умирает, диктуя перед смертью стенографисткам свои знаменитые последние письма, из коих вытекает, что единственным путем из смертельного тупика, в который он завел страну, является возвращение назад к капитализму европейского типа.

Тогда для чего же все делалось?.. А как же мировое господство, идея которого уже захватила его учеников? Что делать с Коминтерном? Что будет с уже разросшейся и отъевшейся партийной бюрократией и огромным беспощадным карательным аппаратом?.. Нет уж, дудки!

Уже после первого инсульта Ильич явно впал в маразм и плел невесть что. Все, что он сказал гениального, он сказал с 17-го по 20-й годы. Пусть это и будет нашей установкой!

Маленький рябой человечек с черными усами в полувоенном кителе и заправленных в высокие сапоги бриджах, стоя над гробом Ленина, произносит клятву продолжать дело вождя. «Мы клянемся тебе, товарищ Ленин...»

Весь его внешний вид резко контрастирует с обликом других соратников покойного лидера, одетых в костюмы-«тройки» и галстуки. Ведь так постоянно одевался сам Ленин, а стиль жизни вождя — это стиль жизни эпохи! Поблескивая стеклами пенсне на местечковых носах, с трудом скрывая иронические усмешки, они слушают, как с сильным кавказским акцентом рябой усач читает свою клятву. «Мы клянемся тебе, товарищ Ленин...»

Ленин не любил его за грубость и необразованность, а

они — его соратники и ученики — просто презирали этого «недоучку-семинариста» с темным прошлым — «пахана с малины», с уголовными манерами, сочетавшимися с капризностью кинозвезды и мстительной злопамятностью дикого горца. Они временно вытолкнули его вперед у смертного одра Ленина, чтобы за его бутафорской спиной продолжать яростную грызню за ленинское идеологическое наследство... Но их время уже ушло. Они еще немного покричат о «перманентной революции», о «всемирном пролетариате» и о «неминуемом крахе капитализма», и потом каждый получит свою пулю в затылок, не успев даже прочесть полузабытую молитву «Шма Израэль!»*.

Иосиф Сталин — сын беспробудного пьяницы-сапожника из грузинского городка Гори — всю свою предреволюционную деятельность свел к так называемому «практическому марксизму», организовывая бандитские нападения на банки, инкассаторов, почтовые поезда и даже пароходы, чтобы обеспечить деньгами прозябающих в эмиграции и не умеющих заработать копейку своим трудом вождей пролетарской революции.

В перерывах между «эксами», как любовно назвал его деятельность Владимир Ильич, Иосиф Джугашвили сидел по тюрьмам или находился в ссылке, общаясь с профессиональными уголовниками, полицейскими провокаторами и люмпенами всевозможных сортов. Он не оттачивал ораторские способности и интеллект в швейцарско-датско-шведских кафетериях в бесконечных диспутах с деградирующей европейской социал-демократией.

С Лениным, объявившим себя единственным непререкаемым толкователем Маркса, Сталин никогда не осмеливался вступать в полемику. Многие положения великого пролетарского вождя запали ему в сердце как непреложная истина, хотя с некоторыми мероприятиями Ильича он был в корне не согласен.

---

* Согласно легенде, Зиновьев успел громко прочесть предсмертную еврейскую молитву, пока палач расстегивал кобуру нагана.

Он видел страшную растерянность и ошеломленность Ленина после подавления революции в Венгрии и после Кронштадтского мятежа. Он видел, с какой трусливой поспешностью вождь дал сигнал ко всеобщему отступлению, именуемому нэпом, лицемерно отказываясь от всего того, о чем страстно вещал несколько дней назад, в частности от основы основ своего учения — достижения мирового господства путем мировой пролетарской революции.

«Такова тактика момента», — успокаивал перетрусивший вождь своих разочарованных сообщников. Спорить с ним было бесполезно, особенно таким теоретически неподкованным товарищам, как Сталин. Ленин давил эрудицией, цитатами из классиков или восклицаниями типа: «Да, это, батенька мой, чистейшей воды «зубатовщина»!»

Несколько раз Ленин успокаивал товарищей, что со следующей недели начнет приканчивать нэп, и они уже точили ножи, но на следующей партконференции услышали от вождя, что «нэп — это всерьез и надолго!».

Столь беспринципное лавирование, эти шараханья то вправо, то влево, раздражали и показывали, что, похоже, вождь более не соответствует своей высокой миссии. Тогда и случился у Ильича первый инсульт, очень быстро приведший сперва к обыску в его личном кремлевском кабинете, а потом и к смерти...

И вот Ленин умер. Но дело его живет. Оно должно жить! Кто осмелился сказать, кто осмелился даже подумать, что Ленин ошибался?! Все, что предсказывал Ильич, — верно. Он просто чуть неверно рассчитал время, слегка недооценил степень обмещанивания западного пролетариата. Пусть каждый, кто сомневается, кто осмелился сомневаться, взглянет на мир.

Кризис и глубочайшая экономическая депрессия охватили все страны капитализма. Вот она, та самая «последняя, загнивающая стадия»! Мощные забастовки, миллионные толпы безработных, остановившиеся заводы, череда страшных банкротств, казалось бы, несокрушимых фирм, паника на биржах, растерянные лица западных политиков.

Полицейские дубинки, солдатские цепи, наступающие на стачечные пикеты, рост авторитета компартий, зажигательные митинги под звуки «Интернационала». Агенты Коминтерна, рыскающие по всему миру, посылают в Москву победные реляции — мировая революция наступает!

Конвульсирует и агонизирует капиталистический мир, но Сталин еще не в силах активно включиться в события. Положение его еще очень непрочно, Красная Армия, хоть и многочисленна, но совсем не отвечает европейскому уровню по технической оснащенности на фоне бурного развития авиации и бронетанковой техники. Фактически нет ни авиации, ни танков, ни средств связи. Нет и флота. Несколько ржавых коробок, доставшихся в наследство от царской России, не в счет. Кроме того, между агонизирующей Европой и пехотно-кавалерийскими массами Красной Армии лежит буфер в виде Польши, Прибалтийских стран и целого нагромождения балканских государств. Их не проскочишь на махновской тачанке!

Во-первых, следует создать современную армию, а чтобы создать ее, необходима индустриализация страны. Во-вторых, нужно дисциплинировать страну, а еще Ленин учил, что для этого надо какую-то часть населения объявить вне закона. Тогда объявили буржуев — это было гениально. Кого объявить сейчас? Социализм невозможно построить, неоднократно подчеркивал Ленин, не покончив с «мелкобуржуазной стихией», т.е., говоря человеческим языком, с независимостью крестьян. С этого и надо начать, уповая на следующее пророчество неизбежности войн в эпоху империализма. А пока пусть западный мир успокоится — с него надо еще деньги получить на нашу индустриализацию!

И пока горлопаны из ленинского окружения продолжали орать о мировой революции — Сталин выдвигает лозунг о «построении социализма в одной отдельно взятой стране», ссылаясь при этом, не моргнув глазом, опять же на Ленина, который как раз всегда утверждал обратное.

От столь еретической трактовки великого учения, от невероятной наглости, с которой был преподнесен новый лозунг, определявший генеральную линию партии, перехватило дыхание у всей «старой большевистской гвардии». Но Сталин знал что делал.

Раздавленный, измученный народ был глух к лозунгам мирового господства. Десять лет непрерывных и небывалых по своей ожесточенности войн не только изменили душу народа — изменился и его антропологический тип. Практически полностью исчезла старая, гуманная и наивная русская интеллигенция, а один из ее чудом уцелевших светочей провозгласил на весь затрепетавший мир: «Если враг не сдается — его уничтожают!» Был полностью истреблен и исчез с лица земли знаменитый русский промышленный пролетариат, а ударившая по деревне коллективизация вынудила пойти на заводы и стройки первой пятилетки согнанных с земли крестьян, давая властям материал для любого вида обработки. Кампания против кулаков, уничтожившая 15 миллионов человек, как и предвидел Сталин, консолидировала общество, если то, что существовало в стране, можно назвать обществом. Трескучая кампания по «ликвидации кулачества как класса» глушила залпы в подвалах ОГПУ, где отправляли на тот свет последних мечтателей о мировой пролетарской революции, не понявших или не желавших понять новой тактики момента.

Все это общеизвестно, но как-то отошло на задний план, что в залпах и крови второй гражданской войны, как сам Сталин назвал проводимую им коллективизацию, проходили процессы, ускользнувшие от внимания тогдашнего мира и нынешних историков. А происходило следующее: создавалась и развертывалась невиданная по масштабам и технической оснащенности армия. Работа по милитаризации страны, проведенная Сталиным с того момента, как он, закончив коллективизацию, сосредоточил в своих руках всю полноту государственной и партийной власти в 1934 году, потрясает воображение как одно из чудес света.

В самом деле, вспомним, что основу населения СССР в начале и середине 30-х годов составляла многомиллионная масса крестьянства, в большинстве своем абсолютно неграмотная, видевшая в своей жизни только два механизма — топор и соху. Эту массу легко можно было, конечно, мобилизовать, посадить на коня, научить стрелять из винтовки Мосина или крутить штурвал боевого корабля. Но нужно было другое. Необходимо было, во-первых, создавать кадры Военно-воздушных сил. Не элитарные кадры пилотов Первой мировой из гусарских, кавалергардских и морских офицеров, обучавшихся пилотированию за собственный счет, а сотни тысяч летчиков, штурманов, радистов, авиаинженеров, техников, ремонтников, оружейников. Нужно было создать высококвалифицированные инженерно-технические и рабочие кадры авиапромышленности. И создать все это из дикой и первобытной крестьянской массы.

И не это даже главное, а то, что все это было создано менее чем за пять лет!

Но это только авиация. А танки? Десятки тысяч танков требовали не одну сотню тысяч специалистов в самых разнообразных областях, вплоть до специалистов по профильной вулканизации для дизельных прокладок. И все они появились за пять лет! А ведь их всех еще нужно было до этого учить читать и писать!

Далее — флот! Самый сложный вид Вооруженных сил, требующий от личного состава мощного багажа технических знаний. Более двухсот подводных лодок — больше, чем у всех морских держав, вместе взятых, — было построено с 1933 по 1940 год, и каждая лодка имела два подготовленных экипажа. Они не выросли на деревьях! Но тогда откуда же они появились?

Какая же немыслимая гигантская работа была проделана! Вспомним, что если наверху каким-то чудом уцелели несколько царских генералов и полковников, то на среднем и низшем уровне военного управления не осталось никого — все поручики, ротмистры, капитаны были перебиты до единого человека или бежали за границу, а если рисковали вернуться, как в 1925 году, то расстреливались на месте. Из старого наследства не осталось ничего — все было создано заново, как по волшебству.

Для новой армии не годились и кадры гражданской войны. Во-первых, потому, что они были совершенно неграмотными, а во-вторых, что самое главное, они были созданы Троцким и не без основания считались троцкистскими. А посему с ними обошлись не менее круто, чем с бывшими царскими офицерами: все, от Думенко и Миронова до престарелого Шорина, были безжалостно ликвидированы.

Для чего с такой поспешностью создавалась немыслимо огромная армия, в сотни раз превосходящая все пределы необходимой государственной обороны, если даже сам Сталин в своих многочисленных речах отмечал растущий пацифизм в Европе, раздираемой противоречиями, потрясаемой кризисами и практически невооруженной? Вспомним цифры: армия Франции — 300 тысяч, включая колониальные формирования; рейхсвер — 150 тысяч и ни одного не то что танка, но даже броневика; США — 140 тысяч и рота (экспериментальная) бронеавтомобилей; Англия — 90 тысяч, разбросанные по всей империи; СССР — 2,5 миллиона и уже четыре танковых корпуса.

На танкодромах под Казанью вкупе с секретно прибывшими офицерами рейхсвера отрабатывается тактика танковых клиньев. Жаждущие реванша немцы — естественный союзник в будущем походе. Коминтерн, опираясь на рабочие отряды и на давно перекупленный РОВС, быстро развалит их тылы, сделав организованное сопротивление невозможным.

Огромная многомиллионная армия, «сверкая блеском стали», откровенно готовится к «яростному походу». Из миллионов глоток раздается громоподобный рев: «Да здравствует великий Сталин!» Впечатлительный маркиз де Кюстин, посетивший Россию в царствование Николая I, уже тогда ужасался, что «у такого количества рук и ног всего одна голова». Что бы он сказал сейчас?..

Но Сталин медлит. Почему?

Англия! Проклятая Англия, все еще управляющая миром с помощью навязанных международных союзов, с помощью тщательно сплетенных удавок международной финансовой системы, с помощью своей глобальной империи на пяти континентах и чудовищного флота! Что толку в этой разложившейся Европе, если уцелеет Британская империя! Сталин ненавидит Англию и за то, что она праматерь всех ненавистных ему демократий, и за то, что она в течение веков умело заставляла Россию «таскать за себя каштаны из огня», но — и это главное — за то, что эта проклятая империя последним бастионом встала на пути всемирной пролетарской революции, и как сокрушить ее, он не знает.

Кризис лишь слегка задел Англию, компартия там даже и не компартия, а какой-то сопливо-либеральный тредюнион. Советскую агентуру, которая во всем мире чувствует себя лучше, чем дома, именно в Англии мгновенно вылавливают и с позором высылают.

В глубоком молчании смотрит Сталин в своем личном кинозале хронику Ютландского боя. Смотрит чуть ли не каждую неделю, вызывая удивления своих «коллег» по Политбюро. Уходящие за горизонт длинные колонны английских и немецких дредноутов, тучи дыма из сотен труб, боевые флаги, вьющиеся на частоколе мачт. Залпы тяжелых орудий. Вот взлетел на воздух один из английских дредноутов, вот в тучах огня, дыма и угольной пыли переломился пополам и тонет второй, вот, пылая, валится на борт под вихрем немецких снарядов третий, горит четвертый!!! Разгром англичан? Увы, нет... Они, охватившие дугой всю видимую часть горизонта, уже расставили немцам капкан и готовы растерзать их страшными клыками своих четырнадцатидюймовых орудий. Что им три потерянных корабля! Немцы должны быть счастливы, что унесли ноги, благодаря небывалому хладнокровию и искусству адмирала Шеера! Что ни говори, немцы, конечно, молодцы, но что-то недодумали, не учли.

Как всякий человек, выросший в России, переживший цусимскую катастрофу, Сталин страдал комплексом военно-морской неполноценности. Томик адмирала Мэхэна из его библиотеки был весь испещрен восклицательными и вопросительными знаками, как и у кайзера Вильгельма. О том, что Мэхэн произвел на вождя неизгладимое впечатление, свидетельствует уже то, что теория Мэхэна о господстве на море была немедленно, как только Сталин с ней познакомился, объявлена буржуазной и лженаучной, а ее сторонники расстреляны или посажены. Тот, кто знаком со сталинской логикой, нисколько не удивится. Однако программа строительства 16 линкоров типа «Советский Союз» была уже утверждена по личному настоянию Сталина!

Что же делать? Нужно заглянуть в «библию», оставленную Лениным. Там ясно сказано о неизбежности войн в эпоху империализма. Вечные противоречия между империалистическими государствами будут постоянно приводить к империалистическим войнам. Надо подождать, пока Англия не будет втянута в какую-нибудь военную авантюру. Но с кем? С Соединенными Штатами? Непохоже. С Японией? Ленин еще до революции предсказал войну между Японией и Соединенными Штатами. В такую войну может втянуться и Англия, но еще неизвестно, на чьей стороне. «Нет вечных друзей, а есть только вечные интересы!» У империалистических хищников нет морали. Так учил Ленин, и это надо помнить всегда!

Пока Сталина раздирали внутренние противоречия и комплексы неполноценности, постоянно заставляя «сверять жизнь по Ленину», бывший ефрейтор первой роты 16-го баварского пехотного полка стал канцлером Германии как фюрер (вождь) партии, победившей на выборах в Рейхстаг.

Организованная им Национал-социалистическая немецкая рабочая партия (НСДАП), обогащенная опытом шестнадцатилетнего существования партийного государства на Востоке, пришла к власти гораздо более организованно, явно не желая ввергать свою страну в российский хаос. Партийный карательный аппарат был уже готов, но и старый не уничтожили, а мирно соединили с новым.

Придя к власти под лозунгом возрождения Германии

и полного отказа от статей Версальского договора, которые сам Черчилль назвал «идиотскими», Адольф Гитлер для консолидации вокруг себя всего немецкого народа также выбрал жертву, но не буржуазию или крестьян, как его учителя на Востоке (Гитлер считал эти мероприятия ошибочными), а евреев Германии, которых он для начала специальным актом объявил вне закона. Нацистская антиеврейская кампания была просто скопирована с антикулацкой кампании в СССР, с той лишь разницей, что кулаком или подкулачником в СССР могли объявить кого угодно, а в Германии все было сразу поставлено в рамки порядка, чтобы не давать волю низменным инстинктам населения — тут уж или ты еврей, или не еврей, — как повезло родиться.

Надо заметить, что Сталин, мягко говоря, евреев терпеть не мог, но побаивался, отлично понимая нутром старого уголовника, столько лет варившегося в российском революционном подполье, что связываться со столь грозным противником небезопасно. Веками подставляя под удары простых портных, парикмахеров и мелких лавочников, вводя ту или иную страну в антисемитский угар, евреи затем с легкостью разваливали целые империи, постепенно кроя мир по давно задуманному образцу. Такой была судьба Великой Римской империи, Испанской империи, а по большому счету и Российской.

Гитлер, будучи столь же малообразованным, как и Сталин, не имел, однако, богатого жизненного опыта и восточной хитрости Иосифа Виссарионовича. Никто не предостерег его от столь опрометчивого, во многом спровоцированного шага. И в результате планируемая Гитлером тысячелетняя империя была стерта с лица земли через 12 лет.

В отличие от Сталина Гитлер не мучился комплексами и нерешительностью. Он любил рисковать и не тратил много времени на обдумывание своих внешнеполитических шагов. Не успев занять кресло канцлера, он тут же в одностороннем порядке денонсировал Версальский договор и приказал своим войскам оккупировать Рурскую область. Шаг более чем рискованный. Мощь немецкой армии была еще более чем иллюзорной. В Кремле насторожились. Вот оно, начинается. Но дремлющая на лаврах победителя прошлой войны, разложенная социалистами Франция ограничилась вялым протестом, а в Англии «правительство Его Величества» выразило по этому поводу «озабоченность и сожаление».

Вновь задымили трубы Рура, забилось «в радостном ритме» остановленное сердце Германии, рассасывая безработицу и прочие неразрешимые проблемы Веймарской республики. Гитлер официально объявил о программе перевооружения Германии без каких-либо ограничений.

Набирающий силы вермахт марширует по стране. Прошедшие практику в Липецке и Казани летчики и танкисты быстро ставят программы перевооружения на широкую ногу. Из миллионов глоток раздается громоподобный ликующий вопль: «Хайль Гитлер!» Веди нас, вождь! Аншлюс Австрии. Встревоженные страны Антанты пытаются договориться о новом союзе. Сталин потирает руки. На волне новой опасности СССР быстро признают почти все страны Европы, опять готовые воевать «до последнего русского солдата».

Итак, в двух крупнейших странах Европы на волне унижений и крушения имперских амбиций времен Первой мировой войны возникли два чудовищных режима, которые, как бы они ни маскировали свои цели, а они свои цели и не особенно скрывали, начали добиваться того, чего не удалось их незадачливым предшественникам — императору Николаю и кайзеру Вильгельму.

В одной из этих стран возрождение старого имперского духа происходило на основе интернационал-социализма с откровенным замахом на мировое господство, пусть пока не фактическое, но по крайней мере духовное. «Если не получился Третий Рим, то пусть хоть получится Третий Интернационал», — острили циники из ленинского окружения. В византийских играх борьбы за личную власть Сталин, выдвинув лозунг «построения социализма в одной стране», откровенно перевел идеологию большевизма в русло национал-социализма, хотя многонациональная специфика СССР не позволила ему воплотить упрощенную гитлеровскую формулу: «Одна страна, один народ, один вождь!» Временно задвинув на второй план полученную в наследство от Ленина идею мировой революции, но искренне веря в глобальные пророчества Ильича, Сталин терпеливо ждал признаков исполнения этих пророчеств, дабы захватить весь мир под предлогом интернациональной помощи братьям по классу и сокрушения «мирового капитализма».

Гитлеровский режим возник на фундаменте национал-социализма, однако программа национал-социалистической партии* быстро рассеяла все сомнения в том, что Гитлер в силу национального характера его идеологии будет воплощать их в границах Германии, пытаясь лишь вернуть эти границы до размеров 1914 года.

Движение сразу же приобрело интернациональный характер, открыто призывая к уничтожению мирового капитализма, названного «мировой еврейской плутократией», т.е. более откровенно. Сразу же разделив все нации мира на арийские и неарийские, Гитлер призвал объединиться под его знаменами арийцев, как в Москве призывали объединиться пролетариат. Обе партии — и в Москве, и в Берлине — считали себя «рабочими», провозглашали свои решения от имени трудящихся, виртуозно жонглируя понятием «народ»**.

Возникновение в таком маленьком «ареале», как Европа, двух огромных хищников фактически одного семейства и лишь чуть-чуть отличавшихся видом, без труда давало понять каждому, кто внимательно следил за развитием событий, что вдвоем им здесь не прокормиться.

---

* В советской исторической литературе гитлеровская партия стыдливо называется не «национал-социалистической», а «социалистской», хотя подобного слова нет ни в немецком, ни в русском языках.

** Конечно, гитлеровский режим в Германии был гораздо мягче и гибче, чем сталинский в СССР. Массовым истреблением собственного народа Гитлер никогда не занимался. Сохранив механизм конкуренции и внедрив в него украденное в Москве «соцсоревнование», он добился крупных экономических успехов. В национал-социалистическую партию был принят сын свергнутого кайзера Август-Вильгельм, что вызвало целую бурю со стороны «левых» нацистов. Можно ли себе представить прием Сталиным в партию кого-нибудь из семьи Романовых?

И прежде чем начать выполнять свои глобальные планы, им придется разобраться друг с другом.

Наглый плагиатор из Берлина вызывал законное раздражение в Москве. Украв и слегка перелицевав рожденную восточным соседом идеологию, он нахально пытался выдать ее за собственное изобретение, мешая работать и срывая московские планы. Естественно, он должен быть уничтожен. Уничтожен, да! Но с максимальной пользой для социализма. Сталин не любил рисковать. Все, что он делал — он делал основательно. У него еще есть время — по крайней мере он так считал.

В отличие от Сталина Гитлер считает, что у него времени нет. Сразу же придав своему движению исключительно динамичный характер, фюрер не может позволить себе сбавить темп. Народ ежедневно, ежечасно и ежеминутно должен видеть, на какой скорости он ведет Германию к новой славе!

Брызгая слюною и размахивая оружием, Гитлер истошно кричит о необходимости уничтожения большевизма, о «лебенерауме» на просторах России. Попыхивая трубкой, Сталин наблюдает сквозь облако табачного дыма, пряча свой топор за пазухой и ожидая, когда его эмоциональный оппонент при очередном своем непредсказуемом прыжке повернется к нему спиной, чтобы всадить топор ему в затылок.

Оба отлично понимают, что схватка неизбежна. Один из них должен быть уничтожен. Оба понимают также, что задача эта — тактическая, поскольку истинные задачи гораздо шире. Мешая и путаясь друг у друга под ногами, проверяя друг друга при каждом удобном случае, скажем, в Испании, в Югославии, на Халхин-Голе — они не забывают, что главным их врагом, главной помехой на пути к «мировой революции» является Англия. Англия — «этот оплот мирового империализма, живущая за счет эксплуатации колоний, за счет беспощадной эксплуатации собственного рабочего класса, оставившая своему народу лишь куцый огрызок своих хваленых «свобод». Англия — «это еврейско-плутократическая империя, это инструмент еврейского разбоя, с помощью которого евреи пытаются высосать последнюю кровь из населения мира, включая и английский народ».

В личном кинозале фюрера постоянно крутят хронику Ютландского боя. Гитлер смотрит эмоционально. При взрыве «Куин Мэри» бьет себя ладонями по коленям, вскакивает, визжит от восторга. Взяв под руку гросс-адмирала Редера, он возбужденно доказывает ему, что «если бы у нас было на два линейных крейсера больше и бой начался бы на два часа раньше», то англичане были бы разгромлены. Гросс-адмирал — сам участник Ютландского боя — слушает фюрера, почтительно склонив свой безупречный пробор, пряча усмешку на аристократическом лице.

Он знает, что все свои познания о Ютландском бое, не считая кинохроники, фюрер почерпнул из книги Георга фон Газе «Великая победа германского флота Открытого Моря», одно название которой уже говорит о тенденциозности. Газе — бывший старший артиллерист линейного крейсера «Дерфлингер», отправивший на дно два английских дредноута, скорее мог рассматривать Ютландский бой как свою личную победу. Однако гросс-адмирал соглашается с фюрером, подчеркивая, что сокрушить Англию можно лишь при выполнении недавно представленного им на утверждение фюреру «Плана Зет» — программы строительства двадцати линкоров, способных разгромить ненавистный Грандфлит. По всем расчетам программа не может быть выполнена ранее 1943 года и поэтому... Гитлер все понимает, он дает Редеру слово, что война с Англией начнется не ранее 1943 года. До этого времени есть чем заняться!

Сталин, лично навязавший своей хилой промышленности программы строительства шестнадцати линкоров и шести линейных крейсеров, требует выполнения программы к 1946 году. «Вот тогда мы и побеседуем с этими гордыми островитянами», — довольно попыхивает трубкой вождь всех народов. Столь же малограмотный, как и его оппонент в Берлине, он не видит, что дредноут уже умер как класс корабля и строить дредноуты — пустая трата огромных денег, гигантских ресурсов и драгоценного времени.

А совет получить не у кого. Все русские моряки — носители «океанской идеи» — давно расстреляны. Носители «прибрежной идеи» — расстреляны тоже. Флотом командует костолом из НКВД Фриновский. Впрочем, флот пока не очень нужен. Пока надо прикончить этого плагиатора в Берлине. Тут мы и без флота обойдемся.

Английская разведка, с тревожным любопытством наблюдающая за начавшимся поединком великих вождей, неожиданно получила из Москвы интересную информацию. Эта информация поступила сразу из трех независимых источников, что переводило ее из разряда вероятной в разряд весьма правдоподобной. В сообщении говорилось (август 1938 г.), что у Сталина начался климакс. Источниками информации назывались известная на всю Москву любовница вождя Вера Давыдова, его «пассия» Евгения Ежова и некто из близкого окружения вождя, естественно, пожелавший остаться неизвестным*. Глубокие психологи из старейшей разведки мира сделали из полученной информации правильные выводы: великие политики проявятся в коротком промежутке между началом климакса и наступлением маразма. У некоторых этот период растягивается на 15 лет, чаще 8—10 лет, но в любом случае в ближайшие 3—4 года от Сталина можно ждать какой-нибудь дьявольской комбинации.

Зная психическую неуравновешенность своего берлинского дублера, Сталин ни на минуту не оставляет его в покое. Демонстративно выставив в качестве рупора своей внешней политики еврея Литвинова (а это уже само по себе приводит Гитлера в ярость, он даже христи-

---

* При всей своей внешней несхожести Сталин и Гитлер имели много общего в чертах характера и судьбе. Интересно отметить, что и женщины, которых они любили, закончили одинаково. Надежда Аллилуева и Гели Руабаль были найдены с пулями в голове. Обе застрелились, не выдержав демонической силы и тирании, выдаваемой за любовь. Мстительная история почти безапелляционно считает, что Гели была застрелена Гитлером, а Надя — Сталиным. Это очень сомнительно даже для случая со Сталиным, учитывая его отношение к Василию и Светлане. Порой он бывал даже сентиментальнее Гитлера, не пожелавшего, чтобы Ева Браун уходила из жизни его любовницей, а не женой. Сотни людей видели, как Сталин рыдал в последнем акте «Травиаты» в Большом театре.

анство не признает из-за «темного» происхождения Христа!), Сталин бесит фюрера своими идеями создания коллективной безопасности в Европе, ясно давая понять «наглому плагиатору», что стоит ему, Сталину, пальцем шевельнуть, как на горле у Гитлера снова сомкнется железное кольцо старой Антанты, и его неизбежно будет ждать судьба кайзера Вильгельма.

Гитлер в ярости бегает по своему кабинету, кроя последними словами этого «грязного еврейского лакея в Кремле». Он наносит Сталину удар, организовав «дело Тухачевского», не подозревая при этом, что все необходимые для этого документы ему подбросил сам Сталин.

Сталин с видимым удовольствием играет на чувствительных струнах европейской политики. Его идея коллективной безопасности будоражит общественное мнение Англии и Франции, но Сталин, отлично понимая, что его боятся ничуть не меньше, чем Гитлера, мастерски блефует, обставляя свои предложения заранее невыполнимыми условиями пропуска Красной армии через территории то Польши, то Чехословакии, то Румынии. От этих предложений холодный озноб пробегает по затравленным странам восточноевропейского буфера.

Да и Англия с Францией со страхом взирают на происходящее в сталинской империи. Постоянно «сверяя жизнь по Ленину», Сталин ни на минуту не прекращает террора. Ленин постоянно призывал «обосновать и узаконить его (террор) принципиально, ясно, без фальши и без прикрас». Следуя завету великого учителя, Сталин превратил террор в норму государственной жизни СССР. Ленин, видимо, не знал, потому и не предупредил, что террор имеет обыкновение выходить из-под контроля, безжалостно пожирая и тех, кто спустил его с цепи.

Железной рукой Сталин пытается направить его в нужное русло, но волна террора уже вышла из-под контроля, пожирая не только народ (как было задумано), но и партийные, армейские и чекистские кадры. Чтобы его приостановить и обуздать, приходится расстрелять около тридцати тысяч чекистов, включая двух наркомов.

Спущенное с цепи НКВД с особым остервенением вцепилось в своего извечного соперника — армию, вычистив ее, по меткому выражению Клима Ворошилова, «до белых костей», поставив к стенке трех маршалов из пяти, практически всех командармов, комкоров и комдивов, а также добрую половину командиров полков.

Даже сам Сталин озадачен. Задуманная им большая чистка перед большой войной, которая, по его замыслу, должна была стать тем самым «последним и решительным», выйдя из-под контроля, изрядно наломала дров. Конечно, необходимо было ликвидировать этих умников маршалов из недорезанных поручиков с их бонапартистскими склонностями к вечным интригам, всю эту военную монархически-черносотенную шваль, окопавшуюся на академических кафедрах и в окружных штабах, всю троцкистскую ядовитую пену, нестерпимо воняющую со времен гражданской войны, эту гнусную жидовскую армию, переполнившую партаппарат и аппарат госбезопасности.

Ленин как-то в порыве откровенности брякнул: «Все наши планы — говно. Главное — подбор кадров!» И был совершенно прав. «Кадры решают все!» — перефразировал Сталин своего учителя и все свои действия подчинил правильному выполнению этого гениального завета. Многомиллионная армия ГУЛАГа, вооруженная ломами, кайлами, лопатами, пилами и тачками, должна была заложить основу социалистического хозяйства. Другая, гораздо меньшая, — армия «зэков», с логарифмическими линейками, арифмометрами и кульманами, двигала социалистическую науку. Третья, солдаты которой считали себя свободными, должна была охранять две первые. Четвертая армия, именуемая РККА, охраняла «мирный труд» трех предыдущих, ожидая от мирового пролетариата призыва о помощи. Огромный партаппарат и аппарат НКВД должен был надзирать за всеми этими армиями, оберегая их от вредных мыслей и постоянно перемещая личный состав из одной армии в другую. И над всей этой не особенно сложной структурой возвышалась фигура вождя. Именно так понимали социализм еще древние мыслители — не чета нам: элита, стража, рабы. Стража находится между элитой и рабами. Плохой страж уходит в рабы, хороший — в элиту. «Ни то ни се» — умирает на боевом посту. Любой член элиты может утром проснуться рабом или стражем, раб имеет возможность выбиться в стражи, но в элиту никогда! Самое главное тут — правильный подбор кадров для элиты и выбор мифов для воспитания стражей и рабов. Это подчеркивал еще старик Платон!

«Необходимо, — инструктировал Сталин своего нового фаворита Маленкова, — полностью обновить партийно-государственный механизм, чтобы подготовить страну к большой войне»*.

---

*О сталинских репрессиях сказано уже очень много, и если мы здесь упомянули о них, то лишь для того, чтобы создать своеобразный фон для другого, не менее масштабного процесса, о котором наши историки говорят очень невнятно. Речь идет о развернувшемся в то же самое время небывалом военном психозе, о страшной милитаризации страны, параллель которой трудно найти в мировой истории.

Не желая подробно вдаваться в эту обширную тему, напомним о том, что обрушивали на советских людей средства массовой информации, не считая истошных воплей о врагах народа.

«Я твердо верю, это будет, не нынче — завтра грянет бой, не нынче — завтра нас разбудит горнист военною трубой», — пел соловьем Константин Симонов. Школьники декламировали: «Товарищ Ворошилов, я быстро подрасту и встану вместо брата с винтовкой на посту». Им вторили детсадовцы: «Мы пройдем, товарищ маршал, пред тобой парадным маршем. Приезжай к нам в Ленинград в 41-й детский сад!»

Лирической песней для девушек была такая: «Возьмем винтовки новые, на штык — флажки, и с песнею в стрелковые пойдем кружки!», «Гремя огнем, сверкая блеском стали, пойдут машины в яростный поход, когда нас в бой пошлет товарищ Сталин, и первый маршал в бой нас поведет!», «С каким наслажденьем по первой тревоге в рюкзак положу я консервы и хлеб и снова на запад по старой дороге...», «По дорогам знакомым за любимым наркомом мы коней боевых поведем!», «Не было, нет и не будет на свете силы такой, чтобы нас победить!».

Когда не хватало собственного вдохновения, брали готовую музыку из гитлеровского марша и вместо слов: «Майн фюрер! Майн фюрер! Майн фюрер!» вставляли собственные слова: «Все выше, и выше, и выше!»

Но если в песнях указывалось только общее направление будущей агрессии — «на Запад», то более откровенные кинофильмы вроде «Александра Невского», «Щорса», «Морского ястреба» и другие прямо указывали будущего противника — Германию. Именно к войне с Германией шла истерическая подготовка народа и армии, хотя еще нигде СССР и Германия непосредственно не соприкасались.

Пока в сухановской тюрьме смертным боем били бывшего наркома НКВД Николая Ежова, дробя ему руки и ноги, но фактически не задавая никаких вопросов, Сталин с высшими военачальниками, угрюмо посасывая трубку, просматривал списки отправленных в ГУЛАГ офицеров армии и флота, отмечая красными и синими крестиками подлежащих освобождению. Не всех, конечно, но добрую треть! А ведь такое доверие было оказано Ежову! Действительно, услужливый дурак опаснее врага. Ему было сказано *почистить* армию, а он ее чуть не уничтожил. Интересно бы выяснить, на кого он работал. Впрочем, это не так важно. Но вину свою ему необходимо осознать, а потому должен умереть не просто, а с осознанием вины, т.е. медленно.

Сталин лично расписывает ритуал казни Ежова, а для ее совершения привлекаются не вечно пьяные исполнители с Лубянки, а два утонченных специалиста из аппарата «Управления Делами ЦК», недавно продемонстрировавшие свое искусство при казни маршала Тухачевского.

Глава I

СГОВОР

Проклятые внутренние дела не дают возможности сосредоточиться на главной проблеме — подготовке марша в Европу. Но этот марш невозможен, пока в стране не будет наведен порядок. Тот порядок, который, по мнению Сталина, является идеальным для выполнения его плана — оставить как можно меньше населения, не включенного ни в какие армии. Таких просто не должно быть. Но это легче сказать, чем сделать! Правильно расставить «кадры», когда речь идет о почти двухстах миллионах, задача космическая, но Сталин считает ее вполне разрешимой, если будет выполнен весь комплекс намеченных им «политических и организационных мероприятий».

Он сам определяет ежегодные цифры для ГУЛАГа, которые, постоянно возрастая, достигают своего пика не в 1936 г., как многие считают, а в 1940 и 1941 гг., что еще раз подтверждает неземную мудрость вождя.

Гражданская война в Испании показывает, что не так уж страшен черт, как его малюют. Возрождаемый вермахт еще мочится в пеленки — его танки и самолеты способны вызвать лишь снисходительную улыбку, а тактика их применения — пожатие плечами. Ничто не мешает Сталину расстрелять в Испании всех, кого надо, и похитить золотой запас страны.

Советский самолет всаживает бомбу в немецкий линкор «Дойчланд», шнырявший у испанских берегов. При этом гибнут 23 немецких моряка, и их похороны в Германии вызывают взрыв антирусских эмоций, сравнимых разве что с августом 1914 года. «А все-таки этот Сталин — гениальный парень!» — совершенно неожиданно вырывается у Гитлера, озадачивая его банду. Но фюрер поясняет, что только великий вождь может осуществлять столь великолепные мероприятия в собственной стране и за рубежом.

Самому Гитлеру удалось навести в собственной стране нужный ему порядок гораздо быстрее. Это и понятно, учитывая организованность населения и размеры территории Германии. Бурная динамика старта влечет Гитлера дальше — к Судетскому кризису. Целостность молодой Чехословацкой республики гарантирована странами — победителями Первой мировой. Начинается европейский кризис. Англия и Франция, не рассчитав темпа гитлеровских авантюр, захвачены врасплох — они совсем не хотят воевать, они приходят в ужас от одной мысли о войне и не скрывают этого. Блефующий Гитлер, готовый к войне еще менее, чем они, ловко играет на нерешительности союзников. По всей Германии проводятся шумные ралли-парады. По небу плывут армады самолетов люфтваффе, танки ровными колоннами проходят перед трибуной фюрера. Все это снимает кинохроника, сопровождая воинственными маршами, производя неизгладимое впечатление на европейского обывателя, не знающего, насколько ненадежны бензиновые танки вермахта, застревающие на любой грунтовой дороге, как неопытны пилоты люфтваффе и как уязвимы их самолеты, не говоря уже о том, как их мало.

Общественное мнение давит на правительства Англии и Франции не связываться с Гитлером — пусть забирает свои Судеты. Продолжая нервировать Гитлера, Сталин, которого ловко оттеснили от участия в европейских делах, снова предлагает меры «по коллективной безопасности». Но Англия и Франция не хотят связываться с одним бандитом, чтобы остановить другого. Сталин обращается к Чехословакии с предложением ввести на ее территорию Красную Армию. Бенеш и Гаха в ужасе шарахаются от протянутой руки московского диктатора. В итоге после Мюнхена Судеты достаются Гитлеру без единого выстрела. Струсившая Чехословацкая армия, значительно превосходящая вермахт по технической оснащенности и боевой подготовке, подтверждает немецкое мнение о чехах как «о сплошной банде симулянтов».

Гитлер, подобно удачно блефующему игроку, сорвавшему банк, не имея на руках ни одного козыря, азартно продолжает игру. Видя, как не хотят идти на обострение страны бывшей Антанты, особенно радуясь, что удалось так ехидно унизить чванливую Англию, навязав ей Мюнхенское соглашение, Гитлер в пылу азарта быстро намечает следующую жертву — Польшу, считая свои руки полностью развязанными. Он ошибается, но ошибается искренне. Англия не собирается прощать ему Мюнхена и совместно с Францией объявляет о гарантиях Польше. В интервью американской газете «Нью-Йорк геральд трибюн» Гитлер презрительно отзывается об английских гарантиях, назвав их «куском бумаги, который можно использовать разве только в клозете». Говоря по-русски, он публично предлагает англичанам подтереть своими гарантиями задницу. Англия чувствует на себе иронические взгляды всего мира — Чехословакии тоже были даны гарантии. В это же время Сталин предлагает свою помощь Польше с условием ввода на ее территорию ограниченного контингента частей Красной Армии. Неблагодарная Польша отвечает на подобное предложение искренней помощи призывом резервистов. Сталин, посасывая трубку, исчезает в клубах табачного дыма.

Между тем Гитлер намечает дату вторжения в Польшу — ориентировочно на 26 августа 1939 года, объявив своим несколько перетрусившим генералам, что возможен только некоторый перенос даты, но не позднее 1 сентября.

12 февраля 1939 года английский кабинет проводит

секретное совещание. На совещании присутствуют представители английского и французского генеральных штабов. Изучается подробная картина возможностей Германии.

Экономика рейха перенапряжена. Стратегического сырья хватит лишь на несколько месяцев ведения войны. Гитлеровский флот можно пока вообще не принимать во внимание. Позиционная война на континенте за французскими укреплениями линии Мажино и тесная блокада с моря удушат рейх к январю 1940 года, если Гитлер развяжет войну с Польшей в августе 1939-го.

Кабинет принимает резолюцию: если Гитлер нападает на Польшу, Англия и Франция без колебания объявляют ему войну. Французская армия и экспедиционные силы англичан сдерживают вермахт на суше, не предпринимая — для минимизации жертв — каких-либо активных действий, в то время как английский флот при посильной поддержке французского накидывает на Германию старую добрую удавку морской блокады, из которой нет даже теоретического выхода, кроме капитуляции. Что касается СССР, то Сталин, стоя по колено в крови собственного народа, вряд ли способен при таких обстоятельствах активно вмешаться в европейские дела. Не следует забывать, что они с Гитлером ненавидят друг друга. Уже в течение ряда лет между СССР и Германией идет беспрецедентная для мирного времени пропагандистская война, ведущаяся без соблюдения каких-либо норм и простой этики с самыми грязными оскорблениями, достойными портового кабака, а не двух великих стран, поддерживающих дипломатические отношения.

В таких условиях, конечно, приятно было бы рассчитывать на помощь России. Ведь не зря Сталин держит на посту министра иностранных дел еврея Литвинова, явно демонстрируя, что никакие серьезные переговоры между ним и Гитлером невозможны. Но, увы, обескровленные еще небывалым в истории террором русская армия и все русское общество вряд ли чем-нибудь могут помочь Западу в надвигающемся новом конфликте.

Союзники ошибаются, но ошибаются искренне. Они еще плохо знают Сталина. Весь террор затеян им именно для того, чтобы активно вмешаться в европейские дела, чтобы превратить СССР в единый военно-трудовой лагерь, скованный самым надежным, по мнению Сталина, цементом — страхом. Мюнхенское соглашение, не давшее начаться давно ожидаемой Сталиным Европейской войне, вызвало у него прилив бешенства. Проклятые, разложившиеся от роскоши трусы! Но в отличие от Гитлера он умеет держать себя в руках.

10 марта 1939 года вождь выступает с отчетным докладом на XVIII съезде партии. Как обычно, он говорит на придуманной еще Лениным «новоречи», где мир — это война, правда — ложь, любовь — ненависть, агрессия — оборона. Как правило, в подобных речах сразу понять невозможно ничего. Но Сталин не может сдержать своего недовольства и разочарования по поводу того, что война в Европе, которую он ждет уже почти 19 лет, так и не началась. Он обрушивается на Англию и Францию, называя их за то, что они не дали вспыхнуть европейскому конфликту, «провокаторами войны». Видимо, забыв, о чем он говорил всего минуту назад, вождь с неожиданной откровенностью начинает клеймить «политику невмешательства» Англии и Франции, прямо заявляя, что такая политика представляет чуть ли не основную угрозу интересам Советского Союза. Он обвиняет Англию и Францию в том, о чем страстно мечтает сам, — в желании дать Германии возможность «...впутаться в войну с Советским Союзом, дать всем участникам войны увязнуть глубоко в тине войны, поощрять их втихомолку, дать им ослабить и истощить друг друга, и потом продиктовать слабеющим участникам войны свои условия». Но нет, господа, не выйдет. Эту роль я оставил для себя. И если сейчас вам удалось вывернуться, то в следующий раз я устрою так, что деваться вам уже будет некуда.

Пока Сталин с несвойственной для него страстностью произносил речи, выслушивая бурные овации сидящих в зале манекенов, в самый разгар съезда, 15 марта, Гитлер захватил всю Чехословакию, хотя по Мюнхенскому соглашению ему полагалась только Судетская область.

Стало ясно, что Гитлера на испуг не возьмешь. «Адольф закусил удила», — в свойственной для себя манере сообщала американская разведка из Берлина. В европейских столицах, сопя, терлись боками разведки практически всех стран. Ни одно решение, ни одно мероприятие сохранить в тайне не удавалось. Серые потоки информации, украшенные яркими лентами дезинформации, кольцами гигантского змея обвивали взбудораженную Европу.

Английский кабинет продолжал зондировать почву о возможности англо-советского военного союза (с этой целью 16 марта советское посольство в Лондоне посетил сам премьер Чемберлен), но никто этого союза не хотел. Напротив, уже существовал весьма изящный план — стравить между собой СССР и Германию и решить тем самым как европейскую, так и мировую проблемы. Наиболее верным способом для этого, как указала в представленном правительству меморандуме английская разведка, являлось провоцирование сближения Германии и СССР. «Если эти страны придут к какому-либо политическому, а еще лучше — к военному соглашению, то война между ними станет совершенно неизбежной и вспыхнет почти сразу после подписания подобного соглашения».

К такому же выводу пришел и президент США Рузвельт, получив первые сообщения о наметившемся советско-германском сближении. «Если они (Гитлер и Сталин) заключат союз, то с такой же неотвратимостью, с какой день меняет ночь, между ними начнется война».

21 марта, в день закрытия XVIII съезда, правительство Англии предложило Сталину принять декларацию СССР, Англии, Франции и Польши о совместном сопротивле-

нии гитлеровской экспансии в Европе. Ответа не последовало.

31 марта Англия и Франции объявили о гарантиях Польше. Сталин усмехнулся, но промолчал. В ответ Гитлер объявил денонсированным англо-германское морское соглашение 1935 года — шаг более чем странный, поскольку Гитлер сам в свое время уговорил благодушных англичан его заключить. Воспользовавшись моментом, Гитлер также объявил о расторжении германо-польского договора о ненападении, заключенного в 1934 году.

6 апреля подписывается англо-польское соглашение о взаимопомощи в случае германской агрессии.

13 апреля Англия и Франция предоставляют гарантии безопасности Греции и Румынии. Советская пресса ведет издевательскую кампанию над «английскими гарантиями», постоянно напоминая, во что они обошлись доверчивой Чехословакии.

16 апреля Англия и Франция направляют советскому руководству проекты соглашений о взаимопомощи и поддержке на случай, если в результате «осуществления гарантий Польше западные державы окажутся втянутыми в войну с Германией». Нарком Литвинов, мечтающий именно об этом, заверяет английского посла в Москве, что приложит все усилия, чтобы... Но никакого конкретного ответа нет. Англичанам, если у них вообще существовали на этот счет какие-либо сомнения, становится ясно все. Сталину не нужны какие-либо меры, пакты и гарантии, способные обеспечить мир в Европе. Ему нужна война, и он сделает все от него зависящее, чтобы она вспыхнула как можно скорее.

Впрочем, к чести Сталина надо сказать, что он и не пытался особенно этого скрывать. «Буржуазные политики, — открыто вещал вождь всех народов, — руководствуются чувством боязни перед революцией, которая может разыграться, если неагрессивные государства вступят в войну и война примет мировой характер... Они, конечно, знают, что Первая мировая империалистическая война дала победу революции в одной из самых больших стран...

а потому боятся, что Вторая империалистическая мировая война может повести также к победе революции в одной или нескольких странах». А поскольку нашей целью и является мировая революция, то развязывание войны в Европе и есть наше средство во имя великой цели, которая оправдает все.

Если Сталин ни разу в жизни откровенно не высказался до конца, постоянно, хотя и не всегда успешно, пряча свои мысли в лабиринте придаточных предложений и в непереводимых на человеческий язык оборотах «новоречи», то своим подручным вождь иногда разрешал высказывать собственные (его, Сталина) мысли более откровенно, называя многие вещи своими именами. На том же XVIII съезде начальник Главного политического управления Рабоче-крестьянской Красной армии, один из ближайших сотрудников вождя Лев Мехлис под бурные аплодисменты воющего от восторга зала ясно расшифровал сталинскую мысль: «Если Вторая империалистическая война обернется своим острием против первого в мире социалистического государства, то перенести военные действия на территорию противника, выполнить свои интернациональные обязанности *умножить число советских республик!*»

А ведь надо заметить, что столь воинственные вопли из Москвы, кричащие о Второй мировой войне, как о свершившемся факте, обрушились на мир, когда война, собственно, еще не началась и многие правительства в мире надеялись ее предотвратить. Но не тут-то было. В Кремле уже решили, что час настал!

Над шахматной доской Европы склонились ведущие игроки, ожидая следующего хода. И он не замедлил последовать. Сталин сделал ход пешкой.

3 мая 1939 года на последней странице газеты «Правда» в разделе «Краткие новости» появилось маленькое сообщение о том, что нарком иностранных дел «М. Литвинов освобожден от должности НКИД по собственной просьбе в связи с состоянием здоровья». На должность

наркома, говорилось в том же сообщении, назначен т. Молотов В. М.

В СССР это сообщение осталось почти незамеченным. Раздавленный народ почти не интересовался кремлевскими интригами. Но в мире это сообщение грохнуло набатом. Снят Литвинов — сторонник мер коллективной безопасности против наглеющей Германии, еврей, которого Сталин специально держал на посту, демонстрируя Гитлеру абсолютную невозможность каких-либо официальных переговоров.

В Берлине же царило ликование. Наконец-то между Германией и СССР перестал стоять этот, как раздраженно выразился Гитлер, «паршивый еврей»!* В Париже и Лондоне также все поняли правильно. Особенно в Лондоне. Сталин сделал первый намек на возможность сближения с Гитлером. Хорошо. Они сами не заметят, как в порыве дружеских объятий начнут душить друг друга. Серьезные попытки заключить какое-либо соглашение с СССР прекращаются. Еще будут, конечно, англо-франко-советские переговоры, несерьезность которых будет очевидна как договаривающимся сторонам, так и практически всему миру — с главной целью раззадорить Гитлера.

А над Москвой продолжают греметь военные барабаны, литавры и трубы. Еще в своем «Новогоднем обращении к советскому народу» Сталин в газете «Правда» от 1 января 1939 года призвал Советский Союз быть готовым «разгромить любого врага на его территории», пустив в обращение новую военную доктрину — «бить врага малой кровью на его территории». Правда, при этом, по правилам «новоречи», необходимо было добавлять, как в заклинании, магические слова, «если СССР подвергнется нападению».

---

* 22 августа 1939 года — за день до подписания советско-германского договора о ненападении, за 10 дней до вторжения в Польшу, Гитлер сказал своим генералам: «Решающим было смещение Литвинова. Для меня это прозвучало как пушечный выстрел, объявивший об изменении отношения Москвы к западным странам».

Насколько эта преамбула ничего не значила, показали последующие события, полные грубых провокаций, обстрелов собственных войск, воплей о братской, интернациональной и прочей помощи, грозно-чванливых ультиматумов, безоговорочных нот и т. п.

Сталин, безусловно, был удивительным человеком. Еще недавно он публично подверг резкой критике теорию так называемого «блицкрига» (молниеносной войны), назвав ее «продуктом буржуазного страха перед пролетарской революцией», и никто еще не успел охнуть от осознания великой мудрости вождя, как Сталин, переведя всем понятное выражение «блицкриг» на «новоречь», сформулировал, как всем казалось, свою собственную военную доктрину — «малой кровью на чужой территории». Что это, как не тот же самый «блицкриг»?

«Сокрушительный удар по территории противника» начал свое шествие по стране. Им упивались, выли от восторга, истерически аплодировали. Ни одно общественное мероприятие не обходилось без воинственных воплей о «нанесении сокрушительного удара по территории противника». Об этом говорили и 21 января на торжественном заседании по случаю годовщины смерти Ленина, на котором сидящие в зале последний раз имели удовольствие видеть железного наркома Ежова. Об ударе истерически кричали 23 февраля, в день, который Сталин повелел считать днем РККА. Этот призыв постоянно звучал в речах делегатов XVIII партсъезда и даже на траурном митинге по случаю гибели в авиакатастрофе известной советской летчицы Полины Осипенко.

Всего через четыре дня после снятия Литвинова — 7 мая 1939 года — на торжественной церемонии выпуска слушателей военных академий Сталин выступил с краткой, но выразительной речью, в частности, сказав: «Рабоче-крестьянская армия должна стать *самой агрессивной* из всех когда-либо существовавших наступательных армий!» Бурные аплодисменты, встретившие появление вождя на трибуне, заглушили невнятно произнесенную им магическую преамбулу: «Если враг навяжет нам войну».

Выступивший от лица слушателей, недавно вернувшихся с Халхин-Гола, полковник Родимцев заверил сидящих в президиуме «вождей»: «Мы клянемся выполнить приказ товарища Ворошилова разгромить любого агрессора на его собственной территории!» В обстановке небывалого военного психоза был вдвое увеличен военный бюджет, продолжала развиваться еще невиданная в мире военная промышленность.

Почти открыто разворачивается огромная армия вторжения в Европу. Но кто же этот враг, которого надо громить на его собственной территории? Он никогда не называется прямо. Врагов очень много: фашисты, империалисты, милитаристы, мировая буржуазия, белофинны, белоэстонцы, троцкисты... Кругом враги. Кого укажут конкретно, того и будем громить на его собственной территории малой кровью...

Рев труб и барабанов доносится и из Берлина. Парады, танковые ралли, смотры люфтваффе, зажигательные речи фюрера на церемонии спуска новейших немецких линкоров «Бисмарк» и «Тирпиц». Осуществляется обещанный адмиралам план «Зет». Но прежде всего надо разобраться с Польшей.

Истерика, поднятая гитлеровской пропагандой вокруг «Данцигского коридора», не оставляет сомнений в дальнейших намерениях Гитлера. Гром военных маршей, доносящийся из Москвы и Берлина, не очень пугает лондонских политиков. Осведомительные сводки о состоянии вермахта и РККА исправно ложатся на письменные столы отделанных в викторианском стиле кабинетов Уайтхолла.

Вермахт при вторжении в Чехословакию, не встретив никакого сопротивления, показал себя далеко не лучшим образом. Танки застревали даже на дорогах. Хороших грузовиков у немцев нет. Не налажено производство автопокрышек. По артиллерийской насыщенности вермахту еще очень далеко даже до кайзеровской армии.

Солдаты обучены плохо. Постоянные пробки на дорогах и общая неразбериха говорят о том, что и работа штабов всех уровней весьма далека от совершенства...

С другой стороны — РККА. Резня, устроенная Сталиным, практически свела самую большую армию в мире к огромному стаду баранов, трусливо ожидающих, на кого следующего обрушится топор мясника. Какая-либо инициатива отсутствует. В армии процветают пьянство и воровство, потоком сыпятся доносы, никто друг другу не доверяет.

Работа штабов почти полностью парализована. Выдвинутая Сталиным доктрина ведения наступательной войны «на чужой территории» еще не нашла никакого отражения в оперативных документах. Планов на оборону также не существует. Огромная армия развернута вдоль границы, как стадо у загородки загона. Недавние события у Халхин-Гола, где против двух японских дивизий были задействованы две советские армии и все Вооруженные силы так называемой Монгольской Народной Республики, показали низкую боевую подготовку Красной Армии на всех уровнях, отвратительную работу штабов, примитивнейшую связь, почти полное отсутствие автотранспорта...

Воинственные заявления двух лидеров мирового тоталитаризма в большой степени можно считать блефом, но их полная безответственность может привести к самому неожиданному развитию событий. В то же время намечаются и осторожно делаются первые шаги навстречу друг другу, что можно только приветствовать, ибо когда эта встреча произойдет — война между двумя континентальными суперхищниками неизбежна.

Пока вся инициатива сближения исходит от Москвы, что, учитывая неожиданное смещение Литвинова, неудивительно. Так, через два дня после смещения Литвинова в Министерство иностранных дел в Берлине явился поверенный в делах СССР Георгий Астахов и в разговоре с советником Шнурре намекал на возможность возобновления торговых переговоров.

20 мая немецкий посол в Москве граф Шуленбург в течение двух часов беседовал с новым наркомом иностранных дел Молотовым, который намекнул немцу, что существуют предпосылки для радикального улучшения советско-германских экономических и политических отношений. На вопрос Шуленбурга, как это можно осуществить практически, Молотов, прощаясь, ответил: «Мы оба об этом должны подумать...»

В завершение отчета разведка сообщала, что Военно-морские силы двух тоталитарных империй можно пока всерьез не принимать, хотя в обоих странах разработана и уже осуществляется обширная программа военного кораблестроения. Однако сомнительно, чтобы Германия при состоянии ее сырьевой базы и СССР при состоянии его судостроительной промышленности были бы способны хотя бы частично осуществить эти программы ранее 1946 года.

21 мая английский и французский генеральные штабы проводят еще одно секретное совещание, на котором подтверждаются ранее принятые решения по тактике ведения войны с Германией и ее быстрого удушения в случае агрессии против Польши. Вопрос уже не стоит: воевать или нет в случае нападения на Польшу. Ответ однозначен — воевать. Заодно охлаждается воинственный раж Москвы. Несколько английских журналов сообщают о концентрации английской бомбардировочной авиации на ближневосточных аэродромах. В радиусе их действия находится единственный советский источник нефти — Баку. Второго Баку у Советского Союза нет, и можно легко представить, что будет с не модернизировавшимися с 1912 года приисками, если на них обрушатся английские бомбы.

Сталин чуть не перекусывает черенок трубки. Англия! Проклятая Англия! Империалистическое гнездо! Но намек понят — надо быть осторожнее, если же удастся его план, то англичанам все равно конец.

22 мая в обстановке оперной помпезности Гитлер и Муссолини подписывают договор о военном союзе — Стальной пакт. После подписания пакта Гитлер признается своему другу и союзнику, что намерен до наступления осени напасть на Польшу. У Дуче, по его собственным словам, «похолодели руки». Краснея и заикаясь, он признается фюреру, что Италия совершенно не готова к войне. Но Гитлер и не строит никаких иллюзий о боеспособности своего союзника. Главное, чтобы хитрые англичане не переманили Италию на свою сторону, как это произошло в Первую мировую войну.

23 мая Гитлер собирает своих высших генералов на новое совещание. Он снова напоминает им, что война неизбежна, поскольку его решение напасть при первой же возможности на Польшу остается неизменным. На письменном столе фюрера в специальной папке зеленого сафьяна лежит добытый разведкой протокол последнего секретного совещания английского и французского генеральных штабов. Гитлер настроен скептически. Уж очень оперативно сработала обычно неповоротливая служба Канариса. Позавчера только было совещание, и протокол уже на его столе. Не подброшена ли эта информация англичанами, которые известные мастера на подобные штучки? Он не верит, чтобы эти разжиревшие от роскоши англосаксы могли решиться на войну. Свое истинное лицо они уже показали в Мюнхене. Но в любом случае это ничего не меняет, потому что дело не в Данциге, дело даже не в Польше, его главная цель — поставить на колени Англию. Если англичане хотят войны — они ее получат. Внезапной атакой нужно уничтожить их флот, и с ними покончено. Им удалось избежать разгрома в Ютландском бою, но больше это не повторится. Провидение для того и поставило его, Гитлера, во главе возрождаемой Германии, чтобы покарать Англию!

Как всегда, в ходе своего выступления Гитлер взвинчивает себя, исступленно кричит, яростно жестикулирует. Генералы слушают молча, холодно поблескивая моноклями. Они не разделяют оптимизма своего фюрера. Напротив, они считают, что Германия совершенно не готова к войне, особенно к войне с Англией, опирающейся на ресурсы своей необъятной империи. Генералы — все участники Первой мировой — хорошо осознали английский план ведения будущей войны. При нынешнем состоянии Германии произойдет именно так, как планируют англичане.

24 мая начальник тыла Вооруженных сил рейха генерал Томас, выражая общее мнение своих коллег, представляет фюреру секретный доклад. В своем докладе генерал обращает внимание фюрера на следующее: Вооруженные силы Германии, включая вермахт, люфтваффе и кригсмарине, имеют общий запас топлива на полгода, всех видов резины, включая сырой каучук, — не более чем на два месяца; цветных металлов, никеля и хрома — на три месяца, алюминия — на полгода. Не менее кризисное состояние и с боезапасом. На складах ВВС авиабомб едва хватит на три месяца *неинтенсивной* войны, причем бомбы главным образом устаревших образцов — десятикилограммовые. Артиллерия и танки имеют в запасе три боекомплекта снарядов — на три недели не очень интенсивной войны с заведомо слабым противником. Производство грузовых автомобилей и бронетранспортеров в настоящее время практически парализовано из-за недостатка финансовых средств и сырья. В случае вспышки всеевропейской войны — Германия обречена на поражение.

К докладу Томаса была приложена докладная записка гросс-адмирала Редера, которому фюрер торжественно обещал, что не начнет войны с Англией до 1943 года. Адмирал присутствовал на конференции 23 мая и понял, что фюрер уже забыл о данном флоту обещании. Он напоминает, что строительство линкоров давно выбилось из графика из-за нехватки сырья, и если война с Англией начнется в этом году, то германскому флоту останется только «показать, как погибать с честью».

Генералы не знают, что в это же время фюреру пришла грозная бумага от правления Имперского банка, где со свойственной банкирам прямотой говорилось, что финансовое положение Рейха близко к катастрофе. Другими словами, денег нет и взять их негде. После «хрустальной ночи» перед немцами захлопнулись все двери международных банков, контролируемых евреями. В случае войны, подчеркивали финансисты, при тотальной мобилизации всех средств и ресурсов, к 1943 году Германия исчерпает все до дна и прекратит свое существование как государство*.

Более того, отмечает секретный документ Имперского банка, германская экономика из-за сильной милитаризации при фактическом отсутствии внешнего рынка после «ариезации» еврейского капитала находится также на грани развала. Налицо огромный дефицит платежного баланса, чреватый экономическим спадом и кризисом. В случае войны все указанные процессы обострятся и ускорятся, что неизбежно приведет к национальной катастрофе.

Гитлер в ярости комкает полученные бумаги. Он бегает по кабинету мимо вытянувшихся адъютантов, обвиняя своих генералов в трусости и предательстве. Сталин, перерезавший своих генералов, сделал самое великое дело в своей жизни. Он, не колеблясь, сделает то же самое, если еще «хоть какая-нибудь свинья» осмелится подсунуть ему подобную мерзость. Он бросает бумаги на ковер и топчет их ногами. Из его глаз льются слезы ярости. В бессилии он падает в кресло и закрывает глаза. Он снова видит наглую улыбку Фоша в Компьенском лесу, бульдожьи челюсти английских адмиралов под имперской короной украшенных золотым тиснением фуражек, немецких моряков, барахтающихся под пулеметным огнем в ледяных водах Скапа-Флоу, трубы и мачты затопленных немецких дредноутов, сиротливо торчащие из воды на фоне безлюдного холмистого берега. Он чувствует, что невидимая удавка уже стягивается на его горле. Судорожно он рвет воротник, ослабляя галстук. Он хорошо знает, что это за удавка. Пусть он погибнет в начавшейся смертельной борьбе, но и евреи дорого заплатят за его гибель! Так дорого, что никогда не забудут его.

---

* Интересно, что в то же самое время президент Рузвельт, собрав в Белом доме ведущих финансистов США, поинтересовался, насколько у Гитлера хватит средств проводить в жизнь свою политику. Банкиры, покопавшись в гроссбухах, ответили, что в случае, если мирное время продлится, то до 1948 года, если втянуть Гитлера в войну в этом году, то до 1942 года — не более.

Ступая бесшумно по ковру, адъютанты поднимают разбросанные бумаги и почтительно кладут их на стол перед фюрером. Он сидит с закрытыми глазами, массируя рукой горло, судорожно сжимая другой рукой подлокотник кресла. Хищный имперский орел на стене, вцепившись когтями в свастику, распростер свои крылья над старинным гобеленом, на котором войска Фридриха Великого идут в штыковую атаку на всю Европу...

Ковровые дорожки скрадывают шаги мягких кавказских сапог Сталина. Великий вождь, посасывая потухшую трубку, в раздумье ходит по своему кремлевскому кабинету. Всклокоченная борода и еврейски-оценивающий взгляд Маркса с портрета на стене, с некоторым испугом взирающего на персонификацию своих экономических идей времен первоначального накопления капитала. На другой стене водружен недавно утвержденный герб Советского Союза. Стилизованные пшеничные колосья подобно стратегическим стрелам охватывают беззащитный земной шар, уже полностью накрытый «Серпом и Молотом» с сияющей над всем миром красной звездой. Герб вдохновляет, заставляя постоянно думать о его воплощении в жизнь.

Советская разведка глобальна. В мире нет тайн, не попадающих в ее всевидящее око. Собственная сеть, сеть Коминтерна — завербованные эмигранты, завербованные английские, французские, испанские и бельгийские аристократы, немецкие и итальянские антифашисты, руководство католической церкви, мощные еврейские круги*, социал-демократические круги — дают такой поток информации, в котором впору захлебнуться и который

* Еще в начале 1938 года «еврейские круги» обещали Сталину неограниченный кредит и полную модернизацию армии, если он нападет на Гитлера. Сталин повелел ответить, что «если Советский Союз подвергнется фашистской агрессии, он с благодарностью воспримет поддержку всего прогрессивного и миролюбивого человечества». Не говорящие на «новоречи» «круги» решили, что Сталин, спасая лицо, просит их организовать «фашистскую агрессию». Они приняли это к сведению.

просто невозможно анализировать. Впрочем, от советской разведки это и не требуется. Анализом разведданных занимается лично Сталин и только Сталин. Он и выносит решения. Это знают на Западе, особенно после бегства под их крылышко в 1937—1938 гг. нескольких ведущих советских резидентов, и подключают к советскому информационному потоку не менее мощный и привлекательный поток дезинформации. Пусть Сталин его и анализирует*.

Один за другим на стол Сталина ложатся протоколы секретных совещаний в Лондоне, конференций у фюрера, бесед в Варшаве, Бухаресте, Белграде и Стамбуле. Копия совершенно секретного доклада генерала Томаса передается в Москву в тот же день, когда ее в ярости комкает Гитлер. Два часа на перевод — и она у Сталина. Копия меморандума Имперского банка попадает к Сталину раньше, чем к Гитлеру, на четыре часа, даже с учетом перевода. Но вот и состряпанная кем-то «деза»: между Веком и Гитлером заключено тайное соглашение о совместном нападении на СССР с привлечением Англии, а возможно, и Франции. Кодовое название операции «Крестовый поход». Секретность операции обеспечивается обострением «германо-польской» пропагандистской войны, под шумок которой обе страны тайно проведут мобилизацию, подключат Прибалтийские государства, Японию и Турцию. Эта «деза» сработана, видимо, в Лондоне. Но стопроцентных доказательств, что это «деза», нет. В деталях как раз многое совпадает.

Аналитики из разведки молчат под тигриным взглядом вождя, облизывая пересохшие от страха губы. В их ведомстве расстреляли или посадили каждого второго, включая все руководство. Скажешь не так — поставят к стенке, скажешь так — тоже поставят к стенке. Лучше отмолчаться. Сами думайте, товарищ Сталин. Скажете «ли-

---

* Один из резидентов советской разведки Кривицкий, сбежав на Запад, дал обширные показания, назвав в том числе Кима Филби как советского агента. Англичане, однако, никак на это не отреагировали, и Филби еще долго занимал ведущие посты в английской разведке, передавая в СССР аж до 1961 года потоки тщательно продуманной дезинформации. Пути разведок неисповедимы!

па» — будем считать «липой». Как скажете. Собственно, все годы Сталин именно к этому и стремился, но несколько переоценил своей собственный интеллект.

Плохо образованный, не понимающий сложных процессов окружающего его мира, находящийся во власти навязанных ему догм и пророчеств, он оказался не в состоянии в одиночку разобраться в той немыслимой вакханалии, которую сам начал и которой, как ему казалось, он управлял. Поставленный против коллективного разума лучших умов мира, он все дальше и дальше уходил от реальности в своих оценках, постоянно все упрощая, искусственно пытаясь привести многие динамичные и неоднозначные процессы к желаемой простой схеме, загоняя самого себя в ловушку смертельных противоречий желаемого и действительного.

Но пока все, кажется, шло гладко. Итак, англичане полны решимости начать с Гитлером войну, если тот нападет на Польшу. Решение Гитлера напасть на Польшу, видимо, так же серьезно, но это решение встречает оппозицию в армии, которая боится войны. И боится не без оснований, если верить докладу генерала Томаса. Гитлер может в последнюю минуту тоже струсить или, что еще хуже, его могут физически устранить. Советская разведка уже пронюхала о нескольких заговорах в армии с целью убийства фюрера. Это было бы очень досадно.

Во время Судетского кризиса Сталин приказал сосредоточить на границе с Чехословакией 30 пехотных, 10 кавалерийских дивизий, один танковый корпус, три отдельные танковые бригады и 12 авиационных бригад. Более того, был демонстративно проведен призыв 330 тысяч резервистов. Он и сам толком не мог понять, кого хотел напугать: западных союзников, Гитлера или чехов. Более всего перепугались поставленные между двух огней чехи и открыто предпочли Гитлера Сталину, в то время как Сталин не получил от этого демарша ничего, кроме головной боли. Подобное положение, конечно, не должно повториться. В данном случае все надо тщательно продумать.

Надо дать понять Гитлеру, что СССР готов ликвидировать его сырьевой дефицит, снабдить его всем необходимым, лишь бы он решился на европейскую войну, особенно на войну с Англией. Мы можем предоставить ему все необходимое для форсирования строительства флота, для мощных ударов по разжиревшей «владычице морей». Пусть флоты Англии и Германии бьют и калечат друг друга в полное взаимное удовольствие, а мы пока возродим собственный флот и в нужный момент появимся в Мировом океане.

В августе и ноябре 1938 года в Ленинграде и Николаеве были заложены два первых суперлинкора типа «Советский Союз». Специалисты жаловались на нехватку средств для строительства этих бронированных чудовищ. Но Сталин мягко сказал: «По копеечке соберем, но построим сколько надо», как некогда Иван III о Московском Кремле: «По копеечке соберем, но построим».

Пока английский и германский флоты будут уничтожать друг друга, французская и немецкая армии будут заниматься этим же вдоль укрепленных линий Мажино и Зигфрида в бесполезных атаках и контратаках, теряя, как в прошлую войну, по 10 000 человек в день. И тогда, для начала, мы заберем Балканы и проливы. Возьмем просто голыми руками, назначив товарища Димитрова президентом Социалистической Балканской Федерации. Заберем Прибалтику и Финляндию. Это наши земли, утраченные по Брестскому договору. Как еще война в Польше пойдет? Там и решим по обстановке. Главное, чтобы ефрейтор не струсил!

30 мая Георгий Астахов, заявившись в Министерство иностранных дел Германии, куда его никто не звал, открытым текстом объявил заместителю рейхсминистра Вайцзеккеру, что двери для нового торгового соглашения между СССР и Германией «давно открыты» и он не понимает, что это немцы так нерешительно в этих дверях мнутся. Ошеломленный Вайцзеккер ответил Астахову, что недавно заключенный пакт «Берлин — Рим» не направлен против СССР, а направлен против поджигателей войны: Англии и Франции, о чем Астахов его и не спрашивал, но с удовольствием принял сказанное к сведению.

Обе стороны еще с подозрением посматривают друг на друга, робко делая навстречу первые шаги. Немцы боятся, что Москва и Лондон неожиданно договорятся между собой, Москва действует так же сверхосторожно, чтобы, с одной стороны, не вспугнуть немцев, а с другой, не дать Лондону возможности разобраться в проводимой византийской игре. В Лондоне видят, как неумолимо сближаются две критические массы — СССР и Германия. Взрыв неизбежен. В Уайтхолле довольно потирают руки. Однако столь медленное развитие событий начинает нервировать Сталина. Если Гитлер действительно решил напасть на Польшу не позднее 1 сентября, то какого черта он ведет себя столь нерешительно?!

Гитлер мучается, раздираемый комплексами. Он ненавидит Сталина ничуть не меньше, чем Сталин Гитлера. Сталин мешает его планам, и Сталина необходимо бы уничтожить в первую очередь, но смятый доклад генерала Томаса лежит на его столе, напоминая и предостерегая.

Кроме того, разведка добыла материалы (как позднее выяснилось, подброшенные англичанами), что Москва и Варшава накануне подписания секретного договора о совместных действиях против Германии. За военную помощь Польша согласна предоставить СССР свободу рук в Прибалтике. К соглашению готова примкнуть Литва, раздраженная потерей Клайпедского края в марте этого года.

Гитлер лично прибыл в Клайпеду на борту линкора «Дойчланд». Он сошел на берег зеленый от морской болезни, еще более ненавидя англичан за то, что они, проводя всю жизнь в море, не мучаются, как он...

Но время идет, и до 1 сентября осталось уже совсем недолго. Гитлер не может отменить им же установленную дату, но нельзя допустить, чтобы она вместо даты его очередного триумфа стала датой еще одной катастрофы Германии. Он понимает и предупредил об этом своих генералов, что поляки не сложат трусливо оружие, как чехи. Это будет война. Дрожь азартного игрока трясет его от осознания риска задуманной игры. Деваться некуда — союз со Сталиным нужен. Более того, он просто необходим!

Пока Гитлер не может прийти к решению, давая указания своему МИДу и тут же отменяя их, Сталин делает следующий осторожный шаг вперед. 18 июля советский торговый представитель в Берлине Евгений Бабарин в сопровождении двух помощников явился в МИД Германии к экономическому советнику Шнурре и заявил, что СССР желает расширить и интенсифицировать советско-германские торговые отношения. Бабарин принес проект соглашения с перечнем всего, что СССР намерен и может поставлять в Рейх. Более того, заявил Бабарин, он уполномочен, если у немецкой стороны не возникнет возражений, тут же и подписать соответствующее соглашение. Советник Шнурре заявил, что он сам таковых полномочий не имеет, но немедленно доложит наверх о русских предложениях.

У Гитлера и его советников захватило дух. В бабаринском проекте было перечислено все то, о чем бил в набат в своем докладе генерал Томас (недаром Сталин внимательно этот доклад изучил), причем в таком количестве, что можно было отвоевать не одну, а две мировые войны. Все это было так сказочно заманчиво, что не походило на правду. Не готовят ли русские какой-нибудь сверхдьявольский ход?

Риббентроп дает указание Шнурре пригласить Астахова и Бабарина в какой-нибудь шикарный ресторан и прощупать их за бокалом вина в неофициальной интимной обстановке.

Встреча в ресторане 26 июля затянулась за полночь. Оба русских держались непринужденно и откровенно. Георгий Астахов под согласное кивание Бабарина пояснил, что политика восстановления дружеских отношений полностью соответствует жизненным интересам обеих стран. В Москве, пояснил советский поверенный в делах, совершенно не могут понять причин столь враждебного отношения нацистской Германии к Советскому Союзу. Советник Шнурре поспешил заверить русских, что восточная политика рейха уже полностью изменилась. Германия ни в коей мере не угрожает России. Напротив, Германия смотрит в совершенно противоположном направлении. Целью ее враждебной политики является Англия. В Берлине озабочены, что Англия какими-то своими сладкими посулами перетянет РОССИЮ на свою сторону. Это было бы очень печально, поскольку означало бы конец советско-германских отношений, столь выгодных для вас и для нас. Что в лучшем случае вам может предложить Англия? Участие в европейской войне на ее стороне и войну с Германией. Англия будет с удовольствием смотреть со своих островов, как немцы и русские во имя ее интересов уничтожают друг друга. Неужели это вас устраивает? Конечно, нет! В то время как мы предлагаем вам надежный нейтралитет, неучастие в европейском конфликте и выгоднейшие торговые отношения. В конце концов, Германию, Россию и Италию связывает общая идеология, направленная против разлагающихся капиталистических демократий. Не так ли?

За прекрасным ужином и бокалами коллекционного вина второстепенные дипломаты Германии и России первыми заложили фундамент будущей войны. Растроганный Астахов заверил советника Шнурре, что немедленно сообщит в Москву все услышанное за столом.

29 июля немецкий посол Шуленбург получает через курьера запись разговора в ресторане и требование — проверить реакцию Советского правительства, предложить переговоры с учетом всех интересов СССР от Балтийского и Черного морей.

31 июля в телеграмме, направленной статс-секретарем Вайцзеккером в Москву Шуленбургу, впервые появились слова «срочно, совершенно секретно». Вайцзеккер торопит Шуленбурга, требуя как можно скорее добиться приема у Молотова и выяснить наконец связь между разговором в ресторане за бокалом рейнского вина и позицией Сталина.

Немцы нервничают. Они знают, с кем имеют дело. Архивы тайной полиции Берлина, Гамбурга и Франкфурта-на-Майне хранят много примеров тех методов, которые Страна Советов считает совершенно обычными в дипломатической практике.

Еще первый советский посол в Германии Иоффе, нисколько не смущаясь, прямо в посольстве раздавал оружие коммунистическим боевикам для осуществления пролетарского восстания. Работники посольства с дипломатическими паспортами в кармане открыто взяли на себя роль боевых инструкторов «рабочих дружин», завезя на территорию Германии боевиков со всего света.

Немцы знают, что когда речь идет о создании всемирной коммунистической империи, от русских можно ожидать чего угодно. И вот сейчас разведка, а также немецкий посол в Париже фон Велцек докладывают, что СССР, Англия и Франция, завершив переговоры на высшем уровне, перевели их в чисто военное русло, где начальники штабов будут отрабатывать специфические военные детали по быстрейшему уничтожению Германии. Причем французскую делегацию должен возглавить сам генерал Демон — бывший начальник штаба знаменитого генерала Вейгана.

Немцы, несмотря на обилие информации, еще не понимали, что советско-англо-французские переговоры давно зашли в тупик взаимного непонимания и ведутся частично по инерции, частично — для отвода глаз.

Выдвинутый советской стороной термин «непрямая агрессия» допускал столь широкое толкование, что давал СССР юридическое право оккупировать любую страну по усмотрению Сталина. «Непрямая агрессия» — это была очередная сталинская новинка, с помощью которой вождь модернизировал свою знаменитую доктрину «малой кровью на чужой территории».

Как известно, в преамбуле поминался агрессор, который теперь мог быть и «непрямым». Англичане и французы этого термина совершенно не понимали. Советская же сторона яростно на нем настаивала, поскольку Сталин указал, что именно в этом термине и заключается вся суть проблемы.

Шуленбург, бомбардируемый отчаянными телеграммами из Берлина, пытается добиться приема у Молотова, но не видит в Москве тех лучезарных улыбок, которые расточали Астахов с Бабариным в Берлине.

Только 3 августа он добивается приема у Молотова. Инструкции Риббентропа и Вайцзеккера требуют от посла перевести переговоры с русскими в область «конкретных» договоренностей и попытаться добиться согласия Сталина на государственный визит в Москву рейхсминистра Риббентропа. Астахову уже намекали в Берлине, что Германия приглашает СССР совместно «решить судьбу Польши», и Астахов, как всегда, ответил лучезарной улыбкой. Но Молотов сдержан. Советский Союз и так уже сделал много. Теперь пусть немцы проявляют инициативу, тем более что до 1 сентября осталось менее месяца. «Мы не спешим», — заметил в Берлине Риббентроп улыбающемуся Астахову, но по дергающемуся лицу рейхсминистра было видно, как он неумело блефует — времени у немцев уже нет. Сейчас они ринутся в объятия СССР и угодят в подготовленную Сталиным ловушку.

Молотов принимает Шуленбурга более чем холодно. Да, СССР заинтересован в улучшении советско-германских отношений, но пока со стороны Германии он видит одни благие намерения». Нарком напоминает послу об Антикоминтерновском пакте, о поддержке Германией Японии во время советско-японского конфликта у озера Хасан, об исключении Советского Союза из Мюнхенского соглашения. У Шуленбурга возникает впечатление, что русские вовсе не хотят никакого соглашения с Германией, а все еще надеются договориться за немецкой спиной с западными союзниками.

Уныние, охватившее немцев, рассеивается Астаховым. В разговоре со своим приятелем Шнурре советский дипломат уверяет экономического советника, что нет никаких причин для волнений. Молотов согласен обсудить с немцами все интересующие их вопросы, включая вопрос о Польше. Он только просит не спешить, а действовать постепенно. Ведь и господин рейхсминистр Риббентроп подчеркивал то же самое: не спешить, действовать постепенно.

Но у Гитлера уже нет времени действовать «постепенно», и это отлично понимают в Москве. Уже середина августа.

14 августа Риббентроп инструктирует Шуленбурга, чтобы тот срочно встретился с Молотовым, напоминая послу, что «вызванный англичанами кризис германо-польских отношений делает совершенно необходимым выяснение и улучшение советско-германских отношений...», «...между Германией и Россией не существует никаких конфликтных интересов». Министр напоминает

послу о былой дружбе между двумя странами и подчеркивает, что говорит «от имени фюрера». Риббентроп просит добиться у русских разрешения на его визит в Москву, чтобы он мог «от имени фюрера изложить свои взгляды лично господину Сталину». Он требует, чтобы Шуленбург все это представил Молотову в письменном виде. Тогда и Сталин будет точно информирован о немецких намерениях. Германия готова разделить между собой и СССР, указывает Риббентроп, не только Польшу, но всю Восточную Европу, включая Прибалтику, которую она заранее уступает Советскому Союзу. Пусть об этом узнает Сталин!

Сталин посмеивается и, что случается с ним крайне редко, публично хлопает Молотова по плечу. Немцы заглотили наживку и сами лезут на сталинскую рогатину. А куда им деваться? Нищие должны тихо дома сидеть, а не мечтать о мировом господстве. Разведка доложила Сталину, что 14 августа Гитлер снова собирал генералов и подтвердил свое намерение покончить с Польшей. Однако он продолжает искренне верить, что Англия не вмешается в конфликт, поскольку не имеет «лидера соответствующего калибра», способного поднять страну на длительную и изнуряющую войну. Романтик!

Он, Сталин, уверен, что англичане непременно вмешаются в германо-польскую войну, и не только потому, что в случае невыполнения своих гарантий Польше Англия потеряет статус великой державы, а потому, что «в эпоху империализма войны неизбежны». Так учил Ильич. А он никогда не ошибался!

15 августа Шуленбург снова пробивается на прием к Молотову. Молотов встречает посла с выражением откровенной скуки на лице: «Ну, что там у вас еще? У меня мало времени». Шуленбург, нервничая, зачитывает ему послание Риббентропа. Молотов добреет. Он приветствует желание Германии улучшить отношения с СССР. Что касается визита Риббентропа, то он требует достаточной подготовки, чтобы обмен мнениями привел к конкретным результатам. К каким результатам? Ну, скажем, как немецкое правительство отнесется к заключению догово-

ра о ненападении с Советским Союзом? Может ли оно влиять на Японию, чтобы та прекратила конфликты на монгольской границе? Как отнесется Германия к присоединению Прибалтики к СССР? Пусть все это в Берлине продумают, а потом мы примем Риббентропа. А так — чего ему ехать?

Шуленбург — старый дипломат кайзеровской школы — ошеломлен. Советский Союз предлагает Пакт о ненападении в то время, как в Москве начальники штабов СССР, Англии и Франции ведут переговоры о совместных военных действиях против Германии. Верх политического цинизма! Но негодование графа быстро охлаждается прибывшей 16 августа очередной директивной телеграммой из Берлина, где от него требуют снова увидеть Молотова и информировать его, что «Германия готова заключить с СССР договор о ненападении сроком, если Советский Союз желает, на 25 лет. Более того, Германия готова гарантировать присоединение Прибалтийских государств к СССР. И наконец, Германия готова оказать влияние на улучшение советско-японских отношений...

Фюрер считает, что, принимая во внимание внешнюю обстановку, чреватую возможностью серьезных событий (в этой связи объясните г-ну Молотову, что Германия не намерена бесконечно терпеть польские провокации), желательно быстрое и фундаментальное выяснение германо-русских отношений. Для этой цели я готов лично прилететь в Москву в любое время после пятницы 18 августа с полными полномочиями от фюрера на обсуждение всего комплекса германо-русских отношений и на подписание в случае необходимости соответствующих договоров. Я прошу вас снова прочитать текст Молотову слово в слово и немедленно запросить по этому поводу мнение русского правительства и самого Сталина». В заключение Риббентроп указывает, что лучше всего организовать его прилет в Москву в конце этой или в начале следующей недели.

В Берлине с растущим нетерпением и нервозностью ждут ответа из Москвы, засыпая Шуленбурга дополнительными инструкциями и указаниями самого пустякового характера. Например, сообщить точно время предстоящего приема у Молотова.

Молотов встречает Шуленбурга очень холодно. Он снова напоминает о былой враждебности Германии по отношению к СССР. Ему нечего добавить к тому, что он сказал о визите Риббентропа в прошлый раз. Он вручает немецкому послу ноту, полную упреков, подозрений и недомолвок. Нота заканчивается словами: «Если, однако, германское правительство ныне решило изменить свою прошлую политику в направлении серьезного улучшения политических отношений с Советским Союзом, Советское правительство может только приветствовать подобное изменение и, со своей стороны, готово пересмотреть собственную политику в контексте серьезного улучшения отношений с Германией». Но для этого, подчеркивает советская нота, «нужны серьезные и практические шаги». Это не делается одним прыжком, как предлагает Риббентроп.

Что значит «серьезные и практические шаги»? Ну, скажем, для начала заключим договор о торговле и кредите. Потом еще что-нибудь. А там можно продумать и договор о ненападении. Неплохо бы этот договор снабдить специальным протоколом с учетом некоторых специфических интересов СССР и Германии. А так — поспешишь, людей насмешишь...

Сталин тянет. Пусть немцы созреют как следует и предложат Москве максимум того, что могут. Он отлично понимает, что в его руках ключ к запуску европейской войны, и продумывает возможные варианты, взвешивая собственные шансы. По натуре Сталин не игрок. Он не любит рисковать, а любит все делать наверняка. Но жизнь постоянно подсовывала ему ситуации, когда риск был просто необходим, и он шел на него, дрожа от страха, не зная толком, чем кончится то или иное задуманное им дело, будь то недостаточно продуманная коллективизация, высылка Троцкого, убийство Кирова, Большой террор и эта новая игра, которую он затеял и которой очень боялся.

Он всегда боялся, но никогда не отказывался от задуманного, считая, что действует по тщательно разработанной и безошибочной методике. «Учение Ленина непобедимо, ибо оно верно». Этот набивший оскомину лозунг не был для него пустым звуком. Он верил в него так, как может верить малограмотный и самоуверенный человек в неожиданно открывшееся ему магическое заклинание. «Нет веры в России — одно суеверие!» — воскликнул както на склоне лет прозревший Достоевский и был совершенно прав, поскольку уже видел в тумане будущего, к чему всеобщее суеверие может привести.

Сталин уже уничтожил Россию. Десятки миллионов человек приняли братские могилы, десятки миллионов были загнаны за колючую проволоку ГУЛАГа, оставшиеся — все без исключения — были поставлены под ружье. Страна давно забыла, что такое мирное время. Во имя чего? Ответ прост: во имя создания всемирной коммунистической империи. Ленин в своих трансах постоянно слышал «железную поступь пролетарских батальонов», что было для него сладчайшей музыкой. Сталин же просто осуществлял завет — как Моисей. Но Ленин не был богом, и в непонимании этого факта заключалась главная ошибка бывшего семинариста.

Но настал ли час перенести на мир все, что уже сделано в России и опробовано в Испании? Готовы ли «пролетарские батальоны» начать свой «железный марш» по миру и увенчать его «Серпом и Молотом», как уже сделано на государственном гербе СССР?

Сталин колеблется. Огромная армия развернута вдоль западных границ. На войну работает практически вся экономика огромной страны. Секретные цифры сводок, лежащие на столе Сталина, обнадеживают и вдохновляют. Если еще два года назад военная промышленность выпускала ежегодно 1911 орудий, 860 самолетов и 740 танков, то уже к концу прошлого, 1938 года, почти полностью переведенная на военные рельсы экономика стала выдавать в год: 12 687 орудий, 5469 самолетов и 2270 танков. Готов уже новый закон о «Всеобщей воинской обязанности», который должен увеличить и так немыслимую для мирного времени армию чуть ли не в три раза.

Чудовищная для континентальной страны программа военного кораблестроения вызывает искреннее изумление всех морских держав. Более трехсот кораблей разных классов стоят на стапелях или достраиваются на плаву. Потоком идут подводные лодки, число которых уже превысило количество, находящихся в строю лодок США, Англии, Японии и Германии, вместе взятых! Заложены и в лихорадочном темпе строятся линкоры, линейные крейсера, легкие крейсера и эсминцы.

Сталин доволен. Создано почти тройное военное преимущество над любой комбинацией возможных противников. Пожалуй, можно начинать. Начинать осторожно, постепенно, не зарываясь...*

А обстановка в Берлине уже напоминала паническую.

---

* О внешней политике СССР принято в нашей литературе говорить, как о покойнике: либо хорошее, либо ничего. Политика — всегда миролюбивая, всегда взвешенная, всегда справедливая, всегда поддерживаемая всем прогрессивным человечеством. Мы никогда не разберемся ни в одном историческом факте, если не сбросим с себя многотонную тяжесть этой семидесятилетней лжи. Политика Советского государства, начиная от призывов Ленина к «всемирной гражданской войне» и кончая вторжением советских войск в Афганистан, всегда была по-волчьи агрессивна, всегда нацелена на внешнюю экспансию, всегда угрожала миру, причем почти с неприкрытой откровенностью.

Уже более полувека нам дурят голову, доказывая, что «у Сталина не было альтернативы», кроме как пойти на союз с Гитлером и тем самым спасти СССР от неминуемого вторжения немцев уже в 1939 году. «Внешняя политика СССР, — вещает доктор исторических наук И. Д. Овсянный, — в тревожные месяцы и недели военно-политического кризиса 1939 года — это героическая сага о мужестве и стойкости Страны Советов в борьбе против фашистской агрессии, принципиальности и мудрости ее дипломатических шагов...»

Как бы предупреждая возможные сомнения, другой доктор исторических наук — Д. М. Проэктор — пишет: «Вполне понимая общие планы Гитлера, в Москве тогда не могли, конечно, знать деталей его ближайших намерений. Обстановка была неизмеримо сложнее и запутаннее, чем думают некоторые современные критики, делающие вид, что все было ясно. Возникал законный вопрос: не сочтет ли Гитлер момент благоприятным для более далеких авантюрных попыток, т.е. для атаки на Советский Союз после захвата Польши при благосклонности Запада? Те, кто отрицает право Советского Союза на такое предположение летом 1939 года, заслуживают считаться плохо понимающими историю и политику».

Просто диву даешься. Создается впечатление, что все наши историки (а не только процитированные выше) либо совершенно не уважают читателя, либо черпали все свои знания из знаменитой брошюры «Сталин о великой Отечественной Войне Советского народа». У Гитлера и в мыслях не было напасть на СССР в 1939 году, не существовало даже общего плана нападения, ни единого документа, ни одной даже предварительной проработки. Весь южный фланг Германии буквально висел в воздухе, подставленный под кинжальный удар. Немецких войск не было еще ни в Румынии, ни в

В глазах Риббентропа откровенно читалось отчаяние. Даже постоянно блефующий Гитлер не скрывал своего беспокойства. Принимались все меры, чтобы скрыть нервозность руководства от армии.

Болгарии, ни в Венгрии. Но главное — немецкая армия была еще слишком слаба и неопытна для столь глобального предприятия против Советских Вооруженных Сил, более чем втрое превосходящих немецкую армию по всем показателям и имеющих боевой опыт Хасана и Халхин-Гола.

Все это отлично знали и понимали в то время в Москве. У Сталина было много альтернатив. Достаточно было твердого заявления СССР по поводу германо-польского кризиса, и Гитлер не решился бы на вторжение в Польшу, ибо у него, а не у Сталина, не было альтернативы — только договор и союз с СССР обеспечивал на первом этапе войны все его планы.

Просто были разработаны новые методы пропаганды и прикрытия. Наряду с демагогическими воплями о мире, с никому непонятными призывами на «новоречи», была отработана методика формирования прямо в Москве марионеточных правительств, умоляющих СССР об «интернациональной помощи» против «узурпаторов», методика взрыва стран изнутри с последующим оказанием «интернациональной помощи», прямого вторжения после не очень тонко сработанных провокаций и т. п.

В последнее время, на новой волне разоблачений преступлений Сталина, историки готовы поименно назвать всех, кто был расстрелян или обращен в «лагерную пыль» по приказу вождя. Но, коль скоро речь заходит о делах Сталина с Гитлером, они снова начинают говорить невнятно, сводя все свои рассуждения к вопросу: «А была ли альтернатива?» Ради этого они готовы даже объявить Сталина этаким блаженным придурком, который ради продления мира слепо доверился Гитлеру, за что и был жестоко наказан.

Начиная со времени Великой депрессии, Сталин целеустремленно вел политику уничтожения и захвата Европы. Этому он подчинил все. В этом контексте следует рассматривать и небывалый террор в собственной стране, и постоянные попытки создавать кризисы в любой точке земного шара, куда можно было дотянуться.

Он ни в чем и никогда не верил Гитлеру. Гитлер для него был лишь средством для достижения собственных глобальных целей, своего рода оружием. Но оружие в неумелых руках часто представляет смертельную опасность для своего хозяина. Говоря образным языком, у Сталина просто не хватило мастерства, чтобы оптимально использовать то грозное оружие, которое судьба дала ему в руки в 1939 году. Оно взорвалось у него в руках.

В немецкое посольство в Москве летит очередная телеграмма с пометкой «Весьма срочно. Секретно», требующая от Шуленбурга немедленно добиться новой встречи с Молотовым.

«Я прошу вас, — телеграфирует Риббентроп, — передать господину Молотову следующее: "При обычных обстоятельствах мы, естественно, также были бы готовы проводить политику улучшения советско-германских отношений по обычным дипломатическим каналам в соответствии с установившейся практикой. Но в нынешней необычной обстановке, по мнению фюрера, возникла необходимость использовать другой метод, который мог бы привести к быстрым результатам. Германо-польские отношения изо дня в день становятся все более напряженными. Мы обязаны считаться с тем, что в любой день может произойти инцидент, который сделает вооруженный конфликт неизбежным... Фюрер считает важным, чтобы мы не были захвачены этим конфликтом врасплох, не успев улучшить советско-германских отношений. Он полагает, что в случае такого конфликта будет затруднительно учесть все веские интересы без предварительного выяснения советско-германских отношений"».

Послу указывалось, что он должен напомнить Молотову об успешном прохождении «первой стадии» переговоров, т.е. о советско-германском торговом соглашении, которое было подписано «как раз в этот день» (18 августа), и о необходимости перехода ко второй стадии» переговоров. Риббентроп снова напоминает, что готов срочно вылететь в Москву, имея полномочия вести переговоры с учетом всех русских пожеланий». Каких пожеланий? Издерганный Риббентроп уже не скрывает и этого:

«Мне предоставлено право подписать специальный протокол, регулирующий интересы обеих сторон в тех или иных вопросах внешней политики. Например, в установлении сфер интересов в Балтийском регионе. Однако это представляется возможным только в устной беседе», — подчеркивает Риббентроп, продолжая униженно напрашиваться в гости.

Отступать уже некуда. Он инструктирует Шуленбурга, что на этот раз тот ни при каких обстоятельствах не должен принимать русского «нет». «Пожалуйста, сумейте настоять на моем немедленном визите», — умоляет Риббентроп, как бедный родственник, желающий попасть на обед к богатому дядюшке.

Напряжение растет. В немецких портах в полной боевой готовности, дрожа и вибрируя от проворачиваемых двигателей, стоят «карманные» линкоры и дивизионы подводных лодок, ожидая приказа, чтобы выйти на коммуникации англичан. Но приказ невозможно отдать, пока не будут получены известия из Москвы, а каждый час промедления означает, что боевые корабли не успеют развернуться в заданных районах до 1 сентября. Две армейские группировки, предназначенные для разгрома Польши, также необходимо еще придвинуть к границе. Физически изматывается личный состав, находящийся в получасовой готовности, тщетно ожидая сигнала. Но сигнала нет, поскольку Сталин еще не сказал «да». Гитлер орет на Риббентропа, что он и его дипломаты «ни к черту не годятся». Он разгонит их всех — «этих кайзеровских вонючек» и прикажет сформировать из них маршевый батальон, фельдфебелем которого назначит Риббентропа.

Томительно текут часы, но из Москвы никаких известий. Нервное напряжение становится совершенно невыносимым. В приемной фюрера пронзительно звенит телефон. Адъютант подает трубку Риббентропу. Докладывает советник Шнурре. Вчера переговоры с русскими о торговом договоре закончились полным согласием, но русские уклонились от подписания договора, заявив, что сделают это сегодня в полдень. Только что последовал звонок из советского посольства о том, что подписание договора откладывается по политическим соображениям в связи с новыми инструкциями из Москвы. Риббентроп бросает трубку. Гитлер резким движением ослабляет галстук. Чрезмерное нервное напряжение постоянно приводит фюрера к неконтролируемым приступам удушья, которые снимаются либо уколом, либо какой-нибудь истерической выходкой. Но и на это уже нет сил. Все ясно — русских в последний момент переманили англичане. Он явственно видит крушение всех своих планов и собственную гибель. Фюрер стремительно выбегает из кабинета, оставляя Риббентропа в окружении адъютантов...

А в это время в Москве гордый граф фон Шуленбург добивается нового приема у Молотова. Чиновники-бюрократы из Наркомата иностранных дел, не сознавая важности миссии графа, отвечают ему, что нарком очень занят и не может принять посла ранее завтрашнего дня, скажем, в 20.00. Нет, нет, настаивает Шуленбург, это невозможно. У него важнейшее дело. Он настоятельно просит, чтобы его приняли сегодня. Ну, хорошо, позвоните через полчаса. Полчаса прошли. Нарком извиняется, говорит чиновник, но он никак не может принять посла ранее завтрашнего вечера. Если у господина посла неотложное дело, он может изложить его по телефону, и оно без промедления будет доложено наркому. Нет, взрывается Шуленбург, он не будет излагать свое дело референтам. Он должен видеть Молотова, это чрезвычайно важно. Передайте наркому, что чрезвычайно! Хорошо, позвоните через час. Томительно ползет по циферблату секундная стрелка, отсчитывая шестьдесят кругов. Звонок. Занято. Еще звонок — занято. Еще — линия свободна, но никто не подходит. Затем новый голос. Что? Хорошо, сейчас доложу. Позвоните через полчаса. Граф вытирает холодный пот со лба. Минут через десять звонок в посольство: нарком примет посла в 14.00.

Волнуясь и заикаясь, как школьник, Шуленбург зачитывает Молотову очередное послание Риббентропа. Молотов слушает бесстрастно. Сталин с портрета на стене, хитро прищурясь, смотрит на немецкого посла.

С явными признаками нетерпения Молотов дослушивает Шуленбурга до конца. Нет, говорит он, я не понимаю вашей спешки. Наша позиция остается прежней. Сначала торговое соглашение. Оно будет заключено сегодня-завтра. Потом мы его опубликуем и посмотрим, какой эффект оно вызовет за рубежом. А только затем займемся актом о ненападении и протоколами. В настоящее время Советское правительство даже приблизительно не может сказать о дате визита Риббентропа. Такой визит требует очень основательной подготовки. Очень. Шуленбург пытается возражать, но Молотов встает и холодно заявляет, что «ему нечего добавить к сказанному». Шуленбург, чувствуя, что «его сердце вот-вот разорвется», возвращается в посольство.

Он набрасывает черновик своей депеши в Берлин. Рвет его, комкает и бросает в корзину. Берет новый бланк, пытаясь привести мысли в порядок. Секретарь приносит новую пачку телеграмм из Берлина. Все с пометкой «Срочно. Секретно». У Шуленбурга уже нет сил их читать. Нечеловеческое напряжение последней недели, немыслимые для дипломата великой державы унижения, иронические взгляды собственных сотрудников, презрительная складка молотовских губ — все это уже выше его сил. Он понимает, что его дипломатическая карьера закончена. Пришла пора отставки. Он составит сейчас депешу в Берлин и приложит к ней прошение об отставке.

От этого решения ему становится немного легче. Граф начинает составлять депешу, когда ему неожиданно сообщает секретарь, что его просит к телефону Молотов, всего час назад фактически выгнавший Шуленбурга из своего кабинета. Удивленный посол берет трубку. Молотов извиняется за беспокойство и просит посла прибыть к нему сегодня еще раз в 16.30. Еще раз извинившись за беспокойство, Молотов вешает трубку.

На этот раз Молотов — сама любезность. Он выходит, почти выбегает из-за стола, встречает Шуленбурга в дверях, ведет под руку по кабинету, усаживает в глубокое кресло, сам садится напротив.

Приветливо улыбаясь, Молотов заявляет ошеломленному Шуленбургу, что Советское правительство пересмотрело свои взгляды и теперь считает, что договор о ненападении необходимо заключить как можно быстрее.

А потому Молотову поручено передать немецкой стороне для изучения проект этого договора, как его понимает советская сторона. В связи с этим Советское правительство согласно принять рейхсминистра Риббентропа где-нибудь 26 или 27 августа.

Граф Шуленбург — не новичок в политике. Он понимает, что подобное изменение взглядов Молотова произошло из-за прямого вмешательства Сталина, чего так долго ждали немцы. Причем это вмешательство произошло где-то между половиной третьего и половиной четвертого 19 августа. Ликующий посол быстро составляет телеграмму в Берлин:

> **«Секретно. Чрезвычайной важности. Советское правительство согласно принять в Москве рейхсминистра иностранных дел через неделю после объявления о подписании экономического соглашения. Молотов заявил, что если о подписании экономического соглашения будет объявлено завтра, то рейхсминистр иностранных дел может прибыть в Москву 26 или 27 августа...»**

Гитлер нервно комкает в руке долгожданную телеграмму своего посла. 26 или 27 августа! Летит к черту весь график вторжения в Польшу, и так рассчитанный на короткий промежуток времени до наступления периода осенних дождей. Необходимо, чтобы Риббентропа приняли хотя бы дня на три раньше. Что делать? Хватит проситься в гости у лакея, нужно проситься у хозяина. Забыв о гордости, Гитлер лично садится писать послание Сталину, униженно прося советского диктатора принять как можно раньше издерганного и чуть не плачущего Риббентропа. В предчувствии исполнения собственных планов Гитлер забывает, сколько грязи и ненависти они вылили со Сталиным на головы друг друга за последние пять лет.

> **«Москва. Господину Сталину. Я искренне приветствую подписание нового германо-советского торгового соглашения как первого шага в изменении германо-советских отношений. Заключение**

Пакта о ненападении с Советским Союзом означает для меня долгосрочную основу германской политики. Таким образом, Германия возобновляет политический курс, который был выгоден обоим государствам в течение прошлых веков...

Я принял проект договора о ненападении, переданный Вашим министром иностранных дел господином Молотовым, но считаю крайне необходимым прояснить некоторые вопросы, связанные с этим договором, как можно скорее. Сущность дополнительного протокола, столь желаемого Советским Союзом, по моему убеждению, можно согласовать в кратчайшее время, если ответственный немецкий представитель сможет лично прибыть в Москву для переговоров. Правительство рейха не видит, как можно иным путем согласовать и утвердить текст дополнительного протокола в кратчайшее время.

Напряжение между Германией и Польшей становится нестерпимым... В любой день может возникнуть кризис. Германия отныне полна решимости отстаивать интересы рейха всеми средствами, имеющимися в ее распоряжении. По моему мнению, желательно, чтобы наши две страны установили новые отношения, не теряя времени. Поэтому я снова предлагаю, чтобы Вы приняли моего министра иностранных дел во вторник, 22 августа, в крайнем случае — в среду 23 августа. Рейхсминистр иностранных дел имеет полные полномочия составить и подписать Пакт о ненападении, а также протокол к нему. Принимая во внимание международную обстановку, пребывание министра иностранных дел в Москве более двух дней представляется совершенно невозможным. Я буду рад как можно быстрее получить Ваш ответ.

Адольф Гитлер».

В течение следующих 24 часов, начиная с воскресного вечера 20 августа, фюрер уже был близок к коллапсу. Он не мог заснуть. Среди ночи Гитлер позвонил Герингу и признался, насколько его беспокоит реакция Сталина на отправленное ему послание, как его мучают и бесят все эти московские проволочки.

Снова потекли часы мучительного ожидания, прерываемые нервозными звонками к Шуленбургу. В три часа ночи посла подняли с постели, чтобы узнать, получил ли он депешу фюрера, которую он должен немедленно передать Молотову. Шуленбург ответил, что еще ничего не получил. Как так? Шуленбург успокаивает своих издерганных шефов в Берлине, напоминая, что «с учетом двухчасовой разницы во времени официальная телеграмма из Берлина в Москву идет четыре-пять часов. Сюда нужно еще добавить время, необходимое для дешифровки».

В 10.15 Риббентроп снова будоражит посла: «Сделайте все возможное, чтобы мой визит состоялся в указанное в телеграмме время». Шуленбург отвечает, что послание фюрера получено и будет вручено Молотову в 15.00.

Снова ползут часы нервотрепки — страшная пытка временем, когда на карту поставлено так много. Какое решение примет всемогущий кремлевский диктатор? Какое гнусное чувство, когда осознаешь, что выполнение твоих планов зависит не от тебя, а от совершенно постороннего человека, которого ты ненавидишь и отчетливо знаешь, что он ненавидит тебя! Но деваться некуда. Все в руках Сталина. Жизнь и смерть Германии, судьба Европы, а по большому счету — и всего мира.

Наконец, в 21.35 21 августа 1939 года в Берлин приходит ответ Сталина, составленный на изящной «новоречи»:

> **«Канцлеру Германского Рейха А. Гитлеру. Благодарю Вас за письмо. Я надеюсь, что германо-советский Пакт о ненападении ознаменует решительный поворот в деле улучшения политических отношений между нашими странами.**
>
> **Народам наших стран необходимы мирные отношения друг с другом. Согласие германского правительства заключить Пакт о ненападении обеспечит фундамент для устранения политической напряженности и установления мира и сотрудничества между нашими странами.**

Советское правительство поручило мне информировать Вас, что оно согласно с тем, чтобы господин фон Риббентроп прибыл в Москву 23 августа.

И. Сталин».

Германское радио, передававшее музыкальную программу, неожиданно прервало передачу, призвав слушателей к вниманию. Торжественный голос диктора объявил экстренное сообщение: «Правительство рейха и Советское правительство пришли к соглашению заключить друг с другом Пакт о ненападении. Рейхсминистр иностранных дел прибудет в Москву в среду, 23 августа, для ведения переговоров».

В Берггофе царило ликование, особенно явное на фоне предыдущих двух недель, полных тревог и неуверенности. Смертельный враг Гитлера — Сталин дал «зеленый свет» европейской войне, пообещав Гитлеру по меньшей мере дружественный нейтралитет. На следующий день, 22 августа, Гитлер собрал на новую конференцию своих генералов, призвав их вести войну «жестоко и без всякой жалости», подчеркнув, что он, вероятно, даст приказ атаковать Польшу 26 августа — на шесть дней раньше, чем планировалось. Взвинченный до предела, забыв, что всего несколько часов назад он метался по кабинету в ожидании ответа Сталина, как преступник в ожидании отмены смертного приговора, Гитлер напыщенно заявил генералам, слушавших своего фюрера со смешанным чувством страха и недоверия:

«Главным образом все зависит от меня, от моего существования, от моих политических талантов. Более того, никто никогда не будет иметь снова такого полного доверия немецкого народа, как я. Вероятно, что никогда в будущем не появится человек с таким авторитетом, каким обладаю я. Поэтому само мое существование является фактором огромной ценности. Но я могу быть уничтожен в любой момент преступником или маньяком...»

Отметив также величие и авторитет таких личностей, как Муссолини и Франке, Гитлер особо подчеркнул, что ни в Англии, ни во Франции «нет выдающихся личностей» подобного масштаба, как он, а потому эти страны не представляют какой-либо серьезной опасности.

Постепенно успокаиваясь, Гитлер продолжал: «Мы легко приняли это решение. Нам нечего терять, мы можем только приобрести. Наша экономическая ситуация такова, что нам не продержаться более двух-трех лет. Геринг может подтвердить это. У нас нет другого выхода, как начинать войну... Кроме персонального фактора, о котором я говорил, весьма благоприятной для нас является и политическая обстановка — в Средиземном море соперничество между Италией, Англией и Францией; напряжение на Востоке... Англия в большой опасности, позиция Франции также весьма уязвима... Югославия вот-вот рухнет... Румыния слабее, чем прежде... Через два-три года подобных благоприятных обстоятельств может и не быть. Никто не знает, сколько мне осталось жить... так что лучше начать теперь».

Снова распаляясь и почти переходя на крик, Гитлер заявляет, что не верит в решимость западных стран начать против него войну. Но даже если это произойдет, что могут сделать Англия и Франция? Чем они могут конкретно угрожать рейху? Блокадой? Она будет совсем не эффективной, поскольку мы уже приобрели мощный источник снабжения на Востоке, не зависящий от морских путей. Помочь Польше союзники никак не смогут. Вторжение в Германию с линии Мажино он считает совершенно невозможным. Как долго продлится война? Этого сказать не может никто. «Но если бы герр фон Браухич сказал мне, что потребуется четыре года, чтобы завоевать Польшу, я ответил бы ему — этого не может быть. Абсурдно говорить, что Англия сейчас сможет вести столь долгую войну!»

И, наконец, Гитлер выкинул притихшим генералам козырного туза: «Англия и Франция надеялись, что после вторжения в Польшу нашим врагом станет Россия. Но враги не приняли в расчет великую силу моей решимости. Наши враги — маленькие козявки. Я видел их в Мюнхене.

Я был убежден, что Сталин никогда не примет предложение Англии. Только слепой оптимист мог считать, что Сталин будет настолько сумасшедшим, что не поймет истинных намерений Англии. Россия не заинтересована в существовании Польши... Смещение Литвинова было решающим. Оно прозвучало для меня, как пушечный выстрел, как знак изменения отношения Москвы к Западным державам.

Мое отношение к России также менялось постепенно. В связи с заключением торгового соглашения мы обменялись мнениями по политическим вопросам. И, наконец, от русских пришло предложение заключить Пакт о ненападении. Четыре дня назад я предпринял специальные шаги по этому поводу, и вчера Россия объявила, что готова подписать подобный договор. Послезавтра Риббентроп заключит этот пакт. Теперь Польша попала в то положение, в какое я хотел, чтобы она попала... Таким образом, положено начало для уничтожения гегемонии Англии!»

«Единственно, чего я боюсь, — признался Гитлер все еще молчавшим генералам, — чтобы какая-нибудь грязная свинья не влезла в последний момент с предложением посредничества».

Приказ о начале боевых действий, закончил Гитлер, он отдаст позднее. Вероятнее всего, это будет суббота, 26 августа. (На следующий день, 23 августа, после встречи с руководством различных отделов ОКБ, генерал-полковник Гальдер отметил в своем дневнике: «День «Д» установлен окончательно — 26 августа (суббота)».)

23 августа, около полудня, два больших трехмоторных «Кондора» приземлились в Москве с Риббентропом и его многочисленной свитой. Рейхсминистра встречал Молотов и, как принято говорить, «другие официальные лица». Настороженные взгляды и сухие рукопожатия первых минут встречи быстро сменились полным взаимопонима-

нием, шутками, дружескими тостами. «Я чувствовал себя как среди своих товарищей по партии», — признался позднее растроганный Риббентроп.

Обе стороны, быстро договорившись о разделе Польши и о предоставлении СССР свободы рук в Прибалтике и Финляндии, единодушно сошлись во мнении, что в нынешней кризисной международной обстановке виновата исключительно Англия. Риббентроп пожаловался, что Англия вечно пыталась испортить отношения между Германией и Советским Союзом, поскольку, ослабев, мечтает только о том, чтобы кто-то другой сражался и умирал за ее совершенно непонятные претензии на мировую гегемонию.

Сталин доброжелательно выслушал жалобу Риббентропа и, пыхнув трубкой, глубокомысленно заметил: «Если Англия доминирует над миром, то это произошло благодаря глупости других стран, которые всегда позволяли себя обманывать». Очарованный Сталиным Риббентроп принялся было оправдываться за Антикоминтерновский пакт, уверяя советского властелина, что тот был в первую очередь направлен против «западных демократий», но Сталин благодушно прервал рейхсминистра, пояснив, что он всегда именно так и понимал Антикоминтерновский пакт, как договор, «принципиально угрожающий лондонскому Сити и английским лавочникам».

Взбодренный сталинским замечанием, Риббентроп, хотя и славился совершенным отсутствием чувства юмора, позволил себе рассказать анекдот, ходивший во время заключения Антикоминтсрновского пакта среди берлинцев, известных своей мудростью и юмором. Берлинцы, сразу поняв, что Антикоминтерновский пакт направлен против английских банкиров и лавочников, уверяли друг друга, что и сам Сталин захочет к этому пакту присоединиться. Никто никогда не видел Сталина столь весело смеющимся. «Мы искренне хотим мира, — заверил Сталина Риббентроп. — Но Англия провоцирует войну и ставит нас в безвыходное положение».

Рука Сталина мягко легла на плечо рейхсминистра.

«Я верю, что это действительно так, — почти нежно произнес отец всех народов, — Германия желает мира».

Затем Сталин поднял фужер с вином и, к великому удивлению всех присутствующих, произнес тост. «Я знаю, — в свойственной ему манере произносить прописные истины глубокомысленным тоном изрек коммунистический диктатор, — как немецкий народ любит своего фюрера. Поэтому я хочу выпить за его здоровье!»

Немцы радостно под звон бокалов рявкнули «Хайль!». Риббентроп тут же предложил ответный тост за здоровье Сталина. Затем Молотов выпил за здоровье рейхсминистра, а тот в свою очередь за здоровье Молотова. Пятый фужер Сталин выпил за только что подписанный Пакт о ненападении. Риббентроп поднял бокал во здравие Советского правительства. Отвечая ему, Молотов предложил выпить за новую эру в германо-советских отношениях. Риббентроп осушил следующий бокал за вечную дружбу. Сталин, высоко подняв свой бокал, как кавказский рог, предложил тост за немецкий народ.

За советский народ никто не пил. О нем как-то забыли. Кремлевские вожди «гуляли» с Риббентропом до 5 утра. Под утро Сталин взял под руку сильно захмелевшего Риббентропа и, дыша ему в ухо парами кахетинского, сказал: «Советское правительство очень серьезно относится к новому пакту. Я могу гарантировать своим словом чести, что Советский Союз никогда не предаст своего партнера». Риббентроп церемонно приложил руку к сердцу. Что мог ответить рейхсминистр? От него ничего не зависело. Он выполнял чужую волю. А Сталин? В его ушах уже звучала железная поступь пролетарских батальонов, марширующих по опустошенной войной Европе, по трупам польских, немецких, английских и французских солдат. Он сам решит, когда этот договор потеряет силу. Гитлеру деваться некуда с его нищими ресурсами. Он будет делать все, что ему скажут из Москвы. Пока же все идет прекрасно!

А что же думал Гитлер? Разве не сам он пророчески писал в «Майн кампф»: «Сам факт заключения союза с

Россией сделает следующую войну неизбежной. А в итоге с Германией будет покончено». Действительно, деваться ему было некуда!

Глава 2

ПОЛЬСКИЙ ТРАМПЛИН

24 августа Риббентроп вернулся в Берлин. Туда же из своей резиденции в Берхтесгадене прибыл и Гитлер. Голова у Риббентропа болела от ночной попойки в Кремле. Хорошо бы опохмелиться, но вегетарианец Гитлер, хмуро поглядывая на своего рейхсминистра — хорош! — мог предложить ему только стакан минеральной воды. Потирая лоб, Риббентроп восторженно доложил фюреру о своей поездке в Москву. Итак, мы начинаем. Как только наши войска доходят до Варшавы, русские наносят по полякам удар с востока. Повод для удара они придумают сами. Войну на Западе они нам полностью обеспечат сырьем и моральной поддержкой. Вся сталинская тайная банда в Европе будет работать на нас или, по меньшей мере, не будет работать против нас. За это Сталин просит половину Польши, Прибалтику, Финляндию и Бессарабию. Гитлер кривится. Много отдаем. Много? В конце концов, это старые русские территории, утраченные во время национальной катастрофы 1917 года. Ну, хорошо. Пусть забирает, грязный азиатский вымогатель! Подонок! Но, мой фюрер, ведь все это было согласовано заранее. Да, да, пусть забирает! Благодарю вас, Риббентроп! Все отлично! На рассвете 26-го мы начинаем!

Выполняя приказ фюрера, немецкие войска стремительно выдвигаются к польской границе. На острие клина, на направлении главного удара, обеспечивающего блицкриг, разворачивается танковый корпус генерала Гудериана. Пятидесятилетний Гейнц Гудериан — основатель и душа бронетанковых сил рейха. Фанатичный поклонник тактики танковых клиньев, теорию которой он оценил еще в середине 20-х годов в далекой Казани, нетерпеливо ждал рассвета, чтобы впервые на практике доказать сомневающимся, как ведется современная война. Его танки должны мощным ударом прорвать польский фронт, сбросив рассеянные польские войска в подготовленные «мешки», и стремительно, не ожидая пехоты, двигаться на Варшаву.

Накануне корпус был поднят по тревоге и после многочасового марша подошел к исходному рубежу. Стоя у своей штабной танкетки, генерал с радостью и волнением смотрел на проходящие мимо него колонны танков. Молодцы! Ни одной отставшей машины. Боевой дух его танкистов высок как никогда. Командиры танков, высунувшись из башенных люков, улыбаясь приветствовали своего любимого генерала.

И в этот момент неизвестно откуда взявшийся офицер связи вручил Гудериану пакет с пометкой «срочно». Генерал вскрыл пакет и не поверил своим глазам: наступление отменялось. Приказ фюрера. Гудериан взглянул на часы. Времени для эмоций уже не было. Вскочив на подножку штабного бронетранспортера, генерал кинулся вдогонку за своими танками, чтобы успеть остановить их. Огромная, готовая к вторжению армия рейха замерла у самого порога войны. В штабах ломали голову, что могло произойти? А случилась самая малость. Выступая в парламенте, премьер-министр Англии Чемберлен, назвав советско-германский договор «неприятным сюрпризом», далее заявил следующее: «В Берлине его обнародование приветствуют с чрезвычайным цинизмом, как огромную дипломатическую победу, которая ликвидирует любую военную опасность, так как предполагается, что мы и Франция теперь уже не будем выполнять наши обязательства в отношении Польши. Напрасные надежды!»

Еще накануне, 23 августа, посол Великобритании в Берлине Гендерсон вручил фюреру личное послание Чемберлена. Призывая Гитлера не тешить себя иллюзиями относительно того, что подписанный в Москве пакт как-то изменит позицию Англии в отношении ее обязательств Польше, английский премьер открыто предупредил фюрера о неизбежности войны. «Бытует мнение, — подчеркнул Чемберлен, — что в 1914 году можно было избежать великой катастрофы, если бы правительство Его Величества более четко и ясно объявило свою позицию. Поэтому правительство Его Величества в данном случае полно решимости сделать все возможное, чтобы избежать столь трагического недопонимания его позиции. В случае необходимости правительство Его Величества полно решимости и готово без каких-либо колебаний использовать все имеющиеся в его распоряжении силы, а потому невозможно предсказать, каким будет конец вооруженного конфликта, если дать ему вспыхнуть...»

Считая, что он высказал свою позицию «абсолютно ясно», Чемберлен снова призвал Гитлера искать мирное решение своих разногласий с Польшей, предлагая для этого посредничество, сотрудничество и помощь Великобритании.

Это послание Гитлер со своей легкомысленной воинственностью во внимание не принял. Мало ли, что можно написать в личном послании. Посмотрим, что запоют англичане, когда узнают о договоре со Сталиным! Но речь Чемберлена в парламенте отрезвила Гитлера, как удар по голове. Речь в парламенте — это не личное послание, это слова, сказанные на весь мир. Теперь ясно, что англичане не блефуют — они готовы начать войну и вести ее сколько придется.

Если говорить по правде, то воевать с ними совсем не хочется. А за что, собственно, с ними воевать? За их империю? Пока не дотянуться, пока еще руки коротки — флота нет.

Перед взором Гитлера снова встают картины боев на Ипре и Сомме. Отчаянные попытки кайзеровской армии прорваться к Ла-Маншу, чудовищные потери без всякого результата. Тусклые, как в аду, огни и чудовищные запахи эвакогоспиталя, где он, отравленный английскими газами, бился о железные прутья солдатской койки, узнав о капитуляции. Призрак Скапа-Флоу. Бульдожьи морды английских адмиралов...

К нему на приём буквально продирается, разгоняя адъютантов, гросс-адмирал Редер. Обычно спокойный и сдержанный адмирал теперь не скрывает своего состояния, близкого к истерике. Почти половина торговых и грузопассажирских судов Германии находится в море или в иностранных портах. Война с Англией означает их неминуемую гибель. Если война начнется потерей половины торгового тоннажа, то ее можно уже и не вести, а прямо сдаваться!

Адмиралу, как и Гитлеру, есть что вспомнить. Он помнит, как они выходили в море в прошлую войну, вжав голову в плечи, с ужасом следя за горизонтом, стремясь всеми силами избежать какого-либо боевого соприкосновения с англичанами. Он помнит, как они трусливо, под прикрытием тумана обстреливали рыбачьи поселки на восточном побережье Англии, дрожа от возбуждения и страха, в надежде, что их не поймают. И когда их все-таки поймали у Ютланда и навязали бой, то уж Редеру было лучше других известно, что это была никакая не «великая победа», а скорее «чудесное спасение».

Адмирал помнит, с каким хладнокровием Шеер послал на верную гибель гордость флота — эскадру адмирала Хиппера, чтобы унести ноги. Он помнит, как они с Хиппером сходили на катер с пылающего и гибнущего «Лютцова» и несколько часов метались на этом катере — флаг перенести было некуда. Все корабли пылали, засыпаемые английскими снарядами. А уже потом — до самого Скапа-Флоу — они боялись даже нос высунуть в море, читая по кают-компаниям патриотические брошюры о том, как они победили англичан, в то время как Германия уже агонизировала от морской блокады. Нет! Одно дело ненавидеть Англию и открыто призывать бога ее покарать, совсем другое — снова чувствовать на себе беспощадный взгляд пятнадцатидюймовых английских орудий.

Нервничали и генералы, также хорошо помнившие прошлую войну. Они делились на две категории: те, что испытали триумф на восточном фронте, развалив своего противника и навязав ему Брестский мир, смотрели на будущий конфликт более оптимистично, чем те, кто пережил позор капитуляции в Компьенском лесу, подписав ее под злорадной ухмылкой маршала Фоша. Но и те и другие не хотят больше воевать на два фронта. Как хорошо было до сих пор, когда вермахт захватывал территории без единого выстрела, благодаря гениальной дипломатии фюрера! Воевать с Польшей еще куда ни шло! Но с Англией? Они уже знают силу этого маленького, вечно закрытого туманами острова, именуемого Альбионом, торчащим как верхушка айсберга над огромной империей и способного снова поднять против Германии весь мир. А кому лучше генералов знать, что Германия совершенно не готова к войне!

Гитлер задумывается. С трудом он подавляет в себе очередную истерическую вспышку. Он презирает этих чванливых трусов с прямыми спинами и оловянными моноклями. Но он не может к ним не прислушиваться. Тем более что они во многом правы. Он еще не знает, что перетрусившие генералы уже готовят заговор с целью его физического устранения, что дважды лишь случай спас его от «цоссенских» заговорщиков. И он отдает приказ остановить войска! Выгнав из кабинета военных, Гитлер позвонил Герингу, сообщив, что отменил приказ о вторжении в Польшу.

«Это временная мера или окончательное решение?» — спросил изумленный рейхсмаршал.

Гитлер редко скрывал правду от своих «партайгеноссе» и потому честно сказал уставшим голосом: «Я должен посмотреть, не можем ли мы устранить британское вмешательство...»

И вот Гитлер, который совсем недавно заявил, что больше всего боится, чтобы «какая-нибудь грязная свинья не влезла в последний момент в качестве посредника», сам начинает лихорадочно этого посредника искать. Им оказывается некто Далерус — шведский подданный, банкир и бизнесмен, международный авантюрист, работавший на пять разведок, включая советскую и, конечно, английскую.

Далерус находится в теплых дружеских отношениях с Герингом, с английским министром иностранных дел Галифаксом, с польским министром иностранных дел Беком и, разумеется, с мадам Коллонтай, покорившей Стокгольм своими элегантными туалетами и лекциями об истинной свободе духа и совести в Советском Союзе.

Далерус получает от немцев инструкции передать англичанам, что Гитлер готов договориться с поляками мирным путем. Ему нужен только Данцигский коридор, и даже не весь коридор, а только территория вдоль железнодорожного пути с несколькими станциями...

В Москве Сталин с хрустом ломает папиросу, но, вместо того чтобы набить табаком трубку, раздраженно бросает ее в пепельницу. Глаза диктатора становятся совершенно желтыми. Именно в такие моменты холодеют пальцы у верного и много повидавшего Поскребышева. Случилось то, чего Сталин опасался больше всего: в последний момент ефрейтор струсил! Фашистская мразь! Подонок! Трусливая сволочь!

Сталин берет себя в руки. Набивает трубку, разжигает ее и скрывается за облаком табачного дыма...

Роскошный особняк советского военно-морского атташе капитана 1-го ранга Воронцова, расположенный в берлинском районе Грюневальд в центре небольшого парка, вечерами казался нежилым из-за плотно зашторенных окон.

Таким он казался и вечером 27 августа 1939 года. В большом, несколько безвкусно обставленном кабинете капитана Воронцова, уже представленного к званию контр-адмирала, сидело несколько человек. Как и хозяин дома, они были в штатском. Один из них был фрегатен-капитан (капитан 2-го ранга) Норберт фон Баумбах — военно-морской атташе Германии в СССР, прибывший в Берлин по делам службы, дабы получить от своего командования разъяснения «в свете новых отношений с СССР». Во втором, высоком и долговязом, с поредевшими русыми волосами, можно было без труда узнать военно-морского адъютанта самого фюрера капитана-цур-зее (капитана 1-го ранга) Карла Путткамера.

Говорил Воронцов, немцы слушали. Немецкий язык советского военно-морского атташе оставлял желать лучшего, но все трое — профессиональные моряки — отлично понимали друг друга. Изящным костяным ножом для разрезания бумаг Воронцов водил по карте Северной Атлантики. Торговым судам Германии, находящимся в иностранных портах и в океане, нечего бояться предстоящего конфликта с Англией. Им следует резко изменить курс на север и идти в Мурманск, где они смогут укрыться на некоторое время от англичан, а затем, воспользовавшись плохой погодой и надвигающейся полярной ночью, прорваться вдоль норвежского побережья в Германию.

Советское правительство дало разрешение укрыть немецкие суда в северных портах СССР. Англичане этого совершенно не ожидают и наверняка проморгают всю операцию. Они будут ловить немецкие суда совсем в другом месте: на подходах к Ла-Маншу и в Северном море. В Мурманске немецких моряков будет ожидать теплый и дружественный прием. Туда заблаговременно могут выехать сотрудники немецкого посольства в Москве...

Между тем выбранный в качестве посредника Далерус, получив соответствующие инструкции из Москвы, сознательно срывает свою миссию, где-то чего-нибудь не договаривая или, наоборот, говоря лишнее. Гитлер дает согласие на встречу с польским министром иностранных дел Беком, но в беседе с лордом Галифаксом и польским послом в Берлине Липским Далерус, не имея на это никаких оснований, указывает, что с Беком могут поступить, как в свое время с несчастным Гахой. Гитлеру нельзя верить, подчеркивает Далерус.

«Мы не доверяем вашему правительству!» — открыто заявляет Гитлеру британский посол Гендерсон. «Кого и когда я обманывал?!» — орет в ответ Гитлер. Гендерсон пожимает плечами. Вам виднее. Бек наотрез отказывается ехать в Берлин, где с ним поступят, как с Гахой.

«Неужели вы не понимаете, — доверительно сообщает Далерус своему другу Герингу, — что война англичанами уже предрешена. Гитлер может сколько угодно давать заверения, что у него и в мыслях нет как-либо посягнуть на британскую империю, не понимая, что главной опасностью для гегемонии англичан является он сам. И англичане не успокоятся, пока его не уничтожат. Но в настоящее время, имея СССР в качестве дружественного нейтрала, можно не так уж беспокоиться. Англичанам нужно дать хороший, короткий урок, и они, без сомнения, пойдут на мир». Геринг кивает. Рассуждения Далеруса вполне совпадают с его взглядами.

Доклад адмирала Редера о неожиданном предложении СССР укрыть немецкие суда в Мурманске заставил Гитлера радостно вскочить с кресла и с ликованием хлопнуть ладонями. Информация, которая начала стекаться к фюреру в последние часы, ясно говорила, что СССР не просто «нейтрал», пусть даже дружественный, а почти союзник. Взаимная ненависть к Англии сильнее незначительных идеологических расхождений, главным образом в формулировках. Он знает больше, чем адмирал, но пока не говорит об этом Редеру. Пусть это будет для него сюрпризом.

Рассматривается вопрос о возможности базирования немецких подводных лодок на советских базах Кольского полуострова, откуда они с большой эффективностью могут вести боевые действия против англичан. Советские экономические поставки, как ему доложили сегодня, не будут осуществляться в рамках только что заключенного торгового соглашения. Они будут удвоены. Более того, если Германия из-за английской блокады не сможет осуществлять морскую торговлю с нейтральными странами, то к услугам Германии — советская Транссибирская магистраль, по которой будет безопасно идти транзит немецких грузов из дальневосточных портов СССР. Если угодно, то в обе стороны. Немцы могут держать своих представителей хоть на каждой станции Транссибирского пути.

Все! К черту все сомнения — надо начинать. Боевой задор фюрера, разогретый сталинскими посулами, не спал даже после того, когда ему доложили, что 28 августа был подписан англо-польский договор о взаимной военной помощи в случае агрессии Германии*. То, что английские гарантии получили юридическую силу союзного договора, уже не могло напугать Гитлера. На всякий случай он отдает приказ о проведении операции «Гиммлер», хотя уже и не очень надеется, что столь грубо задуманная (и еще топорнее осуществленная) провокация сможет оказать какое-либо влияние на Англию.

Нельзя терять момента, когда практически вся сырьевая мощь России (а может быть, и военная) так неожиданно отдана в твое распоряжение. Окончательный срок вторжения в Польшу — 1 сентября. Теперь он не отменит этой даты ни при каких обстоятельствах!

В Советском Союзе тишина. Газеты никак не комментируют только что заключенный пакт с Гитлером. Пресса полна сообщений о военных приготовлениях в Польше, Англии и во Франции. Военная истерия в Польше. Всеобщая мобилизация. Польская кавалерия готовится к маршу на Берлин. Чудовищные погромы этнических немцев во многих городах Польши. Озверевшая толпа поляков кастрировала немецкого юношу. Поляки, науськиваемые Англией, отвергают все мирные предложения Германии. Англо-французские поджигатели войны! Мобилизация английского флота. Французская армия ждет только приказа, чтобы снова оккупировать Рейнскую область. Беззащитную Германию снова готовятся растерзать империалистические хищники!

31 августа Молотов делает доклад на сессии Верховного Совета СССР. С сидящими в зале депутатами можно особенно не церемониться. Они съедят все, что им дадут. Но нужно скрыть от мира истинные планы Кремля. Пусть мировое общественное мнение пока попереводит его «новоречь» на человеческий язык, а там уже будет

---

* Интересно отметить, что в редакции англо-польского союзного договора, составленного англичанами, так и говорилось: «в случае агрессии Германии». Только Германии! Правительство Англии, прекрасно знавшее о намерении СССР вторгнуться в Польшу с востока, тем не менее не распространило договор на СССР, уверенное, что СССР и Германия неизбежно сцепятся при дележе добычи.

поздно. Притихшему от страха залу Молотов поясняет суть германо-советского пакта:

«Нам всем известно, что с тех пор, как нацисты пришли к власти, отношения между Советским Союзом и Германией были напряженными... Но, как сказал 10 марта товарищ Сталин, “мы за деловые отношения со всеми странами”. Кажется, *что в Германии правильно поняли заявления товарища Сталина и сделали правильные выводы. 23 августа следует рассматривать как дату великой исторической важности. Это поворотный пункт в истории Европы и не только Европы.* Совсем недавно германские нацисты проводили внешнюю политику, которая была весьма враждебной по отношению к Советскому Союзу. Да, в недавнем прошлом... Советский Союз и Германия были врагами. Но теперь ситуация изменилась, и мы перестали быть врагами...

Советско-германское соглашение подверглось яростным нападкам со стороны англо-французской и американской прессы, и особенно со стороны некоторых “социалистических” газет... Особенно злобствуют... некоторые французские и английские социалистические лидеры. Эти люди почему-то решили, что Советский Союз должен воевать против Германии на стороне Англии и Франции. Можно только спросить, не потеряли ли эти поджигатели войны окончательно свои головы? (*Смех.*)

По советско-германскому соглашению Советский Союз не обязан воевать ни на стороне британцев, ни на стороне германцев. СССР проводит свою собственную политику, которую определяют интересы народов СССР, и больше никто. (*Бурные аплодисменты.*)

Если эти господа имеют такое страстное желание воевать — пусть воюют сами, без Советского Союза. (*Смех, аплодисменты.*) А мы посмотрим, что они за вояки. (*Громкий смех, аплодисменты.*)».

Откровеннее сказать было невозможно. Пусть они воюют. Мы посмотрим, что они за вояки. А когда того потребуют «интересы народов СССР», то и вмешаемся. На чьей стороне? А это, как потребуют опять же «интересы народов СССР». Простак Гитлер, видимо, совсем не понимал «новоречи», поскольку чуть позднее публично заявил, что готов поддержать каждое слово из речи Молотова на Верховном Совете.

В отличие от предыдущей практики Сталин не приказал развернуть по поводу ратификации советско-германского пакта «стихийное» народное ликование с митингами на заводах, в колхозах и жилконторах. Он затаился, как рыболов, ожидающий, когда обнюхавшая приманку рыба наконец заглотит ее и забьется, глупая, на стальном крючке мирового пролетариата.

И когда после шитой белыми нитками Гляйвицкой операции танки Гудериана ринулись к Варшаве, советская пресса почти и не отреагировала на это событие. Газеты были заполнены репортажами с грандиозного праздника физкультурников на стадионе «Динамо», о фестивале в Сокольниках, о торжественном празднике Международного дня молодежи в Москве, Ленинграде и Киеве.

В угаре сплошных праздников и ликования советский народ просто не заметил начала Второй мировой войны, а весь мир, в свою очередь, как-то не заметил нового закона СССР о воинской обязанности, увеличивающего чуть ли не втрое численность Красной Армии. Похороненные на последних страницах газет маленькие заметки со стандартным заголовком «К германо-польскому конфликту» создавали впечатление ничтожной локальной войны, не имеющей никакого значения ни для СССР, ни для остального мира. Вооруженный конфликт, отмечала «Правда», начался из-за нападения группы польских военнослужащих на немецкую радиостанцию в пограничном городке Гляйвиц. Германия, измученная бесконечными польскими провокациями и подвергшаяся прямой агрессии со стороны Польши, вынуждена была взяться за оружие. Даже о вступлении Англии и Франции в войну против Германии в советской прессе говорилось кратко, но с явным осуждением. Стоит ли из-за такого ничтожного конфликта так горячиться!

Сдержанность советской прессы ни в коей мере не передает того радостного возбуждения, которое охватило Сталина. Его план полностью удался! Вторая империалистическая война в Европе началась, подтвердив гениальность ленинского предвидения и мудрость проводимой Сталиным политики. Теперь надо браться за осуществление второй фазы плана — захвата Европы. Не торопиться, не зарываться, взвешивать каждый шаг. В превосходнейшем настроении Сталин принимает на своей даче Димитрова. Сам разливает харчо из старорежимной «кузнецовской» супницы. Шутит. Димитров, конечно, не бог весть кто, чтобы с ним откровенничать. Бывший коминтерновский боевик, которого Сталин вытащил из Германии после скандального Лейпцигского процесса и загодя готовит к роли будущего президента Социалистической Балканской Федерации. Но Балканы еще нужно захватить. Ну, это-то не за горами. Поэтому он, Сталин, после расстрела Бела Куна приказал пока не трогать «балканских товарищей», вроде Димитрова и Тито. Еще пригодятся. Расстреляны только те, которые ни в какой комбинации не нужны.

Бедная, глупая Европа и не подозревает, что в Кремле уже готовы правительства для всех стран, включая и подружку — Германию. Пока в сундуках, но когда надо — мы их вытащим на поверхность. Конечно, если что повернется не так, то и товарища Димитрова придется расстрелять, но пока радость и сознание собственной гениальности распирает так, что просто необходимо высказаться.

«Мы не прочь, чтобы они (империалистические державы), — говорит Сталин, пряча в усах довольную ухмылку, — подрались хорошенько и ослабили друг друга. Гитлер, сам того не понимая, расшатывает, подрывает капиталистическую систему. Мы можем маневрировать, подталкивать одну сторону против другой, чтобы лучше разодрались». Сраженный неземной мудростью Великого Вождя, Димитров застывает с ложкой в руке.

Накануне в Берлине Гитлер, принимая верительные грамоты у нового советского посла Александра Шкварцева, был мрачен и задумчив. Истекал срок англо-французских ультиматумов, требующих немедленного вывода немецких войск с территории Польши. Гитлера терзали сомнения: не подведет ли в последний момент благоприобретенный московский друг? Сталин специально прислал

Шкварцева именно в этот момент на вакантное место советского посла, чтобы подбодрить фюрера. Все будет так, как договорились.

Предвидя специальные вопросы, Шкварцев прихватил с собой на церемонию вручения верительных грамот военного атташе комкора Пуркаева. После церемонии Гитлер удостоил советских представителей длительной беседой в присутствии Риббентропа, который по этому случаю не явился на встречу с французским послом, ожидающим ответа на ультиматум. Шкварцев и Пуркаев как могли успокаивали фюрера. Немецкие суда могут укрываться в советских портах. Эшелоны, груженные нефтью, марганцем и пшеницей, уже следуют в Германию.

Гитлер особенно интересовался, когда советские войска вторгнутся в Польшу. По наивности он полагал, что эта акция автоматически сделает СССР его союзником, так как Англия и Франция вынуждены будут объявить войну и Советскому Союзу. Он еще не знал методов Сталина, прошедшего ленинскую школу по присоединению к СССР республик Закавказья и обширнейших областей Средней Азии. Даже такому прожженному политическому цинику, каким был Гитлер, еще не раз придется изумляться и восхищаться сталинскими методами захвата чужих территорий. Комкор Пуркаев заверил фюрера, что Советский Союз никогда не подводит своих друзей.

Между тем война в Польше шла не совсем так, как ее распланировали в Берлине. На всех участках фронта поляки оказывали яростное сопротивление. Рассеченные танковыми клиньями Гудериана польские войска, навязав немцам сражение на Дзуре и создав угрозу выхода крупных кавалерийских масс в тыл танковым группировкам, сумели избежать окружения и отвести основные силы своей армии за Вислу, где польское командование рассчитывало, перегруппировав силы, перейти в контрнаступление.

В лихорадочной спешке за Вислой формировался мощный бронированный кулак из 980 польских танков, которые ударами по двум сходящимся направлениям должны были деблокировать окруженную Варшаву. Именно в

Восточной Польше были сосредоточены, помимо отступивших за Вислу частей, основные стратегические резервы польских Вооруженных сил, склады со всеми видами боевого обеспечения и аэродромы. Сухопутные войска готовы были поддержать корабли Пинской речной флотилии. Придя в себя от первого сокрушительного удара, Польша готовилась к отпору.

Вся пресса мира, включая и немецкую, отмечала героическое сопротивление польской армии. Оборона Вастерплятте, Хела, Гдыни и Варшавы вызвала восхищение всего мира, а битву на Дзуре даже «Фолькишер беобахтер» назвала «наиболее ожесточенной в истории». Советская пресса обо всем этом помалкивала. Напротив, из номера в номер все советские газеты с удивлением отмечали, что поляки не оказывают немцам никакого сопротивления, что Польша фактически оккупирована и неизвестно, где находится ее правительство.

14 сентября газета «Правда» подвела итог подобному поведению советской печати. «Может возникнуть вопрос, — вопрошала газета в редакционной статье, — почему польская армия не оказывает немцам никакого сопротивления? Это происходит потому, что Польша не является однонациональной страной. Только 60% населения составляют поляки, остальную же часть — украинцы, белорусы и евреи... Одиннадцать миллионов украинцев и белорусов жили в Польше в состоянии национального угнетения... Вся администрация была польской, и польский язык был единственным признанным языком. Практически не существовало непольских школ или других культурных учреждений. Польская конституция не признавала права неполяков получить образование на родном языке. Вместо этого польское правительство проводило политику насильственной полонизации...» Вот поэтому никто и не хочет сражаться за такую страну.

Пока за границей гадали, что означает чудовищная чушь, помещенная в «Правде», разгадка не заставила себя ждать. 17 сентября польский посол в Москве Вацлав Гжибовский был срочно вызван в Наркомат иностранных дел.

Принявший его замнаркома Потемкин, сделав скорбное лицо, но без скорби в глазах и без интонаций в голосе зачитал ноту следующего содержания:

«Германо-польская война явно показала внутреннее банкротство польского государства... Варшава, как столица Польши, не существует больше*.

Польское правительство распалось и не проявляет признаков жизни. Это значит, что Польское государство

---

* Каждое слово в этой ноте пропитано ложью. Польское правительство находилось в местечке Куты вблизи румынской границы. Что касается Варшавы, то столица Польши была захвачена немцами только 27 сентября. Однако, стремясь поскорее получить помощь с востока, немцы уже 9 сентября объявили о взятии Варшавы. По этому случаю Молотов отправил поздравительную телеграмму Риббентропу: «Я получил Ваше сообщение о том, что немецкие войска вошли в Варшаву. Пожалуйста, передайте мои поздравления и приветствия правительству Германской империи. Молотов».

Если вдуматься в этот текст, то невольно напрашивается вывод — подобные поздравления и приветствия уместны только между боевыми союзниками, а не между странами, связанными всего лишь договором о ненападении. Поздравления по поводу захвата Варшавы последовали в тот момент, когда между СССР и Польшей существовали нормальные дипломатические отношения, страны связывал договор о ненападении, в Москве находилось польское посольство! В этот же день Молотов сообщил немецкому послу Шуленбургу, что «советские военные действия начнутся в течение ближайших нескольких дней».

Известие о том, что Варшава еще не взята, несколько охладило воинственный пыл в Москве. 10 сентября Шуленбург докладывает в Берлин: «На сегодняшней встрече в 15 часов Молотов изменил свое вчерашнее заявление... У меня сложилось впечатление, что вчера Молотов обещал больше, чем от Красной Армии можно ожидать». Затем Молотов несколько смущенно сказал, что Советское правительство надеялось воспользоваться дальнейшим продвижением германских войск и заявить, что Польша разваливается на куски и что вследствие этого Советский Союз должен прийти на помощь украинцам и белорусам, которым угрожает Германия. Это — предлог представить интервенцию СССР благовидной в глазах мирового общественного мнения, он даст возможность СССР не выглядеть агрессором.

Таким образом, Молотов осторожно спросил Риббентропа: не обидятся ли в Берлине, если объявить, что «единокровные братья» украинцы и белорусы дожны быть спасены от немцев.

и польское правительство фактически перестали существовать. Тем самым прекратили свое действие договора, заключенные между СССР и Польшей... Оставленная без

Но в Берлине обиделись, Гитлер и его советники решительно не согласились со столь явной «антигерманской формулировкой» и предложили своей вариант: «Ввиду полного распада существовавшей ранее в Польше формы правления, правительство рейха и правительство СССР сочли необходимым положить конец нетерпимому далее политическому и экономическому положению, существующему на польской территории».

В очередной встрече с Шуленбургом Молотов просит извинить за «обиду», но «принимая во внимание сложную для Советского правительства ситуацию, не позволять *подобным пустякам вставать на нашем пути.* Советское правительство, к сожалению, не видит какого-либо другого предлога... чтобы оправдать за границей свое теперешнее вмешательство».

Грозно нависающая из-за Вислы польская группировка «Познань», которой застрявшие под Варшавой немецкие войска неосторожно подставили в надежде на удар с востока свои совершенно необеспеченные фланги, нервирует немецкое командование. Черт с ними, с предлогами! Пусть скорее начинают!

Переговоры между Берлином и Москвой все более начинают напоминать разговоры на «малине». Смотрите, грозит Берлин, не вмешаетесь — останетесь «без доли». Наш пахан так и велел передать вашему пахану. Конечно, вместо грубой «фени» угроза облечена в изящный текст очередной срочной телеграммы, посланной Риббентропом в Москву 15 сентября:

«Если не будет начата русская интервенция, неизбежно встанет вопрос о том, не создастся ли в районе, лежащем к востоку от германской зоны влияния, политический вакуум. Поскольку мы, со своей стороны, не намерены предпринимать в этих районах какие-либо действия политического и административного характера, стоящие обособленно от необходимых военных операций, без такой интервенции со стороны Советского Союза в Восточной Польше могут возникнуть условия для формирования новых государств».

Давайте, ребята, поспешите, а то мы создадим в Восточной Польше независимую Украинскую республику. Намек понят. Шуленбург срочно телеграфирует в Берлин:

«Москва. 17 сентября 1939 года.

Чрезвычайно срочно! Секретно! Сталин в присутствии Молотова и Ворошилова принял меня в два часа ночи и заверил, что Красная Армия пересечет советско-польскую границу в 6 часов утра на всем ее протяжении... Во избежание инцидентов Сталин спешно просит нас проследить за тем, чтобы германские самолеты, начиная с сегодняшнего дня, не залетали восточнее линии Белосток — Брест-Литовск — Лемберг (Львов). Советские самолеты начнут сегодня бомбардировать район восточнее Лемберга».

руководства, Польша превратилась в удобное поле для всяких случайностей и неожиданностей, могущих создать угрозу для СССР... Советское правительство не может также безразлично относиться к тому, чтобы единокровные украинцы и белорусы, проживающие на территории Польши, брошенные на произвол судьбы, остались беззащитными. Ввиду такой обстановки Советское правительство отдало распоряжение Главному командованию Красной Армии дать приказ войскам перейти границу и взять под свою защиту жизнь и имущество населения Западной Украины и Западной Белоруссии».

Побледневший Гжибовский отказался принять ноту и в ответ заявил Потемкину, на лице которого выражение скорби сменилось выражением откровенной скуки: «Ни один из аргументов, использованный в оправдание превращения договоров в простой клочок бумаги, не выдерживает критики... Суверенность государства существует, пока бьются солдаты регулярной армии. В настоящий момент рядом с нами против немцев бьются не только украинцы и белорусы, но и чешские и словацкие легионы. Куда же подевалась ваша славянская солидарность?.. Наполеон вошел в Москву, но пока существовала армия Кутузова, считали, что Россия также существует...»

Дав высказаться, польского посла выставили за дверь. Ему еще припомнят его наглость и бестактные вопросы о славянской солидарности.

Как и обещал Сталин, ровно в 6 часов утра 17 сентября 1939 года Красная Армия силами двух фронтов — Украинского под командованием печально знаменитого С. Тимошенко и Белорусского под командованием М. Ковалева — численностью более миллиона солдат при поддержке танков, авиации и артиллерии перешла границу Польши на всем протяжении от Полоцка до Каменец-Подольска, завязав бои с немногочисленными польскими отрядами прикрытия восточной границы. «Второй фронт» Второй мировой войны был открыт. Открыт подло и лицемерно, в полном соответствии с беспринципной ленинско-сталинской идеологией, позволявшей убивать миллионы людей под слова торжественной песни: «Я другой такой страны не знаю, где так вольно дышит человек!».

Вторжение советских войск застало польское командование врасплох. Никто вначале не понял, что произошло. Что это: приход союзников или вторжение? Однако ответ на этот вопрос дали советские бомбы и снаряды, обрушившиеся на польские позиции. Сыграла свою роль и директива командующего польскими войсками маршала Рыдз Шмиглого, приказавшего не вступать в бой с частями Красной армии и отходить на территорию Румынии и Венгрии. Многие части игнорировали или просто не получили этот приказ. Завязались ожесточенные бои.

С советских самолетов тучами сбрасывались листовки, составленные по всем правилам «изящной словесности» ГлавПУРа РККА: «Солдаты! Бейте офицеров и генералов. Не подчиняйтесь приказам ваших офицеров. Гоните их с вашей земли. Смело переходите на нашу сторону!»

Но сил для войны на два фронта у Польши не было. Часть группировки «Познань» сумела прорвать немецкий фронт и соединиться с гарнизоном сражающейся Варшавы. (Можно только гадать, что было бы, если бы вся группировка «Познань» ударила по висевшим в воздухе флангам вермахта!)

Подавляющее большинство боеспособных частей было нацелено для удара по немцам. Красной армии оказали сопротивление главным образом части корпуса пограничной стражи. И тем не менее развернулись крупные бои под Гродно, Шацком и Ораном. Под Перемышлем два пехотных полка были начисто вырублены уланами генерала Владислава Андерса. Тимошенко успел ввести в дело танки, предотвратив прорыв польской конницы не территорию СССР.

Героический гарнизон Брестской крепости (!) под командованием генерала Константина Плисовского отбил все атаки Гудериана. Гудериан нервничал. Без тяжелой артиллерии поляков из крепости не выкурить, а вся артиллерия застряла под Варшавой. Выручила тяжелая артиллерия Кривошеина, бомбардировавшая крепость в течение двух суток непрерывно. Разгоряченные боем, обнимались на тираспольском мосту через Буг солдаты Ковалева и Гудериана.

Следовавшие за регулярной армией части НКВД, не теряя ни секунды, начали массовые аресты в захваченных городах и населенных пунктах. Аресту подлежали все офицеры, ксендзы, видные представители интеллигенции. Не дав опомниться, их загоняют в телятники и отправляют на восток. Сталинский поход в Европу начался!

По случаю славной победы в Бресте состоялся грандиозный военный парад. Под воинственные звуки Бранденбургского марша печатали шаг советские и немецкие солдаты. Принимая парад, на трибуне бок о бок стояли генерал Гейнц Гудериан и комбриг Семен Кривошеин, чья тяжелая артиллерийская бригада помогла Гудериану выполнить задачу по захвату Брестской крепости.

«Дружба, скрепленная кровью!» — скажет позднее Сталин в телеграмме Гитлеру, и кто знает Сталина — поймет, как он ненавидел своего не в меру прыткого конкурента, если заговорил с ним о дружбе.

Красная Армия взяла в плен 240 тысяч польских военнослужащих. Транспорта, тюрем и лагерей, естественно, не хватало, поэтому сразу же начались массовые расстрелы военнопленных. Братские могилы — следы нашего «освободительного похода» — обнаружены под Гродно, в Ошманах, в Ходорове, Молодечно, Сарнах, Новогрудке, Рогатыне, Коссове-Полесском, Волковыйске и многих других местах. Официально были объявлены и собственные потери: 737 убитых, 1862 раненых. Итого: 2599 человек*. Триумф военной доктрины Сталина — «малой кровью на чужой территории».

Захвачены огромные военные трофеи: 300 боевых самолетов, тысячи орудий, сотни тысяч винтовок, миллионы снарядов и патронов, интендантские склады, — мониторы Пинской флотилии, морские и речные суда.

Польская армия оказывала еще в некоторых местах

---

* Истинные потери составили 5327 человек. Убитыми 1386. С тех пор пошел по русским городам и деревням поток похоронок, продолжающийся уже пятьдесят лет. Этот поток то принимал океанские размеры, как в Отечественную войну, то превращался в полноводные реки, как в Финляндии и в Афганистане, сужаясь до ручейков Кореи, Вьетнама, Ближнего Востока, Анголы, Никарагуа, но не прекращаясь никогда.

сопротивление, когда победители приступили к обсуждению вопроса будущего польских земель. Гитлер, которому очень хотелось сделать какой-нибудь приятный жест в сторону Англии, чтобы та от него отстала, предложил создать марионеточное польское микрогосударство по обеим сторонам демаркационной линии, разделяющей советские и немецкие войска. Однако Сталин сразу разглядел в этом очередную трусливую попытку Гитлера выпутаться из войны с Западом.

В самом деле, а что особенного произошло? Всего лишь восстановлена справедливость. Никто и не думал уничтожать польское государство. Советские войска дошли только до пресловутой линии Керзона 1921 г., определившей восточные границы Польши. Немцы тоже взяли то, что некогда принадлежало им. Так что англичане в их извечной любви к дипломатической эквилибристике и казуистике могли удовлетвориться и усеченной на две трети Польшей. А потому Сталин и слушать не хотел о сохранении каких-либо следов польской государственности. Это срывало его план, давая Германии теоретическую возможность выйти из войны.

25 сентября Шуленбург телеграфирует в Берлин:

> **«Сталин заявил: в окончательном урегулировании польского вопроса следует избегать всего, что в будущем могло бы вызвать столкновение между Германией и Советским Союзом. С этой точки зрения, он считает ошибочным оставлять независимое польское государство. Он предлагает следующее решение: из территорий на востоке от демаркационной линии к нашей части должны быть присоединены все Люблинское воеводство и часть Варшавского воеводства, которая простирается до Буга. Взамен мы должны отказаться от наших претензий на Литву...»**

Последовал быстрый ответ из Берлина, что фюрер изменил свое первоначальное мнение и считает точку зрения Сталина более реалистичной. (Разведка доложила ему, что англичане и слушать ничего не хотят, пока немецкие войска не отойдут за линию, существовавшую до 1 сентября. Никакие марионеточные микрогосударства положение не спасут.)

Раз так, значит, Сталин снова прав. Значит, пришло время уточнить «раздел сфер влияния», как дипломатично, но не конкретно называл захват чужих территорий секретный протокол к договору от 23 августа. Пришла пора эти формулировки конкретизировать.

27 сентября 1939 года «Правда» сообщила: «По приглашению правительства СССР 27 сентября с.г. в Москву прибывает министр иностранных дел Германии г-н фон Риббентроп для обсуждения с правительством СССР вопросов, связанных с событиями в Польше».

В 18.00 самолет Риббентропа совершил посадку в московском аэропорту. Настороженных взглядов, какими его встречали 23 августа, уже не было. Молотов встретил его как старого друга — за малым не обнял. Однако когда Риббентроп прибыл в посольство, его ждал небольшой, но не очень приятный сюрприз. Шуленбург протянул своему шефу две телеграммы. Это были пересланные из Берлина сообщения немецкого посланника в Таллинне, сообщавшего, что правительство Эстонии информировало его о советском ультиматуме, требующем «под угрозой немедленного вторжения» предоставить СССР военно-морские и военно-воздушные базы на территории Эстонии, а также разместить там советский воинский контингент численностью пятьдесят тысяч человек. Подобный ультиматум был предъявлен и правительству Латвии. Из Берлина сообщили, что фюрер приказал эвакуировать с территории обеих прибалтийских республик 86 000 «фольксдойчей». Секретный протокол, подписанный Риббентропом 23 августа, начал действовать.

В несколько озабоченном настроении рейхсминистр отправился на встречу со Сталиным. Сталин принял своего старого друга весьма радушно. В нарушение всех протоколов переговоры сразу же начались за банкетным столом, уставленным бутылками. Советник немецкого посольства Хильгер (давно завербованный советской разведкой), ошалев от столь мощного торжества грузинского гостеприимства над дипломатическим протоколом, считал тосты. На цифре 22 он сбился, ибо пил наравне с другими.

Сталин и Молотов выпили за каждого члена немецкой делегации вплоть до юного эсэсовца Шульце, скромно стоявшего за креслом Риббентропа, которому пить в подобном обществе было не положено по чину. Но Сталин, глядя на юношу влюбленными глазами, лично преподнес ему бокал и провозгласил тост «за самого молодого из присутствующих». Потом начали пить «за всех, кто не смог присутствовать на встрече». Берия пытался вообще споить своего агента Хильгера, но Сталин, заметив это, взял немца под защиту, пояснив, что «за этим столом даже шеф НКВД имеет не больше прав, чем другие».

Совершенно пьяный Риббентроп после банкета отправился в Большой театр на последний акт «Лебединого озера». Очарованный красотой постановки, а также несравненной Улановой, Риббентроп настоял, чтобы балерине прислали от его имени цветы, хотя Шуленбург пытался отговорить своего шефа от этого галантного поступка, объясняя, что в Москве это не принято.

Сталин не сопровождал своего гостя, поскольку вынужден был лично принять участие в обработке упрямой эстонской делегации, красноречиво объясняя, что ждет их маленькую страну, если та осмелится отклонить ультиматум Москвы.

Приняв душ в посольстве и переодевшись, Риббентроп вернулся в Кремль на ночные переговоры. Гитлер согласился со сталинским планом обмена польских земель на Литву. «Гитлер знает свое дело», — удовлетворенно заметил Сталин и в приливе великодушия подарил Риббентропу обширное охотничье угодье в Беловежской пуще, заметив, что этому подарку, видимо, больше всех обрадуется Геринг, известный своей страстью к охоте.

В непринужденной обстановке любезной беседы и шуток был подписан новый советско-германский договор, получивший название «Договора о дружбе и границе». Договор был краток и состоял всего из четырех статей:

«Статья I. Правительство СССР и германское правительство устанавливают в качестве границы между обоюдными государственными интересами на территории бывшего Польского государства линию, которая нанесена на прилагаемую при сем

карту и более подробно будет описана в дополнительном протоколе.

Статья II. Обе стороны признают установленную в статье I границу обоюдных государственных интересов окончательной и устраняют всякое вмешательство третьих держав в это решение.

Статья III. Необходимое государственное переустройство на территории западнее указанной в статье линии производит германское правительство, на территории восточнее этой линии — правительство СССР.

Статья IV. Правительство СССР и германское правительство рассматривают вышеприведенное переустройство как надежный фундамент для дальнейшего развития дружественных отношений между своими народами».

Как и месяц назад, к договору прилагались секретные протоколы и карты. Главный из секретных протоколов гласил: «Обе стороны не будут допускать на своих территориях никакой польской агитации, затрагивающей территорию другой стороны. Они будут подавлять на своих территориях все источники подобной агитации и информировать друг друга о мерах, предпринимаемых с этой целью».

На приложенной к договору секретной карте была тщательно вычерчена демаркационная линия четвертого раздела Польши с поправками, которые лично сделал Сталин, уступая охотничьи угодья Риббентропу. Соответственно этому Сталину пришлось дважды подписать карту. Второй раз его лихой росчерк с территории Западной Белоруссии прорезал Украину и уходил в Румынию.

Перед отъездом из Москвы растроганный Риббентроп дал интервью корреспонденту ТАСС, отметив следующие положения:

«1. Германо-советская дружба теперь установлена окончательно.

2. Обе стороны никогда не допустят вмешательства третьих держав в восточноевропейские вопросы.

3. Оба государства желают, чтобы мир был восстановлен и чтобы Англия и Франция прекратили абсолютно

бессмысленную и бесперспективную борьбу против Германии.

4. Если, однако, в этих странах возьмут верх поджигатели войны, *то Германия и СССР будут знать, как ответить на это*».

Министр указал далее на достигнутое вчера между Германией и СССР соглашение об обширной экономической программе, которая принесет выгоду обеим державам. В заключение г-н фон Риббентроп заявил:

«Переговоры происходили в особенно дружественной и великолепной атмосфере. Однако прежде всего я хотел бы отметить исключительно сердечный прием, оказанный мне Советским правительством и особенно гг. Сталиным и Молотовым».

Проводы были теплыми. Риббентроп пообещал Сталину «приехать снова и побыть подольше». Сталину же все не давал покоя юный эсэсовец Шульце. Сталин не уставал говорить юноше комплименты, заметив, что тому, видимо, очень идет эсэсовская форма. Гораздо больше, чем штатский костюм. «В следующий раз приезжайте в форме», — ворковал Сталин, задерживая руку юноши в своей. Смущенный такой честью молодой человек пообещал Сталину непременно это сделать и выполнил свое обещание 22 июня 1941 года!

Что и говорить, Сталин был доволен. Земли, включенные в состав СССР в результате разгрома и раздела Польши, насчитывали около 200 тысяч кв. километров с населением в 13,4 миллиона человек.

Немедленно началось приведение вновь приобретенных территорий к общесоюзному знаменателю. Местные отделы НКВД получили секретный приказ наркома внутренних дел № 001223 от 11 октября 1939 года, согласно которому следовало организовать срочный учет «контрреволюционных элементов и вражеских категорий населения» независимо от того, участвовали ли они в антисоветской деятельности. Быстро составленные списки включали в себя не только бывших военнослужащих польской армии, жандармерии и полиции, но и служащих государственных учреждений, общественных и религиозных деятелей, членов украинских, белорусских и польских культурных и даже спортивных обществ. По этим спискам началась массовая депортация населения в Сибирь. Число депортируемых быстро перевалило за полтора миллиона человек. (Немцы отстали, сумев выселить со своей территории всего 462 820 человек. Это и понятно — у них не было Сибири*.)

Неудивительно, что «освобожденные единокровные

---

* В качестве руководства по проведению депортации в органы НКВД была направлена секретная инструкция «О порядке проведения операции по депортации антисоветского элемента», представляющая собой слово в слово старую, отработанную инструкцию ОГПУ «О порядке проведения операции по депортации кулацкого и антисоветского элемента» времен коллективизации в СССР, когда было выслано в Сибирь более 10 миллионов русских и украинских крестьян.

Новая инструкция, как и старая, до мельчайших подробностей регламентировала все действия исполнителей. Раздел 5 «Порядок разделения семьи выселяемого от главы» гласил:

«Ввиду того, что большое количество выселяемых должно быть арестовано и размещено в специальных лагерях, а их семьи следуют в места специальных поселений в отдаленных областях, необходимо операцию по изъятию как выселяемых членов семьи, так и главы их проводить одновременно, не объявив им о предстоящем разделении. Сопровождение же всей семьи до станции погрузки производится на одной подводе, и лишь на станции погрузки главу семьи помещают отдельно от семьи в специально предназначенный для глав семей вагон. Во время сбора в квартире выселяемых предупредить главу семьи о том, чтобы личные мужские вещи складывали в отдельный чемодан, так как будет проводиться санобработка выселяемых мужчин отдельно от женщин и детей...»

Депортированных, как и некогда кулаков, не понимавших, что на них отрабатывают методику перевоспитания масс в мировом масштабе, разделяли на несколько категорий. Часть из них составляли так называемые «спецпоселенцы» — главным образом старики, женщины и дети. Они оказывались в Сибири или в районах Крайнего Севера без теплой одежды и без крыши над головой. Спецпоселенцы копали себе землянки, либо размещались в хозяйственных постройках тех совхозов и колхозов, куда их прислали на работу. Вторую категорию составляли направленные на принудительные работы в печально известные трудовые лагеря. Третья категория — заключенные различных тюрем. Четвертая категория — заключенные лагерей особого режима.

Остается только удивляться, что кто-то из этих людей выжил. Среди них были генерал Ярузельский — ныне президент Польши, бывший премьер Израиля Бегин, знаменитый ученый Ковальский и многие другие. Генерал Владислав Андерс, чьи уланы чуть не перенесли войну на территорию СССР, вспоминал:

братья» немедленно взялись за оружие и сражались с советскими оккупантами аж до конца 50-х годов, пока в Мюнхене не был убит агентами КГБ их руководитель Степан Бандера, а они сами почти поголовно истреблены, потеряв убитыми и замученными в сталинских лагерях более 3,5 миллионов человек, считая только западных украинцев. В Москве Сталин любовно смотрит на дважды подписанную им карту раздела Польши. Демаркационная линия раздела создалась не случайно. Она была

«Уже через тюремные стены доходили до меня различные сведения о широкомасштабных арестах и ссылках, проводимых советскими властями на территории Польши... Но полная картина этой планомерной акции открылась мне лишь после освобождения, когда, по мере создания армии, прибывали десятки тысяч освобожденных пленных, узников тюрем и ссыльных... Поляки, украинцы, белорусы, евреи, землевладельцы и крестьяне, фабриканты и рабочие, офицеры и рядовые, судьи, торговцы, полицейские, ксендзы, пасторы и раввины — все оторваны от своих домов и поглощены махиной НКВД... Москва осуществляла план обезглавливания общества...

Это обезглавливание было вступлением к превращению народа в безвольную и бесформенную массу».

Но тем, кого удалось собрать генералу Андерсу, еще повезло. Они остались живыми.

О трагедии Польши заговорили только 14 августа 1941 года, когда был подписан договор о создании на территории СССР польской армии. Командующим формировавшимися польскими частями был назначен генерал Андерс, незадолго до этого выпущенный из внутренней тюрьмы на Лубянке. Первоначально предполагавшийся на должность командующего генерал Станислав Галлер не был найден среди военнопленных. Он разделил судьбу многих тысяч польских офицеров, которых безуспешно искало дипломатическое представительство и армейское командование Польши. Советские власти заявляли, что о их судьбе им ничего неизвестно.

Возможно, они оказались среди тех многих сотен тысяч заключенных советских тюрем, которые были расстреляны при отступлении советской армии в 1941 году (с 22 по 30 июня советскими властями было уничтожено 8000 заключенных во Львове, 4000 — в тюрьмах бывшего Виленского края и во многих других местах).

Большинство же лучших командных кадров польской армии находились среди военнопленных лагерей в Козельске, Старобельске и Осташкове. Среди 15 тысяч пленных 9 тысяч составляли кадровые офицеры Войска Польского, остальные — младшие офицеры из резервистов: профессора, учителя, юристы, врачи, священники. В апреле—мае 1940 года они был вывезены в Катынский лес и расстреляны, отравив, видимо, навсегда советско-польские отношения.

тщательно продумана и вычерчена Сталиным и двумя его любимыми и, надо признать, самыми способными генштабистами Шапошниковым и Мерецковым.

Уступка Гитлеру части польских земель Варшавского и Люблинского воеводств в обмен на Литву были не просто великодушной прихотью тирана, а тщательно продуманной акцией. В результате на карте появились два выступа-«балкона» — Белостокский и Львовский, грозно нависшие над немецкой территорией и создающие угрозу мгновенного окружения гитлеровских войск восточнее Одера и стремительного, кинжального удара по Берлину. А приобретение (пока условное) Литвы лишало немцев возможности вот так же грозно нависнуть над нашим правым флангом.

«Эти выступы, — позволил себе заметить командарм 1-го ранга Шапошников, — будут как тучи нависать над Гитлером». Вождь внимательно взглянул на своего любимца и изрек: «И из этих туч ударит гроза». Может быть, Сталин хотел сказать «ударит гром», но, видимо, не очень хорошо владея русским языком, сказал именно так — «ударит гроза». В конце концов, гром — это только часть грозы, так что Сталин, как всегда тщательно взвешивавший свои слова, и на этот раз знал, что говорил.

Что же произошло? Все было очень просто. В марте 1940 года в Кракове состоялся первый совместный «симпозиум» НКВД и гестапо. Люди Берии и Гиммлера заложили начало контактам, продолжавшимся по меньшей мере до гибели самого Берии в 1954 году. Среди многих вопросов, требующих координации, на первом симпозиуме обсуждался вопрос о дальнейшей судьбе польских военнопленных.

Дело в том, что немцы планировали отпустить захваченных ими пленных, основную массу которых составляли, как обычно, крестьяне. Во-первых, немцы не желали их задарма кормить, а во-вторых, приближался весенний сев и кому-то надо было работать на полях. При этом, естественно, были составлены списки тех, кто подлежал ликвидации «как наиболее опасный и непримиримый польский элемент». Стороны обменялись списками подлежащих ликвидации. СССР в принципе тоже согласился отпустить по домам основную массу военнопленных, но, как у нас водится, отпустить никого не отпустили, но кого надо расстреляли.

Так и родилась операция «Гроза», о которой Сталин подумывал с 1934 года. Оперативная разработка ее началась лишь в середине октября 1939 года. Нечего и говорить, что операция было совершенно секретной. Преамбула ее было проста, как и все гениальное: воспользовавшись войной Гитлера с западными демократиями, захватить Восточную Европу, Балканы и турецкие проливы, а по возможности — и саму Германию. Для этой цели оказывать Гитлеру всяческое содействие в борьбе с его мощными противниками, срывая любые попытки мирного урегулирования вспыхнувшей войны. Это был первый вариант.

Надо сказать, что Сталин до поры до времени Германии совсем не боялся, а боялся Франции. Оно и понятно — вождь был человеком своего времени, и все его суждения сформировались в годы Первой мировой войны. Он был убежден, что любой «крестовый поход» против СССР возглавит именно Франция. Потому так урезанно и выглядит первый вариант операции «Гроза», поскольку за линией Мажино находилась французская армия, которую Сталин считал самой сильной в Европе. Как только французы захватят обратно Рур, указывал вождь, тут надо и нам начинать.

Немцы, завязнув в обороне Рурской области, смогут оставить на востоке лишь ничтожные силы. Мы же наводим порядок в Восточной Европе, захватываем оставшуюся часть Польши и Восточную Германию, соединяясь с французами где-нибудь на Эльбе.

Посвященные в план вождя, а их было пятеро — Молотов, Берия, Шапошников, Мерецков и частично Жданов, — зачарованно молчали. (По мере разработки дальнейших вариантов «Грозы» в связи с резко меняющейся обстановкой в Европе список посвященных в нее лиц увеличивался, но никогда не превышал тридцати человек. Впоследствии в замысел были посвящены: Жуков, Мехлис, Кирпонос, Павлов, Деканозов и частично Маленков и Тимошенко.)

Сталин жил операцией «Гроза». Любой его шаг во внутренней и внешней политике в период 1939—1941 гг.

невозможно правильно понять без учета «Грозы». Нам уже объяснили, что Сталин был величайшим преступником, безжалостным и коварным деспотом. Но почему-то никто не в состоянии сделать еще один простой вывод: *Сталин был наиболее агрессивным из всех политических деятелей своего времени*, не только более коварным, чем Гитлер или Муссолини. Оба последних были весьма склонны к авантюрам. Сталин же авантюр не любил. Он все тщательно рассчитывал.

Пока же, не теряя времени, необходимо захватить то, что удалось выторговать в ходе переговоров с немцами: Прибалтику и Финляндию. Но тоже не нахрапом, а осторожно, чтобы на раздражать мир. Однако если латышам и эстонцам сравнительно легко удалось навязать «союзные» договоры, сутью которых было размещение пятидесятитысячных контингентов советских войск на их территории, то литовцы и финны оказались более упрямыми, откровенно заявив Молотову, что предлагаемые Советским Союзом «договоры» являются не чем иным, как оккупацией.

С литовцами поступили хитрее. Вызвав в Москву министра иностранных дел Литвы Юозаса Урбшиса, ему предложили включить в состав Литвы Вильнюс и Вильнюсский край, ранее отторгнутый у Литвы Польшей и захваченный Красной Армией в ходе «освободительного» сентябрьского похода. Вторым же пунктом договора было опять же согласие Литвы на размещение гарнизонов Красной Армии во всех ключевых стратегических центрах республики, а равно предоставление СССР военно-морских и военно-воздушных баз на своей территории.

Отлично понимая, что судьба его страны уже решена германо-советским пактом, Урбшис пытался использовать все свое дипломатическое искусство, чтобы избежать оккупации, и уступил только под прямой угрозой немедленного вторжения. После чего Сталин оказал литовскому министру великую честь, дав посмотреть в своем личном кинозале свой любимый фильм «Волга-Волга». Однако упрямство Урбшиса не было забыто. Четырнадцать лет, которые пришлось провести бывшему министру иностранных дел в советских тюрьмах и лагерях, дали ему достаточно времени подумать о своем недостаточно почтительном поведении во время переговоров и о негативном отзыве о любимом фильме товарища Сталина.

Еще хуже повели себя финны. Они даже слушать не хотели о «миролюбивых» советских предложениях о вводе войск на финскую территорию для обеспечения их собственной безопасности, нагло заявив, что в состоянии сделать это сами. Недвусмысленные угрозы вторжения финны просто игнорировали, как будто не были крошечной страной, над которой нависла огромная, лязгающая оружием империя. Лев, увеличенный до неправдоподобных размеров, и крошечная мышка.

Сталин начинал терять терпение, а это никогда и ни для кого добром не кончалось. Финнам предложили новый вариант: они уступают СССР Карельский перешеек, Аландские острова и полуостров Ханко, а взамен получают вдвое большую территорию в Советской Карелии. Однако сменять килограмм золота на два килограмма дерьма финны тоже отказались, видимо, по своей чухонской наивности не предполагая, что еще в июне штаб Ленинградского военного округа разработал план их оккупации. Раздраженный Сталин приказал в течение месяца подготовиться к вторжению в Финляндию.

В советских газетах появился новый термин «белофинны» и рассказы о том, какой негодяй командующий финской микроармией Маннергейм, который до революции осмелился быть царским генералом, при бегстве из России украл знамя Кавалергардского полка, в котором служил, и до сих пор не застрелился от позора.

Вскоре в Париже было объявлено о создании польского правительства в изгнании во главе с генералом Сикорским. Это было вообще смешно, а потому Советское правительство отреагировало на эту шутку западных демократий фельетоном в «Правде» от 14 октября, давая понять, что оно понимает и ценит юмор. Автор фельетона Заславский писал:

«С полной серьезностью, хотя с трудом скрывая ироническую улыбку, французская пресса информировала мир о сенсационной новости. В Париже на какой-то улице было сформировано новое правительство Польши во главе с генералом Сикорским. Как явствует из сообщения, территорию нового правительства составляют шесть комнат, ванна и туалет. В сравнении с этой территорией Монако выглядит безграничной империей.

В главной синагоге Парижа Сикорский выступил с речью перед еврейскими банкирами. Синагога была украшена флагом с изображением белого орла, которого главный раввин должен был объявить кошерным, поскольку эту птицу, как известно, ортодоксальные евреи в пищу не используют. В бывшей Польше польская аристократия постоянно угрожала евреям смертью и погромами, но еврейским банкирам в Париже, видимо, совсем нечего бояться генерала Сикорского...»

Из смысла статьи можно было сделать вывод, что только после немецкой оккупации для евреев наступила пора национального возрождения и полного благоденствия.

Но Сталину хорошо было резвиться, оттачивая оперативное искусство своих генштабистов планированием операции «Гроза», оккупируя без единого выстрела прибалтийские республики и издеваясь с помощью газетных фельетонов и карикатур над англо-французскими агрессорами, начавшими войну с Германией под фальшивым лозунгом борьбы за демократию. Он-то сам наслаждался состоянием «вне войны», в которую так ловко втянул своего нового дружка Гитлера.

Зато Гитлеру было не до смеха. Помня верденскую и прочие мясорубки Западного фронта прошлой войны, он нервничал, зондировал возможности мирного урегулирования, но в ответ поступали только надменные меморандумы англичан, что мир невозможен до окончательного «уничтожения гитлеризма как идеологии». Кроме того, война шла, и если на суше она действительно заслужила название «странной», то на море сразу же приняла ожесточенный характер.

За несколько часов до начала войны из Нью-Йорка вышел самый крупный немецкий лайнер «Бремен», некогда носивший «Голубую ленту Атлантики». На борту лайнера не было ни одного пассажира. Судовой оркестр исполнял «Дойчланд убер аллес». Выстроенная на палубе команда хором скандировала слова марша-гимна. Побледневшие лица моряков ясно говорили об их понимании того, что они идут на верную гибель. От англичан нет спасения в открытом море, и мало кто знал эту истину лучше немцев. Собравшиеся на пирсе немногочисленные провожающие, главным образом сотрудники немецкого генерального консульства в Нью-Йорке, едва сдерживали слезы.

«Бремен» вышел из Нью-Йорка и бесследно исчез. Отряды английских кораблей прочесывали океан, чтобы перехватить и уничтожить «Бремен». Ведь в военное время обладатель «Голубой ленты» водоизмещением в 50 тысяч тонн мог с 28-узловой скоростью перебрасывать на любые расстояния целые армии, будучи для вермахта бесценным транспортным средством. Но огромный лайнер словно растворился в воздухе. Газеты ловили самые невероятные слухи: «Бремен» интернировался в Мексике; экипаж затопил лайнер в открытом море — круг с «Бремена» найден на побережье Массачусетса; «Бремен» прорвался в Италию.

Но действительность оказалась куда более интригующей — «Бремен», выйдя из Нью-Йорка, круто повернул на север и, держась почти кромки пакового льда, преспокойно пришел в Мурманск. 4 сентября на все немецкие суда в Атлантике был передан из штаба Редера условный сигнал «АО-13», означавший: «Следовать в Мурманск, придерживаясь как можно более северного курса». Англичане ожидали чего угодно, только не этого, и упустили 36 укрывшихся в Кольском заливе крупнейших транспортов противника, среди которых были такие известные на весь мир пассажирские лайнеры, как «Нью-Йорк», «Швабен», «Штутгарт», «Кордильера», «Сан-Луи», множество лесовозов, танкеров и скоростных рефрижераторов.

Мурманские власти хотя и были предупреждены Москвой, с изумлением смотрели на внезапно заявившиеся в наши арктические воды десятки судов под гитлеровскими флагами, над которыми безраздельно царила громада «Бремена».

«Особо дружественная обстановка», которую отметил Риббентроп, рассказывая о своем визите в Москву, немедленно распространилась и на Мурманск. Экипажи всех немецких судов получили право беспрепятственно сходить на берег, опечатанную было фото- и киноаппаратуру вернули владельцам, а мощной радиостанции «Бремена» разрешили поддерживать постоянную связь с Германией. Начало этой связи было положено депешей из Берлина на имя капитана «Бремена» Адольфа Арепса: «Поздравляю блистательным прорывом! Наилучшие пожелания дальнейшем. Хайль Гитлер! Генерал-фельдмаршал Геринг».

В мурманском интерклубе слышалась только немецкая речь, играли аккордеоны, пелись воинственные немецкие песни. Для увеселения немецких моряков из Ленинграда прибыл ансамбль русской народной песни и пляски. Под предлогом заботы о многочисленных соотечественниках в Мурманск зачастили сотрудники германского посольства в Москве — от «советника по политическим вопросам» гестаповца доктора Вальтера до военно-морского атташе капитана 2-го ранга Баумбаха.

Эти радостные события совпали по времени с неожиданными успехами немецких подводников, чья прекрасная боевая выучка еще раз дала предметный урок той легкомысленной непринужденности, с которой англичане привыкли вести себя на море.

14 октября немецкая подводная лодка под командованием капитан-лейтенанта Прина проникла на знаменитую базу англичан Скапа-Флоу, где некогда затопили весь кайзеровский флот, и торпедным залпом утопила английский линкор «Ройял Оук». «Королевский дуб» рухнул! Позор Скапа-Флоу отомщен! Ликующий Гитлер с мокрыми от нахлынувших воспоминаний глазами лично воз-

ложил на Прина Рыцарский крест. По всей Германии ревели фанфары и били барабаны, отмечая «великую победу».

17 октября другая немецкая лодка перехватила в море и утопила английский авианосец «Корейджерс». Отработанная англичанами еще в минувшую войну тактика противолодочной обороны давала явные сбои. Никто тогда, в условиях военного времени, не мог задать вопроса: откуда вышли лодки, что им так легко удалось прорваться через противолодочные рубежи противника в глубокие тылы английского флота.

В немецких оперативных документах мелькало таинственное название «Базис Норд», никому ничего не говоря. Мало кто знал тогда и еще меньше знают сегодня, что дивизион немецких подводных лодок был развернут на советской военно-морской базе в Западной Лице, откуда они быстро и практически безопасно могли выходить на самые уязвимые коммуникации англичан, тем более, что их совсем не ждали с этого направления. Но это были еще цветочки.

23 октября мурманчане могли наблюдать на улицах города молодцеватых моряков немецкого флота, на бескозырках которых горело золотом готических букв название «Дойчланд». Немецким надводным рейдерам, оказывается, было разрешено приводить свои призы в Мурманск. На этот раз призом оказался американский рефрижератор «Сити оф Флинт», что стало причиной крупного международного скандала, чуть не закончившегося разрывом дипломатических отношений между СССР и США. Пока в тиши дипломатических кабинетов заминали этот скандал, советская пресса, комментируя это инцидент, всячески восхваляла героические действия немецкого флота против англичан.

Адмирал Ралль писал в журнале «Большевик»: «Пароход («Сити оф Флинт») был захвачен «карманным» линкором «Дойчланд», оперировавшим в северной части Атлантического океана. «Сити оф Флинт» благополучно дошел из Мурманска в германский порт, где был разгружен. Германский флот не побоялся оперировать па расстоянии 800 миль от своих баз». Еще бы, не побоялся, имея базу на Кольском полуострове!

Еще 16 октября, сразу же после потопления Прином линкора «Ройял Оук», Редер в присутствии Йодля доложил фюреру об исключительном значении предоставленного ему русскими на Кольском полуострове пункта «Базис Норд» и испросил у Гитлера разрешения на расширение базы, которая пока может использоваться только для бункеровки и ремонта подводных лодок. Гитлер дал разрешение, и немецкие специалисты буквально на следующий день приступили к работам по расширению и оборудованию базы в Западной Лице. Одновременно с этим в Германию из Советского Союза хлынул поток самых разнообразных грузов, обеспечивающий фашистской Германии практически все, о чем она только могла мечтать, — от цветных металлов и топлива, пшеницы и хлопка до транзита через советскую территорию поставок стратегического сырья из Японии и Китая: резины, масел, ценных пород древесины и пр.

Английская блокада, с помощью которой в Лондоне рассчитывали задушить рейх к весне 1940 года, оказалась совершенно неэффективной*. Германия и ее Вооружен-

---

*В начале 1941 года в Москве вышла книга академика Иванова «Вторая империалистическая война на море», где довольно точно указываются причины провала экономической блокады рейха: «Блокадные мероприятия Великобритании и Франции не смогли парализовать германскую торговлю и не привели к катастрофическому подрыву экономических связей Германии с внешним миром.

В этом существенное отличие Второй империалистической войны от Первой, когда экономическое удушение Германии в результате блокады явилось одним из главных факторов, предопределивших исход войны. В 1939 году обстановка сложилась иначе, поскольку Германия сохранила беспрепятственные торговые отношения со всеми странами, с которыми она имеет сухопутные границы, исключая воюющую с ней Францию. Какую пропорцию своей внешней торговли Германия сохранила, точно сказать трудно. Авторитетными германскими источниками называлась даже такая высокая цифра, как 80%. С некоторыми граничащими с Германией странами, в частности с СССР, а также с Италией, германская торговля значительно выросла».

Действительно, значительно выросла! В 1938 году общая стоимость советского экспорта в Германию составила 53 миллиона марок, а в первые месяцы нового торгового соглашения она достигла 800 миллионов марок!

ные силы, столь щедро питаемые из СССР, набирали силу с каждым днем. Достраивались линкоры, расширялась танковая программа, накапливались боеприпасы и все виды стратегического сырья. Сталин с удовлетворением потирал руки. Только те историки, которые не могут или не хотят исследовать истинные причины подобной политики Сталина, предпочитают идти по линии наивысшего сопротивления, называя эту политику «преступной политической близорукостью» вождя всех народов.

Конечно, срыв Сталиным экономической блокады Германии, спасение им бесценного грузового тоннажа немецкого флота и, наконец, создание на советской земле немецкой военно-морской базы — все это на первый взгляд трудно объяснимо, поскольку, будучи направленным против Великобритании, бумерангом било и по СССР. Но только на первый взгляд! Все это было составной частью операции «Гроза»: не дать возможности англичанам одержать быструю победу на море, сделать войну необратимой, ослабить как можно сильнее немецкими руками английский флот, дать европейской войне разгореться.

Выход Гитлера из войны мог привести к союзу европейских держав и к тому пресловутому «крестовому походу» против СССР, в неизбежности которого Сталин, убеждая всех, убедил и самого себя. А занятая войной Европа, кроме всего прочего, уже никак, по мнению Сталина, не могла отреагировать на «некоторые мероприятия внешнеполитического характера», которые Сталин наметил на ближайшее время. Что бы ни говорили о Сталине, никто никогда не осмелился назвать его наивным простаком. Конечно, он был недостаточно образован и порой путался в сложных международных схемах, неправильно упрощая их по примитивной схеме марксистско-ленинского классового подхода. Но он всегда играл свою игру и никому не подыгрывал. И игра его была совершенно очевидна.

31 октября Молотов выступает на внеочередной пятой сессии Верховного Совета СССР с докладом «О внешней политике Советского Союза». Явно находясь в

ударе, он произносит речь, которой суждено надолго пережить его самого, хотя он и дожил до 93 лет. Докладывая депутатам о разделе Польши, Молотов, почти не пользуясь оборотами «новоречи», с несвойственной для политика откровенностью говорит:

«Правящие круги Польши немало кичились “прочностью” своего государства и “мощью” своей армии. Однако оказалось достаточным короткого удара по Польше со стороны сперва германской армии, а затем — Красной Армии, чтобы ничего не осталось от этого уродливого детища Версальского договора, жившего за счет угнетения непольских национальностей». Далее Молотов обрушивается на Англию и Францию как на агрессоров, страстно и четко поясняя свою мысль:

«...Англия и Франция, вчера еще ратовавшие против агрессии, стоят за продолжение войны... Попытки английского и французского правительств оправдать эту свою новую позицию данными Польше обязательствами, разумеется, явно несостоятельны. О восстановлении старой Польши, как каждому понятно, не может быть и речи. Поэтому бессмысленным является продолжение теперешней войны под флагом восстановления прежнего польского государства. Понимая это, правительства Англии и Франции, однако, не хотят прекращения войны и восстановления мира, а ищут нового оправдания для продолжения войны против Германии. В последнее время правящие круги Англии и Франции пытаются изобразить себя в качестве борцов за демократические права народов против гитлеризма, причем английское правительство объявило, что будто бы для него целью войны против Германии является, ни больше ни меньше, как “уничтожение гитлеризма”. Получается так, что английские, а вместе с ними французские сторонники войны объявили против Германии что-то вроде “идеологической войны”, напоминающей старые религиозные войны. Действительно, в свое время религиозные войны против еретиков и иноверцев были в моде... Но эти войны были во времена средневековья. Не к этим ли временам средневековья, к временам религиозных войн, суеверий и культурного одичания тянут нас снова господствующие классы Англии и Франции? Во всяком случае, под "идеологическим" флагом теперь затеяна война еще большего масштаба и еще больших опасностей для народов Европы и всего мира.

Но такого рода войны не имеют для себя никакого оправдания. *Идеологию гитлеризма, как и всякую другую идеологическую систему, можно признавать или отрицать, это дело политических взглядов. Но любой человек поймет, что идеологию нельзя уничтожить силой, нельзя покончить с нею войной. Поэтому не только бессмысленно, но и преступно вести такую войну, как война за "уничтожение гитлеризма", прикрываемая фальшивым флагом борьбы за "демократию"»*.

Охарактеризовав таким образом внешнеполитическую обстановку и явно давая понять Германии, чтобы она ничего не боялась и продолжала свое «правое» дело, глава Советского правительства и нарком иностранных дел перешел к вопросам внутренней политики. Перечислив богатые трофеи, взятые Красной Армией в ходе сентябрьского похода в Польшу (более 900 орудий, 300 самолетов, 300 тысяч винтовок и пр.) и подчеркнув под аплодисменты зала, что «перешедшая к СССР территория по своим размерам равна территории большого европейского государства», Молотов обратился к прибалтийской проблеме. Коснувшись недавнего заключения между СССР и тремя Прибалтийскими республиками Пактов о взаимопомощи, Молотов, быстро перейдя на «новоречь», заявил:

«Создание советских баз и аэродромов на территории Эстонии, Латвии и Литвы и ввод некоторого количества красноармейских частей для охраны этих баз и аэродромов обеспечивают надежную опору обороны не только для Советского Союза, но и для самих прибалтийских государств... Особый характер указанных Пактов о взаимопомощи отнюдь не означает какого-либо вмешательства Советского Союза в дела Эстонии, Латвии и Литвы, как это пытаются изобразить некоторые органы заграничной печати. Напротив, все эти Пакты о взаимопомощи твердо оговаривают невмешательства в дела другого государства».

Аншлюс Прибалтики уже решен в Кремле и, хотя это ясно почти всем, Сталин не спешит об этом объявлять. Он еще побаивается Запада и вовсе не хочет быть втянутым в войну на стороне Германии. Это может сорвать лелеемую им операцию «Гроза», основой которой является свобода рук и возможность нанесения удара по собственному усмотрению. Пока нельзя раздражать никого — ни западных союзников, ни тем более Гитлера. Пусть как следует вцепятся друг в друга. А Прибалтика сама попросится в состав СССР, как некогда Закавказские республики и Среднеазиатские эмираты. Методика давно отработана, только взбудораженный новыми событиями мир о ней забыл.

Но вот в голосе Молотова начинает звучать открытое раздражение — он переходит к безобразному поведению Финляндии, с которой не удалось заключить аналогичного договора, поскольку финны отказались от добровольной оккупации Советским Союзом их маленькой, но гордой страны.

«В особом положении находятся наши отношения с Финляндией, — жестко вещает Молотов, зловеще сверкая стеклами пенсне. — Это объясняется, главным образом, тем, что в Финляндии больше сказываются разного рода внешние влияния со стороны третьих держав».

Он с трудом сдерживается. Упрямые финны срывают график задуманных действий. Сталин теряет терпение, а Ленинградский военный округ просит еще две-три недели для окончательной подготовки вторжения. На состоявшейся штабной игре предстоящая война должна продлиться около двух недель и завершиться взятием Хельсинки. Пока же еще есть время, чтобы финны одумались. Напомнив под оживление и смех в зале, что население Ленинграда больше, чем население всей Финляндии, Молотов высказал искреннее недоумение: как при таком соотношении сил Финляндия может себя вести столь нагло. Ну, хорошо: если финны не хотят заключить с нами «взаимовыгодный» договор — это их дело. Но они не хотят идти навстречу более чем скромным притязаниям Советского Союза, который всего лишь просит уступить ему половину финской территории, а заодно и разоружиться. Затем Молотов по отработанной методике начинает перечислять требования Советского Союза путем их яростного отрицания:

«Едва ли есть основания останавливаться на тех небылицах, которые распространяются заграничной прессой о предложениях Советского Союза в переговорах с Финляндией. Одна утверждает, что СССР “требует” себе г. Виинури (Выборг) и северную часть Ладожского озера. Скажем от себя — это чистый вымысел и ложь. Другие утверждают, что СССР “требует” передачи ему Аландских островов. Это — такой же вымысел и ложь!»

Тут Молотов уже говорит почти правду. Речь идет не о каких-то территориальных уступках со стороны финнов, а о захвате всей Финляндии весьма оригинальным способом, объявить о котором намереваются с началом вторжения. Открытая угроза в адрес Финляндии уже почти не скрывается за витиеватыми оборотами речи:

«После всего этого мы не думаем, чтобы со стороны Финляндии стали искать повода к срыву предполагаемого соглашения. Это не соответствовало бы политике дружественных советско-финских отношений и, конечно, нанесло бы серьезный ущерб самой Финляндии. Мы уверены, что... финляндские деятели не поддадутся какому-либо антисоветскому давлению и подстрекательству кого бы то ни было».

Однако Молотов уже сам не верил в то, что финнов удастся запугать. «По-видимому, нам придется воевать с Финляндией», — сказал Сталин, а он никогда не бросал слов на ветер. Так вышло и на этот раз.

Глава 3

ФИНСКАЯ ПОДНОЖКА

26 ноября 1939 года в период с 15.45 до 16.05 в расположении советской воинской части, находящейся в километре к северо-западу от деревни Майнила рядом с финской границей (на Выборгском шоссе), разорвалось семь снарядов. Один младший командир и три красноармейца были убиты, восемь человек ранены. Хотя обстрел начал-

ся совершенно неожиданно, многие успели заметить, что снаряды прилетают с юга, из собственного тыла. Однако прибывшая мгновенно (в 17.10) комиссия, осмотрев место происшествия, пришла к выводу, что обстрел велся с финской территории. Ошеломленные солдаты отвечали путанно, командиры же быстро поняли, что от них хотят. Слишком наводящими были вопросы*.

В этот же день, даже не дожидаясь результатов фиктивного расследования инцидента, Молотов вызвал посланника Финляндии А. Иерен-Коскинена и вручил ему ноту правительства СССР по поводу провокационного обстрела советских войск с территории Финляндии. В ноте вина за происшествие возлагалась на правительство Финляндии и выражалось требование убрать финские войска на 20—25 километров от границы. В ответной ноте, 27 ноября, правительство Финляндии заявило, что финские пограничники наблюдали разрывы снарядов и «на основании расчета скорости распространения звука от семи выстрелов можно было заключить, что орудия, из которых произведены были эти выстрелы, находились на расстоянии полутора-двух километров на юго-восток от места разрыва снарядов».

Правительство Финляндии предложило, чтобы «пограничным комиссарам обеих сторон на Карельском

---

* Давно расследованы все обстоятельства Гляйвицкой провокации, названы поименно ее участники, а руководитель «операции» штурмбанфюрер Альфред Науокс даже написал обширные мемуары под заголовком «Человек, который начал войну». О «Майнильской провокации» не написано еще ничего. Разумеется, не было и никакого расследования — ни государственного, ни журналистского. Однако участники событий в один голос говорят, что обстрел произвела специальная команда НКВД, прибывшая на Карельский перешеек из Ленинграда. В распоряжении команды, состоящей из 15 человек, было одно орудие на конной тяге. Командовал этой группой майор НКВД Окуневич. Сам Окуневич (скончался в 1986 году) рассказывал, что их направили на Карельский персшеек с приказом испытать действие якобы нового секретного снаряда, указав точно место стрельбы, а также направление, угломер и пр. Команду сопровождали два специалиста по «баллистике», прибывшие из Москвы. По словам Окуневича, орудие выпустило не 7, а 5 снарядов.

перешейке было поручено совместно провести расследование по поводу данного инцидента в соответствии с Конвенцией о пограничных комиссарах, заключенной 24 сентября 1928 года». Деликатные финны намекали, что инцидент произошел из-за «ошибки» на учениях Красной Армии. Но любому военному хорошо известно, что осколки снарядов разлетаются по эллипсу, вытянутому в направлении полета снаряда, так что очень легко убедиться, откуда велся огонь. Естественно, Москва и слушать ничего не хотела о каком-либо расследовании.

В новой ноте, 28 ноября, Молотов обвинил правительство Финляндии в «желании ввести в заблуждение общественное мнение и поиздеваться над жертвами обстрела». Он объявил, что Советское правительство «с сего числа считает себя свободным от обязательств, взятых на себя в силу Пакта о ненападении...» Из Финляндии были отозваны все советские политические и торговые представители.

На рассвете 30 ноября 1939 года с заставы № 19 Сестрорецкого отряда Ленинградского пограничного округа на охрану государственной границы вышел наряд в составе бойцов Горбунова, Лебедева и Снисаря. Старшим наряда был командир отделения Миненко. Наряд направлялся на охрану железнодорожного моста через реку Сестру у Белоострова — единственного моста, связывавшего СССР и Финляндию. В 6 часов утра к пограничникам подошел начальник заставы лейтенант Суслов, напомнив бойцам приказ начальника Сестрорецкого отряда майора Андреева. Прошло два часа томительного ожидания. В 07.55 лейтенант Суслов громко кашлянул. Это был сигнал к атаке. Бойцы, бросая на бегу гранаты и стреляя по финским пограничникам, ринулись на мост. После короткой схватки мост был захвачен. Миненко успел перерезать провод, ведущий к взрывчатке под мостом. Вся операция заняла около трех минут. К мосту уже шли танки.

Ровно в 8.00 дальнобойные орудия фортов Кронштадта вместе с кораблями Краснознаменного Балтийского флота, подошедшими к финским берегам и батареям корпусной и дивизионной артиллерии, начали обстрел территории Финляндии. В это же время, в полной темноте, боевые корабли и транспорты с десантом подходили к острову Суур-Саари (Гогланд) в центре Финского залива. В 08.00 корабельная артиллерия начала бомбардировку острова, под прикрытием которой десантники пошли на штурм. В эти же минуты мощные соединения бомбардировщиков начали бомбить жилые кварталы Хельсинки, Котки, Виипури и других городов Финляндии.

«Столбы огня и дыма, пожары, паника среди врагов сопровождали налет "сталинских соколов"», — без тени стыда напишет об этом военном преступлении газета «Красная Звезда». А по всей территории СССР уже шумят «стихийные митинги». «Ударим безжалостно по врагу!» — требуют рабочие завода «Большевик» в Ленинграде. «Ответим огнем на огонь!» — бушует трудовая Москва. «Сотрем финских авантюристов с лица земли! Их ждет судьба Бека и Мосицкого!» — полыхают гневом рабочие Киева.

Подобная реакция при нападении гигантской империи на крошечную страну лучше любого другого примера говорит о том, что русское общество уже было доведено продуманной политикой Сталина до состояния совершенно безмозглого стада, годного, по меткому выражению Канта, только для жертвоприношения. И оно состоялось.

Мир еще не успел прийти в себя от шока, вызванного нападением самой большой в мире страны на одну из самых маленьких, как Сталин еще сильнее поразил всех, продемонстрировав новый, элегантный способ превращения самой чудовищной агрессии в нечто возвышенно справедливое. В день вторжения, т.е. 30 ноября, в газете «Правда» было опубликовано «Обращение ЦК Компартии Финляндии к трудовому народу Финляндии», где, якобы от имени финских коммунистов, содержался призыв к немедленному свержению «обанкротившейся правительственной шайки», «палачей народа и их подручных». Правда, в обращении оговаривалось, что его авторы против немедленной организации Советской власти в Финляндии и присоединения ее к СССР. Пока предлагалось только проведение каких-то неясных «демократических реформ» и заключение Пакта о взаимной помощи с СССР — того самого пакта, который СССР так настойчиво пытался навязать финнам после уточнения сфер влияния с господином фон Риббентропом.

Но это было только начало. На следующий день, 1 декабря, с интригующей детективной ссылкой на «радиоперехват» «Правда» поместила сообщение о том, что в финском городе Териоки (Зеленогорск), только что захваченном Красной Армией, сформировано новое правительство «Демократической Финляндии» во главе со старым коминтерновцем Отто Куусиненом, прихватившам себе еще и портфель министра иностранных дел. Кто были остальные шесть министров, не знал никто, но никого это и не волновало. В тот же день «глава правительства», уже не «товарищ», а господин О. Куусинен обратился, как и положено, в Президиум Верховного Совета СССР с просьбой признать его правительство. М. И. Калинин, естественно, не мог отказать своему старому знакомому и соратнику.

На следующий день в Москве состоялись переговоры «глав правительств» СССР и Финляндии. Собрались все свои: Сталин, Куусинен, Молотов, Жданов, Ворошилов и без лишних проволочек подписали договор о взаимопомощи и дружбе. Сталин подарил Куусинену 70 тысяч квадратных километров Советской Карелии со всем населением, а Куусинен продал Сталину Карельский перешеек за 120 миллионов финских марок, острова в заливе и части полуострова Средний Рыбачий за 300 миллионов марок. Кроме того, по сходной цене Куусинен дал согласие на аренду полуострова Ханко.

Договор с Куусиненом вступал в силу с момента подписания, но подлежал ратификации. Обмен ратификационными грамотами должен был состояться «в возможно более короткий срок в столице Финляндии — городе Хельсинки». Однако никакой информации о том, что финский народ откликнулся на призыв газеты «Правда» и начал свергать ненавистное правительство, не поступало.

Поступала как раз обратная информация, что все финны, как один, включая и коммунистов, взялись за оружие, чтобы отстоять свободу и независимость своей родины и дать отпор наглому и подло спровоцированному вторжению. И хотя подобная реакция финнов никого в Кремле не пугала, вызывая лишь снисходительные ухмылки — надо же, «рычащая мышь»! — она вынудила «господина» Куусинена в специальной декларации просить СССР об «интернациональной помощи».

«Законное финское правительство, — говорилось в декларации, — приглашает правительство СССР оказывать Финляндской Демократической Республике все необходимое содействие силами Красной Армии», чтобы свергнуть «бандитскую белогвардейскую клику», узурпировавшую власть в Хельсинки. Чтобы было кому содействовать, в Ленинграде в спешном порядке формируется армия, поспешно набранная из карелов, вепсов, финнов и т. п.

Первый корпус народной армии Демократической Финляндии, названный «Ингерманландия». Уже нет времени пошить для этого корпуса униформу, но выход из положения был найден весьма оригинальный. Из Белостока, где были захвачены польские войсковые склады, были срочно доставлены в Ленинград десятки тысяч комплектов униформы польской армии. Спороли знаки различия, нарядили в эту форму «ингерманландцев», которые, в лихо заломленных «конфедератках», браво промаршировали по Ленинграду... и больше о них никто не слышал.

По стране прошумели митинги, на которых «колхозники Татарии и хлопководы Узбекистана» требовали свержения «белогвардейской клики в Хельсинки» и приветствовали «новое, законное правительство Демократической Финляндии».

Сталин планировал войну с финнами по образцу немецкого «блицкрига» в Польше. Но у него, увы, не было союзника, который помог бы ему, открыв второй фронт. Казалось, что в этом нет необходимости. Шесть советских армий, численностью более миллиона человек, поддержанные танками и артиллерией, имея абсолютное превосходство на море и в воздухе, вторглись в страну, чья армия при поголовной мобилизации не могла превысить трехсот тысяч человек и практически не имела ни танков, ни авиации. Можно было не сомневаться в быстрой победе. Но ничего подобного не произошло.

Красная Армия сразу же была втянута в ожесточенные бои, показав себя в них плохо обученной и фактически неуправляемой толпой. В сорокоградусные морозы армия начала военные действия, не имея ни полушубков, ни валенок, ни лыж, на которых, кстати, никто не умел ходить. Мобильные отряды финских лыжников, перекрыв немногочисленные дороги Карельского перешейка завалами и минами, быстро парализовали движение огромной неуправляемой толпы и, смело маневрируя по снежному бездорожью, начали истребление противника.

Две передовые дивизии Красной Армии, наступавшие на Сувантоярви, отрезанные от тылов, вмерзав в снег, были уже в невменяемом от обморожения состоянии взяты в плен финнами. На Петрозаводском направлении советские войска несли страшные потери, но не могли продвинуться вперед ни на метр.

Выяснилось, что полностью отсутствует какое-либо взаимодействие между родами войск. Армады советской авиации вообще не имели никаких средств взаимодействия с сухопутными войсками и бесцельно бороздили финское небо, не в силах помочь своей истекающей кровью и замерзающей пехоте. Задуманные флотом, также без всякой связи с сухопутными силами, эффектные импровизации ни к чему хорошему также привести не могли. Корабли рвали корпуса о льды Финского залива, подрывались на минах, постоянно проигрывая артиллерийские дуэли с невероятно метко бьющими финскими береговыми батареями. Буксиры с трудом дотащили в Либаву избитый финскими снарядами новенький крейсер «Киров».

Невероятный патриотический подъем охватил все слои финского общества. Трюк, предпринятый Сталиным с помощью своей коминтерновской банды, привел к совершенно обратным результатам. Рабочий класс Финляндии, узнав о «правительстве» Куусинсна, опубликовал ответное обращение, в котором, в частности, говорилось:

«Рабочий класс Финляндии искренне желает мира. Но раз агрессоры не считаются с его волей к миру, рабочему классу Финляндии не остается альтернативы, кроме как с оружием в руках вести битву против агрессии...»*

Бывшие бойцы Красной Гвардии — участники финской революции 1918 года — коллективно обратились к министру обороны с просьбой зачислить их в финские Вооруженные силы для общего отпора врагу. «Дух зимней войны» навечно вошел в историю маленькой Финляндии в качестве синонима единства и героизма народа в борьбе за свою свободу и независимость.

Но вряд ли финский патриотизм мог бы кого-нибудь потрясти в Кремле. В конце концов, польский патриотизм был нисколько не меньше. Потрясло другое — невероятно высокая боевая подготовка маленькой финской армии. Старый русский гвардеец генерал Маннергейм — генерал свиты зверски убитого большевиками последнего русского государя — знал свое дело. Призраками носились одетые в маскхалаты финские лыжники по лесам Карельского перешейка, сея смерть, панику, суеверные слухи среди ошеломленных солдат Красной Армии. Невероятно метко била финская артиллерия. Немногочисленные финские летчики, усиленные шведскими и норвежскими добровольцами, доблестно вступали в бой с

* Еще до начала военных действий, 13 ноября, была сделана попытка привлечь к коминтерновской авантюре тогдашнего генерального секретаря финской компартии А.Туоминена, живущего в Стокгольме. К нему прибыли курьеры Коминтерна, передав два послания от Куусинена и Димитрова, а также от Политбюро ЦК ВКП(б), т.е. от Сталина, где ему предлагалось немедленно специальным самолетом прибыть в Москву в связи с ожидаемой войной и формированием «народного правительства» Финляндии, в котором ему было обещано место премьера. Туоминен наотрез отказался.

воздушными армадами «сталинских соколов», постоянно одерживая победы в воздушных поединках.

В личном кинозале Сталина крутят кинохронику. На этот раз это не эпическая хроника Ютландского боя, а кадры, отснятые финскими хроникерами на Карельском перешейке. Румяные лица финских лыжников под козырьками лыжных кепи. Автоматы «суоми» на шее. Белизна снега и высокие сосны, возвышающиеся над зарослями елок. Из зарослей, подняв обмороженные руки, выходят стриженые русские мальчики со вздутыми от обморожения лицами. Они в одних гимнастерках — даже без шинелей! — и в кирзовых сапогах. Они идут и идут. Их много — не меньше роты. Финны смотрят на них со смешанным чувством жалости и презрения. Штабеля русских трехлинеек. Финны стаскивают в кучу трупы. Все без шинелей, в одних гимнастерках. Почему без шинелей?! Они сбросили шинели перед атакой, товарищ Сталин. Установить всех поименно! Разобраться в этом безобразии!*

---

* Месяца за два до войны, на совещании Военного совета, Ворошилов разнес в пух и прах план Шапошникова, который очень серьезно относился к линии Маннергейма и высоко оценивал боевую подготовку финской армии. Шапошников считал, что война будет длительной и что наступление невозможно без предварительного разрушения бетонных оборонительных сооружений финнов артиллерией и авиацией. Тем временем, считал Шапошников, следовало подготовить армию к войне в условиях суровой северной зимы: поставить на лыжи, одеть в зимнее обмундирование, заняться индивидуальной боевой подготовкой каждого бойца. Ворошилов обвинил Шапошникова, которого терпеть не мог, в пораженчестве, переоценке мелкобуржуазного противника и недооценке возможностей Красной Армии, умеющей драться по-большевистски. На Карельском перешейке, доказывал Ворошилов, достаточно дорог, чтобы обойтись без лыж, а вся война займет не более двух недель — обойдутся и без зимнего обмундирования.

Но как выяснилось, не все имели даже шинели. Никто не умел как следует стрелять. Не все командиры батальонов умели читать карты. Связь была примитивной и тут же вышла из строя. Любая финская школьница стреляла лучше знаменитых «ворошиловских стрелков». В частях не было маскхалатов — их срочно стали шить на всех фабриках Ленинграда. Первая лыжная часть была сформирована из студентов Института им. Лесгафта.

У Сталина есть все причины быть недовольным. Помимо всего прочего, война с финнами была задумана, чтобы продемонстрировать всему миру несокрушимую мощь Красной Армии, а вместо этого получилась демонстрация слабости и полной беспомощности. С оживленным интересом за столь неожиданным ходом военных действий наблюдают из Берлина, Лондона и Стокгольма, из Токио и Вашингтона, из Парижа и Стамбула.

Прошло уже две недели войны, но Красная Армия, несмотря на подавляющее превосходство, еще не везде сумела преодолеть предполье, отделяющее советскую границу от линии Маннергейма. С восточного же направления, где на карте создавался прекрасный вариант одним кинжальным ударом со стороны Суомуссалми в сторону Ботнического залива разрезать территорию Финляндии пополам и выйти в тыл линии Маннергейма, вообще не удалось продвинуться ни на шаг. Огромная 9-я армия под командованием генерала Виноградова, поддержанная сотнями танков и самолетов, ссылаясь на бездорожье, все сгруппировывалась, перегруппировывалась, но никак не могла опрокинуть две противостоящие ей

Финны поражали меткостью своей стрельбы. Воевавшие в этой страшной войне на всю жизнь запомнили «кукушек» — финских снайперов, как правило, из числа гражданского населения — скрывающихся на вершинах деревьев и не дающих поднять голову целым батальонам. За сбитие «кукушки» без разговоров давали орден Красного Знамени, а то и Героя. В армию были срочно мобилизованы сибирские охотники-профессионалы вместе со своими лайками, с которыми они промышляли белку и соболя. Главной их задачей была борьба с «кукушками». По «кукушкам» лупили из орудий, бомбили лес, поджигали его, ибо «кукушка» не давала никому даже высунуться из укрытия. Когда же «кукушку» удавалось уничтожить, то очень часто ею оказывалась финская старуха, сидевшая на дереве с мешком сухарей и мешком патронов.

Все, что можно было заминировать, — было заминировано. Саперы не знали секретов финских мин. Местное население уходило до последнего человека из оставленных населенных пунктов. Советские войска два часа не могли войти в оставленный финнами Териоки — с колокольни православного собора бил пулемет. В конце концов колокольню сбили артиллерией. Пулеметчиком оказалась восемнадцатилетняя дочь русского православного священника. И до сих пор никто не чтит имя этой героини.

финские дивизии. Генералу Виноградову совершенно ясно дали понять, что если он не завершит своего победного наступления к побережью Ботнического залива к 21 декабря — к шестидесятилетию товарища Сталина — то великий вождь может и усомниться в его безграничной преданности.

К этому времени Советский Союз уже успели с позором выгнать из Лиги наций как агрессора. Все попытки советского представителя доказать, что СССР всего лишь «оказывает интернациональную помощь законному правительству Демократической Финляндии в борьбе с захватившей власть в стране бандитской кликой» успеха не имели. Симпатии всего мира были на стороне Финляндии. Разведка давно доложила Сталину, что англичане готовят высадку в Норвегии, чтобы бросить свои войска и авиацию на помощь финнам.

Но и это было не самое главное, что волновало товарища Сталина. А волновало его то, что война на Западе практически не шла. Немцам явно не хотелось вгрызаться в линию Мажино, а союзникам в линию Зигфрида. Все еще очень хорошо помнили, во что обходятся наступающим подобные прорывы. Более того, стороны даже хотя бы для приличия почти не стреляли друг в друга.

Война началась в сентябре, но только 9 декабря все английские газеты поведали миру, что на Западном фронте погиб первый английский военнослужащий. Впрочем, отчего — неизвестно, может быть, денатуратом отравился? Гитлер явно боялся. Он назначал наступление, затем переносил сроки, и так, по сведениям разведки, делал раз пять.

Срывался план Сталина, выполнению которого он посвятил всю свою энергию и ради которого готов был пожертвовать всем. Складывался вполне очевидный контрвариант: Гитлер договаривается с Западом, и они совместными силами, воспользовавшись тем, что Сталин завяз в финской войне, нанесут удар, организуют тот самый «крестовый поход», которого он так боялся еще со времен гражданской войны. О большой вероятности этого похода предупреждал сам Ленин!

8 ноября фюрер чудом избежал гибели. В этот день по традиции Гитлер встретился с ветеранами своего движения в крупнейшем пивном зале Мюнхена, чтобы отметить очередную годовщину знаменитого «Пивного путча» 1923 года — неудачной попытки нацистов захватить власть, закончившейся для самого Гитлера заключением в тюрьму, где он, просидев более года, написал свою знаменитую книгу «Майн кампф».

На этот раз речь Гитлера была короче, чем обычно. Обрушившись с яростными нападками на Англию, которая с такой легкомысленностью разожгла европейскую войну и упорно не желает одуматься, чтобы повернуть от войны к миру, Гитлер в начале десятого вечера покинул зал вместе со своей свитой, оставив ветеранов наслаждаться впечатлением от своей речи. Минут через двадцать после отъезда фюрера в пивном зале произошел взрыв бомбы, подложенной в колонну позади трибуны, с которой выступал фюрер. Семь человек были убиты, шестьдесят три — ранены. Официально никто не взял на себя ответственность за этот террористический акт.

Немцы, естественно, обвинили во всем английскую разведку. Разве не англичане орали на весь мир, что их целью является «уничтожение гитлеризма», а значит — и самого Гитлера? Англичане, в свою очередь, заявили, что, без сомнения, взрыв является провокацией гестапо, цель которой вполне очевидна: повысить популярность Гитлера, а заодно ликвидировать всем надоевших ветеранов партии, вечно брюзжавших по поводу того, что «Адольф предал рабочее движение».

Сталинский посол Шкварцев примчался к Гитлеру с соболезнованиями от имени Советского правительства «в связи с террористическим актом в Мюнхене, повлекшим большие человеческие жертвы». «Правда» поместила полностью речь Гитлера, произнесенную до взрыва, и также обрушилась на англичан в редакционном комментарии, откровенно назвав их убийцами, не брезгующими никакими средствами во имя своих имперских интересов.

Пока «Правда», подыгрывая Гитлеру, крыла англичан, сам Сталин находился в задумчивости. Он лично склонялся к мысли, что взрыв — это «коминтерновские штучки» — любезное напоминание вскормленной им «интершайки», что она недовольна сталинской интерпретацией марксизма-ленинизма и гитлеровской политикой «по еврейскому вопросу». Почерк знакомый. Подобное хулиганство могли совершить, конечно, и сами немецкие коммунисты, открыто считающие Сталина предателем, главным образом из-за того, что тот и пальцем не пошевелил, чтобы вытащить из тюрьмы Эрнста Тельмана*. Сталин приказал провести тщательное расследование, в результате которого было расстреляно десятка два деятелей Коминтерна, а также схвачены и выданы Гитлеру около полутора тысяч немецких коммунистов, бежавших в свое время в СССР.

Кого выдавать сочли нецелесообразным — отправили в ГУЛАГ за нарушение партийной дисциплины. Ведь ясно было сказано еще в сентябре — прекратить все виды враждебной деятельности против Гитлера. Растроганный Гитлер приказал собрать по всей Германии и выдать Сталину всех, кого мог: разных скрывающихся троцкистов, белоэмигрантов и даже некоторых своих коммунистов, к которым Сталин имел конкретные претензии. На мосту через Буг, где проходила процедура выдачи, молодцы из СС и НКВД давно знали друг друга по именам и весело обменивались шутками...

И, как будто всего этого не хватало, на Гитлера обрушилось новое несчастье: 12 декабря англичане перехватили в Южной Атлантике немецкий «карманный» линкор

* Совсем недавно были обнаружены документы, говорящие о том, что бомбу изготовил и подложил немецкий радиотехник по фамилии Эрзель. На следствии он утверждал, что действовал в одиночку, не принадлежа ни к каким партиям или разведкам, а чисто из пацифистских убеждений. Эрзеля судил секретный трибунал и приговорил всего к 8 годам тюрьмы. Дальнейшая его судьба неизвестна. Так что дело осталось очень темным.

«Граф Шпее» и после короткого боя загнали его в Монтевидео. И хотя со стороны англичан сражались всего два крейсера, перепуганные немцы, раздираемые своим неизлечимым комплексом военно-морской неполноценности, со страху взорвали свой линкор к великому удовольствию англичан, у которых кроме указанных двух крейсеров в этом районе вообще никаких сил не было.

Все это никак не способствовало поднятию у Гитлера боевого духа, тем более что в то же самое время в Северном море английские торпеды настигли два немецких крейсера — «Лейпциг» и «Нюрнберг», которым едва довелось доковылять до базы.

За три месяца войны уже погибло 9 немецких подводных лодок! Англичане явно давали понять, что на море, как всегда, хозяева они. Да это было бы ясно и без боевых потерь. Немецкая морская торговля прекратилась мгновенно, как и в 1914 году. Те суда, которым не удалось укрыться в Мурманске, либо погибли, либо были интернированы в далеких портах. Немецкие моряки прилагали героические усилия, чтобы оправдать доверие своего фюрера. Но все, что они могут преподнести Гитлеру — это мелкие тактические успехи вроде потопления Прином «Ройял Оука» или громкие международные скандалы вроде потопления лайнера «Атения» или захвата «Сити оф Флинт». И речи даже не идет о том, что можно отнять море у англичан. Английская удавка уже режет горло, несмотря на поток грузов из СССР. А если бы не было этого потока? Рейху был бы уже конец. А если завтра Сталин договорится с англичанами о разделе Германии с той же непринужденностью, с какой он договорился с Гитлером о разделе Польши? Все это мучает Гитлера, заставляя понимать, какую опасную игру ему навязали.

За бетонными укреплениями линии Мажино стоит нацеленная на Германию самая сильная армия Европы — французская! Пока стоит, но что будет завтра?

В Москве Сталин угрюмо смотрит на своего старого друга Ворошилова. Маршал ежится под взглядом вождя. Где победа в Финляндии, в которой Ворошилов, столь же малограмотный, как и его патрон, нисколько не сомневался? Настолько не сомневался, что даже не посчитал нужным сообщить о начале военных действий находящемуся в отпуске Шапошникову?!

До недавнего времени в кадрах Красной Армии было пять маршалов. Троих расстреляли, чтобы не умничали. Осталось два. Сталин намекает Ворошилову, что и два маршала — это слишком много. С него хватит и одного Буденного. Ворошилова прошибает холодный пот. Волнуясь и заикаясь, он уверяет Сталина, что к его юбилею — 21 декабря — с финнами будет покончено или по меньшей мере в войне произойдет коренной перелом.

В войска летят строжайшие директивы. На Карельский перешеек лично выезжает начальник ГлавПУРа Мехлис с полномочиями расстрела на месте кого угодно. В Ленинграде по приказу Жданова очередная часть населения высылается из города и для нагнетения военного психоза вводится затемнение.

Однако запугать финнов введением затемнения в Ленинграде не удается. Их правда очень мало. Захлебываясь нашей кровью, они медленно пятятся к линии Маннергейма.

Утром 13 декабря, после ожесточенного боя, советские войска, форсировав реку Тайпален-йоки, попытались с ходу прорвать линию Маннергейма у Ладожского озера. На других участках Красная Армия вышла к линии Маннергейма 14—15 декабря. Подгоняемые яростными приказами из Москвы войска без подготовки ринулись на штурм. «Прорвать оборону противника не позднее 20 декабря!» — истерически требовали посыпавшиеся потоком директивы.

16 декабря утренние сумерки полярной ночи в районе финского города Суомуссалми на границе с Советской Карелией были взорваны громом мощной артиллерийской подготовки. В наступление перешла 9-я советская армия, поддержанная частями 8-й армии, наступавшей из района вблизи финского городка Кухмонизми. В задачу

армий входило: прорыв финской обороны с востока, выход в тыл линии Маннергейма с одновременным наступлением на крупный финский железнодорожный центр и порт Оулу с выходом на побережье Ботнического залива, что разрезало бы территорию Финляндии пополам. После двухчасовой артподготовки вперед ринулась пехота, поддерживаемая сотнями танков. Танки и пехота одинаково утопали в непроходимом снегу, но упорно рвались вперед. Каждый квадратный метр был минирован противником. Саперы не могли разобраться ни в системе минирования, ни в самих минах. Горели танки и автомашины, коченели на обочинах трупы людей и лошадей. Раненым не успевали оказывать помощь, они умирали от обморожения. А противника не было — он растворился в лесу, избегая боевого соприкосновения с наступающими армиями.

На Карельском перешейке по всей протяженности линии Маннергейма кипели бои. Волна за волной советская пехота, поддерживаемая огнем артиллерии и танками, шла на штурм. Волна за волной они ложились в снег, чтобы уже никогда не подняться. Кинжальный огонь финских дотов скашивал всех. Но новые и новые ряды красноармейцев шли в атаку. В тоненьких шинелях, зажав в руках дедовские трехлинейки, проваливаясь по пояс в глубокий снег, подрываясь на минах, они шли и шли на финские доты с той великой жертвенностью, на какую способны только русские люди. Перегревались стволы финских пулеметов, извергая огонь и смерть из бетонных укрытий — росли горы трупов. Целую неделю шел штурм линии Маннергейма, но кроме немыслимых потерь никаких результатов он не дал. Ни на одном участке ни прорвать, ни даже вклиниться в оборону финнов не удалось. Армия истекла кровью и откатилась на исходные позиции. И, как будто этого было мало, с Карельского фронта пришла страшная весть — финны окружили 9-ю армию и часть 8-й армии. В котле оказалось более 50 тысяч человек. Пробиться к ним невозможно. Их запасы истекают. В столь страшные морозы их неизбежно ждут гибель или сдача...

Таков был подарок к сталинскому шестидесятилетнему юбилею, который пышно отпраздновали в Москве 21 декабря. Советская пресса, захлебываясь от ликования, устроила настоящую оргию восхваления отца народов. Вышедшая по этому случаю на шестнадцати страницах «Правда», естественно, вся была посвящена описанию великих деяний величайшего Вождя. Открывалась газета огромной статьей Молотова «Сталин — продолжатель дела Ленина». Затем следовала не менее объемная статья Ворошилова «Сталин и создание Красной Армии». У первого маршала были все основания превзойти самого себя в деле восхваления «хозяина», когда вверенная ему армия погибала в карельских снегах. «Сталин — великий локомотив истории» — витийствовал Лазарь Каганович, чья статья была перепечатана почти всеми центральными газетами.

Завершал хор Микоян, озаглавивший свою работу весьма скромно — «Сталин — это Ленин сегодня». Заголовок статьи Микояна перешел на плакаты и стал лозунгом эпохи — «Сталин — это Ленин сегодня!». (С этим лозунгом все были согласны тогда, и очень удивительно, что есть несогласные сегодня. Ничто так точно не передает сущность сталинизма, как лозунг «Сталин — это Ленин сегодня!».)

Сгорая от вдохновения, поэты и прозаики, стараясь перекричать друг друга, славили великого вождя. Не отставали и композиторы, среди которых явно выделялся С. Прокофьев со своей ораторией «Ода Сталину».

Среди поздравлений из-за границы советская пресса почетное место предоставила поздравительным телеграммам, присланным Гитлером и Риббентропом. Склонный к сентиментальности Гитлер удостоил своего московского друга невиданным набором теплых слов:

«...Пожалуйста, примите мои самые искренние поздравления. В то же самое время я желаю вам лично самого доброго здоровья во имя счастливого будущего народов дружественного Советского Союза. Адольф Гитлер».

Риббентроп был еще более красноречив:

> **«Вспоминая исторические часы в Кремле, которые ознаменовали начало решительных перемен в отношениях наших стран и заложили фундамент долголетней дружбы между нашими народами, я прошу принять мои самые теплые поздравления в день Вашего шестидесятилетия. Иохим фон Риббентроп».**

В ответе на поздравления Сталин не преминул напомнить своим берлинским дружкам, что «дружба между народами Советского Союза и Германии, скрепленная кровью, имеет все основания быть крепкой и продолжительной».

Третьей была помещена телеграмма «президента» Кусинена, который, поздравляя вождя, писал:

> **«От имени угнетенного народа Финляндии, сражающегося рука об руку с героической Красной Армией за освобождение своей страны от ига белогвардейцев и наемников международного империализма, Народное правительство Финляндии шлет Вам, товарищ Сталин, великому другу финского народа — свои самые теплые и лучшие пожелания».**

На это Сталин милостиво ответил:

> **«Главе Народного правительства Финляндии Отто Куусинену. Териоки. Благодарю Вас за добрые пожелания... Я желаю финскому народу и Народному правительству Финляндии быстрой и полной победы над угнетателями финского народа и бандой Маннергейма — Таннера».**

Затем следовало поздравление от Чан Кай-ши, от марионеточного президента Словакии Тисо, от премьера Турции Сареоглу и особенно подобострастные — от прибалтийских президентов Пятца, Сметоны и Ульманиса, надеявшихся таким образом сохранить независимость своих стран. Ни один из руководителей западных стран поздравлений Сталину не прислал. Это было бы неуместно, поскольку только что эти руководители приложили все усилия, чтобы с треском выгнать СССР из Лиги Наций.

Пока по СССР прокатывалась истерия того, что робкие историки впоследствии назовут «культом личности Сталина», в Берлине начальник генерального штаба вермахта генерал Гальдер принимает в тиши своего завешанного картами кабинета советского военного атташе комкора Пуркаева. Им было о чем поговорить.

Немецкие войска уже четыре месяца в нерешительности топтались у линии Мажино. Попытка Красной Армии с ходу прорвать линию Маннергейма закончилась полным провалом и огромными жертвами. Гальдер, в принципе, полагал, что если вермахт полезет на линию Мажино — результат будет тот же. Он хорошо помнил Верден.

Пуркаев, попавший в военные атташе с должности начальника штаба Белорусского военного округа (в сущности, огромное понижение для комкора, так как должность атташе — полковничья, в крайнем случае — генерал-майорская), для того и послан был в Берлин, чтобы не только давать советы, но добиться, чтобы к этим советам прислушивались.

Он замечает Гальдеру, что линию Мажино можно обойти, если идти через Голландию и Бельгию. Да, соглашается Гальдер, это было бы замечательно, но для этого надо было бы втянуть в войну еще несколько европейских стран. Это может подорвать международный престиж Германии. Фюрер не может на это пойти. (В сейфе у Гальдера лежит рапорт, подписанный Гудерианом, Манштейном и Готом, фактически предлагавший то же самое, что и Пуркаев. Это тот же план Шлиффена, но не на солдатских ногах, а на механической тяге. Гитлер и главное командование, включая Гальдера, помня все факторы, из-за которых провалился план Шлиффена в 1914 году, с пессимизмом относятся к энтузиазму молодых танковых генералов, влюбленных в свое новое оружие и, по мнению старых кайзеровских фельдмаршалов, сильно переоценивающих его возможности. На многочисленных командно-штабных играх они с сомнением покачивают седыми головами, передавая свою нерешительность Гитлеру. Как-никак, а удар надо наносить по французской армии — по самой сильной армии Европы! Кроме того, почти двухсоттысячный английский экспедиционный корпус, как всегда без помех, высадился на континенте и уже развернулся на прибрежном фланге французов. У немцев ни в прошлую войну, ни ныне не оказалось сил и средств помешать этому.)

Гальдер переводит разговор с линии Мажино на линию Маннергейма. Пуркаев пожимает плечами. Специфика местности — нет дорог, леса, много озер. Это не дает возможности использовать танки с полной эффективностью. Комкор тщательно подбирает слова. Немцы делятся развединформацией с финнами. В симпатиях к маленькой героической стране слились чувства и немцев, и англичан, и французов, и всего мира. Это начинают понимать и бояться в Кремле. Линия Маннергейма, продолжает Пуркаев, в конце концов — он подбирает нужное слово — будет нейтрализована. Беспокоит другое.

Англичане недвусмысленно дали понять, что собираются послать экспедиционный корпус на помощь финнам. Они собираются сделать это через территорию Норвегии, предварительно захватив основные порты этой страны — Нарвик, Тромсе, а может быть, и Осло. Если англичане это сделают, продолжает Пуркаев, то это может иметь самые печальные последствия. В частности, осложнится, а то и вовсе прервется путь из Германии в Мурманск. Кроме того, в английскую орбиту будет втянута Швеция и, конечно, Дания. В итоге осложнения (Пуркаев тщательно подбирает слова) начнутся и на Балтике — может прерваться подвоз железной руды из Швеции в Германию и пока бесперебойные поставки морем из СССР.

Пуркаев хитрит. В Кремле боятся совсем другого.

Если англичане высадятся в Норвегии и их войска вступят в бой с советскими частями на территории Финляндии, как ни крути, это означает войну с Англией, чего Сталину пока совсем не хочется. Кроме того, принимая во внимание полное нежелание Гитлера вести войну с западными демократиями, кто поручится, что при первом же боевом соприкосновении английских и советских войск в Финляндии, англичане не перетянут Гитлера на свою сторону и не начнется объединенный «крестовый поход» Запада против СССР, о котором пророчествовал Ильич!

Гальдер бросает взгляд на карту. Немецкая разведка со все возрастающей тревогой сообщает о весьма подозрительной активности англичан вокруг Норвегии. Их флот ведет себя как дома в норвежских водах. Когда «Бремен» шел из Мурманска в рейх, в норвежских шхерах его ждала засада из двух английских эсминцев. Гибели лайнеру удалось избежать только благодаря искусству советских лоцманов, проведших судно секретными шхерными фарватерами, о которых англичане, наверное, и не подозревали.

Норвегия, конечно, лакомый кусочек, особенно ее огромный торговый флот и золотой запас. Если она достанется англичанам, то их удавка станет совершенно нестерпимой. В сейфе Гальдера уже лежат несколько папок предварительной проработки операции «Убюнг Везер» — захвата Норвегии неожиданной высадкой морского и воздушного десанта. Пуркаев знает об этом, знает он и о том, насколько немецкий флот боится этой операции. Она ведь неминуемо означает столкновение с англичанами на море. Чего не знает Пуркаев — это боязни Гитлера, что англичане, захватив Норвегию и надавив на Швецию, перетянут на свою сторону Сталина и с двух сторон раздавят рейх, как тухлое яйцо.

Поздравив друг друга с наступающим Рождеством и с днем рождения Сталина, генералы расстаются, полные новых тревог и сомнений. Гальдер в общих чертах хорошо осведомлен о деятельности комкора Пуркаева в Берлине.

Прекрасный штабист и вместе с тем профессиональный чекист, много лет прослуживший в погранчастях, он знает свое дело и дает немцам разумные и взвешенные советы. Странно то, что сорокапятилетнему комкору почему-то не дают покоя лавры польского ротмистра Сосновского — знаменитого польского разведчика, твердо считавшего, что самой лучшей информацией является «постельная», т.е. полученная от любовниц-секретарш видных партийных и военных деятелей рейха. Красавец-поляк весьма преуспел на этом поприще, вызвав небывалый шпионский скандал в истории Германии. Пуркаев, видимо, решил превзойти красавца-улана. Он с удовольствием спит с любой юной патриоткой, которую ему подсовывает гестапо, но не для получения секретной информации, а просто так — для собственной утехи. Сбитое с толку гестапо пока старательно составляет альбом фотографий амурных похождений советского военного атташе, еще не решив, что делать с ним дальше...

Кончается 1939 год. В зловещей тишине и странном бездействии застыли на западе немецкая и англо-французская армии. Тишина воцарилась и вдоль линии Маннергейма. Советские войска ждут подкреплений, зализывают раны, перегруппировываются. В снегах Карелии из последних сил бьется окруженная финнами 9-я армия. Ее пытаются снабжать с помощью воздушного моста, но никто не знает расположения армии в огромных лесных массивах, и большая часть сброшенных на парашютах грузов попадает в руки финнов. Все попытки пробиться к отрезанным частям и деблокировать их приводят к новым огромным потерям, но никакого результата не дают. И, наконец, становится совершенно очевидным, что 9-я армия уничтожена.

По самым скромным подсчетам, убито и умерло от обморожения более 30 тысяч человек. Около 10 тысяч пропали без вести. Около двух тысяч взяты в плен в полумертвом состоянии. Далеко не всех удалось вернуть к жизни. Хозяйственные финны вытаскивают тракторами из сугробов наши застрявшие танки и орудия. Торжественно хоронят своих солдат, погибших в «сражении под Суомосалми». Все они известны поименно. Их 903 человека. Гремят залпы погребального салюта. Перед финнами открыты просторы практически незащищенной Советской Карелии.

В городском парке публично расстреливают командующего 9-й армией генерала Виноградова и нескольких офицеров его штаба. Горячие головы из окружения Маннергейма уже предлагают перенести войну на территорию Советского Союза и начать марш на Петрозаводск. На главном направлении обескровленная советская 7-я армия прекратила все действия на Карельском перешейке. Начальник генерального штаба Вооруженных сил Финляндии генерал Хенрикс предлагает перейти в наступление, вышвырнуть захватчиков за реку Сестра. Но Маннергейм не согласен. Силы маленькой страны тают. Армия переутомлена боями. Несмотря на симпатии всего мира, никто не оказывает финнам эффективной помощи. Немцы не могут этого сделать, связанные договором о дружбе с Москвой. Англичане дают крохи — 75 противотанковых орудий, 200 пулеметов и смутные обещания прийти на помощь.

Если Сталин совсем не хочет воевать с Англией, то и англичане не хотят воевать со Сталиным. Глубокие психологи — они твердо верят в свой прогноз: в таком маленьком ареале, как Европа, нет места для двух таких крупных хищников, как Гитлер и Сталин — они неизбежно сцепятся между собой — это, уверены англичане, вопрос ближайшего времени. И тогда, при посильном участии остального мира, они сами уничтожат друг друга.

Английская разведка еще ничего не знает об операции «Гроза», но любовно вылепленные Сталиным Белостокский и Львовский «балконы» говорят сами за себя. Слишком явно оба трамплина нацелены на Берлин. Они тревожат и Гитлера. Он медлит с наступлением на Западе, не решаясь повернуться спиной к своему новому другу, застывшему в столь недвусмысленной позе. Генштабисты успокаивают фюрера. Эти «балконы», объясняет генерал Гальдер, можно рассматривать как трамплины, но можно и как голову дрессировщика, засунутую глубоко в пасть льва, — чик, и головы нет. Гитлер недоверчиво смотрит на генерала — при развертывании сил на западе, готовясь к предстоящему наступлению, мы сможем оставить в Польше не более семи дивизий. Не беспокойтесь, мой фюрер, объясняет Гальдер, при том «высоком» оперативном искусстве, которое демонстрирует Красная Армия в войне с финнами, при тех морях крови, которыми она оплачивает каждый шаг своего наступления, нам пока нечего беспокоиться. До весны русские завязли на Карельском перешейке — это совершенно очевидно. А там им понадобится время, чтобы прийти в себя после столь неожиданно тяжелой войны. Уже сейчас абвер оценивает потери русских — не менее ста тысяч человек. А война не только не окончена, но, можно сказать, еще и не начиналась...

В Москве Сталин гневно мерит шагами свой кремлевский кабинет, бросая тигриные взгляды на застывших в немом ужасе Ворошилова, Шапошникова и Мерецкова. Он не желает слушать никаких объяснений. Основой его внешней политики был миф о мощи Красной Армии. После гитлеровского блицкрига в Польше он, Сталин, дал возможность своим генералам продемонстрировать всему миру такой же «блиц» в Финляндии. А что они продемонстрировали? Полную беспомощность и слабость армии? Позор! Командарм Шапошников, занятый разработкой «Грозы» и страшно недовольный, что армия используется и истекает кровью в столь ненужной войне, осмеливается предложить: раз уж демонстрации мощи и блицкрига не получилось, может быть, на этом и закончим? А на уроках этой войны проведем реформу Вооруженных сил. Ведь более важные дела предстоят, товарищ Сталин. А куда эта Финляндия денется? Сама потом попросится в состав СССР. В изумлении Сталин вынимает трубку изо рта. Ворошилов и Мерецков, обливаясь потом, с ужасом смотрят на Шапошникова. Нет уж, криво усмехается вождь, уходить с побитой мордой? Нет, нужно победить!

Попытки взять линию Маннергейма на «ура»! были прекращены. Началась серьезная подготовка к наступлению. Со всех районов страны подвозились новые дивизии и корпуса, танки и артиллерия. На Карельском перешейке в дополнение к 7-й армии была развернута еще одна — 13-я. Общее количество сосредоточенных против Финляндии войск уже почти равнялось населению этой страны. Артиллерии навезли столько, что для нее не хватало места на Карельском перешейке — орудия стояли колесо к колесу. На аэродромах ЛВО была сосредоточена почти вся боеспособная авиация. Корабли Балтийского флота, неизмеримо превосходящие Военно-морские силы финнов, должны были добавить свою артиллерийскую мощь в дело скорейшего разгрома противника*.

---

*Столь же бездарно, как на суше, проходили действия и на море. Огромный Балтийский флот не смог выполнить ни одной из поставленных перед ним задач: эффективно поддержать приморский фланг армии и обеспечить блокаду Финляндии. Единственные боеспособные финские подводные лодки «Ветехинен» и «Весихииси», против которых, не считая надводных кораблей, было развернуто более пятидесяти советских лодок, чувствовали себя на театре военных действий как дома.

7 декабря «Ветехинен», выставив мины на подходе к Рижскому заливу, обнаружила у Либавы ледокол «Ермак», возвращавшийся с севера на Балтику в связи с началом войны. Ледокол в качестве «смертника» сопровождал транспорт «Казахстан» для — как цинично сказано в документах, — «отвлечения на себя подводных лодок». Такова у нас была методика противолодочной обороны. Очень плохая видимость, сильная метель и сложная ледовая обстановка помешали финской лодке выйти в торпедную атаку. Ледовая обстановка в Финском заливе и восточной Балтике была столь тяжелой, что даже «Ермак» не смог пробиться в Кронштадт. Брошенный всеми ледокол остался зимовать, вмерзнув в лед.

«Ветехинен» под командованием капитан-лейтенанта Пактола рыскала вокруг ледокола, как голодный волк около запертой овчарни. Лодка обстреливала ледокол, посылала на него абордажные партии на лыжах и даже пускала по льду торпеды, привязанные к санкам. «Ермак» отбивался как мог, но о его героической обороне пока не написано ни слова. Стыдно, конечно.

Солдаты, наконец, были одеты в полушубки и валенки, доставили мази от обморожения, ввели водочное довольствие — так называемые «наркомовские сто грамм».

Вторая финская подводная лодка, «Весихииси», вела себя еще более активно. Выставив активные минные заграждения от Палдиски до входа в Ботнический залив, причем без всяких помех, «Весихииси» обнаружила с помощью акустики и едва не утопила советскую подводную лодку «Щ-311», которая, спасаясь от атаки, всплыла и оказалась в видимости финской канонерной лодки «Карьяла». К счастью, из-за плохой видимости они приняли «Щ-311» за свою, что и спасло советскую лодку от неминуемого уничтожения.

На следующей день на минах, выставленных «Весихииси», подорвалась и погибла со всем экипажем советская подводная лодка «С-2». В жажде мести советские подводники перехватили в море и утопили по ошибке немецкий пароход «Больхейм», шедший с грузом станков в Ленинград. На волне «дружбы, скрепленной кровью», этот инцидент удалось замять. В немецкой печати не было не только никакого сообщения о потоплении парохода, но, более того, 12 декабря, через два дня после гибели «Больхейма», адмирал Редер рекомендовал Гитлеру «оказывать России всяческую помощь, например, в вопросах снабжения в море балтийских подлодок, действовавших против финского судоходства». Фюрер согласился на бункерование советских подводных лодок с немецких судов. Командиру советской военно-морской базы в Пиллау было дано распоряжение подготовиться к перекачке дизтоплива с находящегося в Ленинграде немецкого теплохода «Утландхерн» на специальный танкербункеровщик «Медея».

А чем же занимались советские корабли? Преступные приказы не жалели ни людей, ни матчасть. Обледенелые подводные лодки возвращались на базу с недействующими орудиями и торпедными аппаратами, с незакрывающимися люками, с выбитыми стеклами на смятых льдом рубках, с разорванными легкими корпусами, с измученными до предела экипажами. Каждый выход в море требовал затем длительного ремонта.

В еще худшем положении оказались надводные корабли. Скупые строки вахтенных журналов показывают страшную бессмыслицу происходящего.

Новейший по тому времени эсминец «Гордый», возвращаясь в Таллинн после патрулирования, принял радиограмму с эсминца «Грозящий»: «Обстрелян орудиями крепости Свеаборг. Хода не имею. Прошу оказать помощь». «Гордый», набирая ход, ринулся на помощь. Вскоре открылся «Грозящий», вокруг которого вырастали столбы разрывов. Прикрывая поврежденный эсминец, «Гордый» открыл огонь по берегу. Финская батарея перенесла огонь на «Гордый», и вокруг него начала кипеть вода — столбы воды и разрывы вспыхивали то с одного, то с другого борта. Командир (капитан-лейтенант Шамраков) сам подавал команды на руль, маневрируя противоартиллерийским зигзагом, приказав поставить дымовую завесу.

Через несколько минут оба эсминца заволокло дымом. Против-

Началась серьезная подготовка к прорыву линии Маннергейма.

Организационно войска были сведены во вновь обра-

ник прекратил огонь. На «Грозящем» удалось устранить повреждение в машине. На «Гордом» из-за малых глубин и большого хода ил и грязь всосались в холодильник. Корабль вернулся в Таллинн. Трюмные машинисты метались от цистерны к цистерне, ручными насосами перекачивая остатки мазута в одну расходную емкость, чтобы дойти до базы...

«Гордый», идя десятиузловым ходом, сопровождал военный транспорт «Луга» на о. Сааремаа. Двое суток трудного штормового пути: сильный мороз, снегопад, снежные заряды. Транспорт разгружался томительно долго. «Гордый», борясь со штормом, медленно курсировал у входа в бухту. Среди ночи на эсминце получили радиограмму с приказом штаба флота выйти в море и оказать помощь потерявшей управление подводной лодке.

30 декабря в два часа ночи «Гордый» вышел в море. Эсминец бросало с борта на борт, он зарывался носом в волну. Из-за ошибки механика, принимавшего на ходу воду в цистерны, крен достиг сорока градусов. Вода начала поступать внутрь корабля, т.к. оказались незадраенными вентиляционные раструбы и грибки.

Подводную лодку «Гордый» обнаружил на рассвете. До полудня, падая с борта на борт, погружаясь в воду по рубку, оказывали помощь лодке, а затем повернули в Либаву. Море по-прежнему бесновалось. После поворота волна стала бить в правую скулу. Огромные водяные валы у низкого корабельного борта вставали на дыбы, с грохотом наваливаясь на палубу. Нарастало обледенение, появился крен на правый борт. «Гордый» вошел в лед, чтобы переждать шторм. Как ни скалывали лед — обледенение нарастало. Командир решил пробиться в Либаву. Но эсминцу уже было не пройти через лед. К нему навстречу выслали ледокольный буксир, но и тот застрял во льдах. На лед были спущены подрывники, которые взрывами пробили дорогу. Когда «Гордый» вошел в узкий Либавский канал, он представлял собой сплошную ледяную глыбу...

Другой новейший эсминец — «Сметливый» — вышел в море в первый день войны — 1 декабря 1939 года, сопровождая вместе с однотипным эсминцем «Стремительный» крейсер «Киров», который шел бомбардировать о. Руссаре. Корабли шли с выставленными параванами. Финская батарея упредила советские корабли с открытием огня, первым же залпом накрыв «Киров». Крейсер, резко увеличив ход, отвернул и стал отходить в море. Финский снаряд с визгом пронесся над самым мостиком «Сметливого» и разорвался у борта.

Забыв о выставленных параванах, командир (капитан 3-го ранга Кудрявцев) дал самый полный ход, чтобы выйти из-под обстрела. Параваны засосало под киль, они перехлестнулись, оборвались и вылетели за кормой. Кругом рвались снаряды противника, над палубой свистели осколки. Справа, окутанный дымом пожара, шел «Киров»...

20 декабря «Сметливый» вышел из Кронштадта в Таллинн, кон-

зованный Северо-Западный фронт, командовать которым был назначен командарм 1-го ранга Тимошенко — человек без какого-либо военного образования, пригля-

---

воируя спасательное судно «Коммуна». Однако пробиться через восьмибалльный шторм не удалось. Встали на якорь в Лужской губе. 22 декабря сделали попытку продолжить движение.

На выходе из губы обнаружили потерпевший аварию и плававший кверху днищем гидросамолет МБР-2. Двое пилотов держались за обломки лыжных шасси. «Коммуна» подцепила самолет краном. В нем был обнаружен мертвый стрелок-радист. Пока оказывали помощь самолету, снова усилился шторм. Только на шестые сутки «Сметливый» привел «Коммуну» в Таллинн и тут же получил приказ идти в дозор. «Сметливый» снялся с якоря и пошел в направлении Осмуссаара.

Чем дальше на запад — тем сильнее свистел и бесновался ветер, пенилось и свирепело море, слепила пурга. Корабль обледенел. Невзирая на риск, наверх был вызван личный состав для сколки льда. В подобных условиях эсминец не мог действовать никаким оружием, но его упорно держали в море. Наконец поступил приказ следовать в Либаву. Шторм усиливался. Казалось, все потеряло устойчивость, кренилось, падало, заливалось водой. Эсминец обрастал льдом. Еще дважды объявлялся аврал — на борьбу с обледенением выходил весь экипаж. Нескольких матросов смыло за борт — спасти их было невозможно.

На рассвете «Сметливый» подошел к Либаве, пробив взрывами дорогу в гавань. Волною с мостика был сброшен старпом Беляков. От удара спиной о палубу у него отнялись ноги. Командир с хронической пневмонией фактически стал инвалидом. Измученный экипаж уже не мог нести службу.

Неизмеримо хуже приходилось старым эсминцам. Эсминец «Карл Маркс» дореволюционной постройки вместе со всеми кораблями своего типа был задействован с первых же дней войны, конвоируя десант на о. Сейскар. 6 декабря эсминец в условиях страшного шторма снимал с мели подводную лодку «Щ-311». Работа длилась более суток, измотав до предела личный состав. Без всякого отдыха «Карл Маркс» получил приказ обстрелять финскую батарею «Сааренпя», где чудом избежал гибели, потеряв убитыми двух человек.

8 декабря «Карл Маркс» получил приказ поддержать огнем сухопутные войска в районе деревни Муурила. Льды сжимали эсминец. Ледяная гора по правому борту выросла выше палубы. Турбины работали на полную мощность, но эсминец не двигался. Появились две пробоины между шпангоутами. Переборки трещали, непрерывный скрежет заглушал все звуки. Матросы забивали клиньями пробоины, но вода продолжала поступать. В это время финская батарея Киркамансаари открыла огонь. Первые же снаряды упали в пяти метрах от корабля, засыпав ют осколками и выкосив прислугу кормовых орудий. Следующий залп финнов лег у самого борта. Осколки засыпали шкафут, полубак, мостики и ростры. Падали убитые и ра-

нувшийся Сталину еще в годы гражданской войны своей физической силой, беспощадностью и тупостью.[2] Под его руководством начали разрабатывать оперативный план

неные. Укрывшись дымзавесой, эсминец с трудом вышел из зоны огня. На переходе в Кронштадт обнаружили еще одну пробоину в носовой части. Оказался затопленным форпик.

18 декабря, спешно залатав пробоины, «Карл Маркс» вышел в море для сопровождения линкора «Октябрьская Революция», который должен был бомбардировать о. Бьерке. Пробившись через лед, выставили параваны. Сильный юго-западный ветер поднял крутую волну. Она заливала корабль, грозя смыть за борт людей и боезапас.

Как всегда, финны открыли огонь первыми, сразу же накрыв линкор. Началась артиллерийская дуэль, закончившаяся быстрым отходом советских кораблей от убийственно меткого огня противника.

24 декабря эсминец вышел из Кронштадта в Лужскую губу для соединения с эсминцами своего дивизиона. Корабль сжимало льдами. Два ледокола с трудом пробивали ему дорогу. Обшивка левого борта прогнулась. Ребра-шпангоуты еще держали, но деформированная обшивка зияла пробоинами. Лед забил решетки холодильников. Левая машина надолго вышла из строя...

Уничтожив и захватив в результате подобных действий несколько финских каботажных пароходов и около дюжины барж и шаланд, флот, фактически не оказав никакого содействия сухопутным войскам, сам понес чудовищный урок. Практически все задействованные в войне корабли были искалечены, кончив войну с разбитыми машинами, загубленными котлами, с деформированными корпусами, погнутыми винтами и изуродованными системами. К началу Великой Отечественной войны их так и не удалось довести до довоенного проектного номинала. Пневмония, радикулит, ревматизм, обморожения также невосполнимо уменьшили личный состав — драгоценные кадры специалистов.

[2] В феврале 1928 года на «узком» банкете в честь 10-летия РККА, после обильного возлияния, Сталин предложил военачальникам побороться между собой, чтобы выяснить, кто из них физически самый сильный. Самым сильным оказался Тухачевский. Тогда Сталин вспомнил о Тимошенко, который в то время командовал корпусом под Смоленском. За ним был послан всегда находившийся в полной готовности самолет для срочной эвакуации «вождей» за границу. Через три часа Тимошенко был доставлен на банкет и по приказу Сталина начал бороться с Тухачевским. Побороть Тухачевского не удалось, но в процессе борьбы Тимошенко ударил его спиной о радиатор парового отопления так, что у героя Варшавы и Тамбова пошла кровь изо рта. «Вот так, — сказал довольный Сталин. — Пусть не задается». Выпил с Тимошенко и уехал.

прорыва. Однако ничего нового оперативное искусство командарма Тимошенко не предусматривало. Линию Маннергейма предстояло штурмовать в лоб.

По мере того как все больше пробуксовывала сталинская военная машина на Карельском перешейке, все более враждебными становились отношения СССР с Францией и Англией. Поздравляя своих читателей с Новым годом, газета «Правда» от 1 января 1940 года радостно отмечала в передовой статье:

«Наша страна является средоточием величайшего исторического оптимизма. С другой стороны, капиталистический мир входит в 1940-й год агонизирующим и раздираемым противоречиями. Прикрывая свои империалистические цели демагогическим лозунгом «сражения за демократию», англо-французская финансовая олигархия с помощью своих верных лакеев из Второго Интернационала... продолжает раздувать пламя новой войны».

Классовая война в Англии, Франции и США, указывала «Правда», давно уже научившаяся переносить самую чудовищную ложь не краснея, стала уж не просто войной между подавляющим большинством народа, не желающего войны, и кучкой капиталистов, заинтересованных только в своих прибылях и нисколько не думающих о народной крови. Эта война уже практически вылилась во всенародное восстание, ибо, восклицала «Правда»:

«Все честные сыновья и дочери Англии, Франции и Америки клеймят позором эту подлую банду — от римского папы до лондонских лавочников, поднявших весь этот дикий вой по поводу благородной помощи, которую Красная Армия оказывает финскому народу, борющемуся против его угнетателей».

Рой политруков из ГлавПУРа, ринувшийся на фронт вслед за своим шефом Мехлисом, разъяснял бойцам и командирам, что Финляндия вероломно напала на СССР, что эта война является «разведкой боем международного империализма» перед вторжением в СССР, что англо-французские финансовые магнаты уже готовы бросить против первого в мире социалистического государства свои подлые орды. Страшно было уже не то, что об этой позорной войне писалось и говорилось в подобных выражениях, а то, что во все это верили, и верили фактически безоговорочно.

«Мы создали новый тип человека — советского человека», — с понятной гордостью произнесет Сталин, и с неменьшей гордостью это же повторит через 40 лет Брежнев...

Но Сталин нервничает. Разведсводки совершенно ясно показывают ему, как отнеслось общественное мнение Англии, Франции и Скандинавских стран к его финской авантюре. Постоянно идут сведения о продолжающихся тайных англо-немецких контактах, где муссируется не только возможность заключения мира, но и совместного выступления против СССР. В Осло английская резидентура под предлогом помощи Финляндии ведет секретные переговоры с правительством Норвегии о пропуске англо-французских войск через ее территорию. А это означает войну с Англией. Совсем не хочется. Воевать с Англией мы еще не готовы.

Совсем недавно, 28 ноября 1939 года, в г. Молотове в обстановке чрезвычайной секретности заложен третий шестидесятитысячетонный линкор типа «Советский Союз» — «Советская Белоруссия». В феврале текущего года там же предполагается заложить еще один. Но пока их построят в обстановке повального вредительства и саботажа...

Все жалуются на нехватку рабочих рук. Он, Сталин, начиная с 1937 года, дал команду ежегодно отправлять в ГУЛАГ по полтора миллиона человек, распределяя их в соответствии с нуждами наркоматов. Где эти люди? Кто организовал их мор и повальные расстрелы в прошлом году? Ежов? Но с этим вредителем и наймитом уже разобрались.

Кто-то доложил Сталину — в лубянских подвалах после расстрела Ежова осталось несколько тысяч человек. Среди них много крайне нужных в науке, промышленности, в армии. Разные там писатели, артисты — эти, конечно, пусть сидят, а специалистов неплохо бы и освободить, товарищ Сталин. И даже список дали. Взглянул — ужаснулся. Не от фамилий, а от мест, где работали — сплошь оборонные НИИ и заводы. Вызвал Лаврентия. Ясно, кажется, сказал: «Почисти ежовские подвалы, но только быстро». Казалось, понял. И в ту же ночь все обитатели лубянских подвалов были расстреляны до единого человека — 7105 душ. За одну ночь. Поработали на совесть! Ничего не скажешь. Потом два месяца по ночам вывозили на какое-то кладбище у Донского монастыря. Ну, что делать? Другому бы не простил — Лаврентию простил. Вызвал, разъяснил прямо: прекрати расстрелы. Нужны рабочие руки. Наркоматы жалуются, и Госплан тоже. Подписал разнарядку на следующий год, 1 700 000 человек в ГУЛАГ и никого не освобождать. Ну, как так никого — а у кого сроки кончаются? Давать новые. Нет, так не годится, товарищ Сталин, немножко, но освободить нужно. А вторые сроки давать уже на воле. Приятно, когда с тобой спорят по-большевистски, принципиально, как любил Ленин.

Помнится, Феликс Дзержинский, получив очередную взятку в валюте, принялся отмазывать сидевших в Петропавловской крепости великих князей от расстрела. Ленин аж взвился. «Да что вы, батенька, — накинулся он на Феликса. — Да в уме ли вы, Феликс Эдмундович! Немедленно расстрелять! Всех до единого! Это архиважно!» И посмотрел Феликсу прямо в глаза. А синева в них просто небесная и доброта неземная.

Феликс все-таки со своим дружком Глебом Бокием кого-то из князей переправил за границу. Уж больно взятка была большая. Говорили, чуть ли не 400 тысяч фунтов. Сколько точно — никто так и не узнал. Деньги в швейцарский банк переправили, но погорели — Ильич все узнал и расстроился страшно. Сидел вот так за столом, лысину руками обхватив, и чуть не плакал. Нет в людях настоящего классового сознания, не понимают сути происходящего. Один я, все время один.

Феликса временно отстранил от руководства ЧК, но потом простил. Отходчивый был добряк. Но как-то в присутствии Алексея Максимовича сказал о Дзержинском: «Лицо у него, как у подвижника, а вор и взяточник». «Да полно... — отшатнулся перепуганный "буревестник революции", — вечно вас, Владимир Ильич, в крайности заносит...» Ленин только рукой махнул...

Вот так и он, Сталин, — один, как Ленин. Никто его правильно не понимает, всем все приходится разъяснять сотни раз, особенно по вопросам, по которым прямо говорить вообще не полагается. И голова гудит и пухнет от необходимости правильного анализа поступающих данных. Где тут информация, а где дезинформация, подсунутая международным империализмом?!

Вот, Пуркаев из Берлина доносит, что немецкая разведка получила информацию о предстоящем английском десанте в Норвегию. Эту же информацию дает наша разведка в Германии, но предупреждает, что это «деза», пришедшая из Англии. Советская разведка в Англии также указывает, что слухи о предстоящем десанте англичан постоянно циркулируют в кругах, близких к Уайтхоллу, однако никаких объективных показателей готовящейся операции, кроме закрытия англичанами ряда районов северо-восточного побережья, нет.

Если англичане сами распространяют дезинформацию о своем десанте, то зачем? Вовлечь скандинавские страны в войну? Но на чьей стороне? Конечно, тут очень важно, чтобы англичане никоим образом в Норвегии не оказались. Нужно отсечь их от Финляндии. Но как это сделать? Самим — никак. Немцы могли бы попытаться, но для них это может очень плохо кончиться. Нам совсем невыгодно, если какая-либо немецкая операция вдруг закончится для них катастрофой. Все это надо обсудить с товарищами...

Проклятая финская война, в которой завяз Советский Союз, не дает развернуться в полном блеске импровизации. Сталин, грызя черенок трубки, категорически приказывает предоставить ему план наступления на линию Маннергейма не позднее конца января. Никчемные и бездарные генералы не могут или не хотят понять всего величия глобальных замыслов вождя.

17 января «Правда» разражается огромной статьей о коварных планах Англии и Франции нарушить самым «гнусным» образом нейтралитет Норвегии и Швеции. По убеждению автора, ссылающегося на самые «авторитетные» источники, англо-французы желают не только прервать поставки железной руды из Швеции в Германию, но создать плацдарм для будущего вторжения в саму Германию.

Нельзя сказать, чтобы эта статья была высосана из пальца. Советская разведка добыла копию доклада французского главнокомандующего генерала Гамелена правительству о важности создания нового театра военных действий в Скандинавии. Генерал предлагал высадить войска союзников в Печенге, захватив вместе с тем порты и аэродромы на западном побережье Норвегии, а затем развернуть более широкие боевые действия, завершив первый этап захватом шведских рудников Елливаре.

Более того, Верховный военный совет союзников в Париже принял решение сформировать для помощи Финляндии две «добровольческие» английские дивизии и одну французскую бригаду. Разногласия между англичанами и французами заключались только в том, что английская сторона считала высадку в Печенге нецелесообразной, но высадку в Нарвике, наоборот, очень целесообразной, особенно для того, чтобы создать угрозу шведским рудникам.

В то же самое время Гитлер обнаруживает у себя на рабочем столе неизвестно кем переизданную брошюру кайзеровского вице-адмирала Вольфганга Вегенера «Морская стратегия в мировой войне», из которой явствует, что Германия проиграла Первую мировую войну только из-за того, что не оккупировала Норвегию.

Гитлер уже сам не может разобраться, кто его все время подталкивает в сторону Норвегии. Флот? Но адмирал Редер без всякого энтузиазма относится к любой операции на море, которая может привести к крупному столкновению с англичанами. Конечно, мой фюрер, норвежские порты были бы весьма ценными для наших подводных лодок, но имея базу на Кольском полуострове... Армия? Она вся занята подготовкой наступления на Западе и очень скептически относится к возможности высадки крупного английского десанта в Норвегии. Русские? Завязнув в Финляндии, они смертельно боятся высадки англичан и соединения их с финнами. Они не хотят втягиваться в войну, что автоматически сделало бы их союзниками Германии. А нужен ли Германии такой союзник?

Может, действительно следует опередить англичан. Главное — внезапность. Крохотная (145 000 человек) и плохо вооруженная норвежская армия, конечно, ничем не сможет угрожать вермахту. Но англичане?

Пока Гитлера терзали сомнения, его любимец Розенберг — выпускник Санкт-Петербургского политехнического института и автор нашумевшей книги о всемирном еврейском заговоре «Миф XX века» — настаивает на том, чтобы фюрер принял и удостоил беседы некоего «замечательного норвежца» по фамилии Квислинг — лидера норвежского «Национального союза», полуподпольной организации, мечтающей о тоталитаризме. Чего не знает Розенберг — это того, что его «старый знакомый» — бывший майор норвежской армии Видкун Квислинг — был завербован советской разведкой еще в бытность его норвежским военным атташе в Москве.

Квислинг восхищался коммунизмом, но боялся русских. Ему, естественно, ближе были немцы, а между нацизмом и большевизмом он, как и многие другие, не видел существенной разницы. Неожиданно приехав в Берлин, Квислинг, встретившись со своим «старым другом» Розенбергом, стал горячо убеждать его «что-нибудь предпринять, чтобы соединить судьбу Норвегии с судьбой Великой Германии». Он заклинал Розенберга «опередить англичан», просил «немножко денег» для подпольного движения, в которое входит половина армии и правительственного аппарата. Если Германия защитит Норвегию от англичан, то не встретит никакого сопротивления. Его люди еще до прихода немцев свергнут нынешнее правительство, арестуют короля и захватят все ключевые позиции, обеспечив немцам свободный вход в страну. Квислинг несколько преувеличивал возможности своей организации, но врал вдохновенно, как и было приказано. Гитлер также внимательно выслушал Квислинга, деньги дать разрешил, но сказал бывшему майору, что для него, Гитлера, была бы наиболее желательной нейтральная позиция Норвегии, как и всей Скандинавии. Германия не намеревается расширять театры военных действий, чтобы втянуть в войну и другие страны. Однако, если противник будет стремиться к расширению войны с целью еще большей изоляции Германии, он, Гитлер, естественно, будет вынужден предпринять оборонительные меры. С тем и расстались.

В тот же день Гитлер совещается с Редером. Оказывается, русские разрешили сосредоточить часть десантных сил в Мурманске. О, это полностью меняет дело. Тут уж англичане никак не смогут среагировать. Гитлер тут же отдает директиву о подготовке захвата Норвегии. Он тем и нравился Сталину, что заглатывал наживку с легкомысленной стремительностью голодного окуня.

3 февраля, опоздав на четыре дня, штаб Северо-Западного фронта командарма Тимошенко представил Сталину новый план прорыва линии Маннергейма.

В принципе новый план ничем не отличался от старого. Финские укрепления предполагалось штурмовать фронтальной атакой. Ни до чего лучшего Тимошенко додуматься не мог, что и неудивительно, поскольку командарм карту читал туго, усвоив из всех методов руководства войсками еще со времен гражданской войны фразу: «Собственной рукой шлепну!»

План докладывал Мерецков, отвлеченный от разработки «Грозы» и не без оснований опасавшийся, что его сделают козлом отпущения за все это «безобразие» с финнами. (Его сделают козлом отпущения, но не за финскую войну, а именно за провал «Грозы»!) Сталин с мрачным видом выслушивает доклад, временами поглядывая на карту.

«А ведь если бы здесь был Тухачевский, — неожиданно изрекает вождь, — он, может быть, придумал что-нибудь получше».

Ссылка на зверски казненного маршала как обухом бьет присутствующих по голове. Сталин никогда ничего не говорит зря. Все понимают правильно, что их ждет в случае очередного провала операции.

В тот же день, после мощной артиллерийской подготовки и бомбардировки с воздуха, 7-я и 13-я армии своими смежными флангами, как стадо буйволов, пошли в лоб па линию Маннергейма. Красную пехоту поддерживали впервые в практике Красной Армии крупные танковые соединения. Используя подавляющее превосходство в людях и технике, беспрерывными атаками в течение трех дней советские войска пытались прорвать финскую оборону. Но все было тщетно — все атаки разбивались о непоколебимую стойкость финнов. Волна за волной, как и в декабре, скашивались цепи атакующих, факелами горели бензиновые танки.

Уже впавшие в отчаяние Тимошенко и приставленный к нему Жданов хотели испробовать на линии Маннергейма боевые газы, и только безобразное состояние противохимической защиты в Красной Армии заставило их подавить этот искус. Беспощадными приказами они продолжали гнать все новые и новые массы русской пехоты на укрепления финнов. Непрерывно грохотала артиллерия. Поднимались бомбардировщики, пытаясь пробить дорогу пехоте.

Наконец, после четырехдневных кровопролитных боев, понеся огромные потери, наша армия на двух участках прорвала первую полосу линии Маннергейма. Но вклиниться с ходу во вторую линию финской обороны не удалось. Обескровленная армия снова остановилась, тяжело переводя дух.

Так дело обстояло в центре на Выборгском направлении. На флангах же, на Кегсгольмском и Антрсайском направлениях, были полностью уничтожены три советские дивизии, но продвинуться вперед не удалось ни на шаг.

11 февраля Тимошенко бросил на слабеющих финнов новую гору пушечного мяса, которая стала вгрызаться во вторую линию обороны. Часть войск, пройдя в сорокаградусный мороз через огонь финских батарей, по льду залива, вышла в тыл третьей линии обороны. Тимошенко спешил. Приказ Сталина гласил: не позднее середины марта занять Хельсинки.

12 февраля, когда истекающая кровью армия заваливает горами трупов финские доты, в Москве без особых торжеств подписывается новое «Хозяйственное соглашение между Германией и СССР». В коммюнике, опубликованном на следующий день, говорится, что «это соглашение отвечает пожеланиям правительств обеих стран о выработке экономической программы товарообмена между Германией и СССР...»

Никто и не скрывает, что это за товарообмен: СССР поставляет, как всегда, сырье, Германия — промышленные изделия. Из наиболее крупных «промышленных изделий» СССР приобрел у Германии за 100 миллионов марок недостроенный тяжелый крейсер «Лютцов», а также чертежи и технологические спецификации линейного корабля типа «Бисмарк». Боже, покарай Англию! Где-то в будущем объединенные союзные флоты нанесут смертельный удар возгордившемуся Альбиону. Но пока Англия продолжает нервировать и Берлин, и Москву.

16 февраля немецкий транспорт «Альтмарк», выполнявший роль судна-снабженца погибшего в южной Атлантике «Графа Шпее», лишившись патрона, попытался вернуться в Фатерланд, прорвавшись под покровом полярной ночи через английскую блокаду. На борту «Альтмарка» находилось около 300 пленных моряков разных национальностей с потопленных «Графом Шпее» торговых судов. Но не это было самое ценное. На «Альтмарке» находился целый отдел абвера с новейшей радиоаппаратурой и целой библиотекой различной секретной документации, включая шифровальные книги, к которым

немцы традиционно относились до странности легкомысленно.

«Альтмарк» шел без огней через норвежские территориальные воды, где и был перехвачен двумя английскими эсминцами под командованием неукротимого Филиппа Вайна. Немецкий транспорт попытался укрыться в одном из фиордов, но английские эсминцы ворвались туда вслед за ним и, при сочувственном молчании двух норвежских канонерок, взяли «Альтмарк» на абордаж.

Пристрелив нескольких немецких моряков, неразумно пытавшихся оказать сопротивление, англичане подняли на «Альтмарке» гордый флаг своей родины и отбуксировали транспорт в Плимут вместе с абверовской секретной библиотекой.

Выслушав доклад Редера об этом инциденте, Гитлер заорал, что евреи дорого заплатят ему за столь подлое оскорбление немецкого флага. Редер почтительно молчал: если фюреру угодно считать англичан евреями, то пусть будет так. У адмирала тоже нет никаких причин любить англичан.

Успокоившись, Гитлер приказал Редеру «быстро решить вопрос с Норвегией», который уже начал его раздражать. Редер заверил Гитлера, что подготовка к «Везерским учениям» идет полным ходом, но попросил отсрочки до апреля — чтобы согласовать кое-какие детали «с нашими русскими друзьями». Любое упоминание о «русских друзьях» вызывало у Гитлера гримасу, которую никак не могли расшифровать его приближенные. С одной стороны, гримаса выражала явное недовольство, но с другой — вслед за гримасой всегда следовало разрешение «согласовать» все, что нужно с русскими друзьями.

А между тем «русские друзья» продолжали вгрызаться в железобетонную оборону финнов, неся кошмарные потери. Расширить прорыв на центральном направлении не удавалось.

На побережье Ладожского озера советские войска, прорвавшие первую линию финской обороны, угодили в окружение и методично уничтожались. Части, вышедшие через лед залива, в тыл финской обороны, завязли в непроходимом снегу и теряли силы в боях за каждый метр территории.

Но силы, которые изначально были неравными, становились неравными все более. Со всех уголков Советского Союза эшелоны везли на фронт все новые и новые тысячи тонн пушечного мяса, без промедления бросаемого в мясорубку боев. Финны, понимая, что их силы иссякают, в отчаянье искали помощи у мира, который им так сочувствовал. Но реальной помощи не было.

Кровные братья — шведы и норвежцы — приходили в ужас от перспективы быть втянутыми в войну с СССР. Англичане заверяли, что финский вопрос вскоре станет «объектом» тщательного изучения со стороны военного кабинета, но столь же тщательно уклонялись от прямых ответов, советуя в частном порядке попытаться добиться мира со Сталиным. Такой же совет давали и шведы.

Еще в начале января финны пытались завязать с СССР переговоры о возможном заключении мира. С благословения финского министра иностранных дел Таннера в Стокгольм отправилась известная финская писательница Хелла Вуолийоки, где она в течение двух месяцев вела тайные переговоры с «мадам Коллонтай».

Стареющая поклонница свободной любви любезно принимает финку, но толком ничего не может сказать. На ее робкий зондаж из Москвы повеяло космическим холодом. Огромные потери в этой войне могут быть компенсированы только полной аннексией Финляндии.

На Карельском перешейке продолжается мясорубка. 28 февраля Красная Армия на центральном участке фронта прорывает третью полосу финской обороны, выйдя передовыми частями к Выборгу.

1 марта делается попытка с ходу штурмом овладеть городом. Попытка кончается окружением и разгромом 18-й дивизии Красной Армии. Войска останавливаются и снова ждут подкреплений. 6 марта советские войска снова идут на штурм и снова отбрасываются с большими поте-

рями. Тимошенко делает попытку окружить Выборг. Войска, пробившиеся по льду залива, выходят на южное побережье Финляндии с задачей перерезать железную дорогу Выборг—Хельсинки. Из этого десанта не вернулся никто — все были уничтожены финнами.

Обойти Выборг справа также не удалось. Взорвав шлюзы Сайменского канала, финны затопили всю территорию вокруг города. Тимошенко неистовствовал. Приближалась весна, а с ней распутица, когда любое наступление станет невозможным. Командующий фронтом продолжал гнать войска вперед. По грудь в ледяной воде, скашиваемые финскими пулеметами, красноармейцы продолжали жертвовать собой во славу засевших в Кремле политических авантюристов...

Развязка наступила скоро. 7 февраля английский военно-морской атташе в Москве вице-адмирал Леопольд Сименс напросился на прием к наркому ВМФ — адмиралу Кузнецову. Адмиралы поговорили о погоде в Москве, находя зиму весьма суровой. Затем англичанин пустился в воспоминания о Первой мировой войне, вспомнив, в частности, флотилию английских подводных лодок, воевавшую на Балтике в боевом союзе с русским флотом. Кузнецов помнил об этом событии весьма смутно. Гораздо лучше он знал о налете английских торпедных катеров на Кронштадт в 1919 году, когда были утоплены два советских линкора и плавбаза лодок. Да, согласился англичанин, всякое бывало.

Тем не менее, продолжал он, ему очень нравится в Москве, и он очень сожалеет, что ему, видимо, вскоре придется покинуть столицу России. «Вас отзывают?» — поинтересовался нарком. Сименс помолчал, а затем, глядя прямо в глаза Кузнецову, ответил, что вскоре отзовут не только его, но и весь персонал посольства.

Взволнованный столь странным и непротокольным поведением английского атташе, адмирал Кузнецов немедленно доложил о состоявшемся разговоре Сталину. Однако Сталин знал гораздо больше, чем Кузнецов. На его столе лежало донесение советского посла в Лондоне

Ивана Майского, которого накануне вызвали в Форин-офис и вручили ноту, где говорилось, что: «правительство Его Величества, пристально наблюдая за действиями Советского Союза в Финляндии, выражает надежду, что у СССР хватит доброй воли, чтобы разрешить затянувшийся конфликт за столом переговоров и прекратить бессмысленное кровопролитие...»

Завершалась нота весьма витиеватой фразой, смысл которой, однако, был совершенно ясен:

«Правительство Его Величества искренне надеется, что Советский Союз не даст перерасти советско-финскому конфликту в войну гораздо большего масштаба с вовлечением в нее третьих стран».

Вместе с тем по линии разведки советской стороне был подброшен документальный фильм, повествующий о суровых буднях далеких английских гарнизонов, раскиданных на бесчисленных базах необъятной империи. Фильм тут же прокрутили в личном кинозале Сталина. Кроме Сталина, к просмотру был допущен только Поскребышев, хотя в фильме на первый взгляд и не было ничего особенного.

Открывался он звуками марша «Правь, Британия, морями!». По экрану плыли надстройки и мачты английских линкоров, расцвеченных флагами во время какого-то очередного королевского ревю в Спитхедде. Улыбающиеся бульдожьи морды английских адмиралов под золочеными козырьками коронованных фуражек. Дым салютов, крупным планом флаги с крестом св. Георга, король в форме адмирала флота с рукой у козырька. Принцессы королевского дома, улыбчивые, пожимающие руки восторженным морякам.

Сталин морщится: зачем ему прислали эти кадры для поднятия боевого духа домохозяек? Но вот кадры резко меняются. Вместо благородной водной глади спитхеддского рейда — песчаные дюны, кактусы, колючки, пара пасущихся верблюдов. Проволочная изгородь. Аппарат ползет вдоль нее и показывает крупным планом ворота с надписью: «База Королевских ВВС в Масуле, Ирак». Часовые в плоских английских касках с винтовками с примкнутыми кинжальными штыками. Грохот авиационных двигателей. Тяжелые бомбардировщики «Веллингтон» прогревают двигатели. Улыбающиеся парни в комбинезонах и пилотках подвешивают в бомболюки полутонные бомбы. Диктор подсказывает за кадром, что каждый «Веллингтон» способен нести три таких бомбы на большие дистанции, вплоть до 3 тысяч миль. Мультипликация показывает пунктиром путь бомбардировщиков. Сталин стискивает зубами черенок трубки. Баку! Вот в чем дело! Или ты останавливаешь свои войска в Финляндии, или мы бомбим Баку! Ты остаешься без нефти и в состоянии войны с нами, англичанами.

В тучах песчаной пыли «Веллингтоны» поднимаются в воздух. Но Сталин уже не смотрит. Он приказывает зажечь свет и начинает набивать табаком трубку...

Командование Северо-Западного фронта охватывает шок: Сталин приказывает остановить войска, поскольку с финнами начинаются переговоры о мире. Тимошенко считает, что виной этому его бездарность, его неспособность взять Выборг! Он унизил великого вождя, вынудив его к мирным переговорам с ничтожным противником. Что же теперь будет с ним самим? Совершенно потеряв голову, он вместо приказа о прекращении огня отдает приказ о еще одном штурме Выборга.

11 марта финская делегация в составе замминистра иностранных дел Рути, члена финского сейма Паасикиви и генерала Вильдена прибывает в Москву, и на следующий день, 12 марта, подписывается мирный договор. С советской стороны его подписывают Молотов, Жданов и командарм Василевский.

По новому договору к СССР отходил весь Карельский перешеек, включая Выборг. Граница была возвращена к линии, определенной Ништадтским мирным договором 1721 года в славные времена Петра Великого. Кроме того, СССР получил ряд островов в Финском заливе, финские части полуостровов Рыбачий и Средний, область Петсамо. А что же «правительство» Отто Куусинена? О нем никто больше не вспоминал, как будто его и не существовало*.

Итак, договор был подписан. Начиная с четырех часов утра советское радио, вопреки обычному ночному молчанию, ежечасно передавало текст договора. В это же время Сталин, связавшись по телефону с командованием Северо-Западного фронта, ругаясь матом, требовал от Тимошенко и Мерецкова взять Выборг любой ценой. Время еще было: по протоколу, приложенному к договору, военные действия должны были быть прекращены 13 марта в 12.00.

В 6 часов утра, зная о подписании мира, красноармейцы пошли на штурм города, который по статье II договора уже отошел к СССР. Шесть часов шел кровопролитнейший, ожесточенный бой. Удар наносился со стороны старого кладбища через железнодорожный вокзал. Несмотря на огромную концентрацию живой силы и техники, взять Выборг так и не удалось. Ровно в 12.00, как и предусматривал договор, стороны прекратили огонь. Финны начали отход. Так Сталин отомстил за унижение, которому его подвергли англичане: за шесть часов боя было потеряно еще 862 красноармейца. Не раздражайте вождя!**

Но Сталин был не просто раздражен — он был потрясен. И дело было не в том, что на полях сражений Финской войны Советский Союз ярко продемонстрировал

---

* После того как в феврале 1920 года Отто Куусинен, преследуемый уголовной полицией, бежал из Финляндии в СССР по льду залива, ему уже не пришлось более побывать на родине. Однако Сталин, который до конца своих дней не считал завершенным финский вопрос, не спешил с ликвидацией Куусинена. После провала комедии с «правительством» Демократической Финляндии Отто Куусинен был назначен председателем президиума ВС Карело-Финской СССР и находился на этом посту 17 лет, дослужившись до секретаря ЦК, получив звание Героя Соцтруда, чин академика и четыре ордена Ленина. Умер в 1964 году в возрасте 83 лет. Похоронен в Кремлевской стене.

** По другим источникам, Тимошенко сам попросил у Сталина разрешения штурмовать Выборг до последнего, чтобы «финны запомнили надолго». Сталин покрыл его матом, но разрешил. Вполне может быть.

полную бездарность военного руководства, полную беспомощность армии в решении элементарных оперативно-тактических задач. Дело было даже и не в кошмарных потерях и не в том, что СССР потерял все остатки своего международного престижа и как борец за мир, и как мощная военная держава, а в том, что Сталин с ужасом осознал — с такой армией осуществить операцию «Гроза» невозможно. Не до жиру — быть бы живу!*

Лейб-медики вождя, доктора Вовси и братья Коганы, констатировали у вождя прединфарктное состояние. Они просили, чтобы вождь прекратил свое неумеренное курение и отдохнул хотя бы недели две. Сталин мрачно отмахнулся. Нет-нет! Не сейчас. Необходимо полностью реформировать армию.

Он гонит с поста наркома обороны своего любимца Ворошилова и назначает на его место Тимошенко, который совершенно напрасно беспокоился о своей судьбе. Напротив, Сталину понравилось, как Тимошенко рвал линию Маннергейма, завалив ее трупами. Решительный человек. С таким можно работать! Вместо ожидаемого расстрела Тимошенко получает звание маршала и Героя Советского Союза.

---

*Финны подсчитали свои потери в войне, как и положено, с точностью до одного человека. Убитыми и пропавшими без вести они потеряли 23 542 человека, ранеными — 43 501 человека (из них 9872 человека остались инвалидами). Советский Союз, естественно, столь скрупулезно свои потери не считал, оперируя десятками тысяч. Даже в закрытых источниках даются разные цифры: в одном — 340 тысяч человек, в другом — 540 тысяч человек. Возможно, что это ошибка писаря, но ныне покойный генерал Новиков — бывший работник отдела личного состава НКО — объяснил автору, что первая цифра — это количество умерших от ран и обморожения, а вторая — общие потери с учетом убитых и пропавших без вести. К известным цифрам нужно еще приплюсовать 843 военнослужащих Красной Армии, расстрелянных по приговору военных трибуналов за «негативные» высказывания об этой позорной войне.

Когда после войны финского генерала X. Эстермана спросили, как он оценивает действия командования Красной Армии, он ответил: «У нас сложилось впечатление, что вы командовали иностранным легионом, а не своими соотечественниками. Так воевать нельзя!»

«Мы воевали по-сталински!» — якобы ответил на это советский генерал. Вот это сомнительно...

Глава 4

АППЕТИТЫ РАСТУТ ВО ВРЕМЯ ЕДЫ

Тимошенко вызван на срочное заседание Политбюро, где Сталин и объявил ему о новом назначении. По мнению вождя, у его друга Ворошилова не хватало твердости, избыток которой он заметил у Тимошенко.

Мельком взглянув на сводку потерь, Сталин не нашел их чрезмерными, поскольку все потери по привычке сравнивал с потерями при коллективизации. Конечно, потерям финской войны было далеко до 12 миллионов, погибших при насильственной коллективизации, что составляло особую гордость вождя. Неправильный подбор кадров и плохая дисциплина — вот что, по мнению Сталина, явилось причиной неудач в войне. Тимошенко следовало срочно обратить внимание именно на эти два вопроса. Но, в конце концов, резюмировал вождь, мы добились своей цели, ибо обеспечили безопасность наших северных границ и в первую очередь Ленинграда*.

Всего этого, включая и два миллиона жертв ленин-

---

* Цель, во всяком случае, официальная цель этой позорной войны, которую СССР не постеснялся навязать своему крошечному соседу, заключалась якобы в обеспечении стратегической безопасности Ленинграда и всего Северо-Запада. Что же было достигнуто?

Вместо нейтрального, хоть и не очень дружеского соседа, у северной границы появился поверивший в свои силы противник, противник не разбитый и страстно мечтающий о реванше. Война с СССР толкнула Финляндию в объятия Гитлера. Ранее демократическая страна превратилась в четкий и налаженный военный механизм. На волне охватившего Финляндию милитаризма и патриотизма пришлось замолчать не только коммунистам, но даже и тем либеральным политикам, которые до войны пытались доказать возможность мирного сосуществования с СССР. Желание отомстить Советскому Союзу породило в Финляндии массу националистических организаций, мечтающих о создании Великой Финляндии с границами по рекам Нева и Свирь. И вполне естественно, что в июне 1941 года Финляндия без колебаний объявила СССР войну. Оборонявшая Карельский перешеек 23-я советская армия была разбита вдребезги. Последовавшая затем страшная блокада Ленинграда наполовину обеспечивалась финскими войсками. Более того, ни США, ни Англия, ни другие союзники СССР по антигитлеровской коалиции не градской блокады, можно было бы избежать, не будь позорной сталинской авантюры зимой 1939—1940 гг. Финнов часто спрашивали, почему они решились на войну, ведь все равно им пришлось принять разбойничьи условия своего соседа. Ответ очень прост: финны отлично понимали, что речь идет не об обеспечении каких-либо стратегических интересов СССР, а об аннексии их страны. Это во-первых. А во-вторых, уступи они без боя Карельский перешеек с мощной полосой обороны, «дядюшка Джо» слопал бы их максимум через два месяца с помощью или без помощи своего друга Куусинена.

Столь вдохновляющие результаты войны были скрыты не только от общественности, но и от армии. Газеты фактически не освещали ход боевых действий, концентрируя свое внимание на героических эпизодах — истинных и выдуманных, — связанных с отдельными солдатами или летчиками. Печатались порой, занимая всю газету, списки награжденных. Затем последовали короткие репортажи о «победе» на линии Маннергейма, а затем неожиданное сообщение о заключении мира. Произошел и обмен военнопленными. 986 финских пленных были переданы на родину через КПП севернее Выборга. Советских пленных — изможденных обмороженных инвалидов — везли домой на санитарных поездах, к которым никого не подпускали. Часть из них была выгружена на Финляндском вокзале в Ленинграде и глубокой ночью промаршировала на Московский вокзал, откуда эшелоны-товарняки отправили их навсегда в безвозвратные лабиринты ГУЛАГа. Домой не вернулся никто. В течение 1940 года их семьи также были высланы из крупных городов[**].

объявили Финляндии войну, считая, что она воюет за правое дело. Они же, оказав давление на СССР, спасли финнов от неизбежной оккупации в 1944 году.

[**] Сколько их было? Советские источники, как всегда поражая точностью, говорят о «более 5 тысячах». А. Солженицын утверждает, что их было 25 тысяч. Всех их погрузили в эшелоны, в которых на одной из платформ везли мотки колючей проволоки. Доставленные в районы Заполярья бывшие пленные сами огораживали себе «зону», а затем рыли землянки. Не выжил почти никто.

Однако не это беспокоило товарища Сталина. Его злопамятное сердце жгло оскорбление, нанесенное англичанами, и, поглаживая усы, вождь готовил коварному Альбиону жестокую месть, естественно, руками романтика Гитлера. 30 марта Молотов, выступая на Верховном Совете, обрушивается на англо-французов с гораздо большим пылом, чем раньше. Подчеркнув, что Советский Союз «полон решимости не стать игрушкой в руках англо-французских империалистов в их антигерманской борьбе за мировую гегемонию», глава Советского правительства радостно сообщил о провале планов поименованных империалистов превратить войну в Финляндии в общеевропейскую войну против Советского Союза. «Но они просчитались!» — почти заходясь от ярости, кричит он.

У него есть все причины для ярости. Прогитлеровская политика СССР привела к тому, что лопнуло терпение даже у благодушных французов. Французские коммунисты, ретиво выполнявшие приказы из Москвы — поддерживать «правое дело Гитлера», уже начали в открытую разлагать армию и рабочих. Их деятельностью, как и водится, дирижировало советское посольство в Париже, также нисколько не стесняясь своего дипломатического статуса. В условиях военного времени правительство Франции вынуждено было принять решительные меры, дабы предотвратить полное разложение фронта и тыла. Деятельность коммунистической партии в стране была запрещена, ряд коммунистов арестованы. Полиция провела обыски в торговом представительстве СССР и в ряде других помещений, принадлежавших различным советским организациям. В результате «загорелась шапка» на самом советском после Якове Сурице, которого пришлось срочно отозвать, предвосхищая его неминуемую высылку.

Не лучше обстояло дело и в Лондоне, где от Ивана Майского, по его собственным словам, шарахались, «как от зачумленного». Майский уже несколько раз предупреждал Москву, что англичане ждут от него любого неосторожного слова, чтобы выслать из страны без всяких церемоний.

Прекрасно зная, что только неизбежная перспектива войны с Англией заставила Сталина заключить мир с Финляндией, Молотов, упоенный собственной ложью, вдохновенно вещает депутатам, каким ударом для Чемберлена было заключение Советским Союзом мира с Финляндией. Видимо, англичане надеялись, что финны оккупируют СССР по меньшей мере до Урала. Но не вышло, господа! При одном слове «Англия» или «англичане» Молотов, что для него совсем нехарактерно, срывается на визг, вынимает аккуратно сложенный платок, вытирает уголки губ. Пьет воду. Он-то знает, какой кус добычи англичане вытащили прямо из пасти Советского Союза. Но великий Сталин — не из тех людей, которых можно унижать безнаказанно. За то, что англичане не дали Сталину уложить в Финляндии еще миллион соддат, чтобы вернуть то, что по закону и праву всегда принадлежало рухнувшей Российской Империи и, следовательно, должно принадлежать Советскому Союзу, как законному наследнику погибшей Империи, — за это англичан ждет месть.

«Скрепленное кровью» военное сотрудничество между СССР и Германией продолжает плодотворно развиваться. Москва уже получила информацию о предстоящей высадке немецких войск в Норвегии. Информация была получена в связи с необходимостью содействия со стороны СССР. Осознавая риск, связанный с высадкой морского десанта в водах, кишащих боевыми кораблями английского флота, немцы попросили Сталина (по другой версии — Сталин сам предложил) разместить в Мурманске часть десантных сил и сил обеспечения. Под покровом снежных зарядов февральской ночи в Кольском заливе сосредоточились два набитых солдатами войсковых транспорта и самый крупный танкер кригсмарине «Ян Беллем». По замыслу планировщиков операции «Везерские учения», появление этого десантного эшелона с направления, о котором англичане не подозревают, должно гарантировать успех операции. Англичане получат хороший урок. Кроме того, пора уже разобраться с надоевшей английской авиабазой в Мосуле — этим вечным дамокловым мечом, висящим над советскими нефтяными промыслами в Баку. Что ни случись — англичане тут же вспоминают про эту ахиллесову пяту СССР. Но как дотянуться до Ирака? У немцев пока нет самолета, способного достать до Мосула. Сталин консультируется с разведкой: нельзя ли что-нибудь сделать по линии национально-освободительного движения колониальных народов в борьбе против империалистов-угнетателей?

Советская разведка переживает тяжелое время. И Сталин в порядке самокритики не может не признать, что тут есть и его вина. Еще Ленин, со свойственной ему гениальной прозорливостью, разделил советскую разведку на три примерно равные части: разведку Коминтерна, разведку ВЧК-ГПУ и разведку генштаба РККА, или ГРУ. Ильич считал, что действия этих разведок, а в равной степени и неизбежный между ними антагонизм станут теми краеугольными камнями, на которых незыблемо будет покоиться фундамент пролетарского государства. Ревниво наблюдая друг за другом, разведки предотвратят даже теоретическую возможность скатиться любой из них до заговора против диктатуры пролетариата, даже если эта диктатура будет сведена к диктатуре пролетарских вождей. Полностью соглашаясь с Лениным в принципе, Сталин тем не менее имел здесь свою точку зрения. Коминтерн вождь не любил, поскольку считал эту организацию одним из орудий всемирного еврейского заговора. До конца своих дней он так и не смог толком понять: кто кого придумал — Ленин Коминтерн или Коминтерн Ленина.

Постоянно жиреющее ОГПУ-НКВД постепенно подмяло под себя все разведывательные структуры Коминтерна, но попытка Менжинского и Ягоды проглотить заодно и ГРУ была пресечена самым решительным образом. Благодарное ГРУ первым засветило чудовищный заговор, созревший в недрах ГПУ и получивший известность под названием операции «Трест». Мстительное НКВД не осталось в долгу и на волне так называемого дела Тухачевского буквально размазало ГРУ по стенке.

В суете «организационных мероприятий» 1937—1938 гг. руководство обеими разведывательными организациями попало в руки Ежова, что Сталин в очистительном угаре тех героических дней «социалистического ренессанса» поначалу просмотрел. Ежов, однозначно понимая свою высокую миссию, начал отзывать разведчиков из всех стран мира и без промедления и, естественно, без суда ставить их к стенке. В ответ разведчики стали повально сдаваться западным контрразведкам, где только могли. Знаменитый советский резидент Кривицкий метался по Соединенным Штатам в поисках хоть какого-нибудь аналога тайной полиции, кому можно было бы сдаться, но, не найдя такового, сдался в итоге... журналу «Лайф».

Разоблачений, с которыми выступили на страницах западной печати бежавшие советские резиденты и дипломаты, включая собственного секретаря Сталина, тоже, к счастью, никто не услышал, а кто и услышал, тот не поверил: уж больно невероятные вещи рассказывали «пролетарские» бойцы-дезертиры.

Став одновременно главой НКВД и ГРУ, Ежов, по справедливому мнению многих историков, не мог даже теоретически оставаться живым, хотя сам этого почему-то не понимал. Однако ликвидация Ежова была лишь мелким «организационным вопросом», решением которого было невозможно восстановить практически разгромленную разведку. Многие связи и каналы прервались, многие засорились настолько, что уже было непонятно, какой именно разведке они принадлежат. Старые источники информации оказались под шумок перевербованными, а новые источники казались подозрительными. Вождь полностью потерял доверие к разведке и пользовался ею в качестве консультативного органа без права голоса.

И вот такое простое дело, как проклятый английский аэродром в Ираке, вдруг вылилось в проблему. После бегства на Запад советского ближневосточного резидента

Агабекова дела в этом регионе оказались в состоянии полного запустения. По документам удалось установить, что у Агабекова на жалованьи находился некий Али Рашид Гальяни — один из визирей дивана, созданного при регентском совете после смерти эмира Фейсала. Существовало, однако, опасение, что Али Рашида, пока он был «бесхозным», перекупили немцы. Но, что бы там ни было, он известен своими резкими антианглийскими настроениями. Следовало бы подбросить ему оружия через Иран и попросить наших немецких друзей о содействии. Если советско-германская дружба на море расцветала на Кольском полуострове, то на суше она цвела по линии гестапо — НКВД, и родственные «конторы» уже оформили «Общество дружбы» и не отказывали друг другу в мелких услугах и одолжениях. Немцы, которых английская авиабаза в 60 км от Багдада тоже мало радовала, твердо обещали помочь. Сталин был тронут.

Чтобы как-то сгладить то жалкое впечатление, которое оставила сталинская армия в период зимней войны, был продуман ряд эффектных и шумных мероприятий. 4 апреля в обстановке патриотической истерии депутаты Верховного Совета утвердили новый военный бюджет. На следующий день «Правда» ликующе сообщала в передовой статье:

«Верховный Совет утвердил государственный бюджет СССР на 1940 год. С величайшим энтузиазмом делегаты проголосовали за крупное увеличение наших расходов на оборону. Наша страна должна иметь более мощную Красную Армию и флот, чтобы охладить пыл поджигателей войны. Пятьдесят семь миллиардов рублей, которые будут потрачены на усиление нашей обороны, помогут Красной Армии и флоту решить любые проблемы, связанные с безопасностью нашего государства».

57 миллиардов рублей, разумеется, были цифрой «липовой». Почти весь государственный бюджет, прямо или косвенно, тратился на военные нужды. Разворачивалась

еще невиданная в мире танковая программа. Новые дизельные танки «Т-34» и «КБ» не имели аналога ни в одной армии мира. Конвейером шли новые модели самолетов бомбардировочной и истребительной авиации. На совершенно секретных полигонах проходили испытания новейших реактивных установок. Испытывался химический и бактериологический боезапас. В грохоте клепальных молотов и сполохах электросварки поднимались на стапелях новые боевые корабли. Конвейером шли с заводов подводные лодки. В Николаеве уже под верхнюю палубу поднимался гигантский корпус новейшего линкора «Советская Украина».

Семимильными шагами страна шла к войне. (Кто же был Николай Иванович Ежов, который столько сделал, чтобы затормозить этот страшный путь, перестреляв военную верхушку, фактически уничтожив разведку, расстреляв и распихав по лагерям практически всех изобретателей и создателей нового оружия? Пусть на это ответят историки будущего.)

Вновь назначенный нарком обороны Семен Тимошенко, обозрев доставшееся ему ворошиловско-ежовское наследство, отдал свой первый и наиболее известный приказ за номером 120, в котором говорилось: «Учить войска только тому, что нужно на войне, и только так, как делается на войне!» Но это было легче сказать, чем сделать. В принципе, из-за низкой оснащенности Вооруженных сил транспортными средствами, новая система боевой подготовки в основном сводилась к изнурительным маршам пехоты, массами которой и хотели завоевать весь свет. В весеннюю распутицу, в летнюю жару и зимнюю стужу пехоту изнуряли марш-бросками, требуя суточных переходов до 100 километров вместо уставных 45.

«Без хорошей пехоты, — басил Тимошенко на совещании командующих округами, — в современной дойне победы не достигнешь. Отличную пехоту нужно иметь не на словах, а на деле. Нужно со всей решительностью поднять теперь же значение и авторитет нашей пехоты, поставить ее в центре внимания всей нашей работы».

Кто это придумал — сам Тимошенко или ему подсказал Сталин — неизвестно, но результаты тут же начали сказываться. Все новое пополнение гнали в пехоту. Формирование танково-механизированных корпусов резко затормозилось. Некоторые танковые корпуса были переформированы в пехотные. С огромным недобором личного состава оказались авиация, артиллерия, инженерные войска. А по дорогам с песнями шла пехота с «трехлинейками» образца 1895 года и скатками через плечо. Автоматы, по мнению товарища Сталина и его мудрых военачальников, были недостойны пехоты, как оружие полицейское и чикагских гангстеров. Раз-два! Горе — не беда!

Пока Тимошенко железной рукой проводил военные реформы в Советском Союзе, в Германии шла лихорадочная подготовка к десанту в Норвегию. Советский Союз, знающий в качестве сообщника все детали предстоящей операции, ждал затаив дыхание. Англичане, видимо, знали обо всем еще лучше, поскольку читали немецкие коды, как бульварные романы. Знали они и о немецкой военно-морской базе на советском Севере, но молчали, не ставя в известность даже командование собственного флота, поскольку играли свою игру. Уж коль началась война — надо от нее получить максимальные дивиденды. Уничтожить одного Гитлера мало...*

7 апреля легендарная польская подводная лодка «Ожел», наделавшая столько шума на Балтике в сентябре 1939 года, когда за ней гонялись противолодочные соединения немецкого и советского флотов, начала Норвежскую операцию, утопив набитый десантниками немецкий транспорт «Рио-де-Жанейро». Транспорт с десантом шел в сторону Нарвика, о чем лодка немедленно доложила коман-

---

* Надежды Гитлера на новую шифросистему «Энигма», как и многие его другие надежды, не оправдались. В феврале 1940 года англичане, утопив в заливе Клайд немецкую лодку «38», подняли с нее и саму «Энигму», и всю шифродокументацию к ней, обеспечив себя на всю войну.

дующему флотом метрополии — адмиралу Форбсу. В тот же день англичане начали минировать норвежские воды.

Рано утром 9 апреля жители Копенгагена, ехавшие на велосипедах на работу, неожиданно оказались среди колонн немецких соодат, марширующих к королевскому дворцу. Сначала датчане решили, что идет съемка кинофильма. Через несколько минут дворцовая охрана открыла огонь, немцы ответили. Перестрелка продолжалась недолго. Появившийся адъютант короля приказал дворцовой охране прекратить огонь. Немцы заняли дворец. Дания оказалась оккупированной в один день. Сама по себе она не представляла никакой ценности, но ее фланговое положение в Северном море сделало необходимым, по мнению немецких стратегов, ее оккупацию перед вторжением в Норвегию.

В тот же день под покровом шторма и снеговых буранов немцы высадили в Норвегии морской и воздушный десанты. Однако все быстро пошло совсем не так, как планировалось. Хотя Квислинг клятвенно уверял немцев, что вся норвежская армия на их стороне и не окажет никакого сопротивления, все эти клятвы, как обычно, оказались блефом.

Немцы, бросившие в Норвежскую операцию практически все наличные силы своего надводного флота, понесли тяжелые потери. При форсировании Осло-фиорда норвежскими береговыми батареями был потоплен тяжелый крейсер «Блюхер», ушедший в ледяные воды фиорда со всем экипажем. В самом Осло, где еще до высадки немецкого воздушного десанта все ключевые позиции были захвачены людьми Квислинга, немцев ждало большое разочарование. Английская диверсионная группа, возглавляемая Нильсом Григом — племянником знаменитого композитора, — прямо из-под носа немцев и коллаборационистов похитила золотой запас страны. Колонна грузовиков с золотом мчалась по горным дорогам, преследуемая мотоциклистами горно-егерской дивизии генерала Дитла. Лучшее знание местности помогло норвежским патриотам: в одной из тихих бухт золото было быстро перегружено на английский крейсер «Галатея» и отправлен в Великобританию.

Между тем на сцене появился английский флот. Задержавшийся в фиорде крейсер «Кенигсберг» попал под удар самолетов с английского авианосца «Фьюриос», став первым кораблем Второй мировой войны, потопленным авиабомбами. «Карманный» линкор «Лютцов» — бывший «Дойчланд», переименованный по личному приказу терзаемого мрачными предчувствиями Гитлера, — с оборванной торпедами кормой с трудом был отбуксирован на базу. Крейсер «Карлсруэ», перехваченный английской подлодкой, перевернулся и затонул со всем экипажем. Один за другим тонули транспорты под ударами английской авиации и эсминцев. Ворвавшиеся в гавань Нарвика английские эсминцы устроили там настоящий погром — один за другим шли на дно немецкие транспорты, горели миноносцы, сиротливо выставив из воды свои носы с намалеванными на палубах огромными свастиками. Два единственных немецких линкора — «Шарнхорст» и «Гнейзенау», направленные в море для осуществления дальнего прикрытия десанта, были перехвачены английским линейным крейсером «Ринаун». Противников отделяло десять миль бушующего моря и слепящей снеговой пурги. Ледяные брызги хлестали по броне боевых рубок. Пятнадцатидюймовые снаряды с «Ринауна» стали рвать на куски «Гнейзенау». Двумя залпами была выведена из строя система управления артогнем, выбиты две башни главного калибра, перебиты все, находящиеся в центральном посту. Непроницаемый снежный заряд скрывает противников друг от друга. Воспользовавшись этим, немцы быстро отходят на базу, корежа корпуса о лед.

Через два дня инициатива снова перешла к англичанам, и они высаживают десанты в Нарвике и Тронхейме. Немецкие гарнизоны, отрезанные морем от Германии, попадают в отчаянное положение. В Тронхейме тяжелый крейсер «Адмирал Хиппер» — собрат потопленного «Блюхера», поврежденный таранным ударом героического английского эсминца «Глоуорм», вместе с эсминцами своего охранения стоит без топлива и без надежды уцелеть. Английские десантники, поддержанные огнем своих крейсеров, прижимают немцев к воде. Два танкера эскадры — «Каттегат» и «Скагеррак» — отчаянно пытавшиеся пробиться на помощь к «Хипперу», пылая, идут на дно под огнем английских кораблей. И тут происходит чудо. Неизвестно откуда появляются два транспорта с десантниками и огромный танкер «Ян Веллем». Быстро высадившиеся на берег солдаты с ходу вступают в бой и отбрасывают англичан от Тронхейма. «Ян Веллем» снабжает мазутом отряд «Адмирала Хиппера» и спешит к Нарвику, где обстановка для немцев складывается почти катастрофическая.

В пылу боя никто не задает вопроса, откуда появился «Ян Веллем» и два транспорта с десантом. Кому положено — тот знает, что они пришли из Мурманска! Но Нарвик уже блокирован англичанами с моря и с суши. На головы горных егерей обрушиваются пятнадцатидюймовые снаряды вошедшего в фиорд английского линкора «Уарспайт». Ветеран Ютландского боя снова заговорил с немцами на единственно понятном им языке.

Застрявшая в Нарвике флотилия немецких эсминцев уже израсходовала все топливо. Отчаянная попытка «Яна Веллема» прорваться к ним на помощь окончилась трагически. Расстрелянный в упор английскими эсминцами огромный танкер, объятый пламенем, выбрасывается на берег, где его гигантский черно-красный корпус ржавел до начала 50-х годов.

Потеряв последнюю надежду, немецкие моряки приняли решение затопить свои эсминцы и, сформировав отряд морской пехоты, пойти на сухопутный фронт помогать окруженным горным егерям. На этом этапе операции английский флот понес минимальные потери, но на каждый потерянный эсминец англичане построили в течение войны десять. Тяжелые и неоправданные потери немецкого флота были невосполнимы. К комплексу Скапа-Флоу прибавился и комплекс Норвежской операции. Таял немецкий флот, росло разочарование Гитлера в возможности его эффективного использования. Пройдет совсем немного времени, и он категорически запретит крупным надводным кораблям выходить в море, чтобы не давать противнику лишнего повода для торжества*.

«Поздравляю с блестящей высадкой», — льстиво телеграфирует из Москвы Молотов Риббентропу. Берлин ничего не ответил, ибо по поводу «блестящей высадки» Гитлер устроил истерику Редеру и Кейтелю. Он надеялся совсем на другое, но он обманывал себя и был обманут. Нет, нет, нет! С англичанами нельзя связываться на море! Десант в Норвегии обречен. Он подло обманут! Квислинга расстрелять, ибо он заманил нас в английскую ловушку. Генералу Дитлу немедленно дать приказ прорываться со своими войсками в Швецию и там интернироваться. Это лучше, чем они все погибнут или попадут в плен к этим гнусным евреям-англичанам! Гитлер в истерике, он не желает слушать никаких оправданий. В приступе удушья он рвет на себе галстук. За неполных четыре месяца нынешнего года уже погибло 14 подводных лодок! Причем одна из них потоплена палубным гидросамолетом с английского линкора. Над немецким флотом вместе с англичанами хохочет весь мир! Где торговый флот Норвегии? Он весь захвачен англичанами! Где золотой запас? Во имя чего мы обескровили флот?! Редер молчит, ибо сказать ему нечего. Он предупреждал фюрера, что до выполнения плана «Зет» было бы безумием бросать вызов англичанам на море. Разве Гитлер не обещал ему, что до выполнения этого плана войны с англичанами не будет? Поди скажи ему об этом сейчас...

Измучив себя истерикой, Гитлер падает в кресло, массируя рукой горло. Из-за тяжелой портьеры появляется высокий, неряшливо одетый человек — доктор Теодор Морелль, личный врач фюрера. Со шприцем в руке он подходит к Гитлеру. Детская доверчивость и испуг вспыхивают в глазах диктатора. Он быстро и послушно засучи-

---

*По странному совпадению, Сталин отдал в октябре 1943 года аналогичный приказ, временно забыв о разгроме Гранд-Флита.

вает рукав коричневой партийной рубахи. Генералы закрывают глаза — игла впивается в руку фюрера. Он откидывается в кресле и сидит так несколько минут, прикрыв глаза*.

Молчание генералов прерывает Гальдер. Подойдя к карте, он, тактично подбирая слова, характеризует со-

---

* Доктор Теодор Морелль появился около фюрера в 1935 году и не расставался с ним до самого конца. Ни одному человеку Гитлер не доверял так, как ему, и загородный дом Морелля был единственным, куда Гитлер без охраны захаживал «попить чаю». Никто до сих пор не знает, чем Морелль колол Гитлера, иногда по три-четыре раза в день. Сам Морелль отказывался об этом говорить, а все попытки других врачей настроить Гитлера против доктора или по крайней мере вызвать в Гитлере беспокойство по поводу неясной природы тех препаратов, которыми его колют, не приводили ни к чему. Доктор попал в интимный круг Гитлера по протекции фотографа Гофмана — столь же темной личности, как и сам Морелль.

Морелль учился в Петербурге у знаменитого профессора Мечникова. Затем познакомился с тибетским магом Гурджиевым — другом Гитлера и сокурсником Сталина по духовной семинарии, который, в свою очередь, свел доктора с Карлом Хаусгофером — отставным генералом и профессором геополитики, чьи лекции слушали Гитлер и Гесс. Все приближенные Гитлера, включая Еву Браун, наотрез отказывались лечиться у Морелля главным образом из-за вечной грязи и отсутствия элементарной гигиены в его кабинете, а также из-за того, что доктор никогда толком не мог объяснить сущности своей фармакологии. Все приближенные Гитлера в один голос называли его шарлатаном, но Гитлер не желал менять его ни на кого другого. Доктор Морелль был взят в плен американцами и, говорят, дал интересные показания, засекреченные до сих пор.

Во всей этой истории, помимо перечисленных лиц, замешан некий Тарбиш — еврей по происхождению, немец по духу, гражданин США по паспорту, крупный востоковед-мистик, посвященный в ламы в Тибете и в хасидские раввины в Нью-Йорке. Будучи связанным с крупными американскими финансистами, близко знакомый с Людцендорфом, Хаузгофером, Мореллем и самим Гитлером, Тербиш основал в Германии так называемый центр по исследованию женьшеня. В конце войны центр был разгромлен, сотрудники перебиты, архив похищен. Обычно в этом обвиняют советских солдат, но есть данные, что центр захватили американские десантники из так называемой «Особой команды 8».

Разобраться во всем этом клубке пока невозможно, но неоспоримым является тот факт, что в течение всех лет нахождения Гитлера у власти какая-то группа людей постоянно держала его под действием сильного наркотика, состав которого был неизвестен не только Гитлеру, но, видимо, и самому доктору Мореллю.

здавшуюся обстановку как сложную, но далеко не безнадежную. Да, флот понес тяжелые потери, но этого и следовало ожидать, ибо Германия всегда была сильна не флотом, а своими сухопутными войсками. Тяжелое положение, в которое армия попала в Норвегии по причине слабости кригсмарине, можно легко компенсировать простым переносом центра тяжести операций с северо-востока на запад. Если фюрер отдаст приказ о наступлении на западе, то англичане наверняка будут вынуждены перебросить основные силы своего флота ближе к каналу, ослабив тем самым давление на Норвегию, что позволит сделать очередную попытку деблокировать окруженные части в Нарвике и Тронхейме. Это первое. Второе: как фюреру, конечно, хорошо известно, в настоящее время создается возможность снабжения Нарвика по суше через территорию Швеции, что дает возможность деблокирования горноегерских соединений без использования флота («камень» в присутствующего Редера, молча стоящего с непроницаемым лицом).

Гитлер встрепенулся. Новое дело! Переговоры со шведами? Кто их ведет? Кто дал разрешение? Гальдер замялся. Переговоры неофициальные, они ведутся по каналам адмирала Канариса и дипломатическим с помощью наших русских друзей. Однако, если фюрер желает выслушать его мнение — мнение начальника генерального штаба — он, Гальдер, считает все связанные с Норвегией вопросы второстепенными. Главное — это начать уже несколько раз откладываемое наступление на западе. Успешное наступление решит норвежский вопрос автоматически. Гальдер уверен, что все его коллеги разделяют эту точку зрения.

Облокотившись руками о стол, Гитлер несколько минут рассматривает карту и поднимает глаза на Гальдера: «Через Бельгию и Голландию?» Гальдер молча пожимает плечами — мол, а что же остается делать, не штурмовать же линию Мажино? Гитлер снова изучает карту. Синие значки, обозначающие французские пехотные и танковые дивизии, сливаясь в жирную полосу, протянулись от бельгийской границы до предгорий французских Альп. Плюс экспедиционный корпус англичан. Что у нас остается на востоке? Семь дивизий, мой фюрер.

Гитлер начинает возбужденно мерить нервными шагами огромный кабинет. Семь дивизий! Смешно! А если кремлевский людоед всадит нам топор в затылок? Он не сделает этого! Почему? Он способен на любую подлость и преступление! Нет, мой фюрер. Советы сейчас не способны предпринять крупномасштабные военные акции. Они слишком истекли кровью в борьбе с доблестными финнами. Они реорганизуют армию. У них много дел. Гитлер смотрит на Риббентропа. Тот согласен с мнением военных. Более того, он уверен, что Сталин рассматривает соглашение с Германией не как клочок бумаги, дающий сиюминутные тактические выгоды, а как союз социалистических государств против еврейско-плутократических демократий, которые он ненавидит не менее, а возможно, более, чем мы! В мире сейчас три социалистических государства: Германия, Италия и СССР. Их союз естественен, и из-за мелких, совершенно несущественных идеологических разногласий в вопросе о евреях или о частной собственности нельзя не доверять друг другу...

Резким движением руки Гитлер прерывает своего министра иностранных дел. Воспитанный в духе австрийской сентиментальности, Гитлер искренне верит в идейную дружбу. Он страдает и просто плачет, когда жизнь преподносит ему жестокие уроки в виде вероломства и продажности вчерашних друзей, вроде Рема и Штрассера. Презирая итальянцев, он искренне любит Муссолини. Ненавидя большевизм из-за огромного количества евреев в его рядах, он искренне симпатизирует Сталину. Но можно ли стать другом человека, никогда его не видя?

Гитлер понимает шестым чувством неврастеника, что если Муссолини — личность гораздо мельче его, то Сталин — фигура гораздо более крупная. Он это понимает сердцем и понимает правильно, но голова бунтует, порождая новые комплексы в его и так насквозь закомплексованной натуре, заставляя предпринимать нечто такое, что поразило бы или даже ошеломило московского друга и подняло его, Гитлера, до уровня владыки Кремля.

Нет, он ничего не может сказать. Сталин корректен до предела. Поставки в Германию идут бесперебойно. На советском сырье, выйдя из состояния дистрофии, окрепла и обросла стальными мускулами немецкая экономика. Уже не мифический, а реально-смертоносный стальной кулак находится в распоряжении фюрера Германии, и этот кулак способен сокрушить весь мир. Со стороны СССР не предъявляется никаких упреков, что немцы не собираются столь же скрупулезно выполнять свои обязательства перед СССР по торговому договору. Вежливо принимаются любые, самые пустые оговорки. Более того, Сталин держит свое слово и обеспечивает ему, Гитлеру, моральную поддержку во всем мире. Взять хотя бы коммунистов Франции. Все-таки сталинской всемирной организации просто позавидуешь! Какая дисциплина! Ведь, кажется, французские коммунисты — французы по национальности, по крови. А получили приказ из Москвы, где большинство из них никогда и не бывало, а некоторые и вообще не знают, где эта Москва находится, — и что? Как бульдоги вцепились в задницу собственной страны. Агрессивная война против Германии! Она чужда рабочему классу! Солдаты, не выполняйте приказов ваших офицеров-буржуев. Рабочие, бастуйте, чтобы сорвать военные заказы правительства! По сведениям разведки, во французской армии резко возросло дезертирство, многие части ненадежны, тыл разваливается.

Или взять Швецию. Советская разведка сперва распустила через свои каналы слух о неминуемом немецком вторжении в страну, а потом опубликовала официальное заявления о заинтересованности СССР в сохранении и упрочении шведского нейтралитета. А под шумок всего этого удалось договориться со шведами на пропуск через их территорию эшелонов со снабжением и подкреплениями для горных егерей Дитля. Все это было преподнесено как гуманистическая помощь терпящим бедствие.

Шведам только не разрешалось осматривать эшелоны, следующие через их территорию.

Нет, Сталин, кажется, искренне симпатизирует целям Германии. Риббентроп прав: Сталин ненавидит западные демократии и от всего сердца вносит свою лепту в их уничтожение. Хорошо, рискнем! Гитлер выпрямляется. Генералы стоят по стойке смирно. Неестественная тишина давит уши. Гитлер еще раз бросает взгляд на карту и назначает наступление на Западном фронте на 9 мая 1940 года...

1 мая Москва просыпается от рева труб и барабанов. Гремят марши. На Красной площади ровными прямоугольниками застыли войска отборные, выделенные для парада части. В Международный день солидарности трудящихся Москва демонстрирует новые клыки, выкованные сталинскими пятилетками, готовые разорвать весь мир по мановению руки диктатора. Сам он стоит на трибуне Мавзолея, несколько натянуто улыбаясь, помахивает рукой, а затем вообще скрывается за спинами сообщников, нервно мерит мелкими шагами гранитную трибуну.

Новый нарком обороны Тимошенко, демонстрируя старорежимную кавалерийскую выучку, объезжает войска и поздравляет их с праздником. Тысячеголосое «ура!» летит над площадью, спугивая голубей со шпилей Исторического музея. Молча смотрят на это шумное милитаристское шоу древние купола собора Василия Блаженного. Они столь неуместны на нынешней Красной площади, что уже несколько раз вставал вопрос о сносе древнего собора, очень раздражающего товарища Сталина.

Но Сталин не смотрит ни на серо-зеленые шеренги войск, вопящие «ура!» перед белым конем нового наркома, ни на прекрасные купола, глядя на которые некогда осенял себя крестным знамением его любимец Иван Грозный. Сталин не смотрит — Сталин думает, прохаживаясь за спинами членов Политбюро, посасывая по обыкновению потухшую трубку.

Советская разведка прислала сообщение, что 9 мая

немцы начнут наступление на Западном фронте. Что делать? Накануне он провел совещание с лицами, посвященными в замысел операции «Гроза», число которых, к сожалению, неуклонно росло, вызывая опасение о возможной утечке информации. Кроме Шапошникова и Мерецкова, пришлось посвятить в план Тимошенко, Жданова и Берию. Прикинули, и получилось, что немцы смогут оставить в Польше для прикрытия дивизий пять-восемь. Шапошников подумал и сказал, что, видимо, оставят семь. Ну, семь или восемь, это не принципиально. Мерецков, захлебываясь от возбуждения, предложил нанести удар на следующий день после начала немецкого наступления. Даже у всегда уравновешенного Шапошникова загорелись глаза. Сталин никогда не видел его таким. Военные стали убеждать вождя, что по всем расчетам немцы смогут оказать эффективное сопротивление Красной Армии только за Берлином. Они гарантируют взятие Берлина максимум через две недели после начала операции.

Сталин слушал внимательно, сдерживая накатывающийся гнев. Две недели! Не они ли обещали ему взять за две недели Хельсинки?! Не они ли позорили его на весь мир, а сейчас обещают за две недели взять Берлин! Никто не заметил, что случилось нечто страшное. Сталин, который никогда не доверял своей армии как политической организации, после финской войны перестал доверять ей и как военной силе.

Конечно, на карте все выглядит более чем прекрасно. От западного выступа Белостокского «балкона» до Берлина рукой подать. Вспомогательные удары по Восточной Пруссии и Дании, захват побережья, соединение с наступающими англо-французами где-то за Берлином. Еще более заманчиво выглядит Львовский «балкон». Коротким ударом Чехословакия отрезается от рейха, рывок через Румынию, дорога на Балканы открыта, создавая возможность флангового обхода французов, захвата Северной Италии и вторжения в Южную Францию. Десант в Дарданеллы. Сталин закрывает глаза, и перед ним встает образ земного шара, украшенный «Серпом и Молотом» — совсем как на государственном гербе СССР. Золото швейцарских банков, уплывающее в Москву, как уже произошло с золотым запасом Испании. («Ничего не получится, — сказал ему кто-то из советников, — швейцарская армия уйдет в горы и спрячет там золотой запас». Ничего, они быстро спустятся с гор, когда мы начнем проводить репрессивные мероприятия с их родственниками.) Во всемирном масштабе будет осуществлен гениальный призыв Ленина: «Грабь награбленное!», воздвигнем памятник великому учителю в центре Берлина. Жаль, что нельзя сделать конный... Сталин открывает глаза и ловит обрывок фразы Шапошникова: «Почти все танки оборудованы сменными автомобильными шасси. При выходе на европейские автострады это позволит намного увеличить темпы наступления...»

Да, Европа — это не Карельский перешеек с его бездорожьем. Но армия?! Она же ничего не умеет, кроме как погибать без всякой пользы. Хорошо, сомнем немцев, и вот тебе новая конфронтация с сильнейшей армией мира — французской!

«Посмотрим, — говорит вождь генералам. — Армию приведите в порядок, времени мало...»

Приводить армию в порядок надо с головы. На столе у Сталина уже лежит подписанный указ о введении в РККА персональных воинских званий. Командармы, комкоры и комдивы, овеянные романтикой гражданской войны, навсегда исчезнут из рабоче-крестьянской армии, уступив место добротным, испытанным веками чинам старой императорской России. Генералы, адмиралы, полковники, капитаны всех рангов с 7 мая 1940 года составят офицерский корпус армии и флота, облагодетельствованный к тому же и крупным повышением в окладах. У них еще нет добрых старых золотых погон, с которыми так тяжело расставались в 1918 году все — от царя до последнего прапорщика, но и до этого осталось совсем немного. Всего три года надо прошагать по горам трупов, хотя об этом еще никто не знает.

«Это так же невозможно себе представить, как представить себе товарища Сталина в генеральском мундире!» — глубокомысленно философствовал по какому-то поводу любимец Сталина, не так давно расстрелянный журналист Кольцов. Он совсем немного не дожил, чтобы увидеть Сталина не в генеральском, а в маршальском, а затем и генералиссимусском мундире...

Указом от того же 7 мая Шапошников, Тимошенко и Кулик были произведены в маршалы Советского Союза.

В тот же день новоиспеченный маршал Тимошенко собрал совещание по вопросам военной идеологии, где были заслушаны доклады о состоянии дисциплины и боевой подготовки в РККА. Открывая совещание, замнаркома генерал Проскуров откровенно заявил: «Как ни тяжело, но я прямо должен сказать, что такой разболтанности и низкого уровня дисциплины, как у нас, нет ни в одной армии!»

«Правильно!» — раздались голоса из зала.

Ни для кого из присутствующих не было секретом, что в армии идет беспробудное пьянство, ставшее причиной 80% всех ЧП в авиации и на флоте. Еще в декабре 1939 года нарком Ворошилов издал секретный приказ «О борьбе с пьянством в РККА», где призывал созвать во всех полках, эскадронах, эскадрильях и на кораблях совещания командного и начальствующего состава, на которых в «полный голос сказать о всех пьяных безобразиях, осудить пьянство и пьяниц, как явление недопустимое и позорное».

Однако в связи с тем, что приказ был помечен грифом «секретно», его практически не довели до сведения личного состава, продолжавшего пьянствовать и пропивать казенное имущество в катастрофических количествах. Рядом с пьянством шагало небывалое воровство казенного имущества. Почти во всех частях имел место преступный сговор командиров с комиссарами, или вместе пьянствующих, или вместе ворующих, или совмещающих то и другое, что было чаще всего. От института комиссаров уже давно не было никакой пользы. Наученные горьким опытом 1937 года, комиссары почти перестали писать доносы на командиров, что было их первой обязанностью. Недавно прокатившаяся по армии кровавая вакханалия террора наглядно продемонстрировала, что расстреливали не только тех, на кого писался донос, но и тех, кто его писал. Поэтому в армии жили по принципу — сегодня жив — завтра нет: пьянствовали, кутили и воровали, все равно конец один. Выборочные следственные дела по поводу печальной войны с финнами показали, что, скажем, 374-й пехотный полк 7-й армии, прибывший на Карельский перешеек в декабре 1940 года, по вещевым аттестатам был полностью снабжен зимним спецобмундированием, т.е. тулупами, полушубками, шерстяным бельем, валенками и даже пимами из оленьего меха. Весь личный состав полка расписался в получении вещевого довольствия. Но следствие быстро выяснило, что зимнее обмундирование было украдено прямо со складов и кому-то перепродано, а в полку его и не видели. Нет, товарищ Сталин как всегда прав — с такой армией нельзя затевать ничего серьезного. Можно снова опозориться. Сначала нужно предпринять крутые меры по укреплению дисциплины и повышению боевой подготовки...

Пока Тимошенко, развив бешеную деятельность, создавал комиссии по ужесточению дисциплинарного устава, по укреплению единоначалия, по усилению программ боевой подготовки, по формированию новых соединений, по созданию новых оборонных предприятий и новых военно-учебных заведений, Сталин, Шапошников и Мерецков, затаив дыхание, ждали развития событий на Западе. Комкор Пуркаев, ставший отныне генерал-лейтенантом, прислал подтверждающее сообщение — немцы начнут наступление на рассвете 10 мая. Эта дата совпадала со всеми данными, полученными советской разведкой по другим каналам через Рим, Гаагу, Брюссель и, конечно, Берлин.

9 мая в 21.00 начальник штаба германских ВВС генерал Ешокок доложил фюреру, находившемуся в своем личном поезде, что авиация готова к выполнению задачи, а синоптики гарантируют в течение ближайших дней от-

личную летную погоду. Выслушав сообщение, Гитлер приказал передать всем высшим штабам условный сигнал «Данциг», означавший, что наступление назначено на следующее утро.

10 мая в 05.30 ставка Гитлера располагается в горном районе Мюнстерэйфель, получив условное название «Гнездо на скале» — «Фельзен нест». В этот момент немецкая авиация двух воздушных флотов третью своих соединений наносит удар по аэродромам союзников. В 05.35 наземные войска пересекают границы Голландии, Бельгии и Люксембурга. В ушах солдат звучат только что переданные по радио слова Гитлера: «Начинающаяся сегодня борьба определит судьбу германской нации на следующую тысячу лет!» Речь фюрера заглушается ревом моторов: вторая волна немецких бомбардировщиков наносит удар по французским и английским штабам, узлам связи и коммуникациям.

Французское командование в соответствии с планом, выработанным задолго до войны, двинуло 35 французских и 10 английских дивизий в центральную Бельгию навстречу армейской группе «Б» генерала фон Бока, не понимая при этом, что подставляет тыл своей сильнейшей группировки под удар главных сил вермахта. Надо сказать, что этого не понимали и немцы. Вопреки общепринятому мнению, немцы не только не обладали каким-то численным превосходством над союзниками, но в действительности их армии были значительно малочисленнее армий противника. И танков у них было меньше, да и сами танки значительно хуже, чем у французов и англичан. Только в авиации имелось некоторое превосходство, и то только в прифронтовой полосе. Но в немецкой армии был вдохновенный поэт танковой войны генерал Гейнц Гудериан и воспитанные им генералы Гот, Рейнгарт и Манштейн.

Как и в польскую войну, Гудериан командовал всего лишь танковым корпусом, входившем в танковую группу генерала Клейста в составе группы армий «А» фельдмаршала Рундштедта. Перед началом наступления Гудериан тщетно пытался убедить обоих своих начальников разрешить ему и Готу нанести удар через Арденны с выходом на берег Мааса, прорвав фронт французов в наиболее уязвимом, по его мнению, месте — в предгорьях лесистых Арденн. Рундштедт и Клейст не видели в этом большого смысла, предлагая свои варианты прорыва с обязательным поворотом на восток в тыл англо-французской группировке. Гудериан почтительно слушал, но решил еще раз на практике доказать закостенелым кайзеровским генералам, что такое современная война. Перевалив через Арденны, танки Гудериана за двое с половиной суток, к полному изумлению Рундштедта и Клейста и великому ужасу Гальдера, оставив за собой 120 километров, вышли на берег Мааса под Седаном. Напрасно Рундштедт и Клейст требовали от Гудериана немедленно остановиться, позаботиться о своих флангах, подождать артиллерию и пехоту. С ходу форсировав Маас, отразив запоздалую контратаку французов, Гудериан неожиданно повернул на запад. К исходу следующего дня его танки прорвали последнюю оборонительную позицию противника и открыли себе путь на запад — к побережью Па-де-Кале.

Разрезанная танковыми клиньями Гота и Гудериана французская армия разваливалась на глазах. Руководство войсками нарушилось. Английский экспедиционный корпус стал откатываться к побережью в направлении Дюнкерка. Успех был столь неожиданным, что немецкое командование в него не поверило и не было готово к его реализации. Гальдер беспокоился о несуществующем стратегическом резерве французов, ожидая, когда его введут в действие. Гитлер по обыкновению психовал, боясь небывалого успеха. Ему мерещились какие-то французские части на южном фланге. Взвинтив себя до предела, он потребовал немедленно остановить Гудериана. Рундштедт и Клейст засыпали Гудериана радиограммами, требуя остановиться. Гудериан продолжал идти вперед, координируя действия Гота и Рейнгарта. Взбешенный Гитлер приказал отстранить Гудериана от командования, арестовать, доставить в Берлин для суда.

Не в силах сдержать беспокойство, Гитлер 17 мая прибыл на командный пункт группы армий «А» и устроил разнос Рундштедту за опрометчивость и неосторожность.

Он приказал немедленно остановить наступление и перегруппировать силы. Но тут в дело вмешалось ОКБ, которое постепенно поняло замысел Гудериана и тут же издало под этот замысел новую директиву. Гитлер бы категорически против. Кейтель, Йодль и Рундштедт пытались уже хором переубедить фюрера.

Пока в верховном руководстве шли яростные споры, Гудериан утром 20 мая, отрезав линии снабжения левому крылу союзных войск в Бельгии, вышел к морю вблизи Абвиля. Затем Гудериан стал продвигаться дальше на север, к портам Па-де-Кале, в тыл английской армии, которая еще находилась в Бельгии, сражаясь с армиями фон Бока. 22 мая войска Гудериана отрезали пути отступления англичанам к Булони, а на следующий день — к Кале. Англичане стали спешно отводить свои силы к Дюнкерку — последнему порту, оставшемуся в их руках. Бельгия, Голландия и Люксембург капитулировали. Остатки французских войск в панике отступали на юг, открывая немцам дорогу на Париж. Под стрессом надвигающейся военной катастрофы пало правительство Чемберлена. Кресло английского премьера занял Уинстон Черчилль, поклявшийся сражаться до конца. Повеселевший Гитлер, поверив наконец в небывалый успех, приказал представить Гудериана к производству в генерал-полковники и отменить свои приказы о снятии его с должности и отдаче под суд*.

Между тем танки Гудериана, продолжая продвигаться вперед, к исходу 23 мая находились уже всего в 10 километрах от Дюнкерка — последнего оплота союзников на побережье, куда отошел практически весь английский

---

* Когда танки Гудериана, круша советскую оборону, стремительно продвигались в глубь территории СССР, вся история повторилась. Немецкое командование, включая самого Гитлера, прилагало все усилия, чтобы остановить неукротимого генерала. Снова Гудериан рвался вперед, игнорируя приказы командования группы армий «Центр» и самого Гитлера. Вдогонку ему летели приказы о снятии с должности и об отдаче под суд. Личным приказом Гитлера Гудериан был остановлен под Ельней, и вся его нацеленная на Москву группировка повернута на юг. Это спасло Москву от неминуемого падения.

экспедиционный корпус и несколько французских дивизий. И тут произошло, на первый взгляд, совершенно невероятное событие. Танки Гудериана неожиданно остановились. Остановились и танки Рейнгарта, бравшие Дюнкерк в клещи с юго-востока. Эта остановка почему-то считается одной из тайн Второй мировой войны и не просто обросла легендами, а превратилась в одну сплошную легенду, авторами которой изначально стали уязвленные немецкие генералы, никак не желавшие признать того факта, что это не они остановились, а их остановили англичане.

По этой легенде, уходящей своими корнями в штаб фельдмаршала Рундштедта, в ночь с 22 на 23 мая на имя фельдмаршала поступила телеграмма Гитлера с приказом остановить войска под Дюнкерком, предоставив уничтожение англичан авиации, артиллерии и флоту, которого, кстати, в этом районе не было вообще. Получив подобный приказ, ошеломленный Рундштедт решил, что это английская провокация — англичане, как известно, мастера на подобные штучки. Все еще хорошо помнили, как в прошлую войну они шифром германского адмиралтейства приказали неуловимой эскадре адмирала Шпее следовать к Фолклендским островам, где она и была полностью уничтожена. Поэтому фельдмаршал позволил себе запросить из ставки фюрера подтверждение полученного приказа, и, к величайшему своему изумлению и горечи, это подтверждение получил. Приказ есть приказ, и Рундштедт приказал своим танкам остановиться. Лихой Гудериан, который две недели игнорировал все приказы из штаба группы армий и рвался вперед, теперь, когда под гусеницами его танков находилось более трехсот тысяч охваченных паникой англичан, т.е. в преддверии небывалого триумфа, вдруг послушно замер на месте и даже, как свидетельствуют документы, не запросил ни Рундштедта, ни Клейста о причинах этого, мягко говоря, странного приказа. Поскольку никто не мог понять мотивировки подобного приказа фюрера, то на этой основе родилась вторая легенда, любовно слепленная главным образом советскими историками.

Беря за основу вранье немецких генералов, новая легенда утверждала, что Гитлер специально дал возможность англичанам эвакуировать свои экспедиционные силы, поскольку уже имел место сговор между ним и «правящими империалистическими кругами» Англии заключить мир и совместными силами обрушиться на СССР.

В действительности же все было гораздо проще: немцы просто наткнулись на хорошо организованную оборону и были остановлены. Английская армия была хоть и несколько медлительной в наступлении, но очень стойкой в обороне. Однако и это не самое главное. Главное, что немцы вошли в зону действия корабельной артиллерии англичан, а для их «картонных» бензиновых танков это было смертельно опасно*. Поэтому прямо под носом у немецких танков англичане провели крупную стратегическую операцию по эвакуации своих войск в метрополию. Удары с воздуха не принесли желанного результата — слишком близко были английские аэродромы. Истребительная авиация королевских ВВС надежно прикрыла эвакуацию, что же касается флота, то он так и не появился, и поступил мудро: мощное соединение флота метрополии прикрывало подходы к проливу. Попытка Гудериана прорваться к Дюнкерку была отбита ураганным огнем корабельной артиллерии англичан: 72 немецких

---

* Везде, где немецкие танковые части входили в зону действия корабельной артиллерии, они останавливались надолго или навсегда. Достаточно вспомнить оборону Таллинна в августе 1941 году, где соединение КБФ, состоявшее всего из одного крейсера и дюжины эсминцев, в течение двух месяцев сдерживало наступление на фактически не имеющий сухопутной обороны порт. Или знаменитый Ораниенбаумский пятачок, простреливаемый кораблями и фортами Кронштадта, который немцы так и не смогли взять в течение всего своего трехлетнего топтания под Ленинградом. Можно привести еще много подобных примеров. А ведь под Дюнкерком англичане сосредоточили гораздо более мощные морские силы, чем были под Таллинном или в Кронштадте.

танка разлетелись на куски под градом тяжелых снарядов морской артиллерии, и вот тогда-то фельдмаршал Рундштедт доложил фюреру, что дальнейшее продвижение к Дюнкерку чревато большими потерями в танках. Фюрер, едва услышав об английском флоте, замкнулся в своих странных комплексах и немедленно приказал остановить наступление на Дюнкерк, грозя своим недисциплинированным генералам страшными карами за ослушание. Впрочем, на этот раз никто и не собирался оспаривать его приказа, поскольку немцы уже были остановлены, а Гитлер своим приказом лишь юридически подтвердил эту остановку.

«Господство на море, — философствовал в начале века знаменитый английский адмирал Джон Фишер, — сводится к тому, чтобы в любом районе мирового океана самая проклятая развалюха под нашим флагом могла плавать спокойно и безопасно». Трудно придумать более прекрасную иллюстрацию к глубокомысленному замечанию лорда Фишера, чем эвакуацию англичанами Дюнкерка под самым носом у немцев.

В период до 4 июня англичане вывезли морем из Дюнкерка 338 226 человек. В эвакуации было задействовано 861 судно, начиная от крупных транспортов и кончая прогулочными катерами, возившими туристов по Темзе, целые гирлянды которых, набитые солдатами, тащил, нещадно дымя, какой-нибудь безымянный речной буксир. Это была яркая демонстрация абсолютного господства на море! Отчаянные попытки нескольких дивизионов немецких торпедных катеров прорваться к местам посадки на плавсредства дали ничтожные результаты. Покидая берега Франции, английские солдаты бросали на побережье свои каски, целые горы которых можно было обозревать в окрестностях Дюнкерка. Немецкая, а за ней и советская пропаганда выдавали и продолжают выдавать эти пирамиды английских касок за доказательство паники, охватившей англичан, видимо, не зная, что по традиции, восходящей еще к наполеоновским войнам, брошенная каска означает: «Мы вернемся!» Одновременно с эвакуацией Дюнкерка резко изменившаяся обстановка на континенте вынудила англичан провести эвакуацию и в Норвегии, подтвердив прогноз Гальдера, что ключ к норвежской проблеме лежит на Западном фронте.

Деморализованная, разложенная коммунистами французская армия продолжала в панике отступать на юг. 10 июля Муссолини, набравшись храбрости, наконец решил поддержать своего берлинского кумира, объявив войну Англии и Франции. «Я лично с большим удовольствием буду бомбить Лондон», — сказал английскому послу в Риме министр иностранных дел Италии, зять Муссолини, граф Чиано, имевший лицензию пилота. «Но только будьте осторожнее, граф, — сухо ответил ему английский посол, — потому что, если вас собьют над Лондоном, я буду безутешен».

Гитлер был вне себя от радости — мощный итальянский флот сулил несколько ослабить то страшное давление, которое английский флот оказывал на Германию. Пока Гитлер тешил себя подобными иллюзиями, немецкие войска продолжали наступление. 14 июня они вошли в Париж, где были восторженно встречены местными коммунистами, почему-то решившими, что за оказанные немцам услуги и в силу искренних отношений между Берлином и Москвой им будет дозволено легальное существование с разрешением выпуска их любимой «Юманите». Быстро проведенные немцами аресты, разгром штаб-квартир и редакций компартии окончательно сбили с толку французских коммунистов, пребывавших в прострации аж до сентября 1941 года, пока прибывший из Швейцарии Семен Каганович — кузен знаменитого Лазаря — не привез им из Москвы новые инструкции.

Французское правительство запросило Гитлера о перемирии. Призыв Черчилля — отступить в Северную Африку и продолжать войну — был злобно игнорирован. В Берлин уже летели не просьбы, а мольбы. Мстительный Гитлер согласился на перемирие с условием, что большая часть Франции останется оккупированной и церемония подписания перемирия произойдет в Компьенском лесу, в том самом штаб-вагоне маршала Фоша, хранимом французами в качестве национальной реликвии, где в 1918 году подписали капитуляцию униженные и растерянные кайзеровские генералы.

20 июня Гитлер прибывает в Компьен. Он взвинчен. Сверхвозбуждение приводит к обильному кровотечению из носа. Фюрер снова близок к истерике. Очередная серия уколов доктора Морелля приводит его в себя. Свершилось то, о чем он мечтал годами: отомстить за позор Компьена, когда он, раненый и отравленный газами, бился в рыданиях головой о железные прутья соодатской койки. Компьен отомщен! Теперь надо отомстить за Скапа-Флоу. Прямо в вагоне Фоша Гитлер отдает приказ о проведении операции «Морской Лев» — операции по вторжению в Англию путем проведения крупномасштабных морских и воздушных десантов. Он лично посещает нормандское побережье, раздавая кресты танкистам генерала Гота. В мощную стереотрубу фюрер смотрит через Ла-Манш. В оптической сетке смутно белеют меловые скалы Дувра. Веками неприступный Альбион! Но сейчас-то тебе пришел конец! С трудом оторвав жадный взор от окуляров стереотрубы, Гитлер, вскинув руку в партийном приветствии, идет к автомобилю. Квартет аккордеонистов, составленный из награжденных танкистов, играет любимую Гитлером сентиментальную мелодию «Донны Клары».

В Лондоне Черчилль недовольно пыхтит своей неизменной сигарой. Он был уверен, а данные разведки подтверждали, что для его уверенности есть все основания, что Сталин воспользуется ситуацией и нанесет удар по Гитлеру с тыла. Надо быть просто идиотом, чтобы не воспользоваться столь благоприятным моментом. Премьер смотрит на карту Восточной Европы, переводит взгляд на Москву и говорит в адрес Сталина слова, которые буквально не переводятся, но в литературном переводе означают: «Лопух!» Полстакана коньяка возвращают Черчилля к мрачной действительности. Удалось спасти армию, но все тяжелое вооружение пришлось бросить во Франции. Ну, это дело наживное. Главное, жив флот — вековая опора мощи империи. Боже, спаси короля! Боже, спаси нашу страну! Боже, храни наш флот!

За всеми этими событиями, немея от изумления и страха, следили из Москвы. Несмотря на то что Советское правительство было полностью осведомлено о готовящихся событиях, их развитие застало Сталина и его окружение врасплох. В дополнение к исчерпывающей и не оставляющей места сомнениям разведывательной информации Сталин накануне немецкого наступления на Западе получил о нем официальное немецкое предуведомление. 9 мая граф Шуленбург передал Молотову официальное послание своего шефа Риббентропа, в котором говорилось, что Германия вынуждена предпринять оборонительные меры перед лицом явного намерения англо-французов вторгнуться в Рурскую область по пути в Бельгию и Голландию.

Молотов, как всегда, рассыпался в любезностях, заявив: «Мы желаем Германии полного успеха в оборонительных мероприятиях. Разумеется, что Германия должна защитить себя от англо-французского нападения».

«Молотов не сомневается в нашем успехе», — радостно радировал в Берлин Шуленбург, чья бисмарковская выучка заставляла ликовать по поводу столь искреннего сближения России и Германии.

Пока гитлеровские и сталинские дипломаты обменивались сердечными любезностями, пока Гитлер, напуганный гудериановским прорывом, орал на свои штабы, не успевающие наносить на карту продвижение собственных танков, Сталин, молча попыхивая трубкой, выслушивал страстные призывы Шапошникова, Мерецкова и уже примкнувшего к ним Тимошенко начать немедленное наступление. Данные военной разведки и разведки НКВД совпадали в оценках: координированное наступление советских и англо-французских войск раздавит гитлеровский рейх как тухлое яйцо. Причем Красная Армия успеет дойти до Эльбы. Начальник главного разведуправления РККА генерал Иван Проскуров, кроме того, указывал, что в восточном направлении у немцев фактически нет никакой обороны.

«А если они сговорятся?» — спрашивал вождь, все еще мыслящий бредовыми ленинскими формулировками неизбежного «крестового похода» буржуазии против рабоче-крестьянского царства.

Напрасно генерал Проскуров с фактами в руках пытался доказать вождю, что сговор невозможен. Сталин молчал. Молчали Молотов и Жданов, боявшиеся попасть не «в масть». Финская война продолжала давить на Сталина. По большому счету именно доблестные финны спасли Европу от захвата Сталиным в мае 1940 года.

Долгие годы работавший с Троцким маршал Шапошников поймал себя на мысли, которую незадолго до смерти поведал своей жене, что будь на месте Сталина Троцкий, он бы ни минуты не колеблясь начал наступление.

Уже тогда РККА почти по всем показателям вдвое превосходила вермахт. Генерал Проскуров, искренне веривший, что Красная Армия, если она прекратит беспробудное пьянство, легко может захватить весь мир, а продолжая пьянствовать, все-таки сможет захватить Европу, позволил себе неосторожность процитировать в присутствии вождя Троцкого, впрочем, не называя его по фамилии: «Благоприятный момент для начала войны наступает тогда, когда противник в силу объективных причин поворачивается к вам спиной». Начальник ГРУ не учел, что товарищ Сталин знал всех классиков марксизма наизусть и от изумления, что в его присутствии кто-то осмелился цитировать Троцкого, даже поперхнулся, вынув трубку изо рта, но не сказал ничего.

Бестактность, которую позволили себе маршал Шапошников в мыслях и генерал Проскуров вслух, больно задела вождя. Намек был понят. Тем более что сам Троцкий из далекого Мехико всеми доступными ему средствами предупреждал человечество, что Сталин уже готов к захвату мира. Автор и теоретик перманентной революции сходил с ума от ярости, что его великими идеями захвата мира с помощью провоцирования социальных, а затем военных конфликтов пользуется жалкий и малограмотный семинарист, которого он, Троцкий, всегда презирал и ненавидел. Это раздражало Иосифа Виссарионовича, и уже около года многочисленная бригада из ликвидотдела НКВД, раскинув свои сети в США и Мексике, готовилась навсегда оградить великого вождя от обвинений в плагиате.

«Нэ надо спешить, — глубокомысленно изрекал вождь в конце каждого подобного совещания, — посмотрим, как пойдут дела». Разработчики «Грозы», подзадоривавшие Сталина на активные действия, исходили из предпосылки, что бои на Западе примут длительный ожесточенный характер, который позволит Советскому Союзу выбрать оптимальное время для нанесения удара.

Оказавшаяся как всегда на высоте, советская военная разведка совершенно правильно определила противостоящие силы. Немцы сосредоточили на Западном фронте 136 дивизий, 2580 танков, 3824 самолета, 7378 орудий. Им противостояли 147 англо-французских дивизий, 3100 танков, 3800 боевых самолетов и более 14 500 артиллерийских орудий. Одни эти цифры говорили о том, что неизбежна длительная и кровавая обоюдная мясорубка наподобие верденской в прошлую войну.

Беспокоило только то, как бы немцы, будучи явно слабее, не истекли кровью в этих боях, оставшись, как и в прошлую войну, без снабжения и боеприпасов. Бодрящим маршем для них был перестук колес бесчисленных эшелонов, везущих в Германию советскую нефть, пшеницу, хлопок, никель, хром и все, что было нужно разраставшейся военной промышленности рейха. Советские торговые суда с огромными красными буквами «СССР» на белом фоне бортов — знак нейтралитета — доставляли те же самые грузы в немецкие порты через Балтику, недоступную для английской блокады. Германия остро нуждалась в меди, но СССР производил медь в ничтожных количествах. Выход был найден. Советскому Союзу удалось заключить контракт на закупку меди в США. Эта медь тут же переправлялась в Германию. Только воюйте, ребята, как следует, все вам дадим, ничего не пожалеем, крушите капиталистический мир.

«Если бои продлятся хотя бы полгода, — осаживал Сталин своих зарвавшихся генералов, требующих решительного вмешательства Красной Армии, — то трудящиеся воюющих стран сбросят империалистические правительства и сами позовут на помощь Красную Армию».

В первые дни немецкого наступления, когда противостоящие армии завязали авангардные бои в Голландии и Бельгии, все, казалось, шло по намеченному в Москве сценарию. За железобетонными укреплениями линий Мажино и Зигфрида можно было воевать до бесконечности. Еле сдерживая ликование, «Правда» от 16 мая 1940 года писала: «В течение первых пяти дней немецкая армия достигла значительных успехов. Немцы оккупировали значительную часть Голландии, включая Роттердам. Правительство Нидерландов уже сбежало в Англию. У англо-французского блока имелись давнишние амбиции втянуть Голландию и Бельгию в войну против Германии... После того как немцы опередили Англию и Францию в Скандинавии, последние две страны сделали все возможное, чтобы втянуть Голландию и Бельгию в войну... Пока что англо-французский блок может похвастаться только одним успехом: им удалось бросить в пожар войны еще две маленькие страны и обречь еще два народа на страдание и голод... Никто не может быть обманут англо-французскими жалобами по поводу нарушения международного права. Когда война распространилась на Норвегию, англичане по одним только им известным положениям международного права захватили острова Фарос и Лофотен. Теперь мы видим, как велика ответственность англо-французских империалистов, которые, отклоняя все немецкие предложения о мире, развязали Вторую империалистическую войну в Европе».

При этом не было, естественно, сказано ни слова о беспощадной бомбардировке немцами Роттердама. Советская пресса уже снова начала было раскручивать прогерманский и антисоюзнический ажиотаж, публикуя издевательские антианглийские фельетоны Давида Заславского и муссируя факт бегства в Англию голландского правительства, бросившего народ и армию на произвол судьбы.

Однако дальнейшее развитие событий заставило онеметь даже столь беспринципную прессу, как советская, единственным редактором которой был Сталин. А это означало, что именно Сталин онемел от удивления. Молниеносный разгром французской армии — армии, которую Сталин (и не только он) считал сильнейшей в Европе, отдавая ей ведущую роль в пресловутом «крестовом походе» против СССР, вызвал в Москве шок.

Когда было объявлено о взятии немцами Парижа, Сталин впервые в присутствии своих сообщников открыл сейф, таинственный сейф, вделанный в стену его кремлевского кабинета, где, к величайшему удивлению всех присутствующих, оказалась початая бутылка кахетинского, две пачки английского трубочного табака и пузырек с бестужевскими каплями. Накапав себе бестужевских капель, Сталин, не говоря ни слова, покинул всех присутствующих и уехал из Кремля на ближнюю дачу, куда срочно вызвали братьев Коганов — неизменных лейб-медиков вождя.

«По имеющимся у нас сведениям, — срочно доносила из Москвы нестареющая «Интеллидженс сервис», — у Сталина был инфаркт или тяжелый сердечный приступ. Наш источник связывает болезнь советского руководителя с разгромом союзных армий на континенте. Не является ли это свидетельством, что Сталин, душой более за демократию, ведет с Гитлером сложную игру, выбирая лишь подходящий момент для уничтожения его как соперника сталинской гегемонии в Европе и мире».

Прочитав сообщение своей разведки, Черчилль сел за свое первое послание к Сталину. «Британское правительство убеждено, что Германия борется за гегемонию в Европе... Это одинаково опасно как для СССР, так и для Англии. Поэтому обе страны должны прийти к соглашению о проведении общей политики для самозащиты против Германии и восстановления европейского баланса сил...»

Это послание, где Сталину гарантировалась полная английская помощь, если он решится дать своему другу — Гитлеру — топором по затылку, и делался прозрачный намек об осведомленности англичан о подобном тайном желании товарища Сталина, прежде всего говорило о том, что английская разведка уже что-то пронюхала об операции «Гроза» и если надо, то, конечно, с большим удовольствием поставит об этом в известность Гитлера.

Если не удастся натравить Сталина на Гитлера, то почему бы не натравить Гитлера на Сталина? Тем более что любят они друг друга одинаково крепко. Послание было передано через нового английского посла в Москве сэра Стаффорда Криппса — самого «левого», кого только мог найти в своем окружении ненавидящий коммунистов Черчилль. Сэр Стаффорд добился, чтобы Сталин его принял «для конфиденциального разговора».

Еще не совсем оправившийся от сердечного приступа Сталин, конечно, не должен был вообще принимать английского посла, да еще со столь провокационным посланием британского премьера. Однако он это сделал, и сделал неспроста, решив воспользоваться случаем, чтобы еще раз продемонстрировать Гитлеру свою преданность и лояльность, не давая ему даже намека для сомнения.

Прием был официальным и весьма холодным. Выслушав послание Черчилля, Сталин дал следующий ответ:

«Сталин не видит какой-либо опасности гегемонии любого одного государства в Европе, и менее всего какой-либо опасности того, что Европа может быть поглощена Германией. Сталин следит за политикой Германии и хорошо знает многих ведущих государственных деятелей этой страны. Он не заметил какого-либо желания с их стороны поглощать европейские страны. Сталин не считает, что военные успехи Германии угрожают Советскому Союзу и его дружественным отношениям с Германией...»

«Этот тиран, — заметил Черчилль, — принадлежит к самому уязвимому типу людей. Полнейший невежда, распираемый самомнением и самодовольством».

Черчилль ошибался, принимая желаемое за действительность. Англия, оставшись одна против Германии, лихорадочно начинает сколачивать антигерманскую коалицию. Незаконнорожденное дитя Британской империи — Соединенные Штаты — всем своим поведением страшно раздражая и Гитлера, и Сталина, дает понять, что не оставит в беде свою старую маму. Впрочем, Соединенных Штатов никто пока не боится. Трехсоттысячная армия заокеанской республики с одним экспериментальным бронебатальоном никак не вызывает к себе серьезного отношения со стороны вождей, располагающих многомиллионными армиями и тысячами танков. Страна лавочников, разложенная демократией. Конгресс уже дважды проваливал законопроект о всеобщей воинской обязанности...

Несмотря на заверения, данные Криппсу о конфиденциальности беседы, Сталин немедленно ставит о ней в известность немцев, вызывая восторг Риббентропа и встревоженный взгляд Гитлера. Сталин делает это быстро, чтобы его не опередили англичане, подсунув немцам свой собственный текст. Он понимает, какую игру начал Черчилль. Все совершенно очевидно. Англии нужны солдаты для спасения империи, а где их можно найти больше, чем у Сталина? Но Сталин вовсе не склонен превращать Красную Армию в армию английских колониальных солдат. Армия выполняет его план, и хотя в этом плане самой Англии место еще не уготовано, ее черед настанет, когда будет выполнена грандиозная программа военного кораблестроения. Пока же необходимо принять все меры, чтобы сохранить с Гитлером дружеские отношения. А отношения эти — лучше и не придумаешь.

Серыми тенями уходят на английские коммуникации немецкие подводные лодки уже с двух баз на территории СССР. Торжественно гремит оркестр Ленинградской военно-морской базы, приветствуя прибуксированный из

Германии тяжелый крейсер «Зейдлиц», проданный СССР за 100 миллионов марок. Вместе с недостроенным гигантом прибыла целая бригада немецких военно-морских специалистов во главе с адмиралом Фейге. Советской стороне переданы чертежи новейшего немецкого линкора «Бисмарк», эсминцев типа «Нарвик», технологические карты артустановок. Советские авиаконструкторы с интересом изучают полученные из Германии образцы самолетов «Ме-109», «Ме-110», «Ю-87» и «Хе-111».

Военный атташе Германии в Москве генерал Кестринг весьма тонко намекает, что неплохо бы унифицировать вооружение наших армий для будущих действий. Кто знает будущее? Все может случиться. Пора бы уже сменить древнюю «трехлинейку», скажем, на наш автомат «МП-40». Нет линии для производства девятимиллиметровых патронов? Мы их вам наладим в течение года.

Делегация гестапо посещает своих московских коллег, преподнеся им в дар машинку для вырывания ногтей. Не шибко грамотные советские чекисты с некоторым страхом смотрят на блестящее никелированными и воронеными частями настольное чудовище. Кулаком в морду или ногой в пах проще и надежнее. Для предметного обучения гестаповцы получают немецких коммунистов, сидящих в Сухановке.

Шеф делегации бригаденфюрер Далюге в беседе с наркомом Меркуловым отмечает немецкую озабоченность тем, что англичане, привыкшие воевать чужими руками, объявили о создании Освободительной Польской армии. В СССР находятся несколько сот тысяч польских военнопленных, включая 15 тысяч офицеров. Может ли советская сторона гарантировать, что эти поляки не попадут в Освободительную армию? «Может!» — твердо отвечает Меркулов, и эксперты гестапо присутствуют при массовых расстрелах польских офицеров в Катынском лесу.

Немецкие следователи допрашивают своих соотечественников на Лубянке, демонстрируя новые и быстрые методы получения чистосердечного признания. Новый советский военно-морской атташе в Берлине капитан 1-го ранга Воронцов и немецкий военно-морской атташе в Москве фон Баумбах провели успешные переговоры по поводу проводки немецких надводных рейдеров Северным морским путем в Тихий океан — в глубокий тыл англичан, где их торговые суда все еще ходят без всякого охранения. Добраться до этих мест обычным путем, т.е. через Ла-Манш или вокруг Англии, а затем через Атлантику, мыс Доброй Надежды и Индийский океан почти невозможно, поскольку английская система перехвата весьма эффективна. Не говоря уже о времени!

Советский Союз заломил за проводку каждого корабля 900 тысяч марок, немцы согласились, и первый назначенный для этой цели корабль — вспомогательный крейсер «Комет» — уже начал пробираться норвежскими шхерами в советские территориальные воды. Регулярно морскую линию Штеттин—Ленинград обслуживали два турбоэлектрохода — «Иосиф Сталин» и «Вячеслав Молотов». Белоснежный немецкий лайнер «Адольф Гитлер» приходил в Ленинград каждые три недели. И подобную идиллию хотел разрушить своим провокационным посланием наивный Черчилль!

Тем более что, опомнившись от шока, вызванного немецкими победами, разработчики «Грозы» указали Сталину, что новая обстановка стала еще более благоприятной для осуществления задуманного плана. Прежде всего, перестала существовать французская армия. Кто бы мог подумать об этом всего два месяца назад. Практически единственной армией, оставшейся в Европе, является немецкая. Теперь можно не бояться какого-либо сговора европейских держав против СССР. Англия? Разведка точно докладывает, что англичане имеют всего 10—12 боеспособных дивизий. Им удалось эвакуировать из Франции свой экспедиционный корпус, но при этом пришлось оставить немцам все тяжелое вооружение. Теперь нашей главной задачей является подбить Гитлера на вторжение в Англию. И вот тогда-то... Сталин делает нетерпеливое движение трубкой, прерывая военных, повторяя свою традиционную фразу: «А если они сговорятся?» Тут однажды даже Жданов не выдержал и осмелился ответить: «Если и сговорятся, то тем хуже для них, товарищ Сталин».

Маршал Шапошников, взбодренный поддержкой всемогущего фаворита, водя указкой от Белостокского «балкона» до Берлина, постоянно сверяясь со своими схемами, расчетами и графиками, снова стал горячо убеждать вождя, что каждый день промедления уменьшает шансы успешного проведения операции.

Но Сталин неумолим. Наведите порядок в армии, требовал он. С такой армией нельзя делать европейскую революцию. Кроме того, прежде чем приступать к «Грозе», необходимо провести ряд промежуточных мероприятий, сущность которых была заложена в германо-советских договоренностях в августе и сентябре прошлого года. Речь идет, пояснил вождь, о прекращении непонятного состояния в Прибалтике и о возвращении исконно русских земель, отторгнутых в 1918 году Румынией. И потому, как только армия и НКВД справятся с этой промежуточной задачей, он, Сталин, будет судить о том, насколько армия и органы готовы к выполнению несравнимо более масштабной и трудной задачи, предусмотренной операцией «Гроза».

17 июня 1940 года, в тот самый день, когда разгромленная Франция запросила перемирия, Молотов вызвал к себе Шуленбурга, выразив ему «самые теплые и искренние поздравления Советского правительства по поводу блестящих успехов немецких Вооруженных сил». Несколько возбужденный взгляд Молотова говорил Шуленбургу, что его вызвали в Кремль не только для того, чтобы передать поздравления Советского правительства. Действительно, немного помолчав, Молотов информировал немецкого посла о том, что «СССР намерен осуществить аншлюс Балтийских государств».

Посол с удивлением взглянул на главу Советского правительства. «Необходимость в этом, — бесцветным голосом продолжал Молотов, — возникла в связи с необходимостью положить конец всем интригам, которые Англия и Франция бесконечно ведут, чтобы вызвать в Прибалтике напряженность и недоверие между СССР и Германией». Молотов добавил, что для выполнения этой задачи СССР направил в Прибалтийские республики своих эмиссаров: Жданова — в Эстонию, Вышинского — в Латвию и Деканозова — в Литву.

Если двое первых достаточно известны, то о Деканозове следует сказать пару слов, поскольку ему будет суждено сыграть достаточно крупную и даже несколько роковую роль в операции «Гроза». Армянин по происхождению, он в юности вступил в организацию армянских боевиков «Дашнакцютюн», возглавляемую его родным братом. Организация, имевшая довольно туманную политическую программу, в основном занималась откровенными грабежами и разбоем.

Ленин, со свойственной ему гениальностью, находясь в эмиграции и постоянно нуждаясь в деньгах, разработал оригинальный план получения денег с многочисленных разбойничьих шаек, орудовавших на территории необъятной империи. Шайки постоянно нуждались в оружии, и ленинские эмиссары направлялись к ним, предлагая поставлять оружие за деньги. Разбойники охотно платили, но в обмен, как правило, не получали ни шиша. Достаточно вспомнить скандал со знаменитым уральским разбойником Степаном Оглоблей, чьи люди все-таки добрались до Парижа и вытрясли из Ленина причитающиеся им 10 тысяч рублей. На связь с «Дашнакцютюном» вышел небезызвестный уже нам Литвинов — тот самый Литвинов, которого Сталин перед переговорами с Гитлером выгнал с поста наркома иностранных дел. Сам Литвинов был связан с великолепной парой Камо — Коба, которая занималась тем же самым, что и армянские боевики, но напрямую от имени партии большевиков. Обе банды легко наладили обмен деньгами и оружием, причем на этот раз все шло честно и благородно. Тогда-то молодой Коба-Сталин и познакомился с юным Деканозовым, сохранив о нем до конца жизни самое хорошее мнение.

Позднее Сталин рекомендовал Деканози, как он любовно его назвал, своему другу Берии, тот привез его с собой в Москву и пристроил для начала в отделе своего могучего наркомата, ведущего по личному приказу вождя сбор компрометирующих материалов против наркомов, их заместителей и прочих высокопоставленных лиц партийно-административной иерархии. Деканозову достался Наркомат иностранных дел. Другими словам, сам Молотов и его окружение. В это же время Берия, согласовав вопрос со Сталиным, решил, что те его сотрудники, которые занимаются делами наркомов, должны занимать ответственные посты в соответствующих наркоматах, оставаясь, естественно, на своих должностях в номенклатуре НКВД.

Собственно, идея эта принадлежала еще Ежову, но занятый по горло покойный нарком не успел ее осуществить. Таким образом, Деканозов стал заместителем наркома иностранных дел, оставаясь начальником одного из управлений НКВД.

Сталин лично в присутствии Лаврентия Павловича доверил Деканози в общих чертах замысел «Грозы» и поручил осуществить аншлюс Литвы, подчеркнув, что из всех Прибалтийских республик Литва является самой важной, поскольку она одна имеет границу с Германией и представляет громадную ценность для развертывания войск по общему плану операции.

Подготовка к возложенной на Деканозова миссии началась еще в мае, когда несколько пьяных советских солдат устроили оргию с литовскими девушками в одном из подвалов старой части Вильнюса. Через три дня двое солдат вернулись в свою часть, а трое исчезли и так и не были найдены. Возможно, дезертировали, что было тогда не редкостью, а возможно, выполнив свою задачу, вернулись в Москву.

25 мая Молотов вызвал к себе литовского посла Наткявичуса и сделал ему заявление «Об участившихся слу-

чаях исчезновения военнослужащих из советских гарнизонов на территории Литвы», явно давая понять, что красноармейцев похищают и убивают. Литовская сторона провела расследование, но ни одного случая, исключая упомянутой пьянки в подвале, не обнаружила, о чем и сообщила Молотову специальной нотой от 28 мая. Однако это было только начало. Вызвав в очередной раз литовского посла, Молотов объявил ему, что желает побеседовать с премьер-министром Литвы. 7 июня в Москву прибыл премьер-министр Литвы Антанас Меркис. Не предлагая премьеру сесть, Молотов в самых резких выражениях обвинил Меркиса в двурушничестве. Советскому правительству стало доподлинно известно, что Литва заключила с Латвией и Эстонией Военную конвенцию, направленную против СССР и Германии. В Литве идет подготовка к приему крупного английского экспедиционного корпуса. Хотя абсурдность всех этих обвинений была очевидна, оправданий Меркиса Молотов слушать не стал. Это, продолжал он, вынуждает СССР пересмотреть ранее заключенный с Литвой договор о взаимопомощи. Советское правительство имеет новый проект подобного договора. Пусть в Москву прибудет еще и министр иностранных дел Литвы для заключения нового соглашения.

11 июня в Москву прибыл министр иностранных дед Уршбис. В полночь 14 июня обоих государственных деятелей Литвы вызвали к Молотову в Кремль. Не тратя времени на выбор дипломатических выражений, Молотов предъявил литовцам ультиматум, срок которого определил в 9 часов. Ультиматум требовал сформировать в Литве новое правительство, списочный состав которого Молотов передал Меркису. Все будущие министры нового «правительства» пока еще находились в Москве. Многие из них разыскивались литовцами как государственные преступники. Кроме того, ультиматум требовал предания суду министра внутренних дел А. Повилайтиса «как прямых виновников провокационных действий против советских гарнизонов в Литве». Далее следовало требование обеспечить свободный пропуск на территорию

Литвы советских войск в любом количестве. К 10 часам утра правительство Литвы должно дать ответ на этот ультиматум под страхом немедленного вторжения и бомбардировки с воздуха и моря. Времени для шифровки сообщения в Каунас уже не было. Советский ультиматум был передан правительству республики открытым текстом.

В Каунасе все поняли, что означает этот ультиматум. Литва имела самую сильную армию из всех Прибалтийских государств. При полной мобилизации с учетом двухсоттысячного добровольного корпуса литовских стрелков Литва могла поставить под ружье 350 тысяч человек. Но у Литвы не было мужества финнов и не было своего Маннергейма. Польстившись на отобранный у Польши Вильнюсский край, Литва забыла мудрую пословицу о том, что бесплатный сыр бывает только в мышеловке, и в эту мышеловку угодила. Напрасно президент Литвы Ульманис взывал к европейским державам. Все сочувствовали, но реальной помощи получить было неоткуда. Фронты Второй мировой войны уже перерезали мир.

Незадолго до истечения срока ультиматума в литовское посольство в Москве позвонил из Каунаса начальник административно-юридического департамента при канцелярии президента Черняцкис и от имени президента Ульманиса приказал принять ультиматум Москвы. Узнав об этом, Молотов подобрел, не стал особенно спорить о некоторых вариантах нового правительства и, прощаясь с Меркисом и Урбшисом, примирительно сказал: «Ну ладно, сегодня в Литву вылетит наш особый уполномоченный. С ним ваш президент и должен советоваться относительно формирования нового правительства».

Именно этим особым уполномоченным и был Владимир Деканозов. Пока шли переговоры в Москве, Красная Армия уже хлынула во все прибалтийские республики. Стоявшие в Прибалтике советские гарнизоны заранее обеспечили захват аэродромов, железнодорожных узлов, жизненно важных объектов в городах. Сопротивления практически не было. В Таллинне огнем корабельной артиллерии (лидер «Минск») была сорвана попытка провести демонстрацию протеста. (Долгое время потом эстонцы охотились за каждым матросом с надписью «Минск» на ленточке бескозырки, предавая их мучительной смерти, как будто эти матросы были в чем-то виноваты!) Так что, когда Деканозов прибыл в Литву, там уже в общих чертах все было закончено. Президент Сметона бежал в Германию. Остальное правительство, кто не успел бежать, подало в отставку, и Деканозов распорядился об их немедленном аресте и депортации.

17 июня члены литовского правительства были распиханы по одиночным камерам Владимирской, Тамбовской и Саратовской тюрем. В соседних камерах находились члены правительств Эстонии и Латвии во главе со своими президентами Ульманисом и Пятсом*. Уже 18 июня было официально объявлено, что новым премьер-министром Литвы назначен старый коминтерновец Палецкис, которого «фашистская банда Сметоны держала в концлагере с 1939 года». В тот же день были объявлены незаконными все политические партии, кроме коммунистической. Ответственный за Литву Деканозов стремительно шел впереди своих многоопытных коллег Жданова и Вышинского: с подобными мероприятиями Латвия и Эстония запаздывали по сравнению с Литвой дня на два-три. Зато там были захвачены президенты, а литовский — бежал.

Послы бывших Прибалтийских республик взывали к помощи Гитлера. Они обратились с нотами в Министерство иностранных дел Германии, выражая негодование, прося защиты, указывая на абсолютную незаконность действий Москвы. Однако в секретном протоколе к договору 1939 года ясно говорилось: «В случае территориальных и политических преобразований в областях, принад-

---

* Президент Эстонии Пятс вскоре сошел с ума и умер в спецпсихушке. Президент Латвии Ульманис, по официальным данным, умер в тюрьме в 1942 году. Однако, по другим данным, он был еще жив в конце 70-х годов. Министр иностранных дел Литвы Урбшис отсидел в тюрьме 18 лет, из них 13 в одиночке Тамбовской тюрьмы. Члены правительства Эстонии находились в одиночках Владимирской тюрьмы.

лежащих Прибалтийским государствам, западная граница Литвы будет являться чертой, разделяющей сферы влияния Германии и СССР».

Пока послы ждали ответа германского МИДа, по всей Прибалтике шли массовые аресты и расстрелы. Специальные команды НКВД по заранее составленным спискам, прочесывая города и сельскую местность, арестовывали десятки тысяч людей. Некоторых расстреливали на месте, других срочно депортировали в РОССИЮ, дав на сборы полчаса, отделяя мужчин от женщин; третьими забивали тюрьмы, которых катастрофически не хватало. Под тюрьмы реквизировались новые здания, главным образом костелы и церкви. Разворачивались пересыльные лагеря. Как всегда, главный удар наносился по национальной интеллигенции, духовенству, военнослужащим, по членам ведущих политических партий, по зажиточному крестьянству и, конечно, по молодежи, которую считали настроенной наиболее непримиримо.

Методика обезглавливания нации — основа социализма, отработанная на собственном народе, проверенная в Польше, дала, как и ожидалось, превосходные результаты, показав всему миру, как будет проводиться знаменитая мировая пролетарская революция. Уже 21 июля назначенные из Москвы новые прибалтийские правительства объявили свои республики «советскими и социалистическими» и обратились в Москву с просьбой принять их в состав СССР. Просьба была, естественно, немедленно удовлетворена. А между тем послы бывших прибалтийских республик все еще ждали ответа на свои призывы о помощи от Министерства иностранных дел Германии. Они получили долгожданный ответ 24 июля в виде меморандума германского МИДа, где говорилось:

«Сегодня я дружески вернул литовскому и латвийскому послам их ноты относительно включения их стран в состав СССР и в свое оправдание заявил, что мы можем принимать от посланников только те ноты, которые они представляют от имени своих правительств... Эстонский посланник тоже хотел вручить мне ноту. Я попросил его воздержаться от этого, указав вышеупомянутые причины...»

Первые страницы советских газет были заполнены сообщениями о «ликующих демонстрациях народа в Риге и Таллинне», о радостной встрече частей Красной Армии в Таллинне», о «народных торжествах по случаю присоединения к СССР в Каунасе». А в это время по дорогам Прибалтики, подняв тучи не оседающей неделями пыли, бесконечным потоком шли на запад советские войска, выходя к границам Восточной Пруссии. Операция «Гроза» началась, хотя никто из принимающих участие во вторжении не знал этого. Связь между столь поспешными действиями Сталина и катастрофой союзников на Западном фронте была столь очевидной, что уже 23 июня советское правительство сочло необходимым опубликовать весьма экстраординарное заявление, которым давало понять, что Советский Союз ничуть не волнуют немецкие успехи во Франции: «В связи с вводом советских войск в Прибалтийские государства, — говорилось в заявлении, — в западной прессе муссируются упорные слухи о 100 или 150 советских дивизиях, якобы сконцентрированных на советско-германской границе. Это, мол, происходит от озабоченности Советского Союза германскими военными успехами на Западе, что породило напряжение в советско-германских отношениях.

ТАСС уполномочен заявить, что все эти слухи — сплошная ложь. В Прибалтику введено всего только 18—20 советских дивизий, и они вовсе не сконцентрированы на германской границе, а рассредоточены по территории Прибалтийских государств. У СССР не было никакого намерения оказывать какое-либо давление на Германию, а все меры военного характера были предприняты только с единственной целью: обеспечить взаимопомощь между Советским Союзом и этими странами... За всеми этими слухами отчетливо видится попытка бросить тень на советско-германские отношения. Эти слухи порождены жалкими домыслами некоторых английских, американских, шведских и японских политиков... Эти господа, кажется, не способны осознать очевидного факта, что добрососедские отношения между Советским Союзом и Германией не могут быть нарушены слухами и дешевой пропагандой, поскольку эти отношения базируются не на временных предпосылках конъюнктурного характера, а на фундаментальных государственных интересах СССР и Германии».

Войска продолжали валом валить через Прибалтику в сторону германской границы. В личном кинозале Сталина мелькают кадры кинохроники: колонны войск, марширующие по пыльным дорогам. Танки, броневики, обозы. Приземистый силуэт крейсера «Киров» на рейде Таллинна. Эсминцы и подводные лодки в Вентспилсе, Даугавпилсе и Либаве. Боевые самолеты, лихо идущие на посадку на захваченные аэродромы. Митинги. Политруки, выступающие перед эстонскими хуторянами. Полковые комиссары, что-то вещающие в полупустых цехах какого-то рижского завода. И, конечно, портреты Сталина и немножко Молотова. Лозунги на русском, литовском, латышском и эстонском языках. «Да здравствует великий Сталин!», «Да здравствует нерушимая дружба народов СССР!». Видимо, все эти кадры придали Сталину столько храбрости, что он приказал послать немцам ноту, требующую в срок до 11 августа закрыть свои посольства в Каунасе, Риге и Таллинне, а к 1 сентября ликвидировать и все консульства на территории бывших Прибалтийских республик*.

* В течение почти тысячи лет в Прибалтике проживало очень многочисленное и прекрасно организованное немецкое меньшинство, играющее ведущую роль в культурной, экономической, политической и военной жизни. К моменту советского вторжения в одной только Латвии проживали 60 тысяч немцев с сильными прогитлеровскими настроениями. Около 52 тысяч из них были репатриированы в Германию в октябре — декабре 1939 г. Несмотря на советскую ноту, немецкие миссии оставались в Риге и Таллинне до 7 марта 1941 г., сохраняя статус консульств. Из Литвы, т.е. из ближайшего тыла развернутых для «Грозы» войск, их все-таки удалось выгнать к ноябрю 1940 г.

Гитлер почувствовал себя униженным, но сделать уже не мог ничего, кроме как закатить очередную истерику Риббентропу. Гитлер вообще пребывал в мрачнейшем настроении. Поводом для этого прежде всего послужила гибель во Франции от шальной пули одного из принцев сы-

---

Однако германская разведывательная сеть, уйдя в подполье вместе с многочисленными прибалтийскими антисоветскими организациями, продолжала эффективно работать на территории трех бывших республик до 22 июня 1941 г. Советская контрразведка весь год не знала передышки, тщетно пытаясь ликвидировать разбросанные абвером сети. Один из немецких агентов был схвачен в шифротделе министерства иностранных дел Латвии.

По данным НКВД, с июля 1940 г. по июнь 1941 г. только в Литве было обнаружено и ликвидировано 75 подпольных вооруженных «националистических» организаций. За этот же период агентами НКВД было арестовано 60 резидентов немецкой разведки и 1596 оперативных агентов.

Немецкая разведка организовала на территории Прибалтики особую подпольную группировку, известную под названием «Бранденбург-800», для сбора развединформации о Красной Армии и проведения диверсионных акций. Среди подобных групп в Литве существовали: Союз Литовцев, Фронт Активистов Литвы и Комитет спасения Литвы. В Латвии было создано знаменитое общество «Перкинкруст», целью которого было освобождение родины. В Эстонии был сформирован подпольный легион «Восток» и Комитет спасения, известный под названием Измаилитов и Кайзелитов. К началу войны из этих групп были созданы знаменитые батальоны «Эрна», обеспечившие молниеносный захват Эстонии немецкими войсками.

В течение года в Прибалтике не было ни одного дня спокойствия. Бушевали лесные пожары. То там, то здесь возникали стихийные бунты крестьян. Ширилась агитация против нового режима. Срывался сбор урожая и последующий сев. Даже те, кого объявили бедняками, не желали вступать в колхозы, предпочитая высылку. Памятниками погибшей цивилизации чернели брошенные и выведенные из строя мельницы. В церквях доблестные священники-прибалты открыто вели антисоветскую пропаганду. Их хватали, часто расстреливали на месте, церкви закрывали, взрывали, сжигали.

Наиболее острой ситуация была в Литве. Фронт Литовских Активистов, организованный 17 ноября 1939 г. полковником Казусом Шкиропой — бывшим военным атташе Литвы в Берлине, сразу же после оккупации перешел к активным действиям, заявив, что не прекратит борьбы до окончания освобождения родины. Фронт состоял из ячеек по три-пять человек с индивидуальными задачами: от налетов на советские патрули и освобождения арестованных до подслушивания телефонных разговоров. К началу войны Фронт насчитывал более 36 000 человек, имея командные центры в Каунасе и Вильнюсе. Несмотря на массовые аресты и депортации, руководству Фронта не удалось нанести существенного урона.

новей доживающего своей век в Голландии кайзера Вильгельма. По Германии немедленно пополз слух, что принц убит по приказу Гитлера, поскольку гестапо вскрыло крупный монархический заговор в армии. То, что его Вооруженные силы по своему духу остались прусско-монархическими, Гитлер прекрасно знал, но к смерти принца не имел никакого отношения. Слухи расстроили его. Фюрер приказал, чтобы принцу устроили государственные похороны в Потсдаме и позаботились впредь не подпускать августейших отпрысков близко к передовой.

Старику-кайзеру, поздравившему фюрера с блестящей победой над французами, было в очередной раз отказано в разрешении прибыть в Берлин, даже на похороны сына.

Всем казалось, что в Компьене, в старом вагоне маршала Фоша, при подписании капитуляции французов Гитлер был на вершине своего триумфа и пребывал в прекраснейшим расположении духа. Но это только казалось.

Активно действовала Лига обороны Литвы, общество «Стальные Волки» и Союз Борцов за Свободу Литвы. Все эти группы вели активную вооруженную борьбу против оккупантов, скрываясь в лесах, в непроходимых болотах и на глухих хуторах. Личный состав всех этих союзов и фронтов формировался из бывших молодежных организаций, из лиц, бежавших с этапа и пересыльных лагерей, из покинувших свои хутора крестьян и из военнослужащих бывших национальных армий.

Официально Вооруженные силы прибалтийских республик были включены в Красную Армию, и из них были сформированы три территориальных корпуса: 29-й (литовский), 24-й (латвийский) и 22-й (эстонский). Номинально каждый корпус состоял из двух стрелковых дивизий с корпусной артиллерией, с инженерными подразделениями и частями связи. Однако на деле все воинские части бывших прибалтийских республик были разоружены, большая часть офицеров арестована и депортирована, солдаты изолированы в спецлагерях, где их пытались перевоспитывать. Многие из них бежали в леса, часто целыми подразделениями, составляя основу подпольных боевых отрядов. НКВД старалось вовсю. Выяснялись личности, арестовывались семьи, брались заложники. Но не помогало ничего. Неся тяжелые потери, жертвуя своими женами и детьми, народ продолжал борьбу, которая, меняя формы, длилась более 50 лет.

Когда около трех часов дня 22 июня он прибыл в Компьен в сопровождении Геринга, Кейтеля, Браухича, Риббентропа и Гесса, первое, что бросилось ему в глаза, — это вделанная в асфальт старая мемориальная доска, на которой было выбито: «Здесь 11 ноября 1918 года была побеждена преступная гордость Германской империи, поверженной свободными людьми, которых они пыталась поработить».

Стоя под лучами июньского солнца, Гитлер и его свита молча читали надпись на мемориальной доске. Кровь бросилась Гитлеру в голову, его лицо исказилось от злости, ненависти, жажды мести и переживаемого триумфа. Он встал на плиту и демонстративно перед объективами кинокамер вытер об нее ноги. Но страшная, вызывающая надпись не давала покоя и все время стояла перед глазами. Он уже не рад был, что придумал провести всю эту церемонию именно в Компьене. Войдя в вагон и расположившись в том самом кресле, где 22 года назад восседал Фош, диктуя немцам условия капитуляции, Гитлер так и не смог вернуть себе хорошего настроения. Когда ввели французскую делегацию и Кейтель своим скрипучим голосом стал зачитывать им условия перемирия, Гитлер, не дослушав до конца, покинул вагон и уехал из Компьена.

Не радовал и друг — Муссолини. 10 июня он объявил войну Франции и Англии, но на Альпийском фронте, занимаемом итальянскими войсками, разыгрался редкостный фарс. В течение десяти дней после объявления войны итальянцы полностью бездействовали, ожидая, когда немцы подойдут к французской альпийской армии с тыла. Итальянцам пришлось резко указать, что одно номинальное участие в войне не даст им должного места за столом мирных переговоров. Перепуганный Муссолини приказал войскам перейти в наступление, откровенно заявив начальнику штаба: «Италии нужно несколько тысяч убитых, чтобы в качестве воюющей страны занять место за столом мирной конференции и предъявить свои требования Франции».

Дело чуть не закончилось катастрофой. Разбив итальянцев в пух и прах, французы перешли в контрнаступление и наверняка заняли бы добрую часть Северной Италии, если бы не вынуждены были капитулировать под стремительным натиском немецких войск.

Постоянно приходилось вспоминать мудрые слова Мольтке-младшего, сказанные им кайзеру перед началом Первой мировой войны, когда в Берлине не могли с уверенностью сказать, на чьей стороне выступит Италия. «Ваше Величество, — цинично заметил начальник генштаба, — если они выступят на нашей стороне, то потребуется пять дивизий, чтобы им помочь, если против нас, то те же пять дивизий, чтобы их разбить. Так что принципиально этот вопрос не имеет никакого значения».

Не очень рассчитывая на итальянцев на суше, Гитлер все-таки надеялся, что они облегчат его тяжелое положение на море. Ничуть не бывало! Англичане продолжали вести себя в Средиземном море как дома. Мощный итальянский флот трусливо отсиживался на базах, придумывая всевозможные причины, чтобы не выходить в море. Если немцев один вид ненавистного английского флага заставлял кидаться в героические, порой самоубийственные авантюры, то итальянцев он просто парализовал.

Именно в этот момент пришло сообщение, что Сталин оккупировал Прибалтику, выйдя на границы Восточной Пруссии. Вслед за этим последовала резкая нота с требованием закрыть немецкие представительства в Прибалтике. Взбешенный Гитлер немедленно приказал закрыть советское посольство в Париже и отправить всех советских дипломатов в Виши. Не успел Гитлер прийти в себя от лихих действий Сталина в Прибалтике, как его ждал новый сюрприз. 23 июня 1940 года фон Шуленбург прислал в Берлин из Москвы телеграмму, в которой звучали панические нотки:

> **«Срочно! Молотов сделал мне сегодня следующее заявление. Разрешение бессарабского вопроса не терпит дальнейших отлагательств. Советское правительство все еще старается разре-**

шить вопрос мирным путем, но оно намерено использовать силу, если румынское правительство отвергнет мирное соглашение. Советские притязания распространяются и на Буковину, в которой проживает украинское население...»

Еще в мае в Берлин стали приходить сведения об опасной концентрации советских войск на румынской границе. Немецкая разведка докладывала, что в Киеве на базе управления Киевским особым военным округом тайно создано полевое управление Южного фронта. В состав этого фронта, кроме войск Киевского округа, вошли многие части Одесского военного округа. Командование этим секретным фронтом было возложено на командующего Киевским округом генерала Жукова. Разведке удалось добыть копию секретного приказа, поступившего из Киева в штаб 49-го стрелкового корпуса, сосредоточенного в районе Каменец-Подольска. В приказе ясно говорилось о предстоящем «воссоединении» Бессарабии и Северной Буковины. Выражая надежду, что дело обойдется мирным путем, командованию корпусом тем не менее предлагалось подготовиться к ведению боевых действий. Для этой цели проведены соответствующие командно-штабные учения.

Все это в принципе не было для немцев неожиданностью, ибо в секретном протоколе к договору от 23 августа 1939 года совершенно ясно говорилось:

«Касательно Юго-Восточной Европы советская сторона указала на свою заинтересованность в Бессарабии. Германская сторона ясно заявила о полной политической незаинтересованности в этих территориях».

Историческая подоплека вопроса также была совершенно ясна. В былые времена Бессарабия принадлежала Российской империи. В годы гражданской войны Красная Армия, пройдя через Бессарабию, «огнем и мечом» сделала попытку вторгнуться с ходу на территорию румынского королевства, чтобы способствовать пролетарской революции в самой Румынии и оказать поддержку гибнущему режиму Бела Куна в Венгрии. Разбитая в авангардных боях, раздираемая народными восстаниями в тылу, Красная Армия вынуждена была откатиться на восток, оставив Бессарабию в румынских руках.

В последующие же годы шла нудная тяжба между Румынией и СССР. Дело в том, что в годы Первой мировой войны правительство Румынии, не без оснований опасаясь оккупации страны кайзеровскими или австро-венгерскими войсками, имело глупость передать золотой запас королевства на хранение в Россию. Верная ленинскому принципу «грабь награбленное», советская сторона даже слушать ничего не хотела о возврате золота. Румыния заявила, что не отдаст Бессарабию. Ну и подавитесь — так суммарно реагировала Москва на доводы Бухареста, но глаз с Бессарабии не спускала, засылая туда свою агентуру, разлагая местное население сказками о социализме. Однако кровавый террор, бушевавший по соседству, террор, сопровождаемый страшным голодом, лучше всех московских агиток рассказывал бессарабским крестьянам о прелестях социализма.

Вопрос, касающийся Бессарабии, для немцев был ясен. Но при чем тут Буковина, которая России никогда не принадлежала. Это во-первых. А во-вторых, наличие советских войск на территории Буковины создавало прямую угрозу быстрого захвата нефтяных скважин Плоештинского бассейна, вся добыча которого шла в Германию, обеспечивая вместе с поставками из СССР 87% потребностей германских Вооруженных сил в топливе.

Но что можно было сделать сейчас, когда вся армия находится на просторах Франции и сталинским аппетитам нечего противопоставить, кроме дипломатической перебранки, да и то стараясь выражаться как можно вежливее? 25 июня Риббентроп шлет срочную телеграмму в Москву Шуленбургу:

«Пожалуйста, посетите Молотова и заявите ему следующее:

1. Германия остается верной Московским согла-

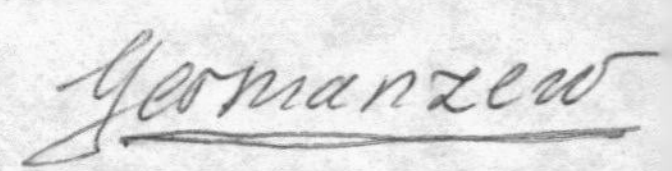

шениям. Поэтому она не проявляет интереса к бессарабскому вопросу. Но на этих территориях живут примерно 100 000 этнических немцев, и Германии, естественно, их судьба небезразлична, она надеется, что их будущее будет гарантировано...

2. Претензии Советского правительства в отношении Буковины — нечто новое. Буковина была территорией австрийской короны и густо населена немцами. Судьба этих этнических немцев также чрезвычайно заботит Германию...

3. Полностью симпатизируя урегулированию бессарабского вопроса, имперское правительство вместе с тем надеется, что в соответствии с московскими соглашениями Советский Союз в сотрудничестве с румынским правительством сумеет решить этот вопрос мирным путем. Имперское правительство, со своей стороны, будет готово, в духе москоаских соглашений, посоветовать Румынии, если это будет необходимо, достигнуть полюбовного урегулирования бессарабского вопроса в удовлетворительном для России смысле. Пожалуйста, еще раз подчеркните господину Молотову нашу большую заинтересованность в том, чтобы Румыния не стала театром военных действий...»

Немцы были встревожены не на шутку. Организованная советской разведкой намеренная утечка информации давала им понять, что в случае, если Румыния окажет сопротивление, советская авиация нанесет мощный удар нефтяным приискам. Так что убедите румын быть послушными.

В тот же день Шуленбург, побывав у Молотова, телеграфирует в Берлин:

«Срочно!

Инструкцию выполнил, встречался с Молотовым сегодня в 9 часов вечера. Молотов выразил свою признательность за проявленное Германским правительством понимание и готовность поддержать требования Советского Союза. Молотов заявил,

что Советское правительство также желает мирного разрешения вопроса, но вновь подчеркнул тот факт, что вопрос крайне срочен и не терпит дальнейших отлагательств. Я указал Молотову, что отказ Советов от Буковины, которая никогда не принадлежала даже царской России, будет существенно способствовать мирному решению. Молотов возразил, сказав, что Буковина является последней недостающей частью единой Украины и что по этой причине Советское правительство придает важность разрешению этого вопроса одновременно с Бессарабским. Молотов обещал учесть наши экономические интересы в Румынии в самом благожелательном для нас духе...»

Румынское правительство, хорошо осведомленное о том, как за его спиной договариваются два ненасытных хищника, взывало о помощи к одному из них — Гитлеру, явно предпочитая его Сталину. В данной обстановке если бы и удалось быстро наскрести 10—15 дивизий для помощи румынам, это бы означало полное оголение Польши. Несмотря на продолжающиеся еще бои во Франции, Гитлер отдает приказ о переброске нескольких пехотных и танковых дивизий на восток. Приказ, естественно, застревает где-то в штабе фельдмаршала Рундштедта, но реакция на него Сталина была мгновенной. В тот же день Шуленбурга снова срочно вызывают в Кремль.

Ранним утром 26 июня в Берлин летит очередная телеграмма:

«Очень срочно!

Молотов снова вызвал меня сегодня и заявил, что Советское правительство, основываясь на его (Молотова) вчерашней беседе со мной, решило *ограничить* **свои притязания северной частью Буковины с городом Черновцы... Молотов добавил, что Советское правительство ожидает поддержки Германией этих советских требований. На мое заявление, что мирное разрешение вопроса могло бы быть достигнуто с большей легкостью, если бы Со-**

ветское правительство вернуло бы Румынии золотой запас румынского национального банка, переданный в Москву на сохранение во время Первой мировой войны, Молотов заявил, что об этом не может быть и речи, поскольку Румыния достаточно долго эксплуатировала Бессарабию...

Далее Молотов сообщил, что Советское правительство намерено представить свои требования Румынскому правительству через посланника в Москве в течение нескольких ближайших дней и ожидает, что Германская империя безотлагательно посоветует Румынскому правительству подчиниться советским требованиям, так как в противном случае война *неизбежна***».**

В ярости и бессильной злобе Гитлер комкает бумаги на своем столе. Тень Кремля слишком уж явственно падает на Европу, а он, втянутый в войну на Западе, бессилен что-либо предпринять. Он снова начинает осознавать размеры той гигантской ловушки, в которую его загнали. С одной стороны еще непобежденная Англия, с другой — друг Сталин, чьи намерения уже не вызывают сомнений.

Риббентроп пытается успокоить фюрера, напоминая, что все было предусмотрено московскими соглашениями. «Нет! — орет в ответ Гитлер. — Ничего подобного не предусматривалось! Речь шла только о Восточной Польше, а он уже стоит у ворот Восточной Пруссии и нацелился на Балканы! Я чувствую, что это кремлевский негодяй понимает только язык силы! Можем ли мы перебросить в Румынию достаточно войск?» Нет, не можем. Сил нет, а русские намерены решить бессарабский вопрос в течение ближайших дней. Так, во всяком случае, Молотов заявил Шуленбургу. За несколько дней ничего не удастся перебросить и развернуть в Румынии.

Немцы наивно полагали, что у них еще есть несколько дней. Вскоре они убедились, что заданный Сталиным темп намного опережает их стратегические выкладки. Едва успев выпроводить Шуленбурга, Молотов в тот же день, 26 июня, вызвал к себе румынского посланника Г. Давидеску и сделал ему следующее заявление:

«В 1918 году Румыния, пользуясь военной слабостью России, насильственно отторгла от Советского Союза (России) часть его территории — Бессарабию... Советский Союз никогда не мирился с фактом насильственного отторжения Бессарабии, о чем правительство СССР неоднократно и открыто заявляло перед всем миром. Теперь, когда военная слабость СССР отошла в область прошлого, а создавшаяся международная обстановка требует быстрейшего разрешения полученных в наследство от прошлого нерешенных вопросов для того, чтобы заложить наконец основы прочного мира между странами, Советский Союз считает необходимым и своевременным в интересах восстановления справедливости приступить совместно с Румынией к немедленному решению вопроса о возвращении Бессарабии Советскому Союзу...

Правительство СССР считает, что вопрос о возвращении Бессарабии органически связан с вопросом о передаче Советскому Союзу той части Буковины, население которой в своем громадном большинстве связано с Советской Украиной как общностью исторической судьбы, так и общностью языка и национального состава».

На размышление румынам было дано 12 часов. Утром 27 июня они должны были дать ответ. Огромная армия уже ревела моторами танков у восточных границ Румынии, потоки беженцев под палящими лучами июньского солнца, бросив дома и имущество, ринулись на Запад. Румынская армия ждала приказа, хотя оценивала свои шансы довольно трезво, зная, что первый удар с воздуха будет нанесен не по ним, а по нефтяным полям Плоешти.

Предъявив румынам ультиматум, Молотов немедленно сообщил об этом Шуленбургу. Шуленбург тут же телеграфировал Риббентропу. Прочитав телеграмму, Гитлер вздохнул и махнул рукой, а после ухода Риббентропа заметил своему начальнику штаба генералу Йодлю, что неплохо было бы разработать операцию по военному сокрушению Советского Союза. Йодль удивленно поднял брови и спросил фюрера, надо ли его слова рассматривать как приказ. Гитлер ничего не ответил и стал кормить зернышками свою любимую канарейку Сиси.

А между тем Риббентроп позвонил своему посланнику в Бухарест и дал ему следующее указание:

«Вам предписывается немедленно посетить министра иностранных дел (Румынии) и сообщить ему следующее: “Советское правительство информировало нас о том, что оно требует от Румынского правительства передачи СССР Бессарабии и северной части Буковины. Во избежание войны между Румынией и Советским Союзом мы можем лишь посоветовать Румынскому правительству уступить требованиям Советского Союза...”»

Утром 27 июня румынский посланник в Москве Давидоску заявил о «готовности» его правительства начать с СССР переговоры по бессарабскому вопросу. Никаких переговоров, — отрезал Молотов, потребовав «ясного и точного ответа» — да или нет. Давидеску попробовал что-то говорить о Буковине, но вынужден был замолчать, когда ему показали документ, датированный еще ноябрем 1918 года, в котором говорилось, что «народное вече Буковины, отражая волю народа, решило присоединиться к Советской Украине». Зажатое между советскими ультиматумами и немецкими советами, правительство Румынии, осознав всю безвыходность своего положения, отдало приказ армии организованно отойти к новой границе, не оказывая сопротивления Красной Армии.

28 июня советские танковые и кавалерийские части хлынули через румынскую границу. Войска шли форсированным маршем. Агентурная разведка с тревогой докладывала, что чуть ли не все население Бессарабии и Буковины снялось с мест и бежит на Запад. Этого нельзя было допустить ни в коем случае, ибо кому нужна земля

без рабов? На некоторых участках для перехвата беженцев были сброшены воздушные десанты, установившие контрольно-пропускные пункты на дорогах.

Сцены на этих импровизированных КПП были просто изумительные: отходящие румынские войска, естественно, пропускались беспрепятственно при вежливом козырянии офицеров. Крестьяне же заворачивались назад. Какой-то румынский полк пытался протащить за собой колонну беженцев, выдав их за свой обоз. Началось выяснение отношений. Солдаты щелкали затворами. Офицеры были неизменно вежливыми. Часть беженцев пропустили, часть — повернули обратно. По ночам беженцы пытались прорваться по бездорожью. Многим это удавалось, поскольку местность они знали лучше, чем советские десантники.

Пока молдаванские и украинские крестьяне отчаянно пытались вырваться из уготованной им мышеловки, группа бессарабских евреев — членов подпольного коммунистического союза молодежи, размахивая красными флагами, вышли приветствовать советских солдат, не зная, правда, ни слова по-русски. Именно по этой причине, а также в силу секретной инструкции об обращении с местным населением, все евреи были немедленно арестованы, обвинены в шпионаже в пользу Румынии, судимы без переводчика и получили по 20 лет лагерей. Через 30 лет, очухавшись в Израиле, они поймут, как им крупно повезло...

В разгар всех этих событий, когда перепуганный Гитлер метался по своему кабинету, со страхом глядя на карту, которая наглядно показывала, как Советский Союз, словно гигантский пресс, медленно, но верно вдавливается в Европу, явно нацеливаясь на Балканы, в Восточную Пруссию и в самое сердце рейха, известия из Москвы продолжали поражать своей грозной последовательностью.

25 июня, в самый разгар румынского кризиса, при-

шло сообщение о неожиданном установлении дипломатических отношений между СССР и Югославией. В Белград отправился советский посол Плотников. Знакомые с методами работы советских посольств, немцы встревожились. В Югославии существовали сильные просоветские течения, готовые в любой момент открыть страну для армии Сталина. Генштаб получил приказ срочно разработать план оккупации Югославии, если возникнет необходимость. Но Сталин задал бешеный темп, реагировать на который было уже очень трудно, не вытащив армию из Франции.

26 июня в Москве опубликовывается Указ Президиума Верховного Совета СССР «О переходе на восьмичасовой рабочий день, на семидневную рабочую неделю и о запрещении самовольного ухода рабочих и служащих с предприятий и учреждений».

Указом устанавливалась уголовная ответственность за прогул (опоздание на работу свыше 20 минут приравнивалось к прогулу) и самовольное оставление работы.

В секретных партдирективах, оформленных чуть позднее в качестве решения пленума ЦК, разъяснялось, что директора предприятий должны полностью использовать предоставленную им власть и не бояться насаждать дисциплину путем репрессий, не либеральничать с прогульщиками и дезорганизаторами производства, а беспощадно отдавать их под суд. Было признано необходимым ужесточить наказания, с тем чтобы рабочие и служащие, виновные в мелких кражах, независимо от их размеров, а также в хулиганстве на предприятии, учреждении и в общественном месте, даже если оно совершено в первый раз, карались по приговору народного суда тюремным заключением на срок не менее одного года.

Этот беспрецедентный для мирного времени указ красноречиво говорил о том, что Сталин откровенно переводил всю промышленность страны на военные рельсы, окончательно превращая «первую в мире страну социализма» в огромный концентрационный лагерь. Миллионы беспаспортных колхозников, прикрепленные к государственной земле, стали крепостными в результате проведения всеобщей коллективизации. Введение паспортной системы и прописка прикрепили всех остальных жителей страны к месту проживания. А новый указ прикрепил их к местам работы. И гигантская страна крепостных двухсотмиллионным хором пела: «Я другой такой страны не знаю, где так вольно дышит человек!» Пели, шагая строем. Строем шла на работу многомиллионная армия ГУЛАГа, строем шагали пионеры, строем шли физкультурники, строем маршировали рабочие, которым после трудового дня вменялась обязательная военная подготовка. Полотнища флагов, лозунги-заклинания, истерические митинги во славу вождя... и аресты, аресты, аресты. «Мы привыкли к арестам, как к погоде», — заметил незадолго до собственного ареста писатель Бабель.

Огромная страна окончательно разделилась на два отделения: тюремно-лагерное и казарменное. Несчастный народ, заплативший уже почти сорока миллионами жизней за жажду своих вождей к мировому господству, подавленный невиданным в мировой истории геноцидом, оболваненный трескучей демагогией, в вакханалии арестов, казней и военной истерии сгонялся в боевые и производственные шеренги, готовясь к новой великой жертве во имя торжества бредовых, утопических идей. Для осуществления задуманного Сталиным мирового похода отсекалось, устранялось и безжалостно уничтожалось все, что посчитали ненужным для «последнего и решительного боя». Естественно, предметом особых забот была армия, нуждавшаяся, по вполне справедливому мнению Сталина, в коренной перестройке сверху донизу. И она началась без промедления, причем в лучших традициях той героической эпохи.

8 июня 1940 года новоиспеченный маршал Тимошенко обратился в Политбюро ЦК ВКП(б) с запиской, в которой товарищу Сталину ставился мягкий упрек в том,

что предусмотренные Уголовным кодексом наказания за воинские преступления из-за их непонятного либерализма «не способствуют укреплению дисциплины в Красной Армии». Например, дезертирами считаются те, кто самовольно покинул часть и отсутствовал в ней более шести суток. Маршал предлагал изменить этот срок до 6 часов.

11 июня Тимошенко издает еще один исторический приказ «О ликвидации безобразий и установлении строгого режима на гауптвахтах».

12 июня появляется его приказ о введении в Красной Армии дисциплинарных батальонов, что почти совпадает по времени с Указом Президиума Верховного Совета «Об уголовной ответственности за самовольные отлучки и дезертирство», предусматривающим направление военнослужащих срочной службы за самовольные отлучки в дисциплинарные батальоны на срок от 3 месяцев до 2 лет.

Из нового указа очень трудно понять, где кончается «самоволка» и начинается дезертирство, за которое положен расстрел. Все, как на «гражданке», где начальнику цеха предоставлено право решать, являлось ли опоздание на работу на полчаса прогулом (от года до пяти лет тюремного заключения), попыткой дезорганизовать производство (от десяти лет лагерей до расстрела), или экономическим саботажем с признаками терроризма (безусловный расстрел).

В дополнение к «архипелагу ГУЛАГ» по всей стране стали расцветать дисциплинарные батальоны*.

В итоге всех этих мероприятий армия, затерроризиро-

---

* «Проведенная в сентябре 1940 года сотрудниками Генерального штаба и ПУРККА проверка дисциплинарных батальонов выявила их переполненность... Для разгрузки дисциплинарных батальонов в ряде военных округов создавались новые батальоны и роты... Неуклонно проводился курс на ужесточение мер наказания за нарушение воинской дисциплины. Об этом свидетельствует резкий рост числа осужденных военнослужащих военными трибуналами». (Военно-исторический журнал, № 4/89, с. 34.)

ванная особыми отделами НКВД,* стала терроризировать сама себя изнутри. Отчаянные попытки любыми средствами укрепить дисциплину сопровождались серией многочисленных приказов, пытавшихся повысить крайне низкий уровень боевой подготовки.

Знаменитый приказ Тимошенко № 120 от 16 мая откровенно ставил задачу на войну: «Учить войска только тому, что нужно на войне, и только так, как делается на войне». Армия не знала покоя ни днем, ни ночью. Специальным приказом так называемые «учебные» часы, т.е. часы рабочего времени, были увеличены: в кавалерии — до 9 часов, в механизированных частях — до 10 часов, в

---

* «Будучи совершенно независимыми от НКО, работники НКВД согласно действовавшим тогда инструкциям, а зачастую и превышая их требования, стали подменять командиров и политорганы, присваивая себе права всемогущих контролеров и вершителей судеб любого красноармейца, политработника, командира. В некоторых областях "искоренением врагов народа из РККА" стали заниматься даже общегражданские органы НКВД. Лишь 13 января 1939 года был издан совместный приказ НКО и НКВД СССР, в котором устанавливалось, что впредь аресты рядового и младшего начальствующего состава РККА НКВД согласовывает с военными советами округов, а аресты лиц среднего, старшего и высшего командного и начальствующего состава РККА — с народным комиссаром обороны.

Однако, несмотря на издание этого приказа, на местах нередко по-прежнему отмечались факты грубейшего, преступного нарушения социалистической законности... И.В. Рогов, являясь в 1939 г. членом Военного Совета Белорусского военного округа, официально докладывал наркому Ворошилову и начальнику ГлавПУРа Мехлису о безобразиях, творимых многими сотрудниками НКВД... Делу был дан ход. В округ послали специальную комиссию НКВД СССР, и через некоторое время нарком внутренних дел Берия, информируя Политуправление РККА о результатах этой проверки, вынужден был признать, что в Белорусском военном округе между отдельными работниками особых отделов было организовано "соревнование" на большее количество арестов и скорейшее получение признания арестованных. Подтвердились и факты использования провокационных методов ведения следствия». (Военно-исторический журнал, № 4/89, с. 36.)

Эта сочная цитата из военного официоза хорошо показывает положение армии. Проверка же, якобы организованная Роговым, была не чем иным, как ликвидацией старого ежовского аппарата особых отделов и заменой его на бериевский, ничего не меняя по существу. Подобные мероприятия проводились по всем округам.

пехоте — даже до 12 часов. Приказ требовал использовать не менее 30% «учебного времени» по ночам. Выходных практически не было, ибо все они отдавались кроссам, заплывам, забегам и т. п. Численность армии, перевалив уже за 4 миллиона, постоянно росла.

Приказ Тимошенко создал в армии нервную и совершенно невыносимую обстановку. Бесчисленные контролеры НКО волками рыскали по воинским частям, требуя выполнения приказа от буквы до буквы, беспощадно наказывая командиров, которые, по их мнению, игнорировали требования наркома. Задерганные командиры, опасаясь за свою карьеру, а то и за жизнь, доводили подчиненных до полного изнурения. Полевые учения обычно проводились в проливной дождь, марш-броски — в изнурительную жару. Под дождем, в грязи, без горячей пищи, на концентратах солдаты проводили по несколько суток; копали и перекапывали траншеи и окопы, пытаясь уложиться в жесточайшие временные нормативы. Стоило погоде улучшиться, как солдат, даже не очистивших с себя грязь, кидали в марш-бросок.

По уставу суточный переход с полной выкладкой составлял 40—45 километров. Однако весь план оккупации Европы строился на стремительном продвижении пехотных частей, что из-за низкой мобильности армии, вызванной катастрофической нехваткой не только автомобильного, но и гужевого транспорта, предполагалось осуществить на солдатских ногах. Поэтому стали повсеместно практиковаться стокилометровые марши. В дождь, грязь, под палящими лучами солнца по всей стране шли пехотные колонны. Санитарные машины и фуры ехали за ними, подбирая потерявших сознание. Вместо продовольственного пайка в ранцах солдат лежали кирпичи. Вместе с полной выкладкой солдаты, меняясь по очереди, несли огромные противотанковые ружья и тяжелые станковые пулеметы, а иногда и ящики с боезапасом. Вернувшиеся в расположение части падали замертво рядом со своими койками. Не было сил даже привести себя в порядок. Между тем за опоздание из увольнения на 15 минут красноармейца отдавали под суд. Трибуналы свирепствовали*. Резко возросло дезертирство и количество самоубийств. Цвело рукоприкладство, которого не знала даже армия Николая I.

Сторонники подобного метода воспитания военнослужащих ссылались на статьи 6-ю и 7-ю нового Устава, где говорилось: «В случае неповиновения, открытого сопротивления или злостного нарушения дисциплины и порядка командир имеет право принять все меры принуждения, вплоть до применения силы и оружия... Командир не несет ответственности за последствия, если он для принуждения неповинующихся приказу и для восстановления дисциплины и порядка будет вынужден применить силу или оружие».

Одновременно с этим из армии выбиваются последние остатки послереволюционного романтизма. Ликвидируется институт военных комиссаров и вводится суровое единоначалие. Издается приказ, запрещающий «обсуждать и критиковать на собраниях комсомольских организаций... служебную деятельность и проступки командиров-комсомольцев». А 7 мая 1940 года в армии введены генеральские и адмиральские звания. Генерал-майоры, контр-адмиралы, генерал-лейтенанты и вице-адмиралы. Казалось, что снова над Рабоче-крестьянской армией распластывает свои золоченые крылья императорский двуглавый орел. Но вопросов уже никто не задавал...

Кипами лежат на столе у Сталина совершенно секретные, особой важности документы. С усидчивостью, привитой еще в семинарии, он вдумчиво прочитывает каждый из них, испещряя их своими замечаниями. Это Александр II как-то, не читая, подмахнул приказ о назначении

---

* Писатель В. Карпов, служивший в те годы в армии, вспоминает: «Помню, однажды на учении двое курсантов нашего училища, утомленные до изнеможения, сорвали по кисточке винограда, который рос недалеко от обочины дороги... Тут же, через час, состоялось заседание трибунала. Несмотря на то что колхозники просили не наказывать молодых ребят, трибунал с этим не посчитался. Курсантам дали по шесть лет». («Знамя», 11/89.)

митрополита Филарета командиром Гренадерского полка. Со Сталиным такого произойти не может. Все, что он пишет, он пишет сам или диктует Поскребышеву, не доверяя никаким референтам. Все документы читает внимательнейшим образом, иногда расставляя пропущенные запятые, что доставляет ему особенное удовольствие. Документы срочные, не терпящие отлагательства.

«Строго секретно. Особой важности. Об организации и численности Красной Армии».

Кажется, предусмотрено все. Карандаш бежит по строчкам. Еще надо добавить пункт:

«Всего на сборы в этом году привлечь 766 000 человек, не считая проходящих учебные сборы в данное время в количестве 234 000 человек. Для обеспечения учебных сборов отпустить НКО 145 600 продовольственных годовых пайков».

Пришедших на сборы уже не отпустят из армии до 1946 года. Начался первый этап тайной мобилизации резервистов. Сборами она называется для немецкой разведки.

Следующие документы.

«Сов. секретно. Особой важности. О производстве танков “Т-34” в 1940 г. Обязать Народного Комиссара Среднего Машиностроения т. Лихачева И.А. изготовить в 1940 году 600 танков “Т-34”, из них: на заводе № 183 (им. Коминтерна) — 500 шт., на Сталинградском тракторном — 100 шт.»

«Сов. секретно. Особой важности. Об увеличении выпуска самолетов и авиамоторов...»

«Сов. секретно. Об организации структуры Военно-воздушных сил Красной Армии... Смешанные дивизии, имеющие своим назначением непосредственное взаимодействие с войсками и поддержку механизированных, кавалерийских и общевойсковых соединений... Дальне-бомбардировочные дивизии, вооруженные самолетами типа

"ДБ", имеющие своим назначением разрушение военных объектов и дезорганизацию тыла противника... Истребительные дивизии, имеющие своим назначением борьбу за господство в воздухе и прикрытие политических и экономических центров... Иметь следующее количество боевых самолетов:

В смешанной авиадивизии — 250 — 312

В дальне-бомбардировочной авиадивизии — 248 — 310

В истребительной авиадивизии — 252 — 315...

Разрешить НКО сформировать: авиационных дивизий — 38, из них:

Смешанных авиационных дивизий — 26

Дальне-бомбардировочных дивизий — 7

Истребительных дивизий — 5...

В целях образования резерва авиационных соединений сформировать 12 новых авиационных дивизий (48 авиационных полков), из них:

Смешанных авиадивизий — 5

Дальне-бомбардировочных авиадивизий — 4

Истребительных авиадивизий — 3...

Указанные выше мероприятия НКО провести в следующие сроки:

1. Организацию 38 авиадивизий из существующих авиаполков к 1.IX.1940 г.

2. Формирование новых 12 авиадивизий (48 полков) к 1.1.1941 г.

3. Формирование 2-х тяжелых бомбардировочных, 10 разведывательных авиаполков, 58 корпусных авиаэскадрилий, 6 санитарных авиаэскадрилий к 1.XII.1940 г.

На проведение вышеизложенных мероприятий разрешить НКО увеличить штатную численность ВВС Красной Армии на 60248 человек...»

«Сов. секретно. Особой важности. НКО разрешить сформировать 23 новые стрелковые дивизии трехтысячного состава каждая. В соответствии с этим в Красной Армии иметь 200 дивизий, из них:

Стрелковых дивизий по 12 000 человек — 95
Моторизованных дивизий по 11 000 человек — 8
Танковых дивизий по 10 493 человека — 18
Мотострелковых дивизий по 12 000 человек — 3
Горно-стрелковых дивизий по 9600 человек — 10
Стрелковых дивизий по 6000 человек — 43
Стрелковых дивизий по 3000 человек — 23...»

«Сов. секретно. Особой важности... О пистолете-пулемете т. Шпагина... О пистолете-пулемете т. Шпитального... О 20-мм пушке т. Шпитального... О 23-мм пушке т. Таубина... О 37-мм авиационной пушке т. Таубина... О 37-мм мотор-пушке т. Шпитального... О крупнокалиберном пулемете т. Таубина...»

«Сов. секретно. Особой важности. О плане военных заказов по артиллерии минометам и стрелковому вооружению:

76-мм танковых пушек “Т-34” — 3300 шт.
122-мм гаубиц обр. 38 г. — 2000 шт.
152-мм гаубиц обр. 38 г. — 1400 шт.
37-мм автоматических зенитных пушек — 2000 шт.
85-мм зенитных пушек — 2000 шт.
152-мм гаубиц-пушек обр. 37 г. — 1100 шт.
203-мм гаубиц обр. 31 г. — 400 шт.
280-мм мортир “БР-3” — 30 шт.
305-мм гаубиц обр. 39 г. — 6 шт.
50-мм ротных минометов — 12250 шт.
82-мм батальонных минометов — 4300 шт.
107-мм горно-вьючных полковых минометов — 575 шт.
120-мм полковых минометов — 2060 шт.
Винтовок всего — 1 800 000 шт.
В том числе самозарядных обр. 40 г. — 1 100 000 шт.
7,62-мм пистолет-пулеметов Шпагина — 200 000 шт.
7,62-мм ручных пулеметов “ДП” — 39000 шт.
7,62-мм пулеметов Шкас — 3500 шт.

12,7-мм крупнокалиберных пулеметов “ДШК” — 4000 шт.
12,7-мм пулеметов Таубина — 2872 шт.
Запасных стволов к пулеметам Шкас — 30 000 шт...»

«Сов. секретно. Особой важности. О производстве танков “КВ”... Утвердить план производства танков “КВ” в количестве 1200 шт., в том числе по Кировскому заводу Наркомтяжмаша — 1000 шт. и по Челябинскому тракторному заводу Наркомсредмаша — 200 шт...»

«Сов. секретно. Особой важности. О программе военного кораблестроения.

В настоящее время в постройке:

На заводе № 402 в Молотовске — линкор «Советская Россия»,

на заводе №194 в Ленинграде тяжелый крейсер «Кронштадт»,

на заводе № 200 в Николаеве тяжелый крейсер «Севастополь»,

на заводе № 198 в Николаеве линкор «Советская Украина»,

на заводе № 402 в Молотовске линкор «Советская Белоруссия»,

на заводе № 189 в Ленинграде линкор «Советский Союз»...

Обязать Наркомсудпром произвести закладку по плану IV квартала 1940 г. — 2-х легких крейсеров по проекту № 68 на заводах № № 200 и 198 в Николаеве. В 1941 г. заложить еще 4 легких крейсера, из них:

2 крейсера на заводе № 189 в Ленинграде,
1 крейсер на заводе № 194 в Ленинграде,
1 крейсер на заводе № 199 в Комсомольске.

Всего иметь в постройке в 1941 г. 14 легких крейсеров, из них:

по проекту № 68 — 11 крейсеров, по проекту №26 — 2 крейсера и по типу «Л» — один крейсер.

Обязать Наркомсудпром дополнительно к строящимся и намеченным по плану к закладке в 1940 г. эскадренным миноносцам по пр. № 30 заложить в IV квартале 1940 г. 4 эсминца на заводе № 200 в Николаеве.

В 1941 г. заложить следующее количество эсминцев:

На заводе № 190 в Ленинграде — 6 единиц,
на заводе № 189 в Ленинграде — 3 единицы,
на заводе № 402 в Молотовске — 8 единиц,
на заводе № 199 в Комсомольске — 2 единицы.
Всего — 19 единиц.

Обязать Наркомсудпром дополнительно к строящимся 40 подводным лодкам заложить в 1941 г. 21 подлодку типа «Сталинец», 2 подлодки типа «Щука», 13 малых двухвальных подлодок XV серии...»

«Обеспечить полностью программу 1940 г. по оснащению танков “Т-34” дизелями, для чего увеличить выпуск моторов “В-2” на заводе № 75 и изготовить до конца 1940 г. 2000 шт...»

«Довести выпуск боевых самолетов к 1941 г. до 20 000 шт... Обязать НКАП выпускать истребители с дальностью не менее 1000 км на 0,9 максимальной скорости... Обязать директоров моторных и самолетных заводов НКАП... давать ежедневные сообщения ЦК ВКП(б) и Наркомату Авиационной промышленности:

а. По моторным заводам — количество принятых военпредами моторов по каждому типу мотора.

б. По самолетным заводам — количество принятых военпредами боевых и учебных самолетов по каждому типу самолета.

в. Сообщения в ЦК ВКП(б) и НКПА должны даваться за подписями директоров заводов и направляться с московских заводов совершенно секретной почтой, а со всех других заводов — шифрованными телеграммами...»

Глава 5

«МОРСКОЙ ЛЕВ» БОИТСЯ ВОДЫ

В Берлине все с большей тревогой поглядывали на Восток. Осведомительные сводки о военных приготовлениях Сталина аккуратно ложились на стол генерала Гальдера и докладывались фюреру. Иногда эти сводки были не совсем точны в деталях, но существо дела они передавали абсолютно правильно: Сталин, видимо, совсем потерял благоразумие и открыто готовит страну к большой войне. Общественного мнения в стране нет. Политических течений нет и в помине. Огромная военная машина фактически полностью подчинена злобному и не совсем нормальному авантюристу, засевшему в Кремле. Если сталинская орда хлынет в Европу, ее будет не удержать. А дело явно идет к этому. Единственно, что можно сделать, — это нанести Сталину упреждающий удар. Но и это легче сказать, чем сделать. Служба радиоперехвата вермахта, прощупывая эфир, постоянно натыкалась на московский радиомаяк. «Гремя огнем, сверкая блеском стали, пойдут машины в яростный поход, когда нас в бой пошлет товарищ Сталин и первый маршал в бой нас поведет!» — ликуя, гремела одна из радиоволн. «Кипучая, могучая, никем не победимая, Москва моя, страна моя, ты самая любимая», — вопила другая волна. «Если завтра война, если завтра в поход, я сегодня к походу готов!» — верноподданно докладывала третья. А ведь немцы так еще ничего и не знали об операции «Гроза».

После капитуляции Франции в Германии, особенно в Вооруженных силах, царило общее настроение, что война заканчивается. Разделял это настроение и сам Гитлер, приказав 15 июня демобилизовать 40 дивизий из 160. Объезжая памятные места сражений Первой мировой войны, в которых он принимал личное участие, он заметил сопровождавшему его Максу Амману — бывшему фельдфебелю той же роты, где служил фюрер, ныне — крупному нацистскому издателю, что продолжение войны против Англии его совершенно не занимает, поскольку у англичан, по его мнению, обязательно победит здравый смысл и они пойдут на мирные переговоры. Макс Амман почтительно осведомился: не означает ли это, что война закончена? Гитлер ответил утвердительно, заметив, что он очень рад столь быстрому окончанию войны по сравнению с предыдущей и тем минимальным потерям, которые понесла Германия, добившись при этом столь блистательных успехов.

Отражая мысли Гитлера, заместитель Йодля полковник Вальтер Варлимонт официально ответил на запрос штаба Военно-морских сил по поводу продолжения войны с Англией следующим образом: «До сих пор фюрер не высказывал никакого намерения относительно высадки в Англии... До настоящего времени в ОКВ не велось по этому вопросу никаких подготовительных работ». Подобный же ответ пришел из генерального штаба вермахта, где говорилось: «Генеральный штаб не занимается вопросом высадки в Англии, считая подобную операцию невозможной». Флот, которому еще в ноябре 1939 года поручили провести теоретическую разработку проблемы «вторжения» в Англию, также занимался этой проблемой без всякого энтузиазма, лучше других служб зная, насколько немцам не под силу осуществить подобную десантную операцию. Знал это и Гитлер, который, как известно, ненавидел Англию в целом, но весьма почтительно относился к британскому флоту и впадал в панику при каждом его появлении на сцене. Желая поскорее закончить войну, Гитлер еще 11 июня, когда поражение Франции уже не вызывало никаких сомнений, дал интервью немецкому журналисту Карлу фон Вигнаду, чтобы оповестить мир, что в его, Гитлера, намерения не входят какие-либо враждебные действия против Западного полушария, что он не желает разрушения Британской империи, а настаивает лишь на смещении с поста «поджигателя войны Черчилля».

18 июня Риббентроп в беседе с итальянским мини-

стром иностранных дел графом Чиано как бы доверительно сообщил ему, что Англия должна лишь признать как свершившийся факт установление германского господства на европейском континенте, отдать принадлежавшие Германии колонии, захваченные англичанами в годы Первой мировой войны и заключить с Германией новое торговое соглашение. На этих условиях Англия немедленно получит мир. В противном случае, блефовал Риббентроп, Англия будет уничтожена. Рассчитывая заключить мир с Англией и побудить Францию к будущему сотрудничеству, Гитлер и французам решил не ставить чересчур жестких условий. У Франции, как водится, отбирались только Эльзас и Лотарингия. Колонии оставались во французских руках, флот подлежал лишь разоружению, армия — демобилизации.

Именно в этот момент Гитлер узнает о событиях на Востоке, где стремительно начало развиваться сталинское наступление на Запад. Разведка с тревогой докладывала об увеличении активности советских войск в Закавказье, где операторы генштаба приступили к съемке турецкой территории, об активности Красного Черноморского флота у берегов Румынии и Болгарии, а также у турецких проливов. На Балтике, после захвата Прибалтики, также резко возросла активность русского флота, растущего невероятными темпами. Надо немедленно перекидывать армию на Восток. Но Англия никак не реагирует на мирные предложения. По линии службы Вальтера Шелленберга немцы держат связь с проживающим в Лиссабоне герцогом Виндзорским — бывшим английским королем Эдуардом VIII, оставившим престол из-за любви к американской киноактрисе. Брат короля Георга IV не скрывает своих пронемецких симпатий. Он считает войну с Германией национальной трагедией Англии. Если бы он остался на престоле — этого бы никогда не произошло. Используя свои громадные связи в Лондоне, герцог пытается побудить своих бывших подданных к благоразумию и признанию реальностей существующего мира.

Англия молчит, поглядывая на Восток. За триста лет своего существования английская разведка опутала своими щупальцами весь мир. Англичане лучше других понимают, что происходит в Москве. Начав движение, Сталин еще сможет на некоторое время затормозить, но уже не сможет остановиться. За это говорит все его поведение и небывалая в истории человечества программа милитаризации страны. Он, без сомнения, раздавит этого берлинского клоуна. Но тогда придется останавливать и его. А ведь Сталин, распалясь, может дойти до Атлантики. Что лучше — Европа под Гитлером или Европа под Сталиным? «Главное — уничтожить Гитлера, — считает Черчилль. — Если бы Гитлер угрожал аду, я заключил бы без промедления союз с дьяволом!»

Гитлер так до конца и не понимает, что он наделал, бросив вызов Англии. Он искренне надеется помириться с упрямым Альбионом. Все мрачнее и мрачнее выглядит горизонт на Востоке. Надо спешить.

30 июня генерал Йодль представляет фюреру памятную записку о военных возможностях Англии в настоящее время, где прямо говорится: «Окончательная победа Германии над Англией является только вопросом времени... Крупномасштабные наступательные операции противника более не являются возможными». Почему же англичане не понимают очевидных вещей? Им уже пора сдаваться, а они даже не отвечают на предложение о мире!

1 июля Гитлер, выступая перед активистами Трудового фронта, открытым текстом предлагает Англии мир. Он подчеркивает, что никаких причин для продолжения войны не существует. Германия готова вывести свои войска из Франции, Голландии, Бельгии, Люксембурга, Дании и Норвегии, дав этим странам «полную свободу национального развития». В голосе фюрера звучат ранее не свойственные ему оправдательные нотки. Что, собственно, он

требует? Да ничего. Старые германские колонии? Разве это не справедливо? Признать право Германии на Эльзас, Лотарингию, Западную Польшу, на Богемию и Австрию? Разве это не исконные немецкие территории, отторгнутые в разное время от Германии силой оружия? Так за что же две великие европейские нации должны убивать друг друга? Англия, опомнись, или тебе будет очень плохо! Он будет с нетерпением ждать ответа в надежде, что у англичан здравый смысл возьмет верх над эмоциями.

Английский ответ оказался для Гитлера совершенно неожиданным. 3 июля соединения английского Средиземноморского флота под командованием адмирала Соммервиля атаковали французские военно-морские базы в Оране и Дакаре. Англия решила застраховать себя от неприятной и опасной перспективы захвата немцами французского флота или использования его с одобрения пораженческого правительства маршала Петена для войны против Англии. Акция была тщательно отснята кинохроникой и подсунута Гитлеру...

Вот они: надменные и величественные, как английские лорды со старинных полотен, самый большой в мире боевой корабль — линейный крейсер «Худ». За ним линкор «Валлиэнт», прошедший через огненный смерч Ютланда. Далее — «Резолюшен» — камуфлированная броневая громада послеютландской постройки. Красные кресты св. Георга на белых полотнищах флагов. Изрыгающие снопы огня страшные жерла пятнадцатидюймовых орудий. Бульдожьи лица английских адмиралов под позолоченными козырьками увенчанных коронами фуражек. Боже, как это все знакомо! Пылающие французские корабли. Они взрываются, заваливаются на борт, выбрасываются на мель. Какие-то корабли пытаются вырваться из охваченной пламенем гавани. В воздухе английские торпедоносцы, поднявшиеся со стоявшего за горизонтом авианосца «Арк Ройял». Новые взрывы, бушующее пламя, мечущиеся фигурки людей...

Гитлер уперся руками в подлокотники кресла, как бы

готовясь из него выпрыгнуть. Глаза-щелочки, как у рассвирепевшей пантеры. Тонкие губы вытянулись и дрожат. Топорщится щеточка усов. Еще никогда ему столь откровенно не плевали в лицо, причем именно в тот момент, когда он, как ему казалось, был преисполнен самых добрых и благих намерений. Проклятая Англия! Он заставит ее дорого заплатить за подобное унижение! Но это еще не все. На экране появляется мрачная фигура Черчилля. Рядом с ним какой-то долговязый и долгоносый французский генерал. Французские солдаты с карабинами «на караул». Французский и английский флаги, вьющиеся на ветру. До Гитлера смутно доходят слова «свободная Франция», «сражающаяся Франция», «мы будем сражаться до конца, до полного уничтожения Гитлера». Парад. Идут французские, польские, чешские, голландские и норвежские солдаты. Остатки разбитых и уничтоженных вермахтом армий, разными путями бежавшие в Англию. Клоунада! Черчилль смотрит с экрана без улыбки, дымя сигарой, опираясь на трость. Он мрачен.

Гитлер в ярости и смятении. Он то бегает по своему кабинету, то сидит, скрючившись за столом, обхватив голову руками. Сводный рапорт разведывательных служб за июнь не способствует поднятию настроения. Сталин проводит тайную мобилизацию резервистов. Непостижимо растет количество военных училищ с ускоренными программами выпуска младших офицеров. В системе Осоавиахима проводится подготовка не менее 20 тысяч пилотов. На секретных полигонах ведутся испытания каких-то принципиально новых видов оружия. Сведения отрывочны. Эксперты склоняются к мысли, что речь идет о каком-то виде термического оружия. Складируется большое количество химического оружия. Где-то за Уралом ведутся опыты с бактериологическим оружием. Запущены в серию новые танки чудовищной мощности. Идут испытания принципиально нового типа истребителя на реактивной тяге. Киевский Военный округ готовится к крупным маневрам. Секретные испытания нового типа парашюта для воздушно-десантных войск. Сталин подписал приказ довести в ближайшее время численность воздушно-десантных войск до миллиона человек...

Англия быстро приходит в себя от дюнкеркского шока, в котором практически нисколько не пострадала основа ее могущества — флот. Идет строительство новых кораблей, включая несколько линкоров, тяжелых крейсеров и крупных авианосцев. Увеличили темп работ авиационные заводы. Заметно возросла активность английской разведки на Балканах и Ближнем Востоке. Очевидна опасность английских провокаций, чтобы вынудить Гитлера на непродуманные ответные действия. Англия фактически обрела себе нового союзника — Соединенные Штаты, чей нейтралитет, судя по всему, превращается в клочок бумаги. Из США в Англию потоком идет сырье и вооружение, скрытые под флагом американского нейтралитета. Любое задержание их судов американцы раздувают до уровня международного скандала.

В самих Соединенных Штатах все более намечается тенденция к наращиванию военной мощи. 22 мая сенат одобрил ассигнования 1823 миллионов долларов военному министерству, 1473 миллионов долларов морскому министерству. Предполагается увеличить производство самолетов до 50 тысяч в год. Намечено строительство новых военных баз. Военная комиссия палаты представителей одобрила законопроект об увеличении численности американской армии с 280 до 400 тысяч человек. 19 июня было принято решение об ассигновании дополнительно 4 миллиардов долларов на строительство флота. Намечено построить 69 крупных боевых кораблей, включая 15 авианосцев. В июне спущены на воду и достраиваются два мощных линкора «Вашингтон» и «Норд Каролина» с шестнадцатидюймовой артиллерией главного калибра. На американских заводах размещается все больше и больше английских заказов, главным образом на строительство самолетов. Разработанный президентом Рузвельтом закон о всеобщей воинской обязанности пока встречает сильное сопротивление в конгрессе. Однако осведомленные источники полагают, что Рузвельт в конце концов проведет этот закон, с тем чтобы довести армию США до 4—6 миллионов человек.

Таким образом, все перечисленное, наряду с постоянно усиливающейся антигерманской кампанией в американской печати, позволяющей себе прямые оскорбления в адрес государственных деятелей рейха, говорит о том, что Соединенные Штаты намерены выступить против Германии, как только им удастся развернуть необходимые для этого Вооруженные силы. Ориентировочно это может произойти в середине 1942-го или в начале 1943 года. Примерно к этому же времени ожидается полное перевооружение Красной Армии и доведение англичанами своей морской и военной мощи до несравнимого с немцами состояния.

Из всего сказанного можно сделать вывод, что налицо новое окружение Германии коалицией сверхдержав, управляемых силами международного еврейства. Указанные силы, стоящие за спиной Черчилля и Рузвельта, в настоящее время мобилизуются, чтобы не только сорвать исторические задачи Германии, но и уничтожить Германию как государство. Именно их голосом вещает Черчилль, отвергая мирные предложения и говоря об «уничтожении гитлеризма». Более того, в настоящее время все сильнее вырисовывается тенденция союза между силами еврейского плутократического капитала и силами так называемого «северного еврейства», составляющих становой хребет большевизма, временно скрытых за спиной Сталина...

Можно с уверенностью сказать, что эти силы не пойдут ни на какие мирные переговоры с Германией, какие бы условия ни выставлялись германским правительством, ибо их целью является владычество над миром...

Германской империи навязывается война на уничтожение, и если будет упущено время, перспектива этой борьбы видится весьма мрачной, учитывая катастрофическое неравенство сил во всех областях, начиная от людских ресурсов и кончая наличием стратегического сырья и возможностями промышленности... Поэтому до лета 1942 года, т.е. до предположительного срока окончательной готовности к войне Соединенных Штатов, необходимо покончить с Англией и Россией, а затем, форсируя программу военно-морского строительства, совместно с Японией и Италией обрушиться на Соединенные Штаты, сокрушив, таким образом, последний бастион международного еврейства в мире и дать немецкому народу достойное его будущее...

Гитлер сидит в задумчивости. Летний ветерок, прорвавшись через тяжелые шторы, шевелит листами доклада, испещренными совершенно секретными штампами различных служб, принимавших участие в его составлении. Возразить нечего. Конечно, евреи! Они объединились против него потому, что он отобрал у них в Германии деньги и богатства, высосанные вместе с кровью из немецкого народа. Потому, что он пресек их беспредельный произвол! Потому, что они погубили его мать неправильным лечением! Они погубили его талант художника! Он никогда не забудет их наглые ухмылки в Венской художественной академии! И сейчас они хотят окончательно его уничтожить! Вот она — пухлая, унизанная золотыми кольцами и бриллиантовыми перстнями, омерзительная рука, тянущаяся к его горлу. Саму руку не видно из-за блеска золота и бриллиантов. Она все ближе, и вдруг он видит, что это не блеск золота и драгоценных камней — это блеск стали. Рука стальная! Она все ближе... Гитлер рвет галстук и расстегивает ворот рубахи, откидываясь в кресле. Снова приступ удушья. Взволнованные лица адъютантов, верный Морелль со шприцем в руке, холодная испарина на лбу...

Итак, враги окружают его, но пока это окружение не завершилось, еще есть шанс разгромить их поодиночке или превратить в союзников. Очевидно, что главный враг — это Сталин. Прежде всего надо разобраться с ним. Для этого нужно сосредоточить на восточных границах достаточное количество сил, чтобы разгромить сталинскую армию в ходе короткой, молниеносной операции, скажем, осенью этого года. Нереально. За это время не произвести сосредоточения и развертывания необходимых сил. Хорошо, тогда весной следующего года. А если Сталин, увидев сосредоточение столь крупных сил на своих границах, сам нанесет упредительный удар еще до того, как вермахт будет полностью готов к вторжению? Его надо обмануть, развернув глобальную операцию по дезинформации, скрыв направление главного удара. Сделать так, чтобы он был уверен, что удар мы нанесем по Англии, в то время как в действительности мы нанесем удар по Сталину. Рискованно? Да. Но если сталинская орда вторгнется в Европу, имея уже сейчас подавляющее превосходство в людях, танках и авиации, то ее будет не остановить! Разгромить ее можно только сокрушительным внезапным ударом.

Присутствовавшие на совещании Кейтель, Йодль, Гальдер и Браухич представляли армию; Гейдрих, Канарис и Шелленберг — разведывательные службы; Геринг, Риббентроп и Гесс — партию. Характерно, что не было Гиммлера, который находился в Австрии, и никого от флота. Все присутствующие сосредоточенно молчали, обдумывая предложенный план, который в своей сущности сводился к следующему: начать шумную подготовку к вторжению на Британские острова, а под шумок этой подготовки сосредоточить войска на советской границе и сокрушить Сталина. Если в ходе направленных против Англии мероприятий по дезинформации Сталина удастся принудить Англию к капитуляции или миру, то тем лучше. Но удар по России необходимо нанести в любом случае. Кроме присутствующих, ни одна живая душа, независимо от занимаемой должности и чина, не должна знать об этой операции, кодовое наименование которой отныне будет «Гарпун». В ходе выполнения операции «Гарпун» желательно уничтожить Военно-воздушные силы Англии и хоть как-то ослабить ее Военно-морские силы, избегая при этом ненужных потерь. Иллюзия возможного десанта должна быть полной, чтобы держать Англию и весь мир, особенно Сталина, в постоянном напряжении и ожидании.

Дальше произошла как бы неожиданность, поразившая почти все командование Вооруженных сил и особенно командование флотом, которое все последующее примет за чистую монету. Впрочем, командование люфтваффе находилось не в лучшем положении. Геринг, естественно, не информировал о замысле даже своих ближайших сотрудников, но со свойственной ему безответственностью успел пообещать фюреру сокрушить английскую авиацию максимум за три недели. Все еще прекрасно помнили, как совсем недавно, 13 июля, на совещании в Бергхофе Гитлер, выступая перед представителями командования всех родов войск, совершенно открыто говорил о нежелательности дальнейшего ведения войны против Англии и удивлялся, почему она не ищет мира. «Если мы разгромим Англию в военном отношении, то вся Британская империя распадется, — аргументировал свою позицию фюрер, — однако Германия ничего от этого не выиграет. Разгром Англии будет достигнут ценой немецкой крови, а пожинать плоды будут Япония, Америка и другие». Все были в принципе с этим согласны и радовались столь рациональному мышлению своего фюрера.

И вот всего через три дня, т.е. 16 июля 1940 года, генералы и адмиралы, еще недавно столь удовлетворенные логичностью мышления своего фюрера, получают подписанную Гитлером Директиву № 16 следующего содержания:

«Фюрер и
Верховный Главнокомандующий
Вооруженными силами

Штаб-квартира фюрера
16 июля 1940 года
7 экземпляров

Строго секретно!

Директива № 16

О ПОДГОТОВКЕ ДЕСАНТНОЙ ОПЕРАЦИИ ПРОТИВ АНГЛИИ

Поскольку Англия, несмотря на свое безнадежное военное положение, все еще не выказывает никаких признаков готовности к мирному соглашению, я принял решение подготовиться к десантной операции против Англии и осуществить ее, если в этом возникнет необходимость. Целью этой операции является уничтожение английской метрополии как базы дальнейшего ведения войны против Германии, а при необходимости полной ее оккупации...»

Далее в директиве указывалось, что осуществление операции, получившей кодовое наименование «Морской Лев», должно быть проведено внезапным форсированием Ла-Манша на широком фронте примерно от Рамегета до района западнее о. Уайт. В качестве предпосылок десанта на территорию Англии указывалось: разгром вражеских ВВС, «чтобы они не могли оказать заметного сопротивления германской операции», создание маршрутов, свободных от мин, подготовка минных заграждений на флангах маршрутов десанта, а также сковывание английских Военно-морских сил в Северном и Средиземном морях.

Командование сухопутных сил получило задачу разработать оперативный план переброски соединений первого эшелона, распределить переправочные средства, установить совместно со штабом ВМС районы погрузки и выгрузки. Командованию Военно-морских сил поручалось разработать оперативный план, обеспечить и подвести в районы погрузки переправочные средства в количестве, отвечающем требованиям сухопутных сил, обеспечить охрану операции с флангов, подготовить береговую артиллерию. Подготовку операции требовалось завершить к середине августа. Фельдмаршалы Браухич и Рундштедт, прочитав директиву, внешне сохранили полное спокойствие. Не исключено, что знавший всю правду Браухич намекнул своему старому другу, чтобы тот особенно не беспокоился — никакой высадки не будет. Да и собственного опыта Рундштедта вполне хватало, чтобы понять абсолютную практическую неосуществимость операции «Морской Лев»[*].

Поэтому уже 17 июля, т.е. менее чем через сутки после получения директивы, командование сухопутных войск специальной директивой выделило для осуществления вторжения группу армий «Б» в составе 16-й, 9-й и 6-й армий. В лихо составленном оперативном плане, в каж-

---

[*] Позднее фельдмаршал Рундштедт высказал свое отношение к операции «Морской Лев», которой он должен был командовать:

«Предполагаемое вторжение в Англию было абсурдом и вздором, поскольку мы не имели достаточного количества кораблей и транспортов... Мы рассматривали всю эту операцию как своего рода игру, поскольку было совершенно очевидно, что высадка невозможна, т.к. наш флот был не в состоянии обеспечить ни прикрытие десанта при следовании через Ла-Манш, ни переброску необходимых подкреплений. Наши Военно-воздушные силы также были не способны решить эти задачи... Я всегда относился ко всему этому делу очень скептически... У меня сложилось впечатление, что в действительности фюрер вовсе не хотел вторгаться в Англию. У него на это не хватило бы храбрости... Он просто надеялся, что англичане запросят мира...»

Начальник штаба Рундштедта генерал Елюментритт вспоминал, что на всех совещаниях у фельдмаршала Рундштедта операция «Морской Лев» рассматривалась не иначе, как блеф. В разговорах между собой офицеры спорили только о том, какова цель затеянного фюрером блефа? Некоторые правильно предугадывали события, доказывая, что целью этого блефа является нападение на Россию. Но поскольку доказательств не было никаких, споры продолжались и закончились только 22 июня 1941 года.

дой строчке которого сквозит надежда на его неосуществление, все было четко и просто. Шесть пехотных дивизий 16-й армии генерала Эрнеста Буша, погрузившись на транспорты в районе Па-де-Кале, захватывают плацдармы между Рамосгетом и Бексхиллом. Четыре дивизии 9-й армии генерала Адольфа Штрауса, совершив бросок через Ла-Манш из района Гавра, высаживаются между Бригхтоном и островом Уайт. Западнее три дивизии 6-й армии фельдмаршала фон Рейхенау, выйдя из Шербура, высаживаются в бухте Лайми. Всего в первой волне на плацдармы южного побережья Англии высаживаются 90 тысяч человек, а на третий день операции их число должно увеличиться до 200 тысяч. Шесть танковых и три моторизованные дивизии высаживаются во второй волне, и на четвертый день операции на плацдармах концентрируются 39 дивизий, не считая двух воздушно-десантных, выброшенных впереди первой волны с задачей дезорганизации узлов связи и управления в оперативном тылу противника.

Как это все будет доставлено на плацдармы — армию не интересовало. Для этого существует флот. Армия готова. Но флот в лице гросс-адмирала Редера сразу же стал закатывать истерики. Едва прочитав Директиву № 16, Редер кинулся к Браухичу и прямо заявил ему, что военно-морское командование не видит реальной возможности подготовить флот к осуществлению операции «Морской Лев» к середине августа. Более того, задачи, поставленные директивой, совершенно не отвечают состоянию флота. Сухопутные силы уже сосредоточены в Бельгии и Северной Франции, авиация развернута на французских и бельгийских аэродромах, а флоту предстоит полная перегруппировка сил, изменение базирования, создание новых стоянок. Кроме того, армейский план не учитывает такой фактор, как погода: туманы, штормы, течения. Этот план как-то совсем не учитывает английского флота, который втрое сильнее нашего! Браухич слушает адмирала с непроницаемым лицом. Приказ фюрера не подлежит обсуждению. Проблемы флота армию мало интересуют — у нее достаточно собственных. (Пятнадцать дивизий, включая две танковые, уже грузятся в эшелоны, направляющиеся на восток. Надо принять меры, чтобы переброска не была замечена до прибытия их в места дислокации.)

В панике Редер пробивается в неурочное время на прием к фюреру. Понимая, что он рискует своей карьерой, адмирал официально заявляет Гитлеру, что к 15 августа флот ни в коем случае не будет готов к осуществлению вторжения в Англию. Адмирал взвинчен до предела, ожидая взрыва со стороны фюрера. Но тот мягко берет его под руку и увлекает на прогулку в тенистую аллею вековых дубов — любимое место прогулок и размышлений. Конечно, он не отдаст приказа о вторжении, если флот не будет к нему готов. Осуществляйте необходимую подготовку. Не уложитесь к середине августа, перенесем вторжение на более поздний срок. Не надо нервничать, дорогой мой Редер!

Директива № 16 Гитлера легла на стол Сталина почти одновременно с ее прибытием в канцелярию Браухича. Советская разведка оказалась на высоте, хотя здесь явно чувствуется бескорыстная помощь немцев. Вождь внимательно прочел директиву фюрера и почувствовал прилив вдохновения. Экий дурак! Как завелся! Если он сунется на острова, вот тут-то мы ему и дадим по затылку. Надо только создать ему условия, чтобы опять не струсил в последний момент. Сталин вызывает начальника разведки генерала Проскурова и спрашивает: есть ли у немцев действительно возможность осуществления вторжения на Британские острова? «Нет, — отвечает прямой и честный Проскуров, позволявший себе цитировать Троцкого в присутствии Сталина. — Никакой возможности у них нет. Это блеф от начала до конца.

— Блеф? Зачем?

— Видимо, чтобы запугать Англию, вынудить ее к приемлемому для Германии миру, к признанию немецкой гегемонии в Европе...

— Но почему вы все-таки считаете вторжение невозможным?

— Подобное вторжение, — объясняет вождю Проскуров, — зависит от четырех главных условий:

Первое: предварительного установления германской авиацией господства в воздухе.

Второе: обеспечения господства на море хотя бы в районе вторжения и надежного сковывания сил британского флота в Атлантике и Северном море.

Третье: наличия достаточного тоннажа средств десантирования.

Четвертое: возможности преодоления береговой обороны и сопротивления английских войск в ее глубине.

Только выполнив все четыре условия без исключения, немцы могут надеяться на успех. Не обеспечив хотя бы одного из них, они лишатся всяких шансов».

Сталин слушает, не перебивая, внимательно, по своей привычке прохаживаясь по кабинету. Присутствующие на докладе Проскурова Шапошников, Мерецков и Тимошенко молчат. Они чувствуют, что Проскуров говорит совсем не то, что хотел бы услышать вождь.

«Что же мы имеем, — продолжает Проскуров, — относительно этих четырех условий? Перед началом наступления на Францию германские ВВС насчитывали примерно 5000 самолетов, из них в готовности находились чуть более 3500 (3643). Союзники располагали 2146 самолетами на континенте, из них английских 1460. Потери немецкой авиации от начала наступления до заключения перемирия с Францией составили 2784 самолета, включая 1163 бомбардировщика, 795 истребителей и 242 транспортных самолета. Англичане потеряли за тот же период 959 самолетов, в том числе 477 истребителей.

По нашим данным из заслуживающего полного доверия источника, британская авиационная промышленность выпустила в мае 1279 самолетов, в июне — 1591, а в текущем месяце намерена выпустить примерно 1700. Это — не считая самолетов, которые по заказу англичан производятся на американских заводах. Возможности британской авиационной промышленности по многим показателям превосходят немецкие.

В настоящее время у немцев на аэродромах Западной Европы сконцентрировано не более 600 готовых к бою истребителей типа "Мессершмит-109" и примерно 1100 бомбардировщиков всех типов, включая и двухместные истребители “Ме-109”, используемые в качестве бомбардировщиков.

Таким образом, мы видим, что английская истребительная авиация — основное средство борьбы за господство в воздухе — численно в несколько раз превосходит немецкую, имея при этом дополнительное преимущество: англичанам придется драться над своими базами, в то время как немцам придется делать то же самое на последних граммах горючего. Поэтому возможность обеспечения германским командованием первого условия для осуществления операции “Морской Лев” представляется весьма проблематичной. За достижение господства в воздухе предстоит ожесточенная борьба, исход которой очень трудно предсказать.

Что касается второго условия — обеспечения господства на море, — то здесь положение Германии выглядит вообще бесперспективным. После потерь в Норвежской операции германское командование в настоящее время не сможет выставить для осуществления вторжения в Англию даже минимально необходимых сил надводного флота. Наиболее крупные корабли находятся сейчас в ремонте и предположительно смогут войти в строй не ранее зимы — весны следующего года. В настоящее время немецкий флот имеет в готовности лишь четыре крейсера и некоторое количество эсминцев, торпедных катеров и минных заградителей. Английский же флот, по нашим данным, только в водах метрополии имеет 5 линкоров, 2 авианосца, 11 крейсеров и более 80 эсминцев. Кроме того, достоверно известно, что прибрежные воды Британии прикрыты плотной зоной минных и иных заграждений. Эти воды охраняют более 700 малых кораблей, из них 200—300 находятся постоянно в море. Сорок соединений флота непрерывно патрулируют воды между Хамбером и Портсмутом.

Далее — транспортные средства для осуществления столь крупного десанта. Их у немцев нет. Необходимое количество можно обеспечить лишь путем широкой мобилизации тоннажа из германского народного хозяйства, в частности, с Рейна. Подобная мобилизация нанесет очень тяжелый удар по экономике Германии, особенно в перевозках угля и руды. Кроме того, даже если Гитлер пойдет на мобилизацию тоннажа, для сосредоточения необходимого количества транспортных средств потребуется не менее трех месяцев, т.е. где-то к концу октября, когда ни о какой высадке не может быть и речи из-за погодных условий в Ла-Манше в это время года...»

Сталин прерывает доклад начальника разведки резким и нетерпеливым движением руки с зажатой в ней трубкой. Все молчат. Сталин, прохаживаясь по кабинету, начинает говорить, не обращаясь ни к кому конкретно, как бы разговаривая сам с собой: «В 1920 году, когда Врангель засел в Крыму, военспецы-вредители также уверяли нас, что Перекоп неприступен и что взять его не удастся. Но мы этих военспецов не послушали, мы расстреляли их, а товарищи Ворошилов и Фрунзе взяли Перекоп...»

Сталина нисколько не смущает тот факт, что все присутствующие отлично знают, как все было на самом деле, как шли через неожиданно обмелевший Сиваш отряды крестьянской армии Махно, обманом вовлеченные в войну против Врангеля в тайной уверенности не столько в то, что они возьмут Перекоп, сколько в то, что иначе «черный барон» уничтожит их всех до единого человека.

«Мы взяли Перекоп, — задумчиво продолжает Сталин, — потому что каждому коммунисту, если он настоящий коммунист, известно, что Красная Армия...»

Вождь замолкает на полуслове и обращается уже к побледневшему генералу Проскурову, хорошо понявшему пассаж вождя о военспецах-вредителях:

«Совсем недавно, товарищ Проскуров, вы уверяли нас со своими цифрами и данными, что наступление немцев на Западе приведет к затяжной и кровопролитной войне. Мы поверили вам и провели соответствующие мероприятия. Теперь вы также нас уверяете, пытаетесь уверить, что десант в Англию невозможен, потому что на ваших бумагах не сходятся нужные цифры. Таким образом, вы вводите в заблуждение Политбюро ЦК...»

В тот же день генерал Проскуров был снят с должности, через неделю арестован, а в октябре 1941 года, когда выяснилось, что на этот раз он был совершенно прав, расстрелян. Новым начальником разведки был назначен генерал Голиков.

Печальная судьба несчастного Проскурова ясно показала всем, чего хочет вождь. Вождь хочет немецкого вторжения в Англию. Это определило весь стиль последующей работы. В первом докладе генерал Голиков, опровергая псе выводы своего незадачливого предшественника, доказал вождю, что вторжение в Англию не только возможно, но просто неизбежно и может произойти в любой следующий день.

Голиков откровенно вводил вождя в заблуждение. Никаких данных о неизбежности десанта у него не было. Напротив, у него было донесение советского военно-морского атташе в Берлине капитана 1-го ранга Воронцова, который недавно по приглашению немцев проехал с группой иностранных дипломатов по северному побережью Франции и не увидел никаких признаков готовящегося десанта. Кроме того, источники Воронцова в верхах немецкого флота считают десант неосуществимым. Об этом же докладывает и военный атташе генерал Пуркаев, заметивший переброску войск вместо Северной Франции в Восточную Польшу.

Настырный советский военный атташе уже достаточно надоел немцам. Вклеив в альбом последнюю фотографию об амурных похождениях лихого комкора, немцы любезно пересылают этот альбом в Москву, где Сталин, поглаживая усы, с интересом его рассматривает. Захлопнув альбом, Сталин комментирует увиденное словами: «Хорош, нечего сказать!» — и приказывает Голикову вызвать этого «молодца» в Москву. Ничего не подозревающий Пуркаев является в приемную Голикова и просит дежурного доложить о своем прибытии. Не успевает дежурный сделать это, как появляются двое красноармейцев с винтовками и встают с обеих сторон стула, на котором генерал Пуркаев ожидает приема. Генерал пытается выяснить, что случилось, но часовые молчат — им разговаривать не положено, да и не знают они ничего. Так приказано. Пуркаев, обливаясь холодным потом, пытается понять причину ареста. Время идет, а его никуда не уводят, он продолжает сидеть в приемной своего непосредственного начальника, не зная, что тот уже в течение трех часов пытается дозвониться в Кремль.

Наконец Филипп Голиков, красный, злой и расстроенный, выходит в приемную. Не здороваясь с Пуркаевым, он делает знак конвойным вести военного атташе за ним. Пуркаева выводят во двор, где сажают в машину. Двое в кожаных куртках садятся по бокам. Голиков устраивается на переднем сиденье рядом с шофером. Машина едет не на Лубянку, как предполагал умирающий от страха Пуркаев, а в Кремль, что его пугает еще сильнее. Пуркаев не помнит, как и куда его вели, пока он не оказался в кабинете Сталина. Как ни странно, но, увидев альбом, Пуркаев успокоился и даже стал объяснять Сталину, какую именно информацию он получал от изображенных на фотографиях голых девиц. Сталин благожелательно усмехается в усы: «Видимо, вы разнюхали что-то очень интересное, что они прислали этот альбом сюда. Они надеются, что мы вас расстреляем. Но мы вас, товарищ Пуркаев, не расстреляем, а пошлем обратно в Берлин».

Что думает Пуркаев о готовящемся вторжении в Англию? Возможно ли оно? Конечно, возможно, уверенно отвечает генерал, в страшном нервном перенапряжении, шестым чувством угадывая, что именно хочет услышать Сталин: именно об этом узнавал он от проинструктированных гестапо девочек-патриоток, благодаря которым Пуркаев и предстал перед вождем...

Над глухими стенами кунцевской дачи повисла темная ночь, слишком темная для июльского Подмосковья. Ночь кажется еще более темной из-за тяжелых черных туч, согнанных на столицу устойчивым северо-восточным ветром. Временами идет дождь. Тяжелые капли барабанят но крышам дачных построек, шумят в листве подступающих к самым стенам деревьев. Три кольца внешней охраны зорко несут службу у шлагбаумов на дорогах, в секретных пикетах и засадах вдоль всего пути. Начеку и внутренняя охрана дачи, готовая в любую минуту осветить ночную тьму слепящим светом скрытых в кронах деревьев прожекторов и обрушить на любого нарушителя ливень огня и целые своры специально выдрессированных овчарок. Слишком драгоценна жизнь вождя, и враги народа готовы на все, чтобы оборвать ее.

По долгу службы офицеры охраны знают много больше, чем им положено знать. Знают о мине, обнаруженной на трибуне Мавзолея накануне первомайского парада 1938 года, знают и о минах, таинственным образом появляющихся на маршруте следования Сталина из Кремля в Кунцево, знают и о том, о чем вообще никому не положено знать: о ночном бое всего в двух километрах от дачи, разгоревшемся вьюжной ночью 3 февраля 1939 года, когда группа неизвестных в количестве 12 человек, явно прошедших специальную подготовку, пыталась прорваться к даче. 37 сотрудников охраны остались лежать в лесу — пули неизвестных были покрыты слоем цианида, вызывая при любом попадании быструю смерть. Никого взять живым не удалось. Не удалось даже установить, было ли их 12 или больше. Трупы отправили куда-то, а затем по одному, но быстро стали исчезать все принимавшие участие в этом бою. Упоминать о нем запрещалось, но знали о нем все, кто охранял дачу Сталина в Кунцеве.

Стояла полная тишина, если не считать шума дождя. Охрана должна действовать бесшумно, незаметно и со стопроцентной надежностью. Ничто не должно тревожить сон вождя в это ненастное июльское предрассветное время. Но Сталин не спит. Он сидит в глубоком покойном кресле, буквально утопая в нем. Свет в комнате затемнен, но не погашен. Колоссально расширившиеся черные глаза вождя смотрят в пространство немигающим взором. Странный матовый румянец проступает на коже щек, совершенно утративших свою обычную маслянистость. Кожа лба натянулась так, что лоб кажется больше обычного. Морщины исчезли, и все лицо выглядит удивительно помолодевшим. Дыхание редкое и очень глубокое. Руки покоятся на подлокотниках, пальцы временами слабо перебирают их.

Страшная, неведомая энергия вливается в него. Он сам не знает ее природы, он боится ее, но без этой энергии он уже давно не может существовать. Это началось давно, еще в Туруханской ссылке, когда туземцы, веками жившие в гармонии с нечеловечески суровой природой крайнего Севера, научили его, как подключаться к великой энергии Неба, чтобы выжить сегодня и иметь силы назавтра идти многие десятки верст за несметными стадами своих оленей. И олени будут подчиняться твоей воле.

Ему тоже надо выжить сегодня, а завтра управлять несметным стадом своих подданных, ибо энергии, необходимой для управления стадом оленей, вполне хватило для волевого порабощения двухсот миллионов людей...

На рассвете 19 июля 1940 года под аккомпанемент затянувшегося дождя из ворот кунцевской дачи выехали три машины. Проскочив через лес секретными подъездными путями, кортеж выехал на закрытое стратегическое шоссе, обозначавшееся в документах под наименованием «Серпуховское», хотя никакого отношения к Серпухову оно не имело. Через полчаса езды машины резко свернули на проселок, скрытый от посторонних глаз сросшимися кронами вековых деревьев, миновали огромный фанерный щит с надписью «Внимание! Запретная зона. Огонь без предупреждения!» и остановились перед шлагбаумом. Кроткая заминка — и шлагбаум открылся, пропуская одну машину из трех. Две остались ожидать на обочине. Машина, в которой находился Сталин, проехала еще два контрольно-пропускных пункта и через пару километров остановилась. Дорога окончилась, упершись в заросли кустарника.

Сталин вышел из машины, перебросил через руку плащ и пошел в кустарник, через который шла еле заметная тропинка, ведущая к берегу тихого лесного озера.

Посреди озера находился островок, весь заросший вековыми деревьями, сквозь которые проглядывался двухэтажный старинный особняк, принадлежавший некогда одному богатому московскому купцу. Сталина ждала лодка. Лодочник, старик неопределенного возраста, заросший до глаз бородой, в прорезиненном длинном плаще с капюшоном, не проронил ни слова, увидев идущего к нему Сталина. Молча дождавшись, пока вождь устроится в лодке, старик взмахнул веслами и быстро доставил Сталина на противоположный берег. Сталин вышел из лодки и стал подниматься по тропинке, петляющей между деревьями по направлению к особняку.

Вокруг все было чисто и ухоженно. Ровными рядами стояли поленницы дров, деловито бродили куры, щипали траву привязанные к деревьям коровы — забытая сельская идиллия конца прошлого века. Сталин поднялся на крыльцо, В этот момент отворилась дверь, и навстречу ему вышла высокая женщина в низко повязанном платке и длинном холщовом платье. Она была очень старой, но сохранила осанку и стройность фигуры. Не сказав ни слова, женщина молча посторонилась, пропуская Сталина в дом. Сталин также ничего не сказал, даже не удостоил ее кивка.

В холле первого этажа находился стол с телефоном, в углах висели два огнетушителя, красовался противопожарный щит с баграми и кирками, два канцелярских стула — более ничего. Женщина осталась в холле. Сталин стал подниматься на второй этаж, где его встретила другая женщина, одетая подобно первой, столь же стройная, величественная, с пронзительными серыми глазами и увядшим пожилым лицом.

На столике перед большой двустворчатой дверью стоял поднос, уставленный какими-то пузырьками с лекарствами, лежала открытая книга на французском языке.

«Как он?» — спросил Сталин, передавая женщине плащ и фуражку. Женщина ничего не ответила, ее серые глаза пытались встретиться с глазами вождя, но тот, не ожидая какого-либо ответа, открыл дверь и тщательно прикрыл ее за собой. В большой полутемной комнате, освещаемой только серым светом дождливого утра, пробивающимся через тяжелые шторы, Сталин на мгновение остановился и огляделся.

Письменный стол красного дерева со старорежимными завитушками занимал добрую треть помещения. Книжный шкаф даже в полутьме сверкал золотыми корешками старинных книг на разных языках. На отдельной полке теснились красные томики собрания сочинений Ленина. Несколько картин в массивных золоченых рамах и множество развешанных по стенам фотографий и миниатюр рассмотреть в темноте было невозможно. Завешанная тяжелой портьерой дверь вела в смежную комнату. Уверенно нащупав за портьерой ручку, Сталин открыл дверь. Комната, несколько меньше предыдущей, была освещена старинной люстрой с двенадцатью свечами. Одна из стен была почти полностью покрыта иконами. Под некоторыми мерцали лампадки.

На простой железной кровати с никелированными

шарами лежал старик с длинной, совершенно белой, но ухоженной бородой. Глаза его были закрыты. Женщина, очень похожая на тех, кого Сталин встретил по дороге, сидела в изголовье старца и что-то читала ему вслух. Увидев Сталина, она закрыла книгу, встала и, не произнеся ни слова, вышла из комнаты. Сталин сел на ее место. Старик лежал с закрытыми глазами и молчал. Сталин тоже молчал. Молча он вынул трубку, набил ее и закурил.

«Мы вышли на Неман, Буг и Прут», — тихо сказал вождь.

«Благослови тебя Господь», — прошептал старик, не открывая глаз. Сталин, замявшись на мгновение, продолжает:

«Мы пойдем дальше. Дойдем до океана. Момент очень благоприятный».

Старик открывает глаза. Кротким и добрым взглядом он смотрит на диктатора с каким-то смешанным выражением удивления и испуга.

«Не надо, — неожиданно твердым и звучным голосом говорит он. — Россия не сможет прожить без Европы. Уничтожив Европу, она погибнет. Россия и Европа — части одного организма. В нашей истории было много моментов, когда можно было захватить Европу. Вспомни Семилетнюю войну и поход Александра Благословенного. Но Господь удержал нас от искушения. С нашей низкой культурой и вековой отсталостью мы не сможем господствовать над миром, даже если и захватим его военной рукой...»

Сталин раздраженно сопит, перебирая пальцами потухшую трубку. Старик всегда был политически ограниченным, таким он и остался, продолжая уповать на волю Божью, хотя и изучил труды Маркса и Ленина. Однако так и не понял, что он, Сталин, действует не на основании каких-то там предписаний Господа Бога, а на основании научного учения, которое, как говаривал Ленин, непобедимо, потому что верно. Старик так и не понял, что капитализм вступил в свою последнюю, загнивающую стадию, именуемую империализмом, и собственной агонией проложит путь к пролетарским революциям во всех странах мира. Низкая культура! Отсталость! Смешно слышать подобные вещи, когда мы вооружены самой передовой в мире научной теорией и в кратчайший срок насадили самую передовую в мире культуру, одинаково прекрасную и для наркома, и для колхозника! Отсталость и низкая культура — все это было во времена старика, а ныне именно наша идеология и культура, наши ценности могут и должны доминировать в мире. И они будут доминировать, поскольку у мира просто нет альтернативы такому развитию. И все события сегодняшнего дня разве не являются подтверждением гениальных пророчеств классиков-основоположников Великого учения? И это не пророчества какого-нибудь Гришки Распутина, а четкое, выверенное, математически рассчитанное до пятого знака, строго научное предвидение, ежедневно, ежечасно подтверждаемое самой жизнью. Но старику, конечно, этого не втолковать. Он жил и живет, а вернее, доживает в своем православном национальном патриотизме, и ему никогда не подняться до высот пролетарского интернационализма.

Сталин молча встает и выходит из комнаты, плотно прикрыв за собой дверь...*

А по всему Советскому Союзу прокатываются шум-

---

*Кто был этот старик? Хотя ответ напрашивается сам собой, надо быть очень осторожным, ибо самые очевидные ответы часто бывают самыми неверными. Факты же таковы: в бывшем загородном особняке московского купца Куманина еще в середине 20-х годов был создан т.н. «Особый объект 17». После 1934 г. на этот объект имели доступ только Сталин и Ягода. Ежов, судя по всему, даже не знал о существовании куманинской дачи. Охране категорически, под страхом расстрела на месте, запрещалось выходить на берег озера. Иногда туда привозили продукты и какие-то ящики, но складывали их на берегу. Ночью все перевозил на остров старик-лодочник, который по одним слухам был глухонемым, а по другим — просто очень замкнутым. Жители соседних деревень знали об «объекте 17», но были уверены, что там находится секретная лаборатория, изобретающая смертоносные лучи для уничтожения вражеских самолетов. Вполне в духе времени.

Подполковник в отставке Н.Ф. Леонтьсв (умер в 1988 г.), будучи сержантом НКВД, нес охрану на одном из трех КПП по дороге к «объекту». По его словам, вся охрана была проинструктирована о «лаборатории» и «лучах», но они прекрасно знали, что никакой лаборатории там нет, а есть «спецтюрьма», где содержится какой-то важный узник.

Слухи ходили разные. Одни говорили, что там сидит сам Ленин, которого арестовали по приказу Сталина в 1923 г., другие упоминали о Керенском, Деникине, о брате царя Михаиле, о патриархе Тиные «спонтанные» митинги рабочих, приветствующих и одобряющих последние антирабочие указы, окончательно превращающие их в бесправных и безликих рабов. Огромная страна, хлюпая по грязи и крови, по костям своих и чужих подданных, уже почти неприкрыто выходит на тропу войны.

Выступая на сессии ВЦСПС, Шверник вдохновляет профсоюзных делегатов: «Мы должны быть готовыми в любой момент к самым тяжелым испытаниям, которые только могут быть возможны». Притихший зал пытается сообразить, откуда свалятся на СССР эти «тяжелые испытания»: из Англии, Японии или Германии? Вроде больше уже никого не осталось.

Между тем Шверник продолжает: «Товарищи, товарищ Сталин учит нас, что наиболее опасные вещи в мире всегда случаются совершенно неожиданно... Сегодня международная обстановка требует от нас изо дня в день усиления обороноспособности нашей страны и мощи наших Вооруженных сил!»

Газеты опубликовывают сообщение главного командования вермахта о потерях Германии в ходе блицкрига на Западе: 27 000 убитых, 18 пропавших без вести, 111 000 раненых. Взято в плен — 1 миллион 900 тысяч солдат и

хоне, о Троцком и даже... об отце самого Сталина. По словам Николая Филипповича Леонтьева, они, несмотря на строжайшие запреты, часто спускались к озеру и не раз помогали старику-лодочнику грузить продукты и прочее на лодку и даже разгружать на том берегу.

Старик-заключенный не был глухонемым. Звали его не то Василием Алексеевичем, не то Василием Александровичем — Леонтьев точно не помнит. Но он точно помнит, что таинственный узник умер в конце января 1941 г. и его гроб куда-то увезли. После этого «объект 17» был ликвидирован.

Как часто Сталин посещал «объект»? Леонтьев считает, что раза два-три в год. Последний раз именно в июле 1940 г. Это точно, ибо через последний КПП мог пропускаться только Сталин и лица с ним, но «лиц» никогда не было.

О своем последнем посещении куманинской дачи сам Сталин рассказал Л.П. Берии, который успел до ареста переправить на запад запись этой беседы в числе многих других документов. Сам Берия почему-то склоняется к мысли, что узником был Белецкий. Очень сомнительно... (см. «За широкой спиной», Н.-Й., Харпер-бук, 1961).

офицеров противника, включая пять командующих армиями. Потери, почти втрое меньшие советских потерь в войне с крошечной Финляндией, неприятно резанули слух Сталина и его ближайшего окружения. Даже питавшееся одними слухами о собственных потерях население не могло не обратить на это внимания. Затаенная надежда, что Германия выйдет из этой войны ослабленной и обескровленной, рассыпалась в прах. Впервые миллионы русских услышали фамилии, от одного звука которых сердца сжимались в страшном зловещем предзнаменовании: Гудериан, Клейст, Гот, Манштейн...

Но в Кремле никакого предзнаменования не чувствовали. Напротив, на оперативно-тактической игре, проведенной 25 июля в присутствии Сталина, действия немецких танковых групп были признаны «авантюристическими». На славу поработала разведка, доставившая для аналитиков несколько кубометров оперативно-тактических приказов по различным танковым группам вермахта. Сплошная авантюра! Извольте убедиться, в свойственной ему старорежимной манере докладывает маршал Шапошников. Танки опережают пехоту чуть ли не на недельный переход. Несутся вперед без обеспеченного тыла и флангов. В отличие от Первой мировой войны, в боевых порядках исключительно слабая артиллерийская насыщенность. С воздуха группу поддерживает, по нашим меркам, авиационная бригада неполного состава.

Немцы берут на испуг! Хорошо дисциплинированная, не поддающаяся панике армия без труда справится с подобной, совершенно не продуманной тактикой, отрезав танки от пехоты, а спешащую за танками пехоту от тылов. Это первое. И второе: оборона у немцев совершенно не продумана. Гудериан гоняет с фланга на фланг одну кавалерийскую дивизию, которая справляется со своей задачей в инерции стремительного наступления. Но если сама группировка подвергнется удару, да при этом будут выведены из строя ее средства управления и связи, то разгромить ее не составит особого труда.

Сейчас все танковые группы вермахта отрабатывают задачи борьбы на захваченных плацдармах с дальнейшим расширением плацдармов и выходом на оперативный простор. Задача совершенно новая, и, учитывая стойкость англичан в обороне, можно с уверенностью сказать, что старая тактика уже не принесет Гудериану славы. Видимо, в предстоящей десантной операции немцам придется задействовать почти все свои танковые войска, разделив их на волны.

Как показывают наши расчеты, треть они потеряют на переходе морем и при выгрузке на плацдарме, еще треть — при прорыве английской обороны. И вот тогда начинаем действовать мы. Важно не упустить момент, а потому постоянно держать армию в готовности. Кроме того, расчеты, проведенные генеральным штабом, показывают, что для проведения операции столь крупного масштаба, какой является «Гроза», необходимо увеличение танкового парка на 40%, самолетного — на 50%, численного состава армии — на треть.

Не произнеся ни слова, Сталин только кивками головы давал понять, что в принципе согласен с выводами военных и отпустил всех с миром.

Совсем недавно вождь затребовал в свою личную библиотеку новый полевой устав Красной Армии. Как всегда усидчиво и внимательно, он изучает его с карандашом в руках, подчеркивая фразы, делая заметки на полях. В отличие от Гитлера, штудировавшего труды Мольтке, Шлиффена и Людендорфа, Сталин пытается таким образом повысить эмбриональный уровень своих знаний в области военного искусства, чтобы говорить с военными на равных и понять, морочат они его, как обычно, или нет. До сих пор на многих военных и политических «играх» ему подсказывал правильный путь замешанный на осмотрительности обостренный инстинкт хищника. Теперь он понимает, что этого мало. Надо слегка подучиться.

Из самоуверенного, коварного политика Сталин постепенно начинает превращаться в военного лидера. Всего через пять лет, став, подобно Суворову, генералиссимусом русской армии, он дружески скажет фельдмаршалу Монтгомери: «К черту политиков. Ведь мы с вами военные!» Но это будет через пять лет, долгих, как геологическая эпоха, когда портрет Маркса вылетит из кабинета вождя и будет заменен портретами Суворова и Александра Невского, когда произойдет фактическое срастание сталинского социализма с великорусским национализмом и выроненное погибшим Гитлером знамя национал-социализма Сталин попытается поднять над Россией своими дрожащими старческими руками. И не без успеха. А пока он изучает устав РККА, путаясь в терминах и формулировках. Он ни дня не служил в армии, а гражданская война только научила его бояться военных и не доверять им.

В отличие от Сталина Гитлер имел все основания считать себя опытным военным — как-никак, а всю Первую мировую отсидел в окопах, и ранен был, и газами отравлен, и боевые награды имел. Что бы об этих наградах ни говорили злые языки, а в кайзеровской армии их зря не давали.

Вышел он из этой войны с полным презрением к своим обанкротившимся генералам и с чувством глубокого к ним недоверия. На досуге между митингами и партийными заботами внимательно проштудировал труды Клаузевица, Мольтке-старшего и незабвенного Шлиффена, придя к выводу, что генералы только пишут книги, но сами их никогда не читают. А потому не стеснялся орать на своих генералов, как на него самого некогда орал фельдфебель Цибель. Дружище Цибель. Партайгеноссе Цибель. Спасибо ему за хорошую школу. Обласканный фюрером старик Цибель и представить себе не мог, что, разнося в пух и прах мешковатого и неподтянутого австрийского волонтера, он воспитывает будущего Верховного главнокомандующего всеми Вооруженными силами рейха, чья военная карьера прервалась на лычке ефрейтора, да и ту дали при увольнении в запас...

В который раз Гитлер продумывает свой план. Конечно, он понимает, что высадка в Англии при нынешнем состоянии немецкого флота — безумие. Но многих эта идея увлекла настолько, что реальность опять поблекла, прикрытая миражом стремительного броска через Ла-Манш. Это великолепно! Именно в тот момент, когда все в мире будут ждать нашего десанта в Англию, мы обрушимся и свернем наконец шею этому гнусному еврейскому прихвостню в Кремле! Тут главное — все сделать тонко, потому что ясно уже, что он только и ждет, когда мы начнем высаживаться в Англии, чтобы напасть на нас. Но как ни действуй тонко, развернуть примерно 200 дивизий на русских границах незаметно не удастся. А ведь при этом надо еще как-то парализовать дальнейшее движение Сталина на запад, особенно на Балканы, куда он явно нацелился.

Не будь пролива Ла-Манш, Гитлер, наверное, умер бы от беспокойства, что его слишком много возомнившие о себе, а главное, до ужаса недисциплинированные генералы сами начнут вторжение в Англию и спровоцируют Сталина на выступление. Это будет крах. Если большевистская орда нападет первой, ее уже будет не остановить, тем более что вермахт, организованный для стремительного наступления, обороняться не любит, да толком и не умеет.

Но тут можно быть спокойным. Ла-Манш не только охраняет Англию от вторжения, он в неменьшей степени охраняет Гитлера от всяких неожиданностей и дает возможность тщательно подготовить своей коварный план. Он рассчитал все правильно. Пришедший в ужас от предстоящей задачи адмирал Редер вынужден выполнять приказ, но ходит за фюрером буквально по пятам и чуть не плача умоляет, чтоб операцию «Морской Лев» отсрочили, а еще лучше — отменили. Нет уж, нет уж, добродушно ухмыляется Гитлер, пока мы не покончим с Англией, мы не можем считать себя в безопасности. Так что собирайте, адмирал, баржи, понтоны, паромы, транспорты, сосредоточивайте их в местах предполагаемой погрузки войск, пусть все видят, в том числе и советская разведка. Мы не блефуем, мы готовимся.

Гитлер знает, что Редер не подведет — он сделает все, чтобы сорвать десант. Слава богу, адмирал опытный и знает, как это делается. И Гитлер не ошибся. 29 июля Главный штаб флота направил на его имя меморандум, умоляя не проводить высадку в этом году, а перенести ее на май 1941 года или позднее, т.е. отменить вообще.

31 июля Гитлер снова собирает руководство Вооруженными силами на своей вилле в Оберзальцберге. Присутствуют, как всегда, Кейтель и Йодль от штаба Верховного командования, Браухич и Гальдер от штаба Командования сухопутными силами. Все внимательно слушают

взволнованного Редера. Не теряя времени на выбор выражений, гросс-адмирал прямо говорит, что считает невозможным при нынешнем соотношении Военно-морских сил совершить транспортировку такого количества войск через пролив. Да, существует план распыления сил английского флота с целью отвлечения их от метрополии. Большая надежда возлагалась на итальянский флот, но он пока не выказывает никакого желания перейти к активным действиям. Кроме того, до ввода в строй линейных кораблей «Бисмарк» и «Тирпиц» операцию по отвлечению английского флота из вод метрополии надежно не провести. А оба корабля, хотя работы на них идут круглосуточно, не могут быть введены в строй ранее весны 1941 года. Далее: весьма активна английская авиация, непохоже, что люфтваффе завоевала господство в воздухе. Весь июль немецкая авиация бомбила английские суда в проливе и южные порты Великобритании. Геринг обещал в течение июля уничтожить истребительную авиацию противника, втянув ее в бои над Ла-Маншем. Каков же итог, господа? По непроверенным данным, люфтваффе утопила всего четыре английских эсминца и 18 каботажных судов, потеряв при этом 296 самолетов уничтоженными и 136 поврежденными. Англичане же объявили, что потеряли, и это подтверждают добытые нашей разведкой списки по выплате принудительной страховки, 148 истребителей. Но в любом случае, продолжает главнокомандующий кригсмарине, даже если бы всех вышеназванных условий не существовало, флот не в состоянии закончить подготовку ранее 15 сентября.

Речь идет только о сосредоточении десантно-высадочных средств, и то при условии, что не возникнет непредвиденных обстоятельств из-за действий противника или из-за погоды. (Погода — лучший друг адмиралов всего мира, за которой они надежно укрываются от того, чем не желают заниматься.)

Да, да, погода, оживился Гитлер, вспомнив, какие муки он принял на борту «Дойчланда» по пути в Клайпеду. Он просит Редера пояснить господам, что он имеет в виду, говоря о неожиданных обстоятельствах, вызванных погодой.

Адмирал мгновенно чует поддержку фюрера и охотно переводит свой доклад в лекцию о погоде. Начиная со второй недели октября, поясняет он, погода в Северном море и проливе, как правило, очень плохая. Легкие туманы, начинающиеся в начале октября, постепенно становятся плотными и густыми.

Ну и чудесно, вставляет реплику Гальдер, это позволит скрытно перебросить армию через Ла-Манш. Английская авиация и флот нас просто не обнаружат. Да, соглашается Редер, но и у нас есть шанс не обнаружить мест высадки и погубить десант на прибрежных скалах. Кроме того, туман — это лишь часть проблемы, вызванной погодой. Операция может быть осуществлена, торжественно объявляет он, как бы выбрасывая на стол припасенного козырного туза, только в том случае, если море будет спокойным. Если же разыграется шторм, то баржи просто затонут. Даже крупные транспорты окажутся беспомощными, поскольку никого и ничего не смогут выгрузить на берег. Не жалея черных красок и мрачнея все более и более, адмирал живописует представителям главного командования, что их ждет, если они, даже не уважая противника, перестанут уважать погоду.

«Даже если первую волну удастся перебросить через пролив при благоприятных погодных условиях, это не даст никакой гарантии, что подобные благоприятные условия сохранятся при переброске второй и третьей волн... Необходимо понять также, что мы в течение нескольких дней вообще не сможем перекидывать в нужном объеме подкрепления на плацдармы до захвата и ввода в действие крупных английских портов».

Затем адмирал касается своих главных разногласий с армией. Армия желает осуществить высадку на широком фронте от Дуврского пролива до бухты Лайми, но флот не в состоянии обеспечить нужного тоннажа для высадки на столь широком фронте, не говоря уже об ожидаемой реакции флота и авиации противника. Адмирал настаивает, чтоб фронт высадки был укорочен, простираясь от Дуврского пролива лишь до Истборна.

«С учетом всего сказанного, — заканчивает адмирал, — я считаю, что лучшим временем для операции может стать май 1941 года».

Нет, нет, вмешивается Гитлер, он не собирается ждать так долго. Он соглашается, что с погодой, естественно, ничего не поделаешь, но откладывать из-за этого операцию на весну не имеет смысла. Погоду необходимо, конечно, учитывать, но еще важнее учесть фактор потерянного времени. К весне немецкий флот все равно не станет сильнее английского, даже если удастся ввести в строй все строящиеся корабли. Но английская армия, которая в настоящее время в очень плохой форме, получит 8—10 месяцев передышки, что даст ей возможность сформировать еще 30—35 дивизий и сосредоточить их в местах предполагаемой высадки нашего десанта.

Операция по «распылению» английского флота уже началась и будет продолжаться. В океан вышли вспомогательные рейдера, по окончании ремонта туда уйдут и боевые корабли. Русские любезно предложили для проводки наших рейдеров в Тихий океан воспользоваться их Северным морским путем. Обещает резко повысить активность и итальянский флот. У него проблемы с топливом и ремонтом, но все они в ближайшее время решатся. Разработан план отвлекающего удара в Африке. Но решительного результата мы добьемся только захватом английской метрополии. Поэтому необходимо подготовиться к высадке десанта к 15 сентября. Окончательное решение — проводить ли операцию 15 сентября или отложить ее на май 1941 года — будет принято после того, как люфтваффе проведет решительное наступление на Англию, которое начнется в самое ближайшее время. В зависимости от того, насколько нашей авиации удастся ослабить воздушные и морские силы противника, вывести из строя его порты, коммуникации и прочее, мы и решим, проводить ли операцию «Морской Лев» в 1940 году или отложить ее до мая 1941 года.

Итак, все теперь зависит от люфтваффе. На следующий день, 1 августа, Гитлер выпускает две директивы, одну из которых подписывает сам, вторую — Кейтель.

«ШТАБ-КВАРТИРА ФЮРЕРА
1 августа 1940 г.

СОВЕРШЕННО СЕКРЕТНО

Директива № 17

ПО ВЕДЕНИЮ ВОЗДУШНОЙ И МОРСКОЙ ВОЙНЫ ПРОТИВ АНГЛИИ

Для создания условий, необходимых для окончательного сокрушения Англии, я намерен продолжать воздушную и морскую войну против Британской метрополии более интенсивно, чем прежде.

Исходя из этого, приказываю:

1. Германским Военно-воздушным силам подавить Военно-воздушные силы Британии всеми имеющимися в их распоряжении средствами и как можно быстрее.

2. Люфтваффе являются авангардом операции “Морской Лев”...

5. Я резервирую за собой решение о проведении террористических ударов по английским городам в качестве средства возмездия.

6. Интенсивная воздушная война должна быть начата 6 августа или сразу же после этой даты... Военно-морские силы получили приказ интенсифицировать морскую войну против Англии в то же самое время.

Адольф Гитлер».

Директива, подписанная Кейтелем, гласила:

«СОВЕРШЕННО СЕКРЕТНО

ОПЕРАЦИЯ “МОРСКОЙ ЛЕВ”

Главнокомандующий Военно-морскими силами доложил 31 июля, что необходимая подготовка к “Морскому Льву” не может быть завершена ранее 15 сентября. Исходя из этого, фюрер приказал:

Армия и Военно-воздушные силы должны продолжать подготовку к проведению операции “Морской Лев” и завершить ее к 15 сентября.

Через 8—14 дней после начала воздушного наступления против Британии, назначенного на 5 августа, фюрер решит, будет ли вторжение иметь место в этом году или нет. Его решение будет зависеть главным образом от результатов воздушного наступления...

Несмотря на предупреждение Военно-морских сил, что они могут гарантировать прикрытие десанта только на узком участке побережья (до Истбурна), подготовка должна вестись для вторжения на широком фронте, как первоначально планировалось...»*

---

* Последние слова директивы Кейтеля послужили лишь поводом к новой вспышке яростных разногласий между армией и флотом.

Еще 25 июля Главный штаб ВМС подсчитал, что для выполнения требований армии по высадке 100 000 человек с необходимым снаряжением и средствами материально-технического обеспечения в первой волне десанта на широком двухсотмильном фронте от Рамсгейта до бухты Лайми потребуется: 1772 баржи, 1161 десантный катер, 471 буксир и 155 крупных транспортов. Впавший в отчаянье Редер прямо заявил Гитлеру 25 июля, что даже если удастся собрать такое огромное количество десантно-высадочных плавсредств, то это нанесет страшный удар по экономике Германии, поскольку мобилизация такого количества самоходных барж и буксиров фактически парализует всю внутреннюю систему водного транспорта, от которой в огромной степени зависит экономическая жизнь страны.

Редер дал ясно понять, что в любом случае прикрытие подобной армады от неизбежных ударов английского флота и авиации германскому флоту не по силам. Поэтому Главный штаб флота предупредил армию, что, если она будет продолжать настаивать на высадке на широком фронте, флот рискует потерять все свои корабли.

Но армия продолжала настаивать, утверждая, что высадка на коротком фронте даст возможность англичанам сосредоточить на плацдармах силы, превосходящие немецкие, и сбросить десант в море. Попытка генерала Гальдера согласовать этот вопрос с начальником Главного штаба флота адмиралом Шнивиндом привела к еще большему обострению отношений.

Вечером Гальдер записал в своем знаменитом дневнике: «Наша беседа привела только к подтверждению того, что между нами непроходимая пропасть».

Явное нежелание флота осуществлять операцию оказало влияние и на армейских генералов, постепенно теряющих уверенность в полном успехе.

Пока Верховное командование вермахта разворачивало небывалую в истории кампанию по введению Сталина в заблуждение, сам Сталин 1 августа, скучая, сидел в президиуме Верховного Совета СССР, слушая очередную занудную речь Молотова, наставлявшего депутатов в понимании аспектов внешней политики страны. Своим скучным, методичным голосом глава правительства вещал:

«Германия достигла больших успехов в войне против западных союзников. Однако она не решила фундаментальной проблемы — как прекратить войну на желательных для нее условиях. 19 июля рейхсканцлер предложил Великобритании начать мирные переговоры, однако британское правительство отклонило его предложение, рассматривая его как требование капитуляции. Англия ответила, что будет сражаться до окончательной победы. Британское правительство даже разорвало дипломатические отношения с Францией.

Все это означает, что Великобритания не желает отказываться от своих колоний и желает продолжать сражаться за доминирование над миром, хотя все это стало гораздо труднее после разгрома Франции и вступления в войну

«Я категорически отверг все предложения флота, — с нескрываемым гневом и возбуждением вспоминал обычно очень выдержанный и спокойный Гальдер. — С точки зрения армии предложения флота являются самоубийством. Это все равно, что высаживать войска прямо в жерло мясорубки».

Адмирал Шнивинд, выслушав доводы Гальдера, ответил, что «учитывая превосходство англичан на море, равным самоубийством стала бы попытка транспортировать войска на такой широком фронте, как желает армия».

Не имеющий собственной авиации немецкий флот не питал никаких иллюзий по поводу возможностей люфтваффе сорвать контрудар английского флота.

Италии... Конца войны не видно. Похоже, что начинается новая стадия войны — борьба между Германией и Италией с одной стороны и Великобританией, поддерживаемой Соединенными Штатами, с другой стороны».

Молотов в принципе не скрывает своей радости по поводу того, что Англия не прекращает борьбы, а его ссылка на Соединенные Штаты дает депутатам понять, что у Германии не так уж много шансов выиграть эту войну и что Советское правительство этот факт нисколько не огорчает. Но все подается осторожно, на «новоречи», которая не так легко однозначно расшифровывается.

Характеризуя нынешние советско-германские отношения, Молотов не говорит ничего нового, а слово в слово повторяет известное заявление ТАСС от 23 июня:

«Недавно в британской и пробританской печати появилось много спекуляций о возможности ухудшения отношений между Советским Союзом и Германией. Были сделаны попытки напугать нас возрастающей мощью Германии. Но наши отношения основаны не на временных конъюнктурных соображениях, а на фундаментальных государственных интересах двух наших стран».

Дав понять немцам, что их любят по-прежнему, Молотов касается и отношений с Англией. Тут надо быть очень осторожным. Во-первых, не спугнуть немцев, но и не очень злить англичан, которые в случае начала «Грозы», по крайней мере временно, превратятся в союзников. Отметив, что, видимо, кто-то в Англии и заинтересован в улучшении отношений с СССР, о чем свидетельствует назначение послом в Москву господина Криппса, Молотов, однако, подчеркивает, что «после всех враждебных актов, которые Англия совершила против нас, вряд ли можно ожидать какого-либо благоприятного развития англо-советских отношений». Сказав это быстрой скороговоркой, Молотов спешит уйти от темы англо-советских отношений, которые в действительности гораздо более сложны, чтобы их можно было выразить на «новоречи».

Возобновлено англо-советское торговое соглашение, англичане согласились даже передать СССР часть золотого запаса бывших Прибалтийских республик. Они явно ждут какой-то резкой перемены в курсе внешней политики СССР. Уж не пронюхала ли их вездесущая разведка о готовящейся «Грозе»? Английский журнал «Панч» поместил прямо на обложке карикатуру, на которой в подвенечном платье и фате изображен Сталин, идущий под руку с женихом-Гитлером. «Жених», мило улыбаясь, протягивает «невесте» свадебный подарок — Прибалтику. «Долго ли еще продлится медовый месяц?» — вопрошает журнал. Тут все ясно и откровенно. Англичане сделают все возможное, чтобы испортить советско-германские отношения, натравить Гитлера на СССР, чтобы тот, отказавшись от вторжения в Англию, ринулся на Россию. Вот тогда произойдет то, о чем предполагал Сталин: длительная, кровопролитная и изнурительная война, которая настолько ослабит и обескровит обе страны, что даст возможность Англии, отсидевшись на своих островах, продиктовать условия будущего мира и сохранить доминирующее положение в Европе. Но не выйдет, господа хорошие! Мы тоже не лыком шиты. Пусть Гитлер вторгнется на ваши острова, а мы ему в этом окажем полное содействие, пусть опустошит и обескровит вашу надменную метрополию, а вот тут-то мы и вмешаемся и возьмем вас всех голыми руками, как взяли Прибалтику, Бессарабию и Буковину.

Молотов как раз и переходит к недавним событиям в этих странах. Все уже знают советскую методику публичного освещения подобных событий, и никто не удивляется. Всем известно, что Советский Союз просто вернул себе территории, принадлежавшие России.

Что касается Северной Буковины и крупного города Черновцы, которые России никогда не принадлежали, то тут Советский Союз пошел навстречу волеизъявлению населения, состоящего главным образом из украинцев и молдаван, которые с великой «радостью и ликованием» решили войти в состав СССР, как сделали их братья в Бессарабии.

Даже не обладая большой фантазией, можно было

представить, как Советский Союз будет проглатывать одну страну за другой: молдаване в Бессарабии захотят воссоединиться со своими братьями в Румынии, румынские турки — со своими братьями в Турции, румынские мадьяры — со своими братьями в Венгрии и Италии и так далее. Главное — существует хорошая методика!

Что касается Прибалтики, то вхождение ее в состав СССР Молотов объясняет следующим образом: «Пакты о взаимопомощи, которые мы имели с Литвой, Латвией и Эстонией, не дали желаемых результатов. Буржуазная клика в этих странах была враждебна по отношению к Советскому Союзу, и антисоветская "Балтийская Антанта" между Латвией и Эстонией была позднее распространена и на Литву.

Поэтому, учитывая международную обстановку, мы потребовали изменения в составе правительств Литвы, Латвии и Эстонии, а также ввода в эти страны дополнительных контингентов Красной Армии. В июле во всех трех странах имели место сводные парламентские выборы, и мы можем теперь с удовлетворением отметить, что народы Литвы, Латвии и Эстонии в дружеском порыве выбрали таких представителей, которые единодушно объявили о введении Советской власти во всех трех странах и о входе этих стран в состав СССР».

В связи с этим Молотов напоминает, что с сентября 1939 года население Советского Союза увеличилось на 23 миллиона человек, что означает «важное увеличение нашей мощи и территории». Затем он неожиданно переходит на отношения с Турцией и Ираном, характеризуя их как «совершенно нормальные».

Совсем недавно в Германии опубликована «Белая книга», рассказывающая об интригах Англии и Франции против СССР во время войны с финнами, раскрывающая зловещую роль, которую Турция и Иран играли в англо-французском антисоветском заговоре. Советский Союз все это принял к сведению, и обе страны свое получат, дайте только срок. Уже разрабатываются детали предстоящего ультиматума Турции с требованием предоставления СССР военно-морской базы в турецких проливах, о чем мечтала еще Екатерина II. Уже сформированы части, которые оккупируют северную часть Ирана и уйдут оттуда только по требованию монопольно сидящего на атомной бомбе президента Трумэна. Но пока отношения «совершенно нормальные».

Отношения с Японией после урока, преподнесенного на Халхин-Голе, тоже «совершенно нормальные». Работает так называемая «Маньчжурско-монгольская комиссия», которая должна вскоре решить все пограничные проблемы между СССР и Японией.

Япония — это бельмо на глазу, это кость в горле. После войны 1904—1905 годов она не уважает Россию, на что можно было в принципе наплевать, но и не боится ее, заставляя постоянно планировать войну на два фронта, Япония может не только сорвать «Грозу», но и навязать нам столько хлопот, которые сейчас невозможно даже представить. Как бы заручиться нейтралитетом Японии, направив ее вулканическую энергию в какое-либо другое русло, скажем, против Соединенных Штатов? Кстати, о Соединенных Штатах. «Я не буду продробно останавливаться на наших отношениях с Соединенными Штатами, — говорит Молотов, вызывая смех в зале, — только потому, что ничего хорошего я вам доложить не могу. Мы понимаем, что некоторым американцам не по вкусу наши успехи в Прибалтийских странах».

Он напоминает только, что Соединенные Штаты «захватили» принадлежащее бывшим Прибалтийским странам золото, которое по праву принадлежит Советскому Союзу. Со Штатами тоже не следует обострять отношения, которые и так хуже некуда. Когда мы захватим Европу, «освобождая ее от гитлеровской оккупации», нам нужна будет хотя бы на первое время благожелательная позиция США. В конце концов, мы спасем от гибели Англию! А потом дойдет черед и до Англии, и до США. Мы только в начале пути — впереди у нас вечность. Придет время, и в США грянет пролетарская революция, вожди которой сами позовут нас на помощь!..

Молотов заканчивает свою речь по стандартному образцу, которым обязаны были заканчивать любые речи все большие и малые вожди Советского Союза, призывая советский народ находиться в постоянной мобилизационной готовности. Ведь не секрет, что, разговаривая с одним латиноамериканским дипломатом, Гитлер признался, что на 16 августа у него намечен банкет в Букингемском дворце.. А уже на исходе 1 августа. Надо быть готовыми ко всему.

2 августа на сессии Верховного Совета выступили новые вожди Литвы, Латвии и Эстонии: Палецкис, Кирхенштейн и Лауристин, подтвердив страстное желание своих народов войти в дружную и счастливую семью народов СССР.

В тот же день Верховный Совет СССР принял законы «Об образовании Молдавской ССР», «О включении Северной Буковины, а также Хотинского, Аккерманского и Измаильского районов Бессарабии в состав Украинской ССР» и «О принятии Литовской, Латвийской и Эстонской ССР в состав СССР». Эти законы были приняты по просьбе парламентов всех трех стран и в соответствии со статьями 34 и 35 Конституции СССР о полной свободе союзных республик входить в Советский Союз и выходить из него. Целая полоса газеты «Правда» отводится под «Поэму о Сталине» литовской поэтессы Саломеи Нерис...

3 августа (опять подозрительно быстро) Директива № 17 Гитлера легла в русском переводе на стол Сталина. Многие другие данные, приходящие из разных источников, подтверждали намерение немцев начать наступление на Англию. И только короткое сообщение, перехваченное от английской резидентуры в Брюсселе, говорило о переброске немецких войск на территории генерал-губернаторства и протектората, где общее число общевойсковых и танковых дивизий уже доведено до 36. Эка не-

видаль, 36 дивизий! Хотя совсем недавно их было 7, а по нашим данным стало 14.

Англичане сообщают о 36. Им очень хочется, чтобы мы не спали по ночам из-за этих немецких дивизий и сводок, которые они нам подбрасывают. Нет уж, пусть они сами не спят по ночам, поскольку 15 сентября их ждет вторжение. И нам надо подготовиться к этому сроку, но по-новому. Обдумывая ситуацию, Сталин пришел к выводу, что центр тяжести «Грозы» неплохо бы сместить с северного и центрального направлений на южное, т.е. нанести главный удар по Балканам.

Он известил об этом Шапошникова, Тимошенко и Мерецкова, чем весьма их озадачил. Как известно, старый план Шапошникова, имевшийся в одном экземпляре, предусматривал для выполнения операции «Гроза» сосредоточить на западной границе примерно 180 дивизий и 172 авиаполка. Этими силами предполагалось нанести основной удар в районе Варшавы с выходом на Вислу в ее нижнем течении, одновременно громя северным флангом войска противника в Восточной Пруссии. Левое крыло фронта, нанося вспомогательный удар на Ивангород, громит Люблинскую группировку противника и выходит на Вислу в ее среднем течении. Далее, захватывая правым флангом Данию, все фронты с ходу форсируют Одер, развивая наступление на Берлин. На этом этапе дипломатия обеспечивает закрепление союзных отношений с Англией, по меньшей мере, до выхода Красной Армии к Ла-Маншу.

План был составлен тщательнейшим образом с подробным описанием направления ударов, районов сосредоточения, количества войск, их задач, а также задач флота, авиации, инженерных войск и даже трофейных команд и спецкоманд НКВД, особых команд по прочесыванию территорий, по быстрому «перемещению» враждебных элементов среди местного населения в восточные районы СССР и прочее, уже прекрасно отработанное в Польше, Прибалтике и Бессарабии. Ради этого плана и рисовались Белостокский и Львовский «балконы».

Помимо всего прочего, план предусматривал соединение где-то в Западной Германии с французской армией. После капитуляции Франции стало ясно, что план устарел, поскольку при всех своих достоинствах предусматривал ведение военных действий только против Германии. Ныне, когда перед СССР лежала беззащитная и растерзанная Европа, когда превратились в пыль разные там французские и английские гарантии, вроде гарантий безопасности Румынии или Югославии, когда самой Англии грозила ежеминутная гибель, а Франция уже погибла, искус стал более соблазнительным, и Сталин, набравшись в тиши своего кабинета знаний в области стратегии и оперативного искусства, решил план изменить.

Главной задачей после вторжения немцев в Англию будет захват Балкан, т.е. оккупация Румынии, Болгарии, Венгрии, Югославии, северных районов Греции и турецких проливов. Одновременно широким фронтом Красная Армия выходит на южные границы Германии и вторгается в эту страну как с юга — через территорию Австрии и Чехословакии, так и с востока, по первоначальному плану, используя для стремительности «балконы».

Какова же будет первоначальная реакция Германии на наше вторжении на Балканы? Тут может быть несколько вариантов. Поскольку основные силы немецких Вооруженных сил, включая подавляющую часть авиации и флота, будут заняты боями на территории Англии, а есть основания полагать, что бои эти будут очень жестокими и кровопролитными, то Гитлер вряд ли решится на быстрое и резкое реагирование на самих Балканах, которые надо пройти стремительно и оперативно, не давая никому времени опомниться, сметая любое сопротивление. Предпосылки к этому созданы: Красная Армия имеет преимущество перед всеми потенциальными противниками на Балканах примерно 10—15 к 1. Кроме того, мы ожидаем, что по мере продвижения Красной Армии во многих странах, в частности в Румынии, Венгрии, Болгарии, Югославии и Греции произойдут социальные революции, и народы этих стран сами попросят нашей помощи против Гитлера.

Таким образом, непосредственно на Балканах Гитлер чего-либо реального противопоставить нам не сможет, а мы посмотрим, стоит ли нам связываться с ним. По обстановке. Но! Вождь поднял палец: Гитлер может отреагировать, и я думаю, что он так и сделает — на наших западных границах, если мы сами до этого не перейдем в наступление с «балконов», как предлагают Борис Михайлович и товарищ Мерецков. Тогда мы переходим и тут в наступление по старому плану. Но главное теперь — это Юго-Западный фронт и Киевский Особый военный округ. Чтобы помочь товарищу Жукову, надо направить туда представителей Наркомата обороны и привести к сентябрю — октябрю округ в состояние наивысшей боевой готовности. У нас есть сведения, что Гитлер начнет вторжение в Англию не в августе, как первоначально планировалось, а в сентябре—октябре. В ближайшее время у нас будет возможность наблюдать развитие событий в этом направлении.

Немцы уже начали крупномасштабную операцию по «распылению» английского флота. Генерал Голиков зачитывает сводку: на океанские коммуникации один за другим прошмыгнули, замаскированные под торговые суда, подняв флаги нейтральных стран, немецкие вспомогательные крейсеры. Зная, что Сталин не любит общих, безликих фраз, начальник разведки сообщает подробности: 11 марта в океан вышел и, по нашим сведениям, успешно действует рейдер № 16 «Атлантис»; 7 апреля за ним последовал рейдер № 36 «Орион». Тогда они еще имели приказ оттянуть как можно больше сил английского флота от Норвегии, В мае и июне в океан прорвалась вторая очередь вспомогательных крейсеров: рейдер № 21 «Виддер», рейдер № 23 «Пингвин», рейдер № 10 «Тор». По первоначальной прикидке, эти рейдера уже утопили не менее 300 тысяч тонн английского торгового флота, что заставляет англичан держать вдали от метрополии крупные крейсерские соединения.

Необходимо отметить, что вспомогательные крейсеры в борьбе против английской торговли оказались гораздо более эффективными, нежели крупные боевые корабли, чей выход в море трудно скрыть, которые легче обнаруживаются, а с учетом общего соотношения сил на море — легко нейтрализуются. Так, линейный крейсер «Гнейзенау», действовавший в районе Исландии, был 26 июня торпедирован английской подводной лодкой и надолго вышел из строя. В связи с этим Голиков осмеливается напомнить Сталину, что немецкий вспомогательный рейдер № 45 «Комет» уже около месяца стоит на якоре у острова Колгуев и ждет, когда его проведут Северным морским путем в Тихий океан — в глубокий тыл английской морской торговли, где он наделает дел, как лиса в курятнике.

Вождь задумывается. Немножко подождем, как пойдут дела. Северные дела сидят у вождя в печенках. Несмотря на все меры секретности, английская разведка пронюхала про «Базис Норд». Английские корабли все чаще появляются в Баренцевом море. Английская пресса изо дня в день шумит, что СССР не нейтральная страна, а «фактически воюющая», угрожая принятием мер.

Меры эти понятны: Баку, Грозный и Гурьев — наши драгоценные и, увы, пока единственные источники нефти. Правда, уже на расстоянии протянутой лапы лежит Плоештинский бассейн, но все-таки он еще не наш.

Кстати, интересуется вождь, немцы очень любят, когда мы им помогаем даже с ущербом для себя. А как они выполняют наши просьбы, скажем, об английской авиабазе в районе Багдада? Имеется ли там какой-либо прогресс? Да, имеется. Немцы обещают в ближайшее время интенсифицировать поставку оружия Рашиду Али и помочь ему советниками-инструкторами. Немцам самим выгодно уничтожить авиабазу в Мосуле. Видимо, к весне будущего года этот вопрос будет решен окончательно.

Сталин молчит. Он знает больше Голикова. По линии

службы НКВД ближневосточная резидентура уже давно наладила связь с Рашидом Али Гайдани, который ненавидит немцев нисколько не меньше, чем англичан. Проникновение в Ирак приблизит Гитлера к источникам нефти как самого Ирака, так и Ирана. Этого допустить нельзя. Люди Берии уже работают в Турции, чтобы через ее территорию доставить оружие иракским националистам.

Вскоре Турции будет дан ультиматум относительно проливов. Политики в Анкаре не могли не заметить, что Закавказский округ во всю ведет съемку местности и готовит проходы для танков, а Черноморский флот все активнее и активнее оперирует в районах Констанцы и Варны, подбираясь к проливам. Это заставит их быть более уступчивыми. К счастью, в этой войне у немцев нет ни «Гебена», ни «Бреслау».

Оставшись один, Сталин задумчиво подходит к книжному шкафу. Автоматическим движением вынимает 42-й том сочинений Ленина, открывает на закладке и в который раз наслаждается неземной мудростью великого учителя. До тех пор, «пока мы не завоевали всего мира», напутствует из небытия вождь мирового пролетариата, необходимо «использовать все возможные противоречия и противоположности между империалистами», с тем чтобы максимально приблизить момент нового империалистического столкновения...

«Если мы вынуждены терпеть таких негодяев, как капиталистические воры, из которых каждый точит нож против нас, прямая наша обязанность двинуть эти ножи друг против друга...»

Он, Сталин, осуществил пророчество гения. Ножи двинуты друг против друга. Германия и Англия вскоре уничтожат друг друга. Сейчас мы помогаем Германии, но вскоре станем союзниками Англии, сменив на побережье Ла-Манша немецкие войска, и вот тогда всей мощью нашей армии и флота обрушимся на последний оплот мирового империализма — Великобританию...

5 августа, выполняя устное указание фюрера, данное еще в июне и подтвержденное устно на совещании в Бергсхофе 31 июля, начальник штаба 18-й армии генерал Маркс, считавшийся специалистом по России, представил первый вариант Оперативного проекта «Ост» — плана войны против СССР. На обсуждении плана присутствовали Гальдер, Типпельскирх и находившийся в отпуске в Берлине немецкий военный атташе в Москве генерал Кестринг. В основу своего плана генерал Маркс положил опыт войны с Польшей. Исходя из опыта этой войны и оценки местности и начертания дорожной сети в Советском Союзе, он предложил создать две ударные группы, нацеленные на Москву и на Киев. Этим Маркс отражал мнение генерального штаба, считавшего, что Москва — центр Советского Союза — играла гораздо большую роль, чем столицы других стран. Генштаб не сомневался, что Сталин выставит главные силы Красной Армии на московском направлении. Формулируя замысел своего плана, Маркс указывал, что целью предстоящей войны является необходимость «разбить русские Вооруженные силы и сделать Россию неспособной в ближайшее время выступить в качестве противника Германии. Для обеспечения защиты рейха от ударов советской авиаций Россия должна быть оккупирована до линии: нижнее течение Дона — Средняя Волга — Северная Двина».

Гальдер одобрил вариант Маркса. Генштабисты знали, что в ОКБ под руководством Йодля разрабатывают свой вариант плана, известный как «Этюд Лоссберга», по имени разработчика-подполковника.

План ОКБ, в отличие от плана Маркса, предусматривал создание не двух, а трех ударных групп и тесное взаимодействие с финнами при наступлении на Ленинград, захвату которого придавалось особое значение. Разработав свои планы, военные профессионалы ждали решения Гитлера, который, казалось, был полностью поглощен предстоящим наступлением на Англию.

Гитлер действительно с нетерпением ожидал начала воздушного наступления, попав, как уже не раз бывало, под обаяние безответственных заверений своего друга Геринга.

Внутри огромного плана по введению Сталина в заблуждение существовали свои собственные цели: Англия, не выдержав ударов люфтваффе, запросит мира и получит его, но на гораздо худших условиях, чем он предлагает сегодня. Кроме того, имеются конкретные сведения о возможности восстания в Шотландии. Немецкая разведка установила контакт с влиятельными шотландскими аристократами, крайне недовольными, что родные германские народы втравлены евреями в братоубийственную войну. Шотландцы просят оружия и немецких инструкторов, они хотят встретиться с ответственным представителем нацистской партии, чтобы окончательно решить вопрос о восстании. Существует еще и Ирландская Республиканская армия, осаждающая немецкие спецслужбы своими захватывающими дух проектами: убить короля, похитить Черчилля, взорвать один за другим все боевые корабли королевского флота. Гейдрих и Канарис считают, что с ИРА лучше не связываться — она тщательно профильтрована английской разведкой. Другое дело шотландцы, считает Канарис, возглавляющий военную разведку рейха и давно работающий на англичан. Он отлично знает, что вся шотландская история придумана англичанами с целью спровоцировать немцев на любые непродуманные действия в общем глобальном плане снабжения их дезинформацией.

Сведения, поступающие из южных районов Англии, внушают оптимизм. Паника. Армии в современном понимании этого слова нет. Плохо обученные и еще хуже вооруженные ополченцы. Дороги на север забиты беженцами. Королевская семья и правительство готовы бежать в Канаду. Все источники информации как бы приглашают немцев немедленно осуществить вторжение. Но в проливе стоит английский флот, и пока никак не удается живыми силами немецкого флота убрать его оттуда. Надежда на итальянцев еще существует, но она тает с каждым днем.

В день объявления Италией войны средиземноморская эскадра англичан вошла в Адриатику, нагло вызывая итальянцев на бой. Итальянцы тише мышей сидели на своих базах, боясь высунуть нос. В июле грозными приказами самого дуче удалось несколько раз выпихнуть в море итальянские корабли, но при одном виде англичан у итальянских адмиралов начиналась истерика, и они тут же поворачивали назад. При этом они умудрились потерять легкий крейсер и несколько эсминцев.

Дуче лично уверял Гитлера, что его флот выметет англичан из Средиземного моря, демонстрируя специально привезенную с собой кинохронику, отснятую на разных базах Апеннинского полуострова. Зрелище действительно внушительное: прекрасные линкоры, украшенные флагами расцвечивания, — «Рома», «Литорио», «Витторио Венетто», «Джулио Чезаре», «Кавур», подтверждающие высокий класс и репутацию итальянских кораблестроителей — стройные стволы пятнадцатидюймовых орудий, стремительные обводы, низкие, трудноразличимые силуэты. Что против них английские средиземноморские корабли — старушки времен Ютланда? Но давит, давит грозная репутация «правительницы морей», чей флот более ста лет не имел соперников.

Тут можно понять итальянцев — сами плаваем, вжав голову в плечи. Нужна победа, пусть даже небольшая, но победа в бою между надводными кораблями. Она психологически могла бы решить многое. Подождем ввода в строй «Бисмарка» и «Тирница». Итальянцы тоже просят подождать, пока у них войдут в строй «Рома» и «Имперо», но этого не ожидается ранее 1942 года. Нет, нет, нет. Ждать до 42-го года? Это невозможно. Гитлер с укором смотрит на своего друга. Муссолини ежится под взглядом фюрера.

Дуче влез в войну в полной уверенности, что максимум к сентябрю все закончится, и он с полным правом будет присутствовать на мирных переговорах, участвуя в послевоенном разделе Европы и мира. Италия вообще была не готова даже к короткой войне, а ей, судя по всему, и конца не видно. Дуче еще не знает, что все планы сокрушения Англии нужны фюреру для обеспечения его похода на Восток, а все действия итальянских Вооруженных сил — главным образом для того, чтобы Москва поверила в подлинность замыслов операции «Морской Лев». Итальянцы должны активизировать военные действия на море и на суше.

В Ливии под командованием маршала Грициани сконцентрировано более 300 тысяч итальянских войск, чуть меньше в Абиссинии. Им противостоят чуть больше 60 тысяч англичан, собранных в Египте. Итальянцы должны выбить англичан из Египта, захватить их крупную базу в Александрии и перерезать Суэцкий канал — основную артерию, ведущую в английскую метрополию. Если итальянцы сделают это, Англии крышка. Кроме того, открывается прямая дорога через Ближний Восток в Иран и Индию. На море итальянский флот должен показать себя. Он вдвое сильнее того флота, что англичане держат в Средиземном море, разбросав его по базам от Гибралтара до Александрии! Вперед же, потомки гордых римлян! Дуче обещает фюреру, что к 15 сентября — дате вторжения в Англию — итальянские Вооруженные силы выполнят все возложенные на них задачи. Гитлер с чувством жмет руку Муссолини.

Муссолини уезжает со слезами на глазах, но с чувством некоторой обиды. Плохо скрываемое пренебрежение и снисходительность со стороны Гитлера и надменных немецких фельдмаршалов вызывают в нем жгучее желание доказать обратное: что традиции великого Рима еще живы в Италии, что Италия — меч в руке бога, что новая итальянская армия, воспитанная на великих идеях фашизма, это не вонючий сброд Первой мировой войны.

Во времена той войны часто говорили: «Зачем Господь Бог создал итальянскую армию? Чтобы было кого побеждать австро-венгерской армии!»

В те годы Муссолини — молодой корреспондент нескольких социалистических газет — часто ездил в Цюрих, где, играя в шахматы с Лениным, набрался великих идей партийного государства, которые искренне считал непобедимыми...

Гитлер крайне недоволен. Обошлось без вспышки очередной истерики, но на своего старого друга Геринга он смотрел угрюмо. 7 августа одинокий английский бомбардировщик сбросил бомбы на аэропорт Ле-Бурже под Парижем, занятый ныне соединением люфтваффе. Конечно, особенного ущерба он не причинил — слегка повредил взлетную полосу и разрушил два ангара, но сам факт подобного наглого поведения англичан вызывает, мягко говоря, недоумение. На что они рассчитывают? Кстати, уже 8 августа! Почему люфтваффе не начинает операцию?

«Перегруппировка сил, мой фюрер, заняла несколько больше времени, чем мы планировали. Но я счастлив вам доложить, что практически все готово. В операции примут участие три воздушных флота, 2-й воздушный флот под командованием фельдмаршала Кессельринга развернут на аэродромах Голландии, Бельгии и Северной Франции, 3-й воздушный флот под командованием фельдмаршала Шперрле развернут на аэродромах Северной Франции, 5-й воздушный флот под командованием генерала Штумпфа развернут на аэродромах Норвегии и Дании. Кессельринг и Шперрле вместе имеют 929 истребителей, 875 горизонтальных и 316 пикирующих бомбардировщиков. В распоряжении Штумпфа 123 бомбардировщика и 34 двухмоторных истребителя «Ме-110».

По нашим оценкам, англичане имеют в строю не более 800 истребителей. Они будут смяты и уничтожены в течение двух недель, мой фюрер! Люфтваффе выполнит свою задачу. Мы обеспечим высадку в проклятую Англию!»

Геринг еще не знает, что Гитлер не собирается высаживаться в Англии. Но и сам Гитлер пока не может сказать ничего определенного. Возможно, что подтвердится теория Дуэ и Англия, не выдержав немецких бомбежек, капитулирует. Тогда он прикажет всему английскому флоту собраться в Скапа-Флоу и там затопиться.

«Но когда же, Геринг, вы думаете начинать?

— Не позднее 12 августа, мой фюрер.

— Хорошо, хорошо. Желаю вам полной удачи, Герман.

— Хайль Гитлер!»

Но Гитлер думает о другом. Разведка с тревогой сообщает о концентрации советских войск на границах Румынии и Болгарии, об активности советских дипломатов в Софии и Будапеште, о действиях советской разведывательной сети в Белграде и Афинах, о частых появлениях советских боевых кораблей у Босфора. Это буквально информация последних дней. Сталин неожиданно перенес центр тяжести своих Вооруженных сил на юг, и совершенно очевидно, что он собирается делать.

Советская пресса полна сообщений о «гнусных провокациях румынской военщины» на советской границе. Перестрелки пограничных патрулей и даже артиллерийские обстрелы советской территории румынами. Методика знакомая. То же самое было перед вторжением в Польшу, Финляндию и даже в Прибалтику. Сталин готовится по меньшей мере отхватить еще кусок Румынии. На этот раз с Плоештинским нефтяным бассейном — единственным источником сырой нефти, на который может рассчитывать Германия, не считая, конечно, огромных поставок из СССР. Но Сталин эти поставки может прекратить в любую минуту. Традиционного подвоза нефти из стран Ближнего Востока и Южной Америки давно нет — морские пути намертво перекрыты англичанами. Если румынская нефть будет захвачена Сталиным, вся немецкая военная машина рискует превратиться в груду мертвого железа.

Этот вопрос требует незамедлительного решения — ни в коем случае нельзя дать возможность Сталину сделать ход первым, а раз он двинулся к югу, нужно расширить фронт будущего удара по нему, т.е. развернуть войска в Румынии, Венгрии и Болгарии. Может быть, даже в Турции.

Немецкая разведка в Англии недавно добыла интересную информацию из источника, близкого к советскому послу Ивану Майскому. Суть этой информации сводится к следующему:

«Сталин не начнет активных действий до высадки вермахта в Англии».

Другими словами, он ждет нашего вторжения в Англию, чтобы нанести нам удар в спину. Если это не очередная «деза» англичан, которые таким образом пытаются нарушить наши планы вторжения на их остров, то значит, нам можно чувствовать себя увереннее. Только постоянно давать Сталину понять, что наши планы вторжения в Англию окончательны и ничто в мире не может нас остановить. Даже английский флот...

В Киевском Особом военном округе генерала армии Жукова идут летние маневры, максимально приближенные к боевой обстановке. Шифровка, полученная из наркомата обороны от Тимошенко, уведомила Жукова, что в его распоряжение дополнительно выделяются 4 пехотных и 3 бронетанковых дивизии, которые должны быть развернуты в непосредственной близости к румынской границе. На пограничных аэродромах концентрируются бомбардировщики и истребители. Один округ Жукова имеет их больше, чем все три воздушных флота Германии, выделенные Герингом для воздушного наступления на Англию. На придвинутых к границе полигонах день и ночь ревет артиллерия, отрабатывая все виды боевых стрельб. По дорогам благоприобретенной Бессарабии и Буковины пылят танки. Они стремительно идут к новой границе, и никто не знает, остановятся они или нет. Прибывшие новые стрелковые дивизии в лихорадочной спешке переучиваются в горно-стрелковые. Впереди много гор, от Карпат до Альп. Грозный силуэт линкора «Парижская Коммуна» в окружении ощетинившихся крейсеров и эсминцев маячит вблизи румынских территориальных вод. Шоссе от Констанцы на север забиты беженцами.

Пресса, выходящая в Кишиневе, Одессе и Киеве, пестрит сообщениями об инцидентах на границе. Румыны испытывают долготерпение миролюбивого советского народа. Они хотят отторгнуть от СССР всю южную Украину и вернуть власть помещиков и капиталистов. На поля Бессарабии сыплются воздушнодесантники. Пока это учения, но ни у кого уже не возникает сомнений, чем они завершатся. Ведь народ Южной Буковины еще в 1918 году вместе с народом Северной Буковины единодушно решил присоединиться к Советской Украине. Народ Северной Буковины уже осуществил свою мечту, а братский народ Южной Буковины еще вынужден стонать под боярским игом Румынии.

Сталин, ожидая высадки немецких войск в Англии, сместил центр тяжести «Грозы» на юг, руководствуясь сразу несколькими соображениями.

Во-первых, удар через Румынию и Болгарию давал возможность не входить сразу в непосредственную конфронтацию с немецкими войсками, осуществляя одновременно и их глубокий охват, что делало немецкий контрудар в районах Львова и Белостока малоперспективным. Во-вторых, захват Плоештинской нефти ставил немцев в столь трудное положение, что даже теоретически не виделось, как Гитлер смог бы из этого положения вывернуться, имея свои лучшие войска завязшими в кровопролитных боях на плацдармах Южной Англии. Даже если бы он такой способ нашел, наступления советских войск огромными клещами через центральную Польшу с востока и через Австрию с юга — при условии продолжения блокады Германии английским флотом — так или иначе привели бы к крушению рейха. И в-третьих, если при этом учесть неизбежность пролетарских революций во многих, пусть даже не во всех, странах, то это бы привело к долговременной и прочной гегемонии СССР и коммунистической идеологии в Европе, а с учетом последующего быстрого развала Британской империи — и во всем мире.

Тот, кто полагал этот грандиозный план чистейшей воды авантюрой, надеясь, что Красная Армия застрянет в лесистых Карпатах так же прочно, как она застряла в Карелии, и на этом закончит задуманный поход в Европу, жестоко ошибался, поскольку товарищ Сталин, если и был авантюристом, то по меньшей мере не был авантюристом бездумным. Каждый свой шаг он тщательно взвешивал, планировал и рассчитывал до третьего знака. Коечто за него просчитал Ленин, который, справедливости ради надо сказать, был куда более авантюристом, чем его ученик. Особенно по части пролетарских революций, на которые Сталин, опять же надо отдать ему должное, с каждым годом рассчитывал все меньше и меньше, но, продолжая верить в гениальность великого Учителя, подавлял в себе внутреннее разочарование, подгоняя собственную практику под обанкротившуюся теорию.

Разодрав в содружестве с Гитлером Польшу, Сталин поступил так не потому, что слишком любил Гитлера, а потому, что тогда одному это делать было несподручно, а больше не с кем. Но это вовсе не означало, что он и впредь собирался делиться с Гитлером добычей. Совсем наоборот, поскольку и самого Гитлера уже давно рассматривал как свою законную добычу, выросшую в инкубаторе ленинских идей, а потому и принадлежащую ему, Сталину, законному наследнику Ильича.

Лозунг «Сталин — это Ленин сегодня» вовсе не был, как многие полагают, простым словоблудием, но скорее юридическим документом, закрепляющим наследственные права...

Гитлер поначалу явно недооценил своего московского сообщника по разбою. Ослепленный жаждой мести за Компьенский лес и Скапа-Флоу, готовый на что угодно, чтобы развязать себе руки на Западе, он опрометчиво признал сферой интересов СССР Юго-восточную Европу, позабыв в горячке о драгоценной румынской нефти и не увидев то, что ясно видел Сталин. А Сталин увидел прекрасную возможность раздела Румынии, который по красоте исполнения должен был превзойти недавний раздел Польши.

Дело в том, что Румыния, если можно так выразиться,

имела несчастье попасть в число стран — победительниц Первой мировой войны и как таковая приобрела обширные земли своих соседей, проигравших эту злополучную войну. Венгрия, которая входила в состав Австро-Венгерской империи, расплатилась за грехи рухнувшей престарелой монархии, отдав румынам-победителям Трансильванию. Болгария, которая, испохабив все идеи панславянизма, воевала против России на стороне Германии, отдала Румынии свою провинцию Добруджу. Та неимоверная легкость, с которой Сталин отнял у румын Бессарабию и Северную Буковину, используя только угрозы и ультиматумы, ввела в искус и других соседей Румынии, предъявивших Бухаресту такие территориальные претензии, что будь они выполнены, от Румынии осталось бы одно воспоминание, как от какого-нибудь Урарту.

Венгрия, хотя и боялась Сталина пуще смерти, — там еще хорошо помнили террор Бела Куна в 1919 году — не могла избежать соблазна, хорошо подогретого советской агентурой, и начала концентрировать войска на румынской границе, открыто угрожая войной. Не отставала и Болгария, также умиравшая от страха в связи с близостью Советского Союза, поскольку Сталин неоднократно предлагал болгарам дружбу и военную помощь, а что зашифровано под этими прекрасными словами — никому уже не нужно было объяснять.

Венграм наобещали на тайных переговорах столько, что они, растроганные до слез, даже выпустили из тюрьмы и выслали в Москву приговоренного к пожизненному заключению кровавого подручного Бела Куна коминтерновского агента Матиаса Ракоши. Сталину он очень пригодился, поскольку после раздела Румынии, Венгрии и Болгарии никаких выходов из сталинской мышеловки уже не предвиделось. Для Болгарии у Сталина имелся Димитров, а для Венгрии, после того как Сталин расстрелял Бела Куна, не нашлось никого. Так что Ракоши ему был очень кстати.

Огромная работа, проведенная в Греции и Югославии, несколько тормозилась происками английской разведки, чьей агентурой Балканы были забиты. Но у Венгрии — давние территориальные претензии к Югославии, а у болгар к грекам, которые оккупировали болгарскую Фракию.

Завербованный советской разведкой на идеях славянской солидарности командующий ВВС Югославии генерал Симович исподволь готовил просоветский государственный переворот, и хотя существовали данные, что Симович перевербован англичанами и, кажется, даже американцами — это мало кого в Москве беспокоило. Когда советские войска войдут в Белград, тогда и разберемся. В Москве уже который год бездельничал Иосиф Тито, которого вождь прочил в югославские вожди.

Итак, умелые интриги советской разведки, столь же целенаправленные, как и в смутные годы Балканских войн, когда Россия, натравливая Болгарию, Сербию и Грецию на Турцию, добилась в итоге того, что Греция в союзе с Сербией разгромили Болгарию, вновь подготовили Балканы к ситуации, когда все страны региона готовы были вцепиться друг в друга, подготавливая обстановку для пролетарских революций и освободительных походов Красной Армии.

В Берлине все с большим беспокойством следили за играми сталинской дипломатии на Балканах, неожиданно для себя поняв, что, если промедлить еще немного, ситуация может полностью выйти из-под контроля. Подкинутые англичанами сведения, что Сталин не перейдет к активным действия до вторжения немцев в Англию, не очень внушали доверие, поскольку все это могло быть британской выдумкой в целях предотвращения вторжения. От Сталина можно было ожидать чего угодно. Он уже показал, на что способен.

Самым большим недостатком Гитлера была его совершенно неконтролируемая способность принимать желаемое за действительное. Несмотря на все уроки прошлого и настоящего, он продолжал верить, что его верный союзник Муссолини сможет выполнить те задачи, которые Гитлер по своей романтической наивности возложил на него. Среди этих задач, помимо нейтрализации английского флота в Средиземноморье и захвата Суэцкого канала, была и задача следить за обстановкой на Балканах.

Еще в декабре 1939 года Большой Фашистский совет Италии объявил: «Все, что относится к Дунайскому бассейну на Балканах, непосредственно интересует Италию».

Зять Муссолини, министр иностранных дел Италии граф Чиано, публично обещал Румынии военную помощь, напыщенно назвав ее «охранительным валом против Советского Союза». Однако, как обычно, Италия оказалась не в состоянии что-либо сделать. Дорогу на Балканы ей преграждали Греция и Югославия, которые без всякого восторга наблюдали за распетушившимся дуче. Гитлеру опять пришлось все делать самому. Для начала ему удалось усадить румын за стол переговоров с венграми и болгарами, хотя было очевидно, что эти переговоры ни к чему не приведут. Но нужно было выиграть время, хотя бы пару недель, чтобы подтянуть поближе войска, а это было не так просто в паутине ложных перевозок и мероприятий, выполняющихся в рамках готовящегося шоу — наступления на Англию — разыгрываемого для Сталина...

12 августа Геринг дал приказ начать операцию «Орел». Предварительному удару подверглись в этот день двенадцать радиолокационных станций англичан. Наличие у англичан радаров явилось для немцев полной неожиданностью. Гитлер, хотя и цитировал Ницше при каждом удобном случае, в душе был какой-то странной помесью гегельянца и марксиста, искренне считая все связанное с электроникой и ядерной физикой «еврейскими штучками». Плохо понимая важность радаров в системе ПВО, немцы все-таки решили их побомбить. Бомбили как-то лениво: одну станцию уничтожили, пять повредили и решили, что довольно тратить боезапас на всякие пустяки.

13 и 14 августа более 1500 самолетов люфтваффе нанесли удар по базам истребительной авиации англичан. Хотя победные сводки немцев с ликованием вещали, что пять аэродромов противника полностью уничтожены, в действительности нанесенный ущерб был ничтожен. Англичане потеряли 13 машин, ущерб Германии был значительнее — 47 самолетов.

В Москве с воодушевлением восприняли начало наступления на Англию. Поскольку Сталину принесли сводку, основанную на немецких данных, где говорилось об уничтожении 134 английских самолетов и признавалась потеря 34 своих, было ясно, что, если дела пойдут так и дальше, английская авиация будет смята и уничтожена, как и обещал Геринг, в течение двух ближайших недель.

В Киевский и Одесский округа полетела шифровка с предписанием закончить подготовку «к крупным перемещениям войск» не позднее 15 сентября. Времени оставалось мало, а проблемы громоздились одна на другую.

Огромные мясорубки НКВД, ГУЛАГа, армии и великих строек были не в состоянии пропустить через себя все население страны, а это совершенно необходимо, ибо в обстановке, предшествующей столь историческим и крупномасштабным мероприятиям, не могло быть и речи о «неохваченных людях». Но и «шить» каждому персональное дело было невозможно, уж больно их много. Не хватало ни тюрем, ни лагерей, которые были переполнены даже по новым нормам — трое заключенных на одном квадратном метре. Пришлось пойти на новаторскую, революционную меру. Без всякого суда, следствия и даже без регистрации (долой бюрократию!) арестованных везли в какое-нибудь тихое место, скажем, в лес, карьер или заброшенный рудник, и там расстреливали. Работа шла конвейером, без перерыва. В дополнение к «архипелагу ГУЛАГ» страна стала покрываться архипелагом братских могил на местах массовых расстрелов коммунистами собственного народа*.

Но это оказалось только частью проблемы. Работа была налажена и шла славно, фактически без брака, чего нельзя было сказать о других областях народного хозяйства, где брак начинал принимать чудовищные формы.

Возросло количество ЧП в авиации. Правда, половина из них происходила из-за низкой квалификации летного и наземного персонала, но добрая половина была явным следствием заводского брака. Участились случаи разрыва орудий, выхода из строя танковых моторов, аварий на боевых кораблях. Армия кивала на заводы, заводы — на армию. Необходимо было принять быстрые и эффективные меры по повышению качества продукции.

Еще месяц назад был издан Указ Президиума Верховного Совета СССР «Об ответственности за выпуск недоброкачественной или некомплектной продукции и за несоблюдение обязательных стандартов промышленными предприятиями». Указ, состоящий из двух пунктов, был сформулирован настолько просто и ясно, что было совершенно непонятно, почему он не дал никаких результатов.

Брак продолжал корежить военную технику. Сталин затребовал Указ к себе и еще раз внимательно его прочел:

> **«1. Установить, что выпуск недоброкачественной или некомплектной промышленной продукции и выпуск продукции с нарушением обязательных**

---

* Многие из этих братских могил на месте массовых убийств были обнаружены немцами в период 1941—1943 гг., о чем немецкое командование информировало Международный Красный Крест. Однако немцы к этому времени настолько скомпрометировали себя участием в подобного же рода «мероприятиях», что их голосов никто не услышал, а после войны все на них и свалили. Только в наше время начала приоткрываться эта жуткая страница сталинской эпохи, когда были обнаружены места массовых убийств в Куропатах, на Алтае, под Москвой и Ленинградом, на Западной Украине и в Прибалтике, по берегам сибирских рек и во многих других местах. Однако на фоне всех прочих деяний великого вождя даже это открытие не стало сенсацией.

стандартов является противогосударственным преступлением, равносильным вредительству.

2. За выпуск недоброкачественной и некомплектной продукции и за выпуск продукции с нарушением обязательных стандартов — директоров, главных инженеров и начальников отделов технического контроля предавать суду и по приговору суда подвергать тюремному заключению сроком от 5 до 8 лет».

Читая указ, Сталин понял свою ошибку. Макнув ручку в чернильницу, он резким движением зачеркнул последние цифры и написал сверху «от 10 до 15 лет». Теперь-то качество продукции резко повысится!

15 августа немцы подняли в воздух наличные силы всех трех воздушных флотов: 801 бомбардировщик и 1149 истребителей, 5-й воздушный флот, действовавший со скандинавских аэродромов, послал в бой около 150 машин, почему-то считая, что, поскольку все силы англичан сконцентрированы на юге, северо-восток Англии будет беззащитным. К великому удивлению немцев, на их перехват ринулось не менее семи эскадрилий английских истребителей. Тридцать немецких бомбардировщиков в считанные минуты боя были сбиты. Остальные повернули назад, не сумев сбить ни одного англичанина. На этом боевые действия 5-го флота в небе Англии закончились.

На юге немецкие летчики действовали более успешно, прорвавшись через английскую систему ПВО почти до Лондона. Четыре авиазавода в Крайдоне были разрушены бомбами, пять аэродромов выведены из строя. Но все это стоило дорого. Немцы потеряли 75 самолетов, англичане — 34. Было ясно, что если люфтваффе будет и дальше терять самолеты в такой пропорции, то вряд ли им удастся за отпущенные две-три недели «вымести» английскую авиацию с неба над Британскими островами.

Немцы все еще не понимали значения радиолокаторов, позволявших англичанам сосредоточивать силы своей истребительной авиации на нужных направлениях.

Предложение повторить удар по радарным станциям Геринг отверг. Нечего тратить летное время и боезапас неизвестно на что.

17 августа немцы потеряли 71 самолет, англичане — 27. Пикирующие бомбардировщики «Ю-87» и «Штука», блестяще проложившие дорогу танкам в Польше и во Франции, здесь, в небе Англии, оказались «подсадными утками», легкой добычей английских истребителей. Герингу ничего не оставалось, как вывести эти тихоходные бомбардировщики из боя, что уменьшило силы немецкой бомбардировочной авиации примерно на треть. Начавшаяся плохая погода — низкая облачность, туман и дожди — прервала еще невиданную в истории битву в воздухе, дав возможность противоборствующим сторонам перегруппировать силы. По всем радиоволнам Германии звучали победные фанфары: «Разбитая Англия истекает последними каплями крови». Еще один удар, и — вторжение.

Психологически давя на «истекающего последними каплями крови» противника, служба доктора Геббельса запускала в эфир целые радиопостановки на английском языке с трубно-барабанным сопровождением:

«Разрушив Лондон, отрезав все железнодорожные коммуникации в Южной Англии и блокировав порты Ла-Манша потопленными судами, германская авиация беспощадно бомбила разгромленные английские войска, в беспорядке отступавшие по направлению к Бирмингему. Успешно проведя высадку основных войск и закрепившись на нескольких плацдармах, немецкая армия вторжения быстро продвигалась от побережья Суссекса и Кента к пылающим развалинам столицы, покинутой королем и правительством. От захваченных плацдармов в районах Портсмута и Село немцы нанесли удар в направлении на Олдершот и Рединг, прорвав вторую линию обороны противника. Вторая основная высадка сил вторжения была произведена в районах Портленда и Веймута, а третья — на Дорсетском побережье. Немецкие танковые дивизии прокатились по равнине Солсбери, достигли Котсуолда и повернули на юго-восток, охватывая с флангов остатки английских и канадских дивизий. Вслед за разрушительной бомбардировкой индустриальных районов Шотландии были опустошены центральные графства Англии. Здесь сопротивление было наконец сломлено. В горах Северного Уэльса произошла последняя битва. Полуголодные и отрезанные от своих частей защитники сдались, поскольку у них кончились боеприпасы. Германская оккупация Британских островов, последнего оплота еврейско-плутократического сопротивления Германии, завершена...»

За всеми этими событиями пристально следила Москва. Увы, ни одна самая лучшая разведка в мире не могла тогда сообщить, как на самом деле развивается битва над Англией. Издавна не веря англичанам, Сталин с удовольствием слушал данные немецких победных сводок. Все говорило о том, что немцы всерьез нацелены на вторжение. А значит, вторгнемся и мы.

Из Берлина был отозван в Москву «для консультаций» весь руководящий состав советского посольства. Сталин запомнил военного атташе Пуркаева. Было бы обидно, если такой талантливый человек окажется надолго интернированным в случае конфликта с немцами. Бывшего атташе ждала крупная штабная должность в Киевском Особом военном округе...

Вместе с тем, по мнению Сталина, настала пора выполнить взятые на себя обязательства по «распылению» английского флота перед вторжением. Ничего никогда не забывая, Сталин помнил, что у острова Колгуев уже месяц стоит на якоре немецкий вспомогательный крейсер «Комет», который он обещал провести Северным морским путем в Тихий океан.

«Комет» покинул Норвегию, замаскированный под

советское судно «Дежнев», с портом приписки Ленинград, дабы избежать встречи с рыскавшими в норвежских водах английскими эсминцами, беспощадно топившими все плавающее под немецким флагом. Войдя в советские воды, «Комет» поднял немецкий торговый флаг. Название «Дежнев» закрасили, написав новое название «Данау» с портом приписки Бремен. Командир крейсера — один из самых опытных немецких гидрографов, прекрасный моряк, капитан 1-го ранга Роберт Эйссен — помимо всего прочего, имел задание провести гидрографическую разведку Северного морского пути, по которому немцы еще никогда в своей истории не плавали.

Однако, войдя в советские воды, Эйссен получил уведомление, что проводка в настоящее время невозможна. Надо подождать. Причина? Сложные ледовые условия. Эйссену предлагалось переждать либо на «Базе Норд» в Западной Лице, либо в Мурманске. Подумав, Эйссен решил не рисковать, ибо заход в Мурманск явно бы рассекретил всю операцию. Английская разведка с незапамятных времен следила за всеми портами мира. Лучше постоять на якоре в Печорской губе у Колгуева.

Сталин, понимая ту ответственность и риск, которые он берет на себя проводкой гитлеровского боевого корабля вдоль всего сибирского побережья накануне неизбежного столкновения с Германией за гегемонию в Европе, медлил, ожидая дальнейшего развития событий.

Пока Сталин колебался, экипаж «Комета», через день меняя место стоянки, усиленно тренировался, повышая боевую подготовку, вел гидрографические исследования, прослушивал эфир, смотрел по вечерам кинофильмы, которых на борту рейдера имелось более ста. Наконец, под впечатлением блистательного, по его мнению, начала воздушного блица над Англией, Сталин в целях маскировки своих будущих намерений решил еще раз продемонстрировать свою дружбу Гитлеру — только не отказывайся от вторжения! — и приказал начать проводку крейсера.

18 августа, согласно полученному от Папанина распоряжению, «Комет» снялся с якоря и направился в Маточкин Шар, где его ждал ледокол «Ленин». Историческое плавание вспомогательного крейсера «Комет» началось!*

---

* «Ленин» не дождался немецкого крейсера, поскольку по плану операции параллельно курсу рейдера шла подводная лодка «Щ-423», якобы перегоняемая из Мурманска во Владивосток, которая должна была, по получении специального шифрованного сигнала, утопить немецкий рейдер торпедами, если бы того потребовала изменившаяся обстановка.

В Маточкином Шаре на борт «Комета» поднялись советские лоцманы Сергиевский и Карельский. С этого момента между крейсером и ушедшими вперед ледоколами поддерживалась постоянная радиосвязь.

25 августа ледокол «Ленин» под командованием капитана М.Н. Николаева встал под проводку «Комета» в районе острова Тыртова и благополучно провел немцев через пролив Вилькицкого в море Лаптевых. Немцы круглосуточно вели гидрографические наблюдения и опись.

Капитан 1-го ранга Эйссен, будущий адмирал и начальник гидрографической службы ФРГ, записал в своем дневнике: «Это было восхитительное путешествие через пролив Вилькицкого под голубым небом, бледной луной и полуночным солнцем. Все было там, за исключением льда».

В море Лаптевых немцев повел дальше ледокол «Сталин». Командовавший им капитан М.П. Белоусов радировал лоцману Сергиевскому: «Следуйте за мной. Когда встретим лед, я дам сигнал остановиться. Тогда прошу прибыть на наш корабль. Прошу Сергиевского пригласить к нам капитана, если тот пожелает. “Ленин” будет от вас по правому борту».

Эйссен прибыл на борт «Сталина», где ему в шесть часов утра пришлось «пить водку и зубровку огромными стаканами», т.к. немцы жили по среднеевропейскому времени, а русские — по местному.

27 августа ледоколы ушли, и пролив Санникова рейдер преодолел в одиночку. Тем временем подводная лодка «Щ-423», ожидая условленного сигнала, находилась в Тикси. Положение было трудное: транспорт обеспечения лодки «А. Серов» повредил винт и не мог продолжать переход. Только 31 августа с новым судном обеспечения лодка вышла из Тикси.

В Восточно-Сибирском море, восточнее Медвежьих островов, немецкий крейсер был встречен ледоколом «Каганович», на котором находился начальник штаба проводок Восточного сектора

Глава 6

ВЕЛИКАЯ МИСТИФИКАЦИЯ

19 августа, воспользовавшись передышкой в ходе боевых действий из-за плохой погоды, Геринг в своей резиденции в Каринхолле собрал совещание командующих воздушными флотами и их начальников штабов и приказал при улучшении погоды возобновить операцию «Орел», сконцентрировав все усилия против авиации противника. «Мы достигли решительного периода в воздушной войне против Англии, — заявил рейхсмаршал. — Важнейшей задачей является разгром авиации противника. Главной целью — уничтожение английских истребителей». Сам опытнейший пилот, ас Первой мировой войны, еще тогда объявленный военным преступником, Геринг был прав. Истребительная авиация англичан таяла, а беззаветная доблесть и боевое мастерство английских летчиков не могли компенсировать их малочисленность. Казалось, еще одно усилие — и господство в воздухе над Англией будет завоевано. Все с нетерпением ждали улучшения погоды...

Пока Геринг занимался подготовкой к нанесению решающего удара по англичанам, а Редер собирал в портах северной Франции транспорты, баржи и буксиры, все еще убеждая генералов сократить фронт высадки, сам Гитлер с растущей тревогой поглядывал на Балканы, особенно на Румынию. Политика короля Кароля II раздражала фюрера. В частности, Румыния как ни в чем не бы-

---

А.А. Мелехов. Море затягивалось льдом, крепчал ветер, шел мокрый снег. Местами «Кагановичу» приходилось ломать девятибалльный лед. В последний день августа прошли всего 60 миль.

1 сентября, встретив разводья, на рейдере вздохнули свободно. Впереди лежал свободный ото льда Берингов пролив и Тихий океан, полный безоружных и ничего не подозревающих английских торговых судов. Символично, что немецкий крейсер, меняя друг друга, вели «Ленин», «Сталин» и «Каганович». Мы еще вернемся к рейдеру, а пока оставим его у входа в Берингов пролив...

вало продолжала снабжать своей нефтью англичан на Ближнем Востоке, транспортируя ее из своих черноморских портов через Эгейское море. При этом англичане, со свойственной им наглостью и бесцеремонностью, грубо пользовались греческими территориальными водами, чего Греция как бы и не видела. Но стоило в Эгейское море войти итальянским кораблям для перехвата английских нефтяных конвоев, как та же Греция подняла такой шум по поводу нарушения своего суверенитета, что, казалось, Афины и Рим вот-вот вцепятся друг другу в глотку. Когда же соединение итальянского флота уж было перехватило английские танкеры, везущие драгоценную нефть в Александрию, из греческих территориальных вод выскочил английский крейсер «Сидней» с дивизионом эсминцев и в последовавшем коротком бою утопил итальянский крейсер и два эсминца, тяжело повредил второй крейсер и один эсминец.

Греки, как всегда, заявили, что ничего не знают. Но терпение итальянцев лопнуло, что привело к перестрелке на албано-греческой границе, где по приказу дуче начали концентрироваться итальянские войска. А Румыния как будто и не понимала, насколько неприлично она себя ведет и чем рискует. С одной стороны, она взывает к немцам о помощи против надвигавшихся сталинских полчищ, а с другой — продает нефть англичанам, смертельным врагам фюрера. И как будто всего этого было мало, в любую минуту готов был вспыхнуть венгерско-румынский конфликт из-за Трансильвании, которую венгры потребовали себе полностью, хотя полностью она им никогда не принадлежала.

А Сталин уже радостно потирал руки. Не надо никаких разведсводок — достаточно было читать советские газеты, которые хором призывают оказать «братскую» помощь «братским» народам, хотя непонятно, являются ли эти «братские» народы братьями по крови или братьями по классу. Переброска же немецких войск на восток на случай всяких неожиданностей шла крайне медленно. Гитлер задергал Браухича и Гальдера телефонными звонками и бесконечными напоминаниями, постоянно находясь, по словам доктора Морелля, в угрюмом состоянии...

Сталин же, напротив, находился в превосходном настроении. Никто не понимает, в чем дело, но вождь позволяет себе совершенно не свойственные ему шутки, повергая окружение в трепет. Сообщение в советских газетах, проливающее свет на столь хорошее настроение вождя, появится только 24 августа, но Сталин уже знает, что в далеком Мехико агентам НКВД наконец-то удалось после нескольких неудачных попыток ликвидировать (ледорубом по голове) ненавистнейшего сталинского врага, гнуснейшего из всех окружавших Ленина евреев — Льва Троцкого. Все, конечно, было сделано гнусно, грязно, непрофессионально. Убийца — коминтерновский агент из испанских коммунистов Рамон Меркадер — арестован мексиканской полицией. В этом ему крупно повезло, поскольку, вернись он в Москву, пришлось бы его ликвидировать, чтобы не сболтнул лишнего. Но в тюрьме он будет помалкивать, т.к. знает, что мы из его мамаши сделаем шашлык. А пока, чтобы лучше молчалось, присвоим ему звание Героя Советского Союза.

На душе как-то легче стало, что Троцкого нет. Полнее дышится, лучше работается. Что у нас там? Да, годовщина пакта от 23 августа 1939 года. Оглядываясь назад, можно сказать, что благодаря ему за год удалось сделать больше, чем за все остальные годы Советской власти. А сколько еще удастся сделать! Генерал Жуков докладывает, что вверенные ему части еще не вполне готовы к броску на Балканы, но с каждым днем непрерывных учений их боевое мастерство растет и к середине сентября достигнет пика готовности. Новый начальник генштаба генерал Мерецков продумывает новый мобилизационный план. Как его осуществить, чтобы немцы ничего не заметили? Пришлось расстаться с Шапошниковым. Он старомоден и не совсем понимает основы марксистско-ленинской военной науки — самой передовой в мире. Да и Тимошенко с ним никак не может сработаться. Ничего не поделаешь: новый нарком — новый начальник генштаба. Пришлось пойти навстречу товарищам. Правда, и с Мерецковым у Тимошенко что-то не ладится. А Жуков — способный человек, надо его продвигать. Шапошникова же послали на Белостокский «балкон» строить УРы, но не очень интенсивно. Пусть немцы видят, что мы готовимся к обороне. Пока все идет хорошо. Скорее бы немцы высадились в Англии!

Почему Гитлер не высаживается? Надо его слегка подтолкнуть.

23 августа передовая статья газеты «Правда», отмечая годовщину пакта, писала: «Подписание пакта положило конец враждебности между Германией и СССР, враждебности, которая искусственно подогревалась поджигателями войны... После распада Польского государства Германия предложила Англии и Франции прекратить войну. Это предложение было поддержано Советским правительством. Но немецкое предложение не было услышано, и война продолжается, неся страдания и лишения всем народам, которых организаторы войны бросили в кровавую бойню... Мы нейтральны, нейтральны благодаря пакту. Этот пакт дал также огромное преимущество Германии, поскольку она может быть полностью уверена в спокойствии на своих восточных границах».

Действительно, на советско-германской границе все спокойно, если не считать лихорадочного строительства аэродромов и складов на советской стороне. Но южнее есть от чего прийти в ужас. Обстановка на советско-румынской границе достигла уже небывалого напряжения. Обе стороны ежедневно сообщают об инцидентах, перестрелках пограничных нарядов, нарушениях воздушного и морского пространства, обвиняя друг друга в преднамеренных провокациях. На румыно-венгерской границе и вообще вот-вот начнется настоящая война! А до высадки в Англии, назначенной на 15 сентября, которую так ждут в Москве, еще три недели...

В ночь с 23 на 24 августа погода над Ла-Маншем значительно улучшилась, дав возможность Герингу возобновить воздушное наступление. Целью ночного налета должны были стать авиазаводы и склады с горючим на окраине Лондона. Это была роковая ночь, сломавшая все планы Геринга по окончательному уничтожению авиации противника. Как это произошло, до сих пор точно неизвестно. Считается, что немцы совершили случайную навигационную ошибку. Но факт остается фактом — вместо намеченных конкретных целей летчики Геринга сбросили бомбы на центр английской столицы, разрушив несколько домов и вызвав незначительные жертвы среди гражданского населения. Взбешенные англичане, естественно, решив, что бомбежка жилых районов их столицы была преднамеренным актом, быстро спланировали и осуществили акцию возмездия.

Вечером следующего дня 80 тяжелых английских бомбардировщиков взмыли в воздух и взяли курс на Берлин. Столица рейха лежала под густым слоем облаков. Не имея опыта подобных операций, осложненных условиями слепого полета, английские бомбардировщики сбились с курса, и только половина из них вышла к цели.

25 августа 1940 года на Берлин упали первые бомбы. Нанесенный ими материальный ущерб, конечно, был ничтожным, но моральный эффект был страшным. «Берлинцы ошеломлены, — передавал в свою редакцию корреспондент Ассошейтед Пресс, — они и представить себе не могли, что подобное может случиться. Когда началась война, Геринг публично уверил их, что подобное не произойдет никогда, и они поверили ему. Сегодня надо видеть их лица, чтобы по-настоящему измерить глубину их разочарования и страха...»

Берлин был окружен тремя кольцами противовоздушной обороны. Стрельба зениток слилась в сплошной грохот и вой, но ни одного самолета противника сбить не удалось. Все, кому надо, увидели в эту ночь, что немецкие города практически беззащитны перед ударами с воздуха. Пройдет совсем немного времени, и эти города будут почти полностью сметены с лица земли... Вместе с бомбами с английских бомбардировщиков сыпались листовки. «Война, начатая Гитлером, будет продолжаться до тех пор, пока Гитлер находится у власти, и закончится только после уничтожения Гитлера и его режима». В сочетании со взрывами бомб это была очень доходчивая пропаганда.

Гитлер срочно покинул свою ставку и 26 августа прибыл в столицу. Надо было как-то объяснить народу случившееся и принять наконец конкретные меры по обороне Плоештинского нефтяного бассейна.

Проехав по затемненной столице, Гитлер собрал совещание с представителями Командования сухопутных войск. Генерал Браухич получил приказ усилить находившиеся в генерал-губернаторстве (Польше) и в Восточной Пруссии силы (для быстрого захвата ключевых пунктов Румынии). В свою очередь, Генеральный штаб согласовал с фюрером приказ, подготовленный специально для занятия румынских нефтяных районов. Для этой цели предполагалось использовать подвижную группировку из пяти танковых и трех моторизованных дивизий, уже сосредоточенную под Веной и находящуюся в состоянии готовности. В случае непредвиденного развития событий ключевые пункты Румынии предполагалось занять парашютными частями. Присутствовавший на совещании начальник военной разведки адмирал Канарис сообщил, что на Дунае под Рущуком, Бухарестом и Плоешти подготовлены хорошо вооруженные группы диверсантов на катерах, моторных лодках и нефтеналивных судах, способные по получении уведомления за сутки, в течение 15-20 часов, занять румынские нефтяные районы и удерживать их до прибытия главных сил в течение недели. Йодль указал, что танковые и моторизованные дивизии, сведенные в 40-й корпус генерала Штумме, способны, если надо, с боями достичь нефтяных районов в течение пяти суток с момента получения приказа. Затем следует организовать утечку информации Сталину, чтобы он немного приутих. Главное, предотвратить военные действия на венгеро-румынской границе. Гитлер заметил, что об этом он позаботился. Еще из Бергхофа он призвал Венгрию и Румынию провести «третейский суд» в Вене, куда 29 августа должны съехаться министры иностранных дел. Суть его плана состояла в том, чтобы полностью удовлетворить венгерские претензии, но дать румынам гарантии, что Сталин больше у них не отхватит ничего.

28 и 29 августа снова бомбили Берлин. На этот раз были жертвы среди населения. По официальным данным, 10 человек погибли, 29 — были ранены. Гитлер неистовствовал. И было от чего. Выяснилось, что у немцев нет стратегического бомбардировщика, равного английскому «Ланкастеру» или даже «Веллингтону». Шок охватил население столицы. Чтобы вывести жителей из этого состояния, газеты, которые сделали вид, что не заметили первого налета, подняли страшный шум. «Английские воздушные пираты над Берлином!» — кричали заголовки газет. «Английские варвары убивают беззащитных женщин и детей!» Газеты требовали кровавого возмездия.

Гитлер лично приказал Герингу в качестве возмездия перенести удар с английской авиации на английские города*. Это было легче сказать, чем сделать. У немцев не было стратегического бомбардировщика. Более того,

---

* Подобное решение Гитлера считается крупной стратегической ошибкой. Имея основной задачей уничтожение авиации противника, немцы в период с 24 августа по 6 сентября направляли для достижения этой цели в среднем по 1000 самолетов в день. Несмотря на отчаянное и доблестное сопротивление английских пилотов, численное превосходство немцев начинало сказываться. Пять передовых аэродромов англичан на юге страны были так тяжело повреждены, что практически не могли использоваться. Система связи была нарушена. Радиолокационные станции из-за их технического несовершенства и воздействия противника уже не работали с былой эффективностью. Пилоты, вынужденные совершать по несколько боевых вылетов в день, были переутомлены, что не могло не сказаться и на соотношении потерь. В критические две недели с 24 августа по 6 сентября англичане потеряли уничтоженными или серьезно поврежденными 466 истребителей. При этом погибло 103 пилота и 128 были тяжело ранены — примерно четверть из наличного состава. Люфтваффе за этот же период потеряла 385 самолетов (214 истребителей и 138 бомбардировщиков). Еще бы две недели подобной концентрации усилий, и господство в воздухе над Англией было бы немцами достигнуто, но перенацеливание мощи люфтваффе на

запас необходимых для этого тонных и полутонных авиабомб был крайне ограничен и использовался до сих пор лишь для уничтожения взлетно-посадочных полос английских ВВС. Необходимо было также провести перегруппировку сил, перенацелить их на новую задачу, что требовало времени. Но где взять бомбы? У Сталина — больше негде.

29 августа в Верхнем Бельведере, летней резиденции принца Евгения Савойского, для решения венгеро-румынских территориальных споров встретились министры иностранных дел: Риббентроп, Чиано, венгр Чако и глава румынского МИД Маноилеску. Когда Михай Маноилеску увидел подготовленную карту, на которой почти вся Трансильвания была закрашена в венгерские цвета, он потерял сознание и без чувств рухнул на... круглый стол конференции. Срочно вызванный врач с помощью камфары привел румынского министра в чувство, после чего соглашение было подписано. Территория в 43 тысячи квадратных километров с населением 2,6 миллиона человек, где размещался ряд крупных промышленных пред-

---

удары по городам дало английской авиации столь нужную передышку, которая позволила ей вновь быстро обрести былую форму.

Произошло это потому, что Гитлеру господство в воздухе над Ла-Маншем было, в сущности, не нужно: он не собирался высаживаться в Англии. Поверив в хвастливые заявления Геринга, сильно недооценившего силы противника, Гитлер в начале августа дал разрешение на достижение господства в воздухе для отвлечения внимания Сталина и всего мира от своих истинных целей.

Однако тяжелые потери немецкой авиации совсем не соответствовали его планам отвлекающей операции. Удары по городам, по его мнению, гораздо эффективнее могли заставить англичан пойти на мирные переговоры, поскольку гибнущее под бомбами мирное население должно было, учитывая силу общественного мнения в Англии, заставить правительство прекратить бойню. Гитлер ошибся и на этот раз, продемонстрировав свою близорукость политика, которая не позволила ему увидеть в небе Германии тысячи летающих крепостей, уничтожающих немецкие города один за другим. Но как бы там ни было, довольно интересной выглядит ошибка немецких штурманов в ночь с 23 на 24 августа, когда вместо нефтяных складов они стали бомбить центр Лондона.

приятий Румынии, переходила к Венгрии. За это Германия и Италия гарантировали Румынии неприкосновенность того, что осталось от ее территории, считая и отданную Болгарии южную Добруджу.

Все это, естественно, привело к небывалому взрыву национализма и патриотизма в Румынии, что стоило короны королю Каролю II. Отрекшись от престола в пользу своего восемнадцатилетнего сына Михая — того самого Михая, которого Сталин позднее пожалует неизвестно за что орденом Победы — экс-король вместе со своей рыжеволосой любовницей Магдой Лупеску бежал в Швейцарию, набив десять вагонов специального поезда дворцовым барахлом, о котором бестактные американские газеты писали как о «добыче, награбленной во время царствования». Юный король Михай на волне народного патриотизма, подогреваемого грохотом тысяч сталинских танков на восточной границе, назначил генерала Антонеску, лидера фашистской «Железной гвардии», премьер-министром, который не долго думая официально объявил Румынию фашистским государством, управляемым военной диктатурой, и обратился к своему другу Гитлеру с просьбой о военной помощи и сотрудничестве «между румынскими и немецкими Вооруженными силами». В рамках этого сотрудничества немцы брали на себя охрану нефтяного района, чтобы, как дипломатично говорилось в соглашении, уберечь этот район «от вмешательства третьих государств».

Венгрия также получила Трансильванию не бесплатно. В благодарность она разрешила проход немецких войск через ее территорию с правом использования железных дорог и перелет территории страны немецким самолетам с промежуточными посадками на своих аэродромах.

Такого кукиша, поднесенного к своему носу, Сталину не приходилось видеть никогда в жизни. Все унижения, которые он испытал в молодости от своего незабвенного шефа полковника Виссарионова и сообщника по разбою Камо, не шли ни в какое сравнение с тем унижением, которое испытал вождь от быстро провернутой Гитлером операции по перекупке Венгрии и Румынии. При этом все что-то получили, а Сталин остался без «доли». То, что он получил в июле, он уже долей не считал.

Гнев вождя был ужасен. В отместку за такое отношение он немедленно приказал остановить «Комет» и вернуть его в Мурманск, а откажется — утопить. Интересно, чем топить? Выделенная для этой цели подводная лодка «Щ-423» безнадежно отстала от рейдера из-за поломки винта у судна обеспечения. А в районе Берингова пролива не было уже никаких сил, чтобы заставить капитана 1-го ранга Эйссена подчиняться требованиям советских властей. Разве что продать его англичанам? Но себе выйдет дороже.

Перепуганные местные власти, отлично понимая, от кого единственно мог последовать приказ о возвращении немецкого крейсера, пытались напугать Эйссена наличием в районе Берингова пролива японских и американских сторожевых кораблей. Ничего, тонко улыбался Эйссен, японцы — друзья, американцы — нейтральны. Пока он вел переговоры, его матросы нагло закрасили название «Данау». Правда, никакого нового еще не написали.

В Москве к Молотову был вызван граф Шуленбург. Молотов был холоден, как в июньские дни 1939 года. Немецкому послу был заявлен решительный протест. Немцы обвинялись в нарушении статьи 3-й германо-советского пакта, предусматривающей взаимные консультации перед проведением акций, подобных тем, что Гитлер провернул на Балканах, поставив СССР «перед свершившимся фактом». Что это за «третья страна», от которой нужно охранять Румынию?

В последующей дипломатической переписке немецкая сторона решительно отрицала факт нарушения пакта, напомнив, что Сталин тоже не консультировался с Берлином, когда оккупировал Прибалтику и захватил две румынские провинции. Что же касается третьей страны, от которой необходимо оградить Румынию, то это, естественно, Англия. Разве Советскому правительству неизвестно какие интриги коварный Альбион плетет на Балканах?

В ответной ноте из Москвы раздраженно указывалось, что «СССР имеет еще *очень много* интересов в Румынии, и германская сторона обязана была с этим считаться и предварительно проконсультироваться с Москвой». Если статья о предварительных консультациях, ехидно указывалось в ноте, содержит в себе «какие-то неудобства или ограничения» для рейха, то Советское правительство готово «пересмотреть или совсем отменить» эту статью договора. Разбойники начали уже открыто грызться из-за добычи, предрешая неизбежность открытой драки.

Пока Москва и Берлин обменивалось визгливыми упреками, три варианта плана нападения на СССР, составленные генералом Марксом, подполковником Лоссбергом и начальником штаба группы армий «Юг» генералом Зоденштерном, поступили к заместителю начальника Генерального штаба, 1-му обер-квартирмейстеру генералу Паулюсу, тому самому Паулюсу, имя которого в СССР ныне знает каждый школьник. Ему предстояло обобщить разные точки зрения и представить в окончательном виде план войны против СССР.

Принимая секретные документы, только что назначенный на свою должность генерал расписался в журнале секретной документации: получено 3 сентября 1940 года.

Накануне в Москве Сталина убедили отменить приказ об остановке немецкого крейсера. Новый начальник Генерального штаба генерал армии Кирилл Мерецков пытался доказать Сталину, что, в сущности, ничего страшного не произошло, но нужно, конечно, подкорректировать «Грозу» с учетом новых реальностей. Другими словами, надо одновременно открывать военные действия и на юге, и на Балканах, и в направлении Восточной Пруссии. Это потребует некоторого времени, но, судя по всему, немцы не успеют завершить подготовку к десанту в Англии к 15 сентября. Их подводят итальянцы. Они должны были еще 1 сентября начать наступление на Египет с двух сторон: со стороны Ливии и со стороны Абиссинии, с тем чтобы оседлать Суэцкий канал, вынудив англичан перебросить крупные силы в Африку, ослабив тем самым оборону метрополии.

Из-за случайной, трагической гибели маршала Бальбо, чей самолет был сбит над Ливией собственными зенитками, новый командующий маршал Грациани никак еще не может войти в курс дела. Однако преимущество итальянцев на этом театре таково, что сомневаться в исходе их неминуемого наступления не приходится. По расчету, примерно через две недели после начала итальянского наступления немцы начнут вторжение. Наша разведка сообщает, что все порты северного побережья Франции забиты баржами и транспортами. Повсеместно проходят учения по высадке десантов с моря и воздуха. Происходит переброска дополнительных воинских частей в Норвегию, откуда предполагается одновременная высадка, совпадающая по графику с броском через Ла-Манш. Эти части идут через территорию Финляндии. Формировочные лагеря у них в Польше. Мерецков знает, что эти части, проходящие переформировку в Польше и идущие транзитом через Финляндию, куда-то исчезают. Во всяком случае, в Норвегии они еще не появились, хотя местом их назначения, как точно установлено, является именно Норвегия. Но он не хочет пока беспокоить Сталина такими пустяками. Напротив, он напоминает, что в ходе воздушного наступления на Англию у немцев возникла проблема с тяжелыми авиабомбами.

В порядке содействия они просят нас отправить им примерно 2000 авиабомб тяжелого калибра от 500 кг до тонны. Наша задача — всячески способствовать немцам в их борьбе с Англией, поэтому мое мнение, подчеркивает Мерецков, зная мнение вождя, бомбы отгрузить и крейсер пропустить* в Тихий океан. Делать все, чтобы немцы осуществили вторжение в Англию. В свою очередь, они продолжают снабжать оружием иракских националистов, подготовляя восстание против англичан. Впрочем, итальянское наступление сможет очень быстро достичь Ирака, и проблема авиабазы в Мосуле будет решена.

Сталин слушает своего начальника Генштаба, соглашаясь в принципе с ним во всем. Прошел уже год войны, и сколько удалось сделать! Правильно говорил Молотов, закрывая сессию Верховного Совета: «Советский Союз достиг больших успехов, но он не намерен останавливаться на достигнутом». Сегодня лучше, чем вчера, а завтра лучше, чем сегодня!

4 сентября Гитлер неожиданно решает выступить пе-

---

* 3 сентября в далекую Арктику пришло разрешение «Комету» следовать дальше. Ледокол «Каганович» еще некоторое время сопровождал крейсер на восток, а потом, подняв сигнал: «Желаю счастливого плавания», повернул обратно.

«Комет» шел со скоростью 14 узлов по чистой воде, огибая небольшие ледяные поля. В ночь с 5 на 6 сентября, никем не замеченный, он проскочил Берингов пролив. В Анадырском заливе снова подняли советский флаг и написали название «Дежнев». Спустившись южнее, стали менять флаги чаще, выдавая себя то за советский теплоход, то за греческий сухогруз, то за японскую плавбазу.

В дальнейшем «Комет» оперировал в Тихом и Индийском океанах, у берегов Австралии и Антарктиды, обстреливая английские колониальные порты, в частности, уничтожив фосфатные разработки на о. Науру.

Пройдя по пути легендарного «Эмдена», «Комет» утопил 9 судов противника общим тоннажем 57 215 брутто-рег. тонн. Один из захваченных пароходов с грузом каучука и олова Эйссен отправил с немецким экипажем в Германию.

В ноябре 1941 г., завершив кругосветное плавание, «Комет» прорвался на родину в Куксхафен. При попытке выйти на новый рейд, а идти уже пришлось Ла-Маншем, «Комет» был обнаружен и потоплен английским торпедным катером.

Как ни велики потери англичан от действий доблестного немецкого рейдера, потери СССР оказались гораздо большими. Еще из Японии, куда заходил «Комет», через Владивосток и Москву, в Берлин ушли все разведданные, собранные по маршруту Колгуев — Берингов пролив, оказавшиеся бесценными для действий немецкого флота в будущем. Без них и «Адмирал Шеер» не смог бы так опозорить наш флот, безнаказанно дойдя до Диксона и вернувшись назад!

ред массами. Немалую роль в этом, видимо, сыграли воздушные налеты англичан, так что возникла необходимость еще раз напомнить немецкому народу, что с Англией давно покончено, а заодно и подвести итог первому году войны, наполненному блестящими победами немецкого оружия.

Накануне Гитлеру дали прочесть выдержку из корреспонденции газеты «Нью-Йорк таймс», которая, ссылаясь на собственного корреспондента в Берлине, писала: «В этом году германское оружие достигло побед, не имеющих даже аналога в блестящей военной истории этой агрессивной, милитаризированной нации. Однако война и не выиграна, и не закончена. Именно на этом аспекте концентрируются сегодня мысли немецкого народа. Народ хочет мира и хочет его до наступления зимы».

В Германии как раз и началась кампания так называемой «зимней помощи». По этому случаю во Дворце спорта столицы собрались представители земель, городов, крупных промышленных предприятий и крестьянских кооперативов. Появление перед ними фюрера явилось для всех полной неожиданностью, поскольку сам факт намеченного выступления Гитлера держался в строжайшей тайне из-за страха, что английские бомбардировщики могут воспользоваться случаем и разбомбить дворец. И хотя Берлин был закрыт густой шапкой низких облаков, появление фюрера перенесли на возможно позднее время — за час до наступления темноты.

Но если само появление фюрера удивило тысячи собравшихся в огромном спортивном комплексе людей, то еще более всех удивило то настроение, с которым Гитлер предстал перед ними. Никто никогда не видел Гитлера, славившегося почти полным отсутствием чувства юмора, столь переполненного язвительной иронией.

«Для того чтобы описать господина Черчилля, — начал свое выступление Гитлер, — в литературном немецком языке нет достаточно точных выражений. Однако в баварском диалекте такое выражение есть — это “Крампфхенне”, что означает курицу, которая еще дергает лапками, когда у нее уже отрублена голова».

Никогда не слышавшие от фюрера шуток сидевшие в зале на мгновение онемели, а затем разразились хохотом и истерической овацией. Таким образом удалось несколько разрядить обстановку в зале, однако Гитлер понимал, что ему все-таки не удастся уклониться от ответов на два главных вопроса, занимающих мысли сидящих в гигантском зале людей: когда будет и будет ли вторжение в Англию и что будет предпринято для предотвращения ударов с воздуха по Берлину и другим немецким городам?

Медленно произнося каждое слово, Гитлер проговорил, звеня металлом голоса: «В Англии сейчас все возбуждены от любопытства и спрашивают: “Почему он не идет?” Будьте спокойны. Он идет! *Он идет!*»

Считая, что он дал слушателям совершенно недвусмысленный ответ, фюрер перешел к вопросу о бомбежках:

«Ныне господин Черчилль демонстрирует свою новую оригинальную идею — ночные воздушные налеты. Господин Черчилль додумался до этого не потому, что нынче налеты сулят высокую эффективность, а потому, что его воздушные силы не могут летать над Германией в дневное время... в то время как немецкие самолеты появляются над Англией ежедневно...»

Постепенно взвинчивая себя, Гитлер переходит на крик: «Три месяца я терпел это, не отвечал, веря, что подобное безумие будет остановлено. Видимо, господин Черчилль принял мое молчание за признак слабости. Теперь на каждый ночной налет мы будем отвечать ночным налетом! Если британская авиация сбросит на нас две, три или четыре тонны бомб, то мы в одну ночь сбросим на них 150, 250, 300 или 400 тонн бомб!!!»

Новая истерическая овация прервала слова фюрера. Особо неистовствовали женщины, громкими криками восторга выражая свое одобрение словам вождя.

«Если они объявляют, — продолжал кричать Гитлер, накаляя себя и зал, — что собираются усилить свои налеты на наши города, то мы объявляем, что вообще сотрем их города с лица земли!»

На этом месте речь фюрера снова была прервана. Юные медсестры — представители различных благотворительных организаций и общества «Милосердие», составляющие добрую треть аудитории, взвыли в каком-то уже чисто сексуальном порыве и устроили вождю новую безумно-исступленную овацию. Они вскочили на ноги, их груди вздымались в тяжелом дыхании, раскрасневшиеся, возбужденные, искаженные фанатичным восторгом юные лица с безумно горящими глазами создавали полную иллюзию Вальпургиевой ночи из второго акта оперы «Фауст», одной из любимых опер Гитлера.

Глаза Гитлера горели адским пламенем, по бледному лицу катился пот, слипшиеся волосы косой челкой упали на лоб. Перекрывая шум в зале, он сам перешел на исступленный крик: «Настал час, когда один из нас должен быть сокрушен!! Но сокрушенной будет не национал-социалистическая Германия!!» «Никогда! Никогда!» — заревел в ответ зал. От громового «Хайль!», казалось, дрогнули стальные фермы перекрытий спортивного комплекса.

В далекой Москве Сталин, поморщившись от воплей «Хайль!», летящих из динамиков, выключил приемник и жестом руки отослал переводчика. «Он что-то сильно нервничает», — заметил вождь, обращаясь к сидящим в его кабинете Филиппу Голикову и Лаврентию Берия. Шефы двух мощнейших разведывательных служб сошлись в кабинете Сталина, чтобы доложить последние сводки, пришедшие из Берлина. Гитлер принял решение начать беспощадные бомбардировки английских городов, а Лондон просто стереть с лица земли, дабы парализовать волю англичан к сопротивлению накануне вторжения. Скорее бы это произошло! Судя по всему, на плацдармах Южной Англии начнется невиданная доселе мясорубка, в которую вермахту придется бросать одну за другой свои хваленые дивизии. Тревожит еще и то, что в любую минуту может вспыхнуть война между СССР и Англией, а это на данном этапе совсем ни к чему. Английская разведка явно пронюхала уже все о «Базис Норд», и есть сведения, что англичане готовят воздушный удар по базе и вообще грозят заблокировать с моря все подходы к Мурманску и Полярному. Дождем сыплются английские протесты по поводу нарушения Советским Союзом нейтралитета. После немецкой высадки им будет явно не до этого, да и мы автоматически превратимся в союзников. Временно, конечно!

Поэтому с некоторым чувством облегчения Сталин на следующий день прочел телеграмму, переданную из МИДа Германии послу Шуленбургу, перехваченную и расшифрованную службой радиоперехвата при НКВД.

«Государственная тайна.
Берлин. 5 сентября 1940 г.
№ 1604.

Наш военный флот намерен отказаться от предоставленной ему базы на Мурманском побережье, так как в настоящее время ему достаточно баз в Норвегии. Пожалуйста, уведомите об этом решении русских, от имени Имперского правительства выразите им благодарность за неоценимую помощь. В дополнение к официальной ноте главнокомандующий флотом намерен выразить свою признательность в личном письме главнокомандующему Советским флотом. Поэтому телеграфируйте, пожалуйста, как только сделаете это уведомление. Воерман».

Немцы все-таки молодцы и умницы! Все понимают. Отношения с ними пока превосходные, несмотря на некоторые шероховатости, возникшие из-за их столь резкого поведения в Румынии. Шуленбург часами совещается с Молотовым по поводу остатков территории Литвы, которые еще удерживают немцы, хотя по всем правилам эта территория должна отойти к нам. Немцы предложили отдать эту полоску Литвы в обмен на соответствующую территориальную компенсацию со стороны СССР. Но мы твердо заявили, что территориальная компенсация со стороны СССР неприемлема, и предложили немцам продать нам остаток Литвы за 3 860 000 золотых долларов, гарантируя выплату этой суммы в течение двух лет золотом или товарами по выбору Германии.

Кроме того, мы выступили с дипломатической инициативой о заключении общего соглашения между СССР, Германией, Италией и Японией и об аннулировании безобразного Антикоминтерновского пакта. Немцы в принципе согласны, но обставляют будущее соглашение массой уловок и условий. Судя по всему, они ничего не подозревают и действительно рассчитывают на союз с нами на долгие годы. Мы же в качестве предварительного условия требуем только права на оккупацию оставшейся части Финляндии и Буковины, а также права иметь военно-морские базы на территории Болгарии и Турции в Черном море.

В сущности, мы это делаем ради немцев, на тот случай, если английский флот неожиданно появится из проливов, как он это неоднократно делал за прошедшие сто лет. Но ничего нельзя сохранить в тайне! Просто безобразие! Пресса уже пронюхала об этих переговорах и плетет о них бог весть что! Пришлось 7 сентября опубликовать через ТАСС в «Правде» официальное опровержение:

«Японская газета «Хоци» распространяет сообщение о якобы состоявшейся в конце августа беседе т. Сталина с германским послом графом Шуленбургом по вопросу о заключении соглашения между СССР, Германией, Италией и Японией — и об аннулировании Антикоминтерновского пакта. ТАСС уполномочен заявить, что все это сообщение газеты "Хоци" вымышленно от начала до конца, так как т. Сталин за последние шесть-семь месяцев не имел никакой встречи с г. Шуленбургом».

Сталин лично составил текст опровержения. Все истинная правда: он с Шуленбургом действительно не встречался — это делал Молотов. Но не это сейчас главное! Пришло сообщение разведки, что начиная с 30 августа из германских портов Северного моря потоком пошли транспорты и самоходные баржи в порты на побережье

Ла-Манша. На стол Сталина лег перевод директивы, подписанной Кейтелем 3 сентября.

Что-то шевельнулось в подозрительной душе диктатора: уж больно быстро попадают к нему на стол немецкие оперативные документы. Но он отогнал эту мысль: разведка у нас замечательная. Особенно после серии оздоровительных мероприятий, которые были проведены начиная с 1937 года, когда был ликвидирован пробравшийся к руководству разведкой английский шпион Ян Берзин. Затем пришлось ликвидировать пробравшегося на этот же пост троцкиста Урицкого и его заместителя Никонова. Потом — этот умник Иван Проскуров. Сейчас, кажется, все наладилось. Филипп Голиков знает свое дело...

Директива Кейтеля гласила:

> **«Наиболее ранней датой выхода в море флота вторжения определено 20 сентября, с тем чтобы начать высадку 21 сентября. Приказы для выполнения вторжения будут даны в день Д минус 10 дней, т.е. предположительно 11 сентября. Окончательные приказы будут даны самое позднее в день Д минус три дня в полдень... Кейтель».**

Да, все это звучит уже совершенно конкретно. Необходимо успеть подготовить армию примерно к этому сроку. Все лето и ныне в округах продолжаются бесконечные учения. Маршал Тимошенко уже несколько месяцев не снимает полевой формы, мотаясь по округам, лично проверяя готовность каждой дивизии. Надо его подстегнуть — у немцев, кажется, уже все готово к вторжению.

С этим выводом Сталина совершенно не был согласен адмирал Редер. Вечером 6 сентября он снова пробился к Гитлеру, пытаясь отговорить фюрера от намеченной авантюры. А именно так адмирал, как известно, оценивал операцию «Морской Лев». Адмирал уже надоел Гитлеру своим вечным нытьем. Вопрос о вторжении в Англию обсуждению не подлежит. Но ведь в проливе господствует английский флот! Англичане день и ночь бомбардируют северофранцузские порты. Они установили на своем южном побережье тяжелые орудия и засыпают наши базы снарядами. «Их авиация, мой фюрер, вовсе не уничтожена, если судить по ежедневным налетам, которым подвергаются наши базы...»

Фюрер прерывает Редера. Он смотрит на измученное, бледное, потерявшее былой лоск аристократическое лицо Редера, и ему становится его жалко. Но доверить ему тайну нельзя. Флот пронизан идеями монархизма, а значит, и английской агентурой. Все роялисты, порой сами того не сознавая, находятся в лапах англичан. Гитлер пытается успокоить адмирала уклончивой фразой, что, «возможно, разгром Англии удастся довершить и без вторжения», а затем резко меняет тему разговора. Он обсуждает с Редером проблему Норвегии, Гибралтара, Суэцкого канала. Его интересует мнение адмирала по поводу отношений с Соединенными Штатами. Что думает гросс-адмирал по поводу дальнейшей судьбы французских колоний? Затем Гитлер, доверительно взяв Редера под руку, сообщает ему, что у него возникла идея создать в будущем «Северный Союз Германских народов», куда будут входить все нордические государства, объединенные кровью. Об операции «Морской Лев» больше ни слова.

В субботу, 7 сентября, с немецких аэродромов в Северной Франции и Голландии, ревя моторами, поднялись в воздух 625 бомбардировщиков и 648 истребителей. Целью удара был Лондон. Построившись журавлиными клиньями, эскадры уходили на север, исчезая в надвигающихся сумерках.

Налет был страшным. Предыдущие бомбежки Варшавы и Роттердама можно назвать булавочными уколами в сравнении с адом, обрушившимся на столицу Великобритании. Весь район доков представлял собой огромный бушующий вихрь пламени. Все железные дороги, ведущие из Лондона на юг, столь важные для обороны в случае вторжения, были блокированы. Один из районов столицы — Сильвертаун — оказался в кольце огня. Население пришлось эвакуировать водой.

После наступления темноты, примерно в 20.00, начала действовать вторая волна немецких бомбардировщиков, затем третья. Бомбардировка продолжалась непрерывно до половины пятого утра 8 сентября. Сигналы тревоги ревели на всех радиоволнах англичан. Генеральный штаб, командование флотом метрополии, сам Черчилль и его ближайшие советники были уверены — столь убийственная бомбардировка означает, что вторжение неминуемо и произойдет в ближайшие 24 часа.

Штаб обороны метрополии передал по своим каналам связи условное слово «Кромвель» — вторжение неизбежно. Флот и авиация ринулись в пролив. Ничего и никого. В боевом задоре был нанесен удар по портам Северной Франции. Несколько транспортов и около 30 барж было потоплено, уничтожено несколько складов с грузами для десанта.

Агентура англичан в оккупированной Франции передала в эфир: погрузка войск на транспорты не производилась. Успокойтесь! Но никто этого уже не слышал.

Рассвет 8 сентября высветил страшную картину пылающей столицы Англии. Океаны пламени бушевали над городом. Ревели сирены пожарных машин и карет «Скорой помощи». Несмотря на все мужество и самоотверженность, пожарные не могли локализовать пламя. Количество убитых и раненых росло. Сквозь треск помех на коротких волнах гремел ликующий голос Геринга: «Наступил исторический час, когда наш воздушный флот впервые нанес удар прямо в сердце врагу!» «Атака наших воздушных сил — это только прелюдия, — вещали из Берлина на английском языке, — решительный удар еще предстоит!»

В воскресенье, 8 сентября, в 19.00 немецкие бомбардировщики вновь появились над Лондоном. Бомбардировка продолжалась всю ночь. Еще не потушенные пожары предыдущей бомбежки заполнились новыми океанами пламени. Рушились жилые дома и цеха заводов. Гибли люди. Поступили первые цифры: за две ночи погибло 900 человек, ранено 2500.

В понедельник, 9 сентября, все повторилось снова. Более 200 немецких бомбардировщиков всю ночь сбрасывали бомбы на английскую столицу, уже не ища военных объектов и сбрасывая бомбы куда попало. В эту ночь бомбы попали в два архитектурных памятника XVII и XVIII веков — здание Королевского суда и дворцовый комплекс Сомерсет-Хауз, что положило начало разрушению знаменитых исторических памятников Лондона. Убито было 370 человек, ранено — 1400.

Немецкие бомбардировщики почти не встречали сопротивления над Лондоном, поскольку почти все соединения английских ВВС были сосредоточены на юге страны, с минуты на минуту ожидая вторжения. Английская авиация концентрировала все внимание на портах Северной Франции, нанося по ним удар за ударом.

Ничтожные потери над Лондоном снова дали Герингу повод в очередной раз заявить, что английская авиация полностью подавлена. Но адмирал Редер совсем не разделял этой точки зрения. В представленном фюреру меморандуме он заявил, что северофранцузские порты Дюнкерк, Кале и Булонь вообще не могут больше служить в качестве стоянок флота вторжения, поскольку фактически находятся под непрерывными бомбардировками с воздуха и моря. Английская авиация и флот господствуют в проливе и в небе над ним, поскольку вся немецкая авиация бомбит Лондон. В подобной обстановке подготовиться к вторжению в предписанные сроки просто невозможно. Адмирал опять просил отсрочки.

Пока Гитлер размышлял над рапортами своих главнокомандующих Военно-морскими и Военно-воздушными силами, пытаясь решить, кто из них вводит его в заблуждение, ответ пришел сам: завыли сирены воздушной тревоги: более 100 английских бомбардировщиков появились в ночь с 10 на 11 сентября над Берлином и бомбили столицу рейха несколько часов, вынудив самого фюрера отсиживаться в бомбоубежище. Бомбардировщики прорывались к центру города, показав, что ПВО столицы рейха ненамного лучше ПВО Лондона. Бомбы упали на рейхстаг и рейхсканцелярию, одна бомба взорвалась в саду дома Геббельса, другая подожгла знаменитую Берлинскую оперу, сгорела университетская библиотека. Ах вот как? Ну, хорошо! В ту же ночь в состав атакующих соединений немецких бомбардировщиков были включены специально подготовленные экипажи для бомбежки «точечных» целей: королевского дворца, резиденции премьер-министра, здания парламента, комплекса Адмиралтейства.

Экипажи подтвердили свое высокое мастерство — две бомбы, одна из которых — замедленного действия, угодили в резиденцию короля. Сбросивший эти бомбы пикировщик был настигнут зенитным снарядом и, объятый пламенем, рухнул на крышу универмага вблизи вокзала Виктория.

Утром 11 сентября к нации по радио обратился Черчилль. Предупредив о том, что вторжение в Англию может произойти в любой момент, премьер сказал: «Мы должны рассматривать следующую неделю как наиболее важную в нашей истории. Она сравнима с днями, когда в проливе появилась Испанская Армада... Или когда Нельсон стоял между нами и Великой Армией Наполеона».

Тысячу лет флот охранял эту страну — флот защитит ее и сегодня! Не встречая почти никакого противодействия, легкие силы английского флота буквально расстреливают порты сосредоточения сил вторжения. Горят транспорты, десятками тонут баржи, взлетают на воздух склады с боеприпасами, гибнут солдаты и моряки. На железнодорожных станциях скапливаются пустые эшелоны. Они практически ничего не привозят, но постоянно под покровом ночи снимают с побережья то одну, то другую часть и куда-то увозят. «На отдых и переформировку», — звучит официальный ответ. Куда? В Фатерлянд.

В личном кинозале Сталина демонстрируется монтаж из немецкой и английской кинохроники. Тема: блиц над Лондоном. Рушатся дома, мечутся люди, взрывы авиабомб поднимают в небо тонны обломков и клубы черного дыма, эффектно заходят в пике «Юнкерсы», бомбы, постепенно уменьшаясь, сериями по шесть идут к земле. Захлебываются огнем зенитки. Тяжелые «Ланкастеры» и «Веллингтоны» открывают над Берлином свои огромные бомболюки — дождь бомб... Король и королева Англии бродят среди обломков своего дворца. Неразорвавшаяся бомба крупным планом. В чем дело? Ага, советская маркировка. Немцы пользуются советскими авиабомбами. Так вам и надо, гады. Можете протестовать!

Снова кадры бомбардировки. Рушатся дворцы и храмы, горит Берлинская опера — рушится европейская цивилизация. Штабелями трупы. Их извлекают из-под обломков и складывают прямо на улицу, вернее, там, где когда-то была улица.

Сталин возбужден. Он громко сопит, постоянно ломая спички, раскуривает трубку. «Маладэц! — говорит он с сильным акцентом, что свидетельствует о сильнейшем возбуждении. — Маладэц Гитлер! Он прямо ледокол всемирной пролетарской революции!»

Сидящие в зале Молотов, Жданов, Берия, Маленков и Мерецков благоговейно молчат. Нет слов, чтобы выразить свое восхищение прозорливостью вождя. Еще полтора года назад Сталин все продумал и рассчитал, отведя Гитлеру роль ледокола революции. И все происходит так, как наметил Великий Вождь. Без сомнения, высадка в Англию должна начаться в любой момент. Филипп Голиков докладывает, что фактически все силы вермахта, люфтваффе и кригсмарине сосредоточены для броска через Ла-Манш. Но и наша разведка в Англии сообщает, что огромные силы англичан ощетинились всеми видами оружия на юге страны. Это будет мясорубка, которая оставит Европу голой и незащищенной. Короткие удары через Польшу на Берлин и через Румынию на Вену. Отрезанный от румынской нефти, завязший в английском десанте — Адольф долго не посопротивляется. Не позднее 1 октября Красная Армия будет готова к действиям глобального масштаба.

13 сентября, прибыв в Кремль, Сталин узнал еще одну радостную новость. Итальянские войска наконец перешли в наступление и вторглись в Египет. Англичане отступают по всему фронту. По сообщениям из Рима и от нашей агентуры на Ближнем Востоке, минимум через две недели итальянцы выйдут к Суэцкому каналу. Наступление поддерживает мощный итальянский флот, что вынудит англичан срочно перебросить крупные силы своего флота в Средиземное море, оголив метрополию. А тогда немцы и пойдут через Ла-Манш. Все-таки Гитлер не дурак!

Беспокоит другое. Все более настораживают сообщения разведки о концентрации немецких войск в Финляндии и Румынии. После отречения от престола короля Румынии, туда потоком хлынули немецкие войска. Это можно было бы, конечно, рассматривать на фоне вторжения в Англию как пустяк, но мешает нам занять более выгодные стратегические позиции, захватив оставшуюся часть Финляндии и Южную Буковину. Как не хочется пока ссориться с Гитлером, в этом вопросе нужно с ним разобраться. Но он все равно молодец!

14 сентября в Берлине Гитлер провел конференцию с представителями высшего командования Вооруженных сил. Еще до начала конференции адмирал Редер сумел «всучить» фюреру свой меморандум, в котором, в частности, говорилось, что «существующая обстановка в воздухе не может создать условия для выполнения операции "Морской Лев", т.к. риск еще очень велик».

Адмирал хотел сразу убить двух зайцев: во-первых, проучить хвастуна Геринга, а во-вторых, попасть в струю настроений фюрера, поскольку накануне из ближайшего окружения генерала Йодля пополз слух, что фюрер в частном разговоре с Йодлем выражал сильные сомнения по поводу целесообразности высадки в Англии.

Гитлер был мрачен, но спокоен и сосредоточен. «Успешная высадка с последующей оккупацией Англии, — сказал он, — закончила бы войну в очень короткий срок. Правда, Англия уже умирает от истощения, так что нет необходимости привязывать высадку к какому-то конкретному сроку... Но долгая война тоже нежелательна. Мы уже достигли всего, чего хотели».

Генералы и адмиралы, привыкшие к непоследовательности речей фюрера, слушали внимательно, стараясь угадать суть. Между тем Гитлер продолжал:

«Надежды британцев на Россию и Америку не сбылись. Россия не собирается проливать свою кровь за Англию, а перевооружение Америки едва ли закончится ранее 1945 года. Поэтому самым быстрым решением проблемы является высадка в Англии. Флот уже достиг необходимого для этого состояния. Действия люфтваффе вообще выше всяческих похвал. Четыре-пять дней хорошей погоды принесут решительные результаты... У нас есть хорошие шансы поставить Англию на колени».

«Так в чем же дело? Почему высадка откладывается?» — молча вопрошал холодный блеск генеральских моноклей, в то время как побледневший Редер вытирал холодный пот со лба. Как понять слова фюрера, что флот уже достиг «необходимого для высадки состояния»?

«Имеются трудности, — пояснил Гитлер. — Истребители противника еще полностью не уничтожены. Рапорты о наших успехах не всегда дают полную и надежную картину, хотя противник и понес тяжелейшие потери».

Гитлер помолчал и объявил решение: «Несмотря на все успехи, предпосылки для операции “Морской Лев” еще не созданы».

Суммируя сказанное, фюрер подвел следующие итоги:

«1. Успешная высадка означает победу, но для этого мы должны достичь полного господства в воздухе.

2. Плохая погода пока не позволила нам достичь полного господства в воздухе.

3. Все другие факторы — благоприятны.

Поэтому: отказываться от операции “Морской Лев”

не имеет смысла. Необходимо усилить удары с воздуха. Удары нашей авиации имели потрясающий эффект, хотя, возможно, главным образом психологический. Даже если победа в воздухе будет достигнута продолжением налетов в течение еще 10—12 дней, в Англии может возникнуть массовая паника и истерия. К этому присоединится страх перед высадкой десанта. Страх перед высадкой десанта не должен исчезать».

Самое главное Гитлер сказал в последней фразе. Все его мысли были заняты тем, как заставить Сталина поверить в неминуемость вторжения в Англию и вместе с тем не платить уж слишком большую цену за введение в заблуждение своего московского «друга». А цена становится уже почти неприемлемой. Англичане оказались гораздо сильнее, чем можно было подумать. Ребенку ясно, что одними воздушными налетами не поставишь на колени мировую державу. Тем более что никаких признаков паники в Англии нет и в помине. Но можно ли постоянно откладывать высадку десанта, сохраняя у всех убежденность в его неизбежности? Послушаем генералов. У них иногда возникают весьма оригинальные мысли. Гитлер предложил присутствующим высказать свое мнение.

Первым выступил авиационный генерал Ешоннек. Для убыстрения процесса возникновения паники в Англии он попросил разрешения бомбить густонаселенные жилые кварталы Лондона, гарантируя при этом «массовую панику» в британской столице. Адмирал Редер с энтузиазмом поддержал предложение Ешоннека, увидев в нем дальнейшую отсрочку высадки.

Гитлер с удивлением посмотрел на обоих и заметил, что лучше все-таки бомбить военные объекты, а жилые кварталы оставить как последнее средство давления на противника.

Затем выступил Редер. Этот не подведет, поскольку боится высадки пуще смерти. Действительно, с первых же слов адмирал стал говорить «об очень большом риске». Обстановка в воздухе не может существенно измениться в лучшую сторону до ближайших благоприятных для высадки дней, намеченных на 24—27 сентября. Лучше все сразу перенести на 8 октября, предложил Редер и добавил: «А если к тому времени авиация одержит полную победу, можно будет даже отказаться от проведения десанта...»

Гитлер движением руки прервал своего главкома Военно-морскими силами: «Нет, нет. Будем ориентироваться на 27 сентября. Так что ближайший срок для принятия предварительного решения — 17 сентября. Только после этого ориентироваться на 8 октября». Редер доволен: перенести высадку на 8 октября — значит фактически ее отменить, по крайней мере в этом году. В октябре два дня хорошей погоды в проливе большая редкость.

Знающие правду Браухич и Гальдер молчат. Впрочем, Браухич заметил, что для высадки в Англии ему не нужны ни авиация, ни флот — он высадится под прикрытием дымовой завесы. Гитлер мягко улыбается. Ешоннек и Редер покрываются пятнами.

Продолжая мягко улыбаться, Гитлер объявляет обоим, что они свободны, и остается с Браухичем, Гальдером, Кейтелем и Йодлем. Все свои, можно не ломать комедии. Обстановка сложная. Вдоль всей западной границы Сталин уже в течение трех месяцев проводит бесконечные маневры, максимально приближенные к боевой обстановке. В любой момент можно ожидать неожиданностей.

Ясно наметились направления главных ударов: по Румынии с одновременной оккупацией Болгарии и с Белостокского «балкона» — на Варшаву, с выходом к Одеру. Предполагаются вспомогательные удары по Восточной Пруссии и Финляндии. Наши же силы в этом направлении совершенно недостаточны для оказания Москве противодействия.

Гитлер успокаивает военных. Россия ожидала нашего «истощения» в войне на Западе. Но Сталин видит, что его расчеты провалились. «Истощения» не произошло. Мы достигли величайших успехов без больших потерь. Это оказало нужное воздействие на Сталина. Осознание нашей мощи уже повлияло на поведение Сталина в отношении Финляндии и на Балканах. Он ждет высадки в Англии, чтобы начать активные действия, и пусть ждет. Следует форсировать переброску войск в Румынию и генерал-губернаторство и ускорить составление планов сокрушения России. А что касается высадки, то мы все решили на этом совещании...

«Берлин. 14 сентября 1940 г.
Совершенно секретно

Фюрер принял решение:

Вновь отложить начало операции “Морской Лев”. Новый приказ последует 17 сентября. Вся подготовка должна продолжаться.

Воздушные налеты на Лондон также должны продолжаться с наращиванием силы ударов по военным и другим жизненно важным объектам (например, железнодорожным станциям). Террористические удары по чисто жилым районам должны быть зарезервированы в качестве крайнего средства давления на противника».

Таким образом, люфтваффе получила еще два дня, чтоб окончательно добить английскую авиацию. Чтобы оправдать доверие фюрера и доказать всем скептиками, кто является хозяином в небе над Англией, Геринг решил совершить 15 сентября небывалый по мощи дневной налет на Лондон. В этот день около полудня над Ла-Маншем появилось примерно 200 бомбардировщиков под прикрытием не менее 600 истребителей. Вся эта армада, блестя дюралем и стеклами кабин под лучами тусклого сентябрьского солнца, грозными клиньями шла в сторону столицы Британии. Этому воскресному сентябрьскому дню суждено было стать днем самого горького разочарования в возможностях люфтваффе. Эффективно используя радары, английское командование наглядно дало понять сомневающимся, что английская авиация не только не уничтожена, но стала сильнее, чем была.

Соединения английских истребителей в неожиданном для немцев количестве, зайдя из-под солнца, перехватили немецкую армаду на подходе к столице. Всего нескольким бомбардировщикам удалось прорваться к Лондону. Остальные были либо рассеяны, либо уничтожены.

Английские газеты вышли на следующий день с огромными заголовками, оповещающими весь мир о том, что вчера над Англией было уничтожено 185 немецких самолетов, хотя в действительности уничтожено было 56.

Пока Геринг продолжал хвастливо утверждать, что ему необходимо еще 4—5 дней, чтобы окончательно прикончить англичан, произошло еще одно событие, которое показало Гитлеру, что он платит за дезинформацию Сталина, пожалуй, слишком высокую цену.

16 сентября в районе Антверпена немецкие войска проводили крупное учение по высадке десанта. Личный состав и боевая техника были погружены на транспорты и баржи, которые под прикрытием эсминцев вышли в море, чтобы, пройдя примерно 50 миль, высадить десант на одном из участков голландского побережья, напоминающего по рельефу побережье Южной Англии. Неожиданно на идущий конвой обрушились английские бомбардировщики. В считанные минуты конвой был разгромлен. Горели и тонули транспорты, солдаты, в панике, спасаясь от огня, бросались за борт, перегруженные спасенными и ранеными баржи заливались водой, эсминцы метались между гибнущими судами и только увеличивали панику. Одновременно был нанесен удар по самому Антверпену, где были тяжело повреждены пять транспортов, уничтожены два портовых крана, взорван склад с боеприпасами и сожжено дотла несколько пакгаузов. Потери в личном составе превзошли запланированные потери первой волны десанта при настоящей высадке в Англии.

Хотя немцы полностью засекретили эту катастрофу, разведки многих стран пронюхали о ней. Зоркие глаза советской разведки засекли три длинных эшелона с тяжелоранеными, прибывшими в пригороды Берлина. Большинство раненых были обожжены. Никаких сухопутных сражений, где немцы могли бы понести такие потери, не было, да и быть не могло. Проанализировав информацию, разведка сделала ошибочный вывод о том, что имела место попытка высадки в Англии, закончившаяся провалом и большими потерями. (К подобному ошибочному выводу, как выяснилось позднее, пришла не только советская разведка. Даже итальянская разведслужба секретно сообщила в Рим, что Гитлер предпринял вторжение, которое закончилось катастрофой. Немало способствовала этому и хитрая игра английской разведки на континенте, которая распускала самые невероятные слухи, тщательно собираемые всеми другими разведками, в первую очередь советской и немецкой.)

Сообщение о неудачной попытке высадки в Англию пришло в Москву в разгар оперативного совещания, которое проводили Сталин с начальником Генерального штаба Мерецковым и срочно прилетевшим в Москву из Киева наркомом обороны Тимошенко. На совещании присутствовали Филипп Голиков, Берия и Жданов. Огромная карта Европы занимала целую стену обширного зала, где обычно проходили стратегические игры. Мерецков стоял у карты с указкою в руке, Сталин, по своей привычке, прохаживался вдоль стола для заседаний, за которым молча сидели остальные.

На повестке дня находился важнейший вопрос точного определения даты начала операции «Гроза». Все сходились на мнении, что 1 октября было бы идеальнейшей датой, что дало бы возможность завершить операцию до начала зимы. Однако имелись проблемы. Если немцы, как они и наметили, начнут высадку в двадцатых числах сентября, а прогноз погоды говорит, что в двадцатых числах можно ожидать целых три дня идеальной погоды с 25 по 29 сентября, то вторгаться в Европу 1 октября несколько рановато. Лучше 10-го. С одновременным вспомогательным ударом по остатку Финляндии.

Армия в принципе готова, хотя, конечно, остро ощущается нехватка танков и автотранспорта. Амбициозные планы флота, начавшего строительство гигантских линкоров и линейных крейсеров, съедают фондовую сталь, срывая танковую программу. Мерецков явно говорит лишнее. Строительство линкоров — это не амбициозные планы флота. Флот и сам не знает, как он будет использовать эти гигантские корабли. Это планы самого Сталина, который, вынув трубку изо рта и бросив на начальника Генерального штаба укоризненный взгляд, спрашивает, сколько армии нужно еще танков? Не менее пяти тысяч, отвечает Мерецков. И не этих громоздких и тихоходных «Т-34», которые вредители, к счастью, уже арестованные, пытаются навязать армии, а быстроходных танков прорыва со сменными автомобильными шасси, которые молнией пройдут по прекрасным европейским дорогам.

«А без этих 5000 танков, — спрашивает Сталин, — вы не можете начать операцию?» В голосе его звучит тревога и печаль. Он отлично видит, что генерал армии Мерецков — это не тот человек, который ему нужен. Нет в нем этакого стального большевистского стержня. Боится он «Грозы» так же, как боялся Шапошников. Но кем его заменить?

«Конечно, можем, товарищ Сталин, — бодро отвечает Мерецков, понимая, что зашел слишком далеко. — Но с учетом неизбежных потерь...»

Генеральный штаб недавно представил ему, Сталину, подробнейший расчет «Грозы» с указанием предполагаемых потерь. В операции должно было участвовать 5 миллионов человек, 11 тысяч танков, 35 000 орудий и 9—10 тысяч самолетов. Срок операции 3—4 месяца. Потери в людях ориентировочно оцениваются в полтора миллиона человек. Вообще-то в Генштабе считали, что два миллиона, но не осмелились дать эту цифру Сталину. Сталин об этом, конечно, знал и только усмехнулся.

Ленин как-то в порыве пролетарского вдохновения воскликнул: «Пусть 90% русского народа погибнет, лишь бы 10% дожили до мировой революции!» Нет, конечно, на это мы не пойдем. Тут старик явно переборщил. Уж больно он был кровожадным. 90% — это многовато, но

50% мы принесем в жертву на алтарь мировой пролетарской революции не моргнув глазом. Если подытожить все наши мероприятия, начиная с 1917 года, то как раз и получится примерно 50%. Так что еще несколько миллионов туда-сюда не имеют большого значения.

Генерал Голиков, фанатичный сторонник осуществления «Грозы», более всего боявшийся, что сам Сталин, по своей хорошо известной трусости, от нее откажется, взял за правило не тревожить вождя сообщениями, которые идут вразрез с глобальными сталинскими замыслами.

В аппарате Голикова — ГРУ — сидели разные люди, большинство которых еще оставалось от несчастного Ивана Проскурова. Никто из них, разумеется, о «Грозе» не знал ничего, а просто отвечал за свой участок информации. Информация стекалась к Голикову, а тот уже сообщал ее наверх — Сталину и начальнику Генерального штаба.

Эту информацию Голиков отбирал тщательно. Ну, зачем, скажем, беспокоить вождя сообщением, что через Чехословакию в штатских костюмах проследовал штаб армейской группы, направляющийся в Румынию? Все свое хозяйство они везли в контейнерах, на которых была маркировка сельскохозяйственных грузов. Идет интенсивное строительство новых шоссейных дорог в Польше. Ну и что? Пусть себе строят. Зачем истерику из-за этого поднимать? Штабы 4-й, 12-й и 18-й армий переброшены на восток. Хорошо. Сколько всего дивизий у немцев на наших границах? Было 7. А сейчас? 37! Тридцать дивизий перебросили за последние полтора месяца. Ну а что такое 37 дивизий? Смешно. Пыль. Мы ее сдуем и не заметим. Другое дело Финляндия. Что-то там накапливаются немецкие войска, якобы перебрасываемые в Норвегию. Их уже не менее 35 тысяч. Это Сталина очень беспокоит, поскольку налицо прямое нарушение советско-германского договора. Это может помешать захвату оставшейся части Финляндии. Сталин не забыл зимней войны и не успокоится, пока не поставит точку в этом вопросе. Выслушал внимательно, ничего не сказал, но по прищуру глаз понял Голиков, что информация дошла. А что у нас в мире? Все в порядке. Итальянцы наступают, англичане в панике бегут к Суэцкому каналу. Возможно, им придется эвакуировать с Ближнего Востока всю свою армию, а это не осуществить без переброски в Средиземное море крупных соединений флота из метрополии. И тогда... В этот момент Голикова срочно позвали к телефону. Вернулся он с выражением недоумения на лице. Только что пришло сообщение: немцы пытались высадиться в Англии, но были отброшены, понеся большие потери. Это был сюрприз. Юбос...сь!» — изрек Иосиф Виссарионович свое любимое выражение не то со злорадством, не то с горечью. Голиков напомнил, что информация получена пока только из одного источника и не подтверждена никакими другими данными. В частности, служба радиоперехвата не обнаружила ничего, что могло бы говорить о крупном сражении на побережье южной Англии. Однако если эта информацию достоверна, то необходимо немедленно привести пограничные округа в состояние наивысшей готовности. Тимошенко следует срочно вылететь обратно в Киев к Жукову. В Белоруссии находится Шапошников. Остальным оставаться на местах.

Распустив совещание, Сталин остался с Берией, который до этого не проронил ни слова, а только зловеще поблескивал стеклами пенсне. Обычно доклады шефа НКВД касались вопросов, выходящих за пределы того, что было положено знать военным и членам Политбюро. В данном случае Берия, перейдя на грузинский язык, доложил вождю, что его люди обнаружили мощную утечку информации, идущую из Наркомата обороны и Генерального штаба.

Утечка — это мягко сказано. Поток, как в горных реках их родного Кавказа. Оказывается, еще до начала конфликта мерзавец Маннергейм имел на своем столе оба наших оперативных плана: план Мерецкова, основанный на идее блицкрига, и план Шапошникова, требовавший основательной подготовки, на которую тогда просто не было времени. Знание наших планов и позволило этому недобитому царскому прихвостню распределить свои силы оптимальным образом и совершить очередное преступление перед международным рабочим движением. Хорошенькие дела! 64 секретные папки документов, по тысяче страниц каждая! Все это надо скопировать и переслать за границу!

Выяснить всех, кто имел доступ к документам, и покарать беспощадно, невзирая на звания и заслуги. Берия просит уточнить: покарать всех, кто имел доступ к документам вообще, или тех, кто эти документы составлял? Составь список, говорит Сталин, там посмотрим. Но это еще не все: из штаба Западного военного округа сбежал подполковник, прихватив с собой портфель документов, касающихся строительства укрепрайонов. Все его непосредственные начальники и подчиненные арестованы. И семьи, подсказывает Сталин, чтобы было неповадно.

Сталин знает, что подполковник сбежал по заданию ГРУ, чтобы всучить немцам «дезу» о широкомасштабном строительстве укреплений на наших западных границах, но Берии это знать не обязательно. Зато он знает другое, о чем не обязательно знать Сталину.

При массовых экспроприациях в Прибалтике Жданов не только ухитрился присвоить себе ценностей на сумму около 40 миллионов долларов — для этого много ума не надо, — но и перебросить эти ценности в Швейцарию, что предполагает наличие у него мощной *личной* разведсети. Причем, по данным Берии, делалось все это с ведома Ленинградского военного округа, которым командовал Мерецков — нынешний начальник Генерального штаба. Эта козырная карта будет выложена на стол позднее, а пока шеф НКВД рассказывает Сталину о циркулирующих по Москве слухах о близкой войне.

Слухи циркулируют, главным образом, в длинных продовольственных очередях. Создание стратегических запасов продовольствия в рамках операции «Гроза» и увеличивающиеся поставки продуктов за границу, в основном Гитлеру, привели еще во время войны с финнами к перебоям в снабжении даже московских магазинов.

При этом интересно, что иностранные дипломаты, аккредитованные в Москве, ежедневно ходят и глазеют на эти очереди как на достопримечательности столицы. Шведы даже измеряют очереди — чаще шагами, но иногда и рулетками. Их военный атташе майор Флодстрем лично измерил на Арбате хлебную очередь, которая равнялась двум тысячам его, майора, шагам.

А чего только не узнаешь об истинном положении страны именно в очередях, если вся информация, собранная разными людьми, попадает к опытному аналитику из какой-нибудь разведки? Сталин молча ходит по кабинету, посасывая трубку. Конечно, тут надо что-то сделать.

Упорядочить распределение основных продуктов через предприятия по принципу «кто не работает, тот не ест». Нет, не годится. Вообще начнется паника. Открыть военные склады? Надо подумать. Остановившись перед Берией, вождь, нервно жестикулируя трубкой, инструктирует своего начальника тайной полиции: «Повысить бдительность! Болтунов и распространителей слухов наказывать беспощадно... вплоть до расстрела!» Берия соглашается. По реакции Сталина ему ясно, что и вождь понимает: проблема неразрешима.

17 сентября генерал Паулюс, работавший последние две недели без сна и отдыха, доложил генерал-полковнику Гальдеру свои предварительные выкладки по поводу нападения на СССР. Операция рискованна, но возможна. Для этого необходимо сосредоточить на границах с СССР не менее 110—120 дивизий и добиться стратегической внезапности, что, в свою очередь, предполагает обширные мероприятия по дезинформации противника. Сама география театра диктует план будущей операции. Все русские армии развернуты для наступления. Особенно соблазнительно выглядят Белостокский и Львовский «балконы», где сосредоточено огромное количество русских сил, гигантская сеть складов и аэродромов, штабы всех уровней. А между тем оба эти «балкона» легко

уничтожаются гораздо меньшими силами, поскольку никакой, в сущности, обороны они не имеют.

Когда сталкиваются две армии, обе нацеленые на стремительное наступление, выигрывает та, что начинает первой. Уничтожение русских армий на «балконах» даст возможность выхода на оперативный простор с быстрым достижением конечных пунктов операции: Москвы, Ленинграда и Волги, где-нибудь южнее Сталинграда. Главное — внезапность.

Гальдер внимательно слушает своего заместителя, рассматривая предварительную схему стратегического развертывания на Востоке. Пока можно развернуть 96 дивизий, но этого мало. Надо искать необходимые резервы. Ситуация все более очевидно подсказывает, что выхода нет.

Война не окончена, и ее продолжение требует выбора между двумя вариантами. Либо удар по Англии, имея в тылу уже приготовившегося к броску «красного медведя, либо удар по этому «медведю», оставив в тылу несколько контуженного «льва», еще не готового перепрыгнуть через канал и вцепиться в спину Германии. Только сумасшедший мог сейчас выбрать бросок на Англию. Интересно, понимают ли это в Москве? Судя по всему, еще нет.

Приказав Паулюсу продолжить работу и сделав более тщательный расчет сил по направлениям и задачам каждого рода войск, Гальдер занялся текущими делами. Разгром конвоя, проводившего учения по высадке десанта, привел Гитлера к очередной вспышке ярости, которую, слава богу, удалось направить против Геринга. Рейхсмаршал, выслушав упреки фюрера, заявил, что у него просто не хватит самолетов, чтобы решить сразу две задачи — совершать налеты на Лондон и прикрывать флот, разбросанный по десяткам портов.

Гитлер приказал представить ему необходимые документы о имеющихся в наличии силах авиации. Он сам распорядится, как эти силы использовать.

Пока шел этот спор, в ночь на 17 сентября английская

авиация подвергла бомбардировке весь прибрежный район между Гавром и Антверпеном. Было полнолуние, и английские ночные бомбардировщики решили использовать это обстоятельство до конца. Переполненные транспортами и баржами порты представляли прекрасную цель. В одном только Дюнкерке было потоплено 84 баржи. На всем побережье горели и взлетали на воздух склады с боеприпасами, уничтожались в пламени склады с продовольствием, бесценными смазочными материалами и мазутом. К бомбардировке с воздуха добавились залпы тяжелых английских орудий через пролив, чьи снаряды, взрываясь среди стоящих борт к борту судов, десятками топили маленькие буксирчики и катера, пожертвованные ради великой цели. Росло число раненых и убитых. Флот терял специалистов, армия — первоклассно обученных солдат.

Гальдер уже сам начинал считать, что Вооруженные силы Германии платят слишком высокую цену за введение Сталина в заблуждение. Надо прекратить это безумие, но чтобы у русских сложилось впечатление, что подготовка к операции «Морской Лев» продолжается и высадка произойдет в любом случае — не в этом, так в следующем году.

Генерал пробежал глазами сводку Главного морского штаба, датированную сегодняшним днем. В тоне моряков появились уже какие-то фатальные нотки.

«Английская авиация, — говорилось в докладе, — не только не уничтожена, но, напротив, демонстрирует постоянно увеличивающуюся активность в налетах на порты канала, срывая мероприятия по сосредоточению сил вторжения». Поэтому, предлагало командование флотом, необходимо рассредоточить боевые корабли и транспортные суда, уже сконцентрированные в канале, и приостановить движение судов в порты вторжения. «В противном случае, — подчеркивалось в докладе, — энергичные действия противника станут причиной настолько крупных потерь, что сделают весьма проблематичным осуществление операции в задуманном масштабе». В конце, видимо, для очистки совести, была ссылка на погоду, которая, постоянно ухудшаясь, не сулит в обозримом будущем ничего хорошего.

Вечером Гальдер отправился на доклад к Гитлеру. Фюрер был спокоен и даже временами одаривал начальника Генерального штаба своей печальной улыбкой. Да, конечно, согласился он, надо убирать оттуда войска и корабли, но так, чтобы из Москвы этого не заметили. Гальдер с пониманием кивнул. По моему приказу за это время, доложил генерал-полковник, разработан целый комплекс мероприятий, который не позволит даже самой первоклассной разведке установить, что мы не собираемся осуществлять вторжение. Совершенно верно, оживился фюрер, необходимо продолжать налеты на Лондон, чтобы англичане ожидали вторжения каждый день. У фюрера еще теплилась надежда, что англичане, не выдержав ежедневных бомбежек, запросят мира, и тогда можно будет либо как-то договориться со Сталиным, либо, что гораздо приятнее, обрушиться на него всей мощью, покончив навсегда с большевизмом, столь гнусно развратившим социализм.

Это хорошо, сказал Муссолини во время последней встречи. Германии и Италии, как странам свободного социализма, не пристало иметь дело с кровавым мясником из Кремля. Это произошло, когда Гитлер и дуче приватно обсуждали предстоящее подписание трехстороннего пакта по созданию оси Рим—Берлин—Токио, и Гитлер заметил: если он будет с нами, то, возможно, он перевоспитается. Но сам он мало в это верил, а потому спросил у Гальдера, как идет работа над планом войны с СССР.

Гальдер доложил ему о работе Паулюса. Фюрер поморщился. Главный удар, возразил он, надо нанести по Украине, а не по Москве. Во-первых, мы обезопасим румынские нефтяные районы, во-вторых, захватим богатейший в экономическом отношении район, перережем все основные водные артерии и овладеем стратегически важными черноморскими портами, создав предпосылки для соединения с итальянцами на Ближнем Востоке. Все это так, согласился Гальдер, но при этом мы не уничтожим русскую армию. А в случае нашего удара на Москву Сталин наверняка бросит на ее защиту все оставшиеся резервы. Мы уничтожим их, возьмем Москву, а Украина сама попадет в наши руки.

Хорошо, сказал Гитлер, мы это еще обсудим. Лишь бы он сам не перешел к активным действиям раньше нас. Вся логика действий Кремля, успокаивает фюрера Гальдер, говорит о том, что там ждут нашей высадки в Англии. Логика, ворчит Гитлер, надо рассчитывать не на логику, а на конкретные данные, которых нет. Никто не знает, что может прийти в голову этому московскому мяснику. И позаботьтесь, генерал, чтобы никто не пронюхал о наших планах, хотя бы на данном этапе.

Беспокойство Гитлера имело все основания. Секретные доклады гестапо недвусмысленно говорили о том, что достаточно большой процент населения страны находится в плохо скрываемой оппозиции к режиму фюрера. Причем социальный и классовый состав этой оппозиции весьма обширен — от представителей старой родовой аристократии, еще сохранившей высокие посты в армии, дипломатии и промышленности, до простых рабочих, которым успела промыть мозги тельмановская пропаганда. Особенно опасны, конечно, аристократы, не скрывающие своего недоумения, что обычно зарезервированный для людей их круга пост немецкого канцлера занял выскочка из бывших люмпенов.

Имея огромное количество столь же родовитых родственников в Англии, они остро переживают «братоубийственную войну», которую, по их мнению, Гитлер затеял из-за своего низкого происхождения. Сиди на его месте какой-нибудь «фон», войны бы никогда не было. Совершеннейшие идиоты! Как будто совсем недавно не пылал огонь Первой мировой войны, которую вел кайзер против двух своих любимых кузенов — Джорджи и Ники.

На это можно было бы не обращать внимания, если бы эти самые аристократы, в силу занимаемых ими постов, не знали слишком много. Кто люди его ближайшего окружения: Гальдер, Браухич, Редер, не говоря уже о более низком эшелоне? Все отпрыски древних дворянских родов, чьи предки привыкли служить королям и кайзерам, чье детство прошло в родовых замках, в золоченых гостиных, увешанных старинными картинами в массивных бронзовых рамах, откуда глядят их закованные в латы далекие предки, столь же чванливые и глупые, как и они сами. А промышленные тузы, проевреизированные насквозь, более прислушивающиеся к тому, что скажут раздувшиеся от золота евреи — кровососы Уолл-стрит и Сити, чем к словам своего фюрера? Какую обструкцию они устроили ему по поводу программы «ариезации» еврейской собственности, когда конфискованные у евреев деньги и недвижимость он хотел передать немецким промышленникам! Ведь для пользы Германии! Для пользы их родины, на которую уже набросили свою удавку евреи!

Престарелый фон Тиссен, отражая мнение всех воротил индустрии, осмелился прямо сказать ему, что так дело не делают. Ни одна уважающая себя фирма не возьмет еврейских денег, добытых таким образом. Это скомпрометирует их в глазах мирового бизнеса, закроет им банки и рынки. На кого вы все работаете? На свою страну или... Пришлось провести на заводах рабочие митинги. Деньги взяли, но экономический отдел гестапо докладывает, что они их не тратят: еврейские авуары лежат опечатанными в сейфах. И ничего нельзя сделать. «Какой-нибудь граф наверняка попытается меня убить на еврейские деньги, полученные от какого-нибудь Круппа», — мрачно шутит Гитлер, как всегда правильно предвещая собственную судьбу.

Гвоздем в стуле торчит в Берлине посольство Соединенных Штатов, набитое, если верить Гиммлеру, шпионами. Но ни одного шпиона пока поймать не удалось. Да и какие из американцев шпионы? Они все в своем вечном бизнесе. Где что купить, где что продать. Самый активный — не военный и военно-морской атташе, как во всех порядочных посольствах, а коммерческий атташе, сорокавосьмилетний Сэм Эдисон Вудс — инженер и делец.

Если военный и военно-морской атташе главным образом гуляют по магазинам, скупая по дешевке антиквариат и картины, то Вудс подобными мелочами не занимается. Он заключает крупные сделки на поставку в рейх остро необходимых товаров и знает способ, как эти товары получить в обход английской блокады. Он вхож в банковские кабинеты и аристократические салоны. Гестапо не спускало с него глаз, но в конце концов ослабило наблюдение: слишком открыто и широко действовал коммерческий атташе. И напрасно, ибо именно Вудс был резидентом американской разведки в Берлине, хотя никакой разведки в Америке тогда не существовало, а существовала информационная служба Госдепа. Однако в конкуренции с таким мощными и глобальными разведслужбами, как разведки СССР, Германии и Англии, американцы почти всегда выходили победителями, все узнавая первыми.

Специалисты объясняют этот парадокс тем обстоятельством, что американская разведка в отличие от европейских почти не имела в своем составе военных и не была отягощена политическими «маразмами» и викторианским консерватизмом.

Вудс действовал настолько хитро и спокойно, что в его гестаповском досье вплоть до декабря 1941 года были подшиты всего два документа, в одном из которых говорилось о рассказанном Вудсом анекдоте о фюрере, почерпнутом из журнала «Лайф», в другом — о частых его визитах на ипподром.

Но главного гестапо так и не узнало. У Вудса был друг, принадлежащий к самой родовитой части немецкой аристократии и имевший огромные связи в Министерстве хозяйства и в Рейхсбанке вплоть до самого доктора Шахта. Не менее влиятельные связи аристократ имел и в Верховном командовании вермахта, набитом его близкими и дальними родственниками. Как и водится, аристократ презирал Гитлера и ненавидел его режим «лавочников».

Так что Гитлер, не жалуя немецкую аристократию, был совершенно прав, но у него была кишка тонка поступить с аристократами так, как поступил с русской аристократией Ленин, истребив ее почти поголовно и выбросив жалкие, деморализованные и ограбленные остатки за границу на вечное прозябание. Гений тем и отличается от жалкого подражателя, что создает чистый фундамент для строительства государства нового типа и уничтожает в зародыше возможность возникновения «пятых колонн».

Еще в августе 1940 года друг американского коммерческого атташе прислал ему билет в театр. Когда в зале погас свет, он опустил в карман пиджака Вудса листок бумаги. Дома американец вынул из кармана записку, в которой было написано: «В главной квартире Гитлера проходили совещания относительно приготовлений к войне против России».

Вудс немедленно отправил эту информацию в Государственный департамент Соединенных Штатов. Госсекретарь США Хэлл доложил об этом президенту Рузвельту. Сам Хэлл был склонен считать это сообщение немецкой дезинформацией. Старый ортодоксально мыслящий госсекретарь не мог представить себе, что Гитлер, прекрасно помня печальные уроки Первой мировой войны, решился затеять войну на два фронта.

Но Рузвельт увидел все иначе. Как известно, американский президент еще в августе 1939 года предсказал советско-германскую войну, считая, что на таком маленьком континенте, как Европа, не ужиться двум столь прожорливым хищникам, как Сталин и Гитлер.

Рузвельт — 32-й президент Соединенных Штатов — просчитал дальнюю перспективу. Сталин и Гитлер — оба одержимы дьяволом. Они мечтают о мировом господстве и не видят для этого других средств, кроме танков, подкрепленных их бредовыми идеями. Сталин и Гитлер стоят на пути друг друга, а на их общем пути стоит мощная

Британская империя, чьи колониальные лавры уже не дают покоя другой империи — Японской.

Сталин сделал все от него зависящее, чтобы вернуть Россию в средневековье. Созданное им полуфеодальное, полурабовладельческое государство, в котором христианская религия и нравственность заменены шаманским набором идеологического бреда и заклинаний, почерпнутых из самых зловещих теорий черного язычества — такое государство, по самой своей сущности, обязано быть воинственно-агрессивным с претензиями на мировое господство.

Будучи незаурядным интриганом и, как это свойственно всем диктаторам, считая себя великим политиком, Сталин, раздувая очередной пожар в Европе, надеется погреть на нем руки. Но любой его неосторожный шаг — это столкновение с Германией, с какой бы симпатией Гитлер и Сталин не относились бы друг к другу.

Совсем недавно, в середине июля 1940 года, шеф ФБР Эдгар Гувер передал в Госдеп любопытный документ, говорящий о том, что Сталин и Гитлер еще 17 сентября 1939 года, сразу же после раздела Польши, тайно встречались во Львове, где подписали сверхсекретное военное соглашение, произведя друг на друга отличное впечатление.

Это сообщение не на шутку встревожило всех, кто имел право с ним ознакомиться, хотя многие и выражали сомнение по поводу самого факта встречи, ссылаясь на весьма надежную информацию о местонахождении и Сталина, и Гитлера в этот день. Впрочем, была ли подобная встреча или нет — вопрос не принципиальный. Сколько бы ни встречались тайно и открыто кайзер Вильгельм с русским императором, сколько бы ни обнимались, щеголяя родственными связями и обращением на «ты» — это не отсрочило войну ни на день, ибо у войн и военных союзов свои законы, не принимающие во внимание личные отношения людей, будь эти люди даже повелителями своих стран. Чем крепче обнимаются тираны, тем кровопролитнее вспыхивают войны между ними.

Поэтому сообщение Вудса о том, что в ближайшем окружении Гитлера ведутся разговоры о нападении на СССР, легло в схему прогнозирования международных событий, составленных президентом Соединенных Штатов. Это сообщение, несмотря на все сомнения Государственного департамента, стало важнейшей предпосылкой для планирования будущей деятельности президента.

В Берлин Вудсу полетела шифровка, требующая самым тщательным образом собирать и исследовать информацию о планах Гитлера, обратив особое внимание на возможность дезинформации со стороны немцев. Между тем при очередном свидании в темноте кинотеатра Вудсу было передано сенсационное сообщение: под прикрытием опустошительных налетов на Англию Гитлер готовится к внезапному нападению на Советский Союз. Проанализировав полученную информацию, эксперты Госдепартамента доложили Рузвельту, что тут за милю веет немецкой дезинформацией.

Понукаемый из Вашингтона, Вудс пошел на риск незапланированной встречи со своим информатором. Насколько надежна добытая им информация? Аристократ заверил Вудса, что информация получена от лица, заслуживающего полного доверия. Это лицо, повторил информатор, принадлежит к узкому кругу особо доверенных офицеров в Верховном командовании вермахта.

Хотя Госдеп и даже ФБР продолжали выражать очень сильное сомнение по поводу достоверности добытых сведений, Рузвельт поверил Вудсу безоговорочно. 18 сентября по каналам личной связи эта информация была передана Черчиллю.

На своей даче в Кунцеве Сталин, лежа на диване, с удовольствием просматривает только что присланную из типографии книгу двух экономистов, Варги и Мендельсона, «Новые данные для работы В.И. Ленина “Империализм — высшая стадия капитализма”». Снабженная обильными статистическими данными и псевдонаучными выкладками, книга упоенно доказывала несокрушимую правоту ленинского тезиса о скором конце капитализма, вступившего в свою последнюю, загнивающую стадию, именуемую империализмом.

Подобных книг в Советском Союзе выходит по дюжине в год, но эта была тем интересна, что по личному указанию Сталина в ней впервые, в подтверждение правоты Ленина, приводились цитаты из Гитлера, в частности, интервью фюрера корреспонденту лондонской газеты «Дейли Экспресс» от 11 февраля 1933 года, где новоиспеченный канцлер со свойственной ему простотой жалуется на отсутствие у Германии колоний. «Колонии нам нужны в той же мере, что и другим державам», — жаловался фюрер английскому журналисту, а поскольку колоний у Германии нет, а те, что были, отобраны по Версальскому договору, то надо захватить новые — путем аннексий.

Именно любовь Гитлера к аннексиям и была для Сталина вернейшим доказательством неопровержимой и абсолютной правоты великого учителя. В это особенно легко верилось еще и потому, что Сталин любил аннексии не меньше своего берлинского оппонента и уж никак не мог понять, как ее, аннексию, кто-то может не любить.

Ввергнув несчастную Россию в состояние, не имеющее аналога даже в истории самых мрачных восточных деспотий древности, Сталин маниакально вел ее по пути, начертанному Лениным. Ленин успел убедить его в неизлечимости недугов капитализма, заразил пламенной верой в мировую революцию и в создание на обломках рухнувшего капитализма мирового социалистического строя. Ленин внушил ему склонность видеть в мировых условиях всего лишь слепок с русских условий — непримиримых и не знающих среднего пути. Ленин передал ему ограниченный «партийный» подход ко всем вопросам и свое абсолютное непонимание теории современного государства, где главным богатством является каждая отдельная личность.

Сталин настолько уверовал в теорию Учителя, что даже ему самому не простил сомнений в собственной непогрешимости, когда великий вождь мирового пролетариата трусливо пытался задушить свои бессмертные идеи в непонятном насаждении мелкобуржуазного нэпа.

Казалось, Сталин только посмеялся бы над тем, кто попытался убедить его в возможной роковой ошибке Ленина, принявшего благодаря своему крайне узкому марксистскому кругозору и идеологической зашоренности своего больного мозга младенческий крик новорожденного капитализма за его предсмертный хрип. Но как-то, просматривая эмигрантский журнал «Воля России», издающийся в Праге, Сталин наткнулся на статью какого-то старорежимного философа, непонятно как избежавшего вполне заслуженного расстрела. Осмелившись полемизировать с Ильичем, он писал: «Империализм не является функцией или фазой капитализма. Он существовал еще до капитализма и представляет собой характерную черту малоразвитых, но обладающих военным могуществом наций, управляемых кастой, которая стремится к самовластию как внутри своей страны, так и за ее пределами».

Сталин подчеркнул этот абзац красным карандашом и поставил на полях восклицательный знак, что свидетельствовало о том, что вождь восхищен законченностью формулировки, простой по содержанию и доступной по форме. Он удостоил это место закладки и оставил журнал в своем книжном шкафу.

Отложив сигнальный экземпляр книги о немеркнущей гениальной прозорливости Ленина, Сталин встал с дивана и, подойдя к рабочему столу, еще раз внимательно перечитал документ, переданный службой радиоперехвата НКВД. Это была телеграмма Риббентропа, посланная послу Шуленбургу еще 16 сентября.

Сталин никогда не задавал себе вопрос, как можно с помощью радиоперехвата получить документ, посланный по проводному телеграфу. НКВД засекречивало источники даже от великого вождя всех народов. В действительности же НКВД удалось завербовать советника немецкого посольства в Москве, ближайшего сотрудника самого графа фон Шуленбурга — Густава Хильгера, который передавал в распоряжение ведомства Берии всю секретную документацию посольства.

Как выяснилось позднее, Хильгер с таким же рвением работал и на советское ГРУ, а с еще большим рвением на своих истинных хозяев — англичан, фактически втянув в свою деятельность и самого Шуленбурга, ловко играя на смешанных чувствах патриотизма старого немецкого графа и его внутреннем неприятии нацистского режима. Естественно, что англичане также получали все добытые Хильгером сведения, однако относились к ним с известной осторожностью, считая его агентом гестапо.

В документе, лежащем на столе Сталина, говорилось:

«Берлин, 16 сентября 1940 г.
Лично послу!

Пожалуйста, посетите днем 21 сентября господина Молотова и, если к тому времени Вы не получите иных инструкций, сообщите ему устно и как бы между прочим, лучше всего в разговоре на какую-нибудь случайную тему, следующее:

Продолжающееся проникновение английских самолетов в воздушное пространство Германии и оккупированных ею территорий заставляет усилить оборону некоторых объектов, прежде всего на севере Норвегии. Частью такого усиления является переброска туда артиллерийского зенитного дивизиона вместе с его обеспечением. При изыскании путей переброски выяснилось, что наименее сложным для этой цели будет путь через Финляндию. Дивизион будет предположительно 22 сентября выгружен около Хапаранды, а затем транспортирован в Норвегию, частью по железной дороге, частью по шоссе. Финское правительство, принимая во внимание особые обстоятельства, разрешило Германии эту транспортировку.

Мы хотим заранее информировать Советское правительство об этом шаге. Мы предполагаем и просим тому подтверждения, что Советское пра-

вительство отнесется к этому сообщению как к совершенно секретному. О выполнении поручения сообщите телеграфом.

Риббентроп».

В сущности, ничего особенного в этом документе нет. Немцы перебрасывают войска на норвежские плацдармы для предстоящего вторжения. Удивление вызывает то, что столь простое дело обставляется такими «ужимками» и «прыжками». Видимо, часть войск будет оставлена на территории Финляндии. Это явное нарушение договора о дружбе, где совершенно ясно сказано, в чью сферу влияния входит Финляндия. Это очень плохо, поскольку Сталин ждет любого следующего шага Гитлера на Западе, чтобы добить Финляндию. Но если и там будут немецкие войска, это может привести к незапланированному конфликту с Германией. Хотя, впрочем, особенно беспокоиться об этом не следует. Вторжение, которое должно начаться с минуты на минуту, и так сделает это столкновение неизбежным. Суматоха, поднятая разведкой 16 сентября, несколько улеглась. Немцы не предпринимали вторжения. Что-то случилось у них на учениях: то ли что-то само взорвалось, то ли англичане их подловили. Но налицо, безусловно, какая-то весьма крупная катастрофа, что может отодвинуть начало вторжения. Это даже неплохо, поскольку даст нам возможность лучше подготовиться.

Тимошенко докладывает, что к 27 сентября Красная Армия будет приведена в состояние наивысшей готовности. Беспокоит другое. Стекаются сведения, что немцы готовят оформление официального союзного блока, привлекая туда Италию, что не так уж важно, поскольку удар по Италии предусмотрен планом «Грозы», и Японию, чего совсем не хотелось бы.

Какая уж там «Гроза», если в перспективе открытие второго фронта на Востоке. Пока у нас еще нет достаточно сил, чтобы разом навести порядок в Европе и в Азии.

А позицию Японии так и не удается толком выяснить. Улыбки, придыхания, недомолвки, и ничего конкретного.

Разведка докладывает, что, судя по всему, японцы и сами не знают, что им делать в создавшейся международной обстановке. Куда наступать? Какая-то часть армейских генералов склоняется к мысли оттяпать у СССР Приморье, другие — а их большинство и их поддерживает флот, часть кабинета и чуть ли не сам император, — считают более целесообразным захватить богатые английские и голландские колонии в Южных морях, которые в настоящее время остались как бы бесхозными. Если грамотно и продуманно провести ряд мероприятий, то, может быть, удастся убедить японцев, что именно так и надо поступить. Это бы несколько отвлекло внимание Англии и Соединенных Штатов от нашего освободительного похода в Европу.

19 сентября Гитлер отдал официальный приказ приостановить сосредоточение флота вторжения в портах Северной Франции, а находящиеся там корабли и суда рассредоточить, с тем чтобы «свести к минимуму потери судового тоннажа от воздушных ударов противника». Высадка снова откладывается, на этот раз на неопределенное время — где-то на весну 1941 года.

Командующие в Северной Франции бомбардируют телефонными звонками Гальдера — положение становится просто невыносимым из-за неопределенности поставленных перед их войсками задач. Каковы точные сроки начала операции «Морской Лев»? Не надо паники, успокаивает их начальник Генерального штаба, фюрер примет решение. Вторжение отложено главным образом из-за неблагоприятной погоды. Флот ликует — благоприятная погода в проливе не наступит раньше будущего лета. К этому времени удастся привести в порядок всю материальную часть флота, а главное, ввести в строй два новейших линкора — «Бисмарк» и «Тирпиц», превосходящие по своим оперативно-тактическим характеристикам все английские корабли этого класса. Тогда, с учетом ухода части английского флота в Средиземное море в связи с ожидаемой активностью итальянского флота, можно полагать, что преимущество англичан в проливе не будет столь подавляющим. И вообще неизвестно, что произойдет, когда наступающие в Африке итальянские войска перережут Суэцкий канал и вторгнутся через Палестину в Сирию и Ирак!

Успокаивая командующих на Западе, Гальдер все более тревожно смотрит на карту восточной границы. Разведка постоянно докладывает о концентрации советских войск вдоль новой границы с Финляндией.

Корабли советского Балтфлота неожиданно закамуфлировали свои корпуса и надстройки. Из Бухареста о помощи вопит Антонеску. Советские войска могут каждую минуту начать вторжение. Он просит перебросить в Румынию достаточное количество немецких войск, чтобы несколько охладить наступательный порыв Кремля. Советский Союз уже полгода находится в милитаристском угаре. От Балтийского до Черного моря во всех округах проходят учения за учениями в максимально приближенной к боевым условиям обстановке. Сталин, видимо, потеряв всякую осторожность, открыто демонстрирует свое страстное желание дождаться, наконец, вторжения в Англию и все связанные с этим желанием намерения.

А на востоке у Германии всего 25 дивизий. Из них три танковые, одна моторизованная и одна кавалерийская, остальные пехотные. Только вчера их организационно свели в группу армий «Б» под командованием генерал-фельдмаршала фон Бока, номинально разделив на три армии: 18-ю со штабом в Быдгощи, 4-ю со штабом в Варшаве и 12-ю со штабом в Кракове. Развернуты еще два корпусных штаба, но войска этих корпусов еще не только не прибыли, но даже не сформированы. Соотношение сил таково, что начни Сталин сейчас наступление, нетрудно представить себе, что может произойти.

К счастью, Сталин не любит рисковать. Он любит действовать наверняка, но правильно просчитывать риск не умеет. Думая, что создает себе дополнительный запас прочности и увеличивает коэффициент надежности, он в действительности попадает в ловушку, как уже было в Финляндии. Сейчас Сталин ждет высадки. Все взоры советской разведки обращены на побережье Ла-Манша. Тем лучше! Пусть смотрят туда и поменьше на то, что делается у их собственных границ. Мероприятия, предусмотренные планами операций «Гарпун» и «Хайфиш», дают возможность скрытной концентрации необходимого количества войск на границе с Россией таким образом, что у Москвы должна создаться полная уверенность в неизбежности нашей высадки, пусть не в этом, так в следующем году. Только бы не вспугнуть русских, чтобы они не начали наступление прямо сейчас...

А на всей территории Европейской части СССР продолжаются боевые учения. Репродукторы передают бесконечные военные марши и патриотические песни. Во всех кинотеатрах страны с небывалым успехом идет новый фильм «Если завтра война», где огромные массы танков и пехоты, сметая неназванного противника, стремительно идут вперед, засыпаемые цветами ликующего освобожденного населения непонятной национальности. Сталину фильм очень понравился. «Это настоящее искусство», — изрек вождь после просмотра и приказал оставить фильм при своем кинозале, где уже хранились для постоянного показа «Волга-Волга», «Ленин в Октябре» и хроника Ютландского боя.

«Если завтра война, если завтра в поход — будь сегодня к походу готов!» — бодрящие звуки этого воинственного марша, исполняемого окружными оркестрами, встречают мотающегося по округам и лично надзирающего за ходом учений наркома обороны маршала Тимошенко. Задачи на учениях поставлены совершенно конкретные: пехоте, танкам и авиации, взаимодействуя друг с другом, под прикрытием мощного артиллерийского огня решать задачи по прорыву эшелонированной обороны противника и форсированию рек с выходом на оперативный простор для стремительного продолжения наступления. Как вытекало из классической военной науки, основанной на опыте проведения наступательных операций Первой мировой войны, слегка припорошенной печальным опытом боев на Карельском перешейке, главная роль в прорыве обороны противника отводилась артиллерии.

В специальном приказе наркома артиллеристам ставилась задача научиться вести централизованный, управляемый, массированный огонь; организовывать взаимодействие с пехотой, танками и авиацией; вести сложные виды стрельб на топографической основе и в условиях ночи. В этом приказе наиболее замечательным было то, что артиллерии не ставилось никаких задач по борьбе с танками противника, как будто их и не было, как будто не они раздавили совсем недавно Западный фронт. Это произошло потому, что у финнов танков не было, а под Верденом — и подавно. Как в лихие времена кавалерийских атак, танки противника предполагалось подавить стремительным наступлением наших танков. Быстро росла сеть танкодромов, полигонов и учебных танковых полей. Танковые подразделения вели занятия от рассвета до заката солнца. Над танкодромами не успевала рассеиваться пыль, непрерывно слышался лязг гусениц и рев моторов. Строились и перестраивались в боевые порядки армады танков, число которых уже превысило все разумные пределы. Прямо с учений танки шли к новым местам сосредоточения — ближе к границе, расходуя драгоценный моторесурс, совершая броски своим ходом по 100 и 200 километров, лишь бы успеть к предстоящей высадке немцев в Англию.

Дрожала земля, пыль закрывала небо, по которому плыли армады самолетов. Дождь бомб низвергался на учебные полигоны, на условные колонны войск противника и скопления его техники. Части непрерывно пополнялись новыми машинами всех классов. Военно-морские силы не отставали от своих коллег в армии и авиации. С лета 1940 года учения на кораблях и в береговых частях не прекращались ни на один день. Ревела корабельная и береговая артиллерия, новенькие эсминцы демонстрировали стремительные торпедные атаки. Количество выходов в море возросло втрое, равно как и расход мазута и всех других видов боевого обеспечения. Флотилии подводных лодок тайно разворачивались на передовых позициях, как всегда игнорируя шведские территориальные воды. Страна превратилась в оцепленный НКВД военный лагерь.

24 сентября маршал Тимошенко прибыл в Киевский Особый военный округ, чьи войска по плану «Грозы» первыми должны были наносить удар, отрезая Германию от румынской нефти, а по большому счету — и от Балкан.

Наркома встречал командующий округом генерал армии Жуков. Жестокий и грубый, со склонностью к самому необузданному самодурству, не имевший никакого военного образования, кроме школы кавалерийских унтерофицеров в годы Первой мировой войны, до конца своих дней так и не научившийся толком читать карту (и даже собственные приказы), он обратил на себя внимание Сталина во время событий на Халхин-Голе.

Однако Сталин обратил внимание совсем не на то, что, повторяя все ошибки Куропаткина в войне 1905 года, Жуков чуть было не устроил Красной Армии второй Мукден, а на то, с какой легкостью он разбрасывал направо и налево смертные приговоры своим подчиненным, компенсируя собственную тактическую безграмотность.

Личное вмешательство командующего Дальневосточным Особым округом командарма Штерна позволило избежать катастрофы на фронте и отменить большую часть подписанных Жуковым смертных приговоров. Сталин быстро понял, что Штерна надо убирать, что вскоре и было сделано, а Жукова, напротив, назначил командующим первым по значению Киевским Особым военным округом, полагая в самое ближайшее время возвысить его еще более.

Метод жуковского руководству был прост, однако

применять его умел далеко не каждый. Невыполнение любого приказа, независимо от причин, означало расстрел. Гарантированный расстрел сзади и вероятная, пусть даже весьма вероятная, смерть впереди были тем механизмом, с помощью которого будущий маршал Жуков, став в годы войны заместителем Верховного главнокомандующего, заслужил славу великого полководца, уложив более 20 миллионов человек и напугав своими действиями даже самого товарища Сталина...

К приезду наркома были подготовлены учения 99-й стрелковой дивизии в условиях, максимально приближенных к реальной боевой подготовке.

Ровно в назначенное время заревела артиллерия, бившая боевыми снарядами по узлам обороны условного противника через головы занявших исходное положение пехотных подразделений. Канонада продолжалась два часа. Точно по графику учений над полем боя появились бомбардировщики, прикрытые истребителями. Вздыбилась и задрожала земля под градом боевых бомб. Целый час, сменяя друг друга, три волны бомбардировщиков утюжили оборону «противника».

Еще не успела осесть пыль, поднятая взрывами последних бомб, как вперед устремились танки, а за ними живой стеной пошла пехота. Вновь раздался гром артиллерии, перенесшей огонь в глубину обороны «противника». Танки и пехота шли за огневым валом, держась на минимально возможной дистанции от разрывов боевых снарядов.

Зрелище было впечатляющее. Казалось, что лавина танков и пехоты, следуя за огневым валом, уже не остановится до самого побережья Атлантического океана.

Нарком был доволен. «Как будто в настоящем бою побывал!» — бодро сказал Тимошенко, обращаясь к Жукову. Тот ничего не ответил, только подвигал своим широким раздвоенным подбородком и молча указал на высокого генерала с открытым русским лицом — командира 99-й дивизии. Вот, мол, кого благодари за представление.

Тимошенко не нуждался в подсказках. Он и Жуков давно наметили этого генерала, чтобы сделать из него образцово-показательного командира, а из его 99-й дивизии — образцово-показательное подразделение, на которое должны были равняться все Вооруженные силы. Командиром 99-й стрелковой дивизии был генерал Власов*.

---

* Нарком Тимошенко наградил Власова золотыми часами. Немного позже сам Сталин приказал наградить Власова орденом Ленина, а 99-ю дивизию — переходящим Красным знаменем Красной Армии.

Газета «Красная Звезда» в течение нескольких дней (с 23 по 25 сентября 1940 г.) в серии статей прославляла 99-ю дивизию, отмечая очень высокую боевую подготовку личного состава и умелую требовательность командования. Статьи печатались с громкими заголовками: «Новые методы боевой учебы», «Командир передовой дивизии», «Партийная конференция 99-й СД» и т. п. Эти статьи изучались на политзанятиях во всей Красной Армии. Особенно подчеркивались выдающиеся заслуги генерала Власова, который «в условиях невероятной требовательности отличился перед всеми другими своей сверхтребовательностью.

За двадцать один год службы в Красной Армии он приобрел ценнейшее для военного качество — понимание людей, которых он призван воспитывать, учить, готовить к бою... И он умеет раскрывать и поощрять в людях рвение к службе».

Но созданный Тимошенко и Жуковым генерал Власов обеспечил себе бессмертие. Его не забудут никогда: и те, кто считает Власова величайшим предателем во всей русской истории, сделав самое его имя синонимом измены; и те, кто считает Андрея Андреевича Власова величайшим героем во всей русской истории, не побоявшимся открыто перейти к противнику и бросить дерзкий вызов тирании своей знаменитой Смоленской декларацией. Казненный Сталиным со средневековой жестокостью генерал Власов ушел в вечность нерешенной загадкой. О нем будут вечно спорить.

А о его «руководителях» уже давно не спорят. С ними все ясно. Давно уже все, кроме кучки специалистов по военной истории, забыли Тимошенко. Бездарный неудачник, он умудрялся терпеть сокрушительные поражения в обстановке, когда победа казалась неминуемой. Жуков давно уже превратился в миф, который каждый, в зависимости от поставленной цели, рассматривает по собственному усмотрению, но с обязательным книксеном — «великий полководец». Двадцать шесть миллионов убитых существуют как бы отдельно от Жукова, а он — отдельно от них. Но такое долго продолжаться не может. Столь чудовищное количество погибших неизбежно поглотит миф о «великом полководце», и о Жукове если не забудут совсем, то и особо часто вспоминать не будут, что уже и наблюдается.

Эхо беспрецедентных по своему масштабу глобальных маневров, проводимых Красной Армией, прокатывалось по всему миру в грохоте взрывов боевых снарядов, бомб и мин, рвущихся на огромной территории от Баренцева до Черного моря.

Отчетливее других гром приближающейся с востока «Грозы» слышали, естественно, в Берлине, куда начали съезжаться представители Италии и Японии для предстоящего подписания Тройственного союза Берлин—Рим—Токио. Итальянцы и японцы не преминули выяснить у встречавшего их Гитлера, как он относится к столь громкому бряцанию оружием, доносящемуся из Москвы? Фюрер был внешне спокоен. Хорошо зная, что Сталин готовит свою армию к предстоящей высадке немецких войск в Англии, фюрер все-таки нервничал, не в состоянии предсказать реакцию Сталина, когда тот узнает, что давно ожидаемая высадка снова откладывается на неопределенное время. Вдруг Сталин поймет, что его дурачат, и, не ожидая немецкого вторжения в Англию, начнет наступление на Балканах или в Польше? Или тут и там одновременно? Надо попробовать подсказать Сталину другой путь. «Я думаю, — заметил Гитлер министру иностранных дел Италии графу Чиано, — нужно поощрить Сталина к продвижению на юг, к Ирану или Индии, чтобы он получил выход к Индийскому океану, который для России важнее, чем ее позиция на Балтике или на Балканах».

Активность советской разведки в Иране и Афганистане была давно замечена немцами. Замечено было и то, что эта активность в последнее время резко возросла. «Это как раз то, что нужно!» — решили в Берлине. Пусть лезет туда и сам разбирается с английскими базами в Ираке.

Кроме того, движение на юг почти стопроцентно означало бы войну с Англией, прекрасная перспектива! Тогда можно было бы без помех подготовиться к нападению на СССР, что привело бы, наконец, к миру с Англией на приемлемых условиях.

Но пока необходимо успокоить Кремль относительно предстоящего заключения Тройственного союза.

Риббентроп телеграфировал поверенному в делах в Москве фон Типпельскирху (граф Шуленбург был в отпуске):

Срочно!
«Берлин, 25 сентября 1940 г.
№ 1746.
Государственная тайна
Совершенно секретно
Только для поверенного в делах лично

Пожалуйста, в четверг, 26 сентября, посетите Молотова и от моего имени сообщите ему, что ввиду сердечных отношений, существующих между Германией и Советским Союзом, я хотел бы заранее, строго конфиденциально, информировать его о следующем:

1. Агитация поджигателей войны в Америке, которая на нынешнем этапе окончательного поражения Англии видит последний для себя выход в расширении и продолжении войны, привела к переговорам между двумя державами Оси, с одной стороны, и Японией, с другой; результатом этого, предположительно в течение ближайших нескольких дней, будет подписание Военного союза между тремя державами.

2. Этот союз с самого начала и последовательно направлен исключительно против американских поджигателей войны. Конечно же, это не записано прямо в договоре, но может быть безошибочно выведено из его содержания.

3. Договор, конечно, не преследует в отношении Америки каких-либо агрессивных целей. Его исключительная цель — лишь привести в чувство те элементы, которые настаивают на вступлении Америки в войну, убедительно продемонстрировав им, что, если они действительно вступят в войну, они автоматически будут иметь своими противниками три великие державы.

4. С самого начала этих переговоров три договa-

ривающиеся стороны полностью согласились с тем, что их союз ни в коем случае не затронет отношений каждой из них с Советским Союзом. Для того чтобы рассеять какие-либо сомнения в этом, в договор была включена особая статья, подтверждающая, что статус существующих политических отношений между каждой из трех договаривающихся сторон и Советским Союзом не будет затронут договором. Эта оговорка, таким образом, означает не только то, что останутся в полной силе и действии договоры, заключенные тремя державами с Советским Союзом, в частности, германо-советские договоры осени 1939 года, но и то, что это относится в целом ко всему комплексу политических отношений с Советским Союзом.

5. Пакт, вероятно, охлаждающе подействует на поджигателей войны, особенно в Америке. Он направлен против дальнейшего расширения текущей войны, и в этом смысле, как мы надеемся, послужит делу восстановления мира во всем мире.

6. Пользуясь случаем, скажите, пожалуйста, господину Молотову... что я намерен вскоре обратиться с личным письмом к господину Сталину, в котором... будет откровенно и конфиденциально изложена германская точка зрения на нынешнюю политическую ситуацию. Я надеюсь, что это письмо внесет новый вклад в укрепление наших дружеских отношений. Кроме того, письмо будет содержать приглашение в Берлин господина Молотова, чей ответный визит, после двух моих визитов в Москву, нами ожидается и с которым я хотел бы обсудить важные проблемы, касающиеся установления общих политических целей на будущее. Риббентроп».

Получено в Москве 26 сентября 1940 г.
в 12.05

Пока в Берлине готовились к подписанию Тройственного пакта, пока сотрудники германского МИДа шифровали и передавали в Москву телеграмму Риббентропа, а в немецком посольстве лихорадочно ее расшифровывали, по всей Германии ревели сирены воздушной тревоги — английские тяжелые бомбардировщики все более уверенно вгрызались в воздушное пространство Германии, явно показывая, что, несмотря на все амбиции, противовоздушная оборона рейха очень далека от совершенства.

В течение 25 и 26 сентября особо мощным ударам с воздуха подверглась одна из главных баз германского флота в Киле, где, помимо многих других боевых кораблей, отстаивались без всякой пользы два единственных пока немецких линкора «Шархорст» и «Гнейзенау», а также находящийся в вечной достройке (так никогда и не законченной) авианосец «Граф Цеппелин», на корпусе которого год за годом линял плакат «Боже, покарай Англию!». И хотя особого ущерба, если не считать нескольких разрушенных складов и поврежденных кораблей, эти налеты не причинили, сам факт безнаказанной бомбежки англичанами главной базы кригсмарине совсем не вдохновлял тех, кому имперская пропаганда прожужжала все уши о разгромленной и поверженной Англии, захват которой — дело лишь двух-трех дней хорошей погоды.

27 сентября 1940 года в Берлине в обстановке «суровой и сдержанной торжественности» был подписан Тройственный союз между Германией, Италией и Японией. Фактически Япония присоединилась к уже существующему военному союзу между Германией и Италией. Договор подписали: от имени Германии — Риббентроп, от имени Италии — министр иностранных дел граф Чиано, а от имени Японии — японский посол в Берлине Сабуро Курусу (с последующей конфирмацией министра иностранных дел, когда у того будет время добраться до Берлина). Хитрые японцы, вовсе не желавшие связывать себя какими то ни было союзами, настояли на чисто азиатской туманности текста, который гласил: «...договаривающиеся стороны обеспечивают друг другу взаимную поддержку в случае, если одна из сторон подвергнется нападению со стороны государства, пока еще не вовлеченного в войну». Все интерпретировали эти слова как

предостережение Соединенным Штатам, но каждому было ясно и другое — теперь Сталин в случае вторжения в Европу вынужден будет считаться с перспективой открытия второго фронта на своих восточных границах. Гитлер и Муссолини надеялись, что в Кремле все поймут как надо и сделают надлежащие выводы из своей слишком неумеренной воинственности последних двух месяцев.

Накануне временный поверенный в делах Германии в Москве, как ему и было приказано, попросил приема у Председателя Совета Народных Комиссаров и народного комиссара иностранных дел СССР Молотова. После некоторых бюрократических проволочек он был принят Молотовым в 22.00 по московскому времени.

Нарком был сдержанно приветлив. Выслушав послание Риббентропа, он с удовлетворением отметил 6-й пункт, заявив, что в данный момент в изложении его, Молотова, позиции нет необходимости, поскольку возможность для этого представится при ответе на письмо, которое Риббентроп намерен послать товарищу Сталину. Неожиданно переменив тему разговора, Молотов спросил Типпельскирха, как понимать последнее германо-финское соглашение, которое, согласно финскому коммюнике, предоставляет германским войскам право прохода в Норвегию через Финляндию и на которое сослался на своей пресс-конференции заведующий агентством печати Шмидт? Кроме того, агентство «Юнайтед Пресс» сообщило по радио, что германские войска высадились в финском порту Вааза.

Типпельскирх ответил, что не имеет по этому вопросу никакой информации, и снова перевел разговор на предстоящее подписание Тройственного союза. Спасибо, сказал Молотов, за то, что вы нас предупреждаете, хотя мы уже пару дней назад получили нужную информацию из Токио. (Японцы — неисправимые болтуны. Им совершенно невозможно доверять какие-либо секреты!) Однако мы имеем право, продолжает Молотов, не только быть об этом предупрежденными, но и ознакомиться со всеми секретными протоколами, прилагаемыми к договору. Это желание Советского правительства, поясняет Молотов, основано на статьях 3 и 4 договора о ненападении, заключенного с Германией. Советский Союз так и понимает эти статьи. Особенно статью 4. Если Советский Союз понимает свои права неправильно, то пусть правительство Германии разъяснит свою позицию по этому поводу.

В голосе Молотова звучит раздражение. Все разведсводки и беседы с японскими дипломатами создавали картину явного нежелания японцев ставить свои планы в зависимость от планов Гитлера. Последние данные ясно указывали, что медленно, но верно в Японии берет верх точка зрения тех, кто наметил дальнейшее распространение экспансии в сторону южных морей и юго-восточной Азии, богатой стратегическим сырьем, которого так не хватает Стране восходящего солнца. Однако Япония подписала договор и в случае начала операции «Гроза» может прыгнуть на спину устремившемуся на Запад Советскому Союзу. Но с другой стороны, подписание договора с Японией служит еще одним доказательством искреннего намерения немцев начать вторжение в Англию и их понятное намерение как-то обезопасить свои восточные тылы. Если бы взглянуть на секретные протоколы и понять, насколько немцы уже пронюхали о «Грозе»?

Но временный поверенный в делах фон Типпельскирх ничем помочь не может, кроме, как сообщить об этом желании советского правительства в Берлин. Немного помолчав, Молотов снова возвращается к германо-финскому соглашению. Он довольно жестко заявляет поверенному в делах, что только за последние три дня Советское правительство получило сообщения о высадке германских войск в Ваазе, Улеаборге и Пори. При этом никакой информации по этому поводу германская сторона не дала. Что это все значит? Советское правительство желает получить текст соглашения о проходе германских войск через Финляндию, в том числе и секретные части этого соглашения. Против кого оно направлено и каким целям оно служит? Общественность мира уже обсуждает это соглашение, а Советское правительство о нем ничего не знает.

Молотов вновь ссылается на советско-германский договор, в секретных протоколах к которому ясно говорится о сферах влияния. Сталин уже давно высказал пожелание, что одновременно с «Грозой» и даже несколько ранее неплохо бы покончить с Финляндией, когда Англии будет уже не до вмешательства во внутренние дела Советского Союза. Если немцы для подготовки вторжения в Англию используют финскую территорию при переброске своих войск в Норвегию — то ради бога! Но есть данные, что эти части не доходят до Норвегии, а растворяются где-то в лесах Финляндии. Для чего? Уж не заключен ли между Финляндией и Германией тайный договор о взаимной обороне? Не гарантировала ли Германия территориальную неприкосновенность Финляндии? Если это так, то налицо вопиющее нарушение советско-германских договоренностей от августа—сентября 1939 года! Все это Молотов пытался осторожно выяснить у поверенного в делах, но смущенный Типпельскирх неизменно напоминал наркому, что ему поручено только информировать Советское правительство о предстоящем подписании Тройственного союза, а обо всем остальном он немедленно информирует свое правительство, поскольку сам не обладает по этим вопросам никакой информаций...

30 сентября «Правда» сообщила о подписании в Берлине Тройственного союза, делая вид, что это незначительное событие не заслуживает большого внимания:

«27 сентября в Берлине заключен Пакт о военном союзе между Германией, Италией и Японией. Нет нужды распространяться о содержании этого пакта, так как текст его был опубликован в печати. Пакт не является для Советского Союза чем-либо особенно неожиданным, потому что он представляет собой, по сути дела, оформление уже сложившихся отношений между Германией,

Италией и Японией — с одной стороны, Англией и Соединенными Штатами Америки — с другой стороны, а также потому, что Советское правительство было информировано германским правительством о предстоящем заключении Тройственного союза еще до его опубликования...

Одна из важных особенностей этого пакта состоит в том, что он открыто признает сферы влияния его участников и раздел этих сфер между ними с обязательством взаимной защиты этих сфер влияния от покушения со стороны других государств и, конечно, со стороны Англии и находящихся в сотрудничестве с ней Соединенных Штатов Америки. Согласно пакту Японии предоставляется "великое восточно-азиатское пространство", а Германии и Италии — "Европа"...

Другую важную особенность пакта составляет имеющаяся в нем оговорка о Советском Союзе. В пакте сказано: "Германия, Италия и Япония заявляют, что данное соглашение никоим образом не затрагивает политического статуса, существующего в настоящее время между каждым из трех участников соглашения и Советским Союзом... Эту оговорку надо понимать... как подтверждение силы и значения Пакта о ненападении между СССР и Германией и Пакта о ненападении между СССР и Италией..."»

Разведсводки, потоком идущие через генерала Гальдера, уже не оставляли никакого сомнения в подготовке Сталиным нападения на Германию. Вопрос заключался только в сроках.

«Увеличивается количество сведений, — с тревогой записывал в своем дневнике начальник Генерального штаба вермахта, — о том, что Россия в 1941 году готовится к вооруженному конфликту с нами. Русские войска усиленно совершенствуют свою боевую выучку. При этом большое значение придается действиям в лесистой местности. Использование лесистой местности в оперативном и тактическом отношении ставит перед нами новые задачи в области управления войсками, их организации и боевой подготовки».

Около полудня Гальдер был вызван к главнокомандующему сухопутными войсками генералу Браухичу, который только что вернулся из Берлина, привезя кучу слухов и сплетен и честно сказав, что он сам ничего толком не понимает. «...В ОКВ тоже не в состоянии определить четкую военно-стратегическую линию. Тройственный союз, естественно, вызывает необходимость вполне определенных политических решений. Но политическая игра далеко не закончена, и результаты нельзя предвидеть. Откровенно говоря, фюрер непоследователен, с ним трудно работать. Сейчас у меня сложилось впечатление, что он не хочет конфликта со Сталиным, а действительно желает покончить с Англией, хотя, как тебе хорошо известно, Франц, вся эта кутерьма на побережье Ла-Манша была заварена для того, чтобы отвлечь внимание Сталина от сосредоточения наших войск на русской границе. Ныне же фюрер направил Сталину извещение о заключении пакта с Японией за 24 часа до его подписания. Теперь готовится новое письмо Сталину с целью заинтересовать его в английском наследстве и добиться поддержки против Англии. "Если это удастся, — заявил фюрер, — то полагаю, что можно будет начать решительные действия против Англии". "Против Англии? — переспросил я. — Но, мой фюрер, ведь было принято решение сосредоточивать силы в восточном направлении..."

Он не дал мне договорить, вскочил и почти заорал: "Сейчас самое главное добиться окончательного урегулирования отношений с Францией и выяснить позицию Италии по этому вопросу. Я собираюсь встретиться с дуче в ближайшие дни и обсудить с ним дальнейшие шаги относительно Франции! Мы никогда больше не позволим Англии использовать Францию в качестве своей шпаги на европейском континенте! Провидение именно для того и выбрало меня, чтобы навести порядок в нашем старом европейском доме, очистив его от евреев и английского владычества!"»

«Ладно, — усмехнулся Гальдер, — мы — солдаты и должны делать свое дело. По крайней мере пока удалось без особых помех развернуть достаточно сил в Румынии. А, судя по всему, Сталин нацелил свой главный удар именно туда. Фюрер прекрасно отдает себе отчет о высшей стратегической целесообразности этого, но иногда попадает под власть сиюминутного настроения. Такой у него характер».

Сталин хоть и считал Гитлера молодцом, но в душе презирал, главным образом из-за его теоретической некомпетентности, что приводило к неприкрытому плагиату.

Помнится, еще в старые времена, в 1918 году, Ленин официально ввел «партмаксимум», выше которого не мог получать ни один человек, заявив при этом, что выше рабочего заработка не будет ни у кого. Вместе с тем Ленин объявил выговор в приказе управляющему делами СНК Бонч-Бруевичу «за самовольное и необоснованное» увеличение ему, Ленину, жалования с 500 до 600 рублей в месяц. Этот трогательный документ был опубликован во всех газетах и до сих пор хранится на видном месте в музее Ленина. Одновременно все газеты с упоением писали о скромности быта Ильича, отказавшегося от роскошных кремлевских палат и поселившегося в двух маленьких комнатках, одной из которых был его рабочий кабинет, состоящий фактически из письменного стола, заваленного книгами и бумагами.

У тех, кто еще не потерял способности думать, эти дешевые жесты не вызывали ничего, кроме смеха, т.к. хорошо было известно, что на советские деньги в те годы было невозможно купить решительно ничего. Уже создавалась и крепла целая сеть спецраспределителей, приписка к которым зависела только от должности в партийной иерархии. Тем не менее Гитлер не постеснялся всю эту бутафорию скопировать один к одному.

Придя к власти и водворившись в резиденции рейхсканцлера, он демонстративно приказал закрыть все помещения личного пользования, оставив себе две небольшие комнатки. Все немецкие газеты распространили фотографии этих комнат: на одной была изображена спальня фюрера — железная кровать, тощий гардероб, небольшой столик; на второй — его кабинет: несколько обычных стульев и письменный стол, заваленный бумагами и книгами.

Еще в январе 1933 года Гитлер официально отказался от канцлерского жалованья, заявив, что ни одно жалованье в рейхе не будет превышать тысячу марок.

Ни тогда — в Петрограде, ни позднее — в Берлине никто не мог понять, что для верхушки придуманного Лениным партийного государства нового типа жалованье вообще не нужно, поскольку все материальные ценности страны до пайки хлеба включительно сосредоточиваются в руках этой самой верхушки.

Ленин гениально все продумал, а Гитлер — слизал. И не стыдно ему было нисколько! Просто противно смотреть! Переходящие вымпелы на заводах, ударники труда, народные суды — ну куда ни глянь, все содрано с нас. Даже гестапо. Хотя, если говорить честно, далеко им до нас. Во время так называемой «ночи длинных ножей», когда фюрер избавлялся от надоевших ему ветеранов собственной партии, было расстреляно или убито другим способом не более 500 человек. Смех! Только за период деятельности покойного Ежова одних коммунистов было арестовано, расстреляно, умерщвлено и превращено в лагерную пыль — один миллион двести двадцать тысяч девятьсот тридцать четыре человека. Товарищи из ЦКК подсчитали, как им и было приказано, с точностью до человека. Это только коммунистов, а беспартийных вообще учесть было невозможно. И это за каких-то два года! Учись, Адольф, как надо делать большую политику. С тобой мы тоже скоро разберемся.

Конечно, в порядке самокритики следует сказать, что и у нас не все хорошо. Классовая борьба не только затихает, а, наоборот, все обостряется. И тут мнение товарищей разделилось. Да так, что дискуссии стали проходить в очень остром ключе, как и надо — по-большевистски. Жданов и Молотов, например, считают, что ученые будут лучше и быстрее думать, если институты и разные там научные центры превратить в спецтюрьмы, а их самих — в заключенных, ну, а семьи, естественно, в заложников. Выполните задачу — дадим свидание, не выполните — посадим и семью. Надо сказать, что опыты дали очень положительные результаты.

Вспомнить хотя бы Рамзина, Поликарпова или, скажем, Туполева. Все у него новый бомбардировщик никак не клеился, а тут дело сразу пошло. А вот Берия и Маленков считают, что семьи надо обязательно сажать вместе с учеными. Это повысит производительность труда, особенно если каждый день на прогулке они будут встречать жену и детей, пусть даже в соседнем дворике через проволоку. Конечно, по-своему все товарищи правы, и нечего им из-за этого ссориться. Разберемся — и то попробуем, и это попробуем. Экономический эффект подсчитаем. Видно будет. Дело, как говорится, семейное...

Но что у нас, в конце концов, происходит? Собирается Гитлер высаживаться в Англии или нет? Генерал Голиков твердо уверен, что да. Хотя «высадочной погоды», видимо, в этом году уже не будет, но весной и летом будущего года высадка произойдет непременно. Немцы не успели подготовиться до начала осенних штормов в проливе — это во-первых. Во-вторых, совершенно ясно, что они не хотят начинать вторжение до ввода в строй двух своих супермощных линкоров — «Бисмарк» и «Тирпиц», которые уже почти готовы и вступят в строй не позднее апреля будущего года. Кроме того, не успел как следует отмобилизоваться итальянский флот.

По сведениям нашей агентуры, Гитлер планирует в ближайшее время встречу с Муссолини, чтобы убедить его в необходимости более активных действий в Средиземном море, на котором итальянцам из-за господства англичан очень сложно снабжать свою африканскую армию. Это привело к некоторому замедлению итальянского наступления в Египте. Наша разведка фиксирует увеличившийся поток эшелонов в сторону побережья Ла-Манша. Что же касается положения на наших границах, то есть сведения о демобилизации нескольких дивизий в Польше, с тем чтобы вернуть в сферу промышленного и гражданского производства не менее 300—400 тысяч человек.

Но даже не это самое главное, товарищ Сталин. Изменилось психологическое настроение англичан. Имеются в виду, конечно, не простые люди, а военные и правительственные круги. Если в августе и сентябре эти круги были настроены весьма воинственно, предрекая немцам неминуемое поражение в случае высадки в Англии, то сейчас не исключается возможность успеха этого предприятия Гитлера. Видимо, предстоящая достройка немецких линкоров и обещанная активизация действий итальянского флота порождают у англичан сомнения, сможет ли их собственный флот сорвать высадку, будучи связанным жестокими сражениями в других районах. Во всяком случае, мы имеем достоверную информацию, что англичане подготовили план эвакуации королевской семьи, правительства и правительственных учреждений в Канаду. Ничего подобного ранее не было. Англичан, товарищ Сталин, можно напугать только новыми линкорами.

Сталин вздыхает. Упоминание Голиковым о линкорах заставило в щемящей тоске заныть сердце великого вождя. Из четырех строящихся в СССР новых линкоров типа «Советский Союз» пришлось от одного отказаться.

Именно сегодня, 2 октября 1940 года, Сталин приказал приостановить постройку в Молотовске линкора «Советская Белоруссия», что позднее должно войти в официальное постановление СНК СССР и ЦК ВКП(б) «О плане военного судостроения на 1941 год», который переделывают уже третий раз. Тяжело Сталин расстается с тяжелыми кораблями. Не хватает металла. Почти весь фондовый металл жрет танковая и артиллерийская программа. Заявки армии на танки и артиллерию просто невероятны. Но тут Мерецков и Тимошенко держались твердо: без тройного (по меньшей мере) превосходства в танках, самолетах и артиллерии они не могут гарантировать успех операции «Гроза».

А линкоры? Пока надо отложить линкоры, товарищ Сталин. Ведь на первоначальной стадии операции англичане автоматически станут нашими союзниками, а линкоры все равно не будут готовы ранее середины 1943 года.

Да, с линкорами творится какое-то безобразие — это он и сам давно заметил. Налицо вредительство в самой неприкрытой форме. Стоимость каждого уже приближается к двум миллиардам (!) рублей, хотя стоимость аналогичных кораблей на Западе не превышает 60 миллионов долларов. Он приказал запросить оба наркомата ВМФ и судостроительной промышленности о причинах творящегося саботажа.

От имени флота ответил замнаркома ВМФ адмирал Исаков специальным докладом, в котором говорилось: «Неправильный подбор людей на ответственные должности уполномоченных и военпредов, среди которых оказались враги народа, что дало им возможность сблокироваться с врагами в промышленности. Этим объясняется тот факт, что ряд вредительских действий в области кораблестроения и вооружения оставался невыясненным и запутанным до последнего времени. Сейчас проведена тщательная проверка и очистка КПА от врагов или сомнительных элементов. Уволено: по Управлению вооружения — 15 человек, из которых арестовано 13; по Управлению кораблестроения — 14, из них арестовано 11; по Управлению кораблестроения ВМФ уволено 29 человек, из них арестовано 21...»

Наркомат судостроительной промышленности, не отрицая наличия вредителей в своей среде, все-таки попытался укрыться за спиной ВМФ, подсунув вождю типичную бюрократическую отписку, где указывалось, что «...старое руководство под покровительством врагов народа, сидевших в Управлении Морских Сил (Орлов, Лудри, Сивков, Алякрицкий и др.) способствовало зарождению и применению в течение длительного времени не советских, по существу, вредительских методов работы, имевших целью подрыв боеспособности растущего флота нашей Родины. Это вредительство смыкалось с вредительством в судостроительной промышленности, что под разными предлогами делало возможным затяжку строительства и прием не готовых кораблей».

А ведь запрос был сформулирован совершенно ясно: почему так медленно идет постройка и почему она обходится так дорого? И вот такие отписки. Можно ли работать в таких условиях, если никто не понимает важности дела? Даже нарком ВМФ адмирал Кузнецов — по глазам видно — не понимает значения линкоров и линейных крейсеров для первого в мире пролетарского государства, а что-то постоянно скулит о тральщиках и минных заградителях. Но линкоры мы построим, по копеечке соберем деньги, но построим, потому что без них... И как часто бывало с ним, когда он произносил длинное сложноподчиненное предложение, Сталин после слов «потому что» задумался, потеряв мысль, не в силах четко сформулировать и закончить ее.

Вместо четких формулировок перед глазами снова возникли хроникальные кадры Ютландского боя: лес мачт, клубы дыма из сотен труб, жерла огромных орудий, изрыгающие огонь... На пути к мировому пролетарскому государству стоит английский флот. Это единственная серьезная преграда, которая, рухнув, погребет под своими развалинами империализм как последнюю и загнивающую стадию... «Только эти, побитые штормами корабли Нельсона стояли между Наполеоном и его мечтой о мировом господстве», — запомнилась ему фраза из антинаучной и мелкобуржуазной книги адмирала Мэхэна, которую он тем не менее разрешил переиздать в сокращенном виде. Пока же, увы, нет не только новых линкоров, но даже и тяжелых крейсеров, если не считать одного, купленного у немцев, да так еще и не достроенного. Так что с Англией пока лучше не связываться. Пусть с нею немцы разбираются, а мы уж потом разберемся со всеми вместе.

Конечно, соблазн велик: двинуться через Иран на

Ближний Восток, к Персидскому заливу, к мировым залежам нефти, к незамерзающему никогда океану. Но это — неизбежная война с Англией. Рано! Не будем зарываться! Раз высадка отложена, хотя никакого подтверждения этому еще нет, закончим предварительные дела в Европе. Оккупировать остаток Финляндии, разобраться с Южной Буковиной, попытаться без боя ввести войска в Болгарию и надавить на Турцию, чтобы она разрешила нам создать военно-морскую базу в проливах.

Все эти вопросы, конечно, было бы необходимо согласовать с немцами, чтобы успеть взять без боя все, что можно, что, как говорится, «плохо лежит».

Если вдуматься, то это даже хорошо, что немцы в этом году не осуществят высадку. Мы лучше подготовимся и соберем такую армию, что нас уже не остановит никто. То, что англичане скисли, — это плохо. Надо их слегка поддержать, чтобы и они поняли, что мы не так уж против них, и чтобы немцы поразмыслили, что мы не совсем с ними, хотя, конечно, и не против...

5 октября, примерно через месяц после начала бомбардировок Лондона, газета «Правда» поместила статью корреспондента ТАСС Андрея Ротштейна с весьма странным заголовком: «Посещение корреспондентом ТАСС одной из зенитных батарей в районе Лондона».

Отметив, что «противовоздушная оборона оказалась гораздо более впечатляющей, чем надеялась люфтваффе», и кратко описав ночные действия зенитчиков, корреспондент далее впал уже в совершенную лирику:

«Утром мне удалось поближе познакомиться с двадцатью солдатами, служившими на этой зенитной батарее. Большинство из них были молодыми рабочими 23—24 лет: недавние шахтеры, шоферы, железнодорожники, печатники, механики. Лишь небольшое число составляли бывшие служащие и чернорабочие. Десять солдат оказались членами “тред-юниона”, среди них двое шахтеров. На батарее они служат всего несколько недель. Рацион их питания вполне удовлетворителен. Повар — капрал — бывший шахтер — выходец из той же самой деревни, что и коммунистический вожак федерации шахтеров Южного Уэльса Джек Хорнер, показал мне меню солдатского рациона. На завтрак каждый солдат получает: чай, овсяную кашу с беконом или колбаской, а также яйцо; на ленч — мясо с гарниром из разных овощей и баночку сока; в 5 часов вечера солдаты пьют чай, к которому получают хлеб, масло (или маргарин), джем и бисквиты; в 7 часов вечера — ужин с обязательным еще одним мясным блюдом. Таким образом, в ежедневный рацион солдата входят 12 унций хлеба, 12 унций масла, полфунта овощей, 2 унции свежих фруктов и 3,5 унции масла». Корреспондент завершил свою публикацию указанием на то, что в районе Лондона имеются десятки таких батарей, где царит дух «товарищества и патриотизма».

Те, кто умел читать советскую прессу, а таких было немало и в СССР, и за границей, почуяли в этой корреспонденции сенсацию. Еще ни разу с начала войны в советской печати не появлялось ничего подобного ни о немцах, ни о поляках, ни о французах. В статье явно намекалось, что Англия ведет «народную войну», в которой главную роль, как всегда и везде, играет «пролетариат». А намеки на земляков Джека Хорнера давали понять читателям, что солдаты не просто «пролетарии», но и, вполне возможно, коммунисты.

Однако желающим прочесть эту статью пришлось бы поискать ее на 3-й странице «Правды», в то время как на первой странице большими буквами было напечатано:

«Коммюнике о подписании соглашения о железнодорожном сообщении между СССР и Германией.

1 октября с.г. в г. Берлине состоялось подписание соглашения о железнодорожном сообщении между СССР и Германией. Соглашение предусматривает прямое пассажирское и грузовое сообщение между СССР и Германией. Переговоры протекали в благожелательной атмосфере».

Обеспечение снабжения огромных армий, одна из которых уже планировала вторгнуться в СССР, а вторая давно ждала удобного случая для вторжения в Европу, было просто немыслимо без мощного грузового потока, пущенного по главным «нервам войны» — железным дорогам. Но на пути естественного желания обеих сторон лежало маленькое препятствие. В свое время, по прихоти создателя русских железных дорог императора Николая I, ширина железнодорожного полотна в России была сделана не по западным стандартам, а несколько шире. Эта помеха создавала необходимость длительного простаивания эшелонов на границе, где домкратами поднимали вагоны, меняя под ними ходовые тележки, что в мирное время было еще терпимо, но в военное — совершенно недопустимо. Не говоря уже о потере драгоценного времени, неизбежное скопление эшелонов с военными грузами наверняка подставило бы их под удар авиации.

Поэтому обе стороны, делая вид, что заинтересованы только в убыстрении потока товарообмена между двумя странами, в «благожелательной атмосфере» рассмотрели вопрос о прокладке так называемой колеи в колее. Другими словами, внутри более широкой русской колеи должна была идти узкая европейская, и наоборот. Соглашение предусматривало «перешив» колеи на территории Польши и на глубину 200 км на территориях СССР и Германии с созданием быстрых и удобных перегрузочных пунктов. Работа закипела, поскольку обе стороны были в ней одинаково заинтересованы.

Между тем воздушное наступление на Англию продолжалось, хотя и в значительно замедленном темпе, чем в предыдущие месяцы. Англичане с удовлетворением отмечали, что ежедневно в их воздушном пространстве появляется все меньше и меньше самолетов противника. Но все же их было достаточно, чтобы держать в напряжении службу ПВО и население, особенно столицы.

5 октября полутонная бомба взорвалась на площади у

древнего здания английского парламента. Огромное, украшенное витражами окно «матери всех парламентов» было выбито, превратившись из уникального произведения искусства в огромную безобразную дыру. Осколки авиабомбы ударили по бронзовой конной статуе короля Ричарда Львиное Сердце, стоявшей на площади перед зданием парламента. Меч в руке легендарного короля-рыцаря был погнут, но не сломан, что все сочли хорошим предзнаменованием...

Еще одна немецкая бомба, пробив купол прекрасного собора Св. Павла, разорвалась, повредив и забросав обломками драгоценный алтарь XV века. Все это было очень эффектно, но обходилось с каждым днем все дороже. Немцы признали, что в сентябре они потеряли над Англией 582 самолета. Англичане утверждали, что за истекший месяц они уничтожили 1088 самолетов противника. Все понимали, что истинная цифра лежит где-то посередине и равна примерно 800 машинам. Господство в воздухе так и не было завоевано, о господстве на море и говорить было нечего.

Шербур, куда Гитлер планировал перебазировать все боеспособные корабли своего флота, ежедневно подвергался ударам с моря и воздуха. А на Средиземном море итальянский флот продолжал позорно укрываться в базах, полностью отдав море англичанам. Караваны английских транспортов почти без всяких помех снабжали армию Уайвелла в Египте, возили оружие на Мальту, шли с грузами через Суэцкий канал в Индию и на Дальний Восток и обратно в метрополию. Стоило итальянским кораблям высунуться из баз, как их мгновенно загоняли обратно. Адмиралы откровенно саботировали прямые приказы Муссолини. И правильно делали. Они лучше мечтателя-дуче знали боеспособность вверенных им соединений.

12 октября английский крейсер «Аякс», уже прославившийся участием в уничтожении «карманного» линкора «Адмирал Шпее», у самых берегов Сицилии перехва-

тил два итальянских эсминца, осмелившихся высунуться со своей базы, и немедленно их утопил. «Аякс» еще не успел накрыть базу, как итальянские экипажи стали в панике покидать свои корабли, которые даже для приличия не открыли ответного огня. На следующий день тот же «Аякс» перехватил целое соединение итальянских кораблей в составе тяжелого крейсера и четырех эсминцев новейшего типа водоизмещением 1620 тонн. «Аякс» — легкий крейсер — без колебаний открыл огонь по итальянскому соединению, первым же залпом накрыв эсминец «Артиглире». Итальянцы под прикрытием дымовой завесы пустились наутек. Вызвав по радио на помощь крейсер «Йорк», «Аякс» устремился в погоню, но наступившая ночь скрыла от него противника. С первыми же лучами солнца англичане увидели, что подбитый «Артиглире» ковыляет на буксире за другим итальянским эсминцем. Остальные корабли под покровом ночи укрылись на базе. Увидев английские корабли, эсминец, буксировавший «Артиглире», немедленно отдал буксир и стал уходить, даже и не подумав оказать какое-либо сопротивление. Брошенный «Артиглире» беспомощно покачивался на волнах. Английские корабли подходили все ближе. На мачте «Аякса» поднялся сигнал, предлагавший экипажу эсминца оставить корабль, что было немедленно выполнено. Несколько залпов из кормовой башни «Аякса», и итальянский эсминец навсегда исчез в огненном смерче сдетонировавших торпед.

Кинохронику этого события, злорадно снятую англичанами, очень быстро прокрутили в личном кинозале Гитлера. Прокрутили не без задней мысли, чтобы фюрер поостерегся переводить флот в Шербур, где он будет находиться под носом у англичан. Кроме того, всем было известно, что недавно фюрер встречался с Муссолини на перевале Бреннер, где, помимо всего прочего, поинтересовался, когда же огромный флот Италии будет действовать? Может быть, имеет смысл назначить командовать итальянским флотом немецкого адмирала? «Последний из римлян», вынужденный руководить жалкой и трусливой толпой «макаронников», заверил фюрера, что в октябре английский флот будет выметен из Средиземного моря.

Видимо, это опять пустые слова. Огромный итальянский флот — 6 линкоров, 8 тяжелых и 25 легких крейсеров — парализован страхом перед красным крестом св. Георга и его многовековым авторитетом. А свой, германский флот не намного лучше. Где бы найти хороших адмиралов, которые не участвовали в Первой мировой войне?

На недавнем совещании адмирал Редер заявил, что в настоящее время надводные корабли германского флота не в состоянии эффективно действовать против англичан, пока не будет приведена в порядок материальная часть и восполнены потери, понесенные в Норвежской операции. Фюрер напомнил Редеру, что тот получил отсрочку только до весны 1941 года, когда ему придется так или иначе обеспечить вторжение в Англию. Но тогда будут уже в строю «Бисмарк» и «Тирпиц». Да, соглашается фюрер, но это не значит, что он позволит своему флоту бездельничать до весны. Известно ли Редеру, что поток военных грузов из США в Англию следует через Атлантику почти без охранения, поскольку почти весь свой флот англичане сконцентрировали в водах метрополии и в Гибралтаре?

«Да, мой фюрер, — отвечает гросс-адмирал, — нам известно это, и наши немногочисленные подводные лодки делают что могут, неся тяжелые потери. За 10 месяцев 1940 года потеряно 22 лодки. Конечно, они будут нести потери, орет Гитлер, если надводный флот их совершенно не поддерживает. Но, мой фюрер, сам выход в Атлантику с наших баз чреват огромными опасностями, а возвращение на базы — еще большими. В вашем распоряжении базы атлантического побережья Франции. Переводите флот туда, и немедленно! Шербур, Брест, что там еще?!

Но это значит, мой фюрер, подставить корабли под постоянные удары английской авиации, которая пока еще не уничтожена, как обещал нам всем рейхсмаршал Геринг. Базируясь во французских портах, наши корабли не будут вылезать из ремонта, а то и просто погибнут!»

Гитлер вскакивает с места. Если флот не хочет воевать, он прикажет разоружить корабли, а из экипажей сформирует два армейских корпуса, о чем мечтал еще покойный Гинденбург. Пусть надводные корабли погибнут все до одного, но воюют. Пусть уведут английский флот от метрополии и своей гибелью проложит дорогу армии! Он не желает больше слышать никаких отговорок. Не позже, чем через неделю флот обязан представить ему план активных действий надводных кораблей и подводных лодок до лета 1941 года...

Более всего на свете Гитлер любит триумфальные арки. Несостоявшийся архитектор, он — без сомнения, талантливый график — не хочет с этим мириться и готов часами сидеть со своим любимцем, лейб-архитектором Альбертом Шпеером и рисовать на листах ватмана триумфальные арки самых разнообразных форм и стилей. Он мечтает установить в каждом городе «тысячелетнего рейха» минимум по пять триумфальных арок в честь всех прошлых, настоящих и будущих побед германского оружия. Его мечты идут дальше: он готовит план капитальной перестройки всех городов Германии. Этот план предусматривает чуть ли не полный снос всех крупных городов страны, начиная с Берлина и Мюнхена, которые раздражают фюрера своей готической скорбностью и мелкобуржуазной вычурностью. Будущее поколение немцев должно рождаться и жить совсем в других городах. Огромные дома, дома-кварталы, дома-районы, сходящиеся прямыми линиями на площади, украшенные триумфальными арками и скульптурами героев, которые символизируют силу и оптимизм.

В практичной голове Шпеера мелькают цифры стоимости хотя бы частичного воплощения в жизнь плана фюрера. Цифра столь огромна, что даже на снос старых домов в обозримом будущем денег не набрать.

Молодой архитектор не во всем разделяет творческие планы Гитлера, но почтительно молчит, позволяя себе лишь сдержанно восхищаться графическими способностями рейхсканцлера Германии. Гитлеру приятно. Его превосходное настроение подогрето стекающимися из различных источников сведениями о растущей панике в Англии. Готовится эвакуация королевской семьи и правительства в Канаду. Состояние финансов катастрофическое. Моральный дух населения и армии упал ниже некуда. Как жаль, что начались осенние штормы и физически невозможно совершить бросок через канал. Похоже, что у англичан боевой дух сохранился только во флоте и в авиации. Но это уже не страшно! С Англией, судя по всему, покончено, а юридически мы это завершим будущей весной, спокойно оккупировав этот злосчастный остров.

Генерал Гальдер так давно работает с фюрером, что ничему не удивляется. Он осторожно напоминает Гитлеру об операциях «Хайфиш» и «Гарпун», а также о том, что в недрах Генштаба идет окончательная доработка удара в восточном направлении, т.е. по Советскому Союзу. Гитлер несколько минут молчит, внимательно разглядывая триумфальную арку на листе ватмана. «Именно такую я прикажу установить в Лондоне!» — изрекает фюрер и движением руки отпускает Шпеера. Шпеер мгновенно испаряется из кабинета, поскольку, постоянно вращаясь в высших эшелонах нацистского руководства, хорошо усвоил старое правило: «Меньше знаешь — дольше живешь».

Проводив Шпеера взглядом, Гитлер спрашивает Гальдера, как выполняется его приказ о демобилизации нескольких возрастных групп из дислоцированных в Польше пехотных дивизий.

— Все идет по плану, — сухо докладывает генерал-полковник. — План демобилизации придумали вместе Гитлер, Гальдер и Браухич. Его уже подкинули советской разведке, а вскоре объявят о нем в прессе в качестве доказательства миролюбивых намерений Германии. Это позволит открыто гнать на Восток эшелоны якобы для вывоза демобилизованных. А на их место привезти двух новых солдат, тем самым вдвое увеличив количество войск в Польше и в Восточной Пруссии. Пусть сталинская разведка разбирается с этим как хочет, а мы будем говорить, что идет массовая демобилизация и лишь частичное ее восполнение новобранцами.

Удобно откинувшись в кресле, скрестив руки на груди, Гитлер мечтательно смотрит на начальника Генерального штаба:

— Все это хорошо, а может быть, действительно попытаться до восточного похода оккупировать Англию? Тем более, как вам известно, генерал, они неожиданно сломались, «Манчестер Гардиан», например, считает, что если мы высадимся на острова в обозримом будущем, англичане не смогут оказать нам даже символического сопротивления.

Гальдер с сомнением покачивает головой:

— Объективных данных, мой фюрер, на это никаких нет. Напротив, мы имеем информацию, что группировка английских войск на юге страны с каждым днем набирает силу. Кроме того, не следует забывать, что как только мы начнем высадку, Сталин немедленно бросит свою армию вперед, нанося удар с Белостокского «балкона» на Берлин, одновременно отрезая нас от румынской нефти и приобретая Англию в качестве союзника. Другими словами, получая и Мировой океан, которым мы сами, увы, не владеем.

Воспользовавшись моментом, в войну вступят Соединенные Штаты, и обстановка может стать критической. А если со Сталиным удастся договориться? Договориться? О чем? Скажем, удастся убедить его примкнуть к странам Оси на условиях дележа бывшей Британской империи. С тем чтобы он отказался от своих амбициозных планов в Европе, в первую очередь на Балканах, а повернул на юг в сторону Ирана и Афганистана, в сторону незамерзающего Персидского залива с его нефтяными богатствами. Если он согласится, то мы сможем закончить с Англией будущей весной, а затем заняться Россией.

Гальдер не соглашается: мы не можем долго терпеть концентрацию такой огромной армии на наших восточных границах. Уничтожить военную машину Сталина необходимо в самое ближайшее время, не откладывая далее, чем до мая будущего года. Это мнение всего командования сухопутной армии.

«Уничтожить, — ворчит Гитлер, — уничтожить легко. А вот заставить эту машину работать на нас, постепенно уничтожая большевистскую идеологию — это сложнее. Это уже область, в которой Гальдер ничего не понимает. Ему легко — он человек военный, он — вне политики». Гитлеру гораздо сложнее. Его измучили партийные интриги. Своего заместителя по партии Рудольфа Гесса он уже терпит с трудом, несмотря на то что они поклялись в вечной дружбе еще тогда, когда вместе сидели в тюрьме, где Гитлер диктовал Гессу свою бессмертную книгу «Майн кампф».

Родившийся в Александрии и выросший среди англичан Гесс считает войну с Англией трагедией белой нации. Он вечно зудит Гитлеру, что с англичанами необходимо как можно быстрее договориться, обеспечив неприкосновенность их драгоценной империи за счет отказа от гегемонии в Европе, а все силы Германии и всего цивилизованного человечества обратить на уничтожение большевистской заразы. Этой чумы XX века!

А вот Борман считает совсем иначе. Он мягко намекает, что Гесса вообще надо отстранить от руководства партией, поскольку он ничего не понимает в сложной и скрупулезной партийной работе, и сделать его главой «Гитлерюгенда», что более подойдет к его темпераменту.

С точки зрения Бормана, никакой «белой нации» вообще не существует, а существует только «германская нация», к которой англичане, будучи больше французами по корням, имеют весьма отдаленное отношение. Понятие «германские народы» — антинаучно и наверняка придумано евреями. Извечный и запутанный клубок европейских противоречий, считает Борман, невозможно разрешить без уничтожения Англии — этого многовекового оплота мирового еврейства. Что же касается России, то она идеологически настолько близка к нам сегодня, что можно спрогнозировать постепенное слияние национал-социализма с национал-большевизмом и создание на этой основе свободной от евреев мировой национал-социалистической империи. Но это уже не национал-социализм, а чистейшей воды интернационализм, т.е. наиболее гнусная из всех еврейских теорий. Не следует забывать, мой фюрер, что Сталин получил набитую евреями государственную машину в наследство от Ленина, и есть весьма характерные показатели, говорящие о том, насколько он этим наследством тяготится. При определенной ситуации он разберется со своими евреями еще быстрее и решительнее, чем это делаем мы. Примерно таких же взглядов придерживается и Риббентроп, так и не сумевший выйти из эйфории своих кремлевских встреч. Он считает, что Сталин — надежнейших друг и союзник, так же, как и мы, измученный английскими интригами и мечтающий, когда, наконец, рухнет этот последний оплот международного империализма.

Это очень хорошо, но что-то сам он с Англией воевать не собирается, а хочет нашими руками создать основу для «мировой пролетарской революции». Но, мой фюрер, Англия ведь будет в наших руках. О какой пролетарской революции, которую и сейчас все воспринимают как неудачный еврейский анекдот, может идти речь? Англию можно победить только с помощью СССР, благодаря его поставкам, благодаря его моральной поддержке, благодаря, наконец, его страху перед Британской империей. Достаточно вспомнить, как трусливо отреагировал Сталин, когда англичане пригрозили разбомбить его нефтяные поля в Баку! Сталин же таких оскорблений не забывает, можете мне поверить.

Хочется ему сказать: идиот, посмотри на карту! Разве ты не видишь, что твой друг уже нацелился нам ломом по затылку и только того и ждет, чтобы мы полезли в Англию. Но нельзя ему так сказать, поскольку не в меру болтлив, а возглавляемое им ведомство просто кишит английскими шпионами. Геринг как бы парит со своей люфтваффе над схваткой, делая вид, что ему совершенно все равно, кого бить. Как прикажет фюрер. Но если уж мы провели такую большую организационную и оперативную работу по разгрому Англии, то, естественно, желательно ее завершить, а затем заняться другими задачами.

Геббельс — этот пламенный оратор, способный поднять народные массы на любой подвиг, готовый объяснить и оправдать любой очередной зигзаг в часто непоследовательной политике Гитлера, этот умница и эрудит, считает нынешнюю дружбу со Сталиным просто аморальной. Это чушь, доказывает он, что между нашими учениями есть что-либо общее, ибо национал-социализм — это свободный социализм, целью которого является процветание и надежное будущее немецкого народа, а в конечном счете и всех других народов, способных доказать свое право на биологическое существование. Нашей главной целью, нашей первоочередной задачей поэтому является скорейшее уничтожение большевизма как идеологии и евреев как главных носителей этой идеологии, ибо большевизм, в отличие от национал-социализма, ставит своей целью порабощение всех народов земли жалкой кучкой расово неполноценных ублюдков. Кроме того, разве не вы, фюрер, писали, что главное жизненное пространство будущей германской нации лежит на востоке, на землях, которые по историческому недоразумению именуются Россией?

Гиммлер — «старый, добрый, черный Генрих» — верный друг, заслонивший своим телом Гитлера от пули гнусного убийцы, рейхсфюрер СС, глава могущественнейшего карательно-разведывательного аппарата, имеет свою точку зрения. Он считает, что дело не только и не столько в большевизме, сколько в расовой ущемленности славян. Россия всегда была большевистской страной, только прикрывалась другой терминологией. Поэтому речь должна идти не об уничтожении идеологии, а об уничтожении расы славян, которая всей своей историей доказала, что не имеет права на существование. Это важно сделать быстро, особенно сейчас, когда агрессивные славянские орды, зараженные еврейской идеологией, концентрируются на наших границах, имея совершенно очевидную цель — уничтожение нордических народов...

Все это замечательно. Старым партайгеноссе свойственны мечтательность и романтизм. Приятно их слушать, видя в их рассуждениях отголоски своих собственных идей. Увы, гораздо сложнее с военными. У них все конкретно: пропускная способность железных дорог, проходимость шоссейных дорог, создание сети аэродромов и складов, маскировка задуманных мероприятий, но главное — это согласовать цели политического руководства Германии с реальными возможностями Вооруженных сил.

А реалии таковы, что начни Сталин сейчас военные действия, у нас на Востоке нет реальных сил, которые можно было бы противопоставить его гигантской военной машине. Но мы же с вами, дорогой Гальдер, знаем, что он не начнет, пока мы не завязнем в «Морском Льве».

Тонкие губы Гитлера складываются в улыбку. Мы-то об этом знаем, соглашается генерал-полковник, но знает ли об этом Сталин? Будем надеяться, что его разведка не скрывает от своего вождя полученной информации. Пока же, генерал, продолжайте действовать по старому плану с учетом директивы, которую вы должны были получить из ОКБ сегодня утром. Гальдер кивает. Он уже ознакомился с последней директивой, подписанной Кейтелем от имени фюрера:

ШТАБ-КВАРТИРА ФЮРЕРА
12 октября 1940 года

«Совершенно секретно!

Фюрер принял решение, что с сегодняшнего дня и до весны подготовка к операции “Морской Лев” должна продолжаться исключительно с целью оказания политического и военного давления на Англию. Если вторжение будет признано целесообразным весной или в начале лета 1941 года, приказы о возобновлении оперативной готовности будут даны в соответствующее время...»

Всем видам Вооруженных сил предписывалось быть готовыми к переброске личного состава и техники для «использования на других фронтах» со строжайшим условием тщательнейшей маскировки своих действий, чтобы «британцы продолжали считать, что мы готовы атаковать их на широком фронте». Гальдер об этом знал. Знал он и многое другое. Подчиненные ему офицеры были завалены работой. Требовалось перебросить 3-ю танковую дивизию в Ливию, чтобы вывести итальянцев из состояния летаргии, выбрать подходящую местность для проведения тактических учений по захвату Гибралтара, если фюрер договорится с Франке о пропуске войск через испанскую территорию. Подготовиться к быстрому, если возникнет необходимость, захвату Югославии.

Не знал начальник Генерального штаба, что именно в этот момент из Берлина на имя Сталина было послано письмо за подписью Риббентропа, в котором говорилось:

«Берлин. 13 октября 1940 г.

Дорогой господин Сталин!

Более года назад по Вашему и Фюрера решению были пересмотрены и поставлены на абсолютно новую основу отношения между Германией и Советской Россией. Я полагаю, что это решение найти общий язык принесло выгоду обеим сторо-

нам — начиная с признания того, что наши жизненные пространства могут соседствовать без претензий друг к другу, и кончая практическим разграничением сфер влияния, что привело к германо-советскому Пакту о дружбе и границе. Я убежден, что последовательное продолжение политики добрососедских отношений и дальнейшее укрепление политического и экономического сотрудничества будут способствовать в будущем все большим и большим выгодам двух великих народов. Германия, по крайней мере, готова и полна решимости работать в этом направлении.

Мне кажется, что, учитывая эти цели, прямой контакт между ответственными деятелями обеих стран крайне важен. Я уверен, что личный контакт не по дипломатическим каналам для авторитарных режимов, таких, как наши, время от времени необходим. Поэтому сегодня мне хотелось бы сделать беглый обзор событий, происшедших со времени моего последнего визита в Москву. В связи с исторической важностью этих событий и в продолжение нашего обмена мнениями, имевшего место в последний год, я хотел бы сделать для Вас и обзор политики, проводимой Германией в этот период.

После окончания Польской кампании мы заметили (и это было подтверждено многочисленными сообщениями, полученными зимой), что Англия, верная своей традиционной политике, строит всю свою военную стратегию в расчете на расширение войны. Предпринятая в 1939 году попытка втянуть Советский Союз в военную коалицию против Германии уже приоткрывала эти расчеты. Они (Англия и Франция) были напуганы германо-советским соглашением. Позже аналогичной была позиция Англии и Франции в отношении советско-финского конфликта.

Весной 1940 года эти тайные намерения стали достаточно очевидны. С этого времени британская политика вступила в период активного распространения войны на другие народы Европы. После окончания советско-финской войны первой мишенью была выбрана Норвегия. Оккупация Нарвика и

других норвежских баз позволила бы лишить Германию (норвежских) поставок железной руды и создать в Скандинавии новый фронт. Только благодаря своевременному вмешательству германского руководства и молниеносным ударам наших войск, которые выгнали англичан и французов из Норвегии, театром военных действий не стала вся Скандинавия.

Через несколько недель тот же англо-французский спектакль должен был повториться в Голландии и Бельгии. И здесь Германия также смогла в последнюю минуту решительными победами своих армий предотвратить планируемый удар англо-французских армий против района Рура, о котором мы своевременно получили информацию. Сегодня даже во Франции, "континентальной шпаге Англии", большинству французов стало очевидно, что их страна, в конечном счете, должна была истечь кровью, как жертва традиционной "человечной" британской политики.

Что касается теперешних британских правителей, которые объявили войну Германии и таким образом вовлекли британский народ в беду, то даже они сами не могут более скрыть свою традиционную политику и презрение к своим собственным союзникам. Наоборот, когда судьба отвернулась от них, все их лицемерные торжественные обещания прекратились. С чисто английским цинизмом они предательски покинули своих друзей. Более того, чтобы спасти самих себя, они оклеветали своих прежних союзников, а потом даже открыто противостояли им силой оружия. Дюнкерк, Оран, Дакар — вот названия, которые, как мне кажется, могут открыть миру глаза на цену английской дружбы...

Следующей целью британской политики расширения войны стали Балканы. В соответствии с дошедшими до нас сведениями, на этот год вынашивались самые разные агрессивные планы, и в одном случае уже был отдан приказ об их исполнении. То, что эти планы не были осуществлены, является, как мы теперь знаем, исключительно след-

ствием почти невероятного дилетантства и изумляющих разногласий между политическими и военными руководителями Англии и Франции.

Враги Германии старались скрыть от всего мира свои мероприятия по расширению войны. Они пытались перед всем миром объявить наши разоблачения этих английских методов расширения войны маневром германской пропаганды. Между тем судьба постаралась, чтобы в руки германской армии, наступающей со скоростью молнии на всех фронтах войны, попали и документы огромной важности. Как хорошо известно, нам удалось захватить секретные политические документы французского Генерального штаба, уже подготовленные к отправке, и приобрести, таким образом, неоспоримые доказательства правильности наших сообщений о намерениях наших врагов и сделанных нами из этого выводах.

Ряд этих документов, как Вы помните, был опубликован в прессе, а огромное количество материалов еще переводится и изучается. Если понадобится, они будут опубликованы в "Белой книге". Здесь действительно с поразительной доказательностью разоблачается подоплека британской военной политики. Вы поймете, что мы рады возможности открыть миру глаза на беспрецедентную некомпетентность, а также на почти преступную беспечность, с которой теперешние английские руководители, объявив войну Германии, вовлекли в несчастье не только собственный народ, но и другие народы Европы. Сверх того, документы, имеющиеся в нашем распоряжении, доказывают, что господа с Темзы не отказываются от нападений и на совершенно нейтральные страны в отместку за то, что те продолжают вести с Германией естественную для них торговлю, несмотря на британские ноты и даже угрозы. Без сомнения, советские нефтяные центры Баку и нефтяной порт Батуми уже в этом году стали бы объектами британского нападения, если бы падение Франции и изгнание британских армий из Европы не сломили бы агрессивного британского духа и не был бы положен конец их активности.

Понимая полную абсурдность продолжения этой войны, Фюрер 19 июля снова предложил Англии мир. Теперь, после отклонения этого последнего предложения, Германия намерена вести войну против Англии и ее империи до окончательного разгрома Британии. Эта борьба идет уже сейчас и закончится лишь тогда, когда враг будет уничтожен в военном отношении или когда будут устранены силы, ответственные за войну. Когда точно это случится — значения не имеет.

Потому что в одном можно быть уверенным: война как таковая в любом случае нами уже выиграна. Вопрос лишь в том, сколько пройдет времени до того момента, когда Англия в результате наших операций признается в окончательном поражении.

На этой последней фазе войны, защищаясь от каких-либо действий, которые Англия в своем отчаянном положении все еще может предпринять, Ось в виде естественной меры предосторожности была вынуждена надежно защитить свои военные и стратегические позиции в Европе, а также свои политические и дипломатические позиции во всем мире...

Сразу же после окончания кампании на Западе Германия и Италия приступили к этой задаче и уже в общих чертах ее выполнили. В связи с этим можно также упомянуть беспрецедентную для Германии задачу охраны ее норвежских прибрежных позиций на всем протяжении от Скагеррака до Киркенеса. Для этого Германия заключила с Швецией и Финляндией определенные чисто технические соглашения, о которых я уже информировал Вас полностью через германское посольство (в Москве). Они заключены исключительно с целью облегчения снабжения прибрежных городов на севере (Нарвика и Киркенеса), до которых нам трудно добраться по суше.

Политика, которой мы следовали совсем недавно в румынско-венгерском споре, преследует те же цели. Наши гарантии Румынии определяются исключительно необходимостью защиты этого балканского района, особенно важного для нас с точки зрения снабжения Германии нефтью и хлебом, от какого-либо нарушения стабильности, вызванного войной, саботажем и т. п. внутри этой зоны, а также от попыток вторжения извне.

Антигерманская пресса пыталась извращенно истолковать гарантии держав Оси Румынии. На деле же произошло следующее: к концу августа, как известно, разногласия между Румынией и Венгрией, подогреваемые британскими агентами, достигли той стадии, что война стала неизбежной и столкновения в воздухе уже происходили. Было очевидно, что мир на Балканах может быть сохранен только посредством крайне быстрого дипломатического вмешательства. Времени для каких-либо переговоров и консультаций не было.

Этим объясняется импровизированная встреча в Вене с вынесением решения в 24 часа. Поэтому, вероятно, излишне подчеркивать, что тенденция, проявленная в то время антигерманской прессой, истолковывать эти германо-итальянские действия как направленные против Советского Союза является совершенно безосновательной и продиктована исключительным намерением подорвать отношения между Осью и Советским Союзом.

Германская военная миссия, посланная вместе с группой инструкторов в Румынию несколько дней назад по просьбе румын (что вновь было использовано нашими врагами для грубых инсинуаций), послужит как для обучения румынской армии, так и для охраны германских интересов, поскольку германская экономика этих территорий тесно взаимозависимы. На случай, если Англия, как следует из некоторых сообщений, действительно намерена предпринять какие-либо акции, например, против нефтяных промыслов Румынии, мы уже приняли меры, чтобы подобающим образом ответить на любые британские попытки интервенции извне или саботажа изнутри. Ввиду абсолютно неправильных и тенденциозных сообщений прессы, которые участились за последние несколько дней, я недавно сообщил Вашему послу, господину Шкварцеву, о действительных мотивах наших действий и об уже проведенных мероприятиях.

В связи с предпринятыми англичанами попытками саботажа, поднятый Вашим правительством вопрос об изменении режима на Дунае приобретает большое значение. Я могу сообщить Вам, что, в согласии с итальянским правительством, в течение ближайших нескольких дней нами будут сделаны предложения, которые учтут Ваши пожелания в данном вопросе.

После принятия мер по охране позиции Оси в Европе основной интерес имперского правительства и итальянского правительства сосредоточился в последние несколько недель на предотвращении распространения военных действий за пределы Европы и превращения их в мировой пожар. Так как надежды англичан найти себе союзников в Европе померкли, английское правительство усилило поддержку тех кругов заокеанских демократий, которые стремятся к вступлению в войну против Германии и Италии на стороне Англии. Их интересы, в противоречии с интересами народов, столь же жаждущих Нового порядка в мире, как и конца окостеневших плутократических демократий, — эти их интересы грозят превратить европейскую войну в мировой пожар. Это особенно относится к Японии.

Поэтому некоторое время назад по приказу Фюрера я послал в Токио эмиссара для выявления в неофициальном порядке, не могут ли наши общие интересы быть выражены в форме пакта, направленного против дальнейшего распространения войны на другие народы. Последовавший вскоре обмен мнениями привел Берлин, Рим и Токио к полному единодушию в том смысле, что в интересах скорейшего восстановления мира должно быть предотвращено какое-либо дальнейшее расширение войны и что лучшим средством противодействовать международной клике поджигателей войны будет военный союз Трех Держав.

Таким образом, вопреки всем интригам Британии, Берлинский договор был заключен с удивительной быстротой, о чем я и уведомил Вас через посольство за день до его подписания, как только было достигнуто окончательное согласие. Я уверен, что заключение этого договора ускорит падение теперешних британских правителей, которые не хотят заключения мира, и что договор, таким образом, послужит интересам всех народов.

Что касается вопроса о позиции трех участников этого Союза в отношении Советской России, то мне хотелось бы сказать сразу, что с самого начала обмена мнениями все Три Державы в одинаковой степени придерживались того мнения, что этот пакт ни в коем случае не нацелен против Советского Союза, что, напротив, дружеские отношения Трех Держав и их договоры с СССР ни в коем случае не должны быть этим соглашением затронуты...

Что касается Германии, то заключение этого пакта является логическим результатом ее внешнеполитической линии, которой Имперское правительство придерживалось давно, и согласно которой как дружеское германо-японское сотрудничество, так и дружеские отношения между Германией и Советской Россией, так же как и дружеские отношения между Советской Россией и Японией и дружеские отношения между Державами Оси и Японией являются логическими составными частями естественной политической коалиции, которая крайне выгодна всем заинтересованным державам.

Как Вы помните, во время моего первого визита в Москву я совершенно откровенно обсуждал с Вами схожие идеи, и тогда же я предложил свои добрые услуги для урегулирования советско-японских расхождений. С тех пор я продолжаю работать в этом направлении и был бы рад, если бы обоюдное желание достичь взаимопонимания — а со стороны Японии оно все более очевидно — получило бы логическое завершение.

В заключение я хотел бы заявить, в полном со-

ответствии с мнением Фюрера, *что историческая задача ЧЕТЫРЕХ ДЕРЖАВ заключается в том, чтобы согласовать свои долгосрочные политические цели и, разграничив между собой сферы интересов в мировом масштабе, направить по правильному пути будущее своих народов.*

Мы были бы рады, если бы господин Молотов нанес нам в Берлин визит для дальнейшего выяснения вопросов, имеющих решающее значение для будущего наших народов и для обсуждения их в конкретной форме. От имени Имперского правительства я хотел бы сделать ему самое сердечное приглашение.

После двух моих визитов в Москву мне лично было бы особенно приятно увидеть господина Молотова в Берлине. Его визит, кроме того, предоставит Фюреру возможность лично высказать господину Молотову свои взгляды на будущий характер отношений между нашими народами. По возвращении господин Молотов сможет подробно изложить Вам цели и намерения Фюрера.

Если затем, как я с уверенностью ожидаю, мне придется поработать над согласованием нашей общей политики, я буду счастлив снова лично прибыть в Москву, чтобы совместно с Вами, мой дорогой господин Сталин, подвести итог обмену мнениями и обсудить, возможно, вместе с представителями Японии и Италии, основы политики, которая сможет всем нам принести *практические* **выгоды.**

С наилучшими пожеланиями, преданный Вам
***Риббентроп*».**

Посланное через Шуленбурга письмо должно было быть передано лично Сталину не позднее 17 октября. На это были все основания. Несмотря на хладнокровие командования вермахта, считавшего, что Сталин не предпримет никаких активных действий до начала операции «Морской Лев», по каналам Гейдриха, чья информация почти всегда отличалась от информации адмирала Канариса, были получены данные, повергшие Гитлера и его ближайшее окружение в состояние паники.

Информация, полученная из источника, близкого к руководству ВВС РККА, говорила о том, что, ожидая вторжения в Англию в двадцатых числах сентября, Сталин отдал секретную директиву в войска начать наступление по всей линии границы от Баренцева до Черного моря 22 октября. В директиве говорилось, что окончательные приказы будут даны не позднее 19 октября, а при отсутствии таковых «войскам действовать в соответствии с имеющимися приказами и инструкциями». Другими словами, если 19 октября не последует отмены или приостановки приказа, то события начнут развиваться автоматически.

В штабе генерала Йодля, не ставя в известность Гальдера, чтобы не нагнетать психоза, проанализировали полученные сведения и пришли к выводу, что такая возможность не исключена, хотя сам Йодль, а с ним, естественно, и Кейтель, склонялись к мысли об очередной английской провокации. Но факты говорили о том, что Красная Армия находится на пике своей оперативной готовности.

Только что завершились небывалые по масштабу маневры Киевского Особого военного округа, ход которых контролировал сам нарком обороны маршал Тимошенко. Еще продолжаются не менее масштабные маневры Белорусского военного округа, которым командует один из самых опытных советских танковых стратегов генерал Павлов. Контролирует маневры начальник оперативного отдела Генштаба генерал Ватутин. Учения продолжаются также в огромном Ленинградском военном округе, куда, по последним данным, выехал Тимошенко. Округ приведен в движение и снова явно нацелен на Финляндию. Во всех округах отрабатываются приемы наступления. Прорыв обороны противника с последующим быстрым выходом большими массами танков и кавалерии на оперативный простор.

Судя по концентрации задействованных частей, а

также по тому вниманию, которое уделяет учениям лично военный министр (нарком), Сталин нацелил главный удар на Балканы и Финляндию.

На границе с генерал-губернаторством (Польшей), где идет строительство укреплений, судя по всему, Кремль хочет ограничиться, по крайней мере на первом этапе, оборонительно-сдерживающими действиями, если движение на Балканы приведет к вооруженному столкновению с нами. Однако наличие сил и средств на Белостокском «балконе» с одинаковой вероятностью предполагает возможность массированного наступления и на этом участке.

В любом случае недовольство Сталина очевидно, и статью в «Правде» от 5 октября об одной из зенитных батарей противовоздушной обороны Лондона если и нельзя рассматривать как поворот во внешней политике Кремля, то следует понимать как намек на существующую возможность достижения альянса с Англией.

Так или иначе, Сталина необходимо быстро втянуть в переговоры на возможно более высоком уровне, чтобы узнать его официальные намерения и попытаться выведать истинные цели...

Но как втянуть Сталина в переговоры? Советское посольство в Берлине фактически бездействует. Сотрудники германского МИДа не нашли там ни одного человека, который был бы полномочен о чем-нибудь с ними разговаривать, а уж тем более принимать депеши в адрес Сталина. Посол Шкварцев то отзывался в Москву, и все думали, что уже навсегда, то неожиданно возвращался, напоминая привидение, и давая понять, что он сдает дела и чтобы к нему не приставали.

Кроме того, немцы не хотели на этот раз действовать по каналам НКИДа, т.е. через Молотова, а желали, чтобы письмо было вручено лично Сталину. О необходимости выполнения этого условия Риббентроп лично известил Шуленбурга. Но у Шуленбурга к Сталину входа не было.

Прощупав почву и поняв, что к Сталину пробиться невозможно, немецкий посол отдал письмо Молотову, о чем и сообщил своему шефу в Берлин телеграммой от 18 октября. С Риббентропом случилась истерика. Гитлер и он почему-то решили, что угодили в дипломатическую ловушку. Сталин не принял Шуленбурга, чтобы не получить письма или по крайней мере не получить его вовремя.

Молотов скроет письмо вообще или передаст его Сталину тогда, когда оно потеряет всякий смысл. Это значит, что в ближайшие дни следует ожидать всяких неожиданностей.

Напрасно Шуленбург успокаивал своих впавших в панику руководителей, телеграфируя из Москвы: «Письмо, предназначенное Сталину, я вручил Молотову так как хорошо знаю существующие здесь деловые и личные отношения. После того как я, в соответствии с Вашими инструкциями, сообщил господину Молотову о Вашем намерении обратиться с письмом к Сталину... предложение с моей стороны вручить письмо непосредственно Сталину вызвало бы серьезное раздражение господина Молотова. Мне казалось необходимым избежать этого, так как Молотов — ближайшее доверенное лицо Сталина и нам придется в будущем иметь с ним дело по всем крупнейшим политическим вопросам...»

Ответ Шуленбурга в Берлине сочли неубедительным, а его ссылки на то, что письмо в посольстве не сумели вовремя перевести на русский язык, что вызвало задержку до 17 октября, — просто смехотворными. Напряжение росло. В вермахте была введена повышенная боевая готовность...

Глава 7

ПИР ХИЩНИКОВ

А между тем Сталин и Молотов внимательно изучали объемистое послание Риббентропа. Сомнений не было. Маленький сталинский «демаршик» с лондонской зенитной батареей не остался в Берлине незамеченным. Все письмо германского министра иностранных дел пронизано тревогой по поводу возможных поворотов в англо-советских отношениях. Тут было и напоминание о том, что Англия уже фактически разбита и в скором будущем будет оккупирована. Это вопрос решенный. Когда — не имеет значения. Когда будет время заняться подобными пустяками.

Казалось, на этом можно было бы с Англией и покончить, но нет — идет напоминание, как коварны англичане со своими союзниками, как им нельзя верить ни в чем и как они — а это, видимо, самое главное напоминание, — постоянно грозят уничтожить нефтяные промыслы в Баку. А это Сталина постоянно беспокоит как застарелая мозоль, как больной зуб. Немцы давно уже обещали ликвидировать эту проклятую базу в Ираке, и хотя так ничего и не сделали, имеют наглость приписывать отказ англичан от бомбардировки Баку своим победам. Какая-то неуверенность сквозит в письме по поводу Англии. Видимо, желание как-то оправдать перенос вторжения на будущий год. Тут открывается большой простор для маневров, чтобы побудить немцев бросить все силы своей армии, авиации и флота на коварную и уже разбитую Англию.

Поэтому очень деликатным получается вопрос с Финляндией. С одной стороны, немцам, конечно, удобно наращивать свои силы в Норвегии для предстоящего вторжения через территорию этой страны. Но советская разведка категорически заявляет, что в Норвегии немецкие войска не появляются, а растворяются в финских лесах.

Под видом железнодорожных кондукторов специалисты-разведчики из ГРУ, проехав всю Финляндию вдоль и поперек, установили, что немецкие войска сосредоточены в северной части Финляндии и что их уже не менее 35 тысяч человек. Что это все значит, необходимо выяснить, поскольку тут немцы явно нарушают договор о разделе сфер влияния. Нужно совершенно ясно дать им понять, что мы не намерены больше терпеть существование Финляндии в качестве независимого государства, на что имеем полное юридическое право.

Дело не только в договоренностях с Германией, а в том, что Финляндия — не более как провинция России, утраченная в 1918 году под нажимом тех же немцев. Мы просто хотим вернуть себе свое и, если понадобится, — силой! Разве это несправедливо?

Позор зимней войны продолжает угнетать Сталина. Особенно — этот страх, когда стало очевидно, что Англия вмешается в войну. Но все, что он мог себе позволить, — это посадить в лагерь жену и сына «товарища» Куусинена, пообещав их освободить, когда отец семейства ратифицирует советско-финский договор в Хельсинки.

Далее идут проблемы Балкан. В первую очередь Румыния и Болгария, где интересы Советского Союза совершенно очевидны. В Румынию уже потоком идут немецкие войска и ожидаются итальянские. Немцы в этом вопросе просто заврались. Сначала вели речь о происках английской разведки, пытающейся дестабилизировать весь балканский район, втянуть Румынию в войну и захватить источники румынской нефти. Затем, 9 октября, представитель германского МИДа на пресс-конференции заявил, что распространившиеся слухи о посылке германских войск в Румынию являются, так сказать, вздорными. В Румынию, подчеркнул представитель, посланы лишь германские офицеры-инструкторы для румынской армии и образцовые германские части, имеющие учебные цели. И их уже, по сведениям разведки, около 70 тысяч.

В Болгарии ведутся какие-то непонятные переговоры с немцами. Судя по весьма скудной информации, Гитлер тянет Болгарию в Ось. Разведка сообщает, что на одном из заседаний тайного Государственного совета болгарский царь Борис с отчаяньем воскликнул: «Боже мой, Боже мой! Что же нам делать? С Запада — Гитлер, с Востока — Сталин! Куда же нам податься? Пожалуй, лучше все же к Гитлеру, чем к большевикам!»

В сообщении оговаривалось, что мнение царя вовсе не совпадает с мнением многих членов правительства. У

Сталина тут же родилась идея ликвидировать царя Бориса, исходя из своего любимого принципа: «Есть человек — есть проблема. Нет человека — нет проблемы».

А еще было бы совсем неплохо получить несколько военно-морских баз на территории Болгарии, чтобы взять под контроль турецкие проливы и получить от изнывающих в страхе турок согласие на базу советского флота в самих проливах. Об этом мечтали все русские цари — эти слизняки и недоумки. Показать им, как это просто делается, когда у власти находится настоящий политик!

Югославия? Пока это вопрос поднимать не будем. По уверению Берии в Белграде вот-вот произойдет просоветский переворот. Нужные люди есть. Все практически готово. Тогда мы поставим Балканы в два огня. Только бы что-нибудь не сорвалось в последний момент. Югославы боятся итальянцев, но сами итальянцы сейчас очень заняты в Средиземном море и Северной Африке. Так что особенно бояться не следует. Немцы также не заинтересованы, чтобы на Балканах начались крупные военные действия, которыми тут же воспользовалась бы Англия, верная своей вековой привычке к периферийной стратегии. Правда, разведка докладывает об участившихся случаях перестрелок патрулей на греко-албанской границе, где сосредоточены достаточно крупные силы итальянской армии, и о возросшей активности англичан в районе Ионического и Эгейского морей.

Но самые интересные сведения идут из самой Германии. Не успев осуществить вторжение в Англию до начала сезона осенних непогод, Гитлер хочет использовать время до лета будущего года, чтобы окончательно вымести англичан из Средиземного моря. С одновременным захватом итальянцами Суэцкого канала планируется захват Гибралтара либо немцами, пропущенными через испанскую территорию, либо немцами и испанцами вместе, если удастся договориться с Франко. Итальянский флот готовится резко повысить активность и ждет лишь ввода в строй нескольких новых кораблей, включая и еще два линкора, превосходящих по своим оперативно-тактическим данным все, что имеют англичане. Кроме того, разработан план резкой активизации действий немецкого флота на английских коммуникациях. Но что наиболее интересно, есть сведения, что Гитлер, раздраженный медлительностью действий итальянцев в Египте, готовит экспедиционный корпус для действий в Северной Африке. Это уж совсем хорошо!

Таким образом, есть смысл не предпринимать пока никаких действий, а, как и предусматривалось планом, подождать высадки главных сил вермахта в Англии и тогда начать широкое наступление в Европе. Пока же еще лучше подготовить армию, провести соответствующие игры на всех уровнях и попытаться еще до начала «Грозы» путем переговоров и дипломатического давления улучшить свои стратегические позиции на севере (Финляндия) и на юге (Румыния, Болгария и Турция). От предлагаемого нам английского наследства временно отказаться, а от предложения вступить в Ось в качестве четвертой державы категорически не отказываться, определить для себя точные условия и не брать, конечно, никаких военных обязательств.

С этим пусть Молотов и едет в Берлин и получше разведает там обстановку...

22 октября 1940 года в 7 часов 35 минут утра в Берлин через немецкое посольство в Москве был передан по телеграфу столь долгожданный ответ Сталина. С оригиналом письма срочно вылетел в Берлин советник посольства Хильгер.

«Дорогой господин Риббентроп! Я получил Ваше письмо. Искренне Вас благодарю за Ваше доверие, а также за содержащийся в Вашем письме ценный анализ недавних событий.

Я согласен с Вами в том, что, безусловно, дальнейшее улучшение отношений между нашими странами возможно лишь на прочной основе разграничения долгосрочных взаимных интересов.

Господин Молотов согласен с тем, что он обязан

отплатить Вам ответным визитом в Берлин. Поэтому он принимает Ваше приглашение.

Нам остается договориться о дате его прибытия в Берлин. Для господина Молотова наиболее удобное время с 10 по 12 ноября. Если это также устраивает и Германское правительство, вопрос можно считать решенным. Я приветствую выраженное Вами желание снова приехать в Москву, чтобы подвести итог обмену мнениями, начавшемуся в прошлом году, по вопросам, интересующим обе страны, и я надеюсь, что это желание будет претворено в жизнь после поездки господина Молотова в Берлин.

Что касается обсуждения ряда проблем совместно с Японией и Италией, то, в принципе, не возражая против этой идеи, я считаю, что этот вопрос должен будет подвергнуться предварительному рассмотрению.

С совершенным почтением, преданный Вам
***Сталин*».**

Ответ Сталина Гитлер и Риббентроп прочли в специальном поезде фюрера, который вез Гитлера и его свиту в небольшой пограничный испанский город Андай на встречу с испанским диктатором Франко. Плохое настроение, в котором Гитлер пребывал последние дни, предчувствуя какие-то очень неприятные новости, не рассеялось после получения сталинского письма, а, напротив, еще более испортилось после переговоров с испанским диктатором.

Франко, обязанный своим триумфом в гражданской войне огромным военным поставкам Германии и Италии, после разгрома Франции сам стал напрашиваться на участие в войне, надеясь округлить за счет французов свои африканские колониальные владения. Подобно всем другим диктаторам, Франко имел неутолимый аппетит на добычу, особенно если она доставалась дешево.

Именно для того, чтобы напомнить Франко о его желании вступить в войну, Гитлер и прибыл 23 октября на франко-испанскую границу. Гитлер желал, как правильно предупредила Сталина разведка, чтобы Франко взял на себя захват Гибралтара. Однако с того момента, когда Франко рвался вступить в войну на стороне Германии, прошло уже достаточно времени, чтобы каудильо сумел подавить свой первый эмоциональный порыв. Высадка в Англию так и не произошла, а слова Гитлера, что Англия «полностью разбита», не произвели на хитрого испанца большого впечатления. Испанская разведка достаточно точно определила, что до разгрома Англии еще очень далеко, а если учесть, что за английской спиной все явственнее вырисовывается мощный силуэт Соединенных Штатов, то как бы не случилось наоборот. Так что лучше не связываться.

Любивший с союзниками прямоту и честность, Гитлер заявил, что он желает, чтобы Испания вступила в войну в январе 1941 года и 10 января напала на Гибралтар, обещая прислать крупных специалистов по уничтожению фортов с воздуха. Франко ответил, что так быстро подготовиться к войне испанская армия не в состоянии, но уж если дело дойдет до войны, то никакие специалисты из Германии ему не нужны — он и сам справится. При этом гордо задрал подбородок, давая понять, что предложение фюрера его оскорбляет. Девять часов с перерывом на обед продолжался разговор фюрера и каудильо. Монотонно звучал птичий голосок испанца и все более раздраженный голос Гитлера. Ни до чего конкретного договориться не удалось. В итоге фюрер вскочил с места, хлопнул дверью и заперся в своем спальном купе. «Пусть мне лучше выбьют четыре зуба, — зло сказал он наутро Риббентропу, — если я еще раз соглашусь вести с ним какие-нибудь переговоры».

«Неблагодарный трус, — вторил своему шефу Риббентроп. — Он всем обязан нам, а когда понадобилась его помощь...»

Между тем поезд фюрера направлялся от франко-испанской границы к французскому городку Монтуар, где у Гитлера должна была состояться встреча с главой так называемого вишистского правительства — маршалом Петеном. Престарелый герой Вердена, некогда кумир Франции, а ныне виновник ее небывалого позора, конечно, не мог вести себя с Гитлером с таким нахальством, как Франко. Он согласился сотрудничать с Гитлером, чтобы быстрее поставить на колени своего недавнего союзника Англию. Было быстро достигнуто соглашение, в котором указывалось, что державы Оси и Франция имеют идентичные интересы в деле более быстрого разгрома Англии. Французское правительство в меру своих возможностей обязуется поддерживать все мероприятия держав Оси для достижения указанной цели. В ответ на это Франции было обещано «место в Новой Европе» и компенсация ее урезанных африканских владений за счет Британской империи.

Казалось бы, тут удалось договориться быстро, но фюрер был мрачен. В глубине души он ждал, что Франция примет более активное участие в войне, но понял, что этого не добиться. Весь путь до Мюнхена Гитлер провел в меланхолии и депрессии, не зная, что главный сюрприз его ждет впереди и что подготовил ему это сюрприз «сердечный» друг Муссолини, с которым фюрер договорился встретиться во Флоренции 28 октября, чтобы еще раз побудить дуче более активно вести себя в Африке и на Средиземном море.

Во время последней их встречи на перевале Бреннер 4 октября фюрер ничего не сказал Муссолини о том, что немецкие войска посланы в Румынию, на которую Италия также смотрела с вожделением. Узнав об этом через несколько дней, дуче пришел в ярость.

«Гитлер всегда ставит меня перед совершившимися фактами, — жаловался он своему зятю и министру иностранных дел графу Чиано. — Он не информировал меня ни об оккупации Норвегии, ни о наступлении на Западе. Он действовал так, как будто мы и не существуем. Теперь я отплачу ему той же монетой. Он узнает из газет, что я оккупировал Грецию. Таким образом будет восстановлена справедливость».

Зная о бешеных амбициях своего союзника на Балканах, Гитлер несколько раз предостерегал его от каких-либо авантюр в Греции или Югославии, советуя заниматься Англией. Но Англия явно оказалась Муссолини не по зубам, блистательные победы, одержанные Гитлером, вызывали жгучую зависть, а вечные попреки со стороны старшего патрона —гнусное чувство собственной неполноценности. Поведение Греции, официально объявившей о своем нейтралитете в войне, конечно, было весьма двусмысленным. Английские военные корабли свободно пользовались не только греческими территориальными водами, но и базами. На греческих аэродромах совершали посадку и дозаправлялись горючим английские самолеты. Премьер-министр Греции генерал Метаксас открыто склонялся в пользу Англии. Греческая разведка инспирировала волнения в оккупированной итальянцами Албании, не признавая никаких итальянских прав на эту страну. Многочисленные итальянские протесты оставались без внимания.

Таким образом, морального обоснования нападения на Грецию у Муссолини не было. Однако, побаиваясь реакции Гитлера и его возможного «приказа» остановиться, Муссолини 22 октября написал фюреру письмо, где невнятно и неопределенно говорил о греческих провокациях, которые он больше терпеть не намерен. Гитлер и Риббентроп получили это письмо в поезде на обратном пути в Германию.

Заподозрив неладное, Гитлер с первой же железнодорожной станции приказал Риббентропу связаться с Чиано и договориться о встрече с Муссолини. Когда же утром 28 октября Гитлер вышел из поезда на перроне флорентийского вокзала, он увидел Муссолини, который стоял с гордо поднятым подбородком и сверкающими глазами.

«Фюрер, — объявил дуче, — мы на марше! Победоносные итальянские войска сегодня на рассвете пересекли греко-албанскую границу!»

Если целью начатой войны у Муссолини было желание насладиться растерянностью Гитлера, то цели своей он достиг и мог себя с этим поздравить. У Гитлера в буквальном смысле слова отвисла челюсть. Ведь всего три недели назад, во время их последней встречи, Муссолини дал слово фюреру ничего не предпринимать на Балканах, а все свои усилия сосредоточить в Египте, чтобы отбросить втрое меньшую по численности английскую авиацию за Суэцкий канал и очистить от англичан Средиземное море. А вместо этого дуче предоставил англичанам прекрасный трамплин для возможного наступления на Балканах, грозя полностью дестабилизировать весь этот взрывоопасный район, где и так с огромным трудом сохранялось хоть какое-то подобие равновесия.

В германском Генеральном штабе офицеры Гальдера с недоумением пожимали плечами. Теперь в дополнение к Гибралтару и Мальте жди появления английской базы и на о. Крит, о чем англичане только могли мечтать. Однако не успели еще англичане как следует отреагировать на столь неожиданный подарок, преподнесенный Муссолини, как греки своими силами остановили итальянское наступление и погнали «победоносную» армию дуче обратно в Албанию. Только сложная горная местность спасла итальянцев от окружения и полного разгрома.

4 ноября Гитлер собрал совещание в Имперской канцелярии в Берлине, на котором от армии присутствовали Браухич и Гальдер, а от ОКБ — Кейтель и Йодль. Разбиралось положение в Средиземном море после нападения Италии на Грецию.

Фюрер начал с обстановки в Египте, прямо заявив, что не верит в какие-либо способности итальянского военного руководства. Начиная с сентября армия маршала Грациани, втрое превосходящая по численности англичан, продвинулась вперед на 60 миль и остановилась. Ранее Рождества возобновления итальянского наступления ожидать не следует. Необходимо подумать об отправке соединения пикирующих бомбардировщиков на помощь итальянцам для ударов по английскому флоту в Александрии и минирования Суэцкого канала. Что касается нападения на Грецию, признался Гитлер молча слушавшим его генералам, то это, безусловно, вопиющая глупость, которая, к сожалению, увеличит угрозу германской позиции на Балканах. Англичане, которые без всяких помех со стороны итальянцев уже высадились на Крите и Лемносе, приобретают авиабазы, с которых легко достать до нефтяных приисков Румынии, а сконцентрировав войска в самой Греции, смогут захватить или перетянуть на свою сторону ряд Балканских стран, что сделает положение Германии просто нестерпимым. Поэтому Германия уже не может не считаться с такой опасностью. Чтобы нейтрализовать ее, армии необходимо немедленно подготовить план вторжения в Грецию через территорию Болгарии. Потребные для этого силы — по меньшей мере десять дивизий — начать сосредоточивать в Румынии.

«Все это необходимо осуществить быстро, — вырывается у Гитлера, — и надеяться при этом, что Россия останется нейтральной».

Браухич и Гальдер переглядываются. Собираясь на совещание к фюреру, главком и начальник штаба сухопутных войск предполагали доложить Гитлеру о состоянии разработки плана нападения на СССР, над последними деталями которого работал Паулюс. В течение последнего месяца Гитлер всячески уклоняется от разговора по поводу войны с СССР: либо быстро переводит его на другую тему, либо подчеркивает, что в настоящее время самое главное окончательно сокрушить Англию. Видимо, фюрер уже сам запутался в своей игре, забыв, что дал совершенно четкие указания использовать все мероприятия операции «Морской Лев» для введения Сталина в заблуждение.

Но сейчас обстановка становится непонятной. Все больше сил и средств кидается на борьбу с резко активизировавшей свои действия Англией, явно превышая разумный уровень чисто маскировочной операции, чьи границы были четко определены планами «Хайфиш» и «Гарпун». Поток военного снаряжения, хлынувший в Англию из Соединенных Штатов, не только позволит Англии накопить достаточный потенциал для продолжения войны, но, и это ясно как божий день, в самом ближайшем будущем вовлечет в войну против Германии и сами Соединенные Штаты.

Может быть, фюрер видит эту возможность и пытается в последний момент привлечь Сталина как союзника, поскольку, если к Англии присоединятся Штаты, то положение Германии крайне осложнится, чтобы не сказать станет безнадежным. Во всяком случае, свои люди в Министерстве иностранных дел, близкие к Риббентропу, намекнули генералам, чтобы они пока не совались с планами похода на Восток — по крайней мере, до окончания визита Молотова в Берлин...

Между тем Гитлер продолжает инструктировать генералов о своих планах сокрушения Англии.

«До наступления весны, — подчеркивает фюрер, — когда мы осуществим вторжение в Англию, необходимо захватить Гибралтар, Мальту, Канарские и Азорские острова, португальскую Мадейру и, если понадобится, оккупировать Португалию». Для этого немецкие войска будут пропущены через территорию Испании и будут действовать совместно с испанскими войсками, поскольку Франке, откровенно врет Гитлер, на нашей последней встрече подтвердил свое желание вступить в войну.

Гитлер явно растерян, последние события выбили его из колеи. Ему хочется показать, что он имеет еще какое-то влияние на своих союзников. Но если Муссолини публично и громко показал, насколько он не считается с мнением фюрера, то Гитлеру очень тяжело сознаться своим генералам, что его друг и почитатель Франко фактически поступил так же. Фюрер продолжает вдохновлять своих генералов на Средиземноморский поход. Блестя глазами от возбуждения, он ярко и живо рисует им картину коренного изменения обстановки в случае полного вытеснения англичан из Средиземного моря.

Генералы, слушая Гитлера, находят его мысли здравыми. Да, без сомнения, было бы здорово захватить Гибралтар, Мальту, Азоры, Мадейру, все побережье Северной Африки, оседлать Суэцкий канал. Но какими силами? Где их взять, чтобы прервать поток подкреплений и грузов, идущих из США в Англию, из Англии в Средиземное море, из Индии и Австралии — в Египет?

Все присутствующие знают, что именно в тот момент, когда они, утопая в глубоких кожаных креслах рейхсканцелярии, слушают разглагольствования своего фюрера и предаются мечтам, одинокий немецкий корабль «Адмирал Шеер» под покровом полярной ночи, снежного бурана и восьмибалльного шторма пытается проскользнуть вдоль побережья Гренландии в Атлантику, чтобы выйти на коммуникации англичан и нанести им хоть какой-то урон. Никто не знает пока, удалось это ему или нет. Ну а если удалось, то что это, в сущности, изменит? Утопит он несколько английских транспортов, но в итоге, конечно, будет пойман англичанами и уничтожен. Немецкие подводники демонстрируют чудеса героизма и боевого мастерства. Не проходит дня, чтобы они не пустили на дно какой-нибудь английский транспорт. Мужественные молодые лица прославленных подводных асов Гюнтера Прина, Иохима Шепке и Отто Кречмера не сходят со страниц немецких газет. Но их, увы, слишком мало. Несмотря на начатое лихорадочное строительство подводных лодок, немцы пока не в состоянии держать на позициях более 10 единиц. А надежды на помощь итальянского флота тают с каждым днем. Так чем и как мы будем захватывать острова, крушить Гибралтар и гнать англичан из Средиземного моря?

Послушать фюрера приятно, как всегда приятно слушать увлеченного мечтой человека, но единственное рациональное зерно, которое генералы выносят с этого совещания, — это неизбежность кампании на Балканах. Если мы не в состоянии тягаться с англичанами на море, если не можем высадить десант на их проклятые острова, то и им не позволим создать свой форпост даже в самом глухом углу европейского континента...

В Лондоне, в своем обширном кабинете на Даунинг-стрит, Уинстон Черчилль, прохаживаясь из угла в угол, диктовал машинистке текст своего предстоящего выступления в парламенте. Премьер был одет в помятую обеденную куртку, на ее лацканы постоянно сыпался пепел от огромной сигары, которую глава английского правительства вынимал изо рта только для того, чтобы отхлебнуть немного виски с содовой и тем самым привести свои мысли в рабочее состояние.

И машинистка, и стенографистка видели, что сегодня, 5 ноября 1940 года, их шеф находится в необычайно возбужденном состоянии. Диктуя свою речь, премьер думал совсем о другом. Он в совершенстве владел искусством, которым славился некогда Наполеон: диктовал сразу шесть писем, разговаривая при этом с десятью посетителями на разные темы, но думал при этом о чем-то наиболее важном.

Важным было сообщение разведки, ссылавшейся на надежные американские источники. С самого начала операции «Морской Лев» немцы понимали невозможность ее осуществления и не собирались всерьез предпринимать вторжение на Британские острова. Все их мероприятия в этом направлении, включая воздушные налеты и усиливающуюся с каждым днем подводную войну, являются отвлекающими действиями для маскировки своих истинных намерений — нападения на Советский Союз. Под грохот падающих на Лондон авиабомб и под рев артиллерии главных калибров тяжелых боевых кораблей в Атлантике готовится сосредоточение огромной армии на восточных границах с целью сокрушения Сталина.

Эти сведения, которые пришли из Америки, казались слишком приятным чудом, чтобы быть правдой. Английская разведка уже два месяца слала из Москвы сообщения, что Сталин в самом ближайшем будущем намерен выступить против Гитлера. На западных границах СССР разворачивается и приводится в полную боевую готовность огромная армия, которая, без сомнения, в настоящее время сомнет и сокрушит все, что вермахт сможет ей противопоставить. Волею Сталина страна превращена в огромный военный лагерь. Практически вся промышленность, как тяжелая, так и легкая, переведена на военные рельсы. В стране уже несколько лет не стихает военная истерия, охватывающая все сферы жизни советских людей.

В настоящее время, после начала военных действий в Греции, представляется совершенно неизбежным поворот немецкого фронта на юг, что ставит вермахт под фланговый удар со стороны СССР. Едва ли можно ожидать, пророчествовали аналитики из секретной службы, чтобы Сталин не воспользовался этой возможностью, тем более что главное острие военного развертывания России нацелено как раз на Балканы. Немцы в панике и растерянности лихорадочно пытаются втянуть Сталина в переговоры, чтобы выиграть время и оттянуть возможность упреждающего удара с его стороны...

Итак, начинает сбываться главная предпосылка английской стратегии 1939 года, предусматривающая неизбежность конфликта между двумя тоталитарными диктатурами, какими бы воплями о дружбе они себя ни тешили. Глобальная английская секретная служба обладает возможностями, далеко превосходящими возможности молодых, неопытных, излишне милитаризованных, идеологически ограниченных, если не сказать зашоренных, секретных служб России и Германии. В их противостоянии легко сделать так, чтобы они ринулись друг на друга, ослепленные дезинформацией, ибо, будучи по сути своей обычными бандитами, они имеют и все рефлексы таковых...

Специалисты с интересом отмечают, что обе армии — гитлеровская и сталинская — нацелены на стремительное наступление и фактически не имеют ни концепции ни, что более удивительно, даже оборонительных планов, не считая импровизированных планов активной обороны, если того потребует обстановка в ходе наступления.

В таких условиях армия, которая нанесет удар первой,

сможет достигнуть крупных, можно сказать, решительных успехов, так как армия, не имеющая планов отступления, начав отступать, неизбежно превратит свое отступление в паническое и хаотическое бегство. Если случится так, что первым нанесет удар Сталин, то никто не поручится, что вскоре на южном побережье канала вместо немецкой будет стоять советская армия, и Европа попадет под новую тиранию, на этот раз красную, а не коричневую, хотя коричневый цвет всего лишь оттенок красного. Или наоборот*. Но что хуже — неизвестно, и с кем будет сложнее бороться — тоже неизвестно. Если же первым нанесет удар Гитлер, произойдет почти то же самое с одной лишь разницей — идти Гитлеру в этом случае некуда, кроме как в мышеловку необъятных пространств России, где немецкая и русская армии будут яростно перемалывать друг друга по меньшей мере в течение года, а даст бог — и дольше.

Это будет, помимо всего прочего, означать постепенный уход Гитлера из Европы, неизбежный поворот к нам тылом, по которому мы, накопив достаточно сил, и ударим. Вот схема, по которой надо работать. Прессе уже даны указания печатать материалы о том, что высадка немцев на юге Англии не только возможна, но и весьма вероятна весной или летом будущего года, ибо ресурсы страны истощены, и тому подобное в том же духе. Помрачнее.

Английская разведка на континенте, со свойственным ей мастерством, уже распространила слухи о полной

---

* Через семь с небольшим месяцев, разбуженный на рассвете 22 июня 1941 г. сообщением о нападении Германии на СССР, Черчилль в первой своей публичной речи по этому поводу скажет: «Нацистскому режиму присущи худшие черты коммунизма... За последние 25 лет никто не был более последовательным противником коммунизма, чем я. Я не возьму обратно ни одного слова, которое я сказал о нем... Но прошлое, с его преступлениями, безумствами и трагедиями исчезает. Ибо Гитлер хуже и опаснее Сталина!»

Гитлер был хуже уже тем, что стоял на пороге Англии, куда Сталину было пока не дойти.

деморализации населения, вызванной немецкими бомбежками, об усталости армии, об общем духе безнадежности, витающем над Британскими островами.

«Как только пройдут осенне-зимние штормы и непогоды, — писала газета “Таймс”, — Британию неизбежно ждут новые испытания, и каждый британец должен быть готов к ним. К сожалению, картина, которую мы наблюдаем в стране и армии, не оставляет большого запаса для оптимизма... Потери нашего торгового флота растут, силы авиации тают, наш флот не в состоянии защитить жизненно важные для страны морские пути, и вряд ли у кого-либо существует стопроцентная уверенность, что Королевские Вооруженные силы способны отразить неизбежное летом будущего года немецкое нашествие». (Совсем недавно на заседании Имперского военного совета начальник Имперского Генерального штаба Аленбрук и командующий сухопутной обороной метрополии Александер почти слово в слово высказали свое мнение: «Если он сунется к нам на остров летом будущего года, то его ждет такая катастрофа, от которой он очухается только на том свете». Он — это, конечно, Гитлер. Впрочем, военные всегда имеют склонность преувеличивать свои возможности.)

Хотя уверенность военных в своих силах и радовала, а тон газетных статей, заданный им самим, можно было не принимать во внимание, никто лучше Черчилля не понимал, насколько серьезна обстановка и насколько перенапряжены все силы страны. Местные фашистские организации, хотя и ушли после начала войны в полуподпольное состояние, почти открыто вели пропаганду против продолжения войны, выгодной «только евреям, столкнув в бессмысленном кровопролитии два братских народа».

Легальная коммунистическая партия, подстрекаемая Москвой, столь же открыто, но с еще большей безапелляционностью кричала что-то об империалистической войне, призывая пролетариев всех стран объединяться под солнечным светом кремлевских звезд.

Но самым страшным было то, что Англия уже стояла

на грани финансового банкротства. Ее активы, достигавшие перед войной 4,5 миллиарда долларов, были практически израсходованы, включая находившиеся в Америке авуары частных граждан, конфискованные и реализованные правительством Его Величества.

Всем уже было ясно, что Англия быстро окажется не в состоянии продолжать войну, не получая поставок из Соединенных Штатов. В то же время по закону «плати наличными и вези сам» она не могла получать никаких поставок, не располагая долларами.

Английский посол в США лорд Лотиан, прилетевший из Вашингтона, вдохнул надежду в премьера, передав ему слова президента Рузвельта: «Мы найдем способ предоставить англичанам нужные им материалы в аренду или даже взаймы». Рузвельт, по словам Лотиана, полон решимости вступить в войну на стороне Англии, но не может преодолеть сопротивления изоляционистов, не имея большинства в конгрессе. Однако участившиеся инциденты с американскими торговыми судами, подвергавшимися нападению немецких подлодок и надводных рейдеров в Мировом океане очень будоражат общественное мнение Соединенных Штатов. Америку всегда втягивал в войну какой-нибудь инцидент на море: «Луизитания» — в прошлую войну, крейсер «Мейн» — в испанскую войну. Очень скоро должно случиться что-нибудь аналогичное. Дай бог, вырвалось у Черчилля...

Известие о нападении Италии на Грецию Черчилль получил, когда брился в ванной. И порезался, хотя ждал этого события. Создавалась прекрасная возможность «разворошить» все Балканы, заставить Гитлера повернуть на юг — подальше от Англии и поближе к границам Советского Союза. Он настоял на том, чтобы подкрепления, предназначенные для Египта, были перенацелены на помощь грекам. Никто до сих пор не может разобраться, было ли это решение одной из крупных ошибок Черчилля либо его большой стратегической победой...

Между тем он закончил диктовать свою речь, которая вечером будет произнесена в парламенте и передана на весь мир на волнах Би-би-си. Эта речь мало отличалась от других речей Черчилля, если не считать ее концовки:

«У нас лишь одна-единственная неизменная цель. Мы полны решимости уничтожить Гитлера и все следы нацистского режима. Ничто не сможет нас отвратить от этого, ничто. Мы никогда не станем договариваться, мы никогда не вступим в переговоры с Гитлером или с кем-нибудь из его шайки. Мы будем сражаться с ним на суше, мы будем сражаться с ним на море, мы будем сражаться с ним в воздухе, пока, с божьей помощью, не избавим землю от самой тени его и не освободим народы от его ига... И если даже — чему я ни на минуту не поверю — наш остров или его значительная часть будут захвачены и люди будут умирать с голоду, наша заморская империя, вооруженная и охраняемая английским флотом, будет продолжать борьбу до тех пор, пока в день, предсказанный богом, Новый Свет со всей его силой и мощью не выступит вперед, чтобы спасти и освободить Старый Свет...»

Сталин получил перевод речи Черчилля, когда все его мысли были заняты проведением предстоящего парада на Красной площади в честь 23-й годовщины октябрьского переворота 1917 года. Парад, по замыслу вождя, должен быть таким, чтобы вздрогнул весь мир, пораженный мощью Красной Армии и несокрушимым единством большевистской партии и народа. Это особенно важно в связи с предстоящим визитом Молотова в Берлин.

Суть речи английского премьера ему уже докладывали, переводя речь прямо с ее трансляции по Би-би-си. Просматривая перевод, Сталин обратил внимание на то, что в конце своей речи Черчилль не исключает возможности захвата Британских островов или их значительной части немцами и в панике открыто зовет на помощь Соединенные Штаты. Дела, видимо, совсем плохи.

Присутствующие в кабинете нарком Тимошенко, начальник ГРУ генерал Голиков, начальник Генерального штаба генерал Мерецков, а также Маленков и Жданов, естественно, согласились с мнением Сталина. Более того, Филипп Голиков дал короткую справку относительно последних событий. Учения немцев по высадке десанта на побережье Северной Франции продолжаются день и ночь. Солдаты по грудь в ледяной воде отрабатывают тактические приемы высадки, канатами и тросами втягивают на прибрежные холмы артиллерийские орудия, танки прямо с транспортов вгрызаются в побережье.

Генерал армии Мерецков, молча слушая доклад Голикова, вспоминает, что у немцев всего два специализированных танко-десантных судна, каждое из них способно нести два танка. Интересно и то, что немецкая авиация практически не участвует в учениях по высадке десанта, равно как флот. По ходу проводимых немцами учений совершенно не ясно, какие силы будут прикрывать высадку с моря и воздуха. Что-то все это очень сомнительно.

Но молчит генерал армии Мерецков. Его отношения со Сталиным стали весьма прохладными, а с наркомом Тимошенко испортились напрочь. Они явно не сработались. Нарком обороны, имея самое смутное представление о работе Генерального штаба и об объеме знаний, которыми должен обладать начальник этого важнейшего военного института, считает Мерецкова «шибко грамотным» и уже все уши прожужжал Сталину, требуя его замены и предлагая в качестве кандидатуры на этот пост Жукова. Вождь, чьи познания в деятельности Генштаба столь же ничтожны, как и у Тимошенко, и сводятся к пониманию Генерального штаба как какого-то большого всеармейского спецраспределителя, хотя и недолюбливает Мерецкова за нерешительность, тем не менее с ответом не спешит. Личное дело Жукова он уже смотрел, и уровень образования тимошенковской кандидатуры даже у него вызывает сомнение...

Между тем Голиков продолжает свое сообщение. Немцы, по мнению начальника ГРУ, делают все правильно и логично.

Поскольку погода в настоящее время делает невозможной высадку десанта, Гитлер совершенно правильно переносит центр тяжести операций в бассейн Средиземного моря, планируя до весны — лета будущего года очистить Средиземноморье от англичан. План немцев элегантен и прост. Во взаимодействии с Франко, с которым уже достигнута договоренность*, где-то в январе будет захвачен Гибралтар. К этому времени итальянцы должны возобновить наступление в Египте и оттеснить англичан за Суэцкий канал. В этой связи ожидаются крупные операции итальянского флота, который, по сведениям нашего военно-морского атташе в Риме, в настоящее время сосредоточился в Таранто — на подошве итальянского сапога — и готов начать с Англией борьбу за господство на море. Итальянский флот материально значительно превосходит те силы, которые англичане в настоящее время способны выделить для Средиземного моря.

Таким образом, потеря англичанами своих позиций в Средиземноморье значительно облегчит Гитлеру решение задачи захвата Британских островов.

Надежда англичан на вступление в войну США маловероятна. Политическое положение в Соединенных Штатах таково, что президенту Рузвельту, не имеющему большинства в конгрессе, как бы ему этого ни хотелось, не втянуть страну в военные действия на стороне Англии. Вся его предвыборная программа, которая ведется в нарушение Конституции США, основана на уверении общественного мнения в том, что США не намерены вмешиваться в европейскую войну.

Нападение Италии на Грецию создало принципиально новую обстановку на Балканах, которая открывает перед нами возможности прямого вмешательства в события. После начала военных действий срочную мобилизацию войск провели Болгария и Турция, претендующие на

* Так дезинформация порождает новую дезинформацию, увеличивая общую погрешность.

часть греческой территории. Это означает, что можно ожидать вспышки военных действий, которая охватит все Балканы. Англичане уже начали высадку на греческую территорию. Немцы могут отреагировать резко. Голиков смотрит на Сталина. Сталин молчит.

Таким образом, подводит итог Голиков, до лета 1941 года ожидается постоянное наращивание объема боевых действий против Англии, пик которых придется, судя по всему, на конец июня — начало июля, поскольку именно в этот период в Ла-Манше по метеонаблюдениям за последние 50 лет стоит наиболее благоприятная для высадки погода. Это, заканчивает начальник ГРУ, предоставляет нам возможность... Он смотрит на Сталина. Что-то очень мрачен... Голиков подбирает наиболее гладкие слова: «Предоставляет нам возможность провести необходимые мероприятия по дальнейшему укреплению обороноспособности нашей Родины».

Все смотрят на Сталина, который сидит мрачнее тучи. Он плохо себя чувствует последнее время: бьет озноб, давление повышенное, скачет температура, порой доходя до 38,5. Опытнейший доктор Коган обстоятельно рассказывает вождю, что с ним происходит. У мужчин, которым за 60, происходит перестройка организма, требующая более продолжительного отдыха, изменения диеты и распорядка жизни. Недаром у нас, товарищ Сталин, мужчин в 60 лет отправляют на заслуженный отдых.

Распорядок же жизни Сталина совершенно ненормальный, даже самоубийственный. Постоянные ночные попойки на даче со своими любимцами, превращающие ночи в дни, а дни — в ночи, обилие острой пищи, алкоголя, неумеренное курение. Сталин уже перенес инфаркт и инсульт. Пусть в легкой форме, но в его годы это очень опасно.

Предрекая собственную гибель, профессор Коган предлагает Сталину минимум на полгода отойти от дел и отдохнуть под постоянным наблюдением врачей.

Глаза вождя тигрино желтеют. Кто подослал этого

еврея? Какие силы предполагают его изоляцию якобы под предлогом состояния здоровья? Армия? Партаппарат? Английская разведка? Он просит Берию разобраться, что за темные силы свили гнездо в системе кремлевских больниц и клиник.

Берия усмехается. И дураку ясно, что за силы! Международный сионизм.

Разберись, бурчит вождь, никак не реагируя на открытие шефа НКВД.

Разборка, начатая в конце 1940 года, прерванная войной и возобновленная в 1948 году, приведет в итоге к знаменитому «делу врачей», под шумок которого Берии удастся без особого шума ликвидировать своего любимого учителя и друга...

Тяжелая голова не дает возможности быстро, как в былые времена, отреагировать на новое изменение обстановки из-за вторжения Италии в Грецию. Разберемся позднее. Пусть товарищ Молотов съездит в Берлин. В начале декабря проведем с товарищами из Политбюро и военными конференцию и оперативные игры. Затем уже точно решим, что делать.

Он смотрит больными глазами на Тимошенко: «Главный доклад для конференции пусть подготовит товарищ Жуков».

Никто не удивляется. Округ Жукова на главном направлении. Ему начинать — ему и докладывать. На острие удара Киевского Особого военного округа Румыния и Болгария, а за ними лежит гудящий, растревоженный улей Балкан.

И тема доклада генерала армии Жукова определена точно и недвусмысленно: «Характер современной наступательной операции».

В течение всего октября доклад писал начальник штаба Киевского округа генерал Баграмян. К 1 ноября, как и было приказано, проект доклада был прислан наркому. Тот, не читая, передал его Мерецкову, который его внимательно изучал и должен был утвердить. Сам Сталин читать доклад отказался, сказав, что послушает его на конференции и обсудит в ходе предстоящей стратегической игры...

6 ноября на торжественном собрании в Большом театре по случаю 23-й годовщины октябрьского переворота с главной речью выступает знаменитый «зиц-президент» СССР Михаил Калинин, чья собственная жена сидит в концлагере, что, впрочем, нисколько не мешает ее мужу выполнять его «президентские» обязанности и громче всех славословить неизмеримую мудрость товарища Сталина.

Отметив, что «из всех крупных стран СССР является единственной, не вовлеченной в войну и скрупулезно соблюдающей нейтралитет», Калинин далее переходит на «новоречь», полную туманных намеков на то, что подобная обстановка не может считаться вечной и что советскому народу надо быть готовым к любым неожиданностям. С удовольствием подчеркнув, что события в Европе еще раз подтвердили великие предсказания Ленина об агонии капиталистического общества, которое в настоящее время занимается самоликвидацией, расчищая путь для победного шествия социализма, направляемого диктатурой пролетариата, «всесоюзный староста» под бурные аплодисменты зала провозглашает здравицы в честь великой партии Ленина—Сталина и в честь великого вождя и учителя всех народов товарища Сталина.

Все поворачиваются к бывшей императорской ложе, где скромно сидит занемогший вождь всех народов, и стоя устраивают ему длительную овацию под истерические вопли «Ура!» и «Слава великому Сталину!».

Тяжело поднявшись на ноги, Сталин приветствует толпу ликующих аппаратчиков слабым движением руки, вызывая новый взрыв истерики. Многие в этом беснующемся зале уже включены в списки плановой ликвидации, но еще не знают этого...

Газета «Правда», комментируя речь Калинина, не скрывая удовольствия, вещала: «То, что мы сейчас наблюдаем в капиталистическом мире, является процессом жестокого уничтожения всего созданного предшествующими поколениями. Люди, города, промышленность, культура — все безжалостно уничтожается».

Отметив, что советский народ наслаждается миром благодаря мудрой политике товарища Сталина, «Правда» тем не менее позволила себе задаться вопросом: может ли советский народ безучастно смотреть на гибель европейской цивилизации и не прийти к ней на помощь, выполняя свою историческую миссию спасителя человечества?

И чтобы ни у кого не оставалось сомнения, что советский народ способен выполнять свою историческую миссию, день 7 ноября 1940 года был превращен в грандиозное милитаристское шоу, какого еще не видела ни страна, превращенная усилиями товарища Сталина в единый военный лагерь, ни остальной мир, который, казалось, должен был уже привыкнуть к средневековой имперской свирепости и пышности военных парадов первой страны победившего пролетариата. Перед Мавзолеем, где подобно фараону лежал забальзамированный труп вождя мирового пролетариата, ощетинившись штыками и стволами всех калибров, выстроились войска. С гробницы вождя его наследники, возглавляемые Сталиным, могли видеть в колоннах танков, самоходок и бронемашин, чернеющих за Историческим музеем, явное доказательство того, что дело Ленина живет и побеждает, а вскоре победит окончательно. Скоро, очень скоро если не весь мир, то по крайней мере его лучшую половину мы покроем «Серпом и Молотом», как уже сделано на нашем государственном гербе...

Маршал Тимошенко, зажав в руке бумажку, где его речь отпечатана дюймовыми буквами на специальной машинке, ревет через микрофоны, обращаясь к войскам: «Красная Армия готова по первому зову партии и правительства нанести сокрушительный удар по любому, кто осмелится нарушить священные границы нашего социалистического государства!»

Кто осмелится? Никто не знает, кто осмелится. Поэтому по любому, на кого укажет Партия. По недобитым финнам, по румынским боярам, по болгарам и туркам, по империалистам всех мастей, по вредителям и саботажникам, по троцкистам и кулакам. По первому зову Партии и Правительства. Тысячеголосое «ура!» ревет над площадью, заглушая гром военных оркестров, грохот солдатских сапог и танковых двигателей.

Захлебываясь от восторга, «Правда» ликует вместе с единым народом, сплотившимся вокруг единого вождя:

«Военный парад в столице нашей родины был действительно грандиозным. Все виды войск демонстрировали перед товарищем Сталиным и руководителями партии и правительства свою готовность обороны священных границ Советского Союза. Парад продемонстрировал реальную мощь Советской Армии. Площади наших городов содрогались от грома мощных двигателей и ритмичного марша батальонов. Безупречным строем пролетали над нашими городами эскадрильи боевых самолетов. Их было много, и они были повсюду: над Москвой, Ригой, Львовом, Орлом, Таллинном, Черновцами, Воронежем, Киевом, Одессой, Архангельском, Мурманском, Севастополем, Тбилиси, Новосибирском, Иркутском, Ереваном, Выборгом, Красноярском, Баку, Алма-Атой, Владивостоком и над другими городами. Всего более 5000 самолетов различных типов и классов приняли участие в воздушных парадах. Их должно было быть больше — 8000, но из-за плохой погоды в некоторых местах воздушные парады не состоялись. Наши гордые «сталинские соколы» летают на замечательных самолетах, созданных славными советскими авиаконструкторами...»

Армады боевых самолетов произвели впечатление и на многочисленных военных атташе, собравшихся на Красной площади, а в равной степени и на румынских, финских, немецких и турецких наблюдателей, следивших за впервые проведенными воздушными парадами над Черновцами, Выборгом, Львовом и Ереваном. Над Баку также впервые был проведен воздушный парад, на котором в отличие от других мест преобладали истребители, явно давая понять англичанам, чтобы они трижды подумали, прежде чем решились выполнить свою угрозу о бомбардировке бакинских нефтяных промыслов...

Это было особенно важно, поскольку приведенный в полную готовность Ленинградский военный округ ждал только приказа, чтобы завершить несколько затянувшуюся проблему Финляндии. Чтобы поднять боевой дух солдат, по округу был распущен слух, что 10 тысяч пленных красноармейцев, переданных финнами после заключения мира в руки советских властей, были этапированы в Архангельскую область, где и расстреляны до единого человека. Политорганы слух не опровергали.

Как выяснилось позднее, он оказался чистейшей правдой. Командующий округом генерал Кирпонос, получивший неизвестно за что в прошлой войне с Финляндией звание Героя Советского Союза, лично инспектировал войска, явно мечтая о второй Золотой Звезде и, конечно, не подозревая, что жить ему осталось меньше года и что пуля особиста в Киевском «мешке» прервет его головокружительную военную карьеру, избавляя от неминуемого плена...

В самом Ленинграде из-за плохой погоды воздушного парада не проводили, заменив его весьма представительным военно-морским парадом. Такие парады прошли в Таллинне и Либаве.

Мощные военно-морские парады в дополнение к наземным и воздушным прошли также и на Черном море. Во Владивостоке все было несколько скромнее — не хотелось раздражать японцев.

Лихорадочно заработали посольские передатчики. Военные, военно-морские и военно-воздушные атташе сообщали в свои штабы первые впечатления о небывалом всесоюзном военном спектакле, поставленном Сталиным. Штабы волновали не только и не столько сообщения о новых образцах советского оружия, впервые показанных на «грандиозных» парадах, сколько более общий вопрос: для кого этот спектакль предназначался? Ради чего Москва так громко залязгала своей клыкастой пастью? Кого она пугает и к кому хочет пристроиться в качестве надежного союзника? Всем уже было ясно, что Сталину пора определиться, что с каждым днем у него остается все меньше простора для маневра и времени для принятия решения: на чью сторону он хочет встать в спровоцированной им же войне?

Та роль, которую Сталин уготовил Советскому Союзу, была миру непонятна, ибо самостоятельно воевать против всего мира Сталин не мог, несмотря на всю свою агрессивность, коварство и авантюризм. Любое неосторожное движение, любой военный или даже политический шаг неизбежно втягивал Сталина в войну либо на стороне Англии, либо на стороне Германии.

А предстоящий визит Молотова в Берлин на первый взгляд говорил о том, что не за горами советско-германский военный союз. Однако аналитики из английской разведки скептически пожимали плечами. Вряд ли! У потенциальных союзников нет общих целей, разве что Гитлер пропустит сталинские войска через свою территорию и предоставит им честь совершить высадку в Англии вместо вермахта. Либо пошлет их в Северную Африку помогать итальянцам. Все это фантастично, равно как и обратные варианты: Сталин пропускает немецкие войска в Среднюю Азию для похода в Индию и в Иран. И Гитлер, и Сталин нацелены на Европу, в частности на Балканы, а в общем — друг на друга. Центростремительные силы военного и геополитического сдвига неизбежно толкают их навстречу друг другу со штыками наперевес.

10 ноября 1940 года в 18.45 Молотов выехал из Москвы в Берлин. Председателя Совнаркома СССР и наркома иностранных дел сопровождала большая свита, в которую, в частности, входил Владимир Деканозов — тот самый Деканозов, который совсем недавно был сталинским наместником в Литве, насаждая там коммунистические идеалы обычными методами массовых расстрелов, арестов и депортаций. Ныне он должен был занять пост

советского посла в Берлине вместо впавшего в немилость Шкварцева.

Пока специальный поезд Молотова, состоящий из нескольких вагонов западноевропейского образца, мчался через территорию Белоруссии и разодранной Польши в Берлин, произошла неожиданность, о которой Молотову не удосужились сообщить, видимо, сочтя новость не особенно интересной в свете повестки дня предполагаемых переговоров. Немцы же, напротив, сочли ее настолько важной, что не постеснялись разбудить фельдмаршала Кейтеля среди ночи, а тот, в свою очередь, осмелился побеспокоить фюрера в половине шестого утра, что разрешалось делать только в исключительных случаях.

Как выяснилось, в ночь с 11 на 12 ноября английские самолеты, поднявшись с авианосца «Илластриес», нанесли торпедно-бомбовый удар по главной базе итальянского флота в Таранто. Хотя самолетов было до смешного мало — 10 торпедоносцев и 6 бомбардировщиков, — три итальянских линкора, включая новейший «Литторио», на который возлагалось столько надежд, были надолго выведены из строя, а один из них — «Конте ди Кавур», как выяснилось позднее, навсегда.

Кто еще сомневался, тем, наконец, стало совершенно ясно, что рассчитывать на какую-то реальную помощь со стороны итальянского флота в стратегических средиземноморских планах не приходится. Но больше рассчитывать было не на кого, а без флота строить какие-то планы в бассейне Средиземного моря было довольно опрометчиво, поскольку от подобных планов за милю веяло авантюрой.

На фоне горящих итальянских линкоров, которых от окончательной гибели спасло только мелководье бухты, как-то уже без особого удивления было принято сообщение о том, что командующий английскими силами в Египте генерал Уайвелл, чью крошечную армию итальянцы еще в октябре обещали выкинуть за Суэцкий канал, неожиданно произвел разведку боем. Уайвелл, видимо, не ставил перед своими войсками каких-либо глобальных целей, кроме как прощупать противника, но результатов достиг ошеломляющих. Везде, где немногочисленные мобильные группы англичан вступали в контакт с противником, итальянцы либо в панике бежали, либо сдавались в плен. В течение трех дней тридцатитысячная армия генерала Уайвелла взяла в плен 38 тысяч итальянцев и вынуждена была остановиться, чтобы оценить создавшуюся обстановку...

Поэтому, когда в пасмурное дождливое утро 13 ноября поезд Молотова подошел к Ангальтскому вокзалу Берлина, на лицах встречавших его высших деятелей рейха было несколько растерянное выражение, что не помешало обставить встречу главы Советского правительства со всей возможной торжественностью.

На здании вокзала колыхались на ветру красные полотнища немецкого и советского флагов, символизируя общность не только идеологии, но и претензий выступать от имени рабочего класса. Восточные символы национального возрождения — индусская свастика и хирамовский серп и молот — то скрывались в складках красных полотнищ, то возникали из них грозным предупреждением гибнувшей христианской цивилизации Европы. Платформа до самого выхода на заполненную народом привокзальную площадь была украшена цветами и ветками пушистых грюнвальдских елок. Чуть поодаль, поблескивая сталью кинжальных штыков и глубоких тевтонских касок, застыла по команде «смирно» почетная рота берлинских гренадер. Платформа была забита представителями различных правительственных ведомств Германии, членами дипломатического корпуса, высшими чинами вермахта, а также немецкими и иностранными журналистами. Отдельной группой стояли сотрудники советского посольства, справедливо не ожидая для себя ничего хорошего от приезда нового посла, чья кипучая деятельность и в качестве армянского боевика, и в качестве «мясника» из НКВД была им хорошо известна...

За цепью клеенчатых плащей эсэсовской охраны,

молча и без всяких эмоций наблюдали за подходом молотовского поезда высшие руководители Третьего рейха, выделенные по протоколу для встречи сталинского эмиссара: старый «приятель» Молотова — фон Риббентроп, начальник штаба Верховного командования генерал-фельдмаршал Кейтель, шеф Трудового фронта доктор Лей, всесильный рейхсфюрер СС Гиммлер, директор германского МИДа статс-секретарь Вайцзеккер, пресс-секретарь доктор Дитрих и бургомистр Берлина Стиг.

Насмотря на все старания Риббентропа, встреча на платформе получилась очень сухой и официальной, даже с некоторым оттенком напряженности. Короткие рукопожатия, вежливо приподнятые шляпы, резкие гортанные выкрики команд почетному караулу, блеск штыков, вскинутых «на караул» карабинов, звуки воинственных гимнов обеих стран, шествие к ожидающим лимузинам — все это на фоне черных мокрых зонтиков и продолжавшего сыпать дождя. Риббентроп пытался шутить, Молотов сохранял каменное лицо, напомнив наблюдавшим церемонию встречи американским журналистам въедливого учителя грамматики из провинциальной школы...

С вокзала кортеж машин направился в советское посольство, где сразу же, в «непринужденной» обстановке, состоялась предварительная беседа Молотова и Риббентропа в присутствии Деканозова и переводчиков: от немцев — уже известный нам Хильгер и личный переводчик советского наркома Павлов.

Молотов и Риббентроп уже слишком хорошо друг друга знали, чтобы тратить время на дипломатическую «пристрелку». Оба отлично понимали, что не являются ни архитекторами, ни вдохновителями внешней политики своих государств, а лишь проводниками авантюрных замыслов своих одержимых навязчивыми идеями вождей и что одно неосторожное слово может стоить Риббентропу карьеры, а Молотову — головы.

Однако если Риббентропа в Германии никто всерьез не воспринимал, справедливо считая его «мальчиком» при фюрере, то на Молотова смотрели с некоторой долей уважения. Чтобы уцелеть в кровавых кремлевских интригах и сохранить при Сталине столь высокие посты, мало быть просто первостатейным негодяем. Тут необходимы другие качества, к которым немецкие руководители инстинктивно стремились, но за короткий период существования гитлеровского рейха так и не сумели, а скорее, не успели их достичь. Нужно было ненавидеть собственный народ так, как это умели делать только большевистские главари, нужно было провариться в коварно-кровавом ленинском котле, впитать в себя знаменитый лозунг «На Россию мне наплевать, ибо я большевик», чтобы превратить в оболваненных рабов двести миллионов своих соотечественников путем их беспощадного массового истребления. Мало того, еще и мечтать о подобной участи для всего человечества, отправляя по спискам на расстрел вчерашних друзей и сообщников, предчувствуя, что, возможно, уже и сам включен в очередной список. Но надо было продолжать работать во имя торжества дела всей банды, пока пуля в затылок не оборвет кипучей деятельности, дав лишь в последний момент возможность крикнуть: «Да здравствует Сталин! Да здравствует партия!»

Многие понимали, что это совсем нелегко, а потому с интересом и уважением посматривали на сталинского наркома, видимо, забыв, что жизнь страшной бацилле большевизма, уже издыхавшей в непитательной западноевропейской среде, вернул с благословения кайзера Вильгельма немецкий Генеральный штаб, почему-то понадеявшись, что она станет управляемой...

Слегка робея перед своим мрачным советским коллегой, беседу, как всегда, начал Риббентроп, отметив, что, с тех пор как в прошлом году он совершил две поездки в Москву, произошло много событий, о которых он и написал Сталину, дабы отметить германскую точку зрения на ситуацию в мире вообще и на русско-германские отношения в частности. Поскольку сегодня для более детальных переговоров Молотова примет фюрер, он, Риббентроп, не хочет предвосхищать этих переговоров, а вернется к подробному обмену мнениями с Молотовым после его беседы с Гитлером.

Молотов ответил, что содержание письма Сталину, в котором давался общий обзор событий, произошедших с прошлой осени, ему известно, и он надеется, что данный в письме анализ будет дополнен устным заявлением Гитлера относительно общей ситуации и русско-германских отношений.

Наступило молчание, которое нарушил Риббентроп, заявив, что хотя он уже писал об этом Сталину, но, пользуясь случаем, хочет еще раз подчеркнуть полную уверенность Германии в том, что никакая сила на земле не в состоянии предотвратить падения Британской империи. Англия разбита, и вопрос о том, когда она признает себя окончательно побежденной, — вопрос времени. Возможно, это случится скоро, так как ситуация в Англии ухудшается с каждым днем.

Все присутствующие невольно отметили некоторую неуверенность, с которой Риббентроп произносил свою победную речь. Но Риббентроп был одним из первых в Германии, кто узнал о налете англичан на Таранто и начавшейся катастрофе итальянской армии в африканской пустыне. Что касается Молотова, то тот как не знал об этом событии в Берлине в середине ноября 1940 года, так, судя по всему, не узнал о нем никогда. (Давая в последние годы жизни многочисленные интервью, Молотов, вспоминая о своем визите в Берлин, постоянно подчеркивал тот факт, что в этот период Англия была на грани катастрофы, поскольку, помимо всего прочего, потерпела ряд сокрушительных поражений в Средиземном море. Так что, если он и не верил всему, о чем говорил Риббентроп, то по меньшей мере соглашался с тем, что окончательный разгром Англии — это вопрос времени.)

Германия, продолжал Риббентроп, будет бомбардировать Англию днем и ночью. Германские подводные лодки скоро будут использоваться в полном объеме их боевых возможностей и окончательно подорвут мощь Великобритании, вынудив ее прекратить борьбу. Определенная тревога в Англии уже заметна, что позволяет надеяться на близкую развязку. Если же Англия не будет поставлена на колени налетами авиации и действиями подводных лодок, Германия, как только позволят погодные условия, начнет крупномасштабную высадку на Британские острова и покончит с Англией. Лишь плохие погодные условия препятствуют пока проведению подобной операции...

Риббентроп сделал паузу, ожидая какой-нибудь реплики Молотова, но тот молчал, сжав тонкие губы и устремив взгляд куда-то поверх головы рейхсминистра. Риббентроп продолжал:

«Англия, конечно, надеется на помощь Соединенных Штатов, чья поддержка, однако, под большим вопросом. В плане возможных наземных операций вступление США в войну не имеет для Германии никакого значения. Германия и Италия никогда более не позволят англосаксам высадиться на Европейском континенте. Помощь, которую Англия может получить от американского флота, также очень сомнительна. Америка, видимо, ограничится посылкой англичанам военного снаряжения, прежде всего самолетов. Однако трудно сказать, какое количество этих поставок будет получено Англией, учитывая постоянно растущие потери английских транспортных судов от действий Военно-морского флота Германии. Можно с большой вероятностью предположить, что до Англии дойдет лишь незначительная часть этих поставок.

В подобной ситуации вопрос о том, вступит ли Америка в войну или нет, Германии абсолютно безразличен. Ныне, после окончания французской кампании, Германия необычайно сильна. Мы не понесли существенных потерь ни в личном составе, ни в вооружении.

Германия имеет в своем распоряжении огромную сухопутную армию, парк ее авиации и количество боевых кораблей всех классов постоянно увеличиваются. Любые попытки Англии (или Англии, поддержанной Америкой) высадиться и начать операции на европейском континенте обречены на полный провал. Никакой военной проблемы это не представляет. Англичане этого еще не поняли, так как в Великобритании растет хаос, а страной руководит политический и военный дилетант по имени Черчилль, который терпел постоянные поражения по всем решающим вопросам и потерпит поражение и на этот раз.

Державы Оси в военном и политическом отношении полностью господствуют в континентальной Европе. Даже Франция, которая проиграла войну и должна за это платить, что, кстати, французы прекрасно понимают, обязалась никогда не поддерживать Англию и де Голля — этого донкихотствующего покорителя Африки. Поэтому, благодаря необыкновенной прочности своих позиций, державы Оси больше думают сейчас не над тем, как выиграть войну, а над тем, как уже выигранную войну закончить. Естественное желание Германии и Италии — как можно скорее закончить войну — побуждает их искать себе союзников, согласных с этим намерением. В результате заключен Тройственный союз между Германией, Италией и Японией. Кроме того, он, Риббентроп, может конфиденциально сообщить, что целый ряд других стран заявил о своей солидарности с идеями пакта Трех Держав».

Еще во время своего первого визита в Москву, подчеркивает Риббентроп, он ясно высказал мысль о том, что, согласно внешнеполитической концепции Новой Германии, дружба ее с Японией и дружба с Россией не только абсолютно совместимы, но и могут ускорить достижение ее главной цели, а именно — скорейшего окончания войны. Это стремление, конечно же, разделяет и Советская Россия. Господин Молотов помнит, как он, Риббентроп, заявил в Москве, что Германия будет приветствовать улучшение отношений между Россией и Японией.

Риббентроп напоминает, что он уехал тогда в Германию, заручившись согласием Сталина на то, чтобы Германия в интересах России использовала свое влияние в Токио для русско-японского сближения. Еще семь или восемь лет назад, а не только с момента его визита в Москву, он, Риббентроп, в разговорах с японцами выступал за русско-японское согласие. Он придерживается мнения, что точно так же, как было возможно взаимное разграничение сфер интересов между Россией и Германией, может быть достигнута договоренность о разграничении интересов между Японией и Россией.

Японская политика приобретения жизненного пространства направлена не на восток и север, а на юг, и он, Имперский министр иностранных дел, уверен, что и он внес в это кое-какой вклад. Фюрер придерживается мнения, продолжает Риббентроп, что следует хотя бы в самых общих чертах разграничить сферы влияния России, Германии, Италии и Японии. Фюрер изучал этот вопрос долго и глубоко и пришел к следующему выводу: принимая во внимание то положение, которое занимают в мире эти четыре нации, будет мудрее всего, если они, стремясь к расширению своего жизненного пространства, обратятся к югу. Япония уже повернула на юг, и ей понадобятся столетия, чтобы укрепить свои территориальные приобретения на юге.

Германия с Россией разграничили свои сферы влияния, и после того как Новый порядок окончательно установится в Западной Европе, Германия также приступит к расширению своего жизненного пространства в южном направлении, то есть в районах бывших германских колоний в Центральной Африке. Точно так же и Италия продвигается на юг — в Северную и Восточную Африку. Поэтому он, Имперский министр иностранных дел, интересуется, не повернет ли в будущем на юг и РОССИЯ для получения естественного выхода в открытое море, который так важен для России? Это и есть та великая идея, которая в течение последних месяцев часто обсуждалась им и фюрером и теперь излагается господину Молотову в связи с его визитом в Берлин.

Риббентроп замолчал, давая понять, что сказал все, что хотел. Не выражая никаких эмоций, Молотов холодно поинтересовался, какое море имел в виду господин

Имперский министр, говоря о выходе России в открытое море?

Риббентроп ответил, что, по мнению Германии, после войны произойдут огромные изменения во всем мире. Он еще в Москве говорил Сталину, что Англия не имеет более права господствовать в мире. Англия ведет безумную политику, за которую ей придется вскоре расплачиваться. Поэтому Германия уверена, что в статусе владений Британской империи произойдут большие изменения. Пока что от германо-русского соглашения получили выгоду обе стороны — как Германия, так и Россия, которая смогла осуществить законные перемены на своих западных границах. Победа Германии над Польшей и Францией внесла существенный вклад в дело успешного проведения этих перемен. Оба партнера по германо-русскому пакту хорошо поработали вместе.

Вопрос теперь в том, могут ли они продолжать работать вместе и в будущем, и может ли Советская Россия извлечь соответствующие выводы из нового порядка вещей в Британской империи, то есть не будет ли для России наиболее выгодным выход к морю через Персидский залив и Аравийское море, и не сможет ли Россия реализовать и другие устремления в этой части Азии, в которой Германия абсолютно не заинтересована. Тут, конечно, важна позиция Турции. До сих пор эта страна находилась в своего рода союзе с Англией и Францией. Ныне Франция устранена с политической сцены в силу своего поражения, а ценность Англии как союзника становится все более и более сомнительной. Поэтому Турция в последние месяцы свела свои отношения с Англией практически до уровня формального нейтралитета. Вопрос состоит в том, какие интересы Россия имеет в Турции.

В связи с неминуемым окончанием войны необходимо четко выявить интересы всех стран, включая, естественно, и Россию. Турция, без сомнения, будет вынуждена постепенно освобождаться от связей с Англией. Сейчас еще рано детализировать этот вопрос, но можно с уверенностью сказать, что с выработкой Россией, Германией,

Италией и Японией общей платформы Турции придется со временем примкнуть к этим странам. Пока что эти вопросы прямо с турками не обсуждались, но в конфиденциальной беседе с турецким послом он заявил, что будет приветствовать такое развитие событий, при котором Турция, придерживаясь сегодняшней политической линии, придет к абсолютному нейтралитету, и что у Германии нет каких-либо претензий на турецкую территорию.

В этой связи, продолжал Риббентроп, он прекрасно понимает неудовлетворенность России Конвенцией в Монтрё о проливах. Германия, надо сказать, неудовлетворена еще больше, так как вообще не была туда включена. Лично он, Риббентроп, считает, что Конвенция в Монтрё, как и Дунайские комиссии, должна исчезнуть и замениться чем-нибудь новым. Это новое соглашение должно быть заключено между державами, которые особенно заинтересованы в данном вопросе, и прежде всего между Россией, Турцией, Италией и Германией. Германия находит вполне приемлемой мысль, что на Черном море Советская Россия и прилегающие черноморские государства должны иметь определенные привилегии по сравнению с другими странами мира. Было бы абсурдно, если бы страны, находящиеся в тысячах километров от Черного моря, требовали себе тех же прав в этом районе, что и черноморские державы. Новое соглашение с Турцией о проливах, кроме всего прочего, должно будет дать России особые привилегии, деталей которых пока рано касаться, но которые в принципе предоставят военным кораблям и торговому флоту Советского Союза более свободный, чем до сих пор, доступ к Средиземноморью. Россия заслужила это. Вопрос уже обсуждался с итальянцами, и в Италии эти соображения были встречены с большой симпатией. Поэтому крайне целесообразна общая политика России, Германии и Италии по отношению к Турции, чтобы эта страна окончательно освободилась от связей с Англией. Поэтому Турция не только станет фактором в коалиции стран, выступающих против эскалации войны и за скорейшее установление мира, но и готова будет добровольно отбросить Конвенцию в Монтре и совместно с Германией, Италией и СССР заключить новую Конвенцию о проливах, которая удовлетворит справедливые требования всех сторон и даст России определенные привилегии. В том случае они могут совместно решить, возможно ли признать территориальную неприкосновенность Турции.

Суть предстоящих переговоров, с германской точки зрения, состоит в следующем:

1. Совместное рассмотрение того, каким образом державы Тройственного пакта могут достигнуть с Советским Союзом какого-либо соглашения, заявляющего о поддержке Советским Союзом целей Тройственного пакта, как-то: предотвращение эскалации войны и скорейшее установление всеобщего мира...

2. Совместное обсуждение вопроса о том, могут ли быть в общих чертах определены на будущее интересы четырех стран.

При этом нужно иметь в виду, что относительно всех этих вопросов Германия еще не готова сделать какие-либо конкретные предложения. Он лишь сделал обзор тех мыслей, которые обсуждались фюрером и им самим, когда писалось письмо Сталину.

Если, однако, эти идеи представляются Советскому правительству осуществимыми, он охотно прибудет в Москву и обсудит эти вопросы лично со Сталиным. Видимо, в данном случае будет полезно одновременное присутствие его итальянского и японского коллег, которые, насколько ему известно, также готовы прибыть в Москву. Все это необходимо обсудить.

Недавно, неожиданно заявил Риббентроп, он беседовал с китайским послом и поставил перед ним вопрос: возможно ли в рамках усилий, направленных к скорейшему окончанию войны, урегулировать расхождения между Чан Кайши и Японией. Он ни в коем случае не предлагал германское посредничество, но, принимая во внимание длительные и дружественные отношения, существующие между Германией и Китаем, просто информировал маршала Чан Кайши о германской точке зрения. Япония близка к тому, чтобы признать Нанкинское правительство. Вместе с тем циркулируют сообщения о том, что как Япония, так и Китай ищут пути к компромиссу. Несомненно, было бы хорошо, если бы обе стороны могли прийти к компромиссу...

Слегка утомившись от столь пространного ответа Риббентропа, Молотов устало заметил, что он совершенно согласен относительно выгодности китайско-японского компромисса. Что же касается мнения господина Риббентропа, отметил Молотов, то оно представляет для него большой интерес и обмен мнениями относительно важнейших проблем советско-германских отношений будет действительно полезным. Он хорошо понял заявление имперского министра об огромной важности Тройственного пакта. Однако, как представитель невоюющей страны, он должен просить разъяснить ему некоторые пункты, чтобы лучше понять смысл. Когда Новый порядок в Европе и великом Восточно-Азиатском пространстве оговаривался в пакте, понятие «великое Восточно-Азиатское пространство» было определено довольно смутно, по крайней мере с точки зрения тех, кто не участвовал в подготовке пакта. Поэтому он, Молотов, хотел бы знать более точное определение этого понятия.

Несколько растерявшись, Риббентроп начал сбивчиво отвечать, что понятие «великое Восточно-Азиатское пространство» было ново и для него, что и ему оно не было ясно описано. Формулировка была предложена в один из последних дней переговоров, которые, как уже упоминалось, протекали очень быстро. Однако он может точно заявить, что понятие «великое Восточно-Азиатское пространство» не имеет никакого отношения к жизненно важным для России сферам влияния. Ведь во время переговоров о пакте был прежде всего решен вопрос о том, что пакт не может преследовать цели, направленные прямо или косвенно против России...

Уловив растерянность Риббентропа, Молотов решил,

что самое время перейти в наступление и дать немцам понять, ради чего, собственно, Сталин согласился втянуть себя в переговоры.

«При разграничении сфер влияния на довольно долгий период времени необходима точность, — жестко и резко заявил глава Советского правительства, — поэтому я и прошу информировать меня о мнении составителей пакта или, по крайней мере, о мнении Германского правительства на этот счет. Особая тщательность необходима при разграничении сфер влияния Германии и России. Молотов делает паузу, и в голосе его прорезается металл, как в выступлениях на Верховном Совете, когда речь шла о врагах народа. — Установление этих сфер влияния в прошлом году, — продолжает он, — было частичным решением, которое, за исключением финского вопроса, чье детальное обсуждение я намерен сделать позднее, выглядит устарелым и бессмысленным в свете недавних событий и обстоятельств. В этой связи СССР прежде всего хочет прийти к взаимопониманию с Германией и только затем с Японией и Италией, когда будет представлена точная информация относительно значения, характера и целей Тройственного пакта».

От столь неожиданного поворота беседы Риббентроп на мгновение потерял дар речи. Если все ранее согласованные сферы влияния Молотов находит «устарелыми и бессмысленными», то какие новые условия поставит Сталин Германии, зажатой, как между молотом и наковальней, между удавкой английской морской блокады и русским паровым катком?

Нервно взглянув на часы, Риббентроп предлагает прервать беседу, чтобы подготовиться к беседе с фюрером. Молотов соглашается с ним, заметив, что неплохо бы сейчас позавтракать и слегка отдохнуть с дороги.

После отъезда Риббентропа Молотов и Деканозов завтракают. У Молотова, как и у всех смертных, есть свои слабости: он пуще смерти боится микробов, поэтому вся посуда и столовые приборы, которыми пользуется пред-

Совнаркома, предварительно прожариваются под давлением в автоклаве, сопровождающем Молотова повсюду, кроме поездок на дачу Сталина, где по этой причине он испытывает величайшие муки...

За завтраком, отпивая маленькими глотками кипяченое молоко, Молотов и Деканозов обсуждают заявление Риббентропа. Вроде все ясно: в Европу не суйтесь, с Турцией, если хотите, то ведите переговоры, но непременно с участием нас и итальянцев. Если же хотите урвать свой кусок, то пробивайтесь через Иран и Афганистан к Персидскому заливу, прибирая на ходу и другие куски разваливающейся Британской империи. Вот так вот...

Сразу после завтрака Молотов и Деканозов в сопровождении экспертов и переводчиков отправились в имперскую канцелярию. Вереница черных лимузинов, эскортируемая мотоциклетами, выехала на Шарлотенбургское шоссе и свернула на Вильгельмштрассе.

Сбавив скорость, машины въехали во внутренний двор новой имперской канцелярии, здание которой проектировали вместе Гитлер и его любимец Альберт Шпеер, сделав его какой-то смесью готики, классики и легендарных пещер древних тевтонов. Квадратный мрачный двор, устланный серыми гранитными плитами, был обрамлен высокими колоннами из такого же темно-серого мрамора. Распростертые орлы со свастикой в лапах, нависший над колоннами гладкий портик, с которого тяжело свисали бархатные полотнища советского и германского флагов, застывшие фигуры часовых в серо-зеленых шлемах — все это создавало зловещее впечатление тайного храма черного язычества, воскресшего под неожиданными лозунгами пролетарской солидарности и национальной исключительности, но сохранившего основу своей религиозно-мистической идеологии — неудержимую страсть к массовым человеческим жертвоприношениям, приносимым под истерический аккомпанемент никому не понятных заклинаний.

Лучшего места для официальной встречи кремлевской делегации трудно было придумать. Жрецы черного язычества приветствовали друг друга. Древняя христианская цивилизация уже корчилась в их кровожадных лапах. Возможный союз двух могучих тоталитарных империй сулил затаившему дыхание миру столь страшные перспективы, что их не могли просчитать даже холодные аналитики из американской разведки в далеком Вашингтоне.

Однако те немногие, кто в небывалых судорогах страшного мирового кризиса сохранили способность не поддаваться эмоциям и видеть побудительные мотивы политических ходов, понимали, что по крайней мере об этом беспокоиться не нужно. Никакой союз между Москвой и Берлином невозможен, и не только потому, что отчаянная попытка Гитлера повернуть сталинскую экспансию на юг, в знойные пески Персидского залива, была заранее обречена на провал, поскольку кремлевский диктатор так же, как и его берлинский оппонент, мечтал о гегемонии сначала в Европе, а потом уж во всем мире, но и потому, что два абсолютно безнравственных режима, пребывая в чаду гордыни от своей мощи, просто не могли, да и не хотели заключать с кем-либо равноправного союза. Они мечтали при первой же возможности уничтожить своего союзника или, в лучшем случае, превратить его в безропотного и никчемного сателлита.

Сами способные на все, они уже были не в состоянии кому-либо доверять. «Я освобождаю вас от химеры, именуемой совестью», — как-то провозгласил Гитлер, выступая перед активистами «Гитлерюгенда», вызвав восторженный вой зала.

Это ставшее хрестоматийным заявление Гитлера было, в сущности, лишь более откровенной реакцией пламенного призыва Ленина на III съезде комсомола в октябре 1920 года: «Наша нравственность подчинена вполне интересам классовой борьбы пролетариата. Наша нравственность выводится из интересов классовой борьбы пролетариата!»

Жалкий берлинский плагиатор не умел выражаться столь элегантно, он все называл своими словами, приводя весь мир в шоковое состояние. Его поняли правильно, но и слушавшие Ленина на III съезде тоже были не дураками — всякий обман, насилие и любое злодеяние объявляются допустимыми, если они совершаются в «интересах классовой борьбы пролетариата». И самым способным учеником вождя мирового пролетариата стал, разумеется, Сталин, подведя под небывалый в истории геноцид русского народа не менее элегантную формулировку, гласящую, что «по мере успешного продвижения СССР к социализму классовая борьба неизбежно будет обостряться», а не вопя на митингах сорванным голосом о необходимости поголовного истребления евреев, как это делал Гитлер.

К моменту описываемых событий ни Сталин, ни Гитлер уже не строили никаких иллюзий относительно друг друга и пошли на переговоры с единственной целью выиграть время до оптимального момента, когда удастся нанести по оппоненту такой сокрушительный удар, после которого тот уже не поднимется*.

---

*Некоторые историки, особенно немецкие, высказывают мнение, что Гитлер якобы искренне желал союза со Сталиным и надеялся на конструктивность переговоров в Берлине. Они обращают внимание на некоторые странности в поведении фюрера в течение октября 1940 г., когда тот и слушать ничего не хотел о разрабатываемой по его приказу операции вторжения в Россию. Он надеялся, что этого можно будет избежать и договориться со Сталиным.

О чем? О том, что Сталин уберет с западной границы свою огромную армию и пошлет ее пробиваться через непроходимые горы и безводные пустыни к Персидскому заливу? Наивно было бы полагать, что Гитлер сам в это верил. Тем более что эту зону по замыслу должны были занять итальянцы, отбросив английские войска в глухие пески Саудовской Аравии.

Дело было, конечно, в другом. В течение сентября—октября 1940 г. Гитлер понял, что его легкомысленные надежды на Муссолини как на военного союзника оказались несостоятельными. В равной степени он понял, что не может рассчитывать ни на друга Франко, ни на маршала Петена. Японцы же были далеко и явно не желали связывать собственные планы с планами Гитлера. Другими словами, Гитлер понял, что оказался в изоляции. Акульи зубы Англии и медвежьи клыки России слишком явно были нацелены на него, и он отлично это видел. И испугался, поняв, что, подобно барону Мюнгхаузену, оказался между двумя клыкастыми пастями и, подобно бессмертному барону, пытался что-либо предпринять, чтобы эти пасти вцепились бы не в него, а друг в друга.

Это был ключевой просчет советского диктатора, вытекающий из его общей и военной малограмотности. Что же касается предложений Гитлера о Персидском заливе, то эти предложения нет смысла анализировать всерьез. Никогда и ни при каких обстоятельствах Гитлер никому

Однако никакие комбинации не удавались. Сталин проводил по отношению к Англии холодную, но очень осторожную политику, видя в ней естественного союзника в случае начала операции «Гроза».

Панические рапорты разведки по поводу сосредоточения соединений Красной Армии на восточных границах Германии и ее потенциальных сателлитов в Восточной Европе встревожили Гитлера, и он здраво рассудил, что из двух зол надо быстрее ликвидировать наибольшее. Но если английский флот непреодолимой преградой стоял на пути осуществления гитлеровской мечты вторжения на Британские острова, то и у англичан не было ни сил, ни средств, чтобы, форсировав Ла-Манш, сокрушить вермахт на континенте. В этом отношении Гитлер мог не беспокоиться. Но на Востоке огромная сталинская армия могла в любой момент перейти в наступление, смяв и раздавив вермахт гигантским паровым катком своего подавляющего преимущества в живой силе и технике.

Вермахт, воспитанный на доктрине «блицкрига», обороняться не умел (и не научился толком этому сложному искусству в течение всей войны). Сталинская армия, воспитанная на доктрине «малой кровью на чужой территории», обороняться не только не умела, но платила головами своих командиров за одни уже мысли о возможном отступлении. Только вперед! В подобной обстановке не вызывал сомнения тот факт, что начавший военные действия первым достигнет крупных, если не решающих успехов.

К началу зимы 1940 г. Сталин был в гораздо большей степени готов начать наступление. Огромная армия, проведя крупномасштабные учения, длившиеся почти полгода, была развернута на границе и ожидала приказа. Гитлеру же для осуществления своего плана предстояло провести сложнейшие мероприятия по скрытной переброске и развертыванию войск на огромном протяжении границы от Баренцева до Черного моря, отработать планы еще очень сырой операции, получившей в будущем название «План Барбаросса», решить массу военных, политических и экономических проблем.

В ноябре 1940 г. немецкие силы в Польше были ничтожно малы, в Румынии — только начинали накапливаться, в Болгарии — их не было совсем. Поэтому ни о каком массированном вторжении в СССР пока не могло быть и речи. Необходимо было время, чтобы провести гигантскую подготовительную работу, постоянно при этом наращивая объем боевых действий против Англии и имитируя неизбежность высадки на Британские острова весной — летом 1941 г., которую так страстно ожидал Сталин.

не уступил бы богатейшего нефтяного района мира, а уж тем более Сталину. Главное было выиграть время. Еще полгода. Может быть, чуть меньше или больше, но надо успеть развернуть армию для нанесения смертельного удара. Конечно, риск был огромный, Гитлер его хорошо понимал, но, как всегда, надеялся на милость Провидения, предопределившего всю его кипучую деятельность...

Короткая торжественная церемония во дворе имперской канцелярии завершилась, и кавалькада черных «Мерседесов», сопровождаемая мотоциклистами в стальных шлемах, помчалась к отелю «Бельвю», где Гитлер назначил прием советской делегации. Высокие, украшенные бронзовым литьем двери старинного дворца прусских королей открылись, пропуская Молотова и его свиту.

Сопровождаемые статс-секретарем Отто Майснером посланцы Сталина прошли анфиладу тускло освещенных залов, стены которых были увешаны старинными картинами в тяжелых рамах, средневековым оружием и доспехами. Драгоценная обивка стен, высокие потолки с художественной лепкой, золоченые люстры, легкая мебель эпохи Людовика XVI плохо сочетались с черными мундирами эсэсовцев, которые стояли вдоль стен с поднятыми в нацистском приветствии руками.

В зале, примыкающем к кабинету Гитлера, остались коротать время за прохладительными напитками в обществе офицеров охраны эксперты советской делегации. К дверям кабинета фюрера направились только Молотов и Деканозов с группой переводчиков. Два белокурых эсэ-

Небывалые по масштабу учения, проводимые Красной Армией летом — осенью 1940 г., напугали Гитлера, создав впечатление, что Сталин может начать военные действия, не ожидая немецкого вторжения в Англию. Поэтому главной целью октябрьского письма Риббентропа и последовавших за ним переговоров в Берлине была попытка еще раз убедить Сталина, что главной целью Германии является завершение разгрома Англии, чему мешает исключительно неблагоприятная погода, не позволяющая провести десантную операцию, в возможность которой Сталин свято верил, хотя она была абсолютно невозможна.

совца гигантского роста, щелкнув каблуками, распахнули высокие, уходящие почти под потолок двери. Став спиной к косяку и подняв правую руку, они как бы образовали живую арку, под которой Молотов и его свита прошли в кабинет Гитлера — огромное помещение с высокими окнами и гобеленами на стенах.

Справа от входа стояли изящный круглый стол, диван и несколько мягких кресел. В противоположном конце возвышался громадный полированный письменный стол, за которым сидел фюрер в своем полувоенном френче с портупеей и белой рубашке с галстуком. В углу на подставке из черного дерева стоял гигантский глобус.

С какой-то смущенной улыбкой Гитлер вышел из-за стола и пошел навстречу вошедшим, по привычке подняв руку в партийном приветствии. Поздоровавшись с каждым, Гитлер сказал, что рад приветствовать советскую делегацию, осведомился о здоровье Сталина и жестом хозяина предложил расположиться в мягких креслах вокруг круглого стола. В этот момент в противоположном углу из-за драпировки появились Риббентроп, личный переводчик Гитлера Шмидт и советник германского посольства в Москве Хильгер, имеющий задание англичан разузнать, о чем будут переговоры, кучу заданий от НКВД, включая составление подробного плана гитлеровского кабинета, и задание от родного гестапо пресекать попытки не в меру болтливого Риббентропа сказать что-нибудь лишнее. Молотов и Деканозов со своими переводчиками Павловым и Бережковым уселись в мягкие кресла. Переговоры начались...

Начал, естественно, Гитлер, заявив, что главной темой текущих переговоров, как ему кажется, является следующее: в жизни народов довольно трудно намечать ход событий на долгое время вперед. За возникающие конфликты зачастую ответственны личные факторы. Он тем не менее считает, что необходимо попытаться навести порядок в развитии народов, причем по возможности на долгое время, чтобы избежать трений и предотвратить, насколько это в человеческих силах, конфликты. Это тем более надо сделать, когда два таких народа, как немецкий и русский, имеют у кормила государства людей, обладающих властью, достаточной для того, чтобы вести свои страны к развитию в определенном направлении. Россия и Германия — это две великие нации, которые по самой природе вещей не будут иметь причин для столкновения интересов, если каждая нация поймет, что другой стороне требуются некоторые жизненно необходимые вещи, без которых ее существование невозможно. Кроме того, системы управления в обеих странах не заинтересованы в войне как таковой, но нуждаются в мире больше, чем в войне, для того чтобы провести в жизнь свою внутреннюю программу. Принимая во внимание жизненные потребности, особенно в экономической области, они, вероятно, смогут выработать такое соглашение, которое приведет к мирному сотрудничеству между двумя странами даже после ухода из жизни их нынешних руководителей.

Гитлер говорит сбивчиво, нагромождая фразы друг на друга в бесконечных немецких сложноподчиненных предложениях. Переводчики с трудом формируют русский текст. Сделав паузу в этом потоке общих фраз, Гитлер бросает взгляд на Молотова. Тот, кивнув головой, заверяет, что полностью согласен с высказанными Гитлером соображениями.

Планировать развитие отношений между народами и странами на долгий период времени, продолжал Гитлер, разумеется, сложно. Однако он уверен, что вполне возможно выработать ясные и определенные общие точки зрения, не зависящие от личных мотивов, и сформулировать политические и экономические интересы народов так, чтобы это давало некоторые гарантии в том, что конфликта в течение довольно долгого времени не возникнет.

Ситуация, в которой происходит сегодняшняя беседа, характеризуется тем фактором, что Германия в отличие от Советской России находится в состоянии войны. Некоторые шаги были предприняты Германией только из-за ее участия в войне. Многое из того, что пришлось делать в ходе войны, было продиктовано именно ее ходом и не могло быть предсказано заранее. В общем же не только Германия, но и Россия получила немалую выгоду. Для будущих отношений обеих стран успех первого года политического сотрудничества крайне важен.

Гитлер замолкает, ожидая реплики Молотова. Тот отмечает, что все сказанное фюрером совершенно правильно.

Возможно, продолжает свою мысль Гитлер, что ни один из двух народов не удовлетворил своих желаний на сто процентов. В политической жизни, однако, даже 20—25 процентов реализованных требований — уже большое дело. Он уверен, что и в будущем не все желания будут претворены в жизнь, но во всех случаях два великих народа Европы добьются большего, если они будут держаться вместе, чем если они будут действовать друг против друга. Сотрудничая, обе страны всегда будут получать хоть какие-то выгоды. Вражда же их выгодна только третьим странам.

Гитлер вопросительно смотрит на Молотова. Тот снова кивает головой, сказав, что соображения фюрера абсолютно правильны и будут подтверждены историей и что они особенно применимы к настоящей ситуации. Исходя из этих мыслей, отмечает Гитлер, он еще раз трезво обдумал вопрос о германо-русском сотрудничестве в момент, когда военные операции фактически закончились.

Гитлер смотрит на Молотова, но тот молчит, всем своим видом давая понять, что последняя фраза фюрера об окончании войны нуждается в разъяснении.

Конечно, имеются некоторые осложнения, соглашается Гитлер с немым вопросом Молотова, которые вынуждают Германию время от времени отвечать на некоторые события военными действиями. В настоящее время против Англии ведутся боевые действия, пока только на море и в воздухе, интенсивность которых ограничена погодой. Ответные мероприятия Англии смехотворны, русские могут собственными глазами удостовериться, что утверждения о разрушении Берлина являются выдумкой. Как только улучшится погода, Германия будет в состоянии нанести сильный и окончательный удар по Англии.

Таким образом, в данный момент цель Германии состоит в том, чтобы не только провести военные приготовления к этому окончательному бою, но и попытаться внести ясность в политические вопросы, которые будут иметь значение во время сокрушения Англии и после него. Поэтому он пересмотрел отношения с Россией, но не в негативном плане, а с намерением организовать их позитивное развитие, если возможно — на долгий период времени. При этом он пришел к следующим заключениям:

Во-первых, Германия не стремится получить военную помощь от России.

Во-вторых, из-за неимоверного расширения театра военных действий Германия была вынуждена, с целью противостояния Англии, вторгнуться в отдаленные от Германии территории, в которых она, в общем, не была заинтересована ни политически, ни экономически.

В-третьих, существуют некоторые вещи, вся важность которых выявилась только во время войны, но которые для Германии жизненно важны. Среди них — определенные источники сырья, которые Германия считает наиболее важными и абсолютно незаменимыми.

Возможно, господин Молотов заметил, что в ряде случаев происходили отклонения от тех первоначальных границ сфер влияния, которые были согласованы между Сталиным и имперским министром иностранных дел. Подобные отклонения уже имели место несколько раз в ходе русских операций против Польши. В некоторых случаях он — фюрер — не готов был идти на уступки, но понимал, что желательно найти компромиссное решение, как, например, в случае с Литвой. Действительно, с экономической точки зрения Литва имела для нас определенную важность, но с политической точки зрения мы понимали необходимость исправления положения в этом районе для того, чтобы в будущем предотвратить возникновение ситуаций, приводящих к напряженности в отношениях между двумя странами — Германией и Россией. В другом случае, а именно в отношении Южной Буковины, Германия заняла аналогичную позицию. Однако в ходе войны Германия столкнулась с проблемами, которые нельзя было предвидеть в начале войны, но которые крайне важны с точки зрения военных операций.

Теперь важно обдумать вопрос о том, как, оставив в стороне сиюминутные соображения, обрисовать в общих чертах сотрудничество между Германией и Россией и какое направление в будущем примет развитие германо-русских отношений. В этом деле для Германии важны следующие пункты:

Первое — необходимость жизненного пространства. Во время войны Германия приобрела такие огромные пространства, что ей потребуется 100 лет, чтобы использовать их полностью.

Второе — необходима некоторая колониальная экспансия в Северной Африке.

Третье — Германия нуждается в определенном сырье, поставки которого она должна гарантировать себе при любых обстоятельствах.

И четвертое — она не может допустить создания враждебными государствами военно-воздушных и военно-морских баз в определенных районах.

Интересы России при этом ни в коем случае не будут затронуты. Российская империя может развиваться без малейшего ущерба германским интересам.

Постоянно кивающий головой Молотов при последних словах Гитлера, нарушая протокол, заметил, что все сказанное фюрером совершенно верно.

Смущенно улыбнувшись на это замечание Молотова, Гитлер продолжал: если обе страны придут к пониманию этого факта, они смогут наладить взаимовыгодное сотрудничество и избавить себя от осложнений, трений и беспокойства. Совершенно очевидно, что Германия и Россия никогда не объединятся в единое государство. Обе страны будут существовать отдельно друг от друга как две могучие части мира. Они обе могут сами построить свое будущее, если при этом будут учитывать интересы другой стороны. У Германии нет интересов в Азии, кроме общих экономических и торговых. В частности, у нее нет там колониальных интересов...

Что же касается Европы, то тут есть несколько точек соприкосновения между интересами Германии, России и Италии. У каждой из этих стран есть понятное желание иметь выход в открытое море. Германия хочет выйти к Северному морю. Италия хочет уничтожить «засов», поставленный на Гибралтаре, а Россия стремится к океану. Вопрос состоит в том, насколько велики шансы этих трех держав действительно получить свободный доступ к океану без того, чтобы конфликтовать по этому поводу друг с другом. Это также является той исходной точкой, с которой он рассматривает приведение в систему европейских отношений после войны. Ведущие государственные деятели Европы не должны допустить, чтобы эта война породила новые войны. Вопрос должен быть урегулирован таким образом, чтобы по крайней мере в обозримом будущем новых конфликтов не возникло.

В этом духе он, фюрер, беседовал с французскими государственными деятелями и уверен, что достиг некоторого взаимопонимания в вопросе о соглашении, которое приведет к установлению вполне терпимых отношений на довольно долгий период времени и которое будет выгодно всем заинтересованным сторонам уже хотя бы тем, что новая война не будет являться немедленной угрозой. Однако пока длится война с Англией, не могут быть сделаны шаги, хоть в чем-то противоречащие целям окончания войны с Великобританией. В других местах также возникают аналогичные проблемы, которые, правда, важны только в течение войны. Так, у Германии не было никаких политических интересов на Балканах, но в настоящее время она вынуждена активизировать там свою деятельность, чтобы обеспечить себя определенным сырьем. Причиной тому — исключительно военные интересы, охрана которых — не самое приятное занятие, поскольку, например, военные силы Германии должны находиться в Румынии в сотнях километров от баз снабжения. По аналогичным причинам Германии невыносима сама мысль о том, что Англия может получить плацдармы в Греции для строительства военно-воздушных и военно-морских баз. Рейх обязан предотвратить это при любых обстоятельствах.

В такой ситуации продолжение войны, конечно, нежелательно. Именно поэтому Германия хотела прекратить войну после окончания Польской кампании. Англия и Франция также могли прекратить войну, не принося со своей стороны жертв. Они, однако, предпочли продолжать войну. Конечно, кровь взывает к справедливости. Недопустимо, чтобы определенные страны, объявившие и ведшие войну, не заплатили после этого по счетам. Он дал французам это ясно понять.

На данном этапе развития событий, однако, вопрос состоит в том, какая из стран, ответственных за войну, должна платить больше. В любом случае Германия предпочла бы кончить войну еще в прошлом году и демобилизовать свою армию, чтобы возобновить мирную работу, так как с экономической точки зрения любая война является плохим бизнесом. Даже победитель вынужден сделать столько затрат до, во время и после войны, что в мирное время он сумеет достичь своих целей намного дешевле...

Бесшумно появились вышколенные официанты и принесли кофе в роскошных чашках мейссенского фарфора. Воспользовавшись паузой, Молотов вновь изъявил свое полное согласие с мнением фюрера, что достижение цели с помощью военных мер обходится намного дороже, чем с помощью мирных средств. Ему было с чем сравнивать. «Мирная» оккупация Прибалтики и Бессарабии, включая транспортные расходы по депортации в Сибирь примерно трети местного населения, обошлась в десять раз дешевле захвата Карельского перешейка...

Не притронувшись к кофе, Гитлер продолжал, повторив, что в нынешней ситуации Германия из-за военных действий вынуждена была активизироваться в районах, в которых она не заинтересована политически, но в которых имеет экономические интересы. Этот курс продиктован исключительно целями самосохранения. Тем не менее активизация деятельности, к которой прибегла Германия в этих районах, не будет преградой на пути к всемирному умиротворению, которое начнется позже и которое...

Отхлебнув кофе, Молотов поймал себя на мысли, что уже не совсем воспринимает этот лабиринт общих рассуждений Гитлера. Постарались и переводчики, громоздя друг на друга русские подчинительные союзы: который, которые... Придется внимательнее прочесть стенограмму.

«Кроме всего этого, — продолжал плести свои кружева Гитлер, — существует проблема Америки. В настоящее время Соединенные Штаты ведут империалистическую политику. Они не борются за Англию, а пытаются овладеть Британской империей. Они помогают Англии, в лучшем случае, для того, чтобы продолжить собственное перевооружение и, приобретя базы, усилить свою военную мощь. В отдаленном будущем предстоит решить вопрос о тесном сотрудничестве тех стран, интересы которых будут затронуты расширением сферы влияния этой англосаксонской державы, которая стоит на фундаменте куда более прочном, чем Англия. Впрочем, это не тот вопрос, который предстоит решать в ближайшем будущем, во всяком случае, не в 1945 году. Только в 1970 или в 1980 году, самое раннее, эта англосаксонская держава сможет угрожать свободе других народов. В любом случае континентальная Европа уже сейчас должна приготовиться к такому ходу событий и сообща действовать против англосаксов и против любых их попыток завладеть важными базами. Поэтому он, фюрер, обменялся мнениями с Францией, Италией и Испанией для того, чтобы с помощью этих стран учредить во всей Европе и Африке что-то вроде доктрины Монро и сообща вести новую колониальную политику, согласно которой каждая из заинтересованных держав будет требовать для себя лишь то количество колониальных территорий, которые она реально может использовать. В тех районах, где позиции ведущей державы принадлежат России, ее интересы, конечно же, будут соблюдаться в первую очередь. Это будет осуществлено в результате великого сотрудничества держав, которые, трезво оценивая существующую реальную ситуацию, должны будут определить соответствующие их интересам сферы влияния и должным образом вести себя с остальным миром. Кончено же, организация подобной коалиции государств — задача очень сложная, причем сложная не столько теоретически, сколько в практическом отношении...»

Гитлер взглянул на Молотова, но ничего, кроме утомленности, на лице наркома не обнаружил и понял, что пора наконец перейти ближе к советско-германским отношениям.

«Я вполне понимаю, — с ноткой доверительности сообщил фюрер, — старание России получить незамерзающие порты с безопасным выходом в открытое море. Германия значительно расширила свое жизненное пространство в теперешних восточных провинциях. По крайней мере половина этих районов должна быть отнесена к экономически необходимым. Возможно, как Россия, так и Германия не достигли всего того, что они планировали достичь, однако успехи обеих сторон были тем не менее велики. Если непредвзятым взглядом окинуть еще нерешенные проблемы, приняв во внимание тот факт, что Германия находится в состоянии войны и должна беспокоиться о районах, которые сами по себе не представляют для нее никакой политической ценности, ясно, что серьезные успехи могут быть достигнуты обоими партерами и в будущем. Что же касается Балкан, то Германия будет с помощью военной силы противостоять любым попыткам Англии получить плацдарм в Салониках. Германия все еще хранит в памяти неприятные воспоминания о Салоникском фронте Первой мировой войны...»

«Почему Салоники представляют такую опасность?» — впервые позволил себе прервать фюрера Молотов.

«Из-за близости к румынским нефтяным промыслам, — ответил Гитлер. — Их Германия намерена защищать при любых обстоятельствах. Однако, как только восторжествует мир, германские войска немедленно покинут Румынию. В этой связи было бы неплохо, если бы Россия обеспечила свои интересы на Черном море вообще и в проливах в частности. Со своей стороны, Германия готова в любой момент помочь России улучшить ее положение в проливах».

Гитлер замолчал и сделал глоток уже остывшего кофе, давая понять, что теперь он хочет послушать Молотова.

Молотов отметил, что заявления фюрера касались общих вопросов и что в целом он готов принять эти соображения. Он также придерживается мнения, что в интересах как Германии, так и Советского Союза двум странам следует сотрудничать, а не бороться друг с другом.

«Перед моим отъездом из Москвы, — подчеркнул Молотов, — Сталин дал мне точные инструкции, и все, что я собираюсь сейчас сказать, совпадает со взглядами Сталина. Я полностью согласен с мнением фюрера о том, что оба партнера извлекли значительные выгоды из германо-русского соглашения. Германия получила безопасный тыл: общеизвестно, что это имело большое значение для хода событий в течение года войны. Вместе с тем, Германия получила существенные экономические выгоды в Польше. Благодаря обмену Литвы на Люблинское воеводство были предотвращены какие-либо трения между Россией и Германией. Германо-русское соглашение от прошлого года можно, таким образом, считать выполненным во всех пунктах, кроме одного, а именно Финляндии. — Голос Молотова начинает звучать раздраженно: — Финский вопрос до сих пор остается нерешенным. И потому я прошу фюрера ответить: сохраняют ли силу пункты германо-русского соглашения относительно Финляндии? С точки зрения Советского правительства, никаких изменений здесь не произошло. Советское правительство считает, что германо-русское соглашение от прошлого года является лишь частичным решением общих проблем. К настоящему времени возникли новые проблемы, которые также должны быть решены.

Теперь о Тройственном пакте. Что означает «Новый порядок» в Европе и Азии и какая роль будет отведена в нем СССР? Эти вопросы необходимо обсудить во время берлинских бесед и предполагаемого визита в Москву Имперского министра иностранных дел, на что русские определенно рассчитывают. Кроме того, следует уточнить вопросы о русских интересах на Балканах и в Черном море, касающиеся Болгарии, Румынии и Турции. Советскому правительству будет легче дать ответы на вопросы, поднятые фюрером, если фюрер предоставит разъяснения всего этого. Советское правительство интересуется «Новым порядком» в Европе, в частности, его формой и темпами развития. Оно также хотело бы иметь представление о границах так называемого «великого Восточно-Азиатского пространства»».

Молотов замолчал, переводя дух. На его лбу выступила испарина. По лицу Гитлера было видно, что он удивлен и весьма раздражен таким потоком вопросов и претензий.

Хорошо знавший своего фюрера Риббентроп испугался, что Гитлер сейчас закатит Молотову одну из своих истерик. Но Гитлер сдержался и спокойно ответил, что Тройственный пакт имел целью урегулирование состояния дел в Европе в соответствии с естественными интересами европейских стран, и во исполнение этого Германия теперь обращается к Советскому Союзу, чтобы он мог высказать свое мнение относительно интересующих его районов. Без содействия Советской России соглашение во всех случаях не может быть достигнуто. Это относится не только к Европе, но и к Азии, где сама Россия будет участвовать в определении великого Восточно-азиатского пространства и заявит о своих притязаниях. Задача Германии сводится здесь к посредничеству. Россия ни в коем случае не будет поставлена перед свершившимся фактом. Когда он, Гитлер, предпринимал попытку создания вышеупомянутой коалиции держав, самым трудным вопросом, который предстояло решить, были не германо-русские отношения, а вопрос о том, возможно ли сотрудничество между Германией, Францией и Италией. Только теперь есть уверенность в том, что эта проблема может быть разрешена. После того как соглашение в общих чертах было принято тремя державами, он счел возможным связаться с Советской Россией с целью соглашения по вопросу о Черном море, Балканах и Турции. В некотором смысле это обсуждение представляет собой первый конкретный шаг к всеобъемлющему сотрудничеству с должным рассмотрением как проблем Западной Европы, которые должны быть урегулированы между Германией, Италией и Францией, так и проблем Востока, которые в первую очередь затрагивают Россию и Японию, но для решения которых Германия предлагает свои добрые услуги в качестве посредника. Это служит делу противостояния попыткам, предпринимаемым со стороны Америки, «зарабатывать на Европе деньги». У Соединенных Штатов не должно быть деловых интересов ни в Европе, ни в Африке, ни в Азии!

Хотя Гитлер по существу не ответил ни на один из заданных Молотовым вопросов, его последняя фраза о необходимости изгнания Соединенных Штатов из всех частей света была настолько искренней, что советский нарком, не меньше самого фюрера ненавидивший этот оплот мирового империализма, с готовностью закивал головой, заявив, что полностью согласен с заявлениями фюрера относительно роли Америки в будущем мире.

«Кроме того, — заявил он, — участие России в Тройственном пакте представляется в принципе абсолютно приемлемым при условии, что Россия будет являться партнером, а не объектом. В этом случае он не видит никаких сложностей в деле участия Советского Союза в общих усилиях. Но сначала необходимо более точно установить цели и значение пакта, особенно в связи с определением «великого Восточно-Азиатского пространства».

Вместо ответа Гитлер взглянул на часы и, сославшись на возможность воздушной тревоги, предложил перенести переговоры на следующий день. Молотов, уставший от длинных и сбивчивых монологов фюрера, согласился. Гитлер, как всегда застенчиво улыбаясь, пожелал советской делегации хорошо провести время в Берлине. Молотов напомнил, что вечером в советском посольстве будет большой прием, и пригласил Гитлера. Фюрер поблагодарил наркома и сказал, что, если позволит время, постарается прийти....

Гитлер на прием не пришел, но зато в роскошный особняк советского посольства на Унтер-ден-Линден пришли оба его заместителя — Гесс и Геринг.

С началом военных действий Гитлер обнародовал официальное заявление, что в случае, если с ним, Гитлером, что-либо случится, фюрером Германии становится Рудольф Гесс.

Высокий, худощавый, с мрачным выражением аскетически бледного лица, с возбужденными глазами фанатика, Гесс с некоторым испугом смотрел на банкетный стол в виде огромной буквы «П», украшенный яркими гвоздиками и старинным серебром. (По случаю приема на стол был выставлен богатейший сервиз на 500 персон, сохранившийся в посольстве еще с царских времен.)

В отличие от Гесса, даже на прием явившегося в скромной партийной гимнастерке и портупее, рейхсмаршал Геринг чувствовал себя в средневековой роскоши советского посольства весьма непринужденно. В шитом серебром мундире рейхсмаршала (это звание было присвоено персонально ему одному), украшенном многочисленными звездами и орденами, грузная фигура Геринга ярко выделялась на фоне коричневых и черных френчей приглашенных партийных функционеров и строгих костюмов советского дипломатического персонала. Фигура была настолько яркой, что ей уже много лет интересовались разведки почти всех стран, играя на пристрастии Геринга к роскоши, красивым женщинам и кокаину. Мало кто знал тогда (да и сегодня тоже), что родная сестра рейхсмаршала была завербована через Коминтерн советской разведкой.

Бывший ас Первой мировой войны, числившийся еще с тех времен военным преступником, Геринг постоянно играл, а может быть, и был на самом деле (никто не знает, где кончается игра и начинается сущность) «рубахой-парнем» до такой степени, что даже вызвал улыбку на лице Молотова, что само по себе было немалым достижением.

Сообщив по секрету главе Советского правительства, что ему, Герингу, будет поручено командовать парадом победы в Лондоне, поскольку именно его лихие пилоты поставили (или поставят в самом ближайшем будущем) Англию на колени, рейхсмаршал пригласил Молотова присутствовать на параде. Молотов поинтересовался, на какое число ему заказывать билет в Лондон.

«На 15 июля!» — без тени сомнения в голосе ответил Геринг.

Но особенно ему понравился новый советский посол Владимир Деканозов, что было очень кстати, поскольку Деканозов имел специальное задание от НКВД понравиться именно Герингу.

Рядом они выглядели очень комично: огромный толстый рейхсмаршал, сверкающий звездами мундира и бриллиантами на пальцах, и маленький, худенький Деканозов в черном костюмчике-«тройке», купленном в «Детском мире», как острили его подчиненные. Рейхсмаршал, правда, не пригласил Деканозова на парад победы в Лондон, но зато пригласил его в свое поместье в Каринхолле «поохотиться и прекрасно провести время».

Ходили слухи, что по своему поместью Геринг разгуливает в тоге римских императоров с золотым лавровым венком на голове. Деканозов набрался наглости и решил проверить этот слух. Геринг расхохотался и, похлопав малыша-посла по плечу, сказал: «В моем доме вы увидите вещи и поинтереснее, чем какой-то золотой венок».

Заулыбался и Гесс, когда его спросили, может ли он подтвердить сведения советской разведки о том, что он, Гесс, мастерски играет на аккордеоне. Появился и аккордеон. Гесс смущенно взял его в руки и, будучи, как и Геринг, летчиком-ветераном Первой мировой войны, заиграл печальную мелодию, известную каждому немецкому солдату: «Их хатте айне камераде...»

Печальная и вместе с тем полная оптимизма музыка произвела впечатление на советских слушателей. (После войны она появится в СССР как песня «О красном барабанщике».)

В этот момент в искреннем веселье банкета решили принять посильное участие англичане. Взвыли сирены воздушной тревоги, задрожали зеркальные стекла окон от грохота зениток, давая понять специалистам, что система ночного ПВО столицы рейха находится в эмбриональном состоянии, так как сирены взвыли, когда бомбардировщики были уже над городом. Геринг был явно смущен и быстро уехал. (Позднее Черчилль скажет Сталину: «Мы знали о пребывании господина Молотова в Берлине и решили таким образом напомнить о том, что мы еще живы».)

В здании советского посольства своего бомбоубежища не было. Хозяева и гости кинулись к выходу. Сопровождаемые адъютантами Гесс, Риббентроп, Молотов и Деканозов торопливо спустились по широкой мраморной лестнице и на машинах поехали во дворец «Бельвю», где в подвалах было оборудовано комфортабельное бомбоубежище. Остальные сотрудники посольства успели добежать до ближайшей станции метро. Многие остались в посольстве.

Работала рация, передавая в Москву шифровку о первой беседе с Гитлером. В ответной шифровке чувствовалось сталинское раздражение: вождь настаивал на том, чтобы конкретно решить с Гитлером вопросы, связанные с Финляндией, Болгарией, Румынией и турецкими проливами. В случае положительного решения этих вопросов Молотов получил инструкцию дать согласие на вступление СССР в Ось Рим—Берлин—Токио. Таким образом, член русской секции Коминтерна — товарищ Сталин — фактически дал согласие на присоединение первой в мире страны победившего пролетариата к Антикоминтерновскому пакту. Чего не сделаешь во имя великой идеи!..

Гитлер также провел не самую лучшую ночь в своей жизни. Сообщения о разгроме итальянского флота в Таранто, о неожиданной вылазке Уайвелла в пустыне и унизительный воздушный налет англичан на Берлин в разгар переговоров с Молотовым — все это, конечно, не способствовало хорошему настроению и взывало к мести.

Он позвонил Герингу, который прибыл прямо с советского банкета в штаб ПВО столицы и внес дополнительный хаос в его и так не совсем четкую работу, и приказал проучить англичан так, «чтобы вздрогнул весь мир». Геринг не сразу понял, что от него хотят. «Превратите в развалины какой-нибудь их город! — орал в телефон Гитлер. — Уничтожьте его полностью! Сотрите с лица земли!» «Какой город?» — переспросил Геринг, всегда любивший конкретные приказы. «Любой», — гаркнул в ответ Гитлер и ткнул наугад пальцем в карту Англии. Палец фюрера уткнулся в пространство между Бирмингемом и Ковентри северо-западнее Лондона. Ближе к Ковентри. «Ковентри!» — провозгласил Гитлер. Геринг ничего не имел против и начал отдавать необходимые распоряжения.

На следующий день, 13 ноября, переговоры между Гитлером и Молотовым возобновились. Оба были бледны и насуплены. Для пятидесятилетнего кремлевского аппаратчика фактически бессонная ночь, проведенная под грохот немецких зениток и взрывы английских авиабомб в сочетании с радионахлобучкой от любимого вождя, была достаточно сильным впечатлением, чтобы несколько выбить его из дипломатической колеи. У Гитлера, как мы уже отмечали, также не было особых причин радоваться. Предстоящая беседа обещала стать повышенно нервозной. Так и случилось.

Гитлер начал с того, что вернулся к замечанию Молотова, сделанному во время вчерашней беседы, о выполнении германо-русского соглашения «за исключением одного пункта, а именно Финляндии».

Молотов пояснил, что это замечание относится не столько к самому германо-русскому договору, сколько к Секретному протоколу.

Гитлер ответил, что в Секретном протоколе зоны влияния и сферы интересов между Германией и Россией были определены и разделены. Поскольку вопрос стоял о фактическом получении территорий, Германия действовала в соответствии с соглашением, чего нельзя сказать о русских. Германия, например, не брала каких-либо территорий, входящий в русскую сферу влияния. Вчера уже упоминалась Литва. В этом характерном случае отклонение от первоначального текста соглашения было сделано по инициативе России. Люблинское воеводство с экономической точки зрения никак не могло быть компенсацией за Литву.

Однако немцы видели, что ситуация, сложившаяся в ходе событий, привела к необходимости пересмотра первоначального соглашения. То же относилось и к Буковине. При заключении соглашения Германия не была заинтересована только в Бессарабии. Тем не менее Германия понимала, что пересмотр соглашения в определенной степени может быть выгодным для партнера. Аналогичной была и ситуация с Финляндией. У Германии там нет политических интересов. Русское правительство знает это. Во время русско-финской войны Германия выполняла все свои обязательства по соблюдению абсолютного благожелательного нейтралитета.

«Русское правительство, — вставил Молотов, — не

имело никаких причин для критики позиции Германии во время этого конфликта».

Гитлер кивнул головой и с долей доверительности заметил, что он даже задержал в Бергене корабли, везшие в Финляндию вооружение и амуницию, на что Германия на самом деле права не имела. Подобная просоветская позиция Германии во время русско-финской войны натолкнулась на серьезное сопротивление остального мира, особенно Швеции. В результате во время последующей норвежской кампании, которая уже сама по себе была сопряжена с риском, Германия вынуждена была выставить большое число дивизий для защиты Швеции, чего не понадобилось бы в другой ситуации.

Ныне реальная ситуация такова: в соответствии с германо-русским соглашением Германия признает, что политически Финляндия представляет для России первостепенный интерес и находится в ее зоне влияния. Однако Германия вынуждена принять во внимание два момента: во-первых, пока идет война, Германия крайне заинтересована в получении из Финляндии никеля и леса; во-вторых, Германия не желает в Балтийском море каких-либо новых конфликтов, которые еще более ограничат ее свободу передвижения в одном из немногих районов торгового мореплавания, все еще открытых для Германии. Было бы совершенно неправильно утверждать, что Германия оккупировала Финляндию. Немецкие войска лишь транспортируются через Финляндию в Киркинес, о чем Германия официально информировала Россию. Из-за большой протяженности пути поезда должны останавливаться на финской территории два-три раза. Однако как только транзитная перевозка военных контингентов будет закончена, никаких дополнительных войск через Финляндию посылаться не будет.

Он, фюрер, подчеркивает, что как Германия, так и Россия *должны быть естественным образом заинтересова-*

ны в недопущении того, чтобы Балтийское море снова стало зоной войны.

Со времени русско-финской войны произошли существенные изменения в перспективах военных операций, так как Англия имеет в своем распоряжении бомбардировщики и истребители-бомбардировщики дальнего действия и может захватить плацдарм на финских аэродромах. В дополнение к этому существует и чисто психологический фактор, который крайне обременителен. Финны мужественно защищали себя и завоевали симпатии всего мира, особенно Скандинавии.

В самой Германии во время русско-финской войны люди были в некоторой степени недовольны той позицией, которую в результате соглашения с Россией должна была занять и действительно заняла Германия. По вышеупомянутым соображениям Германия не желает новой русско-финской войны. Однако это не затрагивает законных притязаний России. Германия снова и снова доказывает это своей позицией по многим вопросам, в частности, по вопросу об укреплении Аландских островов. Однако пока идет война, ее экономические интересы в Финляндии важны так же, как и в Румынии. Германия рассчитывает на уважение этих интересов еще и потому, что она в свое время продемонстрировала полное понимание русских интересов в Литве и Буковине. В любом случае у нее нет каких-либо политических интересов в Финляндии, и она полностью признает тот факт, что эта страна входит в русскую зону влияния.

Наступила пауза. Все, что сказал Гитлер, было совершенно ясно: вы и так «хапнули» достаточно, гораздо больше, чем вам полагалось. Уймитесь! Мы не позволим вам сожрать остаток Финляндии. Скажите спасибо за Литву и вообще забудьте о возможности дальнейшей экспансии в Европе.

Не глядя на фюрера, Молотов напомнил, что соглашение 1939 года имело в виду определенную стадию развития, которая завершилась с окончанием польской войны. Вторая стадия закончилась с поражением Франции, и теперь они находятся в третьей стадии.

В соответствии с текстом соглашения и его Секретным протоколом была определена общая германо-русская граница и были урегулированы вопросы, касающиеся Прибалтийских государств, Румынии, Финляндии и Польши. Если взглянуть на окончательную ситуацию, сложившуюся в результате поражения Франции, то нельзя не признать влияние германо-русского соглашения на великие германские победы. Что же касается пересмотра первоначального соглашения относительно Литвы и Люблинского воеводства, то нужно вспомнить, что Советский Союз не настаивал бы на его пересмотре, если бы Германия не хотела этого. Так что новое решение было в интересах обеих стран...

В голосе Молотова звучит откровенная обида. Что бы вы сделали без нас, если бы мы не обеспечили ваш тыл и не снабдили всем необходимым для ведения войны? А теперь вы попрекаете нас Литвой и пытаетесь отобрать нашу законную добычу в виде Финляндии?

Тут в беседу вмешался Риббентроп и сухо напомнил, что, конечно же, Россия не сделала пересмотр безапелляционным условиям, но все же настаивала на нем очень упорно.

«Это вовсе не так, — раздраженно возразил Молотов, — Советское правительство никогда не отказывалось оставить все так, как это предусматривалось первоначальным соглашением. В любом случае, уступив Литву, Германия получила в качестве компенсации польскую территорию!»

«Этот обмен с экономической точки зрения нельзя назвать равноценным», — мрачно вставил Гитлер, поджав губы.

«А как насчет той полосы литовской территории, которую вы нам все еще не передали? — поинтересовался

Молотов. — Советское правительство до сих пор не получило ясного ответа со стороны Германии по этому вопросу. Но ожидает решения». Немцы промолчали.

«Безусловно, — признал Молотов, несколько оживившись, — вопрос о Буковине затрагивает территории, не упомянутые в Секретном протоколе. Поэтому Россия сначала ограничила свои требования Северной Буковиной. В нынешней ситуации, однако, Германия должна понять заинтересованность русских и в Южной Буковине. Но Россия не получила ответа Германии и на этот вопрос. ***Вместо этого Германия гарантировала целостность всей территории Румынии, полностью пренебрегая планами России в отношении Южной Буковины.***

— Даже если только часть Буковины останется за Россией, — ответил Гитлер, — то и это будет значительной уступкой со стороны Германии. В соответствии с устным соглашением, бывшая австрийская территория должна войти в германскую сферу влияния. Кроме того, территории, вошедшие в русскую зону, были поименно названы, например, Бессарабия. Относительно Буковины в соглашении не было сказано ни единого слова. Наконец, точное значение выражения “сфера влияния” не было определено».

Гитлер явно начинал терять терпение. Еще никто не осмеливался так нагло вымогать у него добычу.

«Ну, знаете, — возразил Молотов, — изменения, произведенные в отношении полосы литовской территории и Буковины, трудно сравнить с изменениями, которые произвела Германия во многих других районах силой оружия». Вот так! Вы уже половину Европы захватили, а с нами торгуетесь за ничтожные полоски земли, которые нам и так принадлежат по праву. Если бы аналитики из английской разведки слышали этот торг, они могли бы поздравить себя с правильностью сделанного больше года назад прогноза: на столь маленьком ареале, как Европа, двум таким крупным и жадным хищникам не ужиться, и они неизбежно сцепятся между собой...

Выслушав перевод последнего замечания Молотова, Гитлер сварливо ответил, что так называемые «изменения силой оружия» вообще не были предметом соглашения.

«Были или не были, — повысил голос советский предсовнаркома, наплевав на протокол, — но все, что мы захватили, это крохи по сравнению с тем, что захватили вы...» — «Но мы воюем, а вы — нет! — заорал в ответ Гитлер. — Мы оплачиваем все приобретения кровью своих солдат!»

Риббентроп умоляюще поглядел на фюрера. Гитлер замолчал, взявшись рукой за горло. Молотов побагровел. Можно подумать, что мы не оплатили кровью своих солдат Карельский перешеек. Наступило тягостное молчание. Гитлер взял себя в руки и уже спокойно продолжал: «Чтобы германо-русское сотрудничество принесло в будущем положительные результаты, советское правительство должно понять, что Германия не на жизнь, а на смерть вовлечена в борьбу, которая при всех обстоятельствах должна быть доведена до успешного конца. Необходимый для этого ряд предпосылок, зависящий от экономических и военных факторов, Германия хочет обеспечить себе любыми средствами. Если Советский Союз будет находиться в таком же положении, Германия, со своей стороны, продемонстрирует, обязана будет продемонстрировать понимание русских потребностей. Условия, которые хочет обеспечить себе Германия, не находятся в противоречии с соглашениями, заключенными с Россией. Желание Германии избежать войны с непредсказуемыми последствиями в Балтийском море не нарушает германо-русских соглашений, в соответствии с которыми Финляндия входит в зону влияния России. Гарантии, данные по желанию и просьбе румынского правительства, не нарушили соглашений относительно Бессарабии. Советский Союз должен понять, что в рамках какого-либо широкого сотрудничества двух стран выгода может быть достигнута в куда более широких пределах, чем обсуждаемые в настоящее время незначительные изменения. Гораздо большие успехи могут быть достигнуты при условии, что Россия не будет сейчас искать выгоды на территориях, в которых Германия заинтересована на время продолжения войны. Чем больше *Германия и Россия, стоя спиной к спине, преуспеют в борьбе против внешнего мира*, тем большими будут их успехи в будущем, и те же успехи будут меньшими, если две страны встанут друг против друга. Впервые на земле не будет силы, которая сможет противостоять нашим двум странам».

Выслушав Гитлера, Молотов заявил о своем полном согласии с последним выводом фюрера. В связи с этим он хотел бы обратить внимание и на желание советского руководства, в частности, самого Сталина, укреплять и активизировать отношения между двумя странами. Однако для подведения под эти отношения прочного фундамента должна быть наведена ясность в вопросах второстепенной важности, отравляющих атмосферу германо-русских отношений. К ним прежде всего относится вопрос об отношениях между СССР и Финляндией. Если Россия и Германия достигнут понимания по этому *вопросу, он может быть урегулирован без войны.* Но не может быть и речи о пребывании в Финляндии германских войск и о проведении в этой стране политических демонстраций, направленных против Советского правительства.

Все это было сказано столь ультимативным тоном, что все в страхе посмотрели на Гитлера. Никто еще с момента его прихода к власти не осмеливался говорить с фюрером на таких тонах. Но на этот раз Гитлер сдержался, заявив, что вторая часть заявления Молотова не подлежит обсуждению, так как Германия к демонстрациям в Финляндии не имеет ни малейшего отношения.

«Между прочим, — заметил фюрер, — демонстрации организовать очень легко, а потом уже крайне трудно выяснить, кто был их действительным подстрекателем». Что касается германских войск, то он может заверить: как только будет достигнуто общее соглашение, германские войска перестанут появляться в Финляндии.

Молотов ответил, что под демонстрациями он также имеет в виду отправку финских делегаций в Германию или приемы, организованные в Германии в честь видных финских государственных и военных деятелей. Кроме того, присутствие германских войск усилило наглость финнов. Так, например, появились лозунги типа: «Те, кто одобряет последний русско-финский мирный договор, — не финны!» и другие в том же духе.

Гитлер на это возразил, что Германия никогда не занималась подстрекательством, а, напротив, всегда оказывала лишь сдерживающее влияние, и что она рекомендовала как Финляндии, так и в особенности Румынии соглашаться на требования русских.

Уже не слушая возражения Гитлера, Молотов, словно зачитывая вербальную ноту, заявил, что Советское правительство считает своим долгом (!) окончательно урегулировать финский вопрос. Для этого не нужны какие-либо новые соглашения. Согласно имеющемуся германо-советскому соглашению, Финляндия входит в сферу влияния Советского Союза.

Демонстрируя не свойственное ему терпение, Гитлер снова повторил, что Германия не хочет допустить войны на Балтийском море и что она крайне нуждается в Финляндии как поставщике никеля и леса. В отличие от России, Германия не заинтересована в Финляндии политически и не оккупирует какой-либо части финской территории. Транзитные же перевозки войск будут закончены в течение ближайших дней. После этого новые эшелоны с войсками посылаться не будут.

«Советская позиция в этом вопросе мне что-то не совсем понятна, — неожиданно объявил Гитлер. — В связи с этим возникает очень важный для Германии вопрос: намерена ли Россия начать новую войну против Финляндии?»

Захваченный прямым вопросом врасплох, Молотов уклончиво ответил, что все будет в порядке, если финское правительство откажется от своего двусмысленного отношения к СССР и если агитация населения против России (с выставлением лозунгов, аналогичных упомянутому выше) будет прекращена.

Другими словами, Молотов честно ответил Гитлеру, что война неизбежна, поскольку в Секретном протоколе речь шла не о Карельском перешейке, а о всей Финляндии.

Фюрер все правильно понял и заметил, что опасается, как бы в следующий раз в русско-финскую войну не вмешалась Швеция. (Вот уж напугал! Оккупируем заодно и Швецию!)

На это Молотов ответил, что он не может ничего сказать о Швеции, но хочет подчеркнуть, что Германия, как и Советский Союз, заинтересована в нейтралитете Швеции. (Захватив Швецию, откуда будете руду возить?) Что касается мира на Балтике, то СССР не меньше Германии в нем заинтересован и вполне способен в этом районе мир гарантировать.

Гитлер вздохнул. Нет, не боятся в Москве вмешательства Швеции. Может быть, нас испугаются? «Мы, немцы, — устало произнес он, — уже испытали на себе в другой части Европы, что даже лучшие военные замыслы существенно ограничиваются географическими факторами».

Вполне можно предположить, что в случае нового конфликта в Швеции и Финляндии возникнут силы, которые предоставят аэродромы для самолетов Англии или даже Америки, что вынудит Германию вмешаться. Он, фюрер, вынужден будет это сделать, хотя, признаться, ему этого совсем не хочется. Вчера уже говорилось о том, что необходимость вмешательства возникнет, возможно, в Салониках. Он абсолютно не заинтересован в том, чтобы проявлять активность еще и на севере и повторяет, что будущее сотрудничество двух стран может привести к абсолютно иным результатам. Россия в условиях мира получит все, что, по ее мнению, ей причитается. Вероятно, это будет вопрос лишь шестимесячной или годичной отсрочки. Кстати, финское правительство только что прислало нам ноту, в которой оно заверяет о желании самого тесного и дружеского сотрудничества с Россией.

Но Молотов был в ударе и, выполняя приказ Сталина о непременном захвате Финляндии, что было для вождя вопросом чести, а не выгоды, видимо, прослушал недвусмысленное предупреждение Гитлера о вмешательстве Германии в случае вспышки новой советско-финской войны, которую почему-то опять планировали провести зимой. Поэтому он ответил, что дела не всегда соответствуют словам, и он настаивает на точке зрения, которую изложил ранее: мир в районе Балтийского моря может быть стопроцентно гарантирован, если между Германией и Россией будет достигнуто полное понимание по финскому вопросу. И он не понимает, почему Россия должна откладывать реализацию своих планов на шесть месяцев или на год. В конце концов, германо-русское соглашение не содержало каких-либо ограничений во времени и в пределах своих сфер влияния ни у одной из сторон руки не связаны.

Видя, что Молотов так и не понял сути его предыдущего ответа, Гитлер повторил, что на Балтике не должно быть более никакой войны.

«Но речь вовсе не идет о войне на Балтике, — с каким-то отчаяньем в голосе почти прокричал Молотов. — Речь идет о разрешении финской проблемы в рамках соглашения прошлого года!»

«Так как вы представляете себе разрешение этой проблемы?» — поинтересовался несколько сбитый с толку фюрер.

Молотов с готовностью ответил, что он представляет себе урегулирование финской проблемы в тех же рамках, что и в Бессарабии и Прибалтике, и просил бы фюрера изложить свое мнение по этому вопросу.

«Я могу лишь повторить, — заявил Гитлер, — что с Финляндией не должно быть войны, так как подобный конфликт может иметь далеко идущие последствия».

Молотов как-то сник и устало сказал, что такая позиция вносит в беседу новый фактор, который не был оговорен в договоре прошлого года. Гитлер ответил, что во время русско-финской войны Германия скрупулезно выполняла свои обязательства по отношению к России и постоянно советовала Финляндии пойти на уступки.

«Германия зашла настолько далеко, — развил мысль своего фюрера Риббентроп, — что отказала президенту Финляндии в пользовании германской кабельной линией для обращения по радио к Америке».

«Точно так же, — продолжал объяснять Гитлер, — как в свое время Россия подчеркивала, что раздел Польши может привести к напряженности в германо-русских отношениях, так и он теперь заявляет, что новая война с Финляндией приведет к напряжению в германо-русских отношениях, и просит русских проявить такое же понимание в этом вопросе, какое он проявил год назад в вопросе о Польше».

Все более раздражаясь, Молотов ответил, что он не понимает боязни немцев относительно того, что на Балтике может разгореться война. В прошлом году, когда международная ситуация для Германии была хуже, чем сегодня, Германия не поднимала этого вопроса. Не говоря уже о том, что Германия оккупировала Данию, Норвегию, Голландию и Бельгию, она полностью разгромила Францию и даже уверена, что почти покорила Англию.

С трудом сдерживаясь, Гитлер, в чьем голосе уже проскакивали зловещие визгливые нотки, сказал, что он тоже немного разбирается в военных делах и считает очень вероятным, что в случае вступления Швеции в новую русско-финскую войну Соединенные Штаты получат плацдарм и в Финляндии, и в Швеции.

Он помолчал, а потом вдруг спросил Молотова с издевкой: «Объявит ли Россия войну Соединенным Штатам, если те вмешаются в результате нового конфликта с Финляндией?»

«Этот вопрос не является актуальным», — сердито буркнул Молотов.

Гитлер захихикал: «Когда он станет актуальным, принимать решение будет уже слишком поздно».

«Да никто и не собирается воевать на Балтике», — зло огрызнулся нарком.

«Ну и чудесно, — обрадовался фюрер. — Тогда все будет в порядке, и будем считать, что наша дискуссия носила исключительно теоретический характер».

Гитлер откинулся в кресле, прикрыл глаза и дал рукой знак Риббентропу. «Суммируя вышесказанное, — начал Риббентроп, — можно прийти к следующим выводам:

Первое — как заявил фюрер, Финляндия остается в сфере влияния России, и Германия не будет содержать там войск.

Второе — Германия не имеет никакого отношения к демонстрациям в Финляндии против России и использует свое влияние в противоположном направлении.

И третье — главной проблемой на многие годы является сотрудничество, которое уже принесло России огромную выгоду, по сравнению с которой только что обсужденные вопросы кажутся совершенно ничтожными. Фактически вообще нет причин для того, чтобы делать из финского вопроса проблему. Следовательно, если смотреть на вещи реалистично, никаких разногласий между Германией и Россией нет».

«Так что нам не о чем спорить, — миролюбиво заметил Гитлер, — поскольку обе стороны согласны в принципе, что Финляндия входит в сферу влияния России».

Фюрер подчеркнул, что после покорения обанкротившейся Англии будут разделены ее гигантские всемирные владения в 40 миллионов квадратных километров. При этом Россия получит доступ к незамерзающему и действительно открытому Индийскому океану.

Даже Соединенные Штаты практически ничего не делают, кроме как выдергивают из этого обанкротившегося владения наиболее понравившиеся им куски. Германия, конечно, хотела бы избежать конфликта, который отвлек бы от борьбы против сердца империи — Британских островов.

Все страны, которые потенциально заинтересованы в обанкротившемся владении, должны прекратить все разногласия между собой и сосредоточиться исключительно на разделе Британской империи. Это относится к Германии, Франции, Италии, России и Японии.

Молотов ответил, что главным является урегулирование германо-советского сотрудничества, к которому позднее могут подключиться Италия и Япония. В связи с этим не должно быть никаких изменений в том, что уже намечено; нужно лишь продумать продолжение начатого.

Как бы не слыша того, что сказал Молотов, Гитлер заговорил о том, что будущие шаги будут нелегки, и подчеркнул в этой связи, что Германия вовсе не собирается аннексировать Францию, как, кажется, вообразили русские. Он хочет создать всемирную коалицию заинтересованных держав, которая объединит всех желающих получить выгоду от обанкротившегося британского хозяйства. С этой целью необходимо урегулировать серию вопросов.

Сейчас он уверен, что нашел формулировку, которая в равной степени удовлетворит все заинтересованные страны Запада, то есть Испанию, Францию, Италию и Германию. Было нелегко согласовать точки зрения Испании и Франции, например, в отношении Северной Африки. Однако понимая, насколько велики будущие возможности, обе страны, наконец, пошли на компромисс. Теперь, после урегулирования на Западе, соглашение должно быть достигнуто и на Востоке. В данном случае это не только вопрос об отношениях между Советской Россией и Турцией, здесь перед нами еще и «великое Азиатское пространство», включающее в себя и чисто азиатские районы на юге, которые Германия уже сейчас признает сферой влияния России. Это вопрос определения в общих чертах границ будущей деятельности и передачи нациям огромных территорий, которые станут полем их деятельности в течение 50—100 лет.

Молотов ответил, что он бы желал поговорить о более близкой к Европе территории, точнее — о территории Турции. Как черноморская держава, Советский Союз связан с несколькими странами. Поэтому Советский Союз выразил свое недовольство Румынии в связи с тем, что последняя приняла гарантии Германии и Италии без консультаций с СССР. Советское правительство уже дважды высказывало свою позицию, и, если позволительно высказаться прямо, у него сложилось впечатление, что гарантии направлены против интересов Советского Союза. Поэтому он хочет поставить вопрос об отмене этих гарантий.

Гитлер пожал плечами.

Затем Молотов заговорил о проливах, отметив, что они являются историческими воротами Англии для нападения на Советский Союз, о чем свидетельствуют события Крымской войны 1918—1919 годов. Сейчас ситуация для Советского Союза еще более опасна, так как англичане получили плацдарм в Греции. Поэтому по соображениям безопасности отношения между СССР и другими черноморскими державами имеют большое значение. В связи с этим он, Молотов, хочет прямо спросить фюрера, как посмотрит Германия на предоставление СССР Болгарии, расположенной к проливам ближе всех, а также гарантий на точно таких же условиях, на которых Германия и Италия дали их Румынии, то есть с вводом войск и с арендой военно-морских баз. Советский Союз хотел бы получить на это согласие Германии, а также, если возможно, Италии.

Это было что-то новое. Разведка смутно докладывала, что Сталин уже нацелился на Болгарию, как на следующую жертву, но то, что СССР официально попросит на это согласие Германии, ни Гитлер, ни Риббентроп не ожидали.

Гитлер резко ответил, что германские и итальянские гарантии Румынии были основой того, что склонило Румынию уступить России Бессарабию без борьбы. Что же касается вопроса о русских гарантиях Болгарии, то если СССР хочет предоставить эти гарантии на тех же условиях, что и германо-итальянские гарантии Румынии, прежде всего возникает вопрос о том, запрашивала ли о таких гарантиях сама Болгария? Просил ли об этом Сталина царь Борис? Он, фюрер, ничего не знает о подобных запросах Болгарии.

Кроме того, он, конечно, должен узнать мнение Италии, и только после этого сможет сделать какое-либо заявление. Сейчас же его больше интересует вопрос, считает ли Советский Союз, что он сможет в достаточной степени гарантировать свои черноморские интересы в случае пересмотра Конвенции в Монтре? Он не ждет немедленного ответа на этот вопрос, так как понимает, что Молотов сначала должен обсудить его со Сталиным.

Молотов пояснил, что Советский Союз хочет гарантировать себя от удара со стороны проливов не только на бумаге, но и на деле, и он уверен, что СССР сможет достичь с Турцией договоренности. Поэтому он снова хочет вернуться к вопросу о советских гарантиях Болгарии.

«Болгария вас просила о гарантиях или нет?!» — заорал Гитлер.

Молотов понял, что вывел Гитлера из себя, а потому пояснил, что он просит фюрера не об окончательном решении, а лишь высказать свое мнение по этому вопросу.

Гитлер ответил, что ни при каких обстоятельствах он

не может занять определенной позиции, пока не поговорит с дуче, так как для Германии этот вопрос второстепенный... Германия заинтересована только в реке Дунай, а не в выходе в Черное море. И если когда-нибудь она будет искать повод для трений с Советским Союзом, проливы для этого ей не понадобятся.

На этом месте Гитлер прервал выступление и обратил внимание присутствующих на позднее время, сказав, что ввиду возможных воздушных атак англичан лучше закончить переговоры сейчас, поскольку основные вопросы, вероятно, были уже достаточно обсуждены. Вечером он будет занят другими делами, и завершит переговоры рейхсминистр Риббентроп.

Подводя итог, фюрер заявил, что возможность гарантировать интересы Советского Союза как черноморской державы подлежит дальнейшему рассмотрению и что в целом требования СССР относительно будущего ее положения в мире будут приняты во внимание...

Все встали из-за стола. Прощальные рукопожатия, усталые и не очень искренние улыбки. Гитлер — гостеприимный хозяин — проводил Молотова по анфиладам комнат и переходов до самого выхода во двор. Перед тем как попрощаться с предсовнаркома, Гитлер сказал: «Я считаю Сталина выдающейся исторической личностью. Он войдет в историю как великий человек. Да и сам я рассчитываю войти в историю. Поэтому естественно, чтобы два таких политических деятеля, как мы, встретились лично...»

•

Прощание с Гитлером получилось неожиданно теплым. Фюрер даже помахал рукой отъезжающим черным лимузинам, увозящим Молотова и его свиту на Вильгельм-штрассе, где переговоры должен был завершить Риббентроп.

Непрерывно сверкали вспышки, стрекотали кинокамеры. Оба с удовольствием и готовностью позировали, понимая, что делают историю: впоследствии эти фотографии попортят Молотову немало крови и почти полстолетия будут считаться в СССР секретными...

Кабинет Риббентропа, хотя и значительно меньший, чем у Гитлера, был обставлен с роскошью: узорчатый паркетный пол, отражающий все предметы, вазы из бронзы и фарфора, старинные картины и гобелены, тяжелые парчовые портьеры.

Риббентроп пригласил Молотова и Деканозова к стоявшему в углу круглому столу и заявил, что в соответствии с пожеланиями фюрера было бы целесообразно подвести итоги переговоров. Вынув из кармана кителя сложенный листок бумаги, Риббентроп едва успел сказать, что он набросал некоторые предложения германского правительства, как вдруг пронзительно завыли сирены воздушной тревоги. С двух сторон на столицу рейха заходили английские бомбардировщики. В кабинете воцарилось напряженное молчание. За окном залаяли зенитки, где-то поблизости раздался глухой удар, в высоких окнах задрожали стекла.

Лицо Риббентропа исказила судорога. В глазах рейхсминистра так и светилось: «Боже, покарай Англию!» Пересилив себя, Риббентроп нарушил тягостное молчание за столом: «Оставаться здесь небезопасно. Спустимся вниз, в мой бункер. Там будет спокойнее...»

Возобновив в убежище столь бестактно прерванную англичанами беседу, Риббентроп заявил, что хочет изложить господину Молотову свой взгляд на перспективы политики сотрудничества. Главное — это вопрос о развитии отношений стран Тройственного пакта — Германии, Италии и Японии — с Советским Союзом.

Если Советский Союз придерживается той же точки зрения, то есть готов бороться за скорейшее завершение войны, что господин Молотов уже продемонстрировал в предыдущих беседах, он, Риббентроп, считает, что конечной целью должно стать соглашение между державами

Тройственного союза и Советским Союзом. Он набросал проект этого соглашения.

Тут Риббентроп снова вынул из кармана тот самый листок, который хотел зачитать наверху, и монотонным голосом прочел его содержание:

«Правительства государств Тройственного пакта — Германия, Италия и Япония, с одной стороны, и правительство СССР, с другой стороны, движимые желанием учредить в своих естественных границах порядок, служащий благу всех заинтересованных народов, и создать твердый и прочный фундамент для их общих в этом направлении усилий, согласились в следующем:

Статья 1

В Тройственном пакте от 27 сентября 1940 года Германия, Италия и Япония согласились всеми возможными средствами противостоять превращению войны в мировой конфликт и совместно сотрудничать в деле скорейшего восстановления мира во всем мире. Они выражают готовность расширить свое сотрудничество с народами других частей света, стремящихся к достижению той же цели. Советский Союз заявляет, что он одобряет эти цели и, со своей стороны, решает совместно с Тремя державами выработать общую политическую линию.

Статья 2

Германия, Италия, Япония и Советский Союз обязуются уважать естественные сферы влияния друг друга; и поскольку эти сферы влияния соприкасаются друг с другом, державы будут постоянно консультироваться между собой о шагах, предпринимаемых для разрешения возникающих проблем.

Статья 3

Германия, Италия, Япония и Советский Союз обязуются не входить в блоки государств и не придерживаться никаких международных блоков, направленных против одной из Четырех держав.

Четыре державы будут всеми силами помогать друг

другу экономически, а также будут дополнять и расширять соглашения, существующие между ними».

Этот договор, пояснил Риббентроп, предполагается заключить на 10 лет, с условием, что правительства Четырех держав до истечения срока договора достигнут соглашения о продлении договора. Сам договор будет, естественно, гласным, но со ссылкой на него может быть заключено секретное соглашение, определяющее территориальные интересы Четырех держав. Центр тяжести территориальных интересов Германии, без учета тех территориальных изменений, которые произойдут в Европе после заключения мира, находится в Центральной Африке. Центр тяжести территориальных интересов Италии, без учета тех территориальных изменений, которые произойдут в Европе после заключения мира, находится в Северной и Северо-Восточной Африке. Интересы Японии должны быть уточнены по дипломатическим каналам. Центр тяжести интересов Советского Союза предположительно лежит южнее территории Советского Союза в направлении Индийского океана.

Молотов устало вздохнул. Сколько ни говори, что Советский Союз определил свои интересы как присоединение остатков Финляндии и Буковины, а также оккупацию Болгарии и зоны Турецких проливов, немцы упорно талдычат о Персидском заливе и Индийском океане.

Германское правительство, продолжал вещать Риббентроп, будет приветствовать готовность Советского Союза к сотрудничеству с Италией, Японией и Германией.

Как следует из заявления, содержащегося в письме господина Сталина, он в принципе не возражает против совместного рассмотрения вопроса, что было подтверждено господином Молотовым во время его пребывания в Берлине. Поэтому созыв конференции министров иностранных дел Германии, Италии и Японии для подписания подобного соглашения становится основной целью. Кроме того, он хотел бы сказать господину Молотову следующее:

Как известно господину Молотову, он, Имперский министр иностранных дел, всегда проявлял особую заинтересованность в отношениях между Японией и СССР. Он бы очень хотел, чтобы господин Молотов сообщил ему, в каком состоянии эти отношения находятся в настоящее время. Насколько известно германскому правительству, Япония отнеслась с тревогой к идее заключения пакта о ненападении. Конечно, он хорошо помнит реплику господина Сталина, когда господин Сталин сказал, что он знает азиатов лучше, чем господин Риббентроп. Тем не менее он хотел бы упомянуть, что ему известно о готовности японского правительства достигнуть соглашения с Советским Союзом. Создается впечатление, что в случае, если пакт о ненападении станет реальностью, японцы будут готовы урегулировать все остальные вопросы по-доброму. Японское правительство склонно также пойти навстречу советским пожеланиям в отношении нефтяных и угольных концессий на Сахалине, но сначала оно должно преодолеть противодействие этому внутри самой Японии. Теперь желательно, чтобы господин Молотов изложил собственные взгляды по обсужденным вопросам.

О Японии мы не очень беспокоимся, сказал Молотов. Существуют надежда и уверенность, что теперь СССР и Япония добьются большего прогресса на пути к взаимопониманию. Отношения с Японией всегда были сложными и противоречивыми. Тем не менее сейчас есть надежные перспективы для нахождения взаимопонимания.

Япония, кстати сказать, еще до смены правительства предложила заключить пакт о ненападении с Советским Союзом, в связи с чем Советское правительство поставило перед японским правительством ряд вопросов. Ответы на эти вопросы еще не получены.

А вот что касается Турции, резко меняет тему Молотов и начинает говорить более жестко, то Советский Союз предполагает, что прежде всего должна быть достигнута договоренность о проливах. Германия и Советский Союз согласились с тем, что Конвенция, заключенная в Монтрё, потеряла какой-либо смысл. Для Советского Союза это вопрос получения реальных гарантий своей безопасности. (Другими словами, не отдадите проливы добром, заберем силой. Риббентроп это прекрасно понял.)

Вопросы, которые интересуют Советский Союз на Ближнем Востоке, продолжал Молотов, касаются не только Турции, но и, например, Болгарии, о чем уже подробно говорилось с фюрером. Кроме того, Советский Союз интересует судьба Румынии и Венгрии и это ни при каких обстоятельствах не может быть для него безразличным.

В связи с указанным вопросом и многими другими уместно спросить, сохраняет ли протокол силу с точки зрения Германии? Советское правительство заинтересовано также в сохранении нейтралитета Швеции, и хотелось бы знать, придерживается ли еще германское правительство точки зрения, что сохранение нейтралитета Швеции находится в сфере интересов и Советского Союза, и Германии.

Кроме того, Советское правительство собирается поднять вопрос о праве свободного выхода из Балтийского моря через проливы Большой и Малый Бельт, Зунд, Каттегат, Скагеррак. В отношении финского вопроса не была внесена ясность во время беседы с фюрером, что вызывает у Советского Союза законное чувство разочарования. Поэтому он, Молотов, был бы благодарен Имперскому министру иностранных дел, если бы тот все это прокомментировал.

В этот момент погас свет. Вскоре он зажегся, мигнул, снова погас и вновь зажегся. Налет англичан продолжался уже более полутора часов, вынудив высокие договаривающиеся стороны отсиживаться в бомбоубежище.

Риббентроп несколько смущенно извинился и ответил, что у него нет никаких комментариев относительно болгарского вопроса, кроме тех, которые господину Молотову уже были высказаны фюрером. Прежде всего нужно определить, желает ли Болгария каких-либо гарантий со стороны Советского Союза. Кроме того, германское правительство не может занять определенной позиции по этому вопросу без предварительных консультаций с Италией.

В Балканах мы заинтересованы исключительно с экономической точки зрения и не хотим, чтобы Англия причиняла нам там беспокойство. Предоставление германских гарантий Румынии, очевидно, неправильно истолковано Москвой. Поэтому можно еще раз повторить, что столкновение между Венгрией и Румынией можно было предотвратить только с помощью решительных действий. Если бы Германия не вмешалась, Венгрия выступила бы против Румынии. С другой стороны, нельзя было вынудить Румынию уступить такую большую территорию, если бы она не получила гарантий территориальной целостности. При принятии всех этих решений германское правительство руководствовалось исключительно стремлением сохранить мир на Балканах, а также предотвратить усиление там позиций Англии.

Таким образом, наши действия на Балканах объясняются исключительно обстоятельствами войны с Англией. Как только Англия признает свое поражение, германские интересы на Балканах будут ограничены экономической сферой и войска из Румынии будут выведены. У Германии, как уже неоднократно подчеркивал фюрер, нет территориальных интересов на Балканах. И вообще это вопрос второстепенный. Уже говорилось много раз, что основной вопрос заключается в том, готов ли Советский

Союз и в состоянии ли он сотрудничать с нами в деле ликвидации Британской Империи*.

Поэтому и хотелось бы, чтобы господин Молотов прокомментировал поднятую перед ним проблему. В сравнении с этими большими и главными вопросами все остальные являются абсолютно незначительными и будут автоматически урегулированы сразу же после того, как будет достигнута общая договоренность. И еще хочется напомнить господину Молотову, что тот должен ответить на вопрос, привлекает ли Советский Союз в принципе идея выхода к Индийскому океану.

Молотов понял, что большего от немцев он не добьется, а потому, что случалось с ним весьма редко, позволил себе пошутить. Видимо, на него определенным образом повлияло бомбоубежище. «Поскольку немцы считают войну с Англией уже выигранной, — заметил он, — и, Германия ведет войну против Англии не на жизнь, а на смерть, мне не остается ничего другого, как предположить, что Германия ведет борьбу “на жизнь”, а Англия — “на смерть”».

«Я вполне одобряю идею о сотрудничестве, — продолжал Молотов, — с той оговоркой, что стороны должны прийти к полному взаимопониманию. Эта мысль уже была выражена в письме Сталина. Разграничение сфер влияния должно быть продумано более тщательно. По этому вопросу, однако, я не могу в настоящее время занять определенную позицию, поскольку не знаю, каково мнение Сталина и других моих друзей в Москве».

В этот момент на угловом столике зазвонил телефон: Риббентропа известили, что налет окончен. Он предло-

---

* В 1942 году Сталин, пересказывая этот эпизод Черчиллю, сообщил, что Молотов якобы заметил Риббентропу: «Если вы уверяете, что Англия проиграла войну, то почему мы сидим в этом убежище? И чьи это бомбы падают так близко, что разрывы их слышны даже здесь?» Риббентроп промолчал. Ничего подобного, конечно, не было.

жил подняться наверх, но Молотов отказался, заявив, что в бункере более уютно. Подали кофе. Прощание получилось на удивление простым и сердечным. Риббентроп извинился за «этих свиней-англичан», которые вечно появляются незваными с одной только целью «плюнуть в суп». Молотов рассмеялся, заметив, что нисколько не сожалеет о налете, так как благодаря ему имел исчерпывающую и сердечную беседу с Имперским министром иностранных дел.

Все уже хотели разъехаться, но вновь раздался телефонный звонок. Риббентроп взял трубку, и его лицо вытянулось: на город шла новая волна английских бомбардировщиков.

КОНЕЦ ПЕРВОЙ КНИГИ

ОГЛАВЛЕНИЕ

Серия
«Морская библиотека»
Игоря Бунича

Балтийская трагедия. Таллинский переход

Балтийская трагедия. Агония

Балтийская трагедия. Катастрофа

Порт-Артурская ловушка

В огне государственного катаклизма

Долгая дорога на Голгофу

Черноморская Цусима

Бунич Игорь Львович

ОПЕРАЦИЯ «ГРОЗА». КРОВАВЫЕ ИГРЫ ДИКТАТОРОВ

Издано в авторской редакции
Художественный редактор *В. Щербаков*
Компьютерная верстка *Т. Жарикова*
Корректор *Е. Чеплакова*
Ответственный за выпуск *А. Светлова*

ООО «Издательство «Эксмо»
127299, Москва, ул. Клары Цеткин, д. 18, корп. 5. Тел.: 411-68-86, 956-39-
Интернет/Home page — www.eksmo.ru
Электронная почта (E-mail) — **info@ eksmo.ru**

Подписано в печать с готовых монтажей18.02.2004.
Формат 84x108 1/32. Гарнитура «Таймс». Печать офсетная.
Бум. тип. Усл. печ. л. 25,35.
Доп. тираж 3 000 экз. Зак. № 8331.

ЛР № 065715 от 05. 03.1998
ООО «Издательство «Яуза»
109507, Москва, Самаркандский б-р., 15.
Для корреспонденции:
127299, Москва, ул. Клары Цеткин, 18, к. 5.
Контактный тел.: (095) 411-68-86

Отпечатано в полном соответствии с качеством предоставленных диапозитивов в Тульской типографии.
300600, г. Тула, пр. Ленина,109 .